词律今韵

651 首词格律

丁 勇 编著

东南大学出版社
SOUTHEAST UNIVERSITY PRESS

·南京·

图书在版编目（CIP）数据

词律今韵：651 首词格律 / 丁勇编著 . -- 南京：
东南大学出版社，2025.4. -- ISBN 978-7-5766-1272-1

I. I207.23

中国国家版本馆 CIP 数据核字第 20241X6S46 号

责任编辑：莫凌燕　责任校对：张万莹　封面设计：王　玥　责任印制：周荣虎

词律今韵　651 首词格律
Cilü Jinyun 651 Shou Ci Gelü

编　　著	丁　勇
出版发行	东南大学出版社
出 版 人	白云飞
社　　址	南京四牌楼 2 号　邮编：210096
网　　址	http://www.seupress.com
经　　销	全国各地新华书店
排　　版	南京私书坊文化传播有限公司
印　　刷	南京斯马特数码印务有限公司
开　　本	700 mm × 1000 mm　1/16
印　　张	40.75
字　　数	542 千
版　　次	2025 年 4 月第 1 版
印　　次	2025 年 4 月第 1 次印刷
书　　号	ISBN 978-7-5766-1272-1
定　　价	168.00 元

本社图书若有印装质量问题，请直接与营销部调换。电话（传真）：025-83791830

序

　　词是中国数千年文化的精华，我国光辉灿烂的文学遗产之一，世界文化宝库中光芒万丈的瑰宝，流芳百世的不朽丰碑。

　　词语言自然、明快，词景鲜明生动，刻画人物情感简洁深刻。

　　词兴起于唐代，极盛于宋代。当时是一种可以配合音乐歌唱的乐府诗。这种音乐和民间歌曲结合后，创造出动听的乐曲。词的产生和创作，主要是配合这种乐曲，因而当时把词叫做"曲子"或"曲子词"。

　　词和音乐有着极其密切的关系，从而产生了严格的声律和形式这一特点。每个词调都是调有定句、句有定字、字有定音。早期词受声律的约束，故作词也被称为"倚声填词"或"按格谱填词"。到了南宋，词渐渐脱离音乐而成为独立的文学体裁。

　　词韵律优美、朗朗上口，人们感受着词中的情感韵律，能更深刻地领略词的意境。

　　本书是丁勇先生编著的一本介绍唐宋词格律的书。全书有词牌名591个，每名一首，同一词牌名不同格律的存60首，全书共651首。每首词下都有格律、范例及作者自作的词，了解词格律能更好地理解词文化的精华。

说　明

　　词牌有严格的声律和形式上的约束特点。每个词牌都是调有定句、句有定字、字有定音。

　　一、本书中的词依韵分平韵、仄韵、换韵三类。

　　二、本书中的词格律，以词格律的字多少为序排列先后。

　　三、每一格律中，古词中通常句号表示的是逗号（，），逗号表示的是顿号（、）。韵除了表示此字的韵声外，通常是句号（。）。根据词意可是问号（？），感叹号（！）等。现格律中每首词的标点符号均标注。

　　四、词中每字逐一标明平仄。一表示平，∣表示仄，十表示可平可仄。其有需兼顾的特殊情况，如字要是去声之类，并有附注。

　　五、将平韵改作仄韵或仄韵改成平韵的为变格。

　　现代汉语的四声和以前的平、仄、去声已有不同。本词集以所附词韵简编为首选，其次按照现代词典四声考虑用字的声韵。书末附有少量诗。

目 录

词

三、平仄韵转换

诗

词

一、平韵格

十六字令（定格）

一（韵）！＋｜－－｜｜－（韵）。－－｜（句），＋｜｜－－（韵）。

范例

天！休使圆蟾照客眠。人何在？桂影自婵娟。

宋·蔡伸

天！弯月轻云暗淡烟。谁望月？倒影映人单。

（1986.11.1）

惊！水秀山青布谷鸣。杜鹃红，转眼又春迎。

（2000.6.9）

春！映山红开垂柳新。青青草，遍绿绕乡村。

（2012.2.8）

惊！红绿黄蓝闪烁迎。朦胧色，多彩陪君行。

（2013.6.26）

缘！虚无缥缈月儿弯。似中有，不识九重天。

（2014.10.31）

书！熟读三千圣贤书。如何用？不解叹糊涂。

（2015.7.23）

空！转眼人生一阵风。才知了，来去太匆匆。

（2015.7.28）

秋！秋在心头不言愁。更多是，奋斗在追求。

（2015.8.27）

人！看破红尘珠宝盆。轻声语，不如一家亲。

（2015.10.28）

闲中好（定格）

－－｜｜（句），＋｜＋－－（韵）。＋｜＋－｜（句），－－＋｜－（韵）。

范例

闲中好，尘务不萦心。坐对当窗木，看移三面阴。

唐·段成式

闲中好，忙里偷闲空。停手闭双目，休来吵梦虫。

（2012.4）

凭栏人（定格）

＋｜－－｜｜－（韵），＋｜－－＋｜－（韵）。－－＋｜－（韵），＋－＋｜－（韵）。

范例

谁写江南一段秋，妆点钱塘苏小楼。楼中多少愁，楚山无尽头。

元·邵亨贞

年老年青怕谈房，一谈需房愁断肠。迎嫁房款惶，晚年心都凉。

（2012.4）

谁写元宵十六圆，谁在天边看月阑。谁知情不言，又谁心里连。

（2022.2.15）

南歌子（格一）

　　｜｜－－｜（句），－－｜｜－（韵）。－｜｜－－（韵），｜－－｜｜（句），｜－－（韵）。

范例

　　手里金鹦鹉，胸前绣凤凰。偷眼暗形相，不如从嫁与，作鸳鸯。

唐·温庭筠

　　莫叹人生梦，东西南北风。屈指一弹空，念思伤心痛，太匆匆。

（2021.3.22）

南歌子（格二）

　　｜｜－－｜（句），－－｜｜－（韵）。＋｜－＋｜｜－－（句），＋｜＋－＋｜｜－－（韵）。

范例

　　柳色遮楼暗，桐花落砌香。画堂开处远风凉，高卷水晶帘额衬斜阳。

唐·张泌

　　桂树堤边坐，香飘姑苏河。水中亭立粉秋荷，绿荫斜阳小屋引天鹅。

（2000.8.30）

渔歌子（定格）

　　＋｜－－｜｜－（韵），＋－－｜｜－－（韵）。－｜｜（句），｜－－（韵），－－｜｜｜－－（韵）。

范例

西塞山前白鹭飞,桃花流水鳜鱼肥。青箬笠,绿蓑衣,斜风细语不须归。

唐·张志和

夜半风凶手抚琴,慢敲声缓吐轻音。歌未了,泪湿襟,思君早归我忧心。

(2000.8.28)

彩蝶双飞蜜蜂忙,农乡村地菜花黄。杨柳树,小河旁,红花绿叶屋前窗。

(2012.2.9)

雨打芭蕉弹拨琴,滴珠飞溅短中音。多管奏,细长筒,闻声寻他雨淋淋。

(2012.3.22)

路边池增细小河,清波嬉水两呆鹅。头埋水,捉田螺,蜻蜓立尾不挪窝。

(2013.8.30)

起早亮天日升东,旅游南亚太匆匆。穿各国,异乡浓,风情万种味无穷。

(2013.11.22)

忆江南(定格)

　　— ＋ | (句),— | | — —(韵)。＋ | ＋ — — | | | (句),＋ — ＋ | | — —(韵)。— | | — —(韵)。

范例

江南好,风景旧曾谙。日出江花红胜火,春来江水绿如蓝。能不忆江南?

唐·白居易

人生路,坎坷走天涯。年少英雄争胜负,醒来已是暮年华。年老早归家。

(2000.8.25)

思不寐,谁不忆娇妻。昔日在家妻笑问,如今在外问谁提。思念是吾妻。

(2005.6.28)

情未了，幽梦断蓝桥。惊见花开人窈窕，疑似旧景羞妖娆。人随彩云飘。

（2011.12.28）

江南美，清水映拱桥。摇晃小船穿窄巷，河边村姑哼乡谣。浑然是天娇。
深相忆，风景非妖娆。楼耸成排新气象，土乡气息已缥缈。无奈在今朝。

（2013.8.7）

秦淮月，思念诉情长。春到绿红花遍地，金秋十里稻花香。谁不忆家乡？

（2015.3.18）

江南美，风景映长江。三月桃花红两岸，草丛江滩竖钢梁。远处菜花黄。
江南好，情深内心藏。纵有别离忘再见，也披红绿添新装。不舍水流长。

（2018.3.26）

南京好，六朝古都城。千次变更根不动，热心相助忆温馨。谁不夸南京？

（2019.8.6）

潇湘神（定格）

　—｜—（韵），—｜—（叠），
｜—＋｜｜——（韵）。＋｜｜—
—｜｜（句），———｜｜——（韵）。

范例

斑竹枝，斑竹枝，泪痕点点寄相思。
楚客欲听瑶瑟怨，潇湘深夜月明时。

唐·刘禹锡

圆汤圆，圆汤圆，有心又白软绵绵。
正月十五元宵节，家人谁不盼团圆？

（2004.12.28）

吹竹箫，吹竹箫，五音绕房梦飘摇。恍惚又回年少景，燕飞追逐嬉云霄。

（2005.5.29）

新一年，新一年，又望足迹问明天。四面八方皆有路，何时君去桃花源？

（2008.12.3）

明月光，明月光，半秋之月落河江。不见去年人伴月，黄花流水月推窗。

（2011.11.1）

春变天，春变天，南京四季在春天。昨日短衫湿热汗，今风寒雨棉衣穿。

（2013.3.29）

红太阳，红太阳，热浪扑面势如狼。绿树坠头微摆晃，行人忙在树荫藏。

（2013.7.31）

来拜年，来拜年，大家一起贺新年。蛇隐马嘶辞旧岁，马年更是丰收年。

（2014.1.30）

枫叶红，枫叶红，漫山遍野醉融融。游客不知枫叶怨，冬长秋短去匆匆。

（2014.11.14）

年又年，年又年，一年又在同今天。明日太阳红艳艳，来年更是百花鲜。

（2014.12.31）

三月三，三月三，满山红绿映天蓝。锣鼓响声人又喊，东望西插镜中簪。

（2017.3.30）

三线人，三线人，不言甘苦含情真。过客不知辛酸史，心中难丢那时纯。

（2017.9.24）

词写难，词不难，仄平韵律围栏杆。滴水穿石音甚小，轻云弯月伴君弹。

（2017.12.1）

向近移，向近移，那时笑容意人迷。不觉错过几十薪，难忘年少小阿一。

（2017.12.2）

红绿蓝，红绿蓝，一笔画出醉花鲜。天地可知何事老？希望方有在来年。

（2018.6.11）

捣练子（定格）

—｜｜（句），｜——（韵），｜｜——｜｜—（韵）。十｜｜——｜｜（句），｜——｜｜—（韵）。

范例

深院静，小庭空，断续寒砧断续风。无奈夜长人不寐，数声和月到帘栊。

五代·李煜

秋袅袅，雁声哀，大雁南飞一字排。楼上有人捎信儿，快飞催返等邮差。

（2000.9.13）

亭阁后，传琴悠，如诉琴音曲含忧。垂树泣风传瘦月，不知谁在抚思愁。

（2011.12.12）

风骤舞，雨纷飞，雨打前窗雷震威。沉乱房中平静事，凝望墙角吟无题。

（2013.6.23）

人在做，看在天，大路坦荡四面宽。质本洁来还洁去，浮云明月送君还。

（2013.10.30）

三一五，有人愁，假货匆忙柜里收。装模作样过场面，是非真假有无休？

（2015.3.20）

浪淘沙（格一）

十｜——十｜—（韵），十—十｜｜——（韵）。十—十｜十—｜（句），十｜——｜｜—（韵）。

范例

日照澄洲江雾开，淘金女伴满江隈。美人首饰侯王印，尽是沙中浪底来。

唐·刘禹锡

三月湖吹阵热风，脱衣卷袖热融融。匆匆挥汗路人歇，商铺冻风招商中。

（2015.3.31）

淡泊春秋何处寻，清茶淡水一知音。高山流水谁人抚，朋友三杯可在今。

（2015.11.30）

花落花开各自天，阴晴圆缺月随缘。何须烦恼执今昨，尽是人间聚散篇。

（2019.8.23）

浪淘沙（格二）

＋｜｜－－（韵），＋｜－－（韵）。＋－＋｜｜－－（韵）。＋｜＋－－｜｜（句），＋｜－－（韵）。

＋｜｜－－（韵），＋｜－－（韵）。＋－＋｜｜－－（韵）。＋｜＋－－｜｜（句），＋｜－－（韵）。

范例

把酒祝东风，且共从容。垂杨紫陌洛城东。总是当时携手处，游遍芳丛。聚散苦匆匆，此恨无穷。今年花胜去年红。可惜明年花更好，知与谁同？

宋·欧阳修

窗外雨蒙蒙，心乱如空。春秋冬夏太匆匆。未及叙之相别语，远处天同。

大地又春风，郁郁葱葱。满园春色独情钟。红火杜鹃争绽放，叶绿花红。

（2000.6.22）

破雪一枝梅，绽放春回。踏冰傲雪嫩枝垂。唤醒百花争献艳，情满心扉。
不要把愁思，怨恨莫追。思前瞻后实无期。留得青山同梦想，远走高飞。

（2012.3.15）

翠绿伴山梁，草挂寒霜。路弯陡峭雾茫茫。再见当年身影处，灰瓦残墙。
斜月照前窗，依恋难忘。心中遗憾送长江。春夏秋冬来去也，梦幻时光。

（2014.8.21）

喜鹊叫前窗，镜里梳妆。屋梁飞燕尽双双。小溪映人花点缀，水也情长。
相隔总难忘，一片茫茫。大浪澎湃入长江。等到蓝天黄绿色，红了高粱。

（2015.3.28）

浪淘沙（格三）（商调慢曲）

　　｜—｜（句），——｜｜（句），｜｜—｜（入声韵）。—｜—
—｜｜（韵），——｜｜｜｜（韵）。｜｜｜｜———｜｜（韵）。
｜—（豆）、｜｜—｜（韵）。｜｜｜——｜—｜（句），——｜—｜（韵）。
　　—｜（韵）。｜—｜｜—｜（韵）。｜｜｜——（句），——｜（句）、
｜｜—｜｜（韵）。—｜｜——（句），—｜—｜（韵）。｜—｜｜（韵）。
—｜—（豆）、—｜———｜（韵）。
　　—｜————｜（韵），——｜（豆）、｜—｜｜（韵）。｜—｜（豆）、
———｜｜（韵）。｜—｜（豆）、｜｜——（句），｜｜｜（句），
——｜｜——｜（韵）。

范例

　　晓阴重，霜凋岸草，雾隐城堞。南陌脂车待发，东门帐饮乍阕。正

拂面垂杨堪揽结。掩红泪、玉手亲折。念汉浦离鸿去何许？经时信音绝。

情切。望中地远天阔。向露冷风清，无人处、耿耿寒漏咽。嗟万事难忘，唯是轻别。翠尊未竭。凭断云、留取西楼残月。

罗带光销纹衾叠，连环解、旧香顿歇。怨歌永、琼壶敲尽缺。恨春去、不与人期，弄夜色，空余满地梨花雪。

宋·周邦彦

雾轻绕，朦胧影移，入目黄叶。东去栖霞冷冽，红枫铺满尽登。已尽是红浪炽热烈。泪花闪、呐喊声咽。览不尽层山已红遍，心情似洪泄。

情结。半山溪水清澈。已阅尽秦淮，沧桑事、更冷非是铁。人间最伤心，情在离别。手推紧捏。知不知、无语难藏心切。

飘泊人生浪中歇，难知也、路长步拙。笑中日、长长长短缺。恨时短、不解光阴，去哪了，楼空只剩空中月。

（2015.12.1）

竹枝词（定格）

　十—＋｜｜＋—（韵），＋—｜｜｜——（韵）。＋｜—
—｜—｜（句），＋｜—＋｜｜——（韵）。

范例

瞿塘嘈嘈十二滩，此中道路古来难。长恨人心不如水，等闲平地起波澜。

唐·刘禹锡

莲花洁白出淤泥，一尘不染自身衣。难有今朝不贪客，两袖清风官和妻。

（2012.4）

字字双 （定格）

——＋＋—｜—（韵），｜＋＋＋—｜—（韵）。——＋＋—｜—（韵），｜＋＋＋—｜—（韵）。

范例

床头锦衾斑复斑，架上朱衣殷复殷。空庭明月闲复闲，夜长路远山复山。

唐·王丽真

长江之水长又长，茉莉花开香又香。江南处处忙又忙，水中月成双又双。

（2012.3.26）

江南春 （定格）

—｜｜（句），｜——（韵）。———｜｜（句），—｜｜——（韵）。———｜——｜（句），—｜———｜—（韵）。

范例

波渺渺，柳依依。孤村芳草远，斜日杏花飞。江南春尽离肠断，蘋满汀洲人未归。

宋·寇準

青草地，绿山坡。河塘鹅鸭戏，河里摸田螺。乡音村童河边唤，何处江南春色多？

（2000.9.14）

江南美，美河乡。平湖波万顷，山影坠斜阳。鱼肥鹅鸭追波浪，谁不衷情江南江？

（2012.2.19）

深怀念，旧时光。人亲和善往，有事众人忙。春秋来去时光远，钱在看人人世凉。

（2013.7.12）

风啸啸，雨茫茫。青山缠绿水，荷叶绿池塘。江南秋数荷花洁，傲骨冰心秋不凉。

（2013.9.12）

天浩浩，地乌乌。家乡离万里，春在传音书。江南春早离愁散，春伴人帮人不孤。

（2015.5.1）

忆王孙（定格）

＋－＋｜｜－－（韵），＋｜－－＋｜－（韵）。＋｜－｜｜－（韵）。｜－－（韵），＋｜－－＋｜－（韵）。

范例

萋萋芳草忆王孙，柳外高楼空断魂。杜宇声声不忍闻。欲黄昏，雨打梨花深闭门。

宋·李重元

灯孤摇影醉道遥，未得佳词愁难抛。银转长思闭目焦。静悄悄，雨打芭蕉门数敲。

（2000.6.16）

西风烈烈进寒冬，落叶飘飘悲枯桐。难觅红花绿草丛。朔风凶，唯有梅开一片红。

（2011.12.10）

抬头跳脚尾高翘，忽又低头石板敲。相对私窥嘴喋毛。叽声娇，扑棱双飞槐树梢。

（2013.6.17）

一场暮雨一层寒，一载匆忙落差残。一枕黄粱泪迹斑。一尘烟，一盏香灯一梦还。

（2019.11.25）

夜光逆转忆王孙，雨打窗前空断魂。梦里无知又一春。是何人？雨里风中弯背身。

（2018.7.20）

后庭花破子（定格）

十｜｜一一（韵），十一十｜一（韵）。十｜十一｜（句），十一十｜一（韵）。十十一（韵），十一｜｜（句），十一十｜一（韵）。

范例

绿树远连洲，青山压树头。落日高城望，烟霏翠满楼。木兰舟，彼汾一曲，春风佳可游。

元·王恽

玄武里菱洲，湖中船慢悠。车站钟山峙，游船荡四周。景尽收，春秋所画，天堂不能羞。

（2012.4）

何字组成停，人旁靠歇亭。转眼风云散，人间冷暖情。一路行，长亭短歇，点灯天上星。

（2018.4.15）

落叶正伤秋，愁怀又上头。一地寒凉透，残光月也羞。乱云愁，翻云覆雨，何时才罢休？

（2021.8.13）

遐方怨（定格）

一十｜（句），｜十一（韵）。十｜一一（句），｜十一一十｜一（韵）。十一一｜｜一一（韵）。十一一｜｜（句），｜十一（韵）。

范例

凭绣槛，解罗帏。未得君书，断肠潇湘春雁飞。不知征马几时归？海棠花谢也，雨霏霏。

唐·温庭筠

天宽广，走四方。闯荡江湖，不管深浅把业创。不知前路有多长？又春秋复转，想家乡。

（2012.4.1）

思帝乡（定格）

一｜一（韵），｜一一｜一（韵）。｜｜一一一｜（句），｜一一（韵）。｜｜一一｜｜（句），｜一一（韵）。｜｜一一｜（句），｜一一（韵）。

范例

春日游,杏花吹满头。陌上谁家年少?足风流。妾拟将身嫁与,一生休。纵被无情弃,不能羞。

唐·韦庄

头插花,镜中镶娇娃。网上谁知年少?美无瑕。世外方知太大,有正邪。角落藏阴暗,有人渣。

(2012.3.25)

江城子(定格)

十一十丨丨——(韵),丨——(韵),丨——(韵)。十一十丨(句),十丨丨——(韵)。十丨十——丨丨(句),—丨丨(句),丨——(韵)。

范例

鵁鶄飞起郡城东,碧江空,半滩风。越王宫殿,蘋叶藕花中。帘卷水楼鱼浪起,千片雪,雨蒙蒙。

唐·牛峤

十年生死两茫茫,不思量,自难忘。千里孤坟,无处话凄凉。纵使相逢应不识,尘满面,鬓如霜。

夜来幽梦忽还乡,小轩窗,正梳妆。相顾无言,惟有泪千行。料得年年肠断处,明月夜,短松冈。

宋·苏轼

不知去处内心寒,实难瞒,盼思安。苦思冥想,何处天地宽?昏昭昭徘徊乏力,人硬撑,病伤缠。

谁知夜半话心酸,月身弯,倍凄残。洞箫吹痛,含泪转乡还。不堪往音难忆昨，态不尽，泪声叹。

（2000.8.3）

插蒿包粽又端阳，梦家乡，别难忘。沧桑岁月，点滴尽收藏。山转水流人不变，雄黄酒，粽清香。

（2011.6.27）

二三往事别重提，走过知，是长思。封陈思念，只觉梦来迟。天若有情天亦老，情在系，日头西。

梦中不晓景藏迷，柳丝丝，鸟依依。相逢无语，相别走来时。就怕醒来更变醉，心已坠，梦中谁？

（2013.8.19）

几年幸会觉时忙，话初长，已秋凉。恨相见晚，无须表心肠。又奔东西难思量，人醉酒，是离伤。

（2013.9.27）

读书年少不无言，写文章，点江山。志高气盛，平地热浪掀。岁月磨空伤半月，梳往事，理缠绵。

人生如梦醒时难，夕阳残，月光寒。难还虚实，一去万重山。纵有风情千万种，天地间，凭栏看。

（2015.5.12）

一场秋雨一场寒，雨珠弹，叶枯残。金黄未了，一片水漪涟。无奈秋容暗淡去，成幕帘，恻缠绵。

一秋傲立绿红莲，夏时欢，热情燃。历经寂雨，荷在水中间。翻辗夏秋冬不问，明月夜，凭栏看。

（2018.9.29）

灯红水绿映城头，月如钩，水中柔。秦淮十里，夜色荡轻舟。遥望夜空如画里，星欲滴，月难收。

经年难叙旧时楼，六朝秋，帝王休。当年风起，多少数风流。天上人间都是梦，情脉脉，地悠悠。

（2020.1.17）

脸朝黄土背朝天，背成弓，太匆匆。喜今又聚，三句酒杯空。又是别情留不住，忘不了，校门松。

（2017.6.18）

人生如梦恨时飞，几回回，梦中催。故乡山水，和月影相陪。欲说相思何处觅？江水旁，沿江堤。

金陵一梦雨霏霏，脂粉微，落成灰。千年古都，青史又留谁？把酒邀月兴未尽，和月醉，再三杯。

（2017.9.20）

长相思（定格）

＋＋一（韵），＋＋一（韵）。＋｜一一＋｜一（韵），＋一＋｜一（韵）。

＋＋一（韵），＋＋一（韵）。＋｜一一＋｜一（韵），＋一＋｜一（韵）。

范例

长相思，长相思。若问相思甚了期，除非相见时。

长相思，长相思。欲把相思说似谁，浅情人不知。

宋·晏几道

人温馨，心温馨，细语深情相送迎，谁知离别情。

君泪盈，妹泪盈，海誓山盟话语轻，送君挥泪行。

（1986.5.5）

前世缘，今世缘，两岸星河一手牵，月圆人不全。
大观园，大观园，雨后天晴艳阳天，满山红杜鹃。

（1997.8.11）

风转西，日落西，楼上惆怅眉锁低，谁人送暖衣？
你也思，我也思，追月太阳总是迟，有无相会时？

（1997.12.29）

无缘难，有缘难，难在郎财衣帽官，有才还是单。
难难难，难非难，情趣相同天地宽，一马驰平川。

（1999.2.1）

相思愁，相思愁，别把相思似水流，情长难自收。
相思愁，相思愁，细语飘飘风传忧，把心信寄邮。

（2000.6.18）

北风吹，北风吹，喜见寒天含笑梅，花开为了谁？
春也催，春也催，冬去春来彩蝶飞，花开绿叶陪。

（2005.12.7）

风萧萧，雨潇潇，春雨缠绵心内焦，为何愁没消？
思难熬，思难熬，等待佳音传到朝，喜鹊登树梢。

（2006.3.17）

时光流，岁月流，流到眉梢鱼尾留，低头不说秋。
有所求，何所求，春蚕到死丝不休，回首笑春秋。

（2011.8.29）

八月秋，八月秋，八月桂花香满楼，有人楼上愁。
几时休，几时休，梦魂常绕弯月头，月光不能收。

（2013.9.20）

儿情长，女情长，儿女亲情比水长，亲情无法量。

天茫茫，地茫茫，海角天涯任飞翔，低头是故乡。

（2013.11.27）

难糊涂，得糊涂，不想糊涂争赢输，不是如当初。

难糊涂，得糊涂，不读糊涂圣贤书，不知无下无。

（2015.4.30）

行路难，行路难，黑白难分如搁滩，是非凶在先。

梦想天，梦想天，吐出心中真实言，笑过又一关。

（2015.4.30）

长相思，短相思，怎能忘思上课迟？把书遮眉低。

一学期，二学期，熬到头来又别离，真盼再聚时。

（2017.5.17）

行路难，行路难，坎坷山间小道弯，无边尽峦川。

为哪般？为哪般？未到天边心未寒，梦中明日还。

（2018.11.30）

元宵节，元宵节，月在天圆地上雪，灯笼陪伴月。

蓝月亮，蓝月亮，十五月圆十六绝，温馨天地接。

（2019.2.19）

秋分寒，秋意寒。落叶思归二处难。相思日夜长。

日升山，日落山。难舍时光不复还。泪湿莫依栏。

（2020.9.22）

醉太平（定格）

——｜—（韵），——｜—（韵）。＋—＋｜——（韵），｜——｜—（韵）。

——｜—（韵），——｜—（韵）。＋—＋｜——（韵），｜——｜—（韵）。

范例

情高意真，眉长鬓青。小楼明月调筝，写春风数声。

思君忆君，魂牵梦萦。翠销香减银屏，更那堪酒醒！

宋·刘过

长江珠江，河边相香。渔舟唱晚帆忙，别离吾故乡。

高楼傍山，窗前眺望。月孤云淡茫茫，想君愁断肠。

（2000.9.9）

今年是空，今年是空。一年忙碌似弓，到头来仍穷。

来年是风，来年是风。一心成事朦胧，除非虫变龙。

（2012.1.7）

梅花绽开，红黄绿开。紫金山下台阶，游人情满怀。

高淳老街，难忘老槐。友人笑谈金钗，不知今可来？

（2012.1.14）

阳光透窗，梅花暗香。早春催绿山乡，恋情书梦长。

鸿雁正忙，回音本茫。怨春来去心藏，夜深寒气凉。

（2012.4.16）

胡蝶儿（定格）

＋＋—（韵），＋＋—（韵）。＋———||——（韵），＋—||—（韵）。

＋|—＋|（句），＋—＋|—（韵）。＋—__||——（韵），＋＋＋|—（韵）。

范例

胡蝶儿，晚春时。阿娇初著淡黄衣，倚窗学画伊。

还似花间见，双双对对飞。无端和泪湿胭脂，惹教双翅垂。

唐·张泌

胡蝶儿，穿花衣。菜花黄绿粉桃梨，采蕊不用飞。

蝴蝶成双时，相思传口碑。泪望梁祝生死陪，不教日落西。

（2012.3.28）

春光好（定格）

—＋|（句），|＋—（句），|＋—（韵）。＋|——||—（句），|＋—（韵）。

＋|——＋|（句），——||＋—（句）。＋|＋＋—||（句），＋＋—（韵）。

范例

蘋叶软，杏花明，画船轻。双浴鸳鸯出绿汀，棹歌声。

春水无风无浪，春天半雨半晴。红粉相随南浦晚，几含情。

五代·和凝

青青草，蝶双飞，菜花黄。燕子衔泥筑旧窝，又正忙。

春色花争百艳，春风遍野绿波。蓬勃生机春处满，留春光。

（2012.4.21）

唱四季，忆情长，唯春光。万物苏醒皆此时，竞芬芳。

回首燕江烟色，看今岸上绿乡。陌上春风人已醉，踏歌狂。

（2018.10.30）

纱窗恨（定格）

　　＋－＋｜－－｜（句），｜－－（韵）。＋－＋｜－－｜（句），

｜－－（韵）。

　　＋－｜（句）、＋＋－｜（句），－－｜（句）、＋｜－－（韵）。

＋｜－－（句），｜－－（韵）。

范例

新春燕子还来至，一双飞。垒巢泥湿时时坠，浣人衣。

后园里、看百花发，香风拂、绣户金扉。月照纱窗，恨依依。

五代·毛文锡

暮春已去春成梦，恋依依。似醒似醉窗前坐，月望中。

杯茶冷、已思未归，纱窗恨、不挡寒风。双手冰凉，绪如空。

（2012.4.2）

秋蚊夜袭床头哄，哼嗡嗡。唤醒直恼纱窗洞，漏西风。

悲秋别、去醉醒处，星光灭、晨雾朦胧。远处山峰，透微红。

（2018.10.25）

玉蝴蝶（格一）

———｜——（韵），—｜｜｜——（韵）。｜｜｜——（韵），
——｜｜—（韵）。

———｜｜（句），—｜｜｜——（韵）。—｜｜——（韵），｜—
—｜—（韵）。

范例

秋风凄切伤离，行客未归时。塞外草先衰，江南雁到迟。
芙蓉凋嫩脸，杨柳堕新眉。摇落使人悲，断肠谁得知。

唐·温庭筠

春风吹尽冬寒，杨柳换衣冠。屋上歇新燕，鸳鸯又双还。
忧愁人不晓，谁能解心宽。青草地花千，只倾红杜鹃。

（2000.9.18）

秋离冬至风寒，风扫百花残。满地落心酸，残枝太孤单。
鸿雁飞塞北，行程路漫漫。望断远蓝天，早春何日还？

（2013.8.30）

玉蝴蝶（格二）（长调）

｜｜｜——｜（句），＋—＋｜（句），＋｜——（韵）。
｜｜——（句），—｜｜｜——（韵）。｜—＋（豆）、＋—＋｜（句），
＋｜＋（豆）、＋｜——（韵）。｜——（韵）。｜——｜（句），
＋｜——（韵）。

——（韵）。——｜｜（句），｜——｜（句），｜｜——（韵）。
｜｜——（韵），｜——｜｜——（韵）。｜—＋（豆）、＋—＋｜

（句），＋｜＋（豆）、＋｜－－（韵）。｜－－（韵）。｜－－｜（句），
＋｜－－（韵）。

范例

　　望处雨收云断，凭阑悄悄，目送秋光。晚景萧疏，堪动宋玉悲凉。
水风轻、蘋花渐老，月露冷、梧叶飘黄。遣情伤。故人何在，烟水茫茫。
　　难忘。文期酒会，几孤风月，屡变星霜。海阔山遥，未知何处是潇湘？
念双燕、难凭远信，指幕天、空识归航。黯相望。断鸿声里，立尽斜阳。

宋·柳永

　　又是夜冻星少，影孤独屋，黯黑山丘。夜色迷漫，径曲寂静幽幽。
月光冷、野花垂落，青草枯、残叶黄留。忆缠纠。下乡沟内，秋虫啾啾。
　　悠悠。光阴似箭，几多风雨，几层忧愁。不晓为何，是非非是几时休？
至今是、混珠鱼目，薄雾里、顺水推舟。登高楼。不堪回首，橘子洲头。

（2015.12.4）

　　暗淡雨丝飘横，绿青点滴的，又感风寒。四月凉疏，天变太快纷繁。
水花点、一池涟漪，倒影出、玉兰正鲜。默声低。不由天地，过眼云烟。
　　轻叹。同窗聚散，几经风月，可是先前？岁月如梭，念思难去几留言。
雁南飞、远归故里，叶落根、留下缠绵。凭栏看。海浪归去，留下沙滩。

（2017.4.11）

浣溪沙（格一）

　　＋｜＋－＋｜－（韵），＋－＋｜｜－－（韵），＋－＋｜｜－
－（韵）。
　　＋｜＋－－｜｜（句），＋－＋｜｜－－（韵）。＋－＋｜｜－
－（韵）。

范例

夜夜相思更漏残，伤心明月凭阑干，想君思我锦衾寒。

咫尺画堂深似海，忆来惟把旧书看。几时携手入长安？

唐·韦庄

秋暮斜阳灰晚霞，叶黄飘零枯枝丫，孤飞大雁浪天涯。

赤橙青蓝全无影，登山忽见杜鹃花。瘦红肥绿抱回家。

（2000.10.30）

一阵秋风一阵凉，亭亭玉立满荷塘，随风摇晃绿红黄。

碎步水中摸踩藕，水標手抓几多筐。洗来挑担赶集忙。

（2013.8.24）

连日炎天最怜谁？红花绿叶坠枝垂，只催阵雨洒塘池。

无可奈何花落去，水中倒影已全非。夏秋冬去等春梅。

（2017.7.18）

碎雨烦心酒一壶，隔窗黄叶绿稀疏，不清蓝绿搓佛珠。

谁道人生再无少？云烟逝去有中无。春秋未变悔当初。

（2018.11.21）

往事欲提欲断魂，六朝旧事扰愁人，举杯望月余香醇。

不甘苦忙心想梦，朝霞只引一江春。暮云伤别近黄昏。

（2019.3.21）

淡淡烟袅过小楼，一阵轻渺一层愁，深情依在起凉秋。

岁月如飞轻似梦，一朝一夕一回眸。留下思念在心头。

（2020.9.28）

浣溪沙（格二）

｜｜——｜｜—（韵），———｜｜——（韵）。—｜—
—｜—｜（句），｜——（韵）。

　＋｜＋——｜｜（句），＋——｜｜——（韵）。—｜｜—
—｜｜（句），｜——（韵）。

范例

　　菡萏香销翠叶残，西风愁起绿波间。还与韶光共憔悴，不堪看。

　　细雨梦回鸡塞远，小楼吹彻玉笙寒。多少泪珠何限恨，倚阑干。

五代·李璟

　　落叶飘黄风太忙，红黄蓝绿显凄凉。长椅难留路行客，景情殇。

　　昨日不知今日去，莫催黄叶两茫茫。长恨怨离难割舍，断愁肠。

（2012.3.8）

浣溪沙（格三）

　＋｜——｜｜—（韵），＋——＋｜——（韵）。＋｜＋—
—｜｜（句），｜——（韵）。

　＋｜＋——｜｜（句），＋—＋｜｜——（韵）。＋｜＋—
—｜｜（句），｜——（韵）。

范例

　　杨柳迷离晓雾中，杏花零落五更钟。寂寂景阳宫外月，照残红。

　　蝶化彩衣金缕尽，虫衔画粉玉楼空。惟有无情双燕子，舞东风。

明·陈子龙

雨打芭蕉似马驰，急风狂雨去声嘶。夜半关窗寒雨进，冷凄凄。

愁雨恶风难入眠，侧身半卧靠床依。不晓他乡风雨骤，默祈谁？

（2012.4.29）

浣溪沙（格四）

—｜——｜｜—（韵），｜——｜｜——（韵）。—｜｜——｜｜（句），

｜——（韵）。

｜｜｜——｜｜，——｜｜｜——（韵）。—｜———｜｜（句），

｜——（韵）。

范例

风絮飘残已化萍，泥莲刚倩藕丝萦。珍重别拈香一瓣，记前生。

人到情多情转薄，而今真个悔多情。又到断肠回首处，泪偷零。

清·纳兰性德

十里秦淮满灯笼，月圆十五挂空中。未及酒杯叙旧事，已成风。

梦里又回圆月旧，二三渔火点江空。多少回忆多少醉，是朦胧。

（2017.2.11）

云裹残阳黑暗浮，百花零落暮山丘。寂静水中摇缺月，冷风飕。

未尽实情情转薄，风狂雨急降忧愁。愁在风前无处说，是深秋。

（2019.9.23）

巫山一段云（定格）

十｜——｜（句），——十｜—（韵）。十—十｜｜——（韵）。

十｜｜——（韵）。

十 | | ー ー | （句），ー ー 十 | ー（韵）。十 ー 十 | | ー ー（韵），
十 | | ー ー（韵）。

范例

古庙依青嶂，行宫枕碧流。水声山色锁妆楼。往事思悠悠。

云雨朝还暮，烟花春复秋。啼猿何必近孤舟，行客自多愁。

唐·李珣

枫叶浓如火，山泉清又清。花香秋色人长亭。迎客显温馨。

秋菊花开至，摇舟携手听。山清水秀是真情，天地喜相争。

（2000.8.26）

陡峭依江立，浪击燕子矶。百年不变恨来迟。喃喃语声低。

不堪回首事，斜阳已落西。有心不随落余晖，日月又推移。

（2013.8.27）

腊月离春近，梅花淡淡香。青山绿水碎波浪。鸳鸯戏成双。

一晃春秋数，心中剩梦藏。念思无语别长江，过客倍思乡。

（2015.3.13）

远眺乌云坠，巫山一段云。翻云覆雨显缤纷。无奈落新尘。

何处无风雨？巫山不是云。琵琶轻声入人心，流水也思君。

（2015.5.8）

石壁纹朱墨，醒人警句留，几多盛衰已东流。流水水行舟。

飘渺云间事，何来风雨收？古今谁又论春秋，自有后人钩。

（2019.3.29）

激浪狂呼号，风云卷九洲。大江两岸势难收。风雨洗春秋。

往事辜前后，光阴不曾留。一朝风景都尽流，明月照高楼。

（2019.4.3）

采桑子（格一）

　　＋一＋｜－－｜（句），＋｜－－（韵）。＋｜－－（韵），
＋｜－－＋｜－（韵）。

　　　　＋一＋｜－－｜（句），＋｜－－（韵）。＋｜－－（韵），
＋｜－－＋｜－（韵）。

范例

　　花前失却游春侣，极目寻芳。满目悲凉，纵有笙歌亦断肠。

　　林间戏蝶帘间燕，各自双双。忍更思量，绿树青苔半夕阳。

五代·冯延巳

　　杜鹃倍爱情难收，即兴书诗。点墨成词，畅述心中开口迷。

　　夜深寂静人难睡，情寄相思。不了之情，冬去春来恨太迟。

（2000.9.14）

　　少年口快全无挡，有口无心。说的难听，说罢低头扯衣襟。

　　如今涉世知真言，沉默似金。无言与君，为赋新词独自吟。

（2011.12.20）

　　满江风雨船行慢，滴点成珠。茫然踌躇，如画风景如当初。

　　变化莫测人难料，难凿成书。走近平湖，远处台城雁落孤。

（2015.3.30）

　　绿杨芳草梅花处，人满春游。山涧溪流，春到枝头花也柔。

　　层林尽染来时路，欲把春留。更难情收，还有斜阳半山沟。

（2018.3.3）

　　人生拼搏何为了？不解初时。醒了来迟，一世糊涂一乐痴。

　　斜阳西下黄昏渺，梦幻余晖。舞动风追，水里高楼月儿陪。

（2018.12.18）

有缘相遇三生幸，来也初情。去也初情，不舍梨园小竹亭。

人生本是一场戏，聚也宾朋。散也宾朋，不登楼台不点灯。

（2019.3.6）

采桑子（格二）

十一十｜——｜（句），
十｜——（韵）。十｜——
（叠），十｜——（句），
十｜｜——（韵）。

十一十｜——｜（句），
十｜——（韵）。十｜——
（叠），十｜——（句），
十｜｜——（韵）。

范例

窗前谁种芭蕉树？阴满中庭。阴满中庭，叶叶心心，舒卷有余情。

伤心枕上三更雨，点滴凄清。点滴凄清，愁损离人，不惯起来听。

宋·李清照

梅花绽放迎春客，冬暖先前。冬暖先前，点绿枝丛，石缝淌清泉。

忙忙碌碌昏头转，又到新年。又到新年，各路神仙，旧符换新联。

（2015.2.10）

人生如梦情如画，难解情思。难解情思，明暗朦胧，只恨又来迟。

画中更有神来笔，黑白疏之。黑白疏之，若是似飞，空白有谁知？

（2015.3.24）

数枝傲立呈风骨，红绿含柔。红绿含柔，只见风摇，微动有香留。

几多风雨经过后，虚度春秋。虚度春秋，立此何求？露滴点心悠。

（2018.7.4）

杨柳枝（定格）

　　—｜———｜—（韵），—｜——（韵）。｜—｜｜｜——（韵），｜｜｜——（韵）。

　　｜｜———｜｜（句），—｜——（韵）。｜｜—｜｜｜—（韵），｜｜｜——（韵）。

范例

春去春来春复春，寒暑来频。月生月尽月还新，又被老催人。

只见庭前千岁月，长在常存。不见堂上百年人，尽总化微尘。

敦煌·曲子词

花绿花黄花火红，花在香中。痴花怨他太匆匆，怨语又情深。

闪烁红黄清水景，亦在朦胧。赤橙蓝绿皆是风，不晓影皆空。

（2013.5.8）

画堂春（定格）

　　＋｜—＋｜｜——（韵），＋｜—＋｜——（韵）。＋｜—＋｜｜——（韵），＋｜——（韵）。

　　＋｜｜—＋｜（句），＋｜—＋｜——（韵）。＋｜—＋｜｜——（韵），＋｜——（韵）。

范例

落红铺径水平池，弄晴小雨霏霏。杏园憔悴杜鹃啼，无奈春归。

柳外画楼独上，凭栏手捻花枝。放花无语对斜晖，此恨谁知？

宋·秦观

浴衣短袖去中堂，行人来客真忙。唱歌灯闪舞疯狂，须眉红妆。

适应变化市场，艺人泣出彷徨。为何剧场变作坊？迷路茫茫。

（2012.1.19）

点红如铺一江金，青蓝红绿难寻。波里浪闪舞光阴，实在难擒。

岁月不留静处，水流一片情深。抚琴停处有谁音？留下初心。

（2017.10.20）

一天一地一生情，茫茫一片晶莹。似花似蕾似无形，留下深情。

雪月梅芳相宜，不由人不相迎。顽童堆雪嬉前庭，人醉春醒。

（2018.1.25）

阮郎归（定格）

　　＋－－｜｜－－（韵），－－＋｜－（韵）。｜－－｜｜－－（韵），＋－＋｜－（韵）。

　　－｜｜（句），｜－－（韵），＋－＋｜－（韵）。＋－＋｜｜－－（韵），＋－＋｜－（韵）。

范例

旧香残粉似当初，人情恨不如。一春犹有数行书，秋来书更疏。

衾凤冷，枕鸳孤，愁肠待酒舒。梦魂纵有也成虚，那堪和梦无。

宋·晏几道

江南梅雨锁重山，朦胧自个叹。苦风愁雨滴辛酸，诉情别又难。

天可老，海熬干，此情消除难。深情寄托梦中还，何时天地宽？

（1999.7.27）

杜鹃花醉蝶双飞，春情又唤回。怕春流去把春追，花开争俏时。

花散落，叶枝垂，冷风落叶吹。凄凄惨惨夕阳西，落空成土灰。

（2005.6.24）

金秋今去实难留，重为再见愁。儿行千里又担忧，深情比血稠。

牛角梳，扎红绸，儿时照片收。不思更上几层楼，相思似月瘦。

（2011.12.23）

嘀嗒声响敲高楼，蒙胧梦客留。少年离别再同游，无声话不休。

秋已晚，雨方稠，梦醒到处搜。难忘梦里荡悠悠，相思心上秋。

（2013.9.6）

春风吹尽汉江寒，孤雁形影单。一望无际水漫漫，怨愁莫凭阑。

双手拉，汉江边，笑声话语缠。醒来不该梦中看，夜凉梦魂还。

（2015.3.23）

深秋离去又重阳，亭台伴菊黄。登高莫把故乡望，无声也断肠。

忘不掉，并肩扛，绿红挑大梁。苦辛却熬露成霜，愿天莫短长。

（2018.10.16）

月光随梦泪潜然，思春未接还。旧枝新色挂山川，春途叹复叹。

山浅远，水连天，断肠莫凭阑。欲将一醉换清安，别离看复看。

（2019.4.2）

相思儿令（定格）

｜｜－－｜（句），－｜｜－－（韵）。－｜＋＋｜（句），

－｜｜－－（韵）。

＋＋｜＋－－（句），｜－－－｜－－（韵）。－｜＋＋－｜（句），
｜－－｜－－（韵）。

范例

> 昨日探春消息，湖上绿波平。无奈绕堤芳草，还向旧痕生。
>
> 有酒且醉瑶觥，更何妨檀板新声。谁教杨柳千丝？就中牵系人情。

宋·晏殊

> 绿水青山环绕，山顶采新芽。飞摘嫩绿毛尖，香喷雨花茶。
>
> 泡茶品茶闻茶，雨花飘香誉天涯。金陵源长悠久，雨花情系吾家。

（2012.4）

> 麦浪忙收芒种，今煮酒梅青。幸福梦想莫负，来日论时英。
>
> 人生小满为情，不须争胜逐功名。华丽皆是风景，本真才是人生。

（2020.6.5）

三字令（定格）

－｜｜（句），｜－－（韵），｜－－（韵）。－｜｜（句），
｜－－（韵）。｜－－（句），－｜｜（句），｜－－（韵）。

－｜｜（句），｜－－（韵），｜－－（韵）。－｜｜（句），
｜－－（韵）。｜－－（句），－｜｜（句），｜－－（韵）。

范例

> 春欲尽，日迟迟，牡丹时。罗幌卷，翠帘垂。彩笺书，红粉泪，两心知。
>
> 人不在，燕空归，负佳期。香烬落，枕函欹。月分明，花淡薄，惹相思。

五代·欧阳炯

> 春紫霞，柳长丝，绿山崖。溪水悄，水清池。彩云飞，林深处，画眉啼。

相约见,在春时,绿湖堤。留不住,又春移。恨春光,离故里,梦中追。

(2012.4.2)

朝中措（定格）

＋｜－＋｜｜－－（韵），＋｜｜－－（韵）。＋｜＋－＋｜（句），＋｜－＋｜－－（韵）。

＋｜－＋｜（句），＋｜－＋｜（句），＋｜－－（韵）。＋｜＋－＋｜（句），＋｜－＋｜－－（韵）。

范例

平山阑槛倚晴空,山色有无中。手种堂前垂柳,别来几度春风。

文章太守,挥毫万字,一饮千钟。行乐直须年少,尊前看取衰翁。

宋·欧阳修

人如潮涌去来忙,喜坏展销商。腊肉咸鱼野味,手提牵手推撞。

前边无路,后边难退,过去回望。真是过年采购,乱中忙喜洋洋。

(2012.1.20)

眼儿媚（定格）

－｜－－｜－－（韵），＋｜｜－－（韵）。＋｜－＋｜（句），＋｜－＋｜（句），＋｜－－（韵）。

＋｜－＋｜－－｜（句），＋｜｜－－（韵）。＋｜－＋｜（句），＋｜－＋｜（句），＋｜－－（韵）。

范例

杨柳丝丝弄轻柔，烟缕织成愁。海棠未雨，梨花先雪，一半春休。

而今往事难重省，归梦绕秦楼。相思只在，丁香枝上，豆蔻梢头。

宋·王雱

杨柳新芽送寒冬，丝舞又春风。蜡梅香远，桃花吐蕊，满树花红。

人生苦短难圆梦，成败不由衷。在人做事，在天成事，留下蒙眬。

（2012.2.19）

云淡天高夕阳斜，云坠竹篱笆。影移暗动，又随光去，拟在途鸦。

热浪难有清凉雨，一口一杯茶。香飘内外，还知信啥，烦了人家。

（2018.7.17）

人月圆（定格）

十一十｜——｜（句），十｜｜—
—（韵）。十一十｜（句），——｜｜（句），
十｜——（韵）。

十一十｜（句），十一十｜（句），
十｜——（韵）。十一十｜（句），
——｜｜（句），十｜——（韵）。

范例

小桃枝上春来早，初试薄罗衣。年
年此夜，华灯盛照，人月圆时。

禁街箫鼓，寒轻夜永，纤手同携。更阑人静，千门笑语，声在帘帏。

宋·王诜

月圆十五人难全，旧景仍如初。何方去处？谁知梦若，斜影人孤。

月圆几数，言衷难诉，情寄诗书。清风快去，吹开薄雾，明月心舒。

（2000.9.22）

灯笼高挂秦淮水，淡笔描低眉。今宵相约，难忘午夜，人月圆时。

梨花夹雪，灯摇烛影，红白中谁？夜深难睡，星如已醉，再饮三杯。

（2015.3.4）

洞天着意随风洒，无数水中花。阴晴莫测，斜阳落照，老树枝丫。

凭阑旧故，稀疏远处，寂寞天涯。星星燃起，一江春色，一地年华。

（2019.3.30）

相思寄托中秋月，盼望人月圆。酒香桂折，幽窗露月，情织缠绵。

今宵此夜，明年明月，何似今全。一丝香缈，香生祈祷，一缕青烟。

（2019.9.12）

鬲溪梅令（定格）

｜—＋｜｜——（韵）。｜——（韵）。｜｜｜———｜｜——（韵）。
｜＋—｜—（韵）。

｜—＋｜｜——（韵）。｜——（韵）。｜｜｜———｜｜——（韵）。
｜＋—｜—（韵）。

范例

好花不与殢香人。浪粼粼。又恐春风归去绿成阴。玉钿何处寻？

木兰双桨梦中云。小横陈。漫向孤山山下觅盈盈。翠禽啼一春。

宋·姜夔

鬲溪梅令百花羞。荡春头。只是春风杨柳别惊楼。鬲溪成绿洲。

蝶飞丝柳絮难收。舞悠悠。只怕莺歌燕舞放歌喉。走了春到秋。

（2012.4.26）

新曲（定格）

ーーー｜ーー｜（句），｜ーー（韵）。｜｜ーーー｜｜（句），
｜ーー（韵）。｜｜ーーーー｜（句），ーー｜｜｜ーー（韵）。
｜｜ーーー｜｜（句），ーー｜｜｜ーー（韵）。

范例

侬阿家住朝歌下，早传名。结伴来游淇水上，旧长情。玉珮金钿随步远，云罗雾縠逐风轻。转目机心悬自许，何须更待听琴声。

唐·长孙无忌

河边杨柳丝丝舞，蝶成双。绿色同行留客住，美农乡。日落西山黄昏近，挥枝驱赶群牛羊。凡间谁知天上事，青山绿水藏天堂。

（2012.4.14）

柳梢青（定格）

十｜ーー（韵），十ー十｜（句），｜｜ーー（韵）。十｜ーー（句），
十ー十｜（句），十｜ーー（韵）。

十ー十｜ーー（韵），｜十｜（豆）、ーー｜ー（韵）。十｜ー
ー（句），十ー十｜（句），十｜ーー（韵）。

范例

岸草平沙，吴王故苑，柳袅烟斜。雨后寒轻，风前香软，春在梨花。

行人一棹天涯，酒醒处、残阳乱鸦。门外秋千，墙头红粉，深院谁家？

宋·秦观

杨柳芽含，绿青摇晃，影入深潭。细绳牵牛，睡翁靠树，呼噜春酣。

滴珠悬挂前檐,嘀嗒嘀、轻声二三。门外朦胧,杯茶独饮,春雨江南。

（2016.3.3）

又到中秋,菊黄遍野,翠绿山沟。一旁池塘,水连秋色,几只鸭悠。
月圆挂在高楼,登高处、星空尽收。楼外琴声,举杯对月,醉了方休。

（2018.9.24）

柳梢青（别格）（仄韵）

丨—— 丨（韵），丨— 十丨（句），十— —丨（韵）。十丨—
—（句），十—十丨（句），十——丨（韵）。

——丨丨——（句），丨十丨（豆）、——丨丨（韵）。十丨—
—（句），十—十丨（句），十——丨（韵）。

范例

子规啼血,可怜又是,春归时节。满院东风,海棠铺绣,梨花飞雪。
丁香露泣残枝,消未比、愁肠寸结。自是休文,多情多感,不干风月。

宋·贺铸

故乡山水,竹林湖岸,鸟鸣声翠。杨柳梢青,水中花影,百花争美。
何时辗转回乡,恨空手、三杯已醉。自渡春秋,月亮陪伴,奔波真累。

（2016.4.7）

太常引（定格）

十—十丨丨——（韵），十丨丨——（韵）。十丨丨——（韵）。
丨十（豆）、——丨—（韵）。

十—十丨（句），十—十丨（句），十丨丨——（韵）。

十｜｜——（韵）。｜十｜（豆）、——｜—（韵）。

范例

一轮秋影转金波，飞镜又重磨。把酒问姮娥，被白发、欺人奈何！

乘风好去，长空万里，直下看山河。斫去桂婆娑，人道是、清光更多。

宋·辛弃疾

寒回天暗罩蒙蒙，薄雾绕山峰。滴雨又东风，雾迷漫、春来送冬。

离情难舍，难忘难去，恨走太匆匆。寒冷也情浓，莫不是、春冬爱同。

（2012.2.22）

月光空洒铺江州，银色水轻柔。圆月又中秋，不留意、时光未留。

忙忙碌碌，真真实实，不晓有何求？梦想问春秋，这才是、何时是头？

（2013.9.9）

大千世界缤纷留，月下水推舟。漂泊几时休？又要去、浪迹五洲。

难收思绪，难言放弃，别去数春秋。人生欲何求？正道是、莫像水流。

（2015.5.18）

极相思（定格）

十一十｜——（韵），十｜｜——（韵）。

十一｜｜（句），十一｜｜（句），十｜——（韵）。

十｜———｜｜（句），十十｜（句）、

十｜——（韵）。｜十十—（句），十一

十｜（句），十｜——（韵）。

范例

江头疏雨轻烟，寒食落花天。翻红坠素，残霞暗锦，一段凄然。

惆怅东君堪恨处，也不念、冷落尊前。那堪更看，漫空相趁，柳絮榆钱。

宋·陆游

江堤杨柳丝长，嫩绿舞春光。絮飞引蝶，双双对对，戏水鸳鸯。

长恨君离行远处，又没个、挂念时常。月弯夜凉，寄书月传，月满回乡。

（2012.2.26）

月宫春（定格）

| — — | — — —（韵），— — | — —（韵）。— — — | | — —（韵），
— — — | —（韵）。

| | — — — | |（句），— — | | | — —（韵）。— — — — | |
（句），| — | — —（韵）。

范例

水晶宫里桂花开，神仙探几回。红芳金蕊绣重台，低倾玛瑙杯。

玉兔银蟾争守护，姮娥姹女戏相偎。遥听钧天九奏，玉皇亲看来。

五代·毛文锡

雾朦胧雨天茫茫，风吹柳枝长。梅花开放远飘香，春来蝴蝶忙。

只恨春停时太短，匆匆未能把春藏。追春留春已晚，怨愁送长江。

（2012.3.18）

蜡梅先放迎春容，暖融小桃红。花黄花绿叠花重，飘来香阵风。

好景难长醒又醉，全都恨少酒香浓。无言难行故步，夜愁落花中。

（2019.11.5）

月宫清冷牛郎桥，年年桂花飘。嫦娥长袖舞清霄，条条天路遥。

地上相思天上渺，何来上下一同熬。愁听天音韵调，不知鼓何敲。

（2020.8.1）

少年游（定格）

＋一＋｜｜一一（韵），＋｜｜一一（韵）。＋一＋｜（句），＋一＋｜（句），＋｜｜一一（韵）。

＋一＋｜一一｜（句），＋｜｜一一（韵）。＋｜一一（句），＋一＋｜（句），＋｜｜一一（韵）。

范例

参差烟树灞陵桥，风物尽前朝。衰杨古柳，几经攀折，憔悴楚宫腰。夕阳闲淡秋光老，离思满蘅皋。一曲《阳关》，断肠声尽，独自凭兰桡。

宋·柳永

半山云海断阑珊，怪石奇松攀。一线天窄，鲤鱼脊背，咫尺地连天。少年无暇今游此，满日不愿还。无限风光，胜似神作，呼唤在山巅。

（2015.12.16）

春分花涌似河流，花浪谊风悠。梅香微渐，桃红色艳，梨白满山沟。赤惹红绿着蓝紫，一幅墨青留。春水如烟，春山绿染，春醉更难收。

（2018.3.20）

少年游（格一）

｜一一｜（句），一一一｜（句），一｜｜一一（韵）。一一一｜（句），一一｜｜（句），一｜｜一一（韵）。

｜｜｜一一｜（句），一｜｜一一（韵）。｜｜一一一一｜（句），一一｜（豆）、｜一一（韵）。

范例

去年相送，余杭门外，飞雪似杨花。今年春尽，杨花似雪，犹不见还家。
对酒卷帘邀明月，风露透窗纱。恰似姮娥怜双燕，分明照，画梁斜。

宋·苏轼

雪飞飘朵，如似花苞，枝俏露红梅。嫣红装点，清高志远，香在最高枝。
瘦月不知圆时恨，窗帘遮人眉。腊月梅香窗前坠，浓幽寂，月似迷。

（2015.12.28）

当年相别，金陵城外，杨柳坠秦淮。今年游旧，斜阳如血，香樟伴亭台。
岁月不留光阴影，追着走天涯。不老黄昏人亦老，秦淮水，诉情怀。

（2017.5.3）

少年游（格二）

　　——— | （句），—— | | | （句），— | | —— （韵）。| | —
— （句），| — 十 | （句），十 | | —— （韵）。

　　—— | （句），| —— | （句），— | | —— （韵）。| | —— （句），
| — 十 | （句），十 | | —— （韵）。

范例

并刀如水，吴盐胜雪，纤手破新橙。锦幄初温，兽烟不断，相对坐调笙。
低声问：向谁行宿？城上已三更。马滑霜浓，不如休去，直是少人行。

宋·周邦彦

长长长细，身姿窈窕，与绿醉浓酣。细叶偎依，一花一杆，无意乐平凡。
青之绿，窄伸弯引，香沉叶中含。淡淡幽思，不争色艳，雅韵数春兰。

（2015.12.30）

少年游（格三）

——｜｜（句），———｜（句），—｜｜——（韵）。｜｜——（句），
———｜（句），—｜｜——（韵）。

　　——｜｜——｜（句），—｜｜——（韵）。—｜——（句），
———｜（句），—｜｜——（韵）。

范例

　　双螺未合，双蛾先敛，家在碧云西。别母情怀，随郎滋味，桃叶渡江时。扁舟载了匆匆去，今夜泊前溪。杨柳津头，梨花墙外，心事两人知。

宋·姜夔

　　红黄白绿，双飞蝴蝶，情画自相融。百菊必中，千种姿色，心动不由衷。船舟载满黄金色，霞落半边红。八卦洲头，风光风起，秋菊揽秋风。

（2015.12.30）

少年游早行（定格）

　　＋＋＋＋｜——（韵），＋｜｜——（韵）。＋｜＋｜（句），
＋｜＋｜（句），＋｜｜——（韵）。

　　＋—＋｜——｜（句），＋｜｜——（韵）。｜｜——（句），
＋—＋｜（句），＋｜｜——（韵）。

范例

　　霁霞散晓月犹明，疏木挂残星。山径人稀，翠萝深处，啼鸟两三声。霜华重迫驼裘冷，心共马蹄轻。十里青山，一溪流水，都做许多情。

宋·林仰

碧水孤帆水连天，缺月照船舷。波涛万顷，黑幕星缀，追月夜风寒。窗前望月心中乱，船儿可停湾？可把帆张？追风驱浪，君要早回还。

（2012.4.3）

怨三三（定格）

　　＋＋＋｜－－（句），＋｜－－（韵）。＋｜－－｜｜－（韵），＋｜－（句）、＋｜－－（韵）。

　　＋－｜｜－－（句），＋＋｜（句）、－＋｜－（韵）。＋｜｜－－（韵）。－－＋｜（句），＋｜－－（韵）。

范例

玉津春水如蓝，宫柳毵毵。桥上东风侧帽檐，记佳节、约是重三。飞楼十二珠帘，恨不贮、当年彩蟾。对梦雨廉纤。愁随芳草，绿遍江南。

宋·贺铸

巍巍挺拔钟山，郁郁葱葱。山上天文宇宙宫，一流处、连创雄风。依山玄武湖清，湖山映、山水相融。青绿洒情浓。钟山风雨，情在蒙眬。

（2012.4.3）

莺声绕红楼（定格）

　　｜｜－－｜｜－（韵）。＋－｜（句）、＋｜－－（韵）。＋－＋｜｜－－（韵），＋｜｜－－（韵）。

　　＋｜－－｜（句），＋＋｜（句）、＋｜－－（韵）。＋－＋｜｜－－（韵）。＋＋｜－－（韵）。

范例

十亩梅花作雪飞。冷香下、携手多时。两年不到断桥西，长笛为予吹。人妒垂杨绿，春风为、染作仙衣。垂杨却又妒腰肢。近前舞丝丝。

宋·姜夔

碧绿清池曲水流。鸟啼啭、杨柳丝柔。小桥流水林深幽，莺声绕红楼。天上仙人处，大自然、天地无忧。人生一路是何求？摇头晃休休。

（2012.4.19）

月中行（定格）

　　＋－｜｜｜——（韵），
＋｜｜——（韵）。＋－｜｜｜—
—（韵）。＋＋｜——（韵）。
　　＋－＋｜——｜（句），—
＋｜（句），＋｜——（韵）。＋
－＋｜｜——（韵），＋｜｜——
（韵）。

范例

　　蜀丝趁日染乾红。微暖面脂融。博山细篆霭房栊。静看打窗虫。
　　愁多胆怯疑虚幕，声不断，暮景疏钟。团围四壁小屏风。泪尽梦啼中。

宋·周邦彦

　　金黄稻谷荡农乡，一片稻花香。近山远水皆农忙。急追月明光。
　　机停灯灭人方散，声已断，月色茫茫。怪风呼叫颤心惶，拔腿奔如狂。

（2012.4）

江月晃重山（定格）

｜＋－－｜｜（句），－－｜｜－－（韵）。＋－－｜｜－－（韵）。
－＋｜（句），＋｜｜－－（韵）。

｜＋－－｜｜（句），－－｜｜－－（韵）。＋－－｜｜－－（韵）。
－＋｜（句），＋｜｜－－（韵）。

范例

塞上秋风鼓角，城头落日旌旗。少年鞍马适相宜。从军乐，莫问所从谁。

候骑才通冀北，先声已动辽西。归期犹及柳依依。春闺月，红袖不须啼。

金·元好问

半月窗前悬挂，风吹布乱衣单。惜春春去已花残。相思怨，梦里吐心酸。

别君方知苦惘，依山夜色凭栏。船行昏暗靠江湾。风平静，江月晃重山。

（2012.3.22）

紫金山前秀丽，河湾柳树桥边。少年挥手乐难闲。时飞去，各奔别同班。

岁月迷留旧地，情还存在先前。再回初见再难见。望的是，相聚在今年。

（2018.4.18）

一剪梅（定格）

＋｜－－＋｜－（韵）。＋｜－－（句），＋｜－－（韵）。＋
－＋｜｜－－（句），＋｜－－（句），＋｜－－（韵）。

＋｜－－＋｜－（韵）。＋｜－－（句），＋｜－－（韵）。＋
－＋｜｜－－（句），＋｜－－（句），＋｜－－（韵）。

范例

红藕香残玉簟秋。轻解罗裳，独上兰舟。云中谁寄锦书来？雁字回时，月满西楼。

花自飘零水自流。一种相思，两处闲愁。此情无计可消除，才下眉头，却上心头。

宋·李清照

黑夜茫茫星渺飘。窗傍人娇，窗下吹箫。牛郎织女上鹊桥，路又漫漫，路又迢迢。

何日惆怅一起抛。东起浪潮，西起波涛。中流砥柱立云霄，同力舟摇，欢笑歌嘹。

（1997.8.8）

久逢知己仰天叹。恨晚相知，恨晚相看。红花绿叶满园春，苦了园丁，红了杜鹃。

两眼望穿相见难。南北东西，三伏心寒。笑中含泪强留欢，丢了相思，红豆忘还。

（2000.6.23）

相约长江已近秋。江水悠悠，双眼情留。船帆飘荡别亭楼，立誓心头，相守春秋。

就怕时光像水流。丢了东西，多了高楼。时光可否再回头，东是山沟，西是黄牛。

（2005.6.18）

玉兔桂花寒月宫。月饼香浓，思念情朦。人间天上应相同，走了秋冬，来了春风。

船上悠悠一老翁。水流淙淙，万事空空。雪飞人在梦醒中，乐在朦朦，幻在融融。

（2011.12.2）

昨日还乡日坠西。恨也来迟，别也来时。春秋岁月可忘谁，丢了相思，多了诗词。

今日鸿雁传霞飞。恍惚眉低，神色依稀。时光逝去又迷离，熟了青梨，白了青丝。

（2013.1.4）

三月春风又忽悠。天热衣单，忽又寒流。禽流恶感担人心，爱在春天，怕在心头。

不解春风怨恨留。来也成忧，去也更愁。此情未了几时休，多少春思，多少忧愁。

（2013.4.19）

梅雨涟漪洒老房。雨打风急，满目凄凉。云低骤冷罩人愁，放了东西，湿了衣裳。

梦想心中长久藏。坎坷前方，后退渺茫。不知所措尽乱猜，左手抓单，右手抓双。

（2015.5.15）

汉水依山周家冲。年少来时，一阵轻风。空山荒芜草必生，留下青春，带走情浓。

往事云烟如梦中。那面山墙，依旧朝东。旧人含泪数春秋，忘了经年，剩下蒙胧。

（2016.10.24）

万里江山万里天。情系长江，魂绕山川。异乡甘苦只坦然，笑在年轻，笑抗风寒。

已是霜年莫凭栏。岁月流连，寸步难还。还乡衣帽负初心，来到春天，又是明年。

（2018.2.6）

碧水偎依脚踏船。路上匆忙，水上闲悠。绿红彩旗涌人潮，刚上梁洲，又下菱洲。

忙里偷闲出外游。玩了开心，丢了秋愁。尽兴未尽几时来，今日东风，明日东流。

（2018.10.1）

兰自清幽素雅茎。一阵清香，一片温馨。不争春景独晶莹，百丽红春，兰馥倾城。

不为繁华易素心。一种情深，二处心明。待到春日放歌喉，放下秋思，唱出春情。

（2019.1.18）

一路披霜一片寒。一景淹黄，一地花残。一场风雨一泥滩，一丝曙光，一夜阑珊。

一曲心声一直牵。一种相思，一了难还。一迭峻岭一脉连，一缕尘缘，一梦难圆。

（2019.12.29）

南乡一剪梅（定格）

—｜｜——（韵），｜｜———｜｜—（韵）。｜｜———｜｜（句），十｜——（韵），十｜——（韵）。

十｜｜——（韵），｜｜———｜｜—（韵）。｜｜———｜｜（句），十｜——（韵），十｜——（韵）。

范例

　　南阜小亭台,薄有山花取次开。寄语多情熊少府,晴也须来,雨也须来。

　　随意且衔杯,莫惜春衣坐绿苔。若待明朝风雨过,人在天涯,春在天涯。

元·虞集

　　窗外一花盆,陶瓦青泥勾描身。树桩梅枝如鹏展,早也要伸,晚也要伸。

　　花绽色缤纷,粉叠红浓白胶云。宛如飞龙追风舞,梅在迎春,人在迎春。

(2011.4.26)

南乡子（格一）

　　＋｜｜——（韵），＋｜——｜｜—（韵）。＋｜＋——｜｜（句），——（韵），＋｜——＋｜—（韵）。

　　＋｜｜——（韵），＋｜——｜｜—（韵）。＋｜＋——｜｜（句），——（韵），＋｜——＋｜—（韵）。

范例

　　霜降水痕收,浅碧鳞鳞露远洲。酒力渐消风力软,飕飕,破帽多情却恋头。

　　佳节若为酬,但把清尊断送秋。万事到头都是梦,休休,明日黄花蝶也愁。

宋·苏轼

　　细雨罩长亭,夜黑心焦侧耳听。远处风铃捎口信,叮叮,梦里人敲还未醒。

　　相恋万年情,流传千秋满院庭。书写万千皆不及,温馨,相爱相依携手行。

(2000.7.12)

　　梅雨冲窗敲,滴嗒催人烦恼焦。无奈抽身方出去,糟糟,瞬间狂风大雨浇。

　　弯月坠西桥,楼上谁人怨伴箫。婉转回肠肠欲断,飘飘,不解沧凉恨难消。

(2011.6.25)

往事再回难，再去东山莫凭栏。怕随长江流不去，心酸，刚别前思他又还。
世事别心叹，梦想前方别怕难。暴雨狂风过去后，君看，无限风光天地宽。

（2013.8.1）

荷影缩河流，玉立亭亭独占秋。翠绿叶高珠欲滴，悠悠，出水芙蓉姿韵柔。
典雅掩香留，粉白红黄只上头。根在深泥似白玉，幽丝，嫣然回首也见羞。

（2018.3.18）

明月照江舟，月好共传水映楼。若得长圆此景留，无忧，陪伴青山绿水流。
怀旧倍中秋，过去方知末了休。天上人间都是梦，魂收，美好还留心上头。

（2018.9.16）

南乡子（格二）

　—｜｜（句），｜——（韵），＋—＋｜｜——（韵）。＋｜＋——｜｜（韵），＋—｜（韵），＋｜＋——｜｜（韵）。

范例

登画舸，泛清波，采莲时唱采莲歌。拦棹声齐罗袖敛，池光飐，惊起沙鸥八九点。

五代·李珣

红繁苑，绿边馕，满园春色益花香。久居山中从未远，轻声唤，绿水青山长相伴。

（2018.6.2）

弯月影，映青萍，小桥绿水柳依亭。轻拨琴音听止步，寻声去，莫是旧居居住处。

风骤起，水连波，梅花怒放满山坡。十里秦淮风月过，月光坠，水里水花花万朵。

荷花托，戏鸳鸯，一枝独放满塘香。浪里随风摇窈窕，无争俏，玉立水中风悄悄。

（2019.3.28）

临江仙（格一）

十｜十一一｜｜（句），十一十｜一一（韵）。十一十｜｜一一（韵），十一十｜（句），十｜｜一一（韵）。

十｜十一一｜｜（句），十一十｜一一（韵）。十一十｜｜一一（韵），十一十｜（句），十｜｜一一（韵）。

范例

樱桃落尽春归去，蝶翻轻粉双飞。子规啼月小楼西，玉钩罗幕，惆怅暮烟垂。

别巷寂寥人散后，望残烟草低迷。炉香闲袅凤凰儿，空持罗带，回首恨依依。

五代·李煜

枯草断丫秋色尽，寒风难挡人行。匆匆赶路祈天晴，回乡过节，团聚大家庭。

炮竹炸飞红满地，霏霏细雨催行。手提肩背欲回城，身依门框，摇晃醉未醒。

（2012.1.27）

萧瑟秋风今又是，散零落叶飘黄。夕阳斜照印南墙，星星点点，无语倍凄凉。

人不甘心藏梦想，东西南北茫茫。前方艰险负沧桑，精神何在？来日数方长。

（2014.10.10）

初上高原山峦静，地天洁白似银。荒山原野透清纯，西风无力，残叶坠黄昏。

岁月不知人间事，月光依旧留痕。酒香味在醉人心，新芽吐绿，冬去又移春。

（2015.11.11）

临江仙（格二）

　　＋｜＋－－｜（句），＋－＋｜－－（韵）。＋－＋｜｜－－（韵）。＋－－｜｜（句），＋｜｜－－（韵）。

　　＋｜＋－－｜（句），＋－＋｜－－（韵）。＋－＋｜｜－－（韵）。＋－－｜｜（句），＋｜｜－－（韵）。

范例

饮散离亭西去，浮生长恨飘蓬。回头烟柳渐重重。淡云孤雁远，寒日暮天红。

今夜画船何处？潮平准月朦胧。酒醒人静奈愁浓。残灯孤枕梦，轻浪五更风。

宋·徐昌图

溪水叠山弯路，小亭云薄风轻。天涯何处是归程。雁飞南宿处，不解是乡情。

梦死醉生何地？惊醒夜半三更。凉茶难咽举杯停。寂空星闪烁，夏

夜数蛙声。

（2015.11.16）

临江仙（格三）

　　＋｜＋－－｜｜（句），＋－＋｜｜－－（韵）。＋－＋｜｜－－（韵）。＋｜－－｜｜（句），＋｜｜－－（韵）。

　　＋｜＋－－｜｜（句），＋－＋｜｜－－（韵）。＋－＋｜｜－－（韵）。＋｜－－｜｜（句），＋｜｜－－（韵）。

范例

　　夜饮东坡醒复醉，归来仿佛三更。家童鼻息已雷鸣。敲门都不应，倚杖听江声。

　　长恨此身非我有，何时忘却营营。夜阑风静縠纹平。小舟从此逝，江海寄余生。

宋·苏轼

　　车水马龙如蜂巢，高峰堵车真难。水平全在窄行穿。天天听路况，不经一声叹。

　　绿水青山迎客远，花香鸟语山泉。流连慢步不思还。不知今去处，可是桃花源？

（2014.10.9）

　　山水不留愁去处，一人独上高楼。轮回辗转几时休？远望金色满，温暖在喉头。

　　此景非天无独有，钟山脚下山沟。游人脚步却难收。地黄皆叶铺，落叶也留秋。

（2015.11.17）

临江仙（格四）

| | | — |（句），| — | |（句），— | — —（韵）。| — |（豆），
— — | | — —（韵）。— —（韵）。| — | |（句），— — |（豆），
| | — —（韵）。— — |（句），| | — — |（句），— | — —（韵）。

— —（韵）。— — | |（句），— | — | — —（韵）。| — —（句），
— | | | — —（句）。— —（韵）。| — ╂（句），— — |（豆），
| | — —（韵）。— — |（句），| | — — |（句），— | — —（韵）。

范例

梦觉小庭院，冷风淅淅，疏雨潇潇。绮窗外，秋声败叶狂飘。心摇。
奈寒漏永，孤帏悄，泪烛空烧。无端处，是绣衾鸳枕，闲过清宵。

萧条。牵情系恨，争向年少偏饶。觉新来，憔悴旧日风标。魂消。
念欢娱事，烟波阻、后约方遥。还经岁，问怎生禁得，如许无聊。

宋·柳永

雾霾罩窗外，雨珠滴答，残叶梧桐。远望处，炊烟锁紧愁浓。匆匆。
走过岁月，还思那，盛世民同。沧桑里，洒尽多少泪，难说情衷。

无终。生情是恨，天上人间无穷。见前方，红绿已是朦胧。空空。
放心不下，缥缈处、已展雄风。君知否？岁月依如旧，秋去寒冬。

（2015.11.20）

鹧鸪天（定格）

╂ | — — ╂ | —（韵），╂ — ╂ | | — —（韵）。╂ — ╂ | —
— |（句），╂ | — — ╂ | —（韵）。

— | |（句），| — —（韵），╂ — ╂ | | — —（韵）。╂ —

＋｜－－｜（句），＋｜－－＋｜－（韵）。

范例

彩袖殷勤捧玉钟，当年拼却醉颜红。舞低杨柳楼心月，歌尽桃花扇影风。

从别后，忆相逢，几回魂梦与君同。今宵剩把银钉照，犹恐相逢是梦中。

宋·晏几道

三月春风湖岸留，欢歌笑语水推舟。远山近水人何乐？鱼儿同池水下悠。

天色变，使人忧，乌云叠压在心头。不知黑暮何时散，舟上人为返程愁。

（2006.3.15）

人们天天说是非，是非不一又听谁。是非非是非非是，是是非非何处归？

人是是，事非非，千年传统鬼难推。除非不管三七一，是是非非按法规。

（2011.12.21）

何处如今更有诗？秋舟舷旁见荷姿。何需百卉予芳艳，傲立江湖第一枝。

伸玉盘，滴莲池，无风翠绿动涟漪。今宵欲把荷莲托，不想明朝陪月归。

（2018.3.24）

绿白红蓝景色迷，水中晚色静涟漪。不争春艳秋风易，只露醇香风醉池。

清水碧，月光随，点亮闪烁显裙衣。莲开层叠真似梦，只见微风顺舞姿。

（2018.6.21）

黑夜茫茫听弦单，不唱弹出怨难全。无言莫道酸甜苦，实是人间举步艰。

悲泪泣，恨心寒，天无正道枉为天。彩虹七彩挂天边，惜是天空一道烟。

（2019.9.1）

十里秦淮披晨衣，黄花绿浦露堤低。桃红梨白围青岸，燕子双飞衔春泥。

花儿美，醉心扉，水流桥下把船推。摇船村女霞光映，蓝布飘花彩蝶飞。

（2020.3.18）

小重山（定格）

十｜－－十｜－（韵）。十－－｜｜（句），｜－－（韵）。十
－十｜｜－－（韵）。－十｜（句），十｜｜－－（韵）。

十｜｜－－（韵）。十－－｜｜（句），｜－－（韵）。十－
十｜｜－－（韵）。－十｜（句），十｜｜－－（韵）。

范例

一闭昭阳春又春。夜寒宫漏永，梦君恩。卧思陈事暗销魂。罗衣湿，
红袂有啼痕。

歌吹隔重阍。绕庭芳草绿，倚长门。万般惆怅向谁论？凝情立，宫
殿欲黄昏。

唐·韦庄

玄武湖边杨柳垂。水清描倒影，一丝丝。远山巍巍石桥低。叹无奈，
水映显娇姿。

霞落后湖堤。鸟飞莫惊画，日摇西。画中角色已痴迷。谁还记？烦
恼散心思。

（2012.1.31）

淡溪愁烟春梦寒。人疏清夜伴，陪星看。银河流水似潺潺。真个是，遐想也牵缠。

月儿半如环。楼台疏影散，月光残。画时容易做时难。空相忆，可在小重山。

（2018.3.15）

吹散星光春梦醒。夜寒难再眠，数三更。人间诸事皆为轻。唯只有，刚正刻明心。

往事画分明。糊涂遮意境，几时兴？万般无奈有谁听。黄昏近，斜影别离情。

（2019.1.12）

谁立寒窗伴落秋。碧空鸿雁去，不胜愁。愿将离恨托江鸥。空凝望，一抹尽山头。

漫道醉忘忧。悔初和月走，冷风嗖。岂知天地两悠悠。红渐黑，独自倚危楼。

（2019.12.27）

唐多令（定格）

十｜｜——（韵）。十—十｜—（韵）。｜——十｜十——（韵）。十｜十——｜｜—十｜（句），十十｜（句），｜——（韵）。

十｜｜——（韵）。十—十｜—（韵）。｜｜—（句），｜｜｜—（韵）。十｜十——｜｜（句），——｜（句），｜——（韵）。

范例

何处合成愁？离人心上秋。纵芭蕉不雨也飕飕。都道晚凉天气好，有明月，怕登楼。

年事梦中休。花空烟水流。燕辞归，客尚淹留。垂柳不萦裙带住，漫长是，系行舟。

宋·吴文英

何字合成张？弓同情意长。唯天长日久见人心。不负春光花满堂，情在此，用心藏。

残月又前窗。离愁若断肠。月映孤，却在他乡。垂泪不知何处诉，弯弯月，荡河江。

（2012.4.3）

杨柳垂池塘。稻花田野香。叹天高山水绿红黄。是否画中风在动，人在醉，醉思乡。

回返城中凉。都为买房忙。蜀道难，不及房伤。无言登楼望远处，时光淌，是沧桑。

（2013.7.19）

陌上骤起风。冰凉雪似绒。北风呼号亦称雄风。都道冬凶春来早，再几日，挂灯笼。

燕子矶头松。俯江似腾龙。耸立江，岩锁住峰。岁月去留依旧在，思前后，少年童。

（2019.2.3）

破阵子（定格）

丨丨－－＋丨（句），＋－＋丨－－（韵）。＋丨＋－－丨丨（句），＋丨－－＋丨－（韵），＋－＋丨－（韵）。

丨丨－－＋丨（句），＋－＋丨－－（韵）。＋丨＋－－丨丨（句），＋丨－－＋丨－（韵），＋－＋丨－（韵）。

范例

　　醉里挑灯看剑，梦回吹角连营。八百里分麾下炙，五十弦翻塞外声，沙场秋点兵。

　　马作的卢飞快，弓如霹雳弦惊。了却君王天下事，赢得生前身后名，可怜白发生。

宋·辛弃疾

　　雾里看花飘乎，醉生梦死如愚。大宇万千听呐喊，可惜空看千册书，到头全是嘘。

　　唯有时光不停，风光千里江苏。大地回春追梦境，十里秦淮越太湖，南京是古都。

（2016.3.2）

喝火令（定格）

　　　｜｜－－｜（句），－－｜｜－（韵）。｜－－｜｜－－（韵）。＋｜｜｜－－｜（句），＋｜｜－－（韵）。

　　　｜｜－－｜（句），－－｜｜－（韵）。｜－－｜｜－－（韵）。｜｜－－（句），｜｜｜－－（韵）。｜｜｜－－｜（句），＋｜｜－－（韵）。

范例

　　见晚情如旧，交疏分已深。舞时歌处动人心。烟水数年魂梦，无处可追寻。

　　昨夜灯前见，重题汉上襟。便愁云雨又难寻。晓也星稀，晓也月西沉。晓也雁行低度，不会寄芳音。

宋·黄庭坚

翠绿如烟柳，荷花绿叶柔。嫩苞花绽水含羞。日落薄云红透，良宵又中秋。

月色依如旧，时光岁月悠。变化千万啥难留。别说东西，别说几多愁。现实未来珍惜，别像水东流。

（2014.9.4）

又见炊烟起，天边是故乡。白鹅击水戏池塘。十里稻花香醉，远处自情长。

暮色融离梦，离愁痛断肠。梦中知否有狂浪。有也奈何，那就是沧桑。昼夜不分无言，无言话秋凉。

（2015.8.25）

冠疫横行地，凶情乱夜天。隔窗望断寄心牵。掀起一帘幽梦，珠捻数寒烟。

旧事重提起，难书逝水漫。隔三差五遇难关。左也朱颜，右也扯襟连。了也理应无数，何处是神山？

（2020.2.13）

行香子（定格）

＋｜－－（韵），＋｜－－（韵）。＋－－（句），＋｜－－（韵，）。＋－＋｜（句），＋｜－－（韵）。＋－－｜（句），＋＋｜（句），｜－－（韵）。

＋＋－－（韵），＋｜－－（韵）。＋－＋（句），＋｜－－（韵）。＋－＋｜（句），＋｜－－（韵）。｜＋－＋（句），＋＋｜（句），｜－－（韵）。

范例

　　佛寺云边，茅舍山前。树阴中，酒旆低悬。峰峦空翠，溪水青连。只欠梅花，欠沙鸟，欠渔船。

　　无限风烟，景趣天然。最宜他，隐者盘旋。何人村墅，若个林泉。恰似欹湖，似枋口，似斜川。

宋·刘过

　　山半云移，悬石松奇。雾茫茫，峭壁天池。尺三石阶，顿觉天低。登山山近，爬山道，爬天梯。

　　山顶风迷，忽雨霏霏。雨蒙蒙，流水清溪。夜长藏日，霞露生辉。变化千万，没看够，不思归。

（2012.3.28）

　　桥上灯笼，桥下黄龙。闹新年，万巷人空。烟花爆竹，一片红通。有连珠炮，礼花闪，破天冲。

　　新年年浓，重在情融。一声贺，春满情衷。雪花已去，春在花中。见茶花黄，白兰白，蜡梅红。

（2022.9.18）

风入松（定格）

　　＋－＋｜｜－－（韵），＋｜｜－－（韵）。＋－＋｜｜－－｜（句），＋－＋（豆）、＋｜－－（韵）。＋｜－－－｜（句），＋－＋｜－－（韵）。

　　＋－＋｜｜－－（韵），＋｜｜－－（韵）。＋－＋｜｜－－｜（句），＋－＋（豆）、＋｜－－（韵）。＋｜－－－｜（句），＋－＋｜－－（韵）。

范例

听风听雨过清明，愁草瘗
花铭。楼前绿暗分携路，一丝
柳、一寸柔情。料峭春寒中酒，
交加晓梦啼莺。

西园日日扫林亭，依旧赏
新晴。黄蜂频扑秋千索，有当
时、纤手香凝。惆怅双鸳不到，
幽阶一夜苔生。

宋·吴文英

柳芽吐绿软低垂，春雨锁愁眉。难忘分别黄昏路，默无语、杨柳江堤。
彩蝶飞来人去，夕阳残照余晖。

黄花绿草小河溪，又是暖春回。蜂飞蝶舞黄花地，只难有、蝶戏人追。
冷落花开情景，黄花落地风吹。

（2012.2.3）

雪晴云淡日光寒，点色饰花残。蓝天白云湖光裹，一线连、远处寒山。
不尽杯中佳酒，才知天上人间。

新晴扫尽雾蒙天，春到近山峦。盼春就怕春回晚，一丝线、一片云绵。
人有悲欢离合，月有阴晴圆缺。

（2018.1.20）

秋分已去晚初凉，荷叶寂池塘。曲径暗淡莫愁路，翠萍浮、一片青镶。
碧水望穿秋幕，绿杨柳里斜阳。

秦淮游走好时光，一走念思长。昨今就像眼前晃，有谁料、留月窗旁。
疏影横斜形半，东墙篱下菊黄。

（2018.9.26）

金人捧露盘（定格）

|——（韵），—||（句），|——（韵）。|||（豆）、
十|——（韵）。——||（句），|十——||——（韵）。|—
—|（句），|十—（豆）、十|——（韵）。

——|（句），——|（句），—||（句），|——（韵）。
|||（豆）、十|——（韵）。——||（句），|十——||—（韵）。
|——|（句），|十—（豆）、十|——（韵）。

范例

控沧江，排青嶂，燕台凉。驻彩仗、乐未渠央。岩花磴蔓，妒千门
珠翠倚新妆。舞闲歌悄，恨风流、不管余香。

繁华梦，惊俄顷，佳丽地，指苍茫。寄一笑、何与兴亡。量船载酒，
赖使君相对两胡床。缓调清管，更为依、三弄斜阳。

宋·贺铸

别长江，离旧地，白茫茫。忆昔日、一枕黄粱。清晨未到，又梦中
还在说风凉。起身才见，有几条、床上亮光。

深秋至，垂黄叶，摇绿色，桂花香。淡淡的、一阵清芳。风中妙味，
醉恰如心慰自深长。树阴停短，语无声、自道衷肠。

（2016.6.22）

八六子（定格）

|——（韵），|——|（句），——||——（韵）。|||—
—||（句），|——|——（句），|—|—（韵）。

———|——（韵），|||——|（句），——||——（韵）。

｜｜｜（豆）、——｜——｜（句），｜——｜（句），｜——｜（句），——｜｜——｜｜（句），———｜——（韵）。｜——（韵），——｜—｜—（韵）。

范例

倚危亭，恨如芳草，萋萋刬尽还生。念柳外青骢别后，水边红袂分时，怆然暗惊。

无端天与娉婷，夜月一帘幽梦，春风十里柔情。怎奈向、欢娱渐随流水，素弦声断，翠绡香减，那堪片片飞花弄晚，蒙蒙残雨笼晴。正销凝，黄鹂又啼数声。

宋·秦观

立江边，忆如泉涌，回家放学天寒。见一路江中景色，夕阳霞落残红，玩心好欢。

时光飞逝难还，远走他乡回返，重游旧地依阑。旧模样、依稀几回寻找，老房心乱，喊人声断，叹空暮色茫墙角冷，伤情离别心酸。数栏杆，来年再来绕弯。

（2016.6.11）

河满子（定格）

＋｜＋—＋｜（句），＋—＋｜——（韵）。＋｜＋——｜｜（句），＋—＋｜——（韵）。＋｜＋——｜（句），＋—＋｜——（韵）。

＋｜＋—＋｜（句），＋—＋｜—｜（韵）。＋｜＋——｜｜（句），＋—＋｜——（韵）。＋｜＋——｜（句），＋—＋｜——（韵）。

范例

　　寂寞芳菲暗度，岁华如箭堪惊。缅想旧欢多少事，转添春思难平。曲槛丝垂金柳，小窗弦断银筝。

　　深院空闻燕语，满园闲落花轻。一片相思休不得，忍教长日愁生。谁见夕阳孤梦，觉来无限伤情。

五代·毛熙震

　　阴霾暗灰几日，枝摇叶落风凉。寒欲重回春又晚，河边杨柳丝长。小草返春初窥，梅花怒放飘香。

　　自古多愁伤别，春来冬去更堪。触景伤情情难禁，几多怨恨心藏。天若有情天老，不知何处添伤。

（2012.2.29）

　　紫陌尘扬几度，暮秋过往霜收。怎记旧时多少事，又生春思空幽。柳暗花明难再，月光飞洒难搜。

　　深院红墙翠柳，落花村旁东流。两种心情消不了，倒许长日生愁。春在梦中心里，未醒更是羞休。

（2019.11.6）

一丛花（定格）

　　＋－＋｜｜－－（韵），＋｜｜－－（韵）。－－｜｜－－｜（句），｜＋＋（句），＋｜－－（韵）。－｜｜－（句），＋－＋｜（句），＋｜｜－－（韵）。

　　＋－＋｜｜－－（韵），＋｜｜－－（韵）。－－｜｜－－｜（句），｜＋＋（句），＋｜－－（韵）。－｜｜－（句），＋－＋｜（句），＋｜｜－－（韵）。

范例

伤高怀远几时穷，无物似情浓。离愁正引千丝乱，更东陌，飞絮蒙蒙。嘶骑渐遥，征尘不断，何处认郎踪。

双鸳池沼水溶溶，南北小桡通。梯横画阁黄昏后，又还是，斜月帘栊。沉恨细思，不如桃杏，犹解嫁东风。

宋·张先

一丛花伴水淙流，小溪绕山沟。清波带走寒冬意，草又绿，偶露春羞。杨柳嫩芽，山映红遍，翠竹点山丘。

半山亭台层楼瘦，楼上有人忧。迷途又添心中怨，只是那，烦恼无休。世外桃源，山青水秀，此地渡春秋？

（2012.2.16）

一窗寒露透秋光，几朵菊花黄。沿江崖壁楼台悬，三台洞，陪伴长江。江上小舟，江边绿柳，秋色满村乡。

思乡时候莫依阑，泪洒断愁肠。时光只管催人老，也不道，路上茫茫。山水有情，无情岁月，杯酒话秋凉。

（2018.10.7）

雪梅香（定格）

｜—｜（句），——｜｜｜——（韵）。｜———｜（句），——｜｜——（韵）。＋｜——｜｜（句），｜——｜｜——（韵）。｜—｜（句），｜｜——（句），—｜——（韵）。

——（韵），｜—｜（句），｜｜——（句），｜｜——（韵）。｜｜——（句），｜—｜｜——（韵）。＋｜——｜—｜（句），｜——｜｜——（韵）。——｜（句），｜｜——（句），—｜——（韵）。

范例

景萧索，危楼独倚面晴空。动悲秋情绪，当时宋玉应同。渔市孤烟袅寒碧，水村残叶舞愁红。楚天阔，浪浸斜阳，千里溶溶。

临风，想佳丽，别后愁颜，镇敛眉峰。可惜当年，顿乖雨迹云踪。媚态妍姿正欢洽，落花流水忽西东。无限恨，相思意尽，分付征鸿。

宋·柳永

落残叶，寒侵雁去已过秋。枯垂荷花干，浪波击打停舟。十里烟波两边恼，推花零瓣散坡沟。怨难了，肆意寒风，看了心纠。

清稠，血浓水，不言难忘，就在心头。别忆秋天，一年收获时候。千里金黄稻香烈，小河流水醉悠悠。轻声叹，不解幸寒，难懂秋愁。

（2016.3.8）

几多白，沉沉一片雾茫茫。见眼前秋醉，三三两两灯光。春日花开俏颜彩，至今红少剩疏黄。雪中影，世外桃源，千里家乡。

临窗，闷难散，一阵风过，一阵秋凉。望尽天涯，有谁能解愁长？忽闻清风报凉处，一茬兰玉九枝香。念难了，存于心间，邮于长江。

（2018.11.28）

雨疯狂，风刀肆虐路茫茫。那堪随波荡，如烟一梦凄凉。翻旧装新两相望，别离滋味又重尝。叹惆怅，烟雾遮阳，难见春光。

悲伤，下难上，影碎南墙，败叶飘黄。世道无常，月光映照回廊。空恋欢颜舞衣唱，回首情恨断愁肠。莫乱想，山梁路短，乡土情长。

（2022.6.12）

满庭芳（定格）

十丨——（句），十—十丨（句），丨十—丨——（韵）。丨——丨（句），—丨丨——（韵）。十丨——丨丨（句），十十丨（豆）、十丨——（韵）。——丨（句），十—十丨（句），十丨丨——（韵）。

——（韵），—丨丨（句），——丨丨（句），十丨——（韵）。丨—丨——（句），十丨——（韵）。十丨十—丨丨（句），十十丨（豆）、十丨——（韵）。——丨（句），十—十丨（句），十丨丨——（韵）。

范例

三十三年，今谁存者，算只君与长江。凛然苍桧，霜干苦难双。闻道司州古县，云溪上、竹坞松窗。江南岸，不因送子，宁肯过吾邦。

拟拟，疏雨过，风林舞破，烟盖云幢。愿持此邀君，一饮空缸。居士先生老矣，真梦里、相对残釭。歌声断，行人未起，船鼓已逄逄。

宋·苏轼

一别多年，忙中未念，唯梦中只还闻。倒回来去，诚字犹如春。别说诗词不满，个个字、意在为真。秦淮月，曲弯陪伴，唠叨有三人。

思君，风雨后，文之寂守，老酒香醇。月明照深潭，杯酒吾心。不怨时光逝去，在梦里、读句琴听。琴丝断，梦中惊醒，扫去旧陈尘。

（2016.3.4）

水调歌头（定格）

十丨丨—丨（句），十丨丨——（韵）。十—十丨—十（句），十丨丨——（韵）。十丨——十丨（句），十丨——十丨（句），

＋｜｜——（韵）。＋｜＋—｜（句），＋｜｜——（韵）。

　＋＋＋（句），＋＋｜（句），｜——（韵）。＋—＋｜（句），

—＋—｜｜——（韵）。＋｜——＋｜（句），＋｜——＋｜（句），

＋｜｜——（韵）。＋｜＋—｜（句），＋｜｜——（韵）。

范例

明月几时有？把酒问青天。不知天上宫阙，今夕是何年。我欲乘风归去，又恐琼楼玉宇，高处不胜寒。起舞弄清影，何似在人间！

转朱阁，低绮户，照无眠。不应有恨，何事长向别时圆？人有悲欢离合，月有阴晴圆缺，此事古难全。但愿人长久，千里共婵娟。

宋·苏轼

情堪是何物？难解困春秋。谁人为了情醉，谁在写情柔。梁山伯祝英台，十八亭台相送，难合去难休。花月春江夜，楼上有人愁。

挂弯月，星闪烁，凝双眸。一江春水，莫将爱恨付东流。谁在心中波动？印象挥之不去，心又有何求？但愿人长久，牵手到白头。

（2012.3.21）

明月水中影，星闪水中舟。水天合一良宵，多彩映高楼。梦幻游离颠簸，点燃重新拼搏，不测使人忧。人生何为大，莫像水东流。

天地间，真情在，丹青留。爱心在上，大爱无疆在心头。人有成功失败，事有人算天算，无奈几时休。何需论成败，相濡数春秋。

（2014.8.6）

短恨转长恨，炎热怨天横。三千瀑布冲去，难有一池清。清水无鱼可见，浑水摸鱼可观，此事已无争。信念缤纷乱，人间有真情。

世间事，谁定论，更无形。人间黑白，毫发常重泰山轻。纵有千秋照壁，难免光阴漏迹，一梦伴歌行。雾霾难长久，雨后又天晴。

（2018.7.11）

凤凰台上忆吹箫（定格）

—｜——（句），｜——｜（句），｜——｜——（韵）。
｜｜——｜（句），｜｜——（韵）。—｜——｜｜（句），—｜｜（豆）、
｜｜——（韵）。——｜（句），——｜｜（句），｜｜——（韵）。

——（韵），｜—｜｜（句），—｜｜——（句），｜｜——（韵）。
｜｜——｜（句），—｜——（韵）。—｜———｜（句），—｜｜（豆）、
—｜——（韵）。——｜（句），——｜—（句），｜｜——（韵）。

范例

　　香冷金猊，被翻红浪，起来慵自梳头。任宝奁尘满，日上帘钩。生
怕离怀别苦，多少事、欲说还休。新来瘦，非干病酒，不是悲秋。

　　休休，这回去也，千万遍《阳关》，也则难留。念武陵人远，烟锁秦楼。
惟有楼前流水，应念我、终日凝眸。凝眸处，从今又添，一段新愁。

宋·李清照

　　今日春分，诸花争媚，满园花绽花香。百卉惜春半，遍野红黄。梨
树花开落瓣，留不住、蓦然回望。梨花白，依稀满地，末了茫茫。

　　离伤，几回辗转，无可奈何中，刻下难忘。别故乡烟味，留下愁肠。
空有春花秋月，忘不掉、青草依墙。行千里，家乡话亲，再远情长。

（2016.3.20）

　　年少同游，二三合影，东湖浪大堤长。见柳垂湖面，一片阳光。更
有花红草绿，迎客远、在那山岗。春光美，疯欢未尽，不舍回望。

　　茫茫，碧空旋转，千里走单骑，直想回乡。岁月沧桑在，情系长江。
无奈光阴似箭，谁在找、朋友同窗。深情处，涓涓水流，又道秋凉。

（2016.10.26）

汉宫春 （定格）

　　＋｜－－（句），｜＋－＋｜（句），＋｜－－（韵）。＋－＋｜（句），｜＋＋｜－－（韵）。－－｜｜（句），｜－－（豆）、＋｜－－（韵）。－｜｜（豆）、－－＋｜（句），＋－＋｜－－（韵）。

　　＋｜＋－－｜（句），｜－－｜｜（句），＋｜－－（韵）。－｜－｜｜（句），＋｜－－（韵）。－－｜｜（句），｜－－（豆）、＋｜－－（韵）。－｜｜（豆）、－－＋｜（句），＋－＋｜－－（韵）。

范例

　　春已归来，看美人头上，袅袅春幡。无端风雨，未肯收尽余寒。年时燕子，料今宵、梦到西园。浑未办、黄柑荐酒，更传青韭堆盘。

　　却笑东风从此，使薰梅染柳，更没些闲。闲时又来镜里，转变朱颜。清愁不断，问何人、会解连环？生怕见、花开花落，朝来塞雁先还。

宋·辛弃疾

　　碧水湖边，绿托红落盘，一片荷花。柳条丝摆，夕阳洒落红霞。舟推水戏，橹摇波、天水无瑕。真是个、飘红映绿，江南景色诗夸。

　　小院屋前花草，绿红无处伸，竹片篱笆。刚才又缠上下，爬藤南瓜。闲时友到，喜相迎、端上香茶。今日里、相逢又在，小桥流水人家。

（2016.6.23）

八声甘州（定格）

｜＋一｜｜｜一一（句），＋＋｜一一（韵）。｜一一＋｜（句），
＋一一＋｜（句），＋｜一一（韵）。＋｜一一一＋｜（句），＋｜｜一
一（韵）。＋｜一一｜（句），＋｜一一（韵）。

＋｜＋一＋｜（句），｜＋一一＋｜（句），＋｜一一（韵）。
｜一一＋｜（句），＋｜｜一一（韵）。｜一一（豆）、＋一一｜（句），
｜＋一（豆）、＋｜｜一一（韵）。一一｜（豆）、｜一一｜（句），
＋｜一一（韵）。

附注：结尾倒数第二句是特殊句法，中间两字多相连属。又诸领格字如柳词"对"、"渐"、"欢"等并宜用去声。前片第一、二句亦有作上五、下八者；亦有首句不用领格字，于第三句豆，结尾倒数第二句不用特殊句法者。

范例

对潇潇暮雨洒江天，一番洗清秋。渐霜风凄紧，关河冷落，残照当楼。是处红衰翠减，苒苒物华休。惟有长江水，无语东流。

不忍登高临远，望故乡渺邈，归思难收。叹年来踪迹，何事苦淹留？想佳人、妆楼颙望，误几回、天际识归舟。争知我、倚阑干处，正恁凝愁！

宋·柳永

（首句不用领格字）

有情风万里卷潮来，无情送潮归。问钱塘江上，西兴浦口，几度斜晖？不用思量今古，俯仰昔人非。谁似东坡老，白首忘机。

记取西湖西畔，正春山好处，空翠烟霏。算诗人相得，如我与君稀。约他年、东还海道，愿谢公、雅志莫相违。西州路、不应回首，为我沾衣。

宋·苏轼

（开端上五、下八）

渺空烟四远，是何年青天坠长星？幻苍崖云树，名娃金屋，残霸宫城。箭径酸风射眼，腻水染花腥。时靸双鸳响，廊叶秋声。

宫里吴王沉醉，倩五湖倦客，独钓醒醒。问苍天无语，华发奈山青。水涵空、阑干高处，送乱鸦、斜日落渔汀。连呼酒、上琴台去，秋与云平。

宋·吴文英

（首句用韵）

记玉关踏雪事清游，寒气脆貂裘。傍枯林古道，长河饮马，此意悠悠。短梦依然江表，老泪洒西州。一字无题处，落叶都愁。

载取白云归去，问谁留楚佩，弄影中洲？折芦花赠远，零落一身秋。向寻常、野桥流水，待招来、不是旧沙鸥。空怀感、有斜阳处、却怕登楼。

宋·张炎

见远山烟雨暗萧萧，只赖躲无招。看梧桐潇洒，几时落去，不再纷飘。只怨年长树老，盛虚已零凋。几点微光处，嫩绿芽苗。

提起当年相聚，数年华正少，和曲调高。再天南海北，消息不知晓。怨时光、不留缝隙，剩相思、黑夜月难熬。心相随、月弯圆缺，重笔轻描。

（2016.5.11）

扬州慢（定格）

　　－｜－－（句），｜－－｜（句），｜－｜｜－－（韵）。｜－
－｜｜（句），｜｜｜－－（韵）。｜－｜（豆）、－－｜｜（句），
｜－－｜（句），－｜－－（韵）。｜－－（豆）、－｜－－（句），
－｜－－（韵）。

　　｜－｜｜（句），｜－－（豆）、－｜－－（韵）。｜｜｜－－（句），

——｜｜（句），—｜——（韵）。｜｜｜——｜（句），——｜（豆）、｜｜——（韵）。｜———｜（句），———｜——（韵）。

范例

　　淮左名都，竹西佳处，解鞍少驻初程。过春风十里，尽荠麦青青。自胡马、窥江去后，废池乔木，犹厌言兵。渐黄昏，清角吹寒，都在空城。

　　杜郎俊赏，算而今、重到须惊。纵豆蔻词工，青楼梦好，难赋深情。二十四桥仍在，波心荡、冷月无声。念桥边红药，年年知为谁生？

宋·姜夔

　　三月扬州，柳条似帘，曲径翠竹梅枝。闻梅香阵阵，见绿浮清池。雨中雾、犹如伴舞，随风飘去，轻展仙姿。五亭桥、含月清波，谁又箫吹？

　　水中白塔，随波推、推影花围。确堪比西湖，江南韵味，深叹神奇。二十四桥明月，今犹在、绿柳长堤。破红尘千层，天高云淡似迷。

（2016.5.13）

　　风雨飘摇，一波三叠，又回故里扬州。唯乡音悦耳，慢步韵悠悠。别分后、随波逐去，不思前后，前进无休。到头来、非是难清，都付东流。

　　笑天笑地，笑人初、难咽喉头。确只有叹迟，糊涂也了，忘了忧愁。二十四桥仍在，波浪荡、月上高楼。只桥边垂柳，丝丝含绿幽幽。

（2018.12.28）

高阳台（定格）

＋｜——（句），——｜｜｜（句），＋｜—＋｜——（韵）。＋｜——（句），＋｜—＋｜——（韵）。＋｜—＋｜——｜（句），｜＋｜—（豆）、＋｜——（韵）。｜——（豆）、＋｜——（句），＋｜——（韵）。

——｜｜——｜（句），｜——＋｜（句），＋｜——（韵）。＋｜——（句），＋—＋｜——（韵）。＋—＋｜——｜（句），｜＋—（豆）、＋｜——（韵）。｜——（豆）、＋｜——（句），＋｜——（韵）。

范例

接叶巢莺，平波卷絮，断桥斜日归船。能几番游？看花又是明年。东风且伴蔷薇住，到蔷薇、春已堪怜。更凄然，万绿西泠，一抹荒烟。

当年燕子知何处？但苔深韦曲，草暗斜川。见说新愁，如今也到鸥边。无心再续笙歌梦，掩重门、浅醉闲眠。莫开帘，怕见飞花，怕听啼鹃。

宋·张炎

不远钟山，湖平掠影，小桥荷叶扁舟。垂柳湖边，菊黄已到深秋。时光一去难回转，只是今、又上高楼。闭双眼、不说难回，却说还休。

谁知世间沧桑事？坎高沟深冷，怕上山头。落下斜阳，山高路远幽幽。人生如梦才初醒，别再来、旧地重游。闪泪光、不在眉头，就在心头。

（2016.5.6）

锦堂春慢（定格）

—｜——（句），——｜｜（句），——｜｜——（韵）。｜｜——（句），—｜｜｜——（韵）。｜｜｜——｜（句），｜｜—｜——（韵）。｜｜—｜｜（句），｜｜——（句），—｜——（韵）。

｜－－－－｜（句），｜－－｜｜（句），｜｜－－（韵）。
－｜－－－｜（句），｜｜－－（请）。｜｜－－｜｜（句），｜｜｜（豆）、
－｜－－（韵）。｜｜－－｜｜（句），－｜－－（句），｜｜－－（韵）。

范例

红日迟迟，虚廊影转，槐阴迤逦西斜。彩笔工夫，难状晚景烟霞。
蝶尚不知春去，谩绕幽砌寻花。奈猛风过后，纵有残红，飞向谁家？

始知青鬓无价，叹飘零官路，荏苒年华。今日笙歌丛里，特地咨嗟。
席上青衫湿透，算感旧、何止琵琶！怎不教人易老？多少离愁，散在天涯！

宋·司马光

春慢冬长，寒风不散，梅花已满花枝。燕子双双，杨柳翠绿条垂。
一点绿融青缕，几处肥绿红迷。见满山又绿，几簇花红，迎伴春归。

已知春来春去，唯时光轮转，岁月无回。磨去人生狂角，不恨天迟。
笑对青山绿水，感慨叹、弯月谁陪？只是春天去了，黄了枇杷，白了青丝。

（2016.6.15）

寿楼春（定格）

－－－－－（韵）。｜－－｜｜（句），－｜－－（韵）。
｜｜－－－｜（句），｜－－－（韵）。－｜｜（句），－－－（韵）。
｜｜－（豆）、－－－－（韵）。｜｜｜－－（句），－－｜｜（句），
－｜｜－－（韵）。

－－｜（句），－－－（韵）。｜－－｜｜（句），－｜－－
（韵）。｜｜－－－｜（句），｜－－－（韵）。－｜｜（句），－－
－（韵）。｜｜－（豆）、－－－－（韵）。｜－｜－－（句），
－－｜｜－｜－（韵）。

范例

裁春衫寻芳。记金刀素手，同在晴窗。几度因风残絮，照花斜阳。谁念我，今无裳？自少年、消磨疏狂。但听雨挑灯，敲床病酒，多梦睡时妆。

飞花去，良宵长。有丝阑旧曲，金谱新腔。最恨湘云人散，楚兰魂伤。身是客，愁为乡。算玉箫、犹逢韦郎。近寒食人家，相思未忘蘋藻香。

宋·史达祖

天阴乌云稠。雨珠溅落处，春水难收。几日连绵时乱，雨中花愁。今日里，飞云流。小草青、新晨花羞。叹雨后天晴，必花舒展，香在自清幽。

何时去，为之愁。怕新愁未解，添了重忧。只见乌云飞渡，一江孤舟。何处歇，天涯纠。远处歌、乡音声悠，拉长拉长中，飘过石壁山那头。

（2016.6.27）

梅园融芬芳。小船推碧浪，花絮飘窗。湖水轻风悠漾，浪浮斜阳。霞色晚，云衣裳。望远方、悲凉伤藏。夕阳近黄昏，茫惚忆起，犹豫照红妆。

时光去，胡须长。舞台新创戏，犹是装腔。怎奈无人能当，尽成离伤。拼命换，愁归乡。忆旧途、惊飘湘江，了无望红尘，人来老去愁断肠。

（2022.6.30）

忆旧游（定格）

｜—— ｜｜（句），｜｜— —（句），— ｜— —（韵）。｜｜— — ｜（句），｜— — ｜｜（句），｜｜— —（韵）。｜— ｜｜ —（句），— ｜｜ — —（韵）。｜｜｜— —（句），— — ｜｜（句），｜｜— —（韵）。

— —（韵），｜ — ｜（句），｜｜｜｜— —（句），— ｜ — —（韵）。｜｜— — ｜（句），｜— — — ｜（句），— ｜— —（韵）。｜— ｜｜ — ｜（句），— ｜｜ — —（韵）。｜｜｜— —（句），— ｜｜ — ｜ —（韵）。

附注：此调有六领格字，如周词"记""听""渐""道""叹""但"，并宜用去声。亦有开端不用领格字，改上一、下四句法为上二、下三，改二、三句为八言一句，过片二字减去一韵者，如例二所举吴文英词是。有前片第四句改五言为上三、下四的七言句式，而将第五句之领格字减去，又于过片五字改作"｜—｜｜"的上一、下四句式，并于结尾倒数第二句增叶一韵者，如例三所举刘将孙词是。

范例

记愁横浅黛，泪洗红铅，门掩秋宵。坠叶惊离思，听寒螀夜泣，乱雨潇潇。凤钗半脱云鬓，窗影烛花摇。渐暗竹敲凉，疏萤照晓，两地魂销。

迢迢，问音信，道径底花阴，时认鸣镳。也拟临朱户，叹因郎憔悴，羞见郎招。旧巢更有新燕，杨柳拂河桥。但满目京尘，东风竟日吹露桃。

宋·周邦彦

例二（格二）

送人犹未苦，苦送春、随人去天涯。片红都飞尽，正阴阴润绿，暗里啼鸦。赋情顿雪双鬓，飞梦逐尘沙。叹病渴凄凉，分香瘦减，两地看花。

西湖断桥路，想系马垂杨，依旧敧斜。葵麦迷烟处，问离巢孤燕，飞过谁家？故人为写深怨，空壁扫秋蛇。但醉上吴台，残阳草色归思赊。

宋·吴文英

例三（格三）

正落花时节，憔悴东风，绿满愁痕。悄客梦、惊呼伴侣，断鸿有约，回泊归云。江空共道惘怅，夜雨隔篷闻。尽世外纵横，人间恩怨，细酌重论。

叹他乡异县，渺旧雨新知，历落情真。匆匆那忍别？料当君思我，我亦思君。人生自非麋鹿，无计久同群。此去重销魂，黄昏细雨人闭门。

宋·刘将孙

雨急如水幕，伞打衣湿，无奈风横。雨送春离去，叹珠溅落散，落地无形。路边水洼成片，抬脚水中行。唯闪烁微光，牵过暗处，话已无声。

心惊，路过处，又水浮稀泥，还有深坑。莫道人心冷，只诚信为缺，皆已为轻。可情已是春去，风雨也难停。静静等来年，三更饮酒人未醒。

（2016.4.20）

那流金岁月，破尽红尘，人下山沟。一片荒凉地，见青春播下，信仰无求。战天挖地空屋，窗影锁怅惆。奈夜色迷茫，星星点点，残月如钩。

乡愁，一杯酒，是满载深情，藏在心头。曾经难为水，叹青山依在，人各春秋。此情又向谁诉？忘不了山沟。算走到天涯，乡情也在心上留。

（2017.12.30）

忆江崖月色，铁帽山窝，曾几相投。暗地谁知变，渐老楼依旧，换了新秋。酒边渐觉春尽，如醉月孤幽。拾老话秋凉，荷塘月色，近水高楼。

休休，旧时路，却浪里淘金，辛苦无休。欲变难堪大，叹人高人下，难放难收。旧愁又复新怨，随浪拍摇舟。见满眼风尘，长江不尽水东流。

（2019.12.19）

夜飞鹊（定格）

——｜—｜（句），—｜——（韵）。—｜｜｜——（韵）。——｜｜｜—｜（句），＋——｜——（韵）。——｜—｜（句），｜———｜（句），｜｜——（韵）。——｜｜（句），｜——（豆）、＋｜——（韵）。

—｜｜——｜（句），—｜｜——（句），—｜——（韵）。—｜———｜（句），——｜｜（句），—｜——（韵）。｜—｜｜（句），｜——（豆）、｜｜——（韵）。｜———｜（句），——｜｜（句），＋｜——（韵）。

范例

河桥送人处，良夜何其？斜月远堕余辉。铜盘烛泪已流尽，霏霏凉露沾衣。相将散离会，探风前津鼓，树杪参旗。花骢会意，纵扬鞭、亦自行迟。

迢递路回清野，人语渐无闻，空带愁归。何意重经前地，遗钿不见，斜径都迷。兔葵燕麦，向残阳、影与人齐。但徘徊班草，欷歔酹酒，极望天西。

宋·周邦彦

濛濛雨声小，珠落青萍。舟蓬半睡倾听。多年只有旧消息，雨停风缓初醒。迷茫不知处，唯漂流看路，有否桥行？江湖淡泊，守平时、邀友茶清。

无数奔波追觅，长夜暗微光，弯月披星。回首天高云淡，低头又现，空了回程。叹天不闻，只天知、凡事心诚。但人言非是，无声醉酒，梦去京城。

（2016.5.18）

山旁小桥处，长夜星稀。光映陆色桥移。山空水静敞闲道，月光留在清溪。光线散离去，不知寻何处，只怨来迟。茫茫夜色，数星星、蓝月相陪。

归去夜深疏影，望断月空弦，风起云低。何地曾经年少，难忘旧貌，难解痴迷。旧房完好，见收藏、了却相思。应长年相注，青山绿水，山水相依。

（2018.12.3）

重翻那时路，心写春秋。信仰不变无求。披天铺地苦无悔，手捧金色秋收。蓬莱在何处，几多化灰去，日月蒙羞。蹉跎岁月，别青春、付了东流。

空剩水中秦月，杯尽已三人，空揣忧愁。何处轻音横笛，声声慢慢，风起幽幽。月空夜坠，到如今、不许音留。且风云过后，醒来梦断，橘子洲头。

（2019.7.29）

望海潮（定格）

——— | （句），—— 十 | （句），—— | | —— （韵）。
— | | —（句），—— | | （句），—— | | —— （韵）。— | | —— （韵）。
| — | | （句），— | —— （韵）。 | | —— （句）， | —— | | — （韵）。

—— | | —— （韵）。 | —— | | （句），— | —— （韵）。
— | | —（句），—— | | （句），—— | | —— （韵）。— | | —— （韵）。
| | — 十 | （句），— | —— （韵）。十 | —— | | （句），— | | — （韵）。

附注：有前片第八句作"| | — | |"为上一下四句式，后片结尾作"— | —— （句）， | —— | | —— （韵）"者。亦有前片第四句作"—— | | （句）"，后片首二字增一韵者。

范例

东南形胜，三吴都会，钱塘自古繁华。烟柳画桥，风帘翠幕，参差十万人家。云树绕堤沙。怒涛卷霜雪，天堑无涯。市列珠玑，户盈罗绮竞豪奢。

重湖叠巘清嘉。有三秋桂子，十里荷花。羌管弄晴，菱歌泛夜，嬉嬉钓叟莲娃。千骑拥高牙。乘醉听箫鼓，吟赏烟霞。异日图将好景，归去凤池夸。

宋·柳永

梅英疏淡，冰澌溶泄，东风暗换年华。金谷俊游，铜驼巷陌，新晴细履平沙。长记误随车。正絮翻蝶舞，芳思交加。柳下桃蹊，乱分春色到人家。

西园夜饮鸣笳。有华灯碍月，飞盖妨花。兰苑未空，行人渐老，重来是事堪嗟！烟暝酒旗斜。但倚楼极目，时见栖鸦。无奈归心，暗随流水到天涯。

宋·秦观

梅天雨歇，柳堤风定，江浮画鹢纵横。瀛女弄箫，冯夷伐鼓，云间凤咽鼍鸣。波面走长鲸。卷怒涛来往，搅碎沧溟。两岸游人笑语，罗绮间簪缨。

灵均逝魄无凭。但湘沅一水，到底澄清。菰黍万家，丝桐五彩，年年吊古深情。锦帜片霞明。使操舟妙手，翻动心旌。向晚鱼龙戏罢，千里浪花平。

宋·黄岩叟

梅花红苞，初张未放，春风已到溪西。芽嫩绿青，枝条展伸，山红拨动心扉。人涌观俏梅。通红逐浪翻，高在花枝。小路山沟，乱飞蝴蝶惹人追。

斜阳沉坠催归。忆时光丢失，思远处难回。千变万化，方留本色，兰香幽独之时。无酒也三杯。只月亮半缺，云遮光稀。无奈归时，落花流水剩相思。

（2016.5.24）

沁园春（定格）

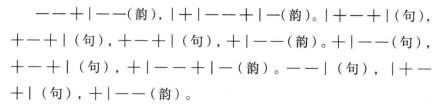

　＋｜－－（句），｜｜－－（句），｜｜｜－（韵）。｜＋－＋｜（句），＋－＋｜（句），＋－＋｜（句），＋｜－－（韵）。＋｜－－（句），＋－＋｜（句），＋｜－－＋｜－（韵）。－－｜（句），｜＋－＋｜（句），＋｜－－（韵）。

　－－＋｜－－（韵），｜＋｜－－＋｜－（韵）。｜＋－＋｜（句），＋－＋｜（句），＋－＋｜（句），＋｜－－（韵）。＋｜－－（句），＋－＋｜（句），＋｜－－＋｜－（韵）。－－｜（句），｜＋－＋｜（句），＋｜－－（韵）。

范例

　　孤鹤归飞，再过辽天，换尽旧人。念累累枯冢，茫茫梦境，王候蝼蚁，毕竟成尘。载酒园林，寻花巷陌，当日何曾轻负春。流年改，叹围腰带剩，点鬓霜新。

　　交亲散落如云，又岂料如今余此身。幸眼明身健，茶甘饭软，非惟我老，更有人贫。躲尽危机，消残壮志，短艇湖中闲采莼。吾何恨，有渔翁共醉，溪友为邻。

宋·陆游

　　薄雾朦胧，暗未昏明，背包攀山。只鸟啼语荡，垂枝抚面，清新空气，草绿花牵。深浅高低，去前抄近，攀岩难行山道弯。抬头看，彩霞云半露，渲染红天。

　　风光如此浪漫，已陶醉山中久不还。看人生如梦，几多灰暗，几多光彩，转眼云烟。绿水青山，莺歌燕舞，一存千年仍色鲜。平心气，自然回自然，人等人还。

（2012.4.12）

　　如火骄阳，赫赫炎炎，热浪炙人。奈几经数载，如燃幻境，前尊后小，去了成尘。旧地重游，万千感慨，遍地红花可负春。天气变，念天长日短，夏去秋跟。

　　谁知往事如云，只难去雨花诉英魂。记那时传说，都成遗梦，几经翻手，已是贫民。觅觅寻寻，五花七色，空海无边忆王孙。以往昔，独青山依在，白发无情。

（2018.7.23）

　　千叶添黄，数排梧桐，栈道暮秋。只林间小道，小桥芭蕉，竹青疏密，摇摆闲悠。小鸟叽咕，窜过野兔，咫尺风光任自由。黄昏近，又落阳月起，小路幽幽。

　　凝眸悔度春秋，只道是流年忧数愁。念无知年少，激情奋发，战天斗地，豪气难收。岁月如流，是非非是，南北东西何是头？情消了，数星星几颗，淡月云羞。

（2018.11.25）

几久年前，病灾横行，肆染九州。忆当时众杰，挡灾避祸，齐心诚至，写下春秋。岁月匆匆，几曾安意，毒不安分人数愁。都知道，却欲言难语，酸泪双流。

悠悠往事何求，别空有心期经论收。只眼前守住，避开交错，度过危患，再说还休。梦里秦淮，梅花坞里，人在金陵楼上头。人间事，又今昔非比，城堡荒丘。

（2020.2.7）

多丽（定格）

|——（句），＋一＋|——（韵）。|——（豆）、一一||（句），＋＋＋|——（韵）。|——（豆）、＋一＋|（句），＋＋|（豆）、＋|——（韵）。＋|——（句），一一||（句），|——||——（韵）。|＋|（豆）、＋一——（句），＋||——（韵）。一一|（豆）、＋一＋|（句），＋|——（韵）。

|——（豆）、一一||（句），|＋一|——（韵）。|——（豆）、|一||（句），＋＋＋（豆）、一|——（韵）。＋|——（句），＋一||（句），＋一——||——（韵）。|＋|（豆）、＋一

十｜（句），一｜｜一一（韵）。一一｜（豆）、十一十｜（句），十｜一一（韵）。

范例

晚云收，淡天一片琉璃。烂银盘、来从海底，皓色千里澄辉。莹无尘、素娥淡伫，静可数、丹桂参差。玉露初零，金风未凛，一年无似此佳时。露坐久，疏萤时度，乌鹊正南飞。瑶台冷，栏干凭暖，欲下迟迟。

念佳人、音尘别后，对此应解相思。最关情、漏声正永，暗断肠、花影偷移。料得来宵，清光未减，阴晴天气又争知？共凝恋、如今别后，还是隔年期。人强健，清尊素影，长愿相随。

宋·晁端礼

到深秋，云灰细雨风微。叶空飘、残黄一路，石象两旁疏稀。绕池塘、爬山栈道，树木参、丛草青垂。翠竹连绵，环山数绿，不时还有半山崖。叹时短、恋留秋景，云厚叹天低。青黄了、树根落叶，又在归回。

盼春天，花红绿叶，百花争艳春枝。最相思、一枝怒放，傲雪海、香自红梅。风雨阴晴，变化莫测，去年今日也当时。大自然、此来更好，还是怨来迟。来迟了，云移山半，日已回西。

（2016.6.24）

六州歌头（格一）（平韵）

一一十｜（句），十｜｜一一（韵）。一十｜（句），一一｜（句），｜一一（韵）。｜一一（韵）。十｜十一｜（句），十一｜（句），一十｜（句），十十｜（句），一十｜（句），｜一一（韵）。十｜十一（句），十｜一一｜（句），十｜一一（韵）。｜十一十｜（句），十｜｜一一（韵），十｜一一（韵），｜一一（韵）。

｜－－｜（句），＋｜－｜（句），－＋｜（句），｜－－（韵）。＋＋｜（句），－＋｜（句），｜－－（韵），｜－－（韵）。＋｜－－｜（句），＋＋｜（句），｜－－（韵）。－＋｜（句），－＋｜（句），｜－－（韵）。＋｜＋｜－＋｜（句），＋｜－｜（豆）、＋｜－－（韵）。｜＋｜－＋｜（句），＋｜｜－－（韵）。＋｜－－（韵）。

范例

长淮望断，关塞莽然平。征尘暗，霜风劲，悄边声。黯销凝。追想当年事，殆天数，非人力，洙泗上，弦歌地，亦膻腥。隔水毡乡，落日牛羊下，区脱纵横。看名王宵猎，骑火一川明，笳鼓悲鸣，遣人惊。

念腰间箭，匣中剑，空埃蠹，竟何成。时易失，心徒壮，岁将零，渺神京。干羽方怀远，静烽燧，且休兵。冠盖使，纷驰骛，若为情。闻道中原遗老，常南望、翠葆霓旌。使行人到此，忠愤气填膺。有泪如倾。

宋·张孝祥

翻山越岭，无渡望江平。淅淅雨，朦朦雾，寂无声。暗沉凝。回首长长路，梦冰冷，人难醒，真似病，糊涂挺，醉花腥。大雨封门，怎奈难出去，蛮雨交横。夜深床前听，默数待天明，啼鸟争鸣，梦中惊。

月湖风景，水如镜，花开盛，顺其成。流水净，逐流竞，看名轻，出燕京。南北东西静，实难使劲，用何兵。都在等，无人应，泪中情。怀念仁慈公道，常思念、淡朴浓情。几多难忘记，鲜血染世警。斜厦将倾。

（2022.8.30）

六州歌头（格二）（平仄韵互叶）

｜－＋｜（句），＋｜｜｜－－（韵）。－＋｜（韵），－｜｜（韵）。｜－－（韵），｜－－（韵），＋｜＋－｜（韵）。＋－

（韵），—十｜（韵），十十｜（韵），—十｜（韵），｜——（韵）。
十｜十—（句），十｜——｜（韵）。十｜——（韵）。—十—十｜
（句），十｜｜——（韵），十｜——（韵），｜——（韵）。

　　｜——｜（韵），十—｜（韵），—十｜（韵），｜——（韵）。
十十十｜（韵），—十｜（韵），｜——（韵），｜——（韵）。
十｜——｜（韵），十十｜（韵），｜——（韵）。—十｜（韵），
—十｜（韵），———（韵），十｜十—（句），十｜十—｜（韵）。
十｜——（韵）。｜十—十｜（句），十｜｜——（韵），十｜——
—（韵）。

范例

　　少年侠气，交结五都雄。肝胆洞，毛发耸。立谈中，死生同，一诺千金重。
推翘勇，矜豪纵，轻盖拥，联飞鞚，斗城东。轰饮酒垆，春色浮寒瓮。
吸海垂虹。间呼鹰嗾犬，白羽摘雕弓，狡穴俄空，乐匆匆。

　　似黄粱梦，辞丹凤，明月共，漾孤篷。官冗从，怀倥偬，落尘笼，
簿书丛。鹖弁如云众，供粗用，忽奇功。笳鼓动，渔阳弄，思悲翁，不请长缨，
系取天骄种。剑吼西风。恨登山临水，手寄七弦桐，目送归鸿。

宋·贺铸

　　塞鸿来早，大雪洒枝梢。林间道，枯叶掉，顺风飘，一声叹，道尽
闲烦恼。念思渺，星稀少，明月悄，怨难消。春夏秋冬，难处谁知晓，
月半难熬。江绿波烟草，思念是都好，远见云霄，彩虹飘。

　　几回重教，知多少？人未老，叹离骚。望江潮，流水漂，天呼号，地咆哮。
岁月如剑啸，沧桑笑，恨如膏。情未了，秋风悄，全空抛，海角天涯，
恍惚鼓天敲。又上天桥。已回春天处，四周已枝梢，挂满春桃。

（2016.6.21）

六州歌头（格三）（平韵仄互换）

——十｜（句），十｜｜——（韵）。—｜｜（韵），——｜（韵），｜——（韵）。｜——（韵），十｜十—｜（韵），十｜｜（韵），—十｜（韵），十十｜（韵），—十｜（韵），｜——（韵）。十｜十—（句），十｜——｜（句），十｜——（韵）。｜十—十｜（句），十｜｜——（韵）。十｜——（韵），｜——（韵）。

｜—｜｜（韵），十—｜（韵），—十｜（韵），｜——（韵）。十十｜（韵），—十｜（韵），｜——（韵），｜——（韵）。十｜——｜（句），十十｜（韵），——（韵）。—十｜（韵），—十｜（韵），｜——（韵）。十｜十—（句），十｜十—｜（句），十｜——（韵）。｜十—十｜（句），十｜｜——（韵），十｜——（韵）。

范例

东风著意，先上小桃枝。红粉腻，娇如醉，倚朱扉。记年时，隐映新妆面，临水岸，春将半，云日暖，斜桥转，夹城西。草软莎平，跋马垂杨渡，玉勒争嘶。认蛾眉凝笑，脸薄拂胭脂。绣户曾窥，恨依依。

共携手处，香如雾，红随步，怨春迟。消瘦损，凭谁问？只花知，泪空垂。旧日堂前燕，和烟雨，又双飞。人自老，春长好，梦佳期。前度刘郎，几许风流地，花也应悲。但茫茫暮霭，目断武陵溪，往事难追。

宋·韩元吉

秋飘落叶，点缀柳河堤。荷叶翠，黄花蕊，水涟漪。忆相思，又有那时味，如梦里，无所谓，云里坠，羞月闭，断桥西。白菊竹篱，只叹真如戏，月影行迷。黑夜无处寄，半月见星稀。几许凄悲，恨丝丝。

炎凉浊世，几多醉，伤心泪，尽风吹。往昔事，何为是，真的累，盼春归。看那东流水，流不尽，远天美。都不易，莫放弃，盼佳期。多少风流，过眼云烟散，日落梅溪。待把重游记，大地吐芳菲，不醉不归。

2023.10.31

意难忘（定格）

一｜——（韵）。｜——｜｜（句），｜｜——（韵）。｜——｜｜（句），—｜｜——（韵）。｜｜—（句），｜——（韵）。｜｜｜——（韵）。｜｜—（句），——｜｜（句），｜｜——（韵）。

——｜｜——（韵）。｜——｜｜（句），｜｜——（韵）。———｜｜（句），｜｜｜——（韵）。—｜｜（句），｜——（韵）。—｜｜——（韵）。｜｜—（句），——｜｜（句），｜｜——（韵）。

范例

蜀道登天。望峨眉横绝，石栈相连。西来当鸟道，逆浪俯回川。猿与鹤，莫攀缘。九折耸层峦。算咫尺，扪参历井，回首惊叹。

西游何日当还。听子规啼月，愁减朱颜。连峰天一握，飞瀑壑争喧。排剑阁，越天关。豺虎横朝昏。问锦城，虽云乐土，何似家山。

宋·林正大

风雨钟山。聚江南秀色，六朝金銮。法桐绒似雪，秦柳暗生烟。燕子矶，暮江边。水色只连天。夫子庙，秦淮坠月，阅尽流年。

莫愁怎奈春寒。叹窗前晓月，独照花冠。微光迷去路，曙角几时传。知梦里，苦心田。春去可回还。望故乡，都将往事，付与梅园。

（2019.8.15）

散天花（定格）

—｜——｜｜—（韵），———｜｜（句），｜——（韵）。——
—｜｜——（韵），———｜｜（句），｜——（韵）。

—｜——｜｜—（韵），———｜｜（句），｜——（韵）。—
—｜｜｜——（韵），｜—｜—｜（句），｜——（韵）。

范例

云淡长空叶落秋，寒江烟浪静，月随舟。西风偏解送离愁，声声南去雁，下汀洲。

无奈多情去复留，骊歌齐唱罢，泪争流。悠悠别恨几时休，不堪残酒醒，凭危楼。

宋·舒亶

江水东流浪淘沙，风华年少话，闯天涯。江南塞北渡横斜，夕阳西下了，是思家。

无奈春秋一片霞，霞飞云落去，散天花。悠悠黑白披袈裟，不堪残酒醒，是年华。

（2019.9.2）

鸿断天沉暗罩江，孤舟帆过尽，朔风寒。天应知否几多难，悲秋声断咽，一声叹。

无奈多情暮色残，斜阳霞落镜，水生烟。离愁恨别几时还，不堪残酒醒，梦金銮。

（2019.12.1）

花上月令（定格）

——— ｜ ｜ —— （韵）。｜ — ｜ （句），｜ —— （韵）。｜ — — ｜ — — ｜ （句），｜ —— （韵）。— ｜ ｜ （句），｜ —— （韵）。

— ｜ ｜ —— ｜ ｜ （句），— ｜ ｜ （句），｜ —— （韵）。— — ｜ ｜ —— ｜ （句），｜ —— （韵）。｜ — ｜ （句），｜ —— （韵）。

范例

文园消渴爱江清。酒肠怯，怕深觥。玉舟曾洗芙蓉水，泻清冰。秋梦浅，醉云轻。

庭竹不收帘影去，人睡起，月空明。瓦瓶汲井和秋叶，荐吟醒。夜深重，怨遥更。

宋·吴文英

花青桃李闹湖亭。数枝绿，冒青茎。柳条轻拂莫愁水，点晶清。人醉了，步斜行。

窗外尽收明暗寂，昏入梦，月空明。梨花白舞春归去，怨人醒。夜深沉，未三更。

（2019.9.20）

乌云翻滚卷天昏。暗天地，水搅浑。几时风雨容长久，乱痴云。风雨过，醉清纯。

花上月下摇曳影，时已去，盼来春。青青小草南飞雁，过昆仑。夜深沉，度红尘。

（2020.6.17）

杏园芳（定格）

—— ｜ ｜ —— （韵），—— ｜ ｜ —— （韵）。—— ｜ ｜ ｜ —— （韵），——— （韵）。

——||——|（句），——||——（韵）。———||——
（韵），|——（韵）。

范例

严妆嫩脸花明，教人见了关情。含羞举步越罗轻，称娉婷。
终朝咫尺窥香阁，迢迢似隔层城。何时休遣梦相萦，入云屏。

五代·尹鹗

梅枝几朵含苞，冰天破雪柔伸。红黄嫩绿掩清芬，催新春。
红黄落去终泥土，春秋不见灵魂。何时皆散破红尘，已黄昏。

（2019.10.5）

三伏日躁骄阳，孤亭绿影疏凉。艰难举步尽沧桑，天茫茫。
当年路绝豪情壮，风吹草低见牛羊。今年还有昔时狂，地踉踉。

（2020.8.6）

光阴如箭难还，眉纹刻下艰难。回头不见少年欢，何堪看。
终将过去翻新卷，清音荡月泉边。何时琴键拨童颜，把乡还。

（2021.3.21）

好时光（定格）

||———|（句），—||（句），|——（韵）。—||—
—|（句），——||—（韵）。

||—||（句），—||（句），|——（韵）。||——|（句），
|||——（韵）

范例

宝髻偏宜宫样，莲脸嫩，体红香。眉黛不须张敞画，天教入鬓长。

莫倚倾国貌，嫁取个，有情郎。彼此当年少，莫负好时光。

唐·李隆基

岸柳随波荡漾，湖映照，影梳妆。浪拍水花衣裙上，秋分月桂香。一曲音正响，情蕴藏，暖心房。绿水青山傍，共度好时光。

（2019.10.19）

明月引（定格）

｜——｜｜——（韵）。｜——（句），｜——（韵）。｜｜——（句），｜｜｜——（韵）。｜｜———｜｜（句），—｜｜（句），｜——（句），—｜—（韵）。

｜—｜——｜—（韵）。｜——（句），—｜—（韵）。｜——｜（句），——｜（句），—｜——（韵）。｜｜——（句），—｜｜——（韵）。｜｜—（句），—｜｜（句），｜——（句），—｜｜，—｜—（韵）。

范例

雨余芳草碧萧萧。暗春潮，荡双桡。紫凤青鸾，旧梦带文箫。绰约珮环风不定，云欲堕，六铢香，天外飘。

相思为谁兰恨销。纱湘魂，无处招。素纨犹在，真真意，还倩谁描。舞镜空悬，羞对月明宵。镜里心，心里月，旧东风，君去矣，新画桥。

宋·陈允平

几场风雨踏秋凋。渺烟峤，透寒潮。一片尘空，盼念折天遥。世外桃源千里外，天上有，地燃香，烟寂寥。

疑云恨失愁上烧。酒杯孤，朝地浇。晚秋深处，红枫叶，还向天招。半月空悬，望月梦难描。梦里醒，醒里梦，秦时风，今日画，天上桥。

（2019.10.30）

雨疾窗紧烈风敲。窃春袍，倒回潮。雾露风寒，一地尽孤熬。大雁飞传千万恨，云渺渺，路遥遥，风外飘。

酒醒未及愁字抛。气难消，何自嘲。意情犹在，灯光里，虚实空描。半月移云，难忘在今宵。水里花，花里景，动人心，知不了，云里风。

（2020.7.5）

琴调相思引（定格）

— | — — | | —（韵），—
— | | | — —（韵）。| — — |
（句），— | | — —（韵）。

— | | — — — |（句），
| — — | | — —（韵）。|
—|（句），— | | | —（韵）。

范例

冰箔纱帘小院清，晴尘不动地花平。昨宵风雨，凉到木樨屏。

香月照妆秋粉薄，水云飞珮藕丝轻。好天良夜，闲理玉靴笙。

宋·赵与仁

鸿雁南飞极目清，兰香吐放一城惊。上心心下，都怪两牵情。

斜暮落山霞云薄，水边扬起柳烟轻。梦空歪步，何奈酒不醒。

（2019.11.2）

宵短穷忙日最长，三更赶早亦天凉。可怜愁困，深浅又谁量。

朝夕变应全空想，跑来奔去满身伤。不禁回首，明月照断肠。

（2020.6.20）

望月婆罗门引（定格）

```
｜－｜｜（句），｜－｜｜｜－－（韵）。－－｜｜－－（韵）。
｜｜－－－｜（句），－｜｜－－（韵）。｜－－｜｜（句），
－｜－－（韵）。

　　－－｜－（韵），｜｜｜｜（句），｜－－（韵）。｜｜－－｜｜（句），
－｜－－（韵）.－－－｜（句），｜－｜（句），－｜｜－－（韵）。
－｜｜（句），｜｜－－（韵）。
```

范例

涨云暮卷，漏声不到小帘栊。银河淡扫澄空。皓月当轩高挂，秋入广寒宫。正金波不动，桂影朦胧。

佳人未逢，叹此夕，与谁同。望远伤怀对影，霜满秋红。南楼何处，想人在，长笛一声中。凝泪眼，泣尽西风。

宋·曹组

暮云日浅，柳荫栈道遮秋颜。霞湖镜里云间。冈里花疏红乱，烟色锁山环。雁鸣斜影过，云水漫漫。

春归未还，记往昔，闯江川。月色晨曦作伴，风雨同患。都成幽梦，奈何去，唯立尽云烟。一声叹，望断天边。

（2019.11.4）

黯云漫漫，肃风骤雨满红楼。帘波荡起新忧。暗恨风云无定，吹断路无收。看杯中碎影，双皱眉头。

功名浪求，放手投，逐前流。只怨追风惹起，深浅何由。难分清浊，到临了，烟烬剩孤愁。心未了，未见归舟。

（2020.7.13）

芳草渡（定格）

－－｜（句），｜－－（韵），－－｜（句），｜－－（韵），
－－－｜｜－－（韵）。－｜｜（句），－｜｜（句），｜－－（韵）。

｜－｜（句），－｜｜（句），｜｜－－｜｜（韵）。－－｜（句），
｜－－（韵）。－－｜（句），－｜｜（句），｜－－（韵）。

范例

梧桐落，蓼花秋，烟初泠，雨才收，萧条风物正堪愁。人去后，多少恨，
在心头。

燕鸿远，羌笛悠，渺渺澄波一片。山如黛，月如钩。笙歌散，梦魂断，倚高楼。

五代·冯延巳

桃花菊，淡红妆，红楼梦，隔宫墙，风帘移影碎窗傍。忧蹉怨，和泪叹，
染寒霜。

路深远，钩月浅，水远山遥不见。星光散，月新翻。初如盼，圆恨晚，只思还。

（2019.11.8）

桌前醉，梦中醒，床前影，悸心惊，阳春归去怨难平。春去后，多少恨，
诉谁听。

月弯断，星走散，渺渺茫茫盼盼。帘如动，月如灯。长夜短，馨作伴，
是春情。

（2020.5.3）

青杏儿（定格）

－｜｜－－（韵），－｜｜（句），－｜－－（韵）。｜－｜｜－
－｜（句），－－－｜（句），－－－｜（句），｜｜－－（韵）。

｜｜｜――（韵），｜――｜｜――（韵）。｜｜｜｜――｜（句），
｜―｜｜（句），――｜｜（句），｜｜――（韵）。

范例

风雨替花愁，风雨罢，花也应休。劝君莫惜花前醉，今年花谢，明年花谢，白了人头。

乘兴两三瓯，拣溪山好处追游。但教有酒身无事，有花也好，无花也好，选甚春秋。

金·赵秉文

风雨送春归，心路远，何日重回。蜡梅只晓催春到，谁知寒久，春来春去，盼断愁肠。

景色不堪望，暮风斜雨苦丝长。醉酒戏语残光里，月光黑白，晨光白黑，映照寒窗。

（2019.12.4）

谁识世间风，难说了，情意难重。酒前莫把真经讲，钱财名利，贪图俗欲，一一其中。

露彩映山红，碧云山水雾朦朦。醉在梦里无知痛，昨宵月兔，今宵桂树，去去空空。

（2021.4.30）

燕归梁（定格）

｜｜――｜｜―（韵），―｜｜――（韵）。――｜｜――（韵）。
―｜｜（句），｜――（韵）。

｜――｜（句），―｜―（句），｜｜｜｜――（韵）。――｜｜｜――（韵）。―｜｜（句），｜――（韵）。

范例

六曲阑干翠幕垂，香烬冷金猊。日高花外啭黄鹂。春睡觉，酒醒时。

草青南浦，云横西塞，锦字杳无期。东风只送柳绵飞。全不管，寄相思。

宋·谢逸

野外寻春几道坡，三月怕春挪。一群山鹊一阵歌。春月柳，绿丝波。

惜春春幕，来去无绪，等字尽折磨。东风只送走过河。全不管，是谁过。

（2020.3.26）

秋风清（定格）

－－－（韵），－｜－（韵）。｜｜｜｜－｜（句），－－－｜－（韵）。

－－－｜－－｜（句），｜－｜｜－－－（韵）。

范例

秋风清，秋月明。落叶聚
还散，寒鸦栖复惊。相思相见
知何日，此时此夜难为情。

唐·李白

春风柔，春情羞。幻想梦
中恋，容颜难驻留。随山随水
追思愿，一心一世为何求。

（2020.4.12）

秋风凉，秋夜茫。一梦远千里，归来丝满霜。当年分别嫌时短，是
今再聚秋愁长。

（2020.9.13）

诉衷情令（定格）

——｜｜｜——（韵），—｜｜——（韵）。——｜——｜（句），
—｜｜——（韵）。

—｜｜（句），｜——（句），｜——（韵）。｜——｜（句），
｜｜——（句），｜｜——（韵）。

范例

阿房废址汉荒丘，狐兔又群游。豪华尽成春梦，留下古今愁。

君莫上，古原头，泪难收。夕阳西下，塞雁南飞，渭水东流。

宋·康与之

当年上下涌红楼，流泪写春秋。韶华尽付愁客，春梦断空幽。

情未了，志难收，泪空流。恨情难诉，望了高楼，忘了山沟。

（2020.6.14）

定风波令（定格）

—｜——｜｜—（韵）。｜——｜｜——（韵）。———｜（句），
—｜｜——（韵）。

—｜｜——｜｜（句），｜——｜｜——（韵）。｜——｜（句），
—｜｜——（韵）。

范例

梅粉梢头雨未干。淡烟疏日带春寒。暝鸦啼处，人在小楼边。

芳草只随春恨长，塞鸿空傍碧云还。断霞销尽，新月又婵娟。

宋·周紫芝

风雨无情大坝牵。几经磨难几重关。斜阳西下，风散倚阑干。

长夜入眠春梦断，雁飞南去又回还。晚霞光灿，空落在天边。

（2020.6.18）

莫思归（定格）

—｜——｜｜—（韵），｜——｜｜——（韵）。｜——｜｜—｜（句），

—｜｜——｜—（韵）。｜｜——｜（句），—｜——｜｜—（韵）。

范例

风冒蔫红雨易晴，病花中酒过清明。绮窗幽梦乱于柳，罗袖泪痕凝似伤。冷地思量着，春色三停早二停。

宋·李肩吾

风雨潇潇荡九州，恣纵横扫几多愁。一帘幽梦断于酒，披月戴星多少秋。怎奈河边柳，空看长江独自流。

（2020.6.24）

两同心（定格）

｜——｜（句），｜｜——（韵）。｜｜｜（句），———｜（句），

｜—｜（句），｜｜——（韵）。——｜（句），｜｜——（句），

—｜——（韵）。

｜｜｜——（句），｜｜——（韵）。—｜—，———｜（句），

｜—｜（句），｜｜——（韵）。—｜｜（句），｜｜——（句），

—｜——（韵）。

范例

　　楚乡春晚，似入仙源。拾翠处，闲随流水，踏青路，暗惹香尘。心心在，柳外青帘，花下朱门。

　　对景且醉芳尊，莫话消魂。好意思，曾同明月，恶滋味，最是黄昏。相思处，一纸红笺，无限啼痕。

宋·晏几道

　　夜空星晚，海色南湾。寂静处，兰芳羞月，幕帘遮，半照红兰。星星在，柳上天边，桥水之间。

　　忆昔几度堤边，脱似先前。随水流，曾同明月，一如故，柳岸荷莲。长相守，柳绿花红，春色年年。

（2020.7.2）

　　紫金山下，绿翠寒吹。转角急，盘山林道，栈桥窄，观景依依。难留住，落日沉西，愁也来迟。

　　忆昔几度离分，不解疑迷。谁能知，相怜深弃，未情了，梦断魂归。空怅望，默默无言，独对斜晖。

（2021.12.12）

华清引（定格）

　　——｜｜｜——（韵），｜｜——（韵）。｜｜—｜—｜（句），——｜｜—（韵）。

　　｜——｜———（韵），｜——｜——（韵）。｜——｜｜（句），——｜——（韵）。

范例

　　平时十月幸兰汤，玉瓮琼梁。五家车马如水，珠玑满路旁。

翠华一去掩方床，独留烟树苍苍。至今清夜月，依旧过缭墙。

宋·苏轼

江南美味满食牌，十里长街。远看风景如画，稍息传踏槐。

点灯息影迟归来，自留孤苦清怀。半星霜月夜，流光过台阶。

（2020.7.6）

今年奇事几颦眉，乱象纷飞。雾里云里如雨，时而响炸雷。

梦华一去尘烟迷，雾縠飞舞疑疑。奇峰叠翠里，黄昏日归西。

（2020.8.30）

引驾行（定格）

——｜｜（句），——｜｜｜——｜（句），｜——（韵）。｜—｜（句），——｜｜——（韵）。——（韵）。———｜（句），——｜｜——｜（句），｜——（韵）。｜｜｜｜（句），———｜——（韵）。——（韵）。—｜——｜（句），｜——｜｜——（韵）。｜｜｜｜（句），——｜｜（句），｜—｜——（韵）。

——（韵）。——｜｜（句），｜｜｜｜——（韵）。｜｜（句），｜｜——（句），｜｜｜｜——（韵）。——（韵）。—｜｜—｜，———｜｜—（韵）。｜｜｜（句），—｜—｜（句），｜—｜——（韵）。

范例

红尘紫陌，斜阳暮草长安道，是离人。断魂处，迢迢匹马西征。新晴。韶光明媚，轻烟淡薄和气暖，望花村。路隐映，摇鞭时过长亭。愁生。伤凤城仙子，别来千里重行行。又记得，临歧泪眼，湿莲脸盈盈。

消凝。花朝月夕，最苦冷落银屏。想媚容，耿耿无眠，屈指已算回程。

相萦。空万般思忆，争如归去睹倾城。向绣帏，深处并枕，说如此牵情。

宋·柳永

横风骤雨，洪流直泄三千里，喊声惊。断魂厨，移山断路残横。狰狞。乌云翻滚，何时恶水才收退？待天应。忘不了，淹没山口凉棚。愁声。离别山乡地，不知何处能安生。止不住，双眼泪下，一身冷如冰。

风轻。朝花夕拾，一地碎月缠萦。念那是，只见风颠，蝶舞乱叶离亭。休醒。思里万般忆，春花秋月走不停。恨痛心，空有虚作，哪堪比真情。

（2020.7.9）

蝉鸣翠绿，风吹碎雨蓝天映，竹风轻。好风景，河边小路芦青。清馨。丝丝垂柳，荷花绿叶红黄近，碧波倾。曲曲径，歌声穿过长亭。悠停。回首先前路，别来重返少年行。唯记得，离分泪眼，怨情洒空庭。

飘零。天涯过客，最苦远梦乡情。故里亲，口味余绕，辗转几了归程。轻盈。相邀半山道，梅花山上登孝陵。远处画，云碧山翠，一如写真情。

（2020.7.11）

一萼红（定格）

|——（韵）。|———|（句），——|——（韵）。|——|（句），|—||（句），|—|||—（韵）。|||（句），|——|（句），|||（句），|—|——（韵）。||——（句），|——|（句），—|——（韵）。

|||——|（句），|———|（句），||——（韵）。||——（句），——|||（句），|—||——（韵）。—|||（句），——||（句），||—（句），||——（韵）。—|||—（句），||——（韵）。

范例

玉搔头。是何人敲折，应为节秦讴。棐几朱弦，剪灯雪藕，几回数尽更筹。草草又，一番春梦，梦觉了，风雨楚江秋。却恨闲身，不如鸿雁，飞过妆楼。

又是山枯水瘦，叹回肠难贮，万斛新愁。懒复能歌，那堪对酒，物华冉冉都休。江上柳，千丝万缕，恼乱人，更忍凝眸。犹怕月来弄影，莫上帘钩。

宋·尹济翁

冷飕飕。正凉风穿透，江堤堵奔流。几多风雨，几危险恶，坝堤守住九洲。望不断，一江东水，忘不了，泪流恨难收。一地茫茫，水波声浪，一片新愁。

欲说苦甘相守，叹初终难久，又复长筹。梦里天堂，那堪忆旧，酒醒怎奈还休。和月走，相随影迹，夜幕游，柳畔滩头。重返旧情幻景，岁月悠悠。

（2020.7.16）

黄钟乐（定格）

－－－｜｜－－（韵），－｜－－（句），｜｜－－（句），－－－（韵）。－｜｜－－｜｜（句），－－｜｜｜－－（韵）。

｜｜－－－｜－（韵），－｜｜－（句），－｜－｜（句），｜－－（韵）。－｜－－－｜｜（句），｜－－｜｜－－（韵）。

范例

池塘烟暖草萋萋，惆怅闲宵，含恨愁生，思堪迷。遥想玉人情事远，音容浑似隔桃溪。

偏记同欢秋月低，帘外论心，花畔和醉，暗相携。何事春来人不见？

梦魂长在锦江西。

唐·魏承班

黄昏烟雨染林涛，停在枝梢，雨打芭蕉，阵风飘。无端骤寒何变急？红愁碧舞晚萧萧。

几度春时思断桥，同携一心，齐力相共，一勾销。何事今来非不见？只觉天外梦逍遥。

（2020.7.22）

武陵春（定格）

　—｜———｜｜（句），
—｜｜——（韵）。—｜——｜｜—
（韵），｜｜｜——（韵）。

　—｜———｜｜（句），
—｜｜——（韵）。—｜——｜｜—
（韵），—｜｜｜（句），｜——（韵）。

范例

风住尘香花已尽，日晚倦梳头。物是人非事事休，欲语泪先流。

闻说双溪春尚好，也拟泛轻舟。只恐双溪舴艋舟，载不动，许多愁。

宋·李清照

枯柳残花春已去，黄叶过红墙。风雨江天一地凉，欲语断愁肠。

江水东流望不尽，愁绪白茫茫。春夏秋冬月下忙，风里事，泪河长。

（2020.8.10）

越溪春（定格）

一｜｜一一｜｜（句），一｜｜一一（韵）。｜｜｜｜｜一一｜（句），
｜｜一（句），一｜一一（韵）。一｜一一（句），一一｜｜（句），
一｜一一（韵）。

一一｜｜一一（韵），一｜｜一一（韵）。｜一一｜｜｜｜（句），
一一｜｜一一（韵）。一｜｜一一｜（句），一｜｜一一（韵）。

范例

三月十三寒食日，春色遍天涯。越溪阆苑繁华地，傍禁垣，珠翠烟霞。红粉墙头，秋千影里，临水人家。

归来晚驻香车，银箭透窗纱。有时三点两点雨霁，朱门柳细风斜。沈麝不烧金鸭冷，笼月照梨花。

宋·欧阳修

舟荡碧波霞铺路，鸿雁过山湖。遍绿错叠荷花吐，一片香，风洒清舒。花立蜻蜓，飞鸾戏水，游戏双凫。

清波夕暮归途，仙女采珍珠。浪花飞溅几似雨舞，心花水火全无。人世间谁清楚，难得是糊涂。

（2020.8.13）

江梅引（定格）

一一一｜｜一一（韵）。｜一一（句），｜一一（韵）。一｜一一、
一｜｜｜一（韵）。｜｜一一一｜｜（句），｜一（句），一一｜（句），
｜｜一（韵）。

一｜一｜｜｜一（韵），｜一一（句），一｜一（韵）。一一｜｜（句），

｜—｜（句），｜｜——（韵）。｜———（句），—｜｜——（韵）。｜｜——｜—（句），｜—｜（句），｜——（句），｜｜—（韵）。

范例

天涯除馆忆江梅。几枝开，使南来。还带余杭、春信到燕台。准拟寒英聊慰远，隔山水，应销落，赴诉谁。

空恁遐想笑摘蕊，断回肠，思故里。漫弹绿绮，引三弄，不觉魂飞。更听胡笳，哀怨泪沾衣。乱插繁花须异日，待孤讽，怕东风，一夜吹。

宋·洪皓

人间离别忆春秋。楚山愁，水东流。多少磨难、随着岁月揉。雨夜寒中无觅处，正心碎，凶风吼，落难舟。

空说遐想理无由，谈同酬，应九州。琴调几度，上中下，曲调难搜。那堪西风，吹恨上眉头。乱插繁花须异日，再杯酒，旧红楼，夜景休。

（2020.8.29）

绮寮怨（定格）

　　｜｜———｜（句），｜————（韵）。｜｜｜（句），｜｜——（句），——｜（句），｜｜——（韵）。———｜｜｜（句），——｜（句），｜｜—｜—（韵）。｜｜—（句），｜｜——（句），——｜（句），｜｜———（韵）。

　　｜｜｜—｜（韵），——｜｜（句），——｜｜—（韵）。｜｜——（句），｜—｜（句），｜——（韵）。——｜——｜（句），｜｜｜（句），｜——（韵）。——｜—（句），——｜｜｜（句），—｜—（韵）。

范例

上马人扶残醉，晓风吹未醒。映水曲，翠瓦朱檐，垂杨里，乍见津亭。当时曾题败壁，蛛丝罩，淡墨苔晕青。念去来，岁月如流，徘徊久，叹息愁思盈。

去去倦寻路程，江陵旧事，何曾再问杨琼。旧曲凄清，敛愁黛，与谁听。尊前故人如在，想念我，最关情。何须渭城，歌声未尽处，先泪零。

宋·周邦彦

对酒人刚昏醉，夜浓凉惊醒。月色满，树怨凄清，空无尽，影落牵萦。人生如梦梦断，追随散，苦楚谁着听。往事忙，步履如冰，今犹在，冒着狂风行。

已矣去寻路程，秦淮旧事，红楼水映连城。昨日黄花，已零落，剩游情。今宵玉弹秦月，忘不掉，月光行。光阴似箭，思情未尽处，先泪零。

（2020.9.3）

采莲子（定格）

——｜｜｜｜—（韵），｜—｜｜｜——（韵）。—｜——｜—｜（句），｜——｜｜——（韵）。

范例

瞿塘嘈嘈十二滩，此中道路古来难。长恨人心不如水，等闲平地起波澜。

唐·刘禹锡

枯黄一地尽惨凉，夜生梦破断愁肠。长夜追问负心汉，哪家兴衰一堂光。

（2020.9.5）

山亭柳（定格）

—｜——（句），｜｜｜——（韵）。—｜｜（句），｜——（韵）。
｜｜｜——｜（句），｜——｜——（韵）。｜｜———｜（句），
｜｜——（韵）。

｜——｜——｜（句），——｜｜｜——（韵）。——｜（句），
｜——（韵）。｜｜———｜（句），｜｜｜———（韵）。｜｜
—｜｜（韵），—｜——（韵）。

范例

家住西秦，赌博艺随身。花柳上，斗尖新。偶学念奴声调，有时高遏行云。蜀锦缠头无数，不负辛勤。

数年来往咸京道，残杯冷炙漫消魂。衷肠事，托何人。若有知音见采，不辞遍唱《阳春》。一曲当筵落泪，重掩罗巾。

宋·晏殊

光影难收，世事那堪休。新衔柳，旧红楼。假话似当真是，似花翻使花羞。望断风波烟渚，一笔都勾。

昔年风雨山河走，而今醉步点残秋。无非是，数闲愁。只恨人生无定，哪里有春无忧。一觉相思梦处，明月悠悠。

（2020.9.17）

恋绣衾 (定格)

｜——｜｜——（韵），｜｜｜｜（句），——｜—（韵）。｜——（句），
｜｜—｜（句），｜——（句），—｜｜—（韵）。

｜——｜——｜（句），｜——（句），—｜｜—（韵）。｜｜—
（句），｜｜—｜（句），｜——（句），—｜｜—（韵）。

范例

柳丝空有千万条，系不住，溪头画桡。想今宵，也对新月，过轻寒，
何处小桥。

玉箫台榭春多少，溜啼红，脸霞未消。怪别来，胭脂慵傅，被东风，
偷在杏梢。

宋·赵汝芜

怨秋黄叶落孤单，一地散，飘零凋残。莫凭栏，望断鸿雁，过重山，
飞越玉关。

几多期盼伤心叹，未归还，为甚那般。絮乱翻，搅恼残梦，实心酸，
深夜月寒。

（2020.9.19）

满路花 (定格)

———｜｜（句），｜｜｜——（韵）。｜——｜｜（句），
｜——（韵）。——｜｜（句），—｜｜——（韵）。｜｜——｜（句），
—｜——（句），｜——｜——（韵）。

｜——｜（句），—｜｜——（韵）。｜——｜｜（句），｜——（韵）。
———｜（句），｜｜｜——（韵）。—｜——｜（句），—｜——（句），

｜——｜——（韵）。

范例

　　西风秋日短，小雨菊花寒。断云低古木，暗江天。星娥尺五，佳约误当年。小语凭肩处，犹记西园，画桥斜月阑干。

　　鸟啼花落，春信遣谁传。尚容清夜梦，小留连。青楼何处，宝镜注婵娟。应念红笺事，微晕春山，背窗愁枕孤眠。

宋·吕渭老

　　人间何最苦，累熬泪先流。木须横占有，恨忧忧。桂花月满，偏照最高楼。回首回肠断，犹记当初，举拳灯下同舟。

　　月光独照，醒酒热喉头。半昏清夜梦，冷飕飕。离愁千种，万里皆空幽。追恨凭谁说，糊里糊涂，恰如明月当秋。

（2020.10.5）

塞翁吟（定格）

　　｜｜——｜（句），—｜—｜——（韵）。—｜｜（句），
｜——（句），｜｜｜——（韵）。——｜｜——｜（句），
—｜｜｜——（韵）。｜—｜（句），｜——（句），——｜——（韵）。

　　——（韵）。——｜（句），——｜｜（句），—｜十（句），
——｜——（韵）。—｜｜——｜｜（句），｜——（句），｜｜——（句），
｜｜——（韵）。｜—｜｜（句），｜｜——（句），—｜——（韵）。

范例

　　坐对梅花笑，还记初度年时。名利事，总成非。漫老矣何为。吴山夜月闽山雾，回首鬓影如丝。懒更问，斗牛箕，强凭醉成诗。

闲思。嗟漂泊，浮云飞絮，曾跌荡，春风柘枝。便万里金台筑就，已长分，采药庞公，誓墓义之。百年政尔，一笑樽前，儿女牵衣。

元·赵文

假日闲游涌，桥上停堵当中。人左右，水西东。几幸能桥通。低头不见寻常路，高处四面临风。怨声噪，气无穷，窝心不由衷。

匆匆。人间事，真如春梦，留不住，黄昏彩虹。愁望四边何处觅，在心空，一点清心，几份情浓。一生寄托，大地回春，万紫千红。

（2020.10.11）

世事犹如梦，窗外春色朦胧。人上下，水西东。陌客路难通。冰凉夜幕阵阵痛，回首落泪如空。风咫尺，浪千重，横舟染鲜红。

匆匆。难消尽，忧心纠结，无了终，都浮镜中。东山弄月西湖雾，夜深沉，傍影回廊，一数情衷。几多往事，只怨银釭，推尽西风。

（2021.8.1）

雨中花（定格）

｜｜－－（句），－－｜｜（句），｜－｜｜－－（韵）。｜｜－｜｜（句），－｜－－（韵）。｜｜－－｜｜（句），－｜－｜－－（韵）。－－｜｜（句），｜－｜｜（句），｜｜－－（韵）。

｜－－｜（句），－｜－－（句），－－｜｜－（韵）。－｜｜（句），－－｜｜（句），｜｜－－（韵）。｜｜｜－｜｜（句），－－｜｜－－（韵）。－－｜｜（句），｜－－｜（句），｜｜－－（韵）。

范例

玉局祠前，铜壶阁畔，锦城药市争奇。正紫萸缀席，黄菊浮卮。巷陌联镳并辔，楼台吹竹弹丝。登高望远，一年好景，九日佳期。

自怜行客，犹对佳宾，留连岂是贪痴。谁会得，心驰北阙，兴寄东篱。惜别未催鹢首，追欢且醉蛾眉。明年此会，他乡今日，总是相思。

宋·京镗

小雨蒙蒙，西风渐紧，薄纱隐雾茫茫。大雁悲夜晚，枯叶飘黄。一地残红败绿，寒露风雨凄凉。寻思远方，向谁诉说，恨断愁肠。

远行千里，回首才知，流连仍是家乡。忘不掉，乡音未改，十里堤长。燕子矶头玩耍，荷花绿叶池塘。人间梦幻，薄名浮利，寄与黄粱。

（2020.10.16）

碧水清波，梅香四溢，弄春绿草葱葱。正雪梨染白，亮了桃红。一幅江南秀色，涂墨桃水山重。随风醉倒，忆思过去，恰似重逢。

初心难舍，人远天涯，人生梦里难同。情未了，当初对月，现境如空。奈他往时已变，枉凝冷月清风。星星点点，五河有尽，此恨无穷。

（2021.2.17）

鸳鸯梦（定格）

　　｜｜｜｜－｜｜（句），－－－｜－－（韵）。－－－｜－－－（韵）。－－－｜｜（句），－｜｜－－（韵）。

　　｜｜－－｜｜（句），－－｜｜－－（韵）。－－－｜｜－－（韵）。－－－｜｜（句），－－｜－－（韵）。

范例

午醉厌厌醒自晚，鸳鸯春梦初惊。闲花深院听啼莺。斜阳如有意，偏傍小窗明。

莫倚雕阑怀往事，吴山楚水纵横。多情人奈物无情。闲愁朝复暮，相应两潮生。

宋·贺铸

变化更比翻脸快，鸳鸯初梦方醒。于无声处惊雷轰。东西皆有雨，声破骇人惊。

目断归帆风雨里，飘零冷眼争赢。多情何奈世无情。前边天渐黑，何方有光明。

（2020.10.30）

青房并蒂莲（定格）

| — — （韵）。| | | — — | （句），— | — — （韵）。| | | — — （句），
| | | | — — （韵）。| — — | — | （句），| — — （句），— | — — （韵）。
| | — （句），| | — — （句），| — — | | — — （韵）。

— — | | | | （句），— | | | — — （句），| | | — — （韵）。
| — | （句），— — | | （句），| | — — （韵）。— | | | — | | （句），
| — | （句），— | | | — — （韵）。| | — （句），| | — — （句），
| — — | | — — （韵）。

范例

醉凝眸。正楚天秋晚，远岸云收。草绿兰红，口映小汀洲。芰荷香里鸳鸯浦，恨菱歌，惊起眠鸥。望去帆，一派湖光，棹声咿哑橹声柔。

愁窥汴堤细柳，曾舞送莺时，锦缆龙舟。拥倾国，纤腰皓齿，笑倚迷楼。空令五湖夜月，也羞照，三十六宫秋。正浪吟，不觉回桡，水花风叶两悠悠。

宋·周邦彦

月如钩。夜色流光漏，残照红楼。水映灯红，绿竹傍青洲。老山新

浦依相守，水东流，昏夜幽幽。望夜光，暗里行舟，一痕灯光几多愁。

　　曾窥御道禁柳，枝折舞当年，不解难休。实无奈，人皆已醉，日月蒙羞。春去已留不住，再前看，来日正当秋。不了情，世态炎凉，落花流水两闲悠。

（2020.10.20）

十拍子（定格）

　　｜｜－－｜｜（句），－－－｜－－（韵）。－｜－－－｜－（句），

｜｜－－－｜－（韵）。－－－｜－（韵）。

　　｜｜－－－｜（句），｜－｜｜－－（韵）。｜｜－－－｜｜（句），

｜｜－－－｜－（韵）。－－｜｜－（韵）。

范例

　　柳絮飞时绿暗，荼蘼开后春酣。花外青帘迷酒思，陌上晴光收翠岚。佳辰三月三。

　　解珮人逢游女，踏青草斗宜男。醉倚画阑阑槛北，梦绕清江江水南。飞鸾与共骖。

宋·赵善扛

　　大雁南飞绿暗，红黄秋去疏稀。青浅花残知几许，陌上痴情归盼期。斜阳斜落西。

　　映水不嫌疏影，各修好坏同时。醉依河傍冬柳坠，梦绕春江春晓催。今时恨不知。

（2019.11.18）

　　曲径轻波绿暗，山亭芳草花黄。都下传音嫌时短，陌上乡愁江水长。黄昏寒更凉。

桂树香飘秋晚，菊黄已过重阳。一切来去都似梦，醉里才知情断肠。茫茫月倚窗。

（2020.11.3）

六么令（定格）

　　｜——｜（句），—｜——｜（韵）。——｜——｜（句），｜｜——｜（韵）。—｜——｜｜（句），｜｜——｜（韵）。——｜（韵）。——｜｜（句），—｜——｜—（韵）。

　　——｜｜｜（句），｜｜——｜（韵）。—｜｜——（句），｜｜——｜（韵）。—｜——｜｜（句），—｜—｜（韵）。——｜（韵）。———｜（句），｜｜——｜—（韵）。

范例

　　快风收雨，亭馆清残燠。池光静横秋影，岸柳如新沐。闻道宜城酒美，昨日新醅熟。轻镳相逐。冲泥策马，来折东篱半开菊。

　　华堂花艳对列，一一惊郎目。歌韵巧共泉声，间杂琤琤玉。惆怅周郎已老，莫唱当时曲。幽欢难卜。明年谁健，更把茱萸再三嘱。

宋·周邦彦

　　大江东去，浩荡江天阔。波涛淘尽污浊，怒水冰清洁。六朝兴亡旧事，坠落秦淮月。波光明灭。虚华耗尽，迎见冰轮自圆缺。

　　潮生潮落几叠，后浪朝前越。都将过客如空，终了伤名节。纵使寒长意远，情在应难夺。江楼枫叶。孤鸿飞去，血色黄昏雁声咽。

（2020.11.7）

红林檎近（定格）

—｜——｜（句），｜——｜—｜（韵）。｜｜｜—｜（句），——｜——｜（韵）。—｜——｜｜（句），｜｜｜—｜—｜（句），｜—｜——（韵）。——｜——（韵）。

｜｜—｜｜（句），｜｜｜——（韵）。——｜｜｜（句），—｜—｜——（韵）。——｜｜｜（句），——｜｜｜（句），｜—｜—｜—（韵）。

范例

森木蝉初噪，淡烟梅半黄。睡起傍檐隙，墙梢挂斜阳。鱼跃浮萍破处，碎影颠倒垂杨，晚庭谁与追凉。清风散荷香。

望极霞散绮，坐待月侵廊。调冰荐饮，全胜河朔飞觞。渐参横斗转，怀人未寝，别来偏觉今夜长。

宋·袁去华

寒日初晴朗，水仙清淡香。十里岸来浪，追风更波长。三弄梅花笛处，几点垂柳飘冷，那堪双目相望。秦淮客舟凉。

翠竹青叶晃，小草露成霜。还乡忆痛，能有多少思量。光阴似水转，天长梦短，夜深愁绝悲断肠。

（2020.12.1）

瑞鹧鸪（定格）

　　｜－－｜｜－－（韵）。－｜－－｜｜－（韵）。｜｜－－
－｜｜（句），｜－－｜｜－－（韵）。

　　－－－｜－－｜（韵），｜｜｜－｜－－（韵）。｜｜－－
－｜｜（句），｜－－｜｜－－（韵）。

范例

　　白衣苍狗变浮云。千古功名一聚尘。好是悲歌将进酒，不妨同赋惜余春。风光全似中原日，臭味要须我辈人。雨后飞花知底数，醉来赢取自由身。

宋·张元干

　　夜长风雨几时安。风火年华蜡泪残。不是春光嫌路远，只缘寸步尽难关。从来相信初心暖，以至后来倍凄寒。水里江花都是泪，醉来无语滴珠弹。

（2020.12.3）

怨回纥（定格）

　　－｜－｜｜－－（韵），－－｜｜｜－－（韵）。｜｜－－
－｜｜（句），－－｜｜｜－－（韵）。｜｜－－｜（句），
－｜｜｜｜－－（韵）。

范例

　　曾闻瀚海使难通，幽闺少妇罢裁缝。缅想边庭征战苦，谁能对镜治愁容。久戍人将老，须臾变作白头翁。

唐·无名氏

燕子矶上揽江洲，轻云壁影慢悠悠。伴落新宫成旧居，星移物换几春秋。望断红楼梦，一江逝水自空流。

（2020.12.26）

百字折桂令（定格）

|—— | |——（句），——| |——（韵）。—|——（句），
| | |——（韵）。| | |（句），——| |（句），—|——
（韵）。—| | |（句），| |——（韵）。——|—|——（句），
——| |——（韵）。

| |——| |—（句），—|——|（韵）。|——| |——（句），
|——|——（韵）。|—| |（句），—|——（韵）。| |——
—|（句），——| |——（韵）。

范例

敝裘尘土压征鞍，鞭丝倦袅芦花。弓剑萧萧，一径入烟霞。动羁怀，西风木叶，秋水兼葭。千点万点，老树昏鸦。三行两行写长空，哑哑雁落平沙。

曲岸西边近水湾，渔网纶竿钓槎。断桥东壁傍溪山，竹篱茅舍人家。满山满谷，红叶黄花。正是凄凉时候，离人又在天涯。

元·白贲

漫天飞雪北风狂，凌寒傲立梅香。望尽千般，数九盼春光。只见那，冰天雪地，原上茫茫。飞雁影渺，碧野苍凉。犹闲雪梅独钟春，三红两白枝藏。

柳树池塘月下乡，溪水回桥院堂。只今东水任流将，却寒心里悲伤。一山一水，无尽思长。更在人圆时候，离声又断愁肠。

（2021.1.5）

后庭花（定格）

－－－｜－（韵），－－－｜－（韵）。－｜－－｜（句），
－－－｜－（韵）。｜－－（韵），｜－－｜（句），｜－－｜－
（韵）。

范例

铜壶更漏残，红妆春梦阑。江上花无语，天涯人未还。倚楼闲，月
明千里，隔江何处山。

元·邵亨贞

波光荷映残，梅花红点山。寒雪花息影，垂丝柳含烟。未情完，春
梦难断，一山攀又攀。

人间何最难？春归春未还。明月空山照，愁肠望眼穿。莫凭栏，
万千灯火，一江多少弯。

（2021.1.12）

换巢鸾凤（定格）

－｜－－（韵）。｜－－｜｜（句），｜｜－－（韵）。｜－
－｜｜（句），｜｜｜－－（韵）。－－－｜｜－－（韵）。｜－｜－（句），
－－｜－（韵）。－－｜，－｜｜（句），｜－－｜（韵）。

－｜（韵）。－｜｜（韵）。－｜｜－（句），－｜－－｜（韵）。
｜｜－－（句），｜－－｜（句），－｜－－－｜（韵）。－｜
－｜－－（句），｜－－｜－－｜（韵）。－－－（句），｜－－（句），
｜｜－（韵）。

范例

人若梅娇。正愁横断坞，梦绕溪桥。倚风融汉粉，坐月怨秦箫。相思因甚到纤腰。定知我今，无魂可销。佳期晚，谩几度，泪痕相照。

人悄。天渺渺。花外语香，时透郎怀抱。暗握荑苗，乍尝樱颗，犹恨侵阶芳草。天念王昌忒多情，换巢鸾凤教偕老。温柔乡，醉芙蓉，一帐春晓。

宋·史达祖

杨柳低垂。见微风掠过，晃动愁丝。大凉山下柳，落叶满伤悲。无力支托盼春归。薄衣肚饥，斜阳落西。魂归去，孤悄悄，月幽伤悔。

凄泪。流不止。多少泪珠，流入江河水。黑夜茫茫，弱星惨淡，犹恨无堪入睡。阅尽人间尽无情，乱昏无语人偕醉。床前光，梦中乡，苦月羞闭。

（2021.1.25）

谪仙怨（定格）

——｜｜——（韵），—｜——｜—（韵）。｜｜——｜｜｜（句），———｜——（韵）。

｜——｜｜｜（句），—｜——｜—（韵）。｜｜——｜｜｜（句），———｜——（韵）。

范例

晴川落日初低，惆怅孤舟解携。鸟向平芜远近，人随流水东西。
白云千里万里，明月前溪后溪。独恨长沙谪去，江潭春草萋萋。

唐·刘长卿

斜阳坠入湖亭，孤影轻摇碧清。不忍霞云别去，无情胜似有情。
纵然千梦万梦，空有花盛草盛。怨恨春华远去，人寻春结难醒。

（2019.12.7）

曙光破晓将明，山水茫茫送行。雁向长空远去，人随潮起纵横。

路途山下水上，离别长亭短亭。只见梅开竹瘦，难寻春水盈盈。

（2021.1.27）

梦芙蓉（定格）

－－－｜｜（韵）。｜－－｜｜（句），｜－｜｜（韵）。｜－－（句），
－｜｜－（韵）。｜－－｜｜（韵）。－－－｜－｜（韵）。｜｜
－（句），－－－｜｜（句），｜｜｜－（韵）。

｜｜－－｜（韵）。－｜－－（句），｜｜－－｜（韵）。｜－
－｜（句），－｜｜｜－（韵）。｜－－｜｜（韵）。－－｜｜－（韵）。
｜｜－－（句），－－－｜｜（句），｜｜｜－（韵）。

范例

西风摇步绮。记长堤骤过，紫骝十里。断桥南岸，人在晚霞外。锦
温花共醉。当时曾共秋被。自别霓裳，应红销翠冷，霜枕正慵起。

惨澹西湖柳底。摇荡秋魂，夜月归环珮。画图重展，惊认旧梳洗。
去来双翡翠。难传眼恨眉意。梦断琼娘，仙云深路杳，城影蘸流水。

宋·吴文英

黄昏云散紫。小桥斜印影，暮迟迷绮。曲径仙道，人在晚霞外。景
同思故地。珍藏多少牵记。几次回眸，梨花青叶翠，亮闪似垂泪。

十里秦淮水起。摇荡秋魂，月夜羞花闭。几番波腾，摇晃使人醉。
似前朝后退。难收眼恨悲意。梦断星云，烟火空散去，舟影入流水。

（2019.9.27）

离歌飞似雪。又东风骤别，虐花怨结。累成伤缺，知了尽凄咽。痛
心肠欲折。斜阳凋落如血。几度风云，何堪无了歇，悲望半山月。

一地残花败叶。天黑萧萧，此恨凭谁说？夜深星散，冰冷浑如铁。岁华休省阅。难传旧符新接。梦断黄粱，春愁心未绝，春到更情烈。

（2021.3.9）

潇湘夜雨（定格）

—｜——（句），———｜（句），｜—｜｜——（韵），——
—｜｜——（韵）。—｜｜（句），——｜｜（句），—｜｜（句），
—｜——（韵）。——｜（句），——｜｜（句），｜｜——（韵）。

———｜—（句），｜—｜｜（句），—｜——（韵）。｜｜——
—｜（句），｜｜——（韵）。—｜｜（句），——｜｜（句），
—｜｜（句），—｜｜—（韵）。——｜（句），——｜｜（句），
—｜｜——（韵）。

范例

斜点银缸，高擎莲炬，夜寒不奈微风，重重帘幕掩堂中。香渐远，长烟袅穟，光不定，寒影摇红。偏奇处，当庭月暗，吐焰如虹。

红裳呈艳丽，玉娥一见，无奈狂踪。试烦他纤手，卷上纱笼。开正好，银花照夜，堆不尽，金粟凝空。叮咛语，频将好事，来报主人公。

宋·赵长卿

山立水横，霞飞云淡，石桥路堵难行，樱花争艳满湖亭。鲜色淡，清香袅绕，芳雅洁，叠重花轻。情痴了，千寻一见，万籁谁倾。

红黄蓝绿静，一言不尽，谁寄幽情？黑夜朦胧月，影晃帘旌。真梦境，新愁未了，何妨更，忧怨未应。人皆醉，风情万种，回首没人醒。

（2021.3.17）

夏云峰（定格）

｜－－（韵），－｜｜（句），－｜｜｜－－（韵）。｜｜｜－｜－（句），｜｜－－（韵）。｜－－（句），－－｜（句），｜｜－－（韵）。｜｜｜（句），－－｜｜（句），－｜－－（韵）。

｜－－｜｜－（韵）。｜－｜（句），｜－－｜｜－（韵）。｜－－｜（句），｜｜－－（韵）。｜－－｜（句），－｜｜（句），｜｜－－（韵）。－｜｜（句），－－｜｜（句），－｜－－（韵）。

范例

守株林，无作用，空处独卧高岑。石枕草衣偃仰，极目观临。水桃山杏，随分吃，且盗阳阴。款款脱，尘躯俗状，三叠琴心。

舞胎仙论浅深。自然见，不须重恁搜寻。已通玄妙，得步琼林。玉花丛里，从此便，养透真金。莹静与，清风皓月，长做知音。

元·王哲

雨淋淋，风历历，帘幕不透低吟。已是百般奈何，怨气难禁。老楼风透，寒风冷，泪滴衣襟。待久觉，翻歌曲变，期盼新音。

古人休论浅深。只随也，那堪时世探寻。学得圆妙，独步琼林。梦归乡地，风雨散，美酒高斟。来去处，名空利锁，余度光阴。

（2021.3.19）

昼锦堂（定格）

｜｜＋－（句），－－｜｜（句），｜－－｜－－（韵）。
｜｜－－（句），－｜｜｜－－（韵）。

　｜－－｜－－｜（句），｜－－｜｜－－（韵）。－－｜（句），
－｜｜－（句），－－｜｜－－（韵）。

　－－（韵）。－｜｜（句），－－｜（句），－－｜｜－－
（韵）。｜｜－－（句），－｜｜｜－－（韵）。｜－－｜－－｜
（句），｜－－｜｜－－（韵）。－－｜（句），－｜｜－（句），
－｜｜｜－－（韵）。

范例

　薄袖禁寒，轻妆媚晚，落梅庭院春妍。映户盈盈，回情笑整花钿。
柳裁云翦腰支小，凤蟠鸦耸鬓鬟偏。东风里，香步翠摇，蓝桥那日因缘。

　婵娟。留慧盼，浑当了，匆匆密爱深怜。梦过阑干，犹认冷月秋千。
杏梢空闹相思眼，燕翎难系断肠笺。银屏下，争信有人，真个病也天天

宋·孙惟信

　雨打梅花，风抛柳絮，落红铺满闲亭。暮色苍茫，花奈恶雨横行。
不安心乱望残叶，更愁知否梦中醒。星星闪，帘动影摇，山乡别了回城。

　无争。都去哪，空相转，回头再起新程。旧地重游，乡土即含真情。
小桥流水如明镜，世间云水草烟轻。空惆怅，星闪小亭，深沉夜静笙清。

（2021.3.26）

夜合花（定格）

｜｜－－（句），－－｜｜（句），｜－－｜－－（韵）。－－｜｜（句），
－－｜｜｜－（韵）。｜－（句），｜－－（韵），｜－－（句），
－｜－－（韵）。－－－｜（句），－－｜｜（句），－｜－－（韵）。

　　－－｜｜－－（韵）。－｜－｜｜（句），｜－－－（韵）。
－－｜｜（句），－－｜｜－－（韵）。－｜｜（句），｜－－（韵）。
｜－－（句），－｜－－（韵）。｜－－｜（句），－－｜｜（句），
｜｜－－（韵）。

范例

柳锁莺魂，花翻蝶梦，自知愁染潘郎。轻衫未揽，犹将泪点偷藏。
念前事，怯流光，早春窥，酥雨池塘。向销凝里，梅开半面，情满徐妆。

风丝一寸柔肠。曾在歌边惹恨，烛底紫香。芳机瑞锦，如何未织鸳鸯。
人扶醉，月依墙。是当初，谁敢疏狂。把闲言语，花房夜久，各自思量。

宋·史达祖

雨打梅花，风抛柳絮，败红残绿凄凉。春余梦晓，犹将怨恨内藏。
忆初意，悔时光，一声情，断了愁肠。何追归处，山梁水泊，垂柳横塘。

年年一梦幽长。疑似前湖雁往，去来行慌。凭栏远望，寻思几许回乡。
人未到，酒花香。醉新吟，难点苍茫。故乡山水，清泉碧绿，倒映斜阳。

（2021.4.15）

采绿吟（定格）

｜｜－－｜（句），｜－｜｜－－（韵）。－－｜｜（句），
｜－－－（句），－｜－－（韵）。｜－－｜｜，－－｜（句），

｜－｜｜－－（韵）。｜－－（句），－－｜（句），－－－｜｜－（韵）。

　　－｜｜－－（句），－－｜（句），－－－｜－－（韵）。｜｜｜－（句），｜｜｜－－（韵）。｜－－（句），－｜－－（句），－－｜（句），－｜｜－－（韵）。－－｜（句），－｜｜－（句），－｜｜－（韵）。

范例

　　采绿鸳鸯浦，画舸水北云西。槐薰入扇，柳阴浮桨，花露侵诗。点尘飞不到，冰壶里，绀霞浅压玻璃。想明珰，凌波远，依依心事寄谁。

　　移棹舣空明，藕风度，琼丝霜管清脆。咫尺挹幽香，怅岸隔红衣。对沧洲，心与鸥闲，吟情渺，莲叶共分题。停杯久，凉月渐生，烟合翠微。

宋·周密

　　采绿梅花谷，水边柳径梅亭。红波绿浪，色光相间，风闪晶莹。竹青凉艳色，层层叠，几多摄景相倾。引眸凝，思怀远，迷离掩映梦萦。

　　山下望空明，眸追影，空中楼阁难行。咫尺远天涯，酒近木人醒。叹趋炎，非是圆轻，心期处，遥曲静心听。凭阑意，新月渐生，烟色数星。

（2021.4.29）

甘州遍（定格）

　　－－｜（句），－｜｜－－（句），｜－－（韵）。－－｜｜（句），－－｜｜（句），－－｜｜｜－（韵）。

　　－｜｜（句），｜－－（韵）。－－｜｜－｜（句），｜｜｜－－（韵）。｜－（句），｜｜｜－－（句），｜－－（韵）。｜－－（句），｜｜｜－－（韵）。

范例

秋风紧，平碛雁行低，阵云齐。萧萧飒飒，边声四起，愁闻戍角与征鼙。

青冢北，黑山西。沙飞聚散无定，往往路人迷。铁衣冷，战马血沾蹄，破蕃奚。凤皇诏下，步步蹑丹梯。

五代·毛文锡

遥山绿，湖水映山庵，淡蓝蓝。清波碧浪，扬风乱起，愁闻直道苦恹恹。

人背北，雁飞南。红尘梦断离散，泣泪向谁谈。雨遮月，浪迹走前方，一肩担。百辛谁晓，晚月映三潭。

（2021.5.9）

夜深沉，风烈谩欺侵，雨淋淋。春情未了，秋鸿已去，愁眉怨结正伤心。

灯暗浅，夜更深。和衣倚醉醒睡，默默听风吟。去何处，累月走天涯，至如今。一方仙境，只梦里追寻。

（2021.2.3）

夏初临（定格）

|丨丨—丨（句），丨——丨（句），——丨丨——（韵）。丨丨——（句），——丨丨——（韵）。丨——丨——（韵），丨——（句），丨丨——（韵）。————丨（句），——丨丨（句），

—｜——（韵）。

　　——｜｜（句），｜———（句），｜—｜｜（句），—｜——（韵）。——｜｜（句），｜｜—｜——（韵）。｜｜——（句）。｜——（句），｜｜——（韵）。｜——（句），——｜—（句），—｜——（韵）。

范例

　　瘦绿添肥，病红催老，园林昨夜春归。天气清和，轻罗试著单衣。雨余门掩斜晖，看翻翻，乳燕交飞。荷钱犹小，芭蕉渐长，新竹成围。

　　何郎粉淡，荀令香销，紫鸾梦远，青鸟书稀。新愁旧恨，在他红药栏西。犹记当时。水晶帘，一架蔷薇。有谁知，千山杜鹃，无数莺啼。

明·杨基

　　翠入梅谷，绿丝临水，铃兰夏夜传香。木栈轻桥，斜挑嵌入横塘。水中初映红黄，跨青萍，月色荷塘。良宵佳景，人生梦短，风景悠长。

　　茶亭偶遇，别离多年，路遥水远，留苦心藏。相携对酒，在那淮水京江。莫道当时。断愁肠，夜更疯狂。醉还醒，心荒未开，月在回廊。

（2021.5.11）

绿头鸭（定格）

　　｜——（韵），｜｜｜（句），——｜｜（句），｜｜｜｜——（韵）。｜——（句），｜——｜（句），｜——（句），—｜——（句），｜｜——（韵）。——｜｜（句），｜—｜｜｜——（韵）。——｜（句），——｜｜（句），｜｜——（韵）。

　　｜——（韵），———｜（句），｜——｜——（韵）。｜——（句），｜——｜（句），｜｜｜（句），—｜——（韵）。｜—｜（句），

——— | （句），— | | ——（韵）。 | | ——（句），—— | | （句），

——— | | ——（韵）。 | — | （句）， | —— | （句），— | ——（韵）。

范例

　　静中看，记昔日，淮山隐隐，宛若虎踞龙盘。下襄樊，指挥湘汉，鞭云骑，围绕江干，势不成三。时当混一，过唐之数不为难。陈桥驿，孤儿寡妇，久假当还。

　　挂征帆，龙舟催发，紫宸初卷朝班。禁庭空，土花晕碧，辇路悄，呵喝声乾。纵余得，西湖风景，花柳亦凋残。去国三千，游仙一梦，依然天淡夕阳间。昨宵也，一轮明月，还照临安。

元·傅按察

　　石麒麟，遗景似，龙盘虎踞，守望落日冰轮。难回首，世间如梦，舞风波，疏影横斜，黑白难分。轻言笑过，夕阳日薄近黄昏。回廊影，风摇落叶，一片余痕。

　　叹红尘，贪钱争巧，屈膝常对金樽。任江舟，载将离恨，转北岸，西口东奔。昨宵忆，嫦娥依旧，凄楚泪纷纷。对月三樽，游园一梦，相思无解酒初醒。夜深沉，愁闻画角，声断城门。

（2021.5.21）

离别难（定格）

　　 | | | | ——（韵），—— | | ——（韵）。 | —— | | （句），

| —— | | （句）， | —— | | （句）， | ——（韵）。— | | （句），

—— | （句）， | —— | | ——（韵）。

　　— | | （句），—— | （句），— | —（韵），—— | | ——（韵）。

| | （句），—— | （句）， | | —— | | （句），— | | ——（韵）。

一｜｜（句），——｜（句），———｜｜——（韵）。

范例

　　宝马晓鞴雕鞍，罗帏乍别情难。那堪春景媚，送君千万里，半妆珠翠落，露华寒。红蜡烛，青丝曲，偏能勾引泪阑干。

　　良夜促，香尘绿，魂欲迷，檀眉半敛愁低。未别，心先咽，欲语情难说出，芳草路东西。摇袖立，春风急，樱花杨柳雨凄凄。

五代·薛昭蕴

　　孤笛玉漏清寒，黄花惜旧飘残。竹青窥日落，径深通密栈，迹疏香暗在，露花冠。红兰灿，绿翠幻，一朝黄叶叹清欢。

　　人未眠，夜深沉，离别难，低眉又见先前。梦断，心更乱，世上难分恶善，情恨两难全。迷路远，星光伴，思春愁莫泪凭栏。

（2021.6.19）

赞浦子（定格）

　　｜｜——｜（句），——｜｜—（韵）。｜｜——｜（句），——｜｜—（韵）。

　　｜｜——｜｜（句），｜—｜｜——（韵）。｜｜——｜（句），——｜｜—（韵）。

范例

锦帐添香睡，金炉换夕薰。懒结芙蓉带，慵拖翡翠裙。

正是桃夭柳媚，那堪暮雨朝云。宋玉高唐意，裁琼欲赠君。

唐·毛文锡

碧绿他乡水，舟摇日暮西。不见当时景，眉低柳下溪。

正是年衰念起，那堪路远难归。盼望愁千里，迷茫一路悲。

（2021.6.27）

新荷叶（定格）

—｜——（句），｜—｜｜——（韵）。｜｜——（句），
｜—｜｜——（韵）。｜｜｜｜（句），｜——（句），｜｜——（韵）。
｜——｜（句），｜—｜｜——（韵）。

｜｜——（句），｜——｜——（韵）。｜｜——（句），—
—｜｜——（韵）。——｜｜（句），｜——（句），—｜——（韵）。
——｜｜（句），｜——｜——（韵）。

范例

人已归来，杜鹃欲劝谁归。绿树如云，等闲借与莺飞。兔葵燕麦，问刘郎，几度沾衣。翠屏幽梦，觉来水绕山围。

有酒重携，小园随意芳菲。往日繁华，而今物是人非。春风半面，记当年，初识崔徽。南云雁少，锦书无个因依。

宋·辛弃疾

桃绿梅黄，暮云带雨还归。几度风云，尽随蝶舞蜂飞。苦楚不已，望星空，泪浸湿衣。月幽人静，只和半月相依。

月色空凄，碎花尘染芳菲。不似先前，而今物是人非。行将莫负，

正冰凉，犹记清徽。星光点点，夜长难断相思。

（2021.7.9）

凤箫吟（定格）

｜－－（韵）。－－－｜（句），－－｜｜｜－－（韵）。｜－－｜｜（句），｜－｜－－（句），｜｜－－（韵）。－－－｜｜（句），｜－－（句），－｜－－（韵）。－｜｜－－（句），｜｜－｜－－（韵）。

－－（韵）。－－｜｜（句），｜｜－－（句），｜｜－－（韵）。｜－－｜｜（句），｜－－｜｜（句），｜｜－－（韵）。－－－｜｜（句），｜－－（句），｜｜－－（韵）。｜｜｜－（句），－－｜｜（句），－｜－－（韵）。

范例

列旗常。中宵天净，郊丘展采圆苍。肇禋三岁礼，圣天子为民，致福穰穰。凝旒亲奠玉，粲珠联，星斗垂芒。渐月转燔柴，露重烟断坛旁。

欢康。青霞催晓，六乐均调，响逐新阳。辇回天仗肃，庆千官拚舞，绣锦成行。鸡竿双凤阙，肆颁宣，恩动荣光。赞永御，萝图霈泽，常抚殊方。

宋·曹勋

世尘难。于无声处，秋风落叶清寒。倚楼思往事，不言泪涟涟，又渡难关。原来应不似，那时颜，情了心酸。楼月半边环，映了流水空山。

清安。疏疏竹影，淡淡兰园，故土回还。夕阳江景暮，采莲歌韵苦，只影人单。潮生潮落散，没回头，冲上沙滩。奈去也，东流逝水，千紫如烟。

（2021.9.2）

天净沙（定格）

　　——｜｜｜——（韵），｜——｜——（韵），｜｜——｜｜（仄韵）。
｜——｜（仄韵），｜——｜——（韵）。

范例

　　枯藤老树昏鸦，小桥流水人家，古道西风瘦马。夕阳西下，断肠人在天涯。

元·马致远

　　花红柳绿人家，石桥斜映云霞，世外清宁岁华。风景如画，念思如在天涯。

（2021.11.2）

胜胜令（定格）

　　——｜｜（句），｜｜——（韵）。｜｜——｜——（韵）。——｜｜（句），｜——（句），｜｜—（韵）。｜｜—（句），—｜｜—（韵）。

　　｜｜——（句），｜｜—（句），｜——（韵）。———｜｜—（韵）。——｜｜（句），｜——（句），｜——（韵），｜｜—（句），—｜｜—（韵）。

范例

　　梅风吹粉，柳影摇金。渐看春意入芳林。波明草嫩，据征鞍，晚烟沈。向野馆，愁绪怎禁。

　　过了烧灯，醉别院，阻同寻。琐窗还是冷瑶琴。灯花炧也，拥春寒，掩闲衾，念翠屏，应倚夜深。

宋·曹勋

飘香桂满，暮柳抚琴。信步河桥望梅林。秋风过尽，薄衣寒，夜色深。默默吟，愁绪怎禁。

过了沟坎，已别离，再春寻。离肠魂梦两沈沈。阴晴又变，黑阴阴，雨淋淋，怎奈他，蓦地上心。

（2021.11.3）

惜黄花慢（定格）

｜｜－－（句），｜｜－｜｜（句），－｜－－（韵）。
｜－｜｜（句），｜－｜｜（句），
－－｜｜（句），｜｜－－（韵）。
｜－－｜－－（句），｜－｜（句），
－｜－－（韵）。｜｜－（韵），
｜－｜｜（句），－｜－－（韵）。
　－－｜｜－－（韵）。
｜｜－｜｜（句），｜｜－－（韵）。
｜｜－－（句），｜－｜｜（句），
－－｜｜（句），－｜－－（韵）。｜－｜｜－－｜（句），｜－｜（句），
｜｜－－（韵）。｜｜－（句），｜－｜｜－－（韵）。

范例

送客吴皋，正试霜夜冷，枫落长桥。望天不尽，背城渐杳，离亭黯黯，恨水迢迢。翠香零落红衣老，暮愁锁，残柳眉梢。念瘦腰，沈郎旧日，

曾系兰桡。

仙人凤咽琼箫。怅断魂送远，《九辩》难招。醉鬟留盼，小窗剪烛，歌云载恨，飞上银霄。素秋不解随船去，败红趁，一叶寒涛。梦翠翘，怨鸿料过南谯。

宋·吴文英

醉月寒江，落叶散惆怅，添了惨黄。夜深黧黑，暗伤苦旅，难言不尽，唯记家乡。奔波南北空留恋，别相望，枉自心伤。切莫将，喜悲聚散，揉断愁肠。

多年一梦凄凉。似老来远去，闭塞巢荒。绿地相逢，野亭话别，重来万感，离去难忘。薄情转是多情想，末情了，一片苍茫。望夕阳，雁鸿已过南疆。

（2021.11.22）

啰唝曲（定格）

—｜——｜｜—（句），——｜｜｜——（韵）。｜—｜｜——｜（句），｜｜——｜｜—（韵）。

范例

闲向江头采白蘋，常随女伴赛江神。众中不敢分明语，暗掷金钱卜远人。

唐·刘采春

漂泊天涯熬苦辛，常常望月想三亲。信中不吐分离怨，暗里祈祷送远人。

（2021.12.3）

风雨飘飘洒古今，常和弄月拨弦琴。明月不解深深意，且等云际遇协音。

（2021.12.4）

芳草（定格）

|——（句），||—|（句），———|——（韵）。|——||（句），———||（句），|——（韵）。——||（句），||—（句），|———（韵）。—||（豆）、——||（句），||——（韵）。

——（韵）。———|（句），|——|（句），||——（韵）。———||（句），———|—（句），—|——（韵）。||—||（句），—|—（句），||——（韵）。||||（句），——||（句），||——（句）。

范例

笑湖山，纷纷歌舞，花边如梦如薰。响烟惊落日，长桥芳草外，客愁醒。天风送远，向两山，唤醒痴云。犹自有、迷林去鸟，不信黄昏。

销凝。油车归后，一眉新月，独印湖心。蕊宫相答处，空岩虚谷应，猿语香林。正酣红紫梦，便市朝，有耳谁听。怪玉兔，金乌不换，只换愁人。

宋·奚㠣

乱云飞，晚暮寒近，梅花初放香芬。御街何处是，河桥垂柳内，忆王孙。红墙绿瓦，向正南，石狮前门。多少次，修花接木，换叶移根。

红尘。风雷鸣雨，几经磨难，劫后还新。人心难满足，贪利名故违，耽误青春。为己空负月，映江湖，悄转银轮。理更乱，千条未怨，只怨愁人。

（2021.12.17）

系裙腰（定格）

｜—｜｜｜——（韵），——｜（句），｜——（韵）。——｜｜｜——（句），｜｜——（韵）。｜—｜（句），｜——（韵）。

｜｜———｜｜（句），—｜｜（句），｜——（韵）。——｜｜｜——（句），｜｜——（韵）。｜—｜｜（句），｜——（韵）。

范例

惜霜蟾照夜云天，朦胧影，画勾阑。人情纵似长情月，算一年年。又能得，几番圆。

欲寄西江题叶字，流不到，五亭前。东池始有荷新绿，尚小如钱。问何日藕，几时莲。

宋·张先

蜡梅绽放跃枝头，西风引，满山沟。梅香散落相思梦，又荡春舟。跟心走，莫东流。

笑问东山何是久，情似水，月如钩。人间纵有常青酒，一滴难求。谈何在手？梦难收。

（2021.12.26）

凤楼春（定格）

｜｜｜——（韵），—｜——（韵），｜——（韵）。｜——｜｜——（韵）。—｜｜（句），｜——（韵）。—｜｜——｜｜（句），｜—｜——（韵）。

｜——（韵），————（韵）。｜——｜（句），｜——｜（句），｜——｜——（韵）。—｜｜——（句），—｜—｜——（韵）。｜——｜，—｜——（韵）。

范例

凤髻绿云丛，深掩房栊，锦书通。梦中相见觉来慵。匀面泪，脸珠融。因想玉郎何处去，对淑景谁同。

小楼中，春思无穷。倚栏颙望，暗牵愁绪，柳花飞起东风。斜日照帘拢，罗幌香冷粉屏空。海棠零落，莺语残红。

五代·欧阳炯

风雨紫金山，阅尽沧桑，伴长江。世间多少苦酸尝，朝起早，晚烦忙。辛苦一天心惆怅，困忧断愁肠。

月光望，山乡花香。小河巷里，串街桥上，月光斜落前窗。黑暗夜深凉，帘晃心冷抚创伤。少年难忘，床前月光。

（2021.12.29）

帘外碧芳丛，花镜朦胧，妙玄通。水中明月映芙蓉，荷色里，水珠融。倾景此情遥目送，月留影相同。

过河中，迷茫途穷。暗流汹涌，过失都懂，为何羞对东风。幽梦断红宫，回首前后尽成空。落花流水，斜日残红。

（2022.6.26）

于飞乐令（定格）

——｜（句），—｜｜（句），｜｜——（韵）。——｜（句），｜｜——（韵）。——｜（句），—｜—｜（句），—｜——（韵）。——— ｜（句），｜——（句），—｜——（韵）。

｜—｜（句），｜———（韵）。——｜（句），｜｜——（韵）。

｜—｜—｜（句），｜—｜——（韵）。———｜（句），｜——（句），

｜｜——（韵）。

范例

宝奁开，菱鉴静，一掬清蟾。新妆脸，旋学花添。蜀红衫，双绣花蝶，
裙缕鹣鹣。寻思前事，小屏风，巧画江南。

怎空教，草解宜男。柔桑暗，又过春蚕。正阴晴天气，更暝色相兼。
幽期消息，曲房西，碎月筛帘。

宋·张先

梅山翠，桃水碧，点点新新。闲阶静，绕道风轻。梨花雨，飘落如泪，
谁在聆听。今隔南北，各漂流，方等莺声。

望江水，月穿阁亭。长辜负，一片冰清。梦河断何处，有谁点星星。
阑干独倚，夜深沉，说与谁应。

（2021.12.30）

飞雪满群山（定格）

—｜——（句），———｜（句），｜—｜——（韵）。｜—

—｜（句），——｜｜（句），｜—｜——（韵）。｜——｜｜（句），

——｜（句），——｜—（韵）。｜｜—｜（句），——｜｜（句），

—｜｜——（韵）。

—｜｜｜（句），｜——｜｜（句），—｜——｜（句），—｜——（韵）。

｜——｜（句），——｜｜（句），｜—｜｜——（韵）。｜——｜｜（句），

｜—｜（句），——｜—（韵）。｜——｜（句），—｜｜｜—（韵）。

范例

冰结金壶，寒生罗幕，夜阑霜月侵门。翠筹敲竹，疏梅弄影，数声雁过南云。酒醒欹粲枕，怆犹有，残妆泪痕。绣衾孤拥，余香未减，犹是那时熏。

长记得，扁舟寻旧约，听小窗风雨，灯火昏昏。锦茵才展，琼签报曙，宝钗又是轻分。黯然携手处，倚朱箔，愁凝黛颦。梦回云散，山遥水远空断魂。

宋·蔡伸

时鸟鸣晨，梅摇春动，小窗惊梦方还。碧云清水，花红叶绿，曲径翠竹相牵。浅林深木栈，沿山转，林间道穿。古寺稀有，余香未灭，悠步点梅山。

都尽道，虎年会更好，云卷云舒散，层秀连绵。一江飞渡，重山报曙，渐红半黑堪看。况红楼梦断，恨时短，心田未安。或然回首，夜长莫惜空酒碗。

（2022.1.7）

凤归云（定格）

－－｜｜（句），－｜－－（韵）。｜｜－－｜（句），｜｜－－（韵）。｜｜－－－｜｜（句），｜｜｜－（韵）。－－－｜｜（句），｜｜－｜（句），｜｜－－（韵）。

｜－｜－（句），｜｜－－（韵）。－－｜－｜（句），｜｜－－（韵）。｜｜－－－｜（句），｜｜－－（韵）。｜｜－－｜（句），｜－－｜（句），｜－－－（韵）。

范例

征夫数载，萍寄他邦。去便无消息，累换星霜。月下愁听砧杵起，寒雁南行。孤眠鸾帐里，枉劳魂梦，夜夜飞扬。

想君薄行，更不思量。谁为传书与，表妾衷肠。倚牖无言垂血泪，暗祝三光。万般无奈处，一炉香尽，又更添香。

敦煌曲子词

霜天破夜，残月寒窗。旧事难除放，冷梦凄凉。不愿回思前后路，暗自苦尝。舟摇江上荡，一片苍色，点点星光。

远行两难，左右思量，回归故乡港，过日方长。感旧伤今难举目，破月孤怅。薄酒愁对月，一杯难尽，泪湿衣裳。

（2022.1.9）

苏堤春晓（定格）

｜——｜｜（句），｜—｜（句），｜——（韵）。｜—｜——（句），
——｜｜（句），—｜｜—（韵）。——（韵）。｜—｜｜（句），—
——（句），｜｜｜——（韵）。—｜——｜｜（句），｜——————（韵）。
　　——（韵）。｜｜——（句），—｜｜（句），｜——（韵）。
｜｜——｜（句），——｜｜（句），—｜——（韵）。｜—（韵）。
｜—｜｜（句），｜——（句），｜｜｜——（韵）。｜｜——｜｜（句），
｜——｜——（韵）。

范例

软尘飞不到，过微雨，锦机张。正绿荫池幽，交枝径窄，临水追凉。宫妆。盖罗障暑，泛青蘋、乱舞五云裳。迷眼红绡绛彩，翠深偷见鸳鸯。

湖光。两岸潇湘，风荐爽，扇摇香。算恼人偏是，萦丝露藕，连理秋房。涉江。采芳旧恨，怕红衣、夜冷落横塘。折得荷花忘却，棹歌唱入斜阳。

宋·周密

恨东风鼓荡，扫千叶，过横塘。默移目凄凉，红残绿惨，昏暗月光。

苍茫。过江至望，波潮翻，逐浪碎愁江。应是春回大地，别离滋味重尝。

疑将。水墨红楼，疏影淡，梦沉香。总是飘零乱，从前绿草，而后砖墙。痛伤。一提旧恨，断愁肠，夜露降寒窗。几事都随岁换，只留烟树苍苍。

（2022.1.17）

春风袅娜（定格）

｜－－｜｜（句），｜｜｜－－（韵）。－｜｜（句），｜－－（韵）。｜－－（句），－｜｜｜－－（韵）。｜－－｜（句），－｜－－（韵）。｜｜－－（句），－－－｜（句），｜｜－－－｜－（韵）。｜｜－－｜－｜（句），－－－｜｜－－（韵）。

－｜－－｜｜（句），－－｜｜（句），｜－（句），｜｜－－（韵）。－－｜（句），｜－－（韵）。－－｜｜（句），－｜－－（韵）。｜｜－－（句），｜－－｜（句），｜－－｜（句），｜｜－－（韵）。－－－｜（韵）。｜－－－｜（句），－－｜｜（句），－｜－－（韵）。

范例

被梁间双燕，话尽春愁。朝粉谢，午花柔。倚红阑，故与蝶围蜂绕。柳绵无数，飞上搔头。凤管声圆，蚕房香暖，笑挽罗衫须少留。隔院兰馨趁风远，邻墙桃影伴烟收。

些子风情未减，眉头眼尾，万千事，欲说还休。蔷薇露，牡丹球。殷勤记省，前度绸缪。梦里飞红，觉来无觅，望中新绿，别后空稠。相思难偶。叹无情明月，今年已是，三度如钩。

宋·冯伟涛

异乡明月挂，又照离阑。伤旧岁，入新年。映空华，笺短意长难传。寸心天远，斜日云残。远望前方，深藏心愿，故里亲情衣锦还。未改初心盼春返，山乡桃李几时看。

多处随波逐浪，移来渺漫，雾茫若，似暖还寒。来时乱，去难安。连环使串，人更艰难。梦里红亭，觉来知散，自叹悲泪，别后空弹。初衷谁负。叹清风残月，红楼夜晚，难尽歌欢。

（2022.1.28）

柘枝词（定格）

　　| — | — | — —（韵），| | | — —（韵）。— | — — |（句），— — | | | — —（韵）。

范例

　　将军奉命即须行，塞外领强兵。闻道烽烟动，腰间宝剑匣中鸣。

唐·无名氏

北风劲吹夜深沉，奈客泪难禁。年少归来老，来年度日熬光阴。

（2022.1.30）

甘州子（定格）

　　| — — | | — —（韵），— | |（句），| — —（韵）。— — | | | — —（韵）。— | | — —（韵）。— | |（句），— | | — —（韵）。

范例

　　一炉龙麝锦帷傍，屏掩映，烛荧煌。禁楼刁斗喜初长。罗荐绣鸳鸯。山枕上，私语口脂香。

五代·顾夐

大年初二走亲韶，张口笑，拜弯腰。新年水澜更山高。贤运向君飘。鸿雁渺，云鹤眺天骄。

（2022.2.2）

三台令（定格）

— | — — | |（句），
| — | | — —（韵）。— | —
— | |（句），| — — | — —（韵）。

范例

池北池南草绿，殿前殿后花红。
天子千年万岁，未央明月清风。

唐·王建

牛尾虎头以后，走红橘绿别先。
堪那清风未见，别提霞染红天。

（2022.1.31）

洞庭春色（定格）

| | — —（句），| — — |（句），| | | —（韵）。| | — —（句），
— — | |（句），| — — |（句），— | — —（韵）。| | — — | |（句），
| | | — — — | —（韵）。— | |（句），| — — | |（句），— | —
—（韵）。

— — | — | |（句），| — | — — —（韵）。| | — — |（句），
— — | |（句），| — — |（句），— | — —（韵）。— | | — — |（句），

｜｜——（句），———｜—（韵）。——｜（句），｜——｜｜（句），
｜｜——（韵）。

范例

锦字亲裁，泪巾偷裛，细说旧时。记笑桃门巷，妆窥宝靥，弄花庭前，
香湿罗衣。几度相随游冶去，任月细风尖犹未归。多少事，有垂杨眼见，红
烛心知。

如今事都过也，但赢得双鬓成丝。叹半妆红豆，相思有分，两分青镜，
重合难期。惆怅一春飞絮，梦恁悠扬，教人分付谁。销魂处，又梨花雨暗，
半掩重扉。

宋·程垓

路上天鹅，赏梅春色，戏笑让先。看去年芳草，今年又绿，那时梅俏，
今至嫣绵。时不等人人不解，道旧去新来都一般。多少事，见斜阳落暮，
星月移天。

春风不知倦客，又吹向宫阁红阑。叹半途惊变，初衷未见，去之何处，
如水如烟。摇落一身伤怆，默默无言，多情无韵颜。消宵梦，一人独对月，
醉倒窗前。

（2022.2.12）

婆罗门（定格）

｜｜｜——（韵），——｜｜—（韵）。｜——｜｜——（韵）。
—｜———｜｜（句），—｜｜——（韵）。——｜｜—（韵）。

范例

望月在边州，江东海北头。自从亲向月中游。随佛逍遥登上界，端

坐宝花楼。千秋以万秋。

敦煌曲子词

皓月挂星空，高楼梦月宫。欲仙飘带一阵风。何奈醒来全是梦，来日哭途穷。空空皆是终。

（2020.2.20）

风流子（定格）

｜｜——｜（句），——｜（句），｜｜｜——（韵）。｜—｜｜—（句），｜——｜（句），｜——｜（句），—｜——（韵）。｜—｜（句），｜——｜｜（句），—｜｜——（韵）。—｜｜—（句），｜——｜（句），｜——｜（句），—｜——（韵）。

｜———｜（句），——｜｜｜（句），｜｜——（韵）。—｜｜——｜（句），—｜——（韵）。｜——｜｜（句），——｜｜（句），｜—｜｜（句），—｜——（韵）。—｜｜——｜（句），—｜——（韵）。

范例

木叶亭皋下，重阳近，又是捣衣秋。奈愁入庾肠，老侵潘鬓，漫簪黄菊，花也应羞。楚天晚，白蘋烟尽处，红蓼水边头。芳草有情，夕阳无语，雁横南浦，人倚西楼。

玉容知安否，香笺共锦字，两处悠悠。空恨碧云离合，青鸟沉浮。向风前懊恼，芳心一点，寸眉两叶，禁甚闲愁。情到不堪言处，分付东流。

宋·张耒

坞里梅花美，花香味，萦绕隐梅枝。望枝上绽红，一山红遍，醉风随转，春色依依。西园里，翠竹亭外细，波荡水涟漪。红展绿沉，满山春色，碧云轻卷，人醉无归。

日西山披紫，斜坡醉梦里，未了迟迟。风起怨云迭变，前后谁知。正先前不解，艰难共患，向前不悔，牵起伤悲。多少苦情愁意，唯有天知。

（2022.2.21）

春从天上来（定格）

－｜－－（韵），｜｜｜－－（句），－－－－（韵）。｜－－｜（句），－｜－－（句），－｜｜｜－－（韵）。｜－－｜｜（句），｜｜｜（句），－－－－（韵）。－－－（句），－－－｜｜（句），－｜－－（韵）。

－－｜－－｜（句），｜－｜－－（句），｜｜｜－－（韵）。｜｜－－（句），－－｜｜（句），｜－｜｜－－（韵）。｜｜－－｜（句），－｜｜（句），－｜－－（韵）。｜－－（韵），－｜－－｜（句），－｜－－（韵）。

范例

罗绮深宫，记紫袖双垂，当日昭容。锦对香重，彤管春融，帝座一点云红。正台门事简，更捷奏，清昼相同。听钧天，侍瀛池内宴，长乐歌钟。

回头五云双阙，恍天上繁华，玉殿珠栊。白发归来，昆明灰冷，十年一梦无踪。写杜娘哀怨，和泪点，弹与孤鸿。淡长空，看五陵何似，无树秋风。

元·王恽

垂柳风中，袅袅舞轻柔，舟如浮龙。慢行街巷，桥上灯笼，桥下绿水花红。百花羞月闭，看不尽，春来情浓。情朦朦，和将随意感，春敲洪钟。

秦淮旧时亮色，正时过风从，仍是从容。豆浆烧饼，街巷吆喝，喷香老味融融。笑世间无准，空亦喜，来去匆匆。望长空，叹六朝灯火，如绕红宫。

（2022.2.2）

透碧霄（定格）

－－－（韵），｜－－｜｜－－（韵）。｜－｜｜（句），－－｜｜（句），｜｜－－（韵）。－－－｜（句），－－｜｜（句），｜－－－（韵）。｜－－（句），｜｜－－（韵）。｜－－－｜（句），－－－｜（句），｜｜－－（韵）。

｜－－｜｜（句），－－－｜（句），－－｜－－（韵）。｜｜－（句），－－｜（句），｜－｜（句），｜－－（韵）。｜－｜｜（句），－－－｜（句），－｜－－（韵）。｜｜－（句），－｜－－（韵）。｜－－｜｜（句），－｜－－（句），｜－－－（韵）。

范例

　　舣兰舟，十分端是载离愁。练波送远，屏山遮断，此去难留。相从争奈，心期久要，屡更霜秋。叹人生，杳似萍浮。又翻成轻别，都将深恨，付与东流。

　　想斜阳影里，寒烟明处，双桨去悠悠。爱渚梅，幽香动，须采掇，情纤柔。艳歌粲发，谁传余韵，来说仙游。念故人，留此遴洲。但春风老后，秋月圆时，独倚西楼。

宋·查荎

　　长宵幽，夜寒风冷入西楼。月光暗淡，相思梦断，片絮难留。随之无奈，期之数九，几时才休。莫回头，再荡江舟。只重来留下，艰难辛苦，又付东流。

盼春来共奏，同拉双手，齐都乐悠悠。去赏梅，花香透，竹径曲，柳轻柔。草坪绿复，回廊歌秀，人过回眸。念不休，春景难留。唯春风别去，鸿掠蓝桥，老倚山沟。

（2022.2.23）

泛龙舟（定格）

——｜｜——｜（句），——｜｜｜｜——（韵）。—｜｜——｜｜（句），｜｜———｜—（韵）。

—｜——｜—｜（句），｜｜——｜｜—（韵）。｜｜———｜—｜（句），—｜——｜｜—（韵）。

范例

春风细雨沾衣湿，何时恍忽忆扬州。南至柳城新造里，北对兰陵孤驿楼。回望东西二湖水，复见长江万里流。白鹭双飞出溪壑，无数江鸥水上游。

敦煌曲子词

江湖数载相间斗，愁云覆雨苦无休。层雾目迷看不透，泪水流出天下愁。江水茫茫月波皱，旧历新符再度秋。罪过功名册中就，一览长江枉自流。

（2022.2.25）

赞成功（定格）

　　｜—｜｜（句），｜｜——（韵）。—｜—｜｜——（韵）。｜—
—｜（句），—｜——（韵）。——｜｜（句），｜｜——（韵）。

　　｜｜—｜（句），—｜——（韵）。｜——｜｜——（句），｜—
—｜（句），｜———（韵）。｜—｜｜（句），｜｜——（韵）。

范例

　　海棠未坼，万点深红。香苞缄结一重重。似含羞态，邀勒春风。蜂来蝶去，任绕芳丛。

　　昨夜微雨，飘洒庭中。忽闻声滴井边桐，美人惊起，坐听晨钟。快教折取，戴玉珑璁。

五代·毛文锡

　　碧波荡漾，两岸花香。青绿河浪撞双桨。采风舟上，春色江乡。斜阳坠暮，水墨疏窗。

　　送客行远，离别情长。水长山远难相望，过鸿将尽，寸心收藏。一声啸叹，剪荡愁觞。

（2022.2.28）

庆清朝慢（定格）

　　—｜——（句），——｜｜（句），——｜｜——（韵）。
——｜——｜（句），｜｜——（韵）。｜｜｜｜—｜｜（句），—
—｜｜｜——（韵）。——｜（句），｜—｜｜（句），—｜——（韵）。

　　—｜｜（句），—｜｜（句），｜—｜—｜（句），｜｜——（韵）。
—｜——｜｜（句），—｜——（韵）。｜｜｜｜—｜｜（句），——

—｜｜——（韵）。——｜（句），｜—｜｜（句），—｜——（韵）。

范例

调雨为酥，催冰做水，东君分付春还。何人便将轻暖，点破残寒。结伴踏青去好，平头鞋子小双鸾。烟郊外，望中秀色，如有无间。

晴则个，阴则个，馚钉得天气，有许多般。须教镂花拨柳，争要先看。不道吴绫绣袜，香泥斜沁几行斑。东风巧，尽收翠绿，吹上眉山。

宋·王观

突起硝烟，烽狼再现，飞鱼刺破蓝天。为何打开魔镜，一片凋残。世道越来越坏，欺人太甚却心安。情全断，道分两散，如此何堪。

谁假善，犹下绊，且如梦如幻，变化千般。无信何来共度，难过难关。不道路长月伴，春来春去几时还。西风烈，尽收落日，君莫凭栏。

（2022.3.3）

莫打鸭（定格）

｜｜｜（句），｜｜———（韵）。———｜——｜（句），
｜｜——｜｜—（韵）。｜—｜｜｜—｜（句），—｜——｜｜—（韵）。

范例

莫打鸭，打鸭惊鸳鸯。鸳鸯新自南洲落，不比孤洲老秃鸧。秃鸧尚有独飞去，何况鸳鸯羽翼长。

宋·梅尧臣

二月二，喜见龙抬头。微风轻拂河边柳，水映春波荡叶舟。一同柳下慢咪酒，期盼春光莫自流。

（2022.3.4）

献衷心（定格）

|—|—|（句），—|——（韵）。—||（句），|——（韵）。
||——|（句），—|——（韵）。—||（句），—||（句），
|——（韵）。

—||（句），|——（韵）。|——||——（韵）。||——|（句），
—|——（韵）。—||（句），—||（句），|——（韵）。

范例

见好花颜色，争笑东风。双脸上，晚妆同。闭小楼深阁，春景重重。
三五夜，偏有恨，月明中。

情未已，信曾通。满衣犹自染檀红。恨不如双燕，飞舞帘栊。春欲暮，
残絮尽，柳条空。

五代·欧阳炯

月光入乡梦，山水春融。桃叶绿，杏花红。众艳争花宠，飘荡香中。
帘晃动，啼鸟哄，睡朦胧。

醒觉痛，梦匆匆。不随流水即随风。暗别梅三弄，期意情浓。归去送，
留怨重，又空空。

（2022.3.7）

梦玉人引（定格）

|——|（句），|||（句），|——（韵）。||——（句），
|——|——（韵）。||——（句），||—（句），—|——（韵）。
|||—（句），|—|——（韵）。

——||（句），—|||（句），——|——（韵）。||——（句），

｜｜—｜——（韵）。｜｜——｜（句），———｜—（句），｜—｜（句），—｜—（句），｜｜——（韵）。

范例

上危梯尽，画阁迥，昼帘垂。曲水飘香，小园莺唤春归。舞袖弓弯，正满城，烟草凄迷。结伴踏青，趁蝴蝶双飞。

赏心欢计，从别后，无意到西池。自检罗囊，要寻红叶留诗。懒约无凭据，莺花都不知，怕人问，强开怀，细酌醁醾。

宋·吕渭老

远山争秀，照景走，碧云悠。木栈通幽，莫将期望空浮。浪迹江洲，忆所由，人有何求。日浅夜深，苦辛付东流。

知音稀有，遥念久，千帆一江收。兔月微羞，黯黯云叶难揉。碎影难回首，霜华双鬓秋，山引泪，酒添愁，玉鉴移钩。

（2022.3.19）

法驾导引（定格）

——｜（句），——｜（叠），｜｜｜——（韵）。｜｜———｜｜（句），——｜｜｜——（韵）。—｜｜——（韵）。

范例

东风起，东风起，海上百花摇。十八风鬟云半动，飞花和雨著轻绡。

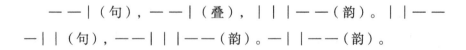

归路碧迢迢。

宋·陈与义

人间事，人间事，曲直有谁知。雨荡东湖敲柳泪，西风搅断梦初回。谁又攒双眉。

忘情水，忘情水，醉后更心悲。浊酒一杯愁万里，床前半月泪偷垂。期盼送春归。

（2022.3.27）

送征衣（定格）

　—｜｜｜——｜（句），｜—｜——（韵）。｜—｜｜｜——（韵）。｜｜｜｜｜—（韵），｜｜｜｜｜—（韵）。

　—｜————｜（句），｜—｜｜—（韵）。｜—｜｜｜——（韵）。——｜｜｜—（韵），—｜｜｜——（韵）。

范例

今世共你如鱼水，是前世姻缘。两情准拟过千年。转转计较难，教汝独自眠。

每见庭前双飞燕，他家好自然。梦魂往往到君边。心穿石也穿，愁甚不团圆。

敦煌曲子词

人世本是一场梦，有皆亦空空。这山更望那山峰。欲比没有终，碧影掠过飞鸿。

人各东西梅三弄，水流落叶红。别离远景去匆匆。辛苦悲路穷，期待再春风。

（2022.4.11）

接贤宾（定格）

——｜—｜——（韵），｜—｜——（韵）。——｜｜｜｜（句），
｜｜——（韵）。

｜——｜——｜（句），——｜｜——（韵）。—｜———｜｜（句），
——｜｜——（韵）。｜——（句），—｜｜（句），｜｜｜——（韵）。

范例

　香韂镂檐五色骢，值春景初融。流珠喷沫踸踔，汗血流红。

　少年公子能乘驭，金镳玉辔珑璁。为惜珊瑚鞭不下，骄生百步千踪。信穿花，从拂柳，向九陌追风。

五代·毛文锡

　桥边月移影朦胧，水中映芙蓉。低凝绿草漫步，袅袅春风。

　暮春常是风云动，西风哭却途穷。偏信春风化作梦，约言负诺如空。水淙淙，山重重，落日染残红。

（2022.4.16）

摘得新（定格）

｜｜—（韵），——｜｜—（韵）。｜——｜｜（句），｜——（韵）。
——｜｜——（句），｜——（韵）。

｜｜—（韵），——｜｜—（韵）。｜——｜｜（句），｜——（韵）。
——｜｜——｜（句），｜——（韵）。

范例

　摘得新，枝枝叶叶春。管弦兼美酒，最关人。平生都得几十度，展香茵。

酌一卮，须教玉笛吹。锦筵红蜡烛，莫来迟。繁红一夜经风雨，是空枝。

唐·皇甫松

摘得弓，风嘶跃马匆。朔吹兵马动，气汹汹。东临大海阵阵痛，不由衷。

晓雾蒙，桥边绕水胧。莫弹新曲送，饮千盅。京华一世终究梦，去楼空。

（2022.5.3）

长寿仙促拍（定格）

　　一｜｜一一（句），｜一一｜一（韵）。一一｜（句），｜一一（韵）。

｜一一（句），一｜一｜｜（句），｜一一｜（韵）。一一｜｜（句），

一｜一一（韵）。｜一一（韵）。

　　一一｜｜（句），｜一｜（韵）。一一｜（句），｜一一（韵）。

｜一｜一（句），一｜一（句），｜一一｜（韵）。一一｜｜（句），

｜｜一｜（韵）。

范例

　　舜德日辉光，正初冬盛期。东朝喜，诞生时。向彤闱，清净均化有，自然和气。长生久视，金殿熙熙。宴瑶池。

　　袆衣俱侍，玳筵启。花如锦，耀朝晖。太平际天子，天下养，共瞻诚意。南山虔祝，亿万同岁。

宋·曹勋

　　尘路尽难关，一迭三道弯。西风烈，北风寒。路艰难，同患相恨晚，一声长叹。谁知冷暖，风雨频繁。是非瞒。

　　风云雨散，盼无限。相思怨，梦难还。醉扶月光转，心苦酸，忆思肠断。三杯对月，苦酒须换。

（2022.5.10）

桂殿秋（定格）

—｜｜（句），｜｜—（韵）。——｜｜｜——（韵）。
｜—｜｜｜——（句），｜｜————｜—（韵）。

范例

河汉女，玉炼颜。云耕往往到人间。九霄有路去无迹，袅袅天风吹珮环。

唐·李白

西落月，日出东。红尘遮掩薄朦朦。路途陌客共心同，一片深情明月中。
南舞梦，北面风。春秋壁影过匆匆。只留盼念苦难溶，醉后醒来一梦空。

（2022.5.18）

柳枝（定格）

——｜（句），—｜｜（句），｜｜————｜—（韵）。｜——（句）。
｜｜—（句），｜——（句），—｜——｜｜—（韵）。｜——（句）。

范例

江南岸，江北岸，折送行人无尽时。恨分离。
酒一杯，泪双垂，君到长安百事违。几时归。

宋·朱敦儒

东升日，西落月，苦累奔波愁上悲。有谁知。
梦里迷，酒醒飞，来日春风恨太迟。共直追。

（2022.5.23）

凤池吟（定格）

词律今韵

651首词格律

词

｜｜——（句），｜——｜（句），｜｜｜｜——（韵）。｜——｜｜（句），——｜｜（句），｜｜——（韵）。｜｜——（句），｜—｜｜｜——（韵）。——｜｜（句），———｜（句），｜｜——（韵）。

——｜｜｜—｜（句），｜｜｜—｜｜（句），｜｜——（韵）。｜｜——｜（句），｜——｜（句），｜｜——（韵）。｜｜—｜（句），——｜｜——（韵）。——｜（句），｜——（句）、｜｜——（韵）。

范例

万丈巍台，碧罘罳外，衮衮野马游尘。旧文书几阁，昏朝醉暮，覆雨翻云。忽变清明，紫垣敕使下星辰。经年事静，公门如水，帝甸阳春。

长安父老相语，几百年见此，独驾冰轮。又凤鸣黄幕，玉霄平溯，鹊锦新恩。画省中书，半红梅子荐盐新。归来晚，待赓吟、殿阁南薰。

宋·吴文英

水静烟沉，岸空潮落，朔雁万里归程。绿波南浦渺，芬芳素韵，碧染宵晨。大地迎春，恰如梦断破重门。新文旧论，真言如刃，滚滚红尘。

迷途坎坷难尽，误判犹可恨，泪对冰轮。夜漏冰凉近，苦寒谁问，血色黄昏。月伴寻真，阅年何事负初心。吟书信，雁先闻、愧对今人。

（2022.5.27）

醉垂鞭（定格）

—｜｜——（韵），——｜（句），——｜（句），—｜｜——（韵），
——｜｜—（韵）。

　　｜——｜｜（句），——｜（句），｜——（韵）。｜｜｜——（韵），
———｜—（韵）。

范例

　　双蝶绣罗裙，东池宴，初相见，朱粉不深匀，闲花淡淡春。

　　细看诸处好，人人道，柳腰身。昨日乱山昏，来时衣上云。

宋·张先

　　期月挂帘窗，相思望，情难忘，疏影淡西墙，离别梦絮长。

　　风雨更惆怅，凝心往，世炎凉。点点搅柔肠，痴情心里藏。

（2022.5.28）

翠羽吟（定格）

　　｜｜—（韵），｜｜—（韵），—｜｜——（韵）。｜｜｜—（句），
｜——｜｜——（韵）。｜———｜｜（句），—｜—｜——（韵）。
｜｜—（句），｜——｜（句），——｜｜——（韵）。

　　—｜—｜｜——（韵）。—｜—（句），｜｜——（韵）。｜｜—
—｜｜（句），—｜｜｜（句），———｜—（韵）。｜—｜｜——（句），
｜｜｜｜——（韵）。｜｜——｜（句），—｜｜（句），—｜——（韵）。
｜———｜—（韵），｜———｜—（韵）。——｜｜（句），｜｜—
—（句），｜｜｜｜—（韵）。

范例

绀露浓，映素空，楼观峭玲珑。粉冻霁英，冷光摇荡古青松。半规黄昏淡月，梅气山影溟蒙。有丽人，步依修竹，萧然态若游龙。

绡袂微皱水溶溶。仙茎清澄，净洗斜红。劝我浮香桂酒，环珮暗解，声飞芳霭中。弄春弱柳垂丝，慢按翠舞娇童。醉不知何处，惊蹇蹇，凄紧霜风。梦醒寻痕访踪，但留残星挂穹。梅花未老，翠羽双吟，一片晓峰。

宋·蒋捷

府道深，树下阴，时景碧森森。树上鸟鸣，不时叽哩互娇音。小溪清清映绿，鸿远霞染层林。翠羽吟，草坪亭寺，悠悠自在琴声。

双鬓霜染意难禁。愁夜难晓，不解幽心。世上离愁未了，伤痕满地，穷途悲酒深。月弯暗透窗帘，不语夜漏沉沉。故道行人少，春未到，凄紧寒侵。几多相思探寻，止留微光顾临。曙光未照，碎雨淋淋，沉默是金。

（2022.5.30）

好女儿（定格）

—｜——（句），｜｜——（韵）。｜——（句），｜｜——｜（句），｜——｜｜（句），｜——｜（句），—｜——（韵）。

｜｜———｜（句），——｜（句），｜——（韵）。｜——｜———（句），｜——｜｜（句），｜——｜（句），｜｜——（韵）。

范例

车马匆匆，会国门东。信人间，自古销魂处，指红尘此道，碧波南浦，黄叶西风。

候馆娟娟新月，从今夜，与谁同。想深闺独守空床思，但凭占镜鹊，悔分钗燕，长望书鸿。

宋·贺铸

门外花红，水上芙蓉。落梅匆，纵有千花踊，奈何心里空，此情谁懂，松立风中。

黄酒龙舟青粽，思端午，表情衷。唯天涯故里乡愁浓，远方烟水梦，落花谁痛，不染东风。

（2022.6.2）

松梢月（定格）

｜｜——（韵）。——｜（句），｜｜—｜——（韵）。—｜—｜（句），—｜｜｜——（韵）。｜｜————｜（句），｜｜｜（句），｜｜——（韵）。｜｜—｜——｜（句），｜—｜——（韵）。

｜｜———｜｜（句），｜｜｜｜｜（句），—｜——（韵）。｜｜——（句），—｜｜｜——（韵）。｜｜——｜—｜（句），｜｜｜（句），｜｜——（韵）。｜｜—｜（句），｜—｜（句），—｜—（韵）。

范例

院静无声。天边正，皓月初上重城。群木摇落，松路径暖风轻。喜揖蟾华当松顶，照树阁，细影纵横。杖策徐步空明里，但襟袖皆清。

恍若如临异境，漾凤沼岸阔，波净鱼惊。气入层汉，疑有素鹤飞鸣。夜色徘徊迟宫漏，渐坐久，露湿金茎。未忍归去，闻何处，重吹笙。

宋·曹勋

梦破云惊。松梢月，照亮天下苍生。横笛谁听，长笛渺渺风轻。耗尽平生空留病，夜酽冷，乱影交横。唯有池静荷花莹，出泥自冰清。

四壁清清淡静，落叶坠入井，深底蛙惊。夜淡疏星，长夜且念天经。

对月多杯酒先醒，出幻影，水上宫廷。海上仙境，水中月，空镜明。

（2022.6.17）

霜花腴（定格）

｜—｜｜（句），｜｜｜—（句），｜——｜——（韵）。—｜——（句），
｜——｜（句），——｜｜——（句），｜———（韵）。｜｜—（句），
—｜——（句）。｜——（句），｜｜｜——（句），｜——｜｜——（韵）。

　　—｜｜——｜（句），｜——｜｜（句），｜｜——（韵）。
—｜——（句），———｜（句），———｜——（句），——｜—
（韵）。｜｜—（句），｜｜——（韵）。｜——（句），｜｜——（句），
｜——｜—（韵）。

范例

　　翠微路窄，醉晚风，凭谁为整欹冠。霜饱花腴，烛销人瘦，秋风做也都难，病怀强宽。恨雁声，偏落歌前。记年时，旧宿凄凉，暮烟秋雨野桥寒。

　　妆靥鬓英争艳，度清商一曲，暗坠金蝉。芳节多阴，兰情稀会，晴晖称拂吟笺，更移画船。引珮环，邀下婵娟。算明朝，未了重阳，紫萸应耐看。

宋·吴文英

　　月弯雁远，莫倚阑，西风吹掉卓冠。霜润花腴，少肥多瘦，如今不比先前，虽穷心宽。几许翻，都是灾难。只无言，内却辛酸，漫天迷雾月中寒。

　　清曲一唱弦断，试音难调转，噤若寒蝉。流水环山，知音难觅，痴花春梦香残，空图酒船。对月弦，再邀婵娟。月圆还，老少同欢，乐悠真好看。

（2022.6.20）

蜀溪春（定格）

```
||——（句），|———（句），—|——（韵）。—|——（句），
|——|（句），—|||—（韵）。—|—||（句），|||（句），
—|——（韵）。||—（句），—|—（句），|—|——（韵）。
    ——|—||（句），—|||—（句），—|——（韵）。
||——（句），|——|（句），—|||—（韵）。
||—||（句），——|（句），—|——（韵）。|||（句），
—|—（句），||—（韵）。
```

范例

蜀景风迟，浣花溪边，谁种芬芳。天与蔷薇，露华匀脸，繁蕊竞拂娇黄。枝上标韵别，浑不染，铅粉红妆。念杜陵，曾见时，也为赋篇章。

如今盛开禁掖，千万朵莺羽，先借朝阳。待得君王，看花明艳，都道赭袍同光。须趁排宴席，偏宜带，疏雨笼香。占上苑，留住春，奉玉觞。

宋·曹勋

雁过南疆，越溪吴江，山草斜阳。垂柳荷塘，拱桥轻浪，墙外野绿芬芳。枝上花几许，艳丽放，一地风光。玄武湖，同逐浪，旧游忆珍藏。

多年梦中向往，长夜盼天亮，回到家乡。绿水青山，巷桥舟上，隔岸能闻花香。此景如老样，上下望，时事无常。别乱撞，留住春，酒满觞。

（2022.6.28）

湘春夜月（定格）

```
|——（韵），|——|——（韵）。|||||——（句），
—||——（韵）。|||——|（句），|||——（句），||—
```

一（韵）。｜｜一｜｜（句），一一一｜｜（句），一｜一一（韵）。

　　一一｜｜（句），一一一｜｜（句），一｜一一（韵）。｜｜一一（句），

一｜｜（句），｜一一｜（句），一｜一一（韵）。一一｜｜（句），

｜｜一（句），一｜一一（韵）。｜｜｜｜（句），｜一一一｜｜（句），

一｜一｜一一（韵）。

范例

　　近清明，翠禽枝上消魂。
可惜一片清歌，都付与黄昏。
欲共柳花低诉，怕柳花轻薄，
不解伤春。念楚乡旅宿，柔情
别绪，谁与温存。

　　空樽夜泣，青山不语，残月
当门。翠玉楼前，惟是有，一波
湘水，摇荡湘云。天长梦短，问
甚时，重见桃根。这次第，算人
间没个并刀，剪断心上愁痕。

　　　　　　　　宋·黄孝迈

　　是非明，不分黑白断魂。
欲吐又止无言，清浊转人昏。
却似落花流水，怨恨谁人问，几度寻春。怕岁华远去，月圆人缺，思念
依存。

　　难眠默记，勤劳致富，如梦无门。黯暗临窗，思浪迹，早时湘水，翻搅风云。
新腔旧制，恨不分，刨底寻根。想不到，这糊涂清楚谎言，难补心上伤痕。

　　　　　　　　　　　　　　　　　　　　　　　（2022.7.9）

庆春宫（定格）

｜｜——（句），——｜｜（句），——｜｜——（韵）。—｜——（句），
——｜｜（句），｜——｜——（韵）。｜——｜（句），——｜（句），
——｜—（韵）。———｜（句），—｜｜—（句），｜｜——（韵）。

——｜｜——（韵），—｜——（句），｜｜——（韵）。
｜｜——（句），———｜（句），｜——｜——（韵）。｜——｜
（句），｜—｜（句），——｜—（韵）。———｜（句），—｜｜—
（句），｜｜——（韵）。

范例

斜日明霞，残虹分雨，软风浅掠蘋波。声冷瑶笙，情疏宝扇，酒醒无
奈秋何。彩云轻散，漫敲缺，铜壶浩歌。眉痕留怨，依约远峰，学敛双蛾。

银床露洗凉柯，屏掩香销，忍扫茵罗。楚驿梅边，吴江枫畔，庚郎从
此愁多。草蛩喧砌，料催织，迥文风梭。相思遥夜，帘卷翠楼，月冷星河。

宋·张枢

水映斜晖，飞红舞绿，前湖雁荡青荷。垂柳轻拂，双鹅戏水，动人融
入情何。触情伤楚，何人悟，离别酒歌。深深深夜，絮云追月，玉兔嫦娥。

昏昏坠入南柯，云薄鸿笺，浪荡青罗。水岸梅坡，微风摇婀，道难心
里烦多。又谁能解，梦惊破，帘飘月波。从前难忆，空想奇颇，冷冷银河。

（2022.7.13）

九张机（单调）

｜——（韵），｜—｜｜｜——（韵）。——｜｜｜——｜（句），
———｜（句），———｜（句），｜｜｜——（韵）。

范例

一张机，采桑陌上试春衣。风晴日暖慵无力，桃花枝上，啼莺言语，不肯放人归。

宋·无名氏

莫关机，世间乱象置猜疑。贪多累穷何堪比，初心辛苦，移心流泪，默默等心归。

（2022.7.22）

南浦（定格）

－－｜｜（句），｜－－（句），－｜｜－－（韵）。－｜－－｜（句），－｜｜－－（韵）。｜｜｜－－｜（句），｜－－（句），｜｜｜－－（韵）。｜｜－－｜（句），｜－－｜（句），－｜｜－－（韵）。

｜｜｜－｜｜（句），｜－－（句），－｜｜－－（韵）。｜｜－－｜（句），－｜｜－－（韵）。｜｜｜－－｜（句），｜－－（句），｜｜｜－－（韵）。｜｜－－｜（句），｜－－｜｜－－（韵）。

范例

风悲画角，听单于，三弄落谯门。投宿骎骎征骑，飞雪满孤村。酒市渐阑灯火，正敲窗，乱叶舞纷纷。送数声惊雁，乍离烟水，嘹唳度寒云。

好在半胧淡月，到如今，无处不销魂。故国梅花归梦，愁损绿罗裙。为问暗香闲艳，也相思，万点付啼痕。算翠屏应是，两眉余恨倚黄昏。

宋·鲁逸仲

天昏月晕，夜深深，飞雪又封门。风卷千般离恨，凄冷落荒村。满肚怨愁难尽，负今人，诸事乱纷纷。寄远非根本，共同谁信，熬苦度风云。

水镜暗寻月影，玉波痕，何处觅冰魂。故里香存仙韵，疏影淡莲裙。可晓百般疑问，绝千尘，万事尽伤痕。种种皆全忍，夕阳如血染黄昏。

（2022.7.29）

十六贤（定格）

｜－－（句），｜｜｜（句），｜｜－－（韵）。｜｜－｜－（韵）。｜｜－－（韵）。－｜｜（句），｜－｜－－｜｜（句）。－－｜｜｜－－（韵）。－｜｜｜（句），｜｜－－（韵）。－｜｜－－（韵）。

－｜｜（句），－｜｜（句），－｜｜（句），－｜｜－－（韵）。｜－－｜（句），－｜－－－－｜－（韵）。｜－｜｜－｜｜（句）。－－－－｜－－（韵）。－｜｜，－｜－｜－（韵）。

范例

拱皇图，御宝历，上圣垂衣。旰食亲万机。海宇熙熙。登寿域，瑞霞彩云常捧日。花阴麦垅四民齐。宫卫仗肃，阆苑瑶池。台殿倚晴晖。

当盛际，风俗美，寻胜事，人物总游嬉。太平何处，知不摇征旗摇酒旗。四方感格臻上瑞。官家闲暇宴芳菲。千万岁，嘉会明盛时。

宋·曹勋

恶风吹，影四起，望月披衣。乱象窥暗机。攘攘熙熙。如斗戏，是非见藏无限意。东西未理哪心齐。避暑北寺，月下湖池。山水映清辉。

多少事，光影美，似流水，荒业苦于嬉。向前如退，叹抱愁回乡风舞旗。一杯浊酒行万里。荒山穷村忆芬菲。乡梦碎，清醒流泪时。

（2022.8.16）

八宝妆（定格）

||——（句），—|||（句），——||—|—（韵）。|—||（句），—|||—|—（韵）。||—————||（句），|—|||——（韵）。|——（句），|—||（句），—|—|—（韵）。

————|||（句），||—|||（句），||——（韵）。||——（句），—|||——（韵）。——||||（句），|—|（句），——||—（韵）。——|（句），||——|（句），——|—（韵）。

范例

望远秋平，初过雨，微茫水满烟汀。乱蒎疏柳，犹带数点残萤。待月重帘谁共倚，信鸿断续两三声。夜如何，顿凉骤觉，纨扇无情。

还思骖鸾素约，念凤箫雁瑟，取次尘生。旧日潘郎，双鬓半已星星。琴心锦意暗懒，又争奈，西风吹恨醒。屏山冷，怕梦魂飞度，蓝桥不成。

宋·陈允平

暑过秋横，荷玉立，天鹅戏水鸥汀。一湖寂静，扇翅水滴晶莹。雨过天晴呈瑞景，水中倩影喜无声。步轻盈，宛如妙境，充满期情。

凝思休言旧病，起念须俱净，浴海重生。昔日输赢，恰如逝水流星。初心负义假正，不松手，晨风唤酒醒。心中冷，现状如明镜，红楼梦成。

（2022.8.24）

四槛花（定格）

—｜——（句），｜——｜（句），｜———（韵）。———｜｜（句），
——｜——（韵）。｜｜——（句），｜——｜（句），—｜｜（句），
｜｜——（韵）。｜——（韵）。—｜｜—｜｜（句），—｜——（韵）。
—｜｜｜——（韵）。｜—｜（句），｜—｜｜—（韵）。—｜—｜｜（句），
—｜｜——（韵）。｜｜——（句），——｜（句），——｜（句），
｜｜——（韵）。——｜（句），—｜｜（句），｜｜——（韵）。

范例

　　鸳瓦霜浓，兽炉烟冷，琐窗渐明。芙蓉红晕减，疏筐晓风清。睡觉犹眠，
怯新寒，仍宿酒，尚有余醒。拥闲衾。先记早梅糁糁，流水泠泠。

　　须记岁月堪惊。最难管，苍华满镜生。心地常自乐，谁能问枯荣。
一味情尘，揩摩尽，人间世，更没亏成。惟萧散，眠食外，且乐升平。

　　　　　　　　　　　　　　　　　　　　　　　　　　　　宋·曹勋

　　秋影纵横，格帘飘冷，鸟啼宵明。兰藏青嶂谷，幽香悦心清。水岸凉亭，
掠飞鹰，波浪乱，酒醉惊醒。紧罗衾。难忘玉箫过岭，音调清泠。

　　堪那梦破云惊。吞咽哽，不由恨面生。随意发酒令，捞取为贪荣。
望断红尘，拼搏尽，辛酸泪，血汗凝成。无奢望，惟理应，世上清平。

　　　　　　　　　　　　　　　　　　　　　　　　　　　　（2022.9.5）

抛球乐（定格）

｜｜——｜｜—（韵），———｜｜——（韵）。｜—｜｜—
—｜（句），｜｜——｜｜—（韵）。｜｜——｜（句），
—｜—｜｜—（韵）。

范例

逐胜归来雨未晴，楼前风重草烟轻。谷莺语软花边过，水调声长醉里听。款举金觥劝，谁是当筵最有情。

五代·冯延巳

血色黄昏落晚晴，凉亭舟过荡波轻。天鹅戏水成双对，曲颈高歌似醉听。水里欢欣暖，栖影相慕胜盛情。

（2022.9.22）

安平乐慢（定格）

｜｜－－（句），｜－－｜（句），－－｜｜－－（韵）。－－｜｜（句），｜｜－－（句），－－－｜－－（韵）。｜｜－－（句），｜－－－－（句），｜｜－－（韵）。｜｜｜－－（韵）。｜－｜（句），－｜－－（韵）。

｜－｜－－（句），｜－－｜（句），－｜－｜－－（韵）。－｜－－（句），｜－－（句），－｜－－（韵）。｜｜－－（句），｜｜｜（句），－－｜－（韵）。｜－－（句），｜－－｜（句），－－－｜－－（韵）。

范例

圣德如尧，圣心如舜，欣逢出震昌期。中兴继体，抚有寰瀛，三阳方是炎曦。万国朝元，奉崇严宸扆，咫尺天威。瑞色满三墀。渐嵩呼，均庆彤闱。

正金屋妆成，翠围红绕，香霭高散狻猊。东朝移雕辇，与坤仪，同奉瑶卮。阆殿花明，亿万载，咸歌寿祺。视天民，永祈宝历，垂衣端拱无为。

宋·曹勋

草色侵衣，野光如紫，飘香桂露秋期。荷花数里，柳浪长堤，山林初显晨曦。小鸟啼鸣，百花争芳菲，野鹤无威。翠绿铺青墀。景真美，游观庙闱。

各求自安平，手低合手，清地烟散香狷。悠悠晓民思，远贪图，双捧琼厄。阅尽沧桑，法最大，同和秋祺。为繁华，唤回诚意，民辛民苦何为？

（2022.9.28）

添声杨柳枝（定格）

　－｜－－｜｜－（韵）。｜－－（韵）。－－－｜｜－－（韵）。｜－－（韵）。

　｜｜｜－－｜｜（句）。－－｜（韵）。－－－｜｜－－（韵）。｜－－（韵）。

范例

秋夜香闺思寂寥。漏迢迢。
鸳帏罗幌麝烟销。烛光摇。

正忆玉郎游荡去。无寻处。
更闻帘外雨潇潇。滴芭蕉。

　　　　　五代·顾夐

秋雨疾风一夜忙。又重阳。
酸甜苦辣搅回肠。怨心藏。

不语昨今成幻想。难相望。
犹堪窗外雨正狂。正秋凉。

（2022.10.4）

紫萸香慢（定格）

|－－（句），|－－|（句），|－|||－－（韵）。|－－
－|（句），|－||－－（韵）。|||－－|（句），|－－－|（句），
||－－（韵）。|－－（句），||||||－－（韵）。|||（句），
|－|－（韵）。

－－（韵），||－－（韵）。－|||（句），|－－（韵）。
|－－||（句），－－||（句），－|－－（韵）。|－|－－|（句），
|－|（句），|－－（韵）。|||－（句），－－－|（句），|－
－|（句），－|－|－－（句），－||－（韵）。

范例

近重阳，偏多风雨，绝怜此日暄明。问秋香浓未，待携客出西城。
正自羁怀多感，怕荒台高处，更不胜情。向尊前，又忆漉酒插花人。只
座上，已无老兵。

凄清，浅醉还醒。愁不肯，与诗平。记长楸走马，雕弓笮柳，前事休评。
紫萸一枝传赐，梦谁到，汉家陵。尽乌纱，便随风去，要天知道，华发
如此星星，歌罢涕零。

宋·姚云文

草烟轻，柳前风重，跃枝小鸟啼明。正清秋风景，晓阳漫步台城。
见水上飞游艇，且多舟争竞，触景生情。忆当时，默默武校送学兄。至
现在，忆思暖情。

孤清，醉梦难醒。烟火乱，盼清平。见至今，千秋飘影，今古休评。
不同世尘难凭，再游故，明孝陵。历尽，功名千秋影，水如明镜，邀月
杯酒倾情，回首泪零。

（2022.10.9）

一七令（定格）

一，一（韵）。一｜，——（韵）。——｜（句），｜——（韵）。
——｜｜（句），｜｜——（韵）。｜——｜｜（句），—｜｜——（韵）。
—｜｜——｜（句），——｜｜——（韵）。｜｜———｜｜（句），
｜—｜｜｜——（韵）。

范例

花，花。深浅，芬葩。凝为雪，错为霞。莺和蝶到，苑占宫遮。已迷金谷路，频驻玉人车。芳草欲陵芳树，东家半落西家。愿得春风相伴去，一攀一折向天涯。

唐·张南史

梅，梅。花美，春迟。冰封地，盛开时。迎来向往，送走低迷。暮深香吹至，枝上夜莺啼。唤来百花争艳，南枝更显芳菲。愿得春风行万里，携壶踏月故乡归。

（2022.10.15）

国香慢（定格）

｜｜——（句），｜｜—｜｜（句），｜｜——（韵）。——｜——｜（句），｜｜——（韵）。｜｜———｜（句），
｜—｜（句），—｜——（韵）。——｜—｜（句），｜｜——（句），
—｜——（韵）。

｜——｜｜（句），｜——｜｜（句），—｜——（韵）。｜——｜（句），｜｜—｜—（韵）。｜｜———｜｜（句），
—｜—（句），—｜——（韵）。——｜—｜（句），｜｜——（句），
｜｜——（韵）。

范例

玉润金明，记曲屏小几，翦叶移根。经年氾人重见，瘦影娉婷。雨带风襟零落，步云冷，鹅笺吹春。相逢旧京洛，素靥尘缃，仙掌霜凝。

国香流落恨，正冰销翠薄，谁念遗簪。水空天远，应念矾弟梅兄。渺渺鱼波望极，五十弦，愁满湘云。凄凉耿无语，梦入东风，雪尽江清。

宋·周密

雨洗秋明，见地铺碎碧，落叶归根。湖边柳垂芳径，荷立玉亭。晃动红黄蓝绿，显晶莹，心暖如春。相思旧时景，往昔纵横，飘影沉凝。

倒流留遗恨，正心寒水冷，难见瑶簪。断桥狭路，似见孤傲梅兄。望尽一山宁静，何以为，谁寄真情。风烟动明镜，梦破云惊，月晓风清。

（2022.10.16）

折桂令（定格）

|——（句），｜｜——（韵）。—｜——（句），｜｜——（韵）。
｜｜——（句），——｜｜（句），—｜——（韵）。
｜—｜（句）。——｜—（韵）。｜——（句），｜｜——（韵）。
—｜——（句），—｜——（句），—｜——（韵）。

范例

片轻帆，水远山长。鸿雁将来，菊蕊初黄。碧海鲸鲵，兰苕翡翠，风露鸳鸯。

问音信。何人谛当。想情怀，旧日风光。杨柳池塘，随处雕零，无限思量。

元·倪瓒

走四方，地阔天长。荷满池塘，稻穗金黄。柳映河廊，风吹绿浪，惊起鸳鸯。

梦中想。何堪上当。恨难忘，已负春光。风过秋凉，花落城乡，枯腐难量。

（2022.10.20）

金错刀（定格）

－｜｜（句），｜－－（韵）。

－－－｜｜－－（韵）。－

－｜｜｜－－｜（句），－｜－

－｜｜－（韵）。

　－｜｜（句），｜－－

（韵）。－－－｜｜－－（韵）。

－｜｜｜－－｜（句），－｜－

－｜｜－（韵）。

范例

双玉斗，百琼壶。佳人欢饮笑喧呼。麒麟欲画时难偶，鸥鹭何猜兴不孤。

歌婉转，醉模糊。高烧银烛卧流苏。只销几觉懵腾睡，身外功名任有无。

五代·冯延巳

金扇舞，玉浆壶。红楼宫柳抚风呼。东君欲乘舟飞渡，南北西东只剩孤。

天落幕，酒迷糊。风凉长夜念姑苏。今古可有常青树，终了再多还是无。

（2022.10.21）

太平令（定格）

｜－－｜｜－－（韵）。－－｜（句），｜－－（韵）。－－

－｜－－（韵）。－－｜｜｜（句），－－｜｜－－－（韵）。

　　｜——｜｜—— （韵）。——｜ （句），｜—— （韵）。—
—｜｜｜—— （韵）。——｜｜｜ （句），——｜｜——— （韵）。

范例

　　管堂无事启丹经。香烟袅，慧灯明。声和流玉音清。云收绝雾敛，
晔平一色瑶池净。

　　洞天玄照瑞光凝。分明见，豁然惺。回眸返入道圆成。便忘形羽化，
虚皇付我天符令。

元·侯善渊

　　小莲出水晓星明。荷花影，柳风轻。悠悠桂花香清。池边倩女过，
花柔玉洁飘轻盈。

　　送春春去几时迎。难心静，岂无情。凭栏望月更冰冷。珠帘想夜永，
浮沉醉月惊人醒。

（2022.10.23）

阳春曲（定格）

　　—｜—｜｜—— （韵）。——｜—｜—｜— （韵）。——｜—
—｜— （韵）。

　　—｜— （句），—｜｜ （换韵）。—｜— （句），—｜｜ （韵）。

范例

　　杨柳窣地万千丝。金堤碧桃花吐黄。攀条折花将遗谁。

　　将遗谁，心自了。人耳多，黄耳少。

明·王世贞

　　初晓帘幌映梅红。清波碧浪过飞鸿。朦胧醉香昏睡中。

五更风，千里梦。刮一空，真的痛。

（2022.10.24）

双声子（定格）

｜－－｜（句），｜－－｜（句），｜｜－｜－－（韵）。－－
－｜（句），－－｜｜（句），－｜｜｜－－（韵）。－－｜｜（句），
－｜｜（句），｜｜－－（韵）。－－｜（句），｜－｜（句），－－
－｜－－（韵）。

｜－－（句），－｜－｜｜（句），－－｜｜－－（韵）。－－
－｜（句），－－－｜（句），－－｜｜－－（韵）。｜－－｜｜（句），
－－｜（句），－｜－－（韵）。－｜｜｜－－（句），｜－｜｜
－（韵）。

范例

晚天萧索，断蓬踪迹，乘兴兰棹东游。三吴风景，姑苏台榭，牢落暮霭初收。夫差旧国，香径没，徒有荒丘。繁华处，悄无睹，惟闻麋鹿呦呦。

想当年，空运筹决战，图王取霸无休。江山如画，云涛烟浪，翻输范蠡扁舟。验前经旧史，嗟漫哉，当日风流。斜阳暮草茫茫，尽成万古遗愁。

宋·柳永

落山遥夕，水堤垂柳，落叶随浪漂浮。波光如织，烟波渺渺，斜塔伴影将收。回眸远处，凝旧景，往昔休休。长相守，负心透，何堪清泪双流。

怨何求，虚度跟月走，多劳转使多愁。春花秋月，繁华如梦，秋寒冷意嗖嗖。又今忧古恨，依如旧，残月如钩。都尽且且悠悠，叹鸿远望江楼。

（2022.10.28）

水仙子（定格）

——｜｜｜——（韵）。｜｜——｜｜—（韵）。——｜｜—
—｜（句），——｜｜—（韵）。

｜——｜——（韵）。——｜（句），｜｜—（韵），—｜——（韵）。

范例

天边白雁写寒云。镜里青鸾瘦玉人。秋风昨夜愁成阵，思君不见君。
缓歌独自开尊。灯挑尽，酒半醺，如此黄昏。

元·张可久

一山一水忆曾行。一路黄花梦断魂。东风一夜愁难尽，一城紧闭门。
且都思盼迎春。风烟隐，雨过云，倾酒黄昏。

（2022.11.1）

恨来迟（定格）

｜｜——（句），｜——｜（句），｜｜——（韵）。｜｜｜｜——（句），
｜——｜（句），｜｜——（韵）。

｜｜—（句），—｜｜——（韵）。｜｜—｜——（句）。
｜｜｜——（句），——｜｜（句），—｜——（韵）。

范例

柳暗汀洲，最春深处，小宴初开。似泛宅浮家，水平风软，咫尺蓬莱。
更劝君，吸尽紫霞杯。醉看鸾凤徘徊。正洞里桃花，盈盈一笑，依旧怜才。

宋·王灼

古道秋风，紫金风雨，石象祠宫。血色映江红，不随流水，鹤影无踪。

望水东，长忆在城中。世事来去匆匆。对酒过飞鸿，风吹月动，如梦成空。

（2022.11.2）

忍泪吟（定格）

——｜｜——｜（句），｜｜——｜（韵）。｜｜——｜（韵）。
—｜——｜｜—（句）。——｜｜——｜（句），｜｜——｜（韵）。
｜｜——｜（韵），｜————｜—（韵）。

范例

十年一觉扬州梦，雨散云沈。隔水登临。扬子湾西夕照深。当时玉管朱弦句，忍泪重吟。办取沾襟，饳饤西风何处寻。

宋·贺铸

风云醉雨红桥暮，曲径沉沉。柳岸成阴。花桂飘香潭水深。当年树下宣言句，旧词今吟。掩泪湿襟，只今知音何处寻。

（2022.11.5）

双劝酒（定格）

—｜｜—（平韵），｜——｜（仄韵）。—｜｜—（平韵），｜——｜（平韵）。｜｜｜——｜（仄韵），｜—｜｜—（平韵）。

范例

双燕垒窝，筑巢梁侧。精塑细琢，室宽居阔。恩爱夫妻欢乐，盼雏快钻出壳。

元·刘唐卿

山照水流，夕阳湖柳。莲女棹舟，采篷收藕。暮落彩云如绣，小唱越曲悠悠。

（2022.11.6）

醉桃源（定格）

——｜｜｜——（韵）。——｜｜—（韵）。｜——｜｜——（韵）。｜——｜—（韵）。

——｜（句），｜——（韵）。——｜｜—（韵）。——｜｜——（韵）。｜——｜—（韵）。

范例

五更枥马静无声。邻鸡犹怕惊。日华平晓弄春明。暮寒愁翳生。

新岁梦，去年情。残宵半酒醒。春风无定落梅轻。断鸿长短亭。

宋·吴文英

尘间几数可留春。风寒一梦惊。玉门能有几年新。一杯浊酒倾。

愁长夜，盼天明。昏暗半清醒。残红凋绿细无声。奈何离别情。

（2022.11.7）

落花时（定格）

｜——｜｜——（韵），｜｜——（韵）。——｜｜——｜（句），｜—（句），｜——（韵）。

——｜｜——｜（句），—｜——（韵）。——｜｜——｜（句），—｜｜（句），｜——（韵）。

范例

夕阳谁唤下楼梯，一握香荑。
回头忍笑阶前立，总无语，也依依。
笺书直恁无凭据，休说相思。
劝伊好向红窗醉，须莫及，落花时。

清·纳兰性德

暮云天晚夕阳西，影落长堤。
残红一地片片碎，怕风起，更悲催。
辛酸识透尘间戏，秋意凄凉。
飞鸿远梦黄昏醉，花落地，泪偷垂。

（2022.11.8）

惜春令（定格）

　　—｜———｜—（韵）。——｜，｜｜——（韵）。｜｜——
—｜｜，—｜｜——（韵）。

　　｜｜———（韵）。｜—｜，—｜——（韵）。｜｜——
—｜｜，—｜｜——（韵）。

范例

今夕重阳秋意深。篱边散，嫩菊开金。万里霜天林叶坠，萧索动离心。
臂上茱萸新。似旧年，堪赏光阴。百盏香醪且酬身，牛山会难寻。

宋·杜安世

秋水西风一叶舟。天涯有，故里乡愁。一脉风光河柳瘦，环目尽山头。
远恨更悲秋。奈辜负，愁结云收。夜里何须跟月走，和恨寄东流。

（2022.11.12）

游四门（定格）

——一｜｜——（韵）。｜——一｜｜——（韵）。

——｜｜——｜，一｜｜——（韵）。一（豆）、一｜｜——（韵）。

范例

芰荷平野正穷秋。听呀呀新雁过南楼。

荷枯柳败芙蓉瘦，鸥鹭立溪头。幽、霜降水痕收。

元·无名氏

斜阳秋浪碧粼粼。见天鹅双凫入黄昏。

天有不测乌云近，猜想假成真。闻、风雨乱红尘。

（2022.11.13）

沉醉东风（格一）

——｜｜一｜｜（仄韵），｜｜一——｜——（平韵）。

——｜｜一，｜｜｜｜一（仄韵），｜——｜｜——（平韵）。

｜———｜｜｜（仄韵），｜｜｜———｜（韵）。

范例

黄芦岸白蘋渡口，绿柳堤红蓼滩头。

虽无刎颈交，却有忘机友，点秋江白鹭沙鸥。

傲杀人间万户侯，不识字烟波钓叟。

元·白朴

涂红洒绿寒浸透，绿柳高墙梦难留。

望梅水断流，远处有何友，半沾秋水画秦楼。

点成虚空笔立就，墨竹泪花心情纠。

（2022.11.14）

沉醉东风（格二）

ーー|ーー|ー（韵），|ーー||ーー（韵）。

ーー||ー（句），ー||ーー（韵）。|ーーー|ー（换仄）。

||ーー||ー（韵），|||ーー||（换仄韵）。

范例

银烛冷秋光画屏，碧天晴夜静闲亭。

蛛丝度绣针，龙麝焚金鼎。庆人间七夕佳令。

卧看牵牛织女星，月转过梧桐树影。

元·卢挚

荷香冷霜惊梦醒，半宵酒残倚湖亭。

凭阑看月光，风雾似烟轻，是非初回印明月。

别是如今最有情，雾遮月来花弄影。

（2022.12.29）

梦扬州（定格）

|ーー（韵）。||ー（句），ー|ーー（韵）。|||ー（句），

||ーーーー（韵）。|ー|（句），ーー|（句），||ー（句），

ー|ーー（韵）。ーー|（句），ーー|（句），||ーーー（韵）。

ー|ーー|ー（韵）。ー|||ー（句），||ーー（韵）。

|||ー（句），ー|ーーーー（韵）。|ー||ーー|（句），

｜｜—（句），—｜——（韵）。—｜｜（句），——｜｜（句），

—｜——（韵）。

范例

晚云收。正柳塘，烟雨初休。燕子未归，恻恻轻寒如秋。小阑外，东风软，

透绣帏，花蜜香稠。江南远，人何处，鹧鸪啼破春愁。

长记曾陪燕游。酬妙舞清歌，丽锦缠头。殢酒为花，十载因谁淹留。

醉鞭拂面归来晚，望翠楼，帘卷金钩。佳会阻，离情正乱，频梦扬州。

宋·秦观

梦扬州。过眼云，难尽春愁。未了怅惘，不数前方关头。断桥处，

仙人渡，望雁飞，空阁危楼。何方去，依如旧，又是明月当秋。

回首芳华泪流。曾壮志山河，纵放歌喉。苦雨恶风，深夜深思追求。

别离苦味浓于酒，一叶舟，漂荡寒洲。情未了，花间把酒，欲说还休。

（2022.12.9）

杏园芳（定格）

——｜｜——（韵），——｜｜——（韵）。——｜｜｜——（韵），

———（韵）。

——｜｜——｜（句），——｜｜——（韵）。———｜｜——

（韵），｜——（韵）。

范例

严妆嫩脸花明，教人见了关情。含羞举步越罗轻，称娉婷。

终朝咫尺窥香阁，迢遥似隔层城。何时休遣梦相萦？入云屏。

五代·尹鹗

三伏日躁骄阳，孤亭绿影疏凉。艰难举步尽沧桑，天茫茫。

当年路绝豪情壮，风吹草低见牛羊。今年还有昔时狂，地跟跟。

（2020.8.6）

南柯子（定格）

｜｜－－｜（句），－－－｜－（韵）。－｜｜－－（韵），

｜－－－｜（句），｜－－（韵）。

范例

懒拂鸳鸯枕，休缝翡翠裙。罗帐罢炉熏，近来心更切，为思君。

唐·温庭筠

莫叹人生梦，东西南北风。屈指一弹空，念思伤心痛，太匆匆。

（2021.3.22）

采桑子慢（换韵）

－－｜－（句），－｜－－－｜（韵）。｜－｜－－－｜（句），

｜｜－－（韵）。｜｜－－（句），｜－－｜｜－－（韵）。｜－－｜（韵），

－－｜｜（句），－｜－－（韵）。

｜｜｜－（句），｜－－｜（句），－｜－－（韵）。｜－｜－（句），

－－－｜（句），｜｜－－（韵）。｜｜－－（句），｜－－｜｜－－（韵）。

－－－｜（句），－－－｜（句），｜｜－－（韵）。

范例

愁春未醒，还是清和天气。对浓绿阴中庭院，燕语莺啼。数点新荷，

翠钿轻泛水平池。一帘风絮，才情又雨，梅子黄时。

忍记那回，玉人娇困，初试单衣。共携手，红窗描绣，画扇题诗。怎有而今，半床明月两天涯。章台何处，多应为我，蹙损双眉。

宋·潘元质

寒春未醒，梅雪层叠清冷。朔风劲吹梅花坞，一片冰清。漫卷愁丝，暮收寒气月空明。怅怀难了，持杯对影，帘动风轻。

几度问春，几时归返，红绿融情。变化快，招来无影，一转无情。镜舞长空，苦辛劳累有谁应。倚窗人醉，东摇西摆，躺倒人醒。

（2021.12.25）

庆清朝慢（定格）

　　－｜－－（句），－－｜｜（句），－－｜｜－－（韵）。－－｜－－｜（句），｜｜－－（韵）。｜｜｜｜－｜｜（句），－－｜｜｜－－（韵）。－－｜（句），｜－｜｜（句），－｜－－（韵）。

　　－｜｜（句），－｜｜（句），｜－｜－（句），｜｜－－（韵）。－｜－－｜｜（句），－｜－－（韵）。｜｜｜｜－｜｜（句），－－｜｜－－（韵）。－－｜（句），｜－｜｜（句），－｜－－（韵）。

范例

调雨为酥，催冰做水，东君分付春还。何人便将轻暖，点破残寒。结伴踏青去好，平头鞋子小双鸾。烟郊外，望中秀色，如有无闻。

晴则个，阴则个，饾饤得天气，有许多般。须教撩花拨柳，争要先看。不道吴绫绣袜，香泥斜沁几行斑。东风巧，尽收翠绿，吹上眉山。

宋·王观

突起硝烟，烽狼再现，飞鱼刺破蓝天。为何打开魔镜，一片凋残。

世道越来越坏，欺人太甚却心安。情全断，道分两散，如此何堪。

谁假善，犹下绊，且如梦如幻，变化千般。无信何来共度，难过难关。不道路长月伴，春来春去几时还。西风烈，尽收落日，君莫凭栏。

（2022.3.3）

梦玉人引（定格）

|－－|（句），||||（句），|－－（韵）。|||－－（句），|－－|－－（韵）。||－－（句），||－（句），－|－－（韵）。|||－（句），|－|－－（韵）。

－－||（句），－|||（句），－－|－－（韵）。|||－－（句），||－|－－（韵）。||－－（句），－－－|－（韵）。|－|（句），－|－（句），||－－（韵）。

范例

上危梯尽，画阁迥，昼帘垂。曲水飘香，小园莺唤春归。舞袖弓弯，正满城，烟草凄迷。结伴踏青，趁蝴蝶双飞。

尝心欢计，从别后，无意到西池。自检罗囊，要寻红叶留诗。懒约无凭，莺花都不知。怕人问，强开怀，细酌酴醾。

宋·吕渭老

远山争秀，照景走，碧云悠。木栈通幽，莫将期望空浮。浪迹江洲，忆所由，人有何求。日浅夜深，苦辛付东流。

知音稀有，遥念久，千帆一江收。兔月微羞，黯黯云叶难搜。碎影难回，霜华双鬓秋。山引泪，酒添愁，玉鉴移钩。

（2022.3.19）

二、仄韵

花非花（定格）

＋＋－（句），｜－－｜（韵）。｜＋－（句），－－｜（韵）。
－－＋｜｜－－（句），｜＋－－－｜｜（韵）。

范例

花非花，雾非雾。夜半来，天明去。来如春梦几多时，去似朝云无觅处。

唐·白居易

花非花，蝶非蝶。五彩鲜，纹光滑。雨花石说收珍藏，六朝金陵多一绝。

（2012.3.26）

如梦令（定格）

＋｜＋－－｜（韵），＋｜＋－－｜（韵）。＋｜｜－－（句），
＋｜｜－－｜（韵）。－｜（韵），－｜（韵），＋｜｜－－｜（韵）。

范例

昨夜雨疏风骤，浓睡不消残酒。试问卷帘人，却道海棠依旧。知否，知否？应是绿肥红瘦。

宋·李清照

窗外雪茫风冻，出外寻春心重。看见粉杜鹃，似梦乍醒心动。如梦，如梦，惊喜绿来春送。

（2000.6.28）

逛府会元宵节，两岸灯秦淮绝。灯光映山河，舞优美歌更悦。圆月，圆月，同欢度团圆夜。

（2010.2.28）

女娲补天疏处，倾缸水从天注。哗啦卷朦胧，君只见垂头树。梅雨，梅雨，水淹梯田无路。

（2011.7.13）

闹市高楼新宠，精装价低心动。搜遍已无钱，叹止渴望梅痛。如梦，如梦，美梦黄粱才懂。

（2013.4.12）

三月雨绵云坠，嘀嗒点花珠碎。碎点闪亮光，难分碎光和泪。如痴，如痴，已是酒无人醉。

（2013.3.15）

拼搏自强心动，深浅不知轻重。风雨刻沧桑，梦了笑时心痛。如梦，如梦，秋月水中与共。

（2015.8.18）

秋雨几天天闷，朋友远方来信。不识其中人，恍惚眼前难认。如梦，如梦，只怨语无难尽。

（2016.10.25）

又聚校门松树，难尽悲欢无数。不识腿前人，却问年何处？相诉，相诉，不老夕阳留步。

（2018.2.23）

暮色碧云映翠，乱染半山江水。一片映残红，却似楚江清泪。如醉，如醉，又有几多心碎。

（2020.9.24）

归自谣（定格）

—｜｜（韵），＋｜＋—一｜｜（韵）。＋一＋｜—一｜（韵）。
——＋｜—＋｜（韵）。——｜（韵），＋一＋｜—一｜（韵）。

范例

何处笛？深夜梦回情脉脉。竹风檐雨寒窗隔。
离人几岁无消息。今头白，不眠特地重相忆。

五代·冯延巳

今回首，往事不堪重启口。黯然泪下东方走。
人生如梦空看透。黄昏后，有人在数相思豆。

（2000.9.21）

心沉重，恍惚人生真是梦。酒才自醉三杯送。
新诗词旧催泪涌。天同恸，有谁知否痴人痛。

（2005.6.21）

情末了，梦里春花开最早。醉心神怡谁知晓。
青山绿水心缠绕。风声消，天若有情天亦老。

（2013.6.25）

天在问，治国安民何是本？富民强国重新论。
为民办事民心顺。人人信，才能实现中国梦。

（2013.7.15）

稀碎雨，嘀嗒湿潮无去处。低头不语敲方步。
知己回去才几数。思如注，隔山隔水向谁诉。

（2014.8.9）

无影手，冠冕堂皇人背后。戳穿面具难张口。

无人点破何必透。今如旧，对天独饮三杯酒。

（2015.4.15）

差事难，做事不如编事半。深宫习俗今更乱。

秋风自有情相伴。长江岸，是非曲直时光看。

（2015.5.27）

看赤壁，火烧连营天败敌。马蹄声碎风声急。

游园深处难觅迹。梨花白，落花流水谁人笛？

（2017.5.6）

秋去快，遍地叶黄风无奈。菊花傲立藏风采。

天涯浪迹几数载。今何在？高山流水听天籁。

（2017.11.7）

扛不住，暴雨台风如倾注。水漫大道洪流怒。

天藏险恶谁能阻？天正数，有谁不怕冲天斧？

（2018.7.25）

清夜寂，深径竹亭湖水碧。脚踏横桥寒风逼。

残红坠影杉月白。红中黑，二三乱染涂成墨。

（2018.6.6）

何处笛，桥上薄光昏暗息。故里重游催相忆。

难寻旧景无影迹。伤悲惜，雨珠暗下天垂泣。

（2019.8.1）

成异客，江上几多风雨急。不忘当年争朝夕。

斜阳落去生路陌。忧愁积，苦空树起良心壁。

（2020.5.11）

宴桃源（定格）

十｜十一十｜（韵）。十｜十一十｜（韵）。十｜｜一一（句），
十｜十一十｜（韵）。一｜（韵）。一｜（韵），十｜十一十｜（韵）。

范例

林外野塘烟腻。衣上落梅香细。瘦马步凌兢，人在乱山丛里。憔悴。
憔悴，回望小楼千里。

宋·周紫芝

郊外踏青乡土。草莓缨红三亩。红透大如珠，大棚采鲜无数。留步。
留步，回首老乡住处。

（2012.4.22）

天仙子（格一）

十｜十一一｜｜（韵），｜一一｜一一｜（韵）。一一十｜｜一
一（句），一｜｜（韵），｜一｜（韵），｜｜十一一｜｜（韵）。

范例

蟾彩霜华夜不分，天外鸿声枕上闻。绣衾香冷懒重熏，人寂寂，叶纷纷，
才睡依前梦见君。

唐·韦庄

布谷争鸣春慢步，野丛山顶望高处。重山开遍映山红，轻问语，杜鹃女，

脱俗雅清人如故。

（2000.8.16）

春雨滴珠丝不歇，乱飞同舞春时雪。山枝红白二三丛，如白洁，火更烈，画里方知人又缺。

（2002.2.12）

暮色岸边依绿柳，故乡游走难相守。天高云淡夕阳红，红艳透，黄花瘦，不吟唐诗空怀旧。

月半水中花左右，月亮深沉云中走。与无与有万皆空，嫦娥又，舒长袖，万里长空留永久。

（2013.8.12）

天仙子（格二）

　　＋｜｜－－｜｜（韵），＋｜｜－－｜｜（韵）。＋－－｜｜－－（句），－｜｜（韵），－－｜（韵），＋｜｜－－｜｜（韵）。

　　＋｜｜－－｜｜（韵），＋｜｜－－｜｜（韵）。＋－－｜｜－－（句），－｜｜（韵），－－｜（韵），＋｜｜－－｜｜（韵）。

范例

　　《水调》数声持酒听，午醉醒来愁未醒。送春春去几时回？临晚镜，伤流景，往事后期空记省。

　　沙上并禽池上暝，云破月来花弄影。重重帘幕密遮灯，风不定，人初静，明日落红应满径。

宋·张先

　　嘀嗒雨珠敲拂晓，重雾雨蒙霏渺渺。微亮催起赶匆忙，梳妆好，开门悄，上班途中鸡叫早。

岁月不知人间恼，还未醉醒人已老。昨风今雨亦消停，忘不了，青青草，披绿挂珠身窈窕。　　　　　　　　　　　　　　　　　　　（2015.12.16）

天仙子（格三单调）

| | — — — | | （韵），— | — — — | | （韵）。| — — | | — —（句），| | | —（句），— | | （韵），— | — — — | | （韵）。

范例

洞口春红飞蔌蔌，仙子含愁眉黛绿。阮郎何事不归来，懒烧金，慵篆玉，流水桃花空断续。

五代·和凝

万里行踪无解梦，寻他天边都踏空。不堪回首月明中，醉未醒，依旧痛，千种春愁谁与共。

（2020.4.16）

天仙子（格四双调）

| | | — — | | （韵），— | — — — | | （韵）。— — | | | — —（句），— | | （韵），— | | （韵），— | — — — | | （韵）。

| | | — — | | （韵），— | — — — | | （韵）。— — | | | — —（句），— | | （韵），— | | （韵），— | — — — | | （韵）。

范例

白玉为台金作盏，香是江梅名闾苑。年时把酒对君歌，歌不断，杯无算。

花月当楼人意满。

翘戴一枝蝉影乱，乐事且随人意换。西楼回首月明中，花已绽，人何远。可惜国香天不管。

宋·马庄父

树上鸟鸣欣喜爱，霞破微亮云露彩。春烟逸去远朦胧，山一带，水一派。流水青山人在外。

景物有情成胜概，多少春愁终不解。别春春去几时回，风上载，烟雨碍。明月清风陪等待。

（2020.4.22）

望梅花（定格）

＋｜－－＋｜（韵），｜｜－－＋｜（韵）。＋｜＋－－｜｜（韵），｜｜－－＋｜（韵）。＋｜｜－－｜｜（韵），＋｜－－＋｜（韵）。

范例

春草全无消息，腊雪犹余踪迹。越岭寒枝香自拆，冷艳奇芳堪惜。何事寿阳无处觅，吹入谁家横笛。

五代·和凝

风雪冰封大地，几度残阳憔悴。苍白前山梅苞翠，引得丛松痴醉。天冻地寒梅最美，透出春来韵味。

（2011.4.3）

春入红黄梅蕊，远近飘悠香味。碧岑园亭青竹翠，几点浮萍如睡。相别再归含喜泪，山满梅花人醉。

（2021.2.20）

倚风娇近（定格）

—｜——（句），｜——｜—｜（韵）。｜——｜（句），——｜（韵）。
—｜｜——（句），｜｜｜——（句），｜｜——（句），｜｜——
—｜（韵）。

　　—｜——（句），—｜｜——｜（韵）。—｜———｜（韵），
｜｜——｜—（韵）。——｜（韵）。｜｜｜｜——（韵）。

范例

　　云叶千重，麝尘轻染金缕。弄娇风软，霞绡舞。花国选倾城，暖玉
倚银屏，绰约娉婷，浅素宫黄争妩。

　　生怕春知，金屋藏娇深处。蜂蝶寻芳无据，醉眼迷花映红雾。修花谱。
翠毫夜湿天香露。

宋·周密

　　杨柳青青，水中红绿晶莹。倚风娇近，荷清靓。波荡水中香，绿叶
托珠盘，玉立亭亭，碧落红黄相映。

　　情境难寻，吹散碧荷花影。痴醉泥中花净，醉眼昏然梦中醒。凝明镜。
水中映月空幽静。

（2021.2.24）

生查子（格一）

　　＋｜｜——（句），＋｜——｜（韵）。＋｜｜——（句），
＋｜——｜（韵）。

　　＋｜｜——（句），＋｜——｜（韵）。＋｜｜——（句），
＋｜——｜（韵）。

范例

坠雨已辞云，流水难归浦。遗恨几时休，心抵秋莲苦。

忍泪不能歌，试托哀弦语。弦语愿相逢，知有相逢否。

宋·晏几道

相逢偶相似，似曾人留步。可否是来人，又要何方去。

梦里意情长，难有人相诉。何日了相思，去拜神仙处。

（2000.7.13）

冬去转春来，三月纷霏雨。丝雨寄情思，无语黄连苦。

长夜盼天明，惆怅更难数。梦里又相逢，日月今留步。

（2015.4.7）

生查子（格二）

　　十一十｜一（句），十｜一一｜（韵）。十｜｜一一（句），

十｜一一｜（韵）。

　　十一十｜一（句），十｜一一｜（韵）。十｜｜一一（句），

十｜一一｜（韵）。

范例

去年元夜时，花市灯如昼。月上柳梢头，人约黄昏后。

今年元夜时，月与灯依旧。不见去年人，泪满春衫袖。

宋·朱淑真（一作欧阳修）

去年种古钟，半夜鸡鸣寺。辞旧喜新年，求运来心慰。

今年又是冬，倒霉伤心碎。股市泻千里，就像东流水。

（2013.8.14）

月弯挂柳梢，二小青梅友。风伴语声轻，头扭羞推手。

月圆照影孤，在外向前走。独剩水中人，人比黄花瘦。

（2015.4.2）

贺兰山重游，马蹄人声静。豪壮白当年，岳飞凭栏景。

如今人物非，山石人为敬。何处寻君心，绿水青山径。

（2016.9.28）

生查子（格三）

｜｜｜ーー（句），｜｜ーー｜（韵）。ーー｜｜ー（句），

｜｜ーー｜（韵）。

　｜｜｜ーー（句），ー｜ーー｜（韵）。ー｜｜ーー（句），ー

ー｜ー｜（韵）。

范例

侍女动妆奁，故故惊人睡。那知本未眠，背面偷垂泪。

懒卸凤凰钗，羞入鸳鸯被。时复见残灯，和烟坠金穗。

唐·韩偓

翠绿入清泉，溪水山腰断。游人一声叹，崖下谁人唤？

翻卷舞乌云，三二游人慢。来去只无缘，风中绿红乱。

（2015.4，9）

醉花间（定格）

　ーー｜（韵），｜ー｜（韵），ー｜ーー｜（韵）。ー｜｜ーー（句），

｜｜ーー｜（韵）。

　ーーー｜｜（韵），｜｜ーー｜（韵）。ーー｜｜ー（句），

ー｜ーー｜（韵）。

范例

深相忆，莫相忆，相忆情难极。银汉是红墙，一带遥相隔。

金盘珠露滴，两岸榆花白。风摇玉珮清，今夕为何夕。

五代·毛文锡

天追问，地追问，心怨相思恨。天黑盼鸡鸣，日落黄昏近。

心焦人气忿，路远惆怅困。催君快返回，双颊飞红晕。

（2000.7.14）

先留步，别留步，留步相思苦。肝胆照汗青，不解谁人诉。

风云凶恶雨，黑地昏天舞。巫山不是云，来日消迷雾。

（2005.6.24）

来杯酒，三杯酒，有酒才真友。神马是浮云，瓶歪空杯后。

谁知何处久，谁晓何时走。东风同醉花，花怪窗前柳。

（2011.6.26）

清明节，清明节，回忆亲人咽。生死两茫茫，烛火烟飞绝。

天边云坠雪，墓旁塘清澈。伤殇故去人，人去情更洁。

（2013.4.4）

中秋月，半秋月，圆月中秋节。人缺倍思亲，月系亲情结。

秋风黄绿叶，栖霞红枫烈。夕阳格外红，黄白双飞蝶。

（2013.9.18）

今忘昨，别忘昨，忘了谁才错？云沉卷风急，黑白无非浊。

长江东赴约，沃土长三角。敞开大胸怀，何必向天托。

（2015.8.13）

中秋月，团圆月，心随云飞越。思念寄深情，挂满金秋叶。

天边烟尘绝，远处箫声咽。天涯沦落人，今宵杯中别。

（2015.9.25）

非为是，是为是，知否难为水。风起乱天云，赶路途中累。

西边光已坠，翠绿留珠醉。和风细雨匆，门敲寒山寺。

（2017.6.30）

知青泪，下乡泪，回忆心揉碎。茅草当房棚，露水湿床被。

今朝莫说悔，报国人心慰。斜阳已落西，谁数何人醉。

（2018.5.17）

人间路，莫迷路，迷路难抬步。三六九难留，一二还空数。

蓝天高耸处，直到仙人渡。求佛退去看，还是朦胧雾。

（2018.11.3）

点绛唇 （定格）

十｜－－（句），十－十｜－－｜（韵）。｜－－｜（韵）。
十｜－－｜（韵）。

十｜－－（句），十｜－－｜（韵）。－十｜（韵）。｜－－｜（韵）。
十｜－－｜（韵）。

范例

花信来时，恨无人似花依旧。又成春瘦。折断门前柳。

天与多情，不与长相守。分飞后。泪痕和酒。占了双罗袖。

宋·晏几道

鹊叫高梢，雪花飘去莫惊鸟。羽毛丰俏。对叫歌真嘹。

又到新年，更喜春来早。心叹道。时光难倒。还有知多少？

（2012.2.21）

天色朦胧，唯留下白纱轻缈。雪花飘袅。只觉天之小。

几点红苞，山里梅开早。情未了。盼望春到。莫说天亦老。

（2017.12.15）

绿柳垂丝，雾朦隐隐青烟坠。滴珠花蕊。——春滋味。

陌上春光，山里梅花醉。桃花美。小花花碎。夹着梨花泪。

（2019.2.22）

清商怨（定格）

＋＋－－＋｜｜（句）。
＋｜＋－｜（韵）。＋｜－－（句），
＋－－｜｜（韵）。

－－｜｜＋｜（句）。＋＋｜
（豆）、＋－＋｜（韵）。＋｜－
－（句），＋－－｜｜（韵）。

范例

庭花香信尚浅。最玉楼先暖。
梦觉春衾，江南依旧远。

回纹锦字暗剪。漫寄与、也应
归晚。要问相思，天涯犹自短。

宋·晏几道

清清流水古渡。船系千年树。石板亮光，摇过人无数。

朝闻鸟叫船走。赶早路、农家人户。日落西山，归家轻划橹。

（2013.3.18）

满园花沉夜幕。红黑灯光弱。风满高楼，乱卷天浑浊。

晨敲鸟语新作。丢不了、一箱厚薄。如问相思，无情全是错。

（2018.7.28）

霜天晓角（定格）

十一十｜（韵）。十｜一一｜（韵）。一｜｜一一｜（句），十
十｜（豆）、一一｜（韵）。

十一一｜｜（韵）。十一一｜｜（动）。一｜｜一一｜（句），
十十｜（豆）、一一｜（韵）。

范例

吴头楚尾。一棹人千里。休说旧愁新恨，长亭树、今如此。

宦游吾倦矣。玉人留我醉。明日万花寒食，得且住、为佳耳。

宋·辛弃疾

雨天迷雾。吹落花无数。心冷意凉江岸，却正是、伤心处。

沉思人自语。无情风恶雨。摧残几多佳景，深怨恨、同谁诉？

（2005.7.5）

奇松石壁。脚依云过膝。云海雾浓声弱，手牵手、过山脊。

走过方是客。雁过留痕迹。回味走过之路，别别别、长回忆。

（2014.9.9）

坠天雨密。呼啸风声急。休说横天无理，雨过后、青山碧。

不知言至极。何来书刻壁。明日再看晨？真个是、天无敌。

（2018.5.6）

霜天晓角（变格）

一｜一一（韵）。｜一一｜一（韵）。｜｜一一｜｜（句），一｜｜（豆）、
｜一一（韵）。

——（韵）。—｜—（韵）。｜——｜—（韵）。｜｜｜——｜（句），

—｜｜（豆）、｜——（韵）。

范例

人影窗纱。是谁来折花？折则从他折去，知折去、向谁家？

檐牙。枝最佳。折时高折些。说与折花人道，须插向、鬓边斜。

宋·蒋捷

山满红枫。眼中无别同。纵然山风澎湃，移不去、火融融。

寒冬。更叶红。恰似情越浓。不禁迷人醉，心豪放、向天穹。

（2015.12.18）

无叶梧桐。残枝垂叶空。横杈连丫一团灰，藏他色、像朦胧。

春风。花点红。恰开青绿丛。已到百花催放，轻点泪、是情浓。

（2016.3.1）

人生如戏。秋去才知弃。黄叶随风飘落，铺满地、还无计。

苦酸。忘情水。举杯人已醉。唯有鲜红枫叶，似火沸、揉愁碎。

（2017.11.14）

疏影凝残。夜长窗漏寒。半夜低声痛叹，江水浅、又停湾。

艰难。何以还。此情谁恋缠。试问世间长短，千古事、一江阑。

（2021.1.21）

伤春怨（定格）

｜｜——｜（韵）。｜｜———｜（韵）。｜｜｜——（句），

｜｜———｜（韵）。

｜———｜（韵）。｜｜——｜（韵）。｜｜｜——（句），

｜｜｜（豆）、——｜（韵）。

范例

雨打江南树。一夜花开无数。绿叶渐成阴，下有游人归路。

与君相逢处。不道春将暮。把酒祝东风，且莫恁、匆匆去。

宋·王安石

莫要伤春怨。只见天灰云漫。去处若迷惶，笑梦茫茫叹难。

与君同春晚。月落江中伴。怨恨送长江，暗自唱、声声慢。

（2000.7.4）

七月天正午。热汗成行如注。烦躁问清风，恼怒风吹何处？

热天心藏苦。沟通疏忽误。怨恨气难平，且慢走、先留步。

（2005.7.3）

别把春来怨。雨雪寒风天变。傲骨挺梅开，碎雪迎来春愿。

夏冬春秋转。季节希望换。如要都春天，剪不断、才真乱。

（2011.11.13）

五月阳光烈。晒晃梧桐青叶。热浪处藏阴，不少行人忙歇。

恶浪推天热。未把春来别。任凭大风浪，笑面对、从头越。

（2013.5.13）

偶尔相逢后。不识多年书友。岁月刻沧桑，紧握推开双手。

酒三杯依旧。再忆心难受。歪晃大声唱，九月九、重阳酒。

（2013.9.10）

卜算子（定格）

　　＋｜｜－－（句），＋｜－－｜（韵）。＋｜－－｜｜－（句），
＋｜－－｜（韵）。

　　＋｜｜－－（句），＋｜－－｜（韵）。＋｜－－｜｜－（句），
＋｜－－｜（韵）。

范例

驿外断桥边，寂寞开无主。已是黄昏独自愁，更著风和雨。

无意苦争春，一任群芳妒。零落成泥碾作尘，只有香如故。

宋·陆游

男是痴心郎，女是姣姣女。地北天南二地书，相约相思树。

相见是春风，最恨离分苦。但愿天天都十五，圆月和人诉。

（2000.7.20）

纯朴杜鹃花，辛勤园丁好。叶繁枝盛含苞红，开放春来早。

质本是清香，何须妖娆俏。纵有风流万般情，哪有真情牢。

（2004.6.28）

白雪罩山坡，推了千花散。万里风光在白中，已是寒冬悍。

傲骨展梅开，才有花灿烂。不是飘香独自红，只把春来唤。

（2012.2.26）

世界海茫茫，朋友天涯处。发出开心图片中，逗乐多人数。

清水友谊长，话题无亲疏。无意轻轻走进来，却又悄悄去。

（2013.6.21）

星晓暗朦朦，秋后连阴雨。飞鸟惆怅叽喳啼，风扫梧桐树。

落叶水中飘，茫然更无语。漂泊江河逐随波，怨恨东流去。

（2014.8.20）

楼闪彩虹飘，树挂灯笼小。红火过年不夜天，不料寒风搅。

二月倒春寒，雪欺春来早。欲压梅苞破雪开，露出梅花俏。

（2019.2.8）

卜算子慢（定格）

ーー｜｜（句），ー｜｜ー（句），｜｜｜ーー｜（韵）。｜｜ー
ー（句），｜｜｜ーー｜（韵）。ーー（豆）、｜｜ーー｜（韵）。
｜｜｜（豆）、ーー｜｜（句），ーー｜｜ー（韵）。

｜｜ーー｜（韵）。｜｜｜ーー（句），｜ーー（韵）。｜｜
ーー（句），｜｜｜ー｜（韵）。ーー（豆）、ー｜ーー｜（韵）。
｜｜｜（豆）、ーー｜｜（句），｜ーーー｜（韵）。

范例

　　江枫渐老，汀蕙半凋，满目败红衰翠。楚客登临，正是暮秋天气。
引疏砧、断续残阳里。对晚景、伤怀念远，新愁旧恨相继。

　　脉脉人千里。念两处风情，万重烟水。雨歇天高，望断翠峰十二。
尽无言、谁会凭高意。纵写得、离肠万种，奈归云谁寄。

宋·柳永

　　微风薄雾，枯叶坠黄，已是落阳冬晚。路客匆匆，岁末事多更乱。
怨时光、逝去似时短。剪不断、追思理想，寒风零散山洞。

　　不禁书春恋。叹万物苏醒，暗香花鲜。草木葱融，一派祥和气象。
梦初醒、春到人人盼。等待着、沧桑雨后，已春光相伴。

（2016.1.7）

谒金门（定格）

ー十｜（韵），ー｜｜ーー｜（韵）。十｜十ーー｜｜（韵），
｜ーー｜｜（韵）。

　　十｜十ー十｜（韵），十｜十ーー｜（韵）。十｜十ーー｜｜（韵），
｜ーー｜｜（韵）。

范例

空相忆，无计得传消息。天上嫦娥人不识，寄书何处觅？

新睡觉来无力，不忍看君书迹。满院落花春寂寂，断肠芳草碧。

唐·韦庄

黄果树，天下奇观瀑布。千尺九天飞下处，眼前似水雾。

神琢鬼雕仙住，美景游人留步。动魄惊心人会悟，此由天匠筑。

（2012.2.26）

秦淮月，多少悲欢情节。十里秦淮流不尽，入秋黄落叶。

带走多少破灭，重又翻开新页。岁月匆匆从头越，奈何人又缺。

（2013.8.8）

好事近（定格）

　　＋｜｜－－（句），＋｜｜－－｜（韵）。＋｜｜－－｜（句），｜＋－－｜（韵）。

　　＋－＋｜｜－－（句），＋＋｜－｜（韵）。＋｜｜－－｜（句），｜＋－－｜（韵）。

范例

春路雨添花，花动一山春色。行到小溪深处，有黄鹂千百。

飞云当面化龙蛇，夭矫转空碧。醉卧古藤阴下，了不知南北。

宋·秦观

枫叶印深秋，山舞绿衣红袖。溪水细流悠睡，引来黄鹤宿。

夜朦雨狂晚风凉，惊起鹤飞走。落叶草黄花谢，死生谁知否？

（2000.9.6）

日暮近黄昏，枫叶落红楼阁。大雁晃摇孤影，恼人留寂寞。

伤心正是恨离愁，恍惚不如昨。大雁已无踪迹，信终无人托。

（2012.4.7）

空相忆（定格）

＋＋｜（韵）。＋｜＋＋｜（韵）。—｜＋＋—｜｜（韵）。＋＋——｜（韵）。

＋｜＋—＋｜（韵）。＋｜＋—＋｜（韵）。＋｜｜——｜｜（韵）。＋＋—＋｜（韵）。

范例

花满院。飞去飞来双燕。红雨入帘寒不卷。晓屏山六扇。

翠袖玉笙凄断。脉脉两蛾愁浅。消息不知郎近远。一春长梦见。

宋·陈克

空相忆。冬去又回寒急。杨柳摇摆疏又密。天阴无春迹。

楼上谁人吹笛。思念之情外溢。花好月圆春草碧。音传为七夕。

（2012.3.26）

元宵节。晶莹点缀白雪。张灯结彩街上热。观灯人心切。

走马观花烟绝。桥下水流清澈。映托那时空相忆。留下秦淮月。

（2014.2.14）

忘不了。难解光阴岁道。朝去上山人太小。暮归人已老。

宽窄巷里喧闹。世外桃源静悄。天上不知人间恼。夜半常梦好。

（2019.9.7）

散余霞（定格）

————｜｜——｜（句）。｜＋——｜｜（韵）。—＋＋｜——｜（句），
｜＋—＋｜（韵）。

——｜＋＋—（句）。｜｜——｜（韵）。—＋｜｜——｜（句），
｜｜＋＋｜（韵）。

范例

> 墙头花雨寒犹噤。放绣帘昼静。帘外时有蜂儿，趁杨花不定。
> 阑干又还独凭。念翠低眉晕。春梦枉恼人肠，更厌厌酒病。

宋·毛滂

> 杜鹃不觉花时少。严寒春不早。风吹小草青青，嫩绿芽已悄。
> 梧桐乱禁两迷。散绒追人恼。燕子屋檐藏窝，这里春光好。

（2012.4.5）

玉连环（定格）

＋｜——＋｜（韵）。＋—＋｜（韵）。＋—一｜｜——（句），
＋＋｜（豆）、＋＋｜（韵）。

＋｜＋—＋｜（韵）。＋—＋｜（韵）。＋——｜｜——（句），
＋＋｜（豆）、＋＋｜（韵）。

范例

> 江上青山无数。绿阴深处。夕阳犹在系扁舟，为佳景、留人住。
> 已办一蓑归去。江南烟雨。有情鸥鹭莫惊飞，便相约、长为侣。

宋·管鉴

亭外香飘送远。花红绿满。小桥流水映人孤，水中月、星相伴。

望月含羞步慢。静心又乱。坠双垂耳玉连环，半遮面、桃花扇。

（2012.3.30）

忆少年（定格）

——十│（句），——│││（句），———│（韵）。——│十│（句），

│———│（韵）。

││—（豆）、——│││（韵）。│——（豆）、│——│（韵）。

——│—│（句），│——十│（韵）。

范例

年时酒伴，年时去处，年时春色。清明又近也，却天涯为客。

念过眼、光阴难再得。想前欢、尽成陈迹。登临恨无语，把阑干暗拍。

宋·曹组

谁同畅饮，谁同畅谈，谁同情好。今生遇知己，盛情知多少？

满目园、青中红绿俏。随风摇、暗香飘袅。清风把人叫，可知人正恼。

（2000.8.3）

空怀壮志，空行九州，空中楼阁。人生恰如梦，叹南飞黄鹤。

变化千、希望藏承诺，无谁瞧、绿红黄错。色多已无别，夏秋冬春各。

（2013.12.12）

谁无年少？谁无幻象？谁和春约？年轻不知险，走过方知恶。

过眼云、飞烟黄叶落。不如前、富穷人陌。依阑远望处，夕阳陪寂寞。

（2015.2.27）

谁无年少，谁无梦幻，谁还望到？天涯尽过客，不知红尘老。

暴雨狂、风撕小草。只摇头、恶欺无道。低眉恨无语，等蝉鸣知了。

（2018.6.1）

忆秦娥（定格）

—－｜｜（韵），＋—＋｜——｜（韵）。——｜（叠），＋—＋｜（句），｜——｜（韵）。

＋—＋｜——｜（韵），＋—＋｜——｜（韵）。——｜（叠），＋—＋｜（句），｜——｜（韵）。

范例

箫声咽，秦娥梦断秦楼月。秦楼月，年年柳色，灞陵伤别。

乐游原上清秋节，咸阳古道音尘绝。音尘绝，西风残照，汉家陵阙。

唐·李白

香港归，百年离去今年回。今年回，神州浩荡，震天惊雷。

山河分割国人悲，睡龙醒振中华威。中华威，举世鼎足，日月生辉。

（1997.6.24）

中秋节，举杯伴影望明月。望明月，年年伤缺，吟低声咽。

默寻旅途同心携，隔江忽闻枫红叶。枫红叶，似春炽烈，山高路绝。

（1998.12.27）

东方晓，轻云缥缈林中闹。林中闹，双飞追逐，叽喳欢笑。

辞冬新岁迎春早，杜鹃花引杜鹃鸟。杜鹃鸟，花开啼唱，唱醒春到。

（2000.6.29）

荷花影，张开绿叶云中静。云中静，轻波弯颈，绿红相映。

清姿雅质丛芳敬，千尘不染傲骨挺。傲骨挺，不争春艳，独摘秋景。

（2001.11.13）

黄叶落，梧桐瑟瑟寒秋寞。寒秋寞，冷清山道，半山楼阁。

红衣背靠空亭角，南飞大雁深情托。深情托，天涯海角，不忘承诺。

（2011.12.19）

春已散，菊花百艳争灿烂。争灿烂，梅兰菊竹，伯仲难断。

灯光闪烁似春恋，回头还是无声叹。无声叹，夜深寂静，月明相伴。

（2013.11.21）

注：竞争、盛衰、轮回是大自然与人类共同的规律。重要的不光是结果，还在于过程的绽放与留下的依恋。

朝薄雾，灰天绿树朦胧雨。朦胧雨，枇杷黄了，石榴花吐。

花红草绿轻留步，登高远眺阑珊处。阑珊处，唤人前去，又条新路。

（2013.5.17）

中秋节，团圆欢聚人谁缺？人谁缺？亲人好友，友深情切。

灯光闪烁泉清澈，画中印出秦淮月。秦淮月，年年此刻，最伤离别。

（2014.9.2）

今春节，群微牵引乡情节。乡情节，东西南北，又无分别。

梦中才有黄金叶，醒来只见秦淮月。秦淮月。年年依旧，可知谁缺？

（2015.2.23）

梅花骨，雪封冰罩穿冰雪。穿冰雪，又见蓝天，报春心切。

世间多少千斤结，水中多少秦淮月。秦淮月，随波流去，水中清澈。

（2019.2.14）

临春节，远人梦断秦淮月。秦淮月，不停忙碌，怕年人缺。

未到十五伤离别，掩面拉手人声咽。

人声咽，行人稀少，残阳如血。

（2018.2.9）

秋黄叶，秣陵相聚友人悦。友人悦，多年不见，两鬓如雪。

人生如梦情难绝，如今道别人声咽。

人声咽，一场相聚，一生离别。

（2018.11.12）

忆秦娥（变格）

　　＋－－（韵），＋－＋｜－－－（韵）。－－－（叠），＋－
＋｜（句），｜｜－－（韵）。

　　｜－－｜－－－（韵），＋－＋｜－－－（韵）。－－－（叠），
＋－＋｜（句），｜｜－－（韵）。

范例

　　晓朦胧，前溪百鸟啼匆匆。啼匆匆，凌波人去，拜月楼空。

　　去年今日东门东，鲜妆辉映桃花红。桃花红，吹开吹落，一任东风。

宋·贺铸

　　十三钗，游人去处迷秦淮。迷秦淮，抬头只见，皇榜楼牌。

　　当年看灯游人挨，隔街挥手留情怀。留情怀，多年不见，水映风采。

（2015.12.11）

洛阳春（定格）

　　－｜－－＋｜（韵）。｜｜－－｜（韵）。＋－－｜｜－－（句），
＋｜｜（豆）、－－＋｜（韵）。

　　｜｜＋－＋｜（韵）。＋－＋｜（韵）。＋－＋｜｜－－（句），
＋｜｜（豆）、－－｜（韵）。

范例

　　清晓莺啼红树。又一双飞去。日高花气扑人来，独自价、伤春无绪。

　　别后暗宽金缕。倩谁传语。一春不忍上高楼，为怕见、分携处。

宋·严仁

春去秋来荷府。赏尽荷花处。粉红皎白绿盘托，真优雅、情深难抒。面对春秋无数。相望无语。沧桑在变仍依依，亭玉立、莫愁女。

（2012.4.4）

海棠春（定格）

——＋｜——｜（韵）。＋｜｜（豆）、——＋｜（韵）。
＋｜｜——（句），＋｜——｜（常）。

　　——＋＋（句），——＋＋（韵），＋＋——＋＋（韵）。
＋｜｜——（句），＋｜——｜（韵）。

范例

天涯芳草迷征路。还又是、匆匆春去。乌兔里光阴，莺燕边情绪。云梢雾末，溪桥野渡，尽是春愁落处。把酒劝斜阳，小向花间驻。

宋·吴潜

青兰相问星花满。娇嫩脆、海棠春短。百艳不争春，弯月寒星伴。风声静悄，星空老树，只在床前独步。就怕数光阴，又盼来年路。

（2012.4.9）

莫愁海棠迎春处。停不下、匆匆脚步。树下散红尘，洒落花似雨。梅花坞里，林阴栈道，潜入花林无数。难有艳阳天，快把春留住。

（2019.4.4）

桃源忆故人（定格）

＋—＋｜——｜（韵）。＋｜＋——｜（韵）。＋｜＋——｜（韵）。
＋｜——｜（韵）。

十一十｜一一｜（韵）。十｜十一一｜（韵）。十｜十一一｜（韵）。
十｜一一｜（韵）。

范例

越山青断西陵浦。一片密阴疏雨。潮带旧愁生暮。曾折垂杨处。

桃根桃叶当时渡。呜咽风前柔橹。燕子不留春住。空寄离樯语。

宋·吴文英

桃花源里人已去。无泪凄知心苦。来去去来无语。只有情如故。

叹江河岸垂杨树。曾唤同春留步。花好月圆人慕。美景长心住。

（2012.3.23）

烛影摇红（格一）

｜｜一一（句），｜｜一（豆）、｜｜一（句），一一｜（韵）。
一一一｜｜一一（句），一｜一一｜（韵）。

一｜一一｜｜（韵）。｜一一（豆）、一一｜｜（韵）。｜一一｜（句），
｜｜一一（句），一一一｜（韵）。

范例

烛影摇红，向夜阑、乍酒醒，心情懒。尊前谁为唱《阳关》，离恨天涯远。

无奈云沉雨散。凭阑干、东风泪眼。海棠开后，燕子来时，黄昏庭院。

宋·王诜

烛影摇红，优雅情、舞步轻，温馨屋。今宵圆月聚欢歌，轻语与红绿。

新弹琵琶一曲。水涓流、叮当胜玉。柔情千万，梦隐心中，谁人同读。

（2000.9.7）

烛影摇红（格二）

—｜——（句），｜—｜｜——｜（韵）。———｜｜——（句），
—｜——｜（韵）。｜｜——｜｜（韵）。｜——（豆）、——｜｜（韵）。
｜——｜（句），｜｜——（句），——｜｜（韵）。

｜｜——（句），｜—｜———｜（韵）。———｜｜——（句），
—｜——｜（韵）。—｜—｜｜（韵）。｜——（豆）、——｜｜（韵）。
｜——｜（句），｜｜——（句），———｜（韵）。

范例

　　芳脸匀红，黛眉巧画宫妆浅。风流天付与精神，全在娇波眼。早是
萦心可惯。向尊前、频频顾盼。几回相见，见了还休，争如不见。

　　烛影摇红，夜阑饮散春宵短。当时谁会唱阳关，离恨天涯远。争奈
云收雨散。凭阑干、东风泪眼。海棠开后，燕子来时，黄昏庭院。

宋·周邦彦

　　烛影摇红，水流百转长亭短。轻风依影慰波浪，人在桥时晚。已是
波光两岸。只河边、垂丝柳伴。二三黄点，路灯微光，心平又乱。

　　旧月难忘，月光伴影时光慢。谁人知道路沧桑？过去才知盼。无奈
空声呼唤。再来之、秋风好伴。薄云吹散，月挂河边，风来秋半。

（2016.1.25）

惜分飞（定格）

＋｜———｜｜（韵），＋｜＋—＋｜（韵）。＋｜——｜（韵），
＋—＋｜——｜（韵）。

＋｜———｜｜（韵），＋｜＋—＋｜（韵）。＋｜——｜（韵），
＋—＋｜——｜（韵）。

范例

　　泪湿阑干花著露，愁到眉峰碧聚。此恨平分取，更无言语空相觑。

　　短雨残云无意绪，寂寞朝朝暮暮。今夜山深处，断魂分付潮回去。

宋·毛滂

　　日落西山催月慢，离怨又生又散。离去双中半，又从愁字心中乱。

　　绿水青山空彼岸，寂寞对天长叹。只恨春时短，凋花落叶无人伴。

（2012.4.1）

思远人（定格）

　　＋｜＋－－｜｜（句），＋－＋＋｜（韵）。＋－｜｜（句），＋－＋｜（句），＋｜＋－｜（韵）。

　　＋－｜｜－－（句），＋＋－｜｜（韵）。－＋｜｜－（句），｜－＋｜（句），＋＋－－｜（韵）。

范例

　　红叶黄花秋意晚，千里念行客。飞云过尽，归鸿无信，何处寄书得。

　　泪弹不尽临窗滴，就砚旋研墨。渐写到别来，此情深处，红笺为无色。

宋·晏几道

　　秋雨缠绵丝不断，远思二人岸。隔窗远眺，雾烟缭绕，心去难回转。

　　惜春易怨春时短，怀念心已乱。相思泪写书，字行心苦，只剩星光伴。

（2011.4.1）

醉花阴（定格）

　　＋｜＋－－｜｜（韵），＋｜－－｜（韵）。＋｜｜－－（句），＋｜－－（句），＋｜－－｜（韵）。

十一十｜一一｜（韵），｜｜一一｜（韵）。十｜｜一一（句），
十｜一一（句），十｜一一｜（韵）。

范例

薄雾浓云愁永昼，瑞脑消金兽。佳节又重阳，玉枕纱厨，半夜凉初透。
东篱把酒黄昏后，有暗香盈袖。莫道不消魂，帘卷西风，人比黄花瘦。

宋·李清照

梧桐添黄留绿叶，无奈枯枝裂。
满地落金黄，别样风情，这叫才真
绝。

举杯把酒为残月，酒醉人难悦。
故地已黄花，坠月如钩，不晓谁人
缺。

（2011.12.6）

奇石怪松云海乱，溪水山缝涧。
咫尺一线天，翻越险峰，魂系今生
缘。

夜深孤月凉风伴，酒醉书情怨。谁说世无情，情在心中，留下黄山恋。

（2013.8.15）

小市窄街前庭院，喧闹人为满。一晃许多年，各奔东西，改制人皆散。
忽听微信来音短，喜是年轻伴。张嘴话无声，遥指天空，明月常常伴。

（2014.9.5）

地上星光天上月，夜色霓虹接。遥看老金陵，十里秦淮，留下江南绝。
已逝时光催落叶，思念心更切。暮色醉光阴，忘了经年，又是天飘雪。

（2017.12.20）

滚滚长江流不尽，多少风云恨。往事越千年，成败皆因，害民忘根本。

洪流如潮冲浪进，呼啸追风紧。驾驭大风浪，协力同心，共振中华运。

（2018.4.2）

望江东（定格）

ー｜ーー｜ー｜（韵），｜十｜（豆）、ーー｜（韵）。十ー
十｜｜ー｜（韵），｜｜｜（豆）、ーー｜（韵）。

ーー｜｜ーー｜（韵），｜十｜（豆）、ーー｜（韵）。十ー
十｜｜ー｜（韵），｜十｜（豆）、ーー｜（韵）。

范例

江水西头隔烟树，望不见、江东路。思量只有梦来去，更不怕、江阑住。
灯前写了书无数，算没个、人传与。直饶寻得雁分付，又还是、秋将暮。

宋·黄庭坚

相见江南码头晚，说彷徨、惆怅叹。直心口快诉秋伴，脾胃投、低眉半。
诗词传递心中唤，话语投、心扉暖。月追夜半猜心愿，是不是、由天断。

（2000.6.30）

明月光移老楼阁，破墙倒、无轮廓。难留旧景怨轻薄，日月叹、西风恶。
留春不住秋风落，担不起、春承诺。东西南北是非各，只还有、秋寂寞。

（2013.8.23）

江水东流逐浪迹，日月溢、深深积。黄河奔腾猛难逆，闯壶口、雷声霹。
云低遮日风声急，公祭日、同鸣笛。勿忘悲怆灭仇敌，大中国、亮天戟。

（2017.12.13）

春去秋来怨时短，绿叶乱、流年换。到头只有梦来去，夜色慢、难留住。
春光带走思无数，凝眸处、烟飞散。人生若只如初见，秋风别、画悲扇。

（2018.3.29）

秋夜雨（定格）

〇〇〇〇｜〇一一一｜（韵）。〇一｜｜一｜（韵）。〇一一一｜｜（句），〇一｜（句）、〇一｜｜（韵）。

〇一｜｜一一｜（句），｜〇一（句）、一一〇｜（韵）。〇〇〇一｜｜（韵）。〇〇｜（句）、〇一｜｜（韵）。

范例

不嫌天上云遮月。雨来正是双绝。雷公驱电母，尽收卷、十分祥热。

三更又报初秋了，少待他、西风凄冽。灵悟话头莫说。且唱饮、刘郎一阕。

宋·吴潜

冷风横扫枯黄叶。乌云翻滚吞月。雷声连几响，莫非是、晚秋雨别。

雨过飕飕初凉透，正菊花、知了声咽。千姿百花只缺。红枫晚、金陵一绝。

（2012.4.13）

立秋就遇秋夜雨。台风暴雨如注。无望天意歇，尽卷走、秋收怕数。

愁肠已断无由醉，不了情、年年寒暑。等雁同陪日暮。远处影、一如旧故。

（2018.8.26）

上林春令（定格）

〇｜一一〇｜（韵）。｜｜｜（豆）、〇一〇｜（韵）。｜〇〇｜一一（句），｜〇〇（豆）、｜一〇｜（韵）。

一一｜｜〇〇｜（韵）。｜｜｜（豆）、〇一〇｜（韵）。〇一十｜——（句），｜＋＋（豆）、｜—＋｜（韵）。

范例

蝴蝶初翻帘绣。万玉女、齐回舞袖。落花飞絮蒙蒙，长忆著、灞桥别后。浓香斗帐自永漏。任满地、月深云厚。夜寒不近流苏，只怜他、后庭梅瘦。

宋·毛滂

春梦千红万紫。只惜是、不长梦美。淅沥滴滴秋愁，带走了、忆春韵事。相思易恨人落泪。可又是、月光影碎。格栏窗上花红，别又是、夜寒花悴。

（2012.4.18）

三月桃花十里。引惹起、群芳秀美。一阵淡淡梅香，蜜蜂绕、唯春懂你。人生难得一知己。在那里、纯清如水。水中映月相陪，你我他、举杯同醉。

（2018.4.11）

杏花天（定格）

＋—＋｜——｜（韵），＋＋｜——｜｜（韵）。＋—＋｜——｜（韵），＋｜——＋｜（韵）。

＋＋｜｜——｜（韵），＋＋｜（豆）、——｜｜（韵）。——｜｜——｜（韵），＋｜｜——｜（韵）。

范例

美人家在江南住，每惆怅江南日暮。白蘋洲畔花无数，还忆潇湘风度。幸自是断肠无处，怎强作、莺声燕语。东风占断秦筝柱，也逐落花归去。

宋·汪莘

小溪溪水多弯绕，落叶凋花流水漂。捎书大雁云缥缈，一去忘回更恼。

留春不住情未了，杏花落、桃梨果小。天情若有天多老，童顽不知年少。

（2012.3.29）

三寸心田藏天下，万里大江无片瓦。有心作壁无心罢，再忆英魂泪洒。鸿雁北去西风惹，容不下、平行淡雅。初心未变更思那，来日富强华夏。

（2018.10.3）

老来春去嘘春懒，别情他移时暗短。晚霞斜落寻归愿，无奈春归天管。帝府柳色藏春宴，有多少、歌声舞扇。光阴只笑人情浅，岁月愿撞春返。

（2019.8.27）

木兰花令（格一）（仄韵换韵格）

　　｜｜｜——｜｜（韵），—｜｜——｜｜（韵）。——｜（句），｜——（句），｜｜｜——｜｜（韵）。

　　｜｜｜——｜｜（换韵），—｜｜——｜｜（韵）。——｜｜｜——（句），—｜｜——｜｜（韵）。

范例

独上小楼春欲暮，愁望玉关芳草路。消息断，不逢人，却敛细眉归绣户。坐看落花空叹息，罗袂湿斑红泪滴。千山万水不曾行，魂梦欲教何处觅。

唐·韦庄

黯然翻书思绪乱，重到汉江今夜半。难梳出，是何人，醉里梦中常在唤。默默怕离春且住，无计语多愁雨舞。斜阳落去近黄昏，凉意侵身无处诉。

（2012.4.9）

赤橙绿黄天地小，多彩缤纷情未了。叹天然，变化千，尽实虚无天不老。

九九艳阳天欲坠，悲欢离合人问泪。嫦娥不解凡人心，弯月月圆人渐醉。

（2013.11.18）

一树蜡梅春未醒，冰雪压枝花添景。梅枝俏，暗香来，疏影慢移如梦境。

欲展玉枝冰雪散，心蕊撑开长期盼。冰心傲骨任严寒，经久传唱红梅赞。

（2018.3.5）

麒麟立旁天坠幕，遥看月光昏暗路。星光闪，越时空，一晃别离今作古。

石象路空成白壁，一模二样空叹息。千言万语诉谁人？春在远方寻觅觅。

（2019.3.14）

木兰花令（格二）（仄韵定格）

＋－＋｜－－｜（韵），＋｜＋－－｜｜（韵）。＋－＋｜｜－－（句），＋｜＋－－｜｜（韵）。

＋－＋｜－－｜（韵），＋｜＋－－｜｜（韵）。＋－＋｜｜－－（句），＋｜＋－－｜｜（韵）。

范例

霜余已失长淮阔，空听潺潺清颍咽。佳人犹唱醉翁词，四十三年如电抹。

草头秋露流珠滑，三五盈盈还二八。与予同是识翁人，惟有西湖波底月。

宋·苏轼

花红叶绿青青草，彩蝶翻飞枝也俏。水中倒影皆成双，花好月圆鸳莺鸟。

天有不测风云啸，百转倍思忘不了。仰天长叹祝平安，天若有情天亦老。

（2013.11.14）

小河流水溪清透，新绿迎春河岸柳。不知陌上暖寒风，只见片红强胜酒。

一壶浊酒偏难就，世态炎凉依如归。西风吹落两鬓秋，还数春留三六九。

（2018.2.27）

兰生幽谷崖深处，清静花姿茎叶疏。独花冷落自含娇，不因清寒空雅素。

盈盈叶上芬芳吐，袅袅清香云坠雾。秦淮弹吟古诗词，唯有兰章听不数。

（2018.3.6）

严寒怎许春光漏，暗幕重重微信透。独梅笑傲雪茫茫，破雪点红催绿柳。

梦中历历长相守，昨日今人为许久。东篱菊好水东流，含泪送花强似酒。

（2019.12.20）

减字木兰花（格三）

　　十一十丨（仄韵），十丨十一一丨丨（叶仄）。十丨一一（换平韵），十丨一一十丨一（叶平）。

　　十一十丨（再转仄韵），十丨十一一丨丨（叶仄）。十丨一一（再转平韵），十丨一一十丨一（叶平）。

范例

天涯旧恨，独自凄凉人不问。欲见回肠，断尽金炉小篆香。

黛蛾长敛，任是春风吹不展。困倚危楼，过尽飞鸿字字愁。

宋·秦观

绿红花众，偏爱杜鹃千般宠。花绽迎春，含笑藏身花树中。

金陵春梦，梦里离愁心不懂。月色朦胧，醒后方知万事空。

（2005.7.6）

月明如旧，往事难忘人消瘦。黑夜茫茫，遗憾长留在他乡。

星星散乱，闪烁明亮迷月晚。草顶寒霜，又是深秋不道凉。

（2013.11.6）

薄云如絮，遮月长袖轻欲舞。八月中秋，只与家人叙不休。

经年几数，天上人间同相聚。岁月悠悠，但愿时光长久留。

（2017.9.29）

根深石碎，不再空流斑竹泪。寄托情深，柔带刚强翠绿林。

晚亭初歇，虚谷怀中风弄月。圆缺皆空，过尽东南西北风。

（2018.3.7）

思前思后，思旧思新思不透。已在春中，气温为何还是冬。

此情难咽，玉兔难知圆月缺。一片云烟，莫是人间若梦间。

（2019.2.11）

偷声木兰花（格四）

　　＋－＋｜－－｜（仄韵），＋｜＋－－｜｜（叶仄）。＋｜－－（换平韵），＋｜－－＋｜－（叶平）。

　　＋－＋｜－－｜（再换仄韵），＋｜＋－－｜｜（叶仄）。＋｜－－（再换平韵），＋｜－－＋｜－（叶平）。

范例

画桥浅映横塘路，流水滔滔春共去。目送残晖，燕子双高蝶对飞。

风花将尽持杯送，往事只成清夜梦。莫更登楼，坐想行思已是愁。

宋·张先

当年人约黄昏后，半月假山河岸柳。红白含羞，携手缠绵同划舟。

今年暴雨狂风骤，能否行舟和雨斗。甘苦何求？风雨过后上层楼。

（2005.7.4）

一山秋走三杯酒，花落凋零愁相守。难舍秋凉，欲寄青青一点黄。

凌霜自行东篱菊，偏爱篱边花满碧。初上游舟，船到桥头菊满头。

（2018.3.8）

玉楼春（定格）

　　＋－＋｜－－｜（韵），＋｜＋－－｜｜（韵）。＋－＋｜｜－
－（句），＋｜＋－－｜｜（韵）。

　　＋－＋｜－－｜（韵），＋｜＋－－｜｜（韵）。＋－＋｜｜－
－（句），＋｜＋－－｜｜（韵）。

范例

三三两两谁家女，听取鸣禽枝上语。提壶沽酒已多时，婆饼焦时须早去。

醉中忘却来时路，借问行人家住处。只寻古庙那边行，更过溪南乌柏树。

宋·辛弃疾

草青树密飞山雀，山近竹亭藏水泊。高楼耸立是谁家？美好房源难找图？

玉楼小屋空寂寞，拼搏一生难承诺。并非不想有新房，无奈只叹年代错。

（2011.12.16）

十年梦断黄粱苦，万字长书空读数。不知春去几时归，只等梨花飘洒处。

梅苞几朵迎春路，梅不负春春自负。欲寻旧地那时情，一隔二三无脚步。

（2019.1.7）

淅淅沥沥飘风雨，老树枯丫听鸟语。春来梦里到姑苏，一觉醒来空日暮。

几人得见星星数，却问路人行去处。不知今昨好糊涂，手指南山迎客树。

（2019.3.8）

欲弹春曲听春和，不晓春途春颠簸。几多苦处几多陂，只恐来迟春错过。

劝君莫怨心莫大，醉倒只当春在左。一旁数看树枝苞，寻觅今春花那朵。

（2019.3.9）

夜深幽静枫红叶，触目凄迷灯光灭。一朝一夕一生情，尽染层林如火烈。

千思甘苦千斤结，不让出声难掩咽。百般无奈梦中寻，梦又不成陪半月。

（2019.9.19）

东风化雨拉疑幕，一梦醒来无觅处。残红落叶似迷途，人不负春春自负。

盼春谁料寒冬舞，肆虐众生花落树。雪封冰罩锁重梅，醉倒花间杯盏数。

（2020.1.13）

夜半木鱼声漏雨，梦里嘟哝呼远路。怕惊熟睡梦中人，伤感深藏心里苦。

窗外黑幽风歇舞，蜡烛点红情景数。天涯海角有穷时，只有相思无尽处。

（2020.9.23）

鹊桥仙（定格）

十一十｜（句），十一
十｜（句），十｜十一十｜
（韵）。十一十｜｜一一（句），
｜十｜（豆）、一一十｜（韵）。

十一十｜（句），十一
十｜（句），十｜十一十｜
（韵）。十一十｜｜一一（句），
｜十｜（豆）、一一十｜（韵）。

范例

纤云弄巧，飞星传恨，银汉迢迢暗度。金风玉露一相逢，便胜却、人间无数。
柔情似水，佳期如梦，忍顾鹊桥归路。两情若是久长时，又岂在、朝朝暮暮。

宋·秦观

非诚勿扰，佳人二四，睿智纯真俊俏。孟黄乐皆鹊桥仙，引指点、媒人老好。
佳人又问，佳人灯灭，中意郎君真少。不愿鸿雀成双飞，但愿觅、成双爱鸟。

（2012.4.1）

鹊桥仙处，思念大树，悬挂几多心事。常来多少恋情长，怎的了、如痴如醉。
高山流水，透清晶空，奔腾前方无悔。承诺无价重千斤，伴随着、一生一世。

（2014.1.1）

年华正茂，群山皆小，更显河川窈窕。磅礴气势吞山河，闯闯闯、高歌声嘹。
烛光将尽，月光静悄，往事脑中缠绕。一生奔波最难忘，还是那、回眸
一笑。

（2015.3.17）

夜游宫（格一）

｜｜－－｜｜（韵），｜＋｜（豆）、＋－－｜（韵）。＋｜－
－｜＋｜（韵）。｜－－（句），｜－－（句），－｜｜（韵）。

｜｜－－｜（韵），｜＋｜（豆）、＋－－｜（韵）。＋｜－
－｜＋｜（韵）。｜－－（句），｜－－（句），－｜｜（韵）。

范例

雪晓清笳乱起，梦游处、不知何地。铁骑无声望似水。想关河，雁门西，
青海际。

睡觉寒灯里，漏声断、月斜窗纸。自许封候在万里。有谁知？鬓虽残，
心未死。

宋·陆游

雨打芭蕉像鼓，梦中起、未醒难数。昨日诗成却又误。改前文，寻更佳，
忙里疏。

不觉天亮悟，顺自然、景中情诉。船到桥头自有路。小河边，草青青，
如旧故。

（2012.3.4）

夜游宫（格二）

－｜－－｜｜（韵）。｜｜｜（句），－－｜｜（韵）。－｜－
－｜－｜（韵）。－－｜（句），｜－－（句），－｜｜（韵）。

｜｜－－｜（韵）。｜－｜（句），｜－－｜（韵）。｜｜－
－｜－｜。－－｜（韵），｜－－（句），－｜｜（韵）。

范例

人去西楼雁杳。叙别梦，扬州一觉。云澹星疏楚山晓。听啼乌，立河桥，话未了。

雨外蛩声早。细织就，霜丝多少。说与萧娘未知道。向长安，对秋灯，几人老。

宋·吴文英

秋叶飘黄慢舞。欲落去，残黄别树。鸿雁南飞远方处。天天数，早归来，风传诉。

看破尘间苦。泪如雨，有谁相助。不解相思梦迷路。仙人渡，熬年年，天目睹。

（2020.8.24）

踏莎行（定格）

　　＋｜－－（句），＋－＋｜（韵），＋－＋｜－－｜（韵）。＋－＋｜｜－－（句），＋－＋｜－－｜（韵）。

　　＋｜－－（句），＋－＋｜（韵），＋－＋｜－－｜（韵）。＋－＋｜｜－－（句），＋－＋｜－－｜（韵）。

范例

细草愁烟，幽花怯露，凭阑总是销魂处。日高深院静无人，时时海燕双飞去。

带缓罗衣，香残蕙炷，天长不禁迢迢路。垂杨只解惹春风，何曾系得行人住。

宋·晏殊

跌跌撞撞，摇摇晃晃，手抓扶者斜行走。上南下北当东西，北桌还剩三杯酒。

迷迷糊糊，明明透透，皆空万事方为酒。醒中更比醉难受，何时明了三天后。

（1986.3.24）

烟雾朦胧，影摇稀疏，故乡望断无寻处。远看隐约是春山，近看还是春山雾。

露水圆圆，珠珠哭泪，莫流苦水天无助。晨曦难透雾重重，暮云跟着黄昏去。

（2019.3.23）

踏燕行（定格）

十｜－－（句），十｜－十｜（韵），十－十｜－－｜（韵）。十－十｜｜－－（句），十－十｜－－｜（韵）。

十｜－－（句），十｜－十｜（韵），十－十｜－－｜（韵）。十－十｜｜－－（句），十－十｜－－｜（韵）。

范例

春色将阑，莺声渐老，红英落尽青梅小。画堂人静雨蒙蒙，屏山半掩余香袅。

密约沈沈，离情杳杳，菱花尘满慵将照。倚楼无语欲销魂，长空黯淡连芳草。

宋·寇準

杨柳丝长，飞絮白洁，花黄叶绿双飞蝶。踏青郊外菜花香，寻青找绿亭边歇。

草莓红红，樱桃似血，轻松体会城中绝。游人不舍去依依，回头留下城中月。

（2012.4.2）

翠幔嫣红，绿萍浮水，远山空碧青叠翠。长袖一舞柳飘烟，水边竹楼风云里。

天上人间，近才尺咫，百花争艳杨清丽。何来争斗乱云飞，西双胜似江南醉。

（2019.12.12）

钗头凤（定格）

——｜（韵），——｜（叶仄），｜——｜——｜（叶仄）。——｜（换仄），——｜（叶二仄），十——｜（句），｜——｜（叶二仄）。｜（叶二仄），｜（叠），｜（叠）。

——｜（叶首仄），——｜（叶首仄），｜——｜——｜（叶首仄）。——｜（叶二仄），——｜（叶二仄），十——｜（句），｜——｜（叶二仄）。｜（叶二仄），｜（叠），｜（叠）。

范例

红酥手，黄滕酒，满城春色宫墙柳。东风恶，欢情薄，一怀愁绪，几年离索。错！错！错！

春如旧，人空瘦，泪痕红浥鲛绡透。桃花落，闲池阁，山盟虽在，锦书难托。莫！莫！莫！

宋·陆游

人生梦，时光问，有情难解缘中叹。春光暖，鸳鸯伴，炸雷轰散，黄粱梦断。怨！怨！怨！

是非晕，似非混，不知望远还望近。秦淮岸，小桥短，曲高声慢，欲行回转。乱！乱！乱！

（1999.7.12）

长江角，星光弱，语轻情融推时错。天天约，人生托，相见恨晚，
海深还薄。乐！乐！乐！

为人作，谁之错，守家离恨情心落。推新药，迷清浊，为何来去，
又忘相约。莫！莫！莫！

（2005.6.26）

朦胧雾，黄杨树，傍山依水难寻处。春风住，云霞疏，小亭弯径，
小河仙渡。路！路！路！

飞蝶舞，谁人语，半山飘现踏青女。佳人楚，丛花助，地天浑然，
让人心妒。慕！慕！慕！

（2006.3.16）

雪花飘，梅开早，山河皆白炊烟袅。群山俏，长江宛，登高望远，
千种情调。娇！娇！娇！

虎去了，兔来了，瓜果花生大红枣。包水饺，羊排烤，盛宴春晚，
杯晃影摇。笑！笑！笑！

（2011.1.18）

封面照，双人跳，青春欢乐谁知晓。新人娇，身材宛，落花差月，
宛如星耀。俏！俏！俏！

众人闹，千杯少，满屋亲友人欢笑。歌声嘹，嬉姿妙，相敬相爱，
白头偕老。好！好！好！

（2011.1.11）

时光短，江船慢，送君西去长江岸。前方远，谁人伴，抬头望去，
月弯初满。乱！乱！乱！

飞鸿雁，来年返，捎回住青藏心愿。春秋怨，忆中散，自立方强，
事功成半。叹！叹！叹！

（2013.5.24）

蒙蒙雨，浓浓雾，小鸭戏水河边树。乡情切，乡音咽，天涯过客，

旧情难别。烈！烈！烈！

春丝舞，春芽吐，百花开放春留步。双飞蝶，秦淮月，岁月如梭，步空人跌。拙！拙！拙！

（2015.2.28）

秋时雨，黄昏树，画中如景前方路。思红豆，成功后，相信天地，别离长守。走！走！走！

千年府，皆为土，黑红清白谁人数？无声吼，僵双手，烛光摇晃，雨狂天漏。酒！酒！酒！

（2015.9.2）

河边柳，新生友，一同来到校门口。阳光暖，欢情满，二三合影，暗留心愿。慢！慢！慢！

时光走，回看友，数年过去人如旧。人离散，情难断，对天杯酒，恨时真短。乱！乱！乱！

（2016.10.27）

过年闹，灯笼挑，孩童牵老追街跳。红花绣，佳人袖，满街人挤，别离前后。走！走！走！

东边鸟，西边枣，吆喝腔调人欢笑。兰花瘦，花香久，敲钟声响，与年相守。酒！酒！酒！

（2018.2.10）

梨花白，清泉碧，一山春色浪漫极。天连地，风光里，群山皆小，窃天真美。醉！醉！醉！

时光忆，年轻迹，别山归去年年寂。云将坠，忘情水，变化莫测，滴珠愁碎。泪！泪！泪！

（2018.8.17）

西双远，春情暖，竹楼菩提风光满。波光白，波纹碧，深山基诺，世留原迹。忆！忆！忆！

呼声半，三杯乱，与友相聚嫌时短。西桌席，东来客，何需宽窄，乐间兴极。溢！溢！溢！

（2019.12.21）

蝶恋花（定格）

＋｜＋－－｜｜（韵）。＋｜－－（句），＋｜－－｜（韵）。
＋｜＋－－｜｜（韵），＋－＋｜－－｜（韵）。

　＋｜＋－－｜｜（韵）。＋｜－－（句），＋｜－－｜（韵）。
＋｜＋－－｜｜（韵），＋－＋｜－－｜（韵）。

范例

醉别西楼醒不记。春梦秋云，聚散真容易。斜月半窗还少睡，画屏闲展吴山翠。

衣上酒痕诗里字。点点行行，总是凄凉意。红烛自怜无好计，夜寒空替人垂泪。

宋·晏几道

八月中秋圆月满。举酒望天，暗自藏心愿。风叱风催春快返，有人望返思君伴。

梦里方知心温暖。哭断黄粱，醒了心真乱。身起披衣轻步慢，牛郎织女银河岸。

（2000.7.20）

梦里惊醒湿自袖。深感沧桑，无语难开口。拉帘推窗叹月瘦，景寒人瘦微低首。

对酒当歌人醉酒。欲说还休，纵然千杯后。往日难忘轻述旧，月明当灯长相守。

（2006.3.17）

雪白飞絮丝坠柳。小草青青，相拥花前后。桃李不知忘九九，有谁不跟春天走？

夜悄色深星北斗。明月昭昭，对月扶窗手。嫦娥可知人厮守？痴心不改人依旧。

（2012.3.15）

蝶恋花开花恋蝶。绿叶黄花，衬出蓝天洁。红绿黄蓝青紫褐，大千世界天无缺。

人间寻常难解说。事虽平平，起步真多折。难得闲空书翻阅，东西好坏烟飞绝。

（2013.10.26）

转眼云烟秋日短。雨打梧桐，叶落青黄乱。还未推开窗一半，雨珠滴在身溅散。

只念晚秋情意满。粒粒珍珠，见了知心暖。多少情思多少怨，从今莫说秋无伴。

（2016.10.23）

三九严寒冰雪罩。一片茫茫，秋月春江老。夜半烟花情未了，月光疏影空相照。

一树雪花悬立梢。独上高枝，破雪梅争俏。枝上花苞红点小，未开已报春来到。

（2018.1.4）

风雪漫天关不住。梅在高枝，点绿河流处。烟水泛波桃叶渡，渡江无橹春留步。

江变河来屈指数。莫笑风云，谁晓愁人苦。把酒问春春不露，黄昏已仕相思树。

（2018.3.22）

一潭映秋秋已散。垂柳丝丝，摇晃斜阳乱。黄歇柳梢愁歇院，阑干阅尽离情怨。

岁月无情天不看。不解秋伤，还解初时唤？对柳望亭天常短，旧游如梦空肠断。

（2018.10.11）

雾霾重重无不苦。难见青天，唯有乌云舞。不怨天公犹怕怒，未晴又续清明雨。

梦里忧愁无说处。不解伤春，只解春天阻。昔日黄花留不住，千年难遇常青树。

（2019.3.1）

烟雨朦朦古今路。岁月悠悠，唯有情如故。昨日花红留不住，花开花落花无数。

梦里惊醒风乱舞。雨打芭蕉，夜静似敲鼓。多少情思多少苦，呜呼野草清明雨。

（2019.3.2）

莫问人生多少苦。失去韶年，梦里真难数。天上人间都说好，走到尽头无觅处。

道是人间何是路。一寸愁肠，旧恨千千绪。纵是国情应有度，一江掀浪天掀怒。

（2019.8.21）

墨竹芭蕉青翠叶。碧玉清新，犹有亲情切。忆想当年艰苦绝，至今先后初心别。

醉里梦中心愿结。只等春归，喜庆佳时节。不见白茫真盼雪，西双一夜秦淮月。

（2019.12.16）

凤栖梧（定格）

｜｜－－－｜｜（韵）。｜｜－－（句），｜｜－－｜（韵）。
｜｜－－－｜｜（韵）。｜－－｜－－｜（韵）。

　｜｜－－－｜｜（韵）。｜｜－－（句），｜｜－－｜（韵）。
｜｜－－－｜｜（韵）。－－｜｜－－｜（韵）。

范例

　　竹窈花深连别墅。曲曲回廊，小小闲庭宇。忽地香来无觅处。杖藜闲趁游蜂去。

　　老桂悬秋森玉树。涧底孤芳，苒苒吹诗句。一掬幽情知几许。钩帘半亩藤花雨。

宋·周密

　　冷冷寒风吹栋宇。四下空空，尽是无人路。不晓新冠何时去。闭门关户无处去。

　　不了情缘何处叙。埋怨心底，默默踱方步。久经风霜愁几许。抬头望月嫦娥舞。

（2022.12.2）

渔家傲（定格）

　＋｜＋－－｜｜（韵），＋－－＋｜－－｜（韵）。＋｜＋－－｜｜（韵）。－＋｜（韵），＋－＋｜－－｜（韵）。

　＋｜＋－－｜｜（韵），＋－－＋｜－－｜（韵）。＋｜＋－－｜｜（韵）。－＋｜（韵），＋－＋｜－－｜（韵）。

范例

塞下秋来风景异，衡阳雁去无留意。四面边声连角起。千嶂里，长烟落日孤城闭。

浊酒一杯家万里，燕然未勒归无计。羌管悠悠霜满地。人不寐，将军白发征夫泪。

宋·范仲淹

秦淮河边飘细柳，草青又绿楼前后。郊外踏青梅牵手。花左右，满山遍野香浓厚。

深夜离愁难闭口，眼望明月杯中酒。彩蝶双飞今忆旧。人空守，月圆窗里佳人瘦。

（2000.8.7）

相约小亭明月半，湖光倒影花灿烂。低语轻音声悄唤。心温暖，天长更有人相伴。

咫尺天涯千里远，朝思暮想时光慢。织女牛郎空两岸。谁在盼，月圆时候肝肠断。

（2006.2.17）

别去重提今古语，酸甜苦辣君莫诉。逝去年华留不住。无从数，有谁看尽天涯路。

望断鸿雁空日暮，祈心托付人谁悟。春去春来春又度。难迈步，夕阳斜照黄昏树。

（2018.4.20）

八月南昌红旗舞，星星之火红军路。万水千山言不苦。家乡土，新芽枯木逢春树。

四月春正忘了聚，星河欲转钱先数。先后不知云里雾。初心语，风吹红绿家家处。

（2018.8.1）

边陲竹楼霞落晚，沧江树挂红花伴。千紫万红天地散。温情满，人间仙境春光灿。

夜梦故乡思绪乱，点红数绿情难断。顺了自然无有半。心只愿，夜空灿烂群星盼。

（2019.12.14）

五月花红争艳涌，荷花碧水清波弄。芦苇叶青双手捧。青叶粽，念思不忘情相送。

端午龙舟锣鼓重，茅台酒美清尊供。千里山河情万种。谁能懂？一声惊破天边梦。

（2020.6.25）

苏幕遮（定格）

｜－－（句），－｜｜（韵），＋｜－－（句），＋｜－－｜（韵）。＋｜－－－｜｜（韵）。＋｜－－（句），＋｜－－｜（韵）。

｜－－（句），－｜｜（韵），＋｜－－（句），＋｜－－｜（韵）。＋｜－－－｜｜（韵）。＋｜－－（句），＋｜－－｜（韵）。

范例

碧云天，黄叶地，秋色连波，波上寒烟翠。山映斜阳天接水。芳草无情，更在斜阳外。

黯乡魂，追旅思，夜夜除非，好梦留人睡。明月楼高休独倚。酒入愁肠，化作相思泪。

宋·范仲淹

艳阳天，杨柳树，条条丝丝，嫩绿抛花絮。普觉寺前人车堵。手捧黄花，拥挤清明墓。

悼亡魂，思故土，漂泊人生，最重亲人处。杨柳花絮飘无数。不及情深，倾诉天无助。

（2012.3.17）

转深秋，楼阁后，天挂斜阳，倒映河边柳。远处天边红染透。恍惚神飞，此景生红豆。

忆当年，雄赳赳，一颗红心，只管朝前走。醉了方知天地久。暮色朦胧，更让人思旧。

（2013.11.26）

路艰难，荆棘路，黑白难分，出自天宫府。添加平民多少苦。世道无情，闭目帮天数。

寂无声，如泪雨，又是黄梅，没有留人处。梦想心中红日吐。待到天亮，默默人无语。

（2015.4.21）

月光凉，疏淡影，夜色星空，梦幻如仙境。天上人间分水岭。世间无情，天上明如镜。

惹乡情，非宁静，浪迹天涯，何处人才醒？酒醉人还追梦骋。夜拨琵琶，知否谁人听？

（2018.6.7）

淡黄柳（定格）

　　—　—　｜　｜（句），—　｜　—　—　｜（韵）。｜　｜　—　—　—　｜　｜（韵）。

｜　｜　—　—　｜　｜（句），—　｜　—　—　｜　—（韵）。

　　｜　—　｜（韵），—　—　｜　—（韵）。｜　—　｜（豆）、｜　—　｜（韵）。

｜——｜｜——｜（韵）。｜｜——（句），｜——｜（句）。
—｜——｜｜（韵）。

范例

　　空城晓角，吹入垂杨陌。马上单衣寒恻恻。看尽鹅黄嫩绿，都是江
南旧相识。

　　正岑寂，明朝又寒食。强携酒、小桥宅。怕梨花落尽成秋色。燕燕飞来，
问春何在。唯有池塘自碧。

宋·姜夔

　　寒冬不去，杨柳花絮晚。雨弄风萧梅少伴。疑是春来遇绊，布谷啼
鸣又声乱。

　　已春返，三天薄衣单。蝶成双、引飞燕。叹山花只恨春时短。冷冷清清，
切莫春换。谁在黄昏期盼？

（2012.3.28）

锦缠道（定格）

＋｜——（句），＋｜｜——｜（韵）。｜——（豆）、｜——｜（韵）。
＋——｜——｜（韵），＋｜——（句），｜＋—＋（韵）。

　　＋—＋｜—（句），｜——｜（韵）。｜——（豆）、｜——｜（韵）。
｜——（句），—｜——（句），＋｜＋｜｜（句），＋＋—＋（韵）。

范例

　　燕子呢喃，景色乍长春昼。睹园林、万花如绣。海棠经雨胭脂透，
柳展宫眉，翠拂行人首。

　　向郊原踏青，恣歌携手。醉醺醺、尚寻芳酒。问牧童，遥指孤村，

道杏花深处，那里人家有。

宋·宋祁

炸雷惊春，雨猛骤停风号。树摇嘘、滴珠飞跳。乌云西去东方晓，几缕阳光，透示春来早。

路边杨柳丝，坠波烟裛。百花羞、献芳争俏。小杜鹃，欢喜歌瞭，树下谁家女？手绣锦缠笑。

（2012.3.25）

片绿镶红，层叠叶中青翠。绽红花、几枝花蕊。百花开后秋正美，淡淡留香，柳条垂似睡。

月中烟水寒，事由风起。影随波、恶浪波碎。只荷花，随它摇推，无奈水里俏，似花非花醉。

（2018.9.7）

酷相思（定格）

｜｜－－－｜｜（韵）。｜＋｜（豆）、－－｜（韵）。｜－｜（豆）、
－－－｜｜（韵）。＋｜｜（豆）、－－｜（韵）。＋｜｜（豆）、－
－｜（叠）。

｜｜－－－｜｜（韵）。｜＋｜（豆）、－－｜（韵）。｜－｜（豆）、
－－｜｜（韵）。＋｜｜（豆）、－－｜（韵）。＋｜｜（豆）、－
－｜（叠）。

范例

月挂霜林寒欲坠。正门外、催人起。奈离别、如今真个是。欲住也、留无计。欲去也、来无计。

马上离魂衣上泪。各自个、供憔悴。问江路梅花开也未。春到也、

须频寄。人到也、须频寄。

宋·程垓

雨送春归秋又转。是枫叶、山红满。
四方走、今漂流北岸。豪气壮、雄风伴。
路坎坷、初忙乱。

大雁南飞行且慢。捎封信、藏心愿。
有人叹望乡真想返。千里外、情难断。
夜不眠，相思伴。

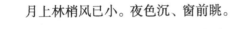

（2000.9.8）

月上林梢风已小。夜色沉、窗前眺。
怨难消、深情谁能晓？左不是、星光消。右不是、微风消。

难去忧愁月自皎。寂寞夜、心中恼。把天问何时才丢掉？躺下烦、
情忘掉。坐起呆、情未了。

（2012.1.13）

绿水青山风景绝。大自然、真纯洁。看天下、红黄蓝绿悦。山遍野、
红枫叶。花遍野、双飞蝶。

岁月匆匆伤离别。忆往昔、追心切。叹寻遍东西南北缺。情未了、
如飞雪。情已老、秦淮月。

（2013.7.17）

谢池春（定格）

十｜－－（句），十｜十－－｜（韵）。｜－－（豆）、－－｜｜（韵）。
－－－｜（句），｜－－－｜（韵）。｜－－（豆）、｜－－｜（韵）。

－－十｜（句），｜｜十－－｜（韵）。｜－－（豆）、－－｜｜（韵）。
－－－｜（句），｜－－－｜（韵）。｜－－（豆）、｜－－｜（韵）。

范例

　　壮岁从戎,曾是气吞残虏。阵云高、狼烟夜举。朱颜青鬓,拥雕戈西戍。笑儒冠、自来多误。

　　功名梦断,却泛扁舟吴楚。漫悲歌、伤怀吊古。烟波无际,望秦关何处?叹流年、又成虚度。

宋·陆游

　　几日灰朦,小雨滴愁无数。杜鹃啼、春移别处。东风推雨,柳长丝丝疏。快摇晃、唤春来往。

　　长亭送晚,且慢远行留步。路遥遥、无人倾诉。寒风吹柳,可知春风舞。去前方、与春同路。

(2012.2.24)

解佩令（定格）

　　—　—　+　|（韵）,　—　—　+　|（韵）。|　—　—（豆）、—　—　—　|（韵）。|　|　—　—（句）,　|　|　+（豆）、+　—　—　|（韵）。|　—　—（豆）、|　—　|　|（韵）。

　　—　—　+　|（韵）,　—　—　+　|（韵）。|　—　—（豆）、—　—　—　|（韵）。|　|　—　—（句）,　|　|　+（豆）、+　—　—　|（韵）。|　—　—（豆）、|　—　|　|（韵）。

范例

　　人行花坞,衣沾香雾。有新词、逢春分付。屡欲传情,奈燕子、不曾飞去。倚珠帘、咏郎秀句。

　　相思一度,秋愁一度。最难忘、遮灯私语。淡月梨花,借梦来、花边廊庑。指春衫、泪曾溅处。

宋·史达祖

船行山断，深崖两半。鬼神功、游人叹观。上下千年，终始成、水急船缓。猿声啼、迥声两岸。

春秋相伴，思愁更乱。忆青山、青红谁盼？落日黄昏，又是个、移船行慢。耳中听、有人在唤。

（2016.3.3）

清清混混，明明笨笨。只难分、秋风过尽。乱雨纷飞，扫落叶、冷清凉近。逐天暗、黑天地晕。

秋黄是恨，寒霜是吻。唯长依、春前祈问。几许冬开，在哪时、花开春近。满天香、醉人月韵。

（2018.11.6）

青玉案（定格）

　　＋一＋｜一一｜（韵）。｜＋｜（句），一一｜（韵）。｜｜一一｜｜（韵）。＋一一｜（句），＋一一｜（韵），＋｜一一｜（韵）。

　　＋一＋｜一一｜（韵），＋｜＋一｜一｜（韵）。｜｜一一一｜｜（韵）。＋一一｜（句），＋一一｜（韵），＋｜一一｜（韵）。

范例

东风夜放花千树。更吹落，星如雨。宝马雕车香满路。凤箫声动，玉壶光转，一夜鱼龙舞。

蛾儿雪柳黄金缕，笑语盈盈暗香去。众里寻他千百度。蓦然回首，那人却在，灯火阑珊处。

宋·辛弃疾

春风轻拂飘杨柳。细丝缕，舒长袖。碧水青山桥畔守。环湖堤岸，湖光如透，景随人行走。

春时不觉天长久，湖面行舟浪前后。戏水鸳鸯今映旧。月圆花好，楼空尘厚，人比黄花瘦。

（2012.2.20）

雨迷薄雾云天闭。路边灯，似花坠。每逢团圆人易醉。风声和雨，琵琶挑指，怦然余音碎。

月圆已是心如水，倒影如花已心慰。又是春来青绿翠。天涯何处？登高寻你，明月留心里。

（2016.2.22）

夜长拂晓潇潇雨。罩天幕，虚无数。一数数年愁难度。借风吞月，不夜狂中舞。

奔波难解天涯苦，不再年华留不住。满目沧桑谁可诉？谁同心结？谁同心血？解锁知何处？

（2018.9.10）

曾经沧海难为水。浮云乱，星光闭。栈道灯光暗影碎。叶随风动，影随光起，摇晃似沉睡。

人生难得一知己，岁月沧桑一场戏。梦想千回难放弃。举杯望月，水中和己，一起为同醉。

（2018.11.14）

一山遮断蓝桥路。见不到，更难去。曲折迷离似博古。六朝陈事，金陵风雨，尽抛长江水。

夕阳西下亭台树，水印梅花婆娑处。梦里寻之千百度。一轮明月，一壶清酒，共与三人饮。

（2019.2.26）

秋风横扫秦淮树。冷落叶，芳尘去。掩弃江边桃叶渡。几多风舞，几许忧数，谁晓春何处。

人生南北如歧路，杯酒别疏伤今古。景色年华谁共度。一帘幽梦，移花寒暑，双鬓青丝暮。

（2020.1.11）

千秋岁（格一）

|——|（韵），—|——|（韵）。—||（句），——|（韵）。
———||（句），—|——|（韵）。—||（句），|—||——|（韵）。

||——|（韵），—|——|（韵）。—||（句），——|（韵）。
|——||（句），||—|（韵）。—||（句），|—||——|（韵）。

范例

水边沙外，城郭春寒退。花影乱，莺声碎。飘零疏酒盏，离别宽衣带。人不见，碧云暮合空相对。

忆昔西池会，鹓鹭同飞盖。携手处，今谁在。日边清梦断，镜里朱颜改。春去也，飞红万点愁如海。

宋·秦观

雨朦烟袅，天沉风缥缈。更那里，云飞悄。梅花寻去路，空把春来报。杨柳树，埋头等待春来叫。

怨恨谁知晓？愁去方多少？心不冷，情难剿。怨春春不语，柳等春来俏。空烦躁，有情反被无情恼。

（2012.3.4）

千秋岁月，留下千斤结。多少问？无人接。青山环绿水，流去千年雪。君不见，晚秋散落飘荒野。

落叶伤离别，斜阳残如血。飘随去，情难灭。远方呼唤处，独伴秦淮月。空有约，而今迈步从头越。

（2013.10.12）

千秋岁（格二）（千秋岁引）

　　｜｜－－（句），－－｜｜（韵），｜｜－－｜－｜（韵）。－－｜－｜｜｜（句），－－｜｜｜－｜（韵）。｜－－（句），｜－｜（句），｜－｜（韵）。

　　－｜｜－－｜｜（韵），－｜｜－－｜｜（韵）。｜｜－－｜－｜（韵）。－－｜－｜｜｜（句），－－｜｜｜－｜（韵）。｜－－（句），｜－｜（句），－－｜（韵）。

范例

　　别馆寒砧，孤城画角，一派秋声入寥廓。东归燕从海上去，南来雁向沙头落。楚台风，庚楼月，宛如昨。

　　无奈被些名利缚，无奈被他情担搁。可惜风流总闲却。当初谩留华表语，而今误我秦楼约。梦阑时，酒醒后，思量着。

宋·王安石

　　一缕秋风，牵来昨别，仿佛时光在穿越。春风十里水印月，河中倒影如花洁。忆相思，别相盼，落情结。

　　前面不知何处歇？无奈路长难翻页。岁月难知怎离别。人生不知苦乐趣，哪来雪白千年绝。点春秋，数王者，谁人阅？

（2015.12.14）

　　渐数秋寒，流光抛却，一阵秋风别情落。春来太迟去太快，更堪黑夜西风作。紫金山，难留住，与春约。

　　无奈被风随意着，无奈被渣蒙污浊。梦想时光倒流昨。桂花溢香夫子院，红星闪烁秦淮阁。梦醒时，仍依旧，三分乐。

（2018.9.13）

　　燕子双飞，山花烂漫，一派春情引人叹。花争百娇鸟争鸣，江舟远处歌声传。蓝天风，燕江月，远相伴。

莫问一春多少愿，莫笑一秋多少恋。只把琴音一轻弹。梅花只催百丽艳，荷花只念金秋满。染天蓝，绿苞绽，鲜花灿。

（2019.2.18）

离亭燕（定格）

+｜+－－｜（韵），－｜｜－－｜（韵）。+｜｜－－｜｜（句），
｜｜+－－｜（韵）。｜｜｜－－（句），+｜+－－｜（韵）。

+｜+－－｜（韵），－｜｜－－｜（韵）。+｜｜－－｜｜（句），
｜｜+－－｜（韵）。｜｜｜－－（句），+｜+－－｜（韵）。

范例

一带江山如画，风物向秋潇洒。水浸碧天何处断？翠色冷光相射。蓼屿荻花中，隐映竹篱茅舍。

天际客帆高挂，门外酒旗低亚。多少六朝兴废事，尽入渔樵闲话。怅望倚危楼，红日无言西下。

宋·张昇

古都六朝江岸，多少梦飞魂断。沧海不知时事短，怨恨无人相伴。壮志撼河山，金陵又叹春晚。

杨柳风吹丝乱，青草引花灿烂。蝴蝶舞双春日暖，引得客来游人见。自古论风云，杯举又谁更换？

（2012.3.24）

粉蝶儿（定格）

｜｜－－｜－｜－｜｜（韵）。｜－－（豆）、｜－－｜（韵）。
｜－－（豆）、｜｜｜（豆）、｜－－｜（韵）。｜－－（豆）、
－｜｜－－｜（韵）。

－－－｜－｜｜｜－｜（韵）。｜－－（豆）、｜－－｜（韵）。
｜－－（豆）、－｜｜（豆）、｜－－｜（韵）。｜－－（豆）、－
｜｜－－｜（韵）。

范例

昨日春如十三女儿学绣，一枝枝、不教花瘦。甚无情、便下得、雨
僝风僽？向园林、铺作地衣红绉。

而今春似轻薄荡子难久。记前时、送春归后，把春波、都酿作、一
江春酎。约清愁、杨柳岸边相候。

宋·辛弃疾

雨雪推春拦春让春无路。叹时迟、随冬同去。草青青、绿柳条、蝶
双飞絮。水蓝蓝、山绿水青如故。

情长情久情难舍梦情住。雁南飞、捎书无数。把春留、谁又助？一
人摇橹。问苍天、人呐喊向谁诉？

（2012.4.3）

小鸟啼晨鹊音融入春梦。一声声、似迎犹送。怨清晨、催起早、帘
前喧哄。奈何乎、随它树梢狂纵。

梦醒恍惑风凉触摸伤痛。记前时、别离缺空。古今愁、人易老、风
云莫涌。盼运来、一朝苦甜相共。

（2021.6.25）

御街行（定格）

———｜｜———｜（韵）。｜｜｜（豆）、———｜（韵）。——
—｜｜——（句），—｜———｜（韵）。——十｜（句），十｜
——｜（句），—｜———｜（韵）。

———｜｜———｜（韵）。｜｜｜（豆）、———｜（韵）。——
—｜｜——（句），—｜———｜（韵）。——十｜（句），十｜
——｜（句），—｜———｜（韵）。

范例

　　纷纷坠叶飘香砌。夜寂静、寒声碎。真珠帘卷玉楼空，天淡银河垂地。
年年今夜，月华如练，长是人千里。

　　愁肠已断无由醉。酒未到、先成泪。残灯明灭枕头敧，谙尽孤眠滋味。
都来此事，眉间心上，无计相回避。

宋·范仲淹

　　霞云暗淡斜阳晚。烛火闪、星辰乱。河中明月影成三，知否楼空谁伴？
抬头远眺，天高云淡，明月正孤单。

　　梅花绽放浓香散。熏走它、寒冬慢。香飘千里百花开，春到明媚灿烂。
红花绿叶，众星围月，才是真浪漫。

（2015.3.8.）

　　清晨薄雾朦胧里。梦里乐、醒先毁。朝霞斜照半帘风，轻拂丛花迷睡。
虚期空幻，如魔追赶，流水珠成泪。

　　愁肠已断无由醉。面对着、双皆碎。无人听你数疏书，英雄更夸前辈。
民心可敬，万箭全发，令举风声起。

（2018.7.30）

　　芭蕉翠绿莲红紫。揽不尽、千姿美。飞花枝满挂垂帘，独占天骄华丽。

人间天上，是真如梦，源在桃花里。

朦胧梦断如今事。话来吐、先生气。芳华燃尽欲飘零，谙数孤愁滋味。相随相弃，古今如戏，寒月残光碎。

（2020.1.8）

祝英台近（定格）（忌用入声部韵）

｜－－（句），－｜｜（句），－｜｜－｜（韵）。｜｜－－（句），＋｜｜－｜（韵）。＋－＋｜－－（句），＋－＋｜（句），｜＋｜（豆）、＋－－｜（韵）。

｜－｜（韵），＋＋－｜－－（句），＋－｜－｜（韵）。＋｜－－（句），＋＋｜－｜（韵）。＋－＋｜－－（句），＋－＋｜（句），｜＋｜（豆）、＋－－｜（韵）。

范例

宝钗分，桃叶渡，烟柳暗南浦。怕上层楼，十日九风雨。断肠片片飞红，都无人管，更谁劝、啼莺声住？

鬓边觑，试把花卜心期，才簪又重数。罗帐灯昏，哽咽梦中语。是他春带愁来，春归何处？却不解、带将愁去。

宋·辛弃疾

路难行，天色暮，望见大杨树。快步如飞，一把闻乡土。闯荡在外艰难，回家心切，见笑脸、隐藏辛苦。

盼春雨，带来青绿清风，留春伴常住。又怕时光，带他去愁处？奈何满腹啰嗦，又向谁诉？舍不下，泪垂无语。

（2016.3.17）

蓦山溪（格一）

　　－－＋｜（韵），＋｜－－｜（韵）。＋｜｜－－（句），｜＋＋（豆）、－－＋｜（韵）。｜－－｜（句），＋｜｜－－（句），－｜｜（韵），－｜｜（韵），＋｜－－｜（韵）。

　　－－＋｜（句），＋｜－－｜（韵）。＋｜｜－－（句），｜＋＋（豆）、－－＋｜（韵）。｜－－｜（句），＋｜｜－－（句），－｜｜（句），－｜｜（韵），＋｜－－｜（韵）。

范例

　　湖平春水，菱荇萦船尾。空翠入衣襟，拊轻桹、游鱼惊避。晚来潮上，迤逦没沙痕，山四倚，云渐起。鸟度屏风里。

　　周郎逸兴，黄帽侵云水。落日媚沧洲，泛一棹、夷犹未已。玉箫金管，不共美人游，因甚个，烟雾底，独爱纯羹美。

　　　　　　　　　　　　　　　　　　　宋·周邦彦

　　湖边芦苇，芦叶翘衔尾。亭间挽流云，暖意冻、青芽嫩翠。柳垂波动，深浅见游鱼，青碧水，云影碎，春色融同里。

　　街中上演，吴越家乡戏。梁上绕余音，众聚散、船行桥底。小巷飘香，几处聚人留，行石路，吆喝起，脚沉人才累。

　　　　　　　　　　　　　　　　　　　（2016.3.22）

蓦山溪（格二）

　　＋｜－＋｜（韵），｜｜－－｜（韵）。｜｜｜－－（句），｜－｜（豆）、－－｜｜｜（韵）。｜－＋｜（句），－｜｜－－（句），－｜｜（句），＋｜－－（句），＋｜－－｜（韵）。

十一十｜（句），｜｜一一｜（韵）。｜｜｜一一（句），｜一｜（豆）、一一｜｜（韵）。｜一十｜（句），一｜｜一一（句），一｜｜（句），｜一一（句），十｜一一｜（韵）。

范例

与鸥为客，绿野留吟屐。两行柳阴垂，是当日、仙翁手植。一亭寂寞，烟外带愁横，荷冉冉，展凉云，横卧虹千尺。

才因老尽，秀句君休觅。万绿正迷人，更愁人、山阳夜笛。百年心事，惟有玉阑知，吟未了，放船回，月下空相忆。

宋·姜夔

北城一绝，珍珠泉清澈。碧绿镜山湖，引凫出、双鸡峰活。秀山奇石，亭阁串楼台，神驰往，六合山，夕阳残如血。

春风亭下，水面山峰叠。夜色洒清凉，水中灯、星光闪歇。拨琴低吟，幽静醉湖听，今只有，手中杯，相邀圆明月。

（2016.3.23）

洞仙歌（格一）

十一十｜（句），｜十一一｜（韵）。十｜一一｜一｜（韵）。｜一一（豆）、十｜一｜一一（句），一十｜（句），十｜一一十｜（韵）。

十一一｜｜（句），十｜一一（句），十｜一一｜一｜（韵）。｜｜｜一一（句），｜｜一一（句），一十｜（豆）、十一十｜（韵）。｜十｜一一｜一一（句），｜｜｜一一（句），｜一一｜（韵）。

范例

冰肌玉骨，自清凉无汗。水殿风来暗香满。绣帘开、一点明月窥人，人未寝，敧枕钗横鬓乱。

起来携素手，庭户无声，时见疏星渡河汉。试问夜如何，夜已三更，金波淡、玉绳低转。但屈指西风几时来，又不道流年，暗中偷换。

宋·苏轼

月弯映出，一片青纱密。漂泊江南莫相忆。夜深深、梦里乡土依稀，忘不了，都是家乡痕迹。

江南桥拱月，桥下船行，对岸吆喝传消息。窈窕绿红衣，挎筐穿街，如映出、红墙画壁。愿明月常留在家乡，远处也想听，几声乡笛。

（2016.3.9）

洞仙歌（格二）

——｜｜（句），｜———｜（韵）。｜｜——｜—｜（韵）。

｜——｜｜（句），｜｜——（句），—｜｜（句），—｜—｜｜｜（韵）。

｜——｜｜（句），—｜——（句），—｜——｜—｜（韵）。

｜｜｜——（句），｜｜——（句），——｜（句），｜——｜（韵）。

｜｜｜——｜——（句），｜｜｜｜—（句），｜——｜（韵）。

范例

卖花檐上，菊蕊金初破。说着重阳怎虚过。看画城簇簇，酒肆歌楼，奈没个，巧处安排着我。

家乡煞远哩，抵死思量，枉把眉头万千锁。一笑且开怀，小阁团栾，旋簇着，几般蔬果。把三杯两盏记时光，问有甚曲儿，好唱一个。

宋·戴复古

蓝桥一梦，恰如春风动。几度初醒更心痛。奈前方路断，水远山重，青壁上，留下千疮百孔。

洞仙歌未了，音绕黄粱，何奈帘风把春送。醉里一皆空，路远匆匆，愁留下，泪珠如涌。唯屈指东风几时来，梦里语俱真，苦甘相共。

（2021.3.6）

洞仙歌（格三）

｜——｜（韵），｜｜——｜（句），｜｜——｜—｜（韵）。｜｜——｜（韵），｜———｜（句），———（句），—｜｜——｜（韵）。——｜｜（句），—｜——（句），｜｜—｜—｜（韵）。｜——（句），—｜｜（句），—｜——（句），—｜｜（句），—｜———｜（韵）。｜—｜（句），——｜——（句），—｜｜——（句），｜——｜（韵）。

范例

若耶溪路，别岸花无数，欲敛娇红向人语。与绿荷相倚，恨回首西风，波淼淼，三十六陂烟雨。

新妆明照水，汀渚生香，不嫁东风被谁误。遣踟蹰，骚客意，千里绵绵，仙浪远，何处凌波微步。想南浦，潮生画桡归，正月晓风清，断肠凝伫。

宋·康与之

竹亭河柳，影落黄昏后，碧水轻波缀纯厚。几朵荷花瘦，晚风惊回首，波连波，犹有月光难守。

清心冰玉骨，挺立高清，一阵来风暗香透。看红尘，凉客意，都去追攀，贪肆恣，何有清风双袖。望星斗，人生有何求，和恨付东流，那容无酒。

（2021.4.8）

惜红衣（定格）

｜｜——（句），——｜｜（句），｜——｜（句）。｜｜——（句），——｜—｜（韵）。——｜｜（句），—｜｜（豆）、———｜（韵）。—｜（韵），—｜｜—（句），｜———｜（韵）。

　　——｜｜（韵），—｜——（句），——｜—｜（韵）。—｜｜｜｜（韵），｜—｜（韵）。｜｜｜——｜（句），｜｜｜——｜（韵）。｜｜——｜（句），—｜｜——｜（韵）。

范例

　　簟枕邀凉，琴书换日，睡余无力。细酒冰泉，并刀破甘碧。墙头唤酒，谁问讯、城南诗客。岑寂，高树晚蝉，说西风消息。

　　虹梁水陌，鱼浪吹香，红衣半狼藉。维舟试望故国，渺天北。可惜渚边沙外，不共美人游历。问甚时同赋，三十六陂秋色。

宋·姜夔

　　暮色江南，斜阳沉坠，淡红云薄。几缕红丝，飘过远方树。霞光散落，天渐暗、游人难去。无语，思念旧时，不期人相遇。

　　迷迷细雨，如醉如痴，忘知在何处？城南旧事再叙，酒杯助。记得当时为梦，舍下益之无数。只怪天公懒，人间事多停步。

（2016.3.24）

法曲献仙音（定格）

　　—｜——（句），｜——｜（句），｜｜｜———｜（韵）。｜｜——（句），｜——｜（句），——｜｜—（韵）。｜｜｜—｜（句），——｜—｜（韵）。

｜—｜（韵），｜——（豆）、｜——｜（韵）。—｜｜（豆）、
——｜｜——｜（韵）。｜｜｜——（句），｜——（豆）、
—｜—｜（韵）。｜｜——（句），｜——（豆）、｜｜｜｜（韵）。
｜———｜（句），｜｜———｜（韵）。

范例

　　虚阁笼寒，小帘通月，暮色偏怜高处。树隔离宫，水平驰道，湖山尽入尊俎。奈楚客淹留久，砧声带愁去。

　　屡回顾，过秋风、未成归计。谁念我、重见冷枫红舞？唤起淡妆人，问遍仙、今在何许？象笔鸾笺，甚而今、不道秀句。怕平生幽恨，化作沙边烟雨。

宋·姜夔

　　晨雾蒙蒙，杜鹃初放，布谷迎来春枝。草冒芽尖，满山春色，桃花洒尽红翠。也只怪春迟到，高枝已花坠。

　　雨声碎，念春风、尽为花起。云也是、留下雨珠如泪。默默别匆匆，去无声、亦在无悔。暮色苍苍，月如刀、不谈旧岁。只今春醒也，早已心平如水。

（2016.6.7）

满江红（格一）

＋｜——（句），—＋｜（豆）、＋—＋｜（韵）。—｜｜（豆）、
｜——｜（句），｜—＋｜（韵）。＋｜＋——｜｜（句），＋
＋｜——｜（韵）。—＋＋（豆）、＋｜｜——（句），——｜（韵）。

＋＋｜（句），—｜｜（韵）。—｜｜（句），——｜（韵）。
｜——（句），＋｜｜——｜（韵）。＋｜＋——｜｜（句），＋—

十｜——｜（韵）。十十十（豆）、十｜｜——（句），——｜（韵）。

范例

怒发冲冠，凭阑处、潇潇雨歇。抬望眼、仰天长啸，壮怀激烈。三十功名尘与土，八千里路云和月。莫等闲、白了少年头，空悲切。

靖康耻，犹未雪。臣子恨，何时灭。驾长车，踏破贺兰山缺。壮志饥餐胡虏肉，笑谈渴饮匈奴血。待从头、收拾旧山河，朝天阙。

宋·岳飞

万里长江，奔腾急、惊心动魄。飞瀑布、削山开石，鬼雕神琢。穿峡谷销魂惊悸，遮天盖地波涛恶。绕群峰、怒号显雄风，喝山岳。

平川驰，声势弱。浪已压，波单薄。水追舟，嬉乐引来黄鹤。鱼跃鸟飞波荡漾，万千风景相思托。急匆匆、东海等相逢，还乡迫。

（2000.8.2）

燕子矶头，留不住、春秋厚薄。时不复、变迁人远，竹亭楼角。不解当年双手握，如今只见情似各。难相信、一念距千尺，非清浊。

一杯酒，天地落。无限事，从头学。念今尤，比昨一休言莫。再小针眼线能走，天空再大思难托。问问问、谁能传消息？秦淮阁。

（2019.1.15）

满江红（格二）（平韵格）

－｜－－（句），＋｜｜（豆）、－｜｜－（韵）。－＋｜（豆）、
｜－－｜（句），＋｜－－（韵）。＋｜－－－｜｜（句），＋－－
－｜－－（韵）。｜＋－（豆）、＋｜｜－－（句），－｜－（韵）。

－＋｜（句），－｜－（韵）。＋＋｜（句），｜－－（韵）。
｜｜－－｜（句），＋｜－－（韵）。＋｜＋－－｜｜（句），＋－
－｜｜－－（韵）。｜＋－（豆）、＋｜｜－－（句），－｜－（韵）。

范例

仙姥来时，正一望、千顷翠澜。旌旗共、乱云俱下，依约前山。命驾群龙金作轭，相从诸娣玉为冠。向夜深、风定悄无人，闻佩环。

神奇处，君试看。奠淮右，阻江南。遣六丁雷电，别守东关。却笑英雄无好手，一篙春水走曹瞒。又怎知、人在小红楼，帘影间。

宋·姜夔

杨柳发芽，河两岸、丝坠绿躬。阳光处、碧波金闪，春满江红。通野山花飞彩蝶，散绒絮雨躲梧桐。布谷鸣、树上鸟藏枝，迎客松。

春之醉，香袅中。淡淡韵，味更浓。静静溪清纯，草木融融。绿色点红人止步，欲留春色不由衷。且慢行、人在其中留，春伴同。

（2016.3.10）

天香（定格）

＋｜－－（句），－－｜｜（句），｜｜－－－｜（韵）。
｜｜－－（句），－－＋｜（句），｜｜－－－｜（韵）。｜－－｜（句），
－｜｜（豆）、｜－－｜（韵）。－｜－－｜｜（句），－－｜－｜（韵）。

——|—||（韵），|——（豆）、|——|（韵）。—|—
—||（句），|——|（韵），—|———||（韵）。|—|（豆）、
——|—|（韵）。||——（句），——||（韵）。

范例

烟络横林，山沈远照，逦迤黄昏钟鼓。烛映帘栊，蛩催机杼，共苦
清秋风露。不眠思妇，齐应和、几声砧杵。惊动天涯倦宦，骎骎岁华行暮。

当年酒狂自负，谓东君、以春相付。流浪征骖北道，客樯南浦，幽
恨无人晤语。赖明月、曾知旧游处。好伴云来，还将梦去。

宋·贺铸

翠竹环山，羊肠曲道，石壁伸枝微雾。几叠青山，轻云山半，客到
相迎松树。变化千般，云海潮、乱云飞舞。山下茫茫一片，葱葱绿青横竖。

飞云不留去处，见天边、宛如天路。漂泊游离几许，历经三五，南
北东西别数。月光下、轻舟水摇格。宁静湖光，轻声慢诉。

（2016.5.3）

一品天香，天仙雅质，冉冉香飘庭满。疏影横窗，孤乡拢月，一缕清
风轻暖。远情难忘，深藏在、隔山江畔。风雨无常满院，无求水徊山转。

红尘陌来已半，别风霜、夜寒星散。摇晃星光未动，几重心乱，相
见犹如不见。忘情水、重回梦游处。且等春来，风吹梦去。

（2018.10.29）

声声慢（定格）

——||（韵），||——（句），——||||（韵）。||
——|（句），|——|（韵）。——||||（句），||—（豆）、
|——|（韵）。|||（句），|——（豆）、|||——|（韵）。

｜｜—－—｜（韵），—｜｜（豆）、——｜——｜（韵）。｜｜——（句），｜｜｜—｜｜（韵）。——｜—｜｜（句），｜——（豆）、｜｜｜｜（韵）。｜｜｜（句），｜｜｜—｜｜｜（韵）。

范例

寻寻觅觅，冷冷清清，凄凄惨惨戚戚。乍暖还寒时候，最难将息。三杯两盏淡酒，怎敌他、晚来风急。雁过也，正伤心、却是旧时相识。

满地黄花堆积，惟悴损、如今有谁堪摘？守着窗儿，独自怎生得黑？梧桐更兼细雨，到黄昏、点点滴滴。这次第，怎一个愁字了得？

宋·李清照

多多少少，醉醉醒醒，晃晃歪歪倒倒。酒醉方知真爽，喝空多少？秋寒夜黑难熬，末了情、有人知晓？寂静静，抬头望、半月薄云星悄。

霜露风寒秋老，无语泪、伤心最深才笑。觅觅寻寻，却是旧情末了。黄花水流已去，小楼空、不见窈窕。昨夜雨，带走梦中景色悄。

（2012.2.2）

春离渐远，暑近池塘，空听蟾叫夜满。坐数星稀残月，一声轻叹。潜然默对夜色，隐约听、那年呼唤。走远了，那时情、变的只留心愿。

已是西楼琴断，余弦散、天涯醉人还伴。不负初心，却是到时难返。年长积重捆绑，有何由？隔岸远观。还是去，点墨水纸画夜晚。

（2018.8.3）

黄莺儿（定格）

———｜——｜（韵）。｜｜——（句），—｜——（句），———｜（句），｜——｜（韵）。—｜｜｜——（句），｜｜——｜（韵）。｜——｜——（句），｜｜——（句）、—｜—｜（韵）。

—｜（韵），｜｜｜——（句），｜｜——｜（韵）。｜———｜（句），｜｜——（句），——｜——｜（韵）。—｜｜｜——（句），｜｜——｜（韵）。｜｜｜｜——（句），—｜——｜（韵）。

范例

园林晴昼春谁主？暖律潜催，幽谷喧和，黄鹂翩翩，乍迁芳树。观露湿缕金衣，叶映如簧语。晓来枝上绵蛮，似把芳心，深意低诉。

无据，乍出暖烟来，又趁游蜂去。恣狂踪迹，两两相呼，终朝雾吟风舞。当上苑柳秾时，别馆花深处。此际海燕偏饶，都把韶光与。

宋·柳永

钟山风雨谁相忆？上下千年，多少雄风，急急匆匆，雨中过客。留下绿水青山，统一今朝立。可知事在人为，隔海离分，合而为一。

何必，恶就送东风，深海云花碧。客来相礼，灭恶更凶，今朝动看真格。浪大翻滚追时，已是黄昏夕。傍晚树下牛童，吹出悠扬笛。

（2016.4.29）

红尘无道如歧路。纵掠钱财，沉默人人，都装糊涂，指云望树。因上起念荣华，步步生迷误。瞒天移目谁睹，算尽机关，勾结贪妒。

凝伫，既往尽成虚，为众何曾注。叹梨花雨，一絮相思，依依梦中情绪。空目断洒天边，苦难在深处。远忆愧负当初，谁恤艰辛苦。

（2022.6.6）

剑器近（定格）

｜—｜（韵），｜｜｜（豆），———｜（韵）。｜—｜——｜（韵），｜—｜（韵）。｜—｜（韵），｜｜｜（豆），——｜｜（韵），——｜——｜（韵），｜—｜（韵）。

—｜（韵），｜——｜｜（韵）。——｜｜（句），｜｜｜（豆），｜｜——｜（韵）。———｜｜——（句），｜——｜—（句），———｜—｜（韵）。｜——｜（韵），｜｜——（句），｜｜｜—｜｜（韵）。｜—｜｜——｜（韵）。

范例

夜来雨，赖倩得，东风吹住。海棠正妖饶处，且留取。悄庭户，试细听，莺啼燕语，分明共人愁绪，怕春去。

佳树，翠阴初转午。重帘未卷，乍睡起，寂寞看风絮。偷弹清泪寄烟波，见江头故人，为言憔悴如许。彩笺无数，去却寒暄，到了浑无定据。断肠落日千山暮。

宋·袁去华

登山岳，石壁峭，天高云薄。攀抓树枝根脚，莫虚握。险凶恶，屏住气，切莫手脱，风光无限天作，已成乐。

楼阁，夕阳正坠落。天边彩绘，怎合得，没有飞仙鹤。清风轻送寄相思，带相思梦之，去来成了相托。别今成昨，去了天涯，夜色今宵寂寞。月圆那日留相约。

（2016.6.30）

禅灵渡，柳绿疏，绒随风去。海棠绿红微煦，且留步。夜来雨，恨不安，追思究怒，分明是春离去，未留住。

花树，叶枝初透曙。丛花那堪，逆境舞，遍地凄凉絮。春光流失逐烟波，叹同窗友人，为言憔悴如许。月弯无助，丢了相思，正道淡然目睹。一江沉月千山暮。

（2019.8.26）

醉蓬莱（定格）

｜——｜｜（句），｜｜—一（句），｜—一｜（韵）。｜｜——（句），｜———｜（韵）。｜｜——（句），｜——｜（句），｜｜——｜（韵）。｜｜——（句），——｜｜（句），｜——｜（韵）。

｜｜——（句），｜——｜（句），｜｜——（句），｜——｜（韵）。—｜——（句），｜｜——｜（韵）。｜｜——（句），｜——｜（句），｜｜——｜（韵）。｜｜——（句），———｜（句），｜——｜（韵）。

范例

渐亭皋叶下，陇首云飞，素秋新霁。华阙中天，锁葱葱佳气。嫩菊黄深，拒霜红浅，近宝阶香砌。玉宇无尘，金茎有露，碧天如水。

正值升平，万几多暇，夜色澄鲜，漏声迢递。南极星中，有老人呈瑞。此际宸游，凤辇何处？度管弦清脆。太液波翻，披香帘卷，月明风细。

宋·柳永

去燕江芭斗，峭壁江流，吐芽杨柳。弹指经年，又黄昏时候。落日余辉，石街长巷，伴几枝花秀。点缀街边，红花绿叶，绿肥红瘦。

柳岸江边，树垂人伴，几只船行，月明光透。忽然思呆，象老街如旧。邀月星空，畅述年久，再二三杯酒。旧地空所，重游重数，相思红豆。

（2016.4.28）

暗香（定格）

｜—｜｜（韵），｜｜—｜｜（句），———｜（韵）。｜｜｜—
（句），｜｜———｜（韵）。—｜——｜｜（句），—｜｜（句）、
———｜（韵）。｜｜｜（句）、｜｜——（句），—｜｜—｜（韵）。

—｜（韵），｜｜｜（句）。｜｜｜｜—（句），｜｜—｜（韵）。
｜—｜｜（韵），—｜——｜—（韵）。—｜——｜｜（句），—｜｜（句）、
———｜（韵）。｜｜｜—｜｜（句），｜—｜｜（韵）。

范例

　　旧时月色，算几番照我，梅边吹笛。唤起玉人，不管清寒与攀摘。
何逊而今渐老，都忘却、春风词笔。但怪得、竹外疏花，香冷入瑶席。

　　江国，正寂寂。叹寄与路遥，夜雪初积。翠尊易泣，红萼无言耿相忆。
长记曾携手处，千树压、西湖寒碧。又片片吹尽也，几时见得？

宋·姜夔

　　远飞大雁，正列成一字，天高似箭。带走冷秋，掀起西风舞亭院。
黄叶飘零满地，空只有、清凉秋晚。又是了、叹逝光阴，无奈觉时短。

　　云乱，月色半。故地不堪忘，翠绿呼唤。汉江堤岸，烟火星光落声断。
春夏秋冬复转，还是那、兰花香漫。夜幕沉人已静，叙情已满。

（2014.1.17）

长亭怨慢（定格）

｜—｜（豆）、———｜（韵）。｜｜——（句），｜——｜（韵）。
｜｜——（句），｜——｜（句），｜—｜（韵）。｜——｜（韵），
—｜｜（豆）、——｜（韵）。｜｜｜——（句），｜｜｜（豆）、—

－－｜（韵）。

｜｜（韵），｜－－｜｜（句），｜｜｜－－｜（韵）。－－｜｜（句），｜｜｜（豆）、｜－－｜（韵）。｜｜｜（豆）、｜｜－－（句），｜－｜（豆）、－－－｜（韵）。｜｜｜｜－－（句），－｜－－｜（韵）。

范例

渐吹尽、枝头香絮。是处人家，绿深门户。远浦萦回，暮帆零乱，向何许？阅人多矣，谁得似、长亭树？树若有情时，不会得、青青如此！

日暮，望高城不见，只见乱山无数。韦郎去也，怎忘得、玉环分付？第一是、早早归来，怕红萼、无人为主。算只有并刀，难剪离愁千缕。

宋·姜夔

岸边柳、垂丝青散。半遮斜阳,影中春转。暮色黄昏，二三红绿，拱桥短。小城庭院，河两岸、庭墙暗。满眼尽乡情，又是个、长亭时慢。

不断，别思情去处，只怪解开真乱。深情土地，能丢下、内心呼唤？怎又是、去去来来，有人在、乡音如暖。再远是乡情，千里明月相伴。

（2016.4.13）

燕山亭（定格）

十｜－－（句），－｜｜－（句），｜｜－－－｜（韵）。－｜｜－（句），｜｜－－（句），十｜｜－－｜（韵）。｜｜－－（句），｜－（豆）、十十－－｜（韵）。－｜（韵）。｜｜｜－－（句），｜－－｜（韵）。

－｜－｜－－（句），｜－｜（豆）、｜十｜－－｜（句）。－－｜｜（韵）。｜｜－－（句），－－｜－－｜（韵）。｜｜－－｜（句），十十｜（豆）、十－－｜（韵）。－｜（韵），－｜｜（豆）、－－｜｜（韵）。

范例

　　裁剪冰绡，轻叠数重，淡著胭脂匀注。新样靓妆，艳溢香融，羞杀蕊珠宫女。易得凋零，更多少、无情风雨。愁苦。问院落凄凉，几番春暮？

　　凭寄离恨重重，这双燕，何曾会人言语。天遥地远。万水千山，知他故宫何处？怎不思量，除梦里、有时曾去。无据，和梦也、新来不做。

宋·赵佶

　　雾霾云吞，风起雨烟，瞬间云乌天坠。风扫绿青，雨打花丛，已是落红流水。两太无情，有多少、落花枝毁。飙泪！看世间茫茫，有谁知彼？

　　无语无奈难消，怨难去、唯有寄思飞燕。捎来绿翠。日暖风和，轻轻水流花睡。不舍离开，在梦里、如痴如醉。休矣，如梦里、春天不悔。

（2016.5.2）

　　山坞风清，初散桂香，皓月深秋时候。云锦卷凉，紫竹摇波，云掩满天星斗。影似流舟，过杨柳、无情风走。空负。数载苦无休，旧人依旧。

　　楼月离恨幽幽，可知否、此景与谁曾有。江楼月瘦。涉水翻山，尝尽世间苦酒。怎不思量，除梦里、有时相守。难久，屋漏更、逢狂雨骤。

（2021.9.24）

<h1 style="text-align:center">念奴娇（定格）</h1>

　　＋－＋｜（句），｜－＋＋｜（句），＋－－｜（韵）。＋｜＋－－｜｜（句），＋｜＋－－｜（韵）。＋｜－－（句），＋－＋｜（句），＋｜－－｜（韵）。＋－＋｜（句），｜－－｜＋（韵）。

　　＋｜＋｜－－（句），＋－＋｜（句），＋｜－－｜（韵）。＋｜＋－－｜｜（句），＋｜＋－－｜（韵）。＋｜－－（句），＋－＋｜（句），＋｜－－｜（韵）。＋－－｜（句），｜－－｜－｜（韵）。

范例

　　凭高眺远，见长空万里，云无留迹。桂魄飞来光射处，冷浸一天秋碧。玉宇琼楼，乘鸾来去，人在清凉国。江山如画，望中烟树历历。

　　我醉拍手狂歌，举杯邀月，对影成三客。起舞徘徊风露下，今夕不知何夕。便欲乘风，翻然归去，何用骑鹏翼。水晶宫里，一声吹断横笛。

宋·苏轼

　　钟山风雨，又春风唤绿，点装山岳。桥堡眺望燕子矶，耸立山头亭阁。崖悬江边，顺流而下，映出游人廓。三台洞寺，阅尽人间今昨。

　　今欲借乘东风，彩云追月，相伴与黄鹤。无奈事成非力也，相忆别成空约。来去依然，以诚至上，未必心零落。天上人间，月圆天地同乐。

（2016.3.5）

<h1 align="center">绕佛阁（定格）</h1>

　　|—||（韵），—|||（句），—|—|（韵）。—|—|（韵），|—||（句），——|—（韵）。|—||（韵），—|||（句），—|—|（韵）。—|—|（韵）。|—||（句），——|—（韵）。

　　|||—|（句），||———||（韵）。—||—（句），———||（韵）。|||——（句），—|—|（韵）。|——|（韵）。|||——（句），—|—|（韵）。|——（豆）、|——|（韵）。

范例

　　暗尘四敛，楼观迥出，高映孤馆。清漏将短，厌闻夜久，签声动书幔。桂华又满，闲步露草，偏爱幽远。花气清婉。望中迤逦，城阴度河岸。

　　倦客最萧索，醉倚斜桥穿柳线。还似汴堤，虹梁横水面。看浪飐春灯，舟下如箭。此行重见。叹故友难逢，羁思空乱。两眉愁、向谁舒展？

宋·周邦彦

　　一生且短，行者步艰，何地忘返？为者行善，没听半抱，琵琶犹遮面。读书万卷，流失精髓，辛疾难转。兴废书翰。只知远处，城中舞音慢。

　　暮色落光暗，醉者依桥斜步乱。还是路人，迎前扶对岸。叹大好时光，为啥昏乱？恰似魂断。再故地重游，才吐心怨。有谁知、满天星散。

（2016.6.12）

　　向晨小鸟，叽喳破晓，迟睡醒早。明暗多少，厌闻夜久，长空梦飘渺。梅花早放，桃杏李满，嫩绿红娇。何日情到。共同欢笑，普天阳光照。

　　昔者已为客，恨满金陵千古道。犹记那时，疯狂颠倒好。叹影移归来，重谱插曲，老歌新调。更杳无音息，不应情了。酒杯空、夜深星悄。

（2020.4.6）

绛都春（格一）

　　——||（韵）。||||—（句），———|（韵）。|||—（句），—|————|（韵）。十—十|——|（韵），|十|———|（韵）。|—十|（句），——||（句），|——|（韵）。

　　—|（韵）。——||（句），|—|（豆）、||———|（韵）。|||—（句），十|————|（韵），十——|——|（韵）。|十|（豆）、十—十|（韵）。|—十|——（句），|—||（韵）。

范例

　　寒阴渐晓。报驿使探春，南枝开早。粉蕊弄香，芳脸凝酥琼枝小。雪天分外精神好，向白玉堂前应到。化工不管，未门闭也，暗传音耗。

　　轻渺。盈盈笑靥，称娇面、爱学宫妆新巧。几度醉吟，独倚阑干黄昏后，月笼疏影横斜照。更莫待、笛声吹老。便须折取归来，胆瓶插了。

宋·朱淑真

　　晨光露悄。有小鸟叽喳，红云缥缈。紫绛都春，花苞花开花枝俏。梅花已把春迎早，喜不尽花醒春到。百花齐放，千种艳色，不争妖娆。

　　多少。黄昏树下，影斜落、绿叶红花青草。静静水流，有声更让无声恼，月弯因缺天亦老。只在等、湖光月照。水穿两岸拱桥，晚情未了。

（2016.3.13）

绛都春（格二）

　　——||（韵），|—|||（句），———|（韵）。||——（句），||——（句），——|（韵）。——||—|（句），|||（句），———|（韵）。———|（句），——|||（句），|——|（韵）。

　　—|（韵），——||（句），||||（句），———|（韵）。—||—（句），||———||（韵）。——||—|（句），|||（句），———|（韵）。——||——（句），|——|（韵）。

范例

　　春愁怎画，正莺背带雪，酴醾花谢。细雨院深，淡月廊斜，重帘挂。归时记约烧灯夜，早拆尽，秋千红架。纵然归近，风光又是，翠阴初夏。

　　娅姹，鬋青泫白，恨玉佩罢舞，芳尘凝榭。几拟情人，付与兰香秋罗帕。

知他堕策斜拢马，在底处，垂杨楼下。无言暗拥娇鬟，凤钗溜也。

宋·蒋捷

严冬雪厚，正寒意冷酷，思春时候。数点梅红，一抹江烟，浑如旧。星空望月今何有，伴月走，风中寒透。何堪回首，欺心内疚，泪和将酒。

知否，痴心守望，梦里别自负，空空双手。多少路人，行住衣食都拼凑。今朝有酒今朝醉，苦搁就，愁怀难受。杯行且上轻舟，月明如昼。

（2022.2.16）

桂枝香（定格）

　　——｜｜（韵）。｜｜｜＋—（句），＋＋—｜（韵）。＋｜—
—＋｜（句），｜——｜（韵）。＋｜—＋｜——（句），｜——（豆）、
＋｜——｜（韵）。｜——｜（句），＋—＋｜（句），｜——｜（韵）。

　　｜＋＋（豆）、——｜｜（韵）。｜＋｜——（句），＋｜——｜
（句）。＋｜——＋｜（句），｜——｜（韵）。＋—＋｜——｜（句），
｜——＋＋—｜（韵）。｜——｜（句），＋｜——｜（句），｜—
—｜（韵）。

范例

　　登临送目。正故国晚秋，天气初肃。千里澄江似练，翠峰如簇。征帆去棹残阳里，背西风、酒旗斜矗。彩舟云淡，星河鹭起，画图难足。

　　念往昔、繁华竞逐。叹门外楼头，悲恨相续。千古凭高对此，谩嗟荣辱。六朝旧事随流水，但寒烟衰草凝绿。至今商女，时时犹唱，《后庭》遗曲。

宋·王安石

　　飘香八月。念奔月嫦娥，思亲心切。玉兔吴刚大树，月宫人缺。天上人间相思苦，路遥遥、吟歌亲切。随风香溢，相思送远，桂枝香绝。

夜深深、风吹灯灭。唯闪烁星光，伴人望月。事已今非梦断，梦中伤别。不知天下多少事，笑空空又翻新页。溪流秋色，红黄蓝绿，舞飞双蝶。

（2012.3.1）

金秋已落。正翠绿染黄，天高云薄。十里秦淮两岸，桂花闲却。青黄暗淡飘香味，客人迎、晚晴楼阁。老东门里，瓦青小巷，旧人家错。

忆往昔、难留轮廓。叹林立高楼，几多无度。留下文化遗迹，是非今昨。六朝旧事随流水，念从前谁辨清浊。至今犹有，《阳关》三叠，醉醒人各。

（2018.10.15）

翠楼吟（定格）

| | — —（句），— — | |（句），— — | | — |（韵）。— —
— | |（句），| — | — — — |（韵）。— — — |（韵）。| | | —
—（句），— — — |（韵）。— — |（韵），| — — |（句），| —
— |（韵）。

| |（韵），— | — —（句），| | — — |（句），| — — |
（韵）。| — — | |（句），| — | — — — |（韵）。— — — |（韵）。
| | | — —（句），— — — |（韵）。— — |（韵），| — — |（句），
| — — |（韵）。

范例

月冷龙沙，尘清虎落，今年汉酺初赐。新翻胡部曲，听毡幕元戎歌吹。层楼高峙。看槛曲萦红，檐牙飞翠。人姝丽，粉香吹下，夜寒风细。

此地，宜有词仙，拥素云黄鹤，与君游戏。玉梯凝望久，叹芳草萋萋千里。天涯情味。仗酒祓清愁，花销英气。西山外，晚来还卷，一帘秋霁。

宋·姜夔

月色寒江，层林尽染，波连夜幕悠慢。无声与月坐，群星围来共今晚。时光真短。昨约上栖霞，红枫山满。青山暖，赤溶黄落，月弯相伴。

且唤，纵有长江，只水向东去，势如浩瀚。恰似声贯耳，大江奔东还心愿。与天同看。莫伴月依星，溪流人乱。今宵半，睡无还道，再书秋卷。

（2016.6.4）

霓裳中序第一（定格）

——｜｜｜（韵）。｜｜——｜｜｜（韵）。—｜｜—｜｜（韵）。｜—｜｜—（句），———｜（韵）。——｜｜（韵），｜｜—（豆）、—｜—｜（韵）。——｜（句），｜—｜｜（句），｜｜｜｜（韵）。

—｜（韵）。｜——｜（韵）。｜｜｜（豆）、——｜｜（韵）。——｜｜｜（韵），｜｜——（句），｜｜—｜（韵）。｜——｜（韵），｜｜｜（豆）、——｜｜（韵）。——｜（句），———｜（句），｜｜｜—｜（韵）。

范例

亭皋正望极。乱落江莲归未得。多病却无气力。况纨扇渐疏，罗衣初索。流光过隙，叹杏梁、双燕如客。人何在？一帘淡月，仿佛照颜色。

幽寂。乱蛩吟壁。动庾信、清愁似织。沉思年少浪迹，笛里关山，柳下坊陌。坠红无信息，漫暗水、涓涓溜碧。飘零久，而今何意？醉卧酒垆侧。

宋·姜夔

风飘雨端午。粽投江中留客楚。离骚却愁苦主。念思远去人，方知心苦。前方在聚，锣鼓舟、风雨中舞。思念在，一江怒吼，壮志有天助。

风雨。雨中轻步。做事在、人天在数。沧桑迷念倾诉，岁月如梭，用了心付。走过无数路，淡淡水、流似瀑布。琴声伴，三杯过后，醉酒已无语。

（2016.6.10）

霞云落晚碧。白水江舟推浪迹。多彩映天四溢。浪花荡波光，纯洁天一。凭阑醉目，泪滴衣、来已成客。情何在，斗南指处，人更在天北。

凄寂。古今难觅。有多少、人间暗泣。红尘翻滚风急，故里山河，柳下乡陌。错伤情景积，东逝水、涓涓滴滴。伤心是，一帘幽梦，月照旧山壁。

（2020.8.3）

水龙吟（定格）

|－＋|－－（句），＋－＋|－－|（韵）。＋－||（句），＋－＋|（句），＋－＋|（韵）。＋|－－（句），＋－＋|（句），＋－－|（韵）。|＋－＋|（句），＋－＋|（句），＋－|（豆）、－－|（韵）。

＋|＋－＋|（句或韵），|－－（豆）、＋－－|（韵）。＋－＋|（句），＋－－|（句），＋－－|（韵）。＋|－－（句），＋－＋|（句），＋－－|（韵）。|－－（句），||＋－＋|（句），|－－|（韵）。

范例

似花还似非花，也无人惜从教坠。抛家傍路，思量却是，无情有思。萦损柔肠，困酣娇眼，欲开还闭。梦随风万里，寻郎去处，又还被、莺呼起。

不恨此花飞尽，恨西园、落红难缀。晓来雨过，遗踪何在？一池萍碎。春色三分，二分尘土，一分流水。细看来，不是杨花点点，是离人泪。

宋·苏轼

故乡再远心中，千山万水情缠绕。孩童戏要，躲藏提猫，抱头股挠。片打池塘，一连几跳，水花溅泡。叹时光飞逝，离乡远去，去追梦、情未了。

在外方知家好，路难行、赶工忙早。东边漆黑，西边来雨，怨天人恼。只有天知，空空如也，灯亮光悄。愿明天，已是红花遍地，绿坪青草。

（2016.4.21）

雪花漫漫悠悠，地天一体浑然美。迷茫一片，清醒一片，似醒似醉。天上人间，迎新辞岁，点红梅几。梦随风卷起，早梅争放，蓝天下、红黄里。

回首城南旧事，老街无、水泥成异。故人不见，小桥流水，老街风味。一色高楼，民风难找，旧情难理。待黄昏，落去星星点点，像伤心泪。

（2018.12.31）

石州慢（定格）

　　＋｜－－（句），＋｜－－｜（句），｜－－｜（韵）。－－＋｜－－（句），｜｜＋－－｜（韵）。＋－＋｜（句），＋＋＋｜－－（句），－－＋｜－－｜（韵）。｜｜｜｜－－（句），｜－－－｜（韵）。

　　＋｜（韵）。＋－－｜（句），＋｜－－（句），＋－－｜（韵）。＋｜－－（句），｜｜＋－－｜（韵）。＋－＋｜（句），＋＋＋｜－－（句），＋－＋｜－－｜（韵）。｜｜｜－－（句），｜－－－｜（韵）。

范例

　　雨急云飞，瞥然惊散，暮天凉月。谁家疏柳低迷，几点流萤明灭。夜帆风驶，满湖烟水苍茫，菰蒲零乱秋声咽。梦断酒醒时，倚危樯清绝。

　　心折。长庚光怒，群盗纵横，逆胡猖獗。欲挽天河，一洗中原膏血。两宫何处，塞垣只隔长江，唾壶空击悲歌缺。万里想龙沙，泣孤臣吴越。

宋·张元幹

几日涟涟，暗云天坠，雨飞珠落。茫茫一片汪洋，登上半山楼阁。近山远水，绿黄黑白青蓝，浑然如画同天作。阴霾压江舟，唯风狂浪恶。

莫莫。东边风起，飘雨西边，扑离难着。不测风云，搅乱画布楼角。万千情怀，难述喜怒情长，千年论谈知谁错？浩荡奔长江，画中人寂寞。

（2012.3.12）

瑞鹤仙（格一）

丨—丨丨（韵），—丨丨（豆）、丨丨—丨丨（韵）。—
—丨—丨（韵），丨——丨（句），———丨（韵）。——丨丨（韵），
丨丨—（豆）、—丨丨丨（韵）。丨—丨丨（句），—丨丨—（句），
丨丨—丨（韵）。

丨丨——丨丨（句），丨丨——（句），丨——丨（韵）。——丨丨（韵），
——丨（句），丨—丨（韵）。丨—丨丨（句），———丨（句），
———丨丨丨（韵）。丨—丨丨（句），—丨丨—丨丨（韵）。

范例

悄郊原带郭，行路永、客去车尘漠漠。斜阳映山落，敛余红犹恋，孤城阑角。凌波步弱，过短亭、何用素约？有流莺劝我，重解绣鞍，缓引春酌。

不记归时早暮，上马谁扶？醒眠朱阁。惊飙动幕，扶残醉，绕红药。叹西园已是，花深无地，东风何事又恶？任流光过却，犹喜洞天自乐。

宋·周邦彦

莽原飞雪舞，清一色、一片茫茫厚雾。天低雪如注，雪花门似封，望之停步。冰天雪堵，迈步难、何日出去？有风光无限，今别论非，自有天路。

腊月红梅点缀，雪白留红，苞张枝疏。人惊去处，春来也，点红数。又杜鹃在叫，春天来了，留春思它久住。叹时光又去，新月又听倾诉。

（2016.5.25）

瑞鹤仙（格二）

｜一一｜｜（韵）。｜｜｜一一（句），｜一一｜（韵）。一一｜一｜（韵）。｜一一｜｜（句），｜一一｜（韵）。｜一｜｜（韵），｜一一（豆）、一一｜｜（韵）。｜一一（豆）、｜｜一一（句），｜｜｜一一｜（韵）。

｜｜（韵）。一一一｜（句），｜｜一一（句），｜一一｜（韵）。一一｜｜（韵），一一｜｜｜一（韵）。｜｜一（豆）、｜｜一一｜｜（句），一｜一一｜｜（韵）。｜一一（豆）、｜｜一一（句），｜一｜｜（韵）。

范例

雁霜寒透幕。正护月云轻，嫩冰犹薄。溪奁照流掠。想含香弄粉，艳妆难学。玉肌瘦弱，更重重、龙绡衬着。倚东风、一笑嫣然，转盼万花羞落。

寂寞。家山何在？雪后园林，水边楼阁。瑶池旧约，鳞鸿更仗谁托。粉蝶儿、只解寻桃觅柳，开遍南枝未觉。但伤心、冷落黄昏，数声画角。

宋·辛弃疾

景青黄落叶。唯岸灯摇红，水中秋月。还流水清澈。喜飘香阵阵，桂花时节。淡花玉洁，纯香浓、香中一绝。恋依依、已醉留香，走远也还心悦。

月缺。弯似勾玄，屋外窗前，烛光摇曳。无声告别，家乡远处情结。月儿弯、暮色难柔泪眼，三步长亭几歇。只情深、埋在心中，久长不灭。

（2016.5.26）

瑞鹤仙（格三）

｜——｜｜（韵）。｜｜｜——（句），———｜（韵）。—
—｜—｜（韵）。｜——（豆）、—｜｜——｜（韵）。——｜｜（韵），
｜｜｜（豆）、——｜｜（韵）。｜｜—（豆）、｜｜——（句），
｜｜｜——｜（韵）。

　　—｜（韵）。——｜｜（句），｜｜——（句），｜——｜（韵）。
——｜｜（韵）。——｜（豆）、—｜—｜（韵）。｜｜—（豆）、
｜｜｜—｜｜（句），｜｜——｜｜（韵）。｜——（豆）、｜｜——
（句），｜—｜｜（韵）。

范例

　　卷帘人睡起。放燕子归来，商量春事。风光又能几？减芳菲、都在
卖花声里。吟边眼底，被嫩绿、移红换紫。甚等闲、半委东风，半委小
溪流水。

　　还是。苔痕渐雨，竹影留云，待晴犹未。兰舟静舣。西湖上、多少歌吹。
粉蝶儿、守定落花不去，湿重寻香两翅。怎知人、一点新愁，寸心万里。

宋·张枢

　　枯枝黄叶落。正大雁南飞，黄昏楼阁。深秋北风恶。一声声、推绿
毁红无度。河边浑浊，只剩那、江边轮廓。看远方、几只推船，靠岸滞
留停泊。

　　寂寞。山川大海，几日停留，不忘承诺。今非是昨。前方是、知足常乐。
放下思、没有不过坑坎，别论人非对错。到如今、放下忧愁，把知相托。

（2016.5.27）

瑞鹤仙（格四）

｜——｜｜（句），｜｜｜—｜（句），——｜｜（韵）。—
—｜—｜（韵），｜———｜（句），｜—｜（韵）。———｜（韵）。
｜｜—（豆）、——｜｜（韵）。｜——（豆）、—｜———｜（句），
｜——｜（韵）。

—｜（韵）。———｜（句），｜｜——（句），｜——｜（韵）。
——｜｜（句），——｜（豆）、｜—｜（韵）。｜———｜（句），
———｜（句），—｜——｜｜（韵）。｜——（豆）、—｜——（句），
｜—｜｜（韵）。

范例

郊原初过雨，见败叶零乱，风定犹舞。斜阳挂深树，映浓愁浅黛，遥
山眉妩。来时旧路。尚岩花、娇黄半吐。到而今、唯有溪边流水，见人如故。

无语。邮亭深静，下马还寻，旧曾题处。无聊倦旅，伤离恨、最愁苦。
纵收香藏镜，他年重到，人面桃花在否。念沈沈、小阁幽窗，有时梦去。

宋·袁去华

栈桥秋色晚，断柳映青碧，云蓝雁远。余红落将半，翠浓浮浅水，紫
烟悠漫。波鸿飞岸。不了情、山栖水转。几时重、听那莲舟横笛，莫教人恋。

情散。当年垂柳，老树新枝，又重相见。西风扫叶，伤离别、吐愁怨。
纵然苦熬煎，无情难解，红黑难分太乱。到如今、双目昏暗，醉醒梦断。

（2020.11.1）

琵琶仙（定格）

————（句），｜—｜（句）、｜｜———｜（韵）。

— | — | — —（句），— — | — |（韵）。— — |（句），— — | | |（句），
| — |（句），| — —（韵）。| | — —（句），— — | | |（句），
— | — |（韵）。

　　| — |（句），— | — —（句），| — |（句），— — | — |（韵）。
— | | — — —（句），| — — — |（韵）。— | |（句），| — | |（句），
— | —（句），| | — |（韵）。| | — — —（句），| — — |（韵）。

范例

　　双桨来时，有人似、旧曲桃根桃叶。歌扇轻约飞花，蛾眉正奇绝。
春渐远，汀洲自绿，更添了，几声啼鸠。十里扬州，三生杜牧，前事休说。

　　又还是，宫烛分烟，奈愁里，匆匆换时节。都把一襟芳思，与空阶榆荚。
千万缕，藏红柳，为玉尊，起舞回雪。想见西出阳关，故人初别。

宋·姜夔

　　琵琶仙音，指拨出、玉镜为谁圆缺。飘过风雨芳华，清纯洁如雪。
何曾想，黄粱一梦，映辉里，残阳如血。万里沙场，多经破没，声歇悲咽。

　　更谁念，情旧依然，奈愁里，萧萧并梧叶。都把一襟相思，付空情相别。
千次唤，有谁接，凝乱云，未解情结。想见初昔相逢，旧时明月。

（2020.11.5）

宴清都（格一）

　　| | — — |（韵）。— — |（豆）、| — — | — |（韵）。— —
— |（句），— — | |（句），| — — |（韵）。— — | | — —（句），
| | |（豆）、— — | |（韵）。| | |（豆）、| | — —（句），
— — | | — |（韵）。

　　— — | | — —（句），— — | | |（句），— | — |（韵）。—

—||（句），——||（句），|——|（韵）。——|——|（句），|||（豆）、——||（韵）。||—（豆）、||——（句），——||（韵）。

范例

绣幄鸳鸯柱。红情密、腻云低护秦树。芳根兼倚，花梢钿合，锦屏人妒。东风睡足交枝，正梦枕、瑶钗燕股。障滟蜡、满照欢丛，嫠蟾冷落羞度。

人间万感幽单，华清惯浴，春盎风露。连鬟并暖，同心共结，向承恩处。凭谁为歌长恨？暗殿锁、秋灯夜语。叙旧期、不负春盟，红朝翠暮。

宋·吴文英

翠绿湖边柳。垂条细、遮阴凉处光透。深秋情景，荷花叶举，挺竿莲藕。秋风不解忧愁，坠落去、推陈在后。绿盘托、落了莲花，方由蓬子相守。

残阳落下余晖，湖中寂静，心又如旧。钟声晚了，青丝白了，几多时候。秋风别追深处，暮色暗、天边月瘦。别再思、不负秋情，相随月走。

（2016.6.9）

宴清都（格二）

||—|（句），——|（句），———|—|（韵）。———|（句），|—|—（句），——||（韵）。——||——（句），|||（句），——||（韵）。———（句），||——（句），

———｜—｜（韵）。

　　——｜｜——（句），｜—｜｜（句），———｜（韵）。｜｜—｜｜（句），｜——｜（句），｜——｜（韵）。———｜｜｜（句），—｜｜｜——（韵）。｜｜—（句），｜｜——（句），——｜｜（韵）。

范例

远远渔村鼓，斜阳外，宾鸿三两飞度。茅檐春小，白云隐几，青山当户。骚翁底事飘蓬，浑忘却，耕徒钓侣。何时寻，斗酒江鲈，悠悠千古坡赋。

风流种柳渊明，折腰五斗，身为名苦。有秫田贰顷，菊松三迳，不如归去。山灵休勒俗驾，容我卧草堂深处。问故园，怨鹤啼猿，今无恙否。

宋·赵必瓛

瞬那乌云舞，尘迷漫，残红凋绿凌乱。天低云卷，雨潺水漫，桥虹扫断。茫茫一带横波，似阻挡，愁熬夜晚。长相思，梦幻西东，春江花月双燕。

人间万感归还，恨和怒满，堪多灾难。遇事知恶善，变化常怨，共同情短。东山枯叶落满，关念有限情无限。望故乡，远在天边，今宵月半。

（2022.3.15）

角招 （定格）

　　｜—｜（韵），——｜（句），——｜｜—｜（韵）。｜——｜｜（句），｜｜｜—（句），—｜—｜（韵）。——｜｜（句），｜｜｜（韵）。———｜（句），｜｜｜——｜（韵）。——｜｜——（句），｜———｜（韵）。

　　—｜（韵）。｜—｜｜（韵）。｜—｜｜（句），｜｜——｜（韵）。｜——｜｜（韵）。｜｜——（句），———｜（韵）。——｜｜（韵）。—｜｜（句），—｜—｜（韵）。｜｜——｜｜（韵）。｜—｜（句），

｜——（句），——｜（韵）。

范例

　　晓风薄，苔枝上，篛成万点冰萼。暗香无处著，立马断魂，晴雪篱落。横溪略彴，恨寄驿。音书辽邈，梦绕扬州东阁。风流旧日何郎，想依然林壑。

　　离索。引杯自酌。相看冷淡，一笑人如削。水云寒漠漠。底处群仙，飞来霜鹤。芳姿绰约。正月满，瑶台珠箔。徙倚阑干寂寞。尽分付，许多愁，城头角。

宋·赵以夫

　　雨晴阁，伤心角，离分正意难托。别提何探索，只自欲求，终负前约。思愁里见，已混浊。青天昏夜，乱处更成悲咽。何堪只影而今，梦中常明月。

　　谁度。静心寂寞。自酌月酒，一笑人盍各。世间休问著。水荡宫楼，千年如昨。寒烟漠漠。钩月落，斜映城脚。系念尘间善恶。别拼搏，皆空空，随漂泊。

（2022.3.22）

齐天乐（定格）

　　又名"台城路""五福降中天""如此江山"。《清真集》《白石道人歌曲》《梦窗词》并入"正宫"（即"黄钟宫"）。兹以姜词为准，一百二字，前后片各六仄韵。前片第七句、后片第八句第一字是领格，例用去声。亦有前后片首句不用韵者。

　　｜——｜——｜（句或韵），——｜——｜（韵）。｜｜——（句），——｜｜（句），—｜———｜（韵）。——｜｜（韵）。｜—｜——（句），｜——｜（韵）。｜｜——（句），｜—＋｜｜—｜（韵）。

　　——｜—｜｜（句或韵）。｜——｜｜（句），—｜—｜（韵）。｜｜——（句），——｜｜（句），＋｜——＋｜（韵）。——｜｜｜（韵）。

｜十｜－－（句），｜－－｜（韵）。｜｜－－（句），｜－－｜｜（韵）。

范例一

庾郎先自吟愁赋，凄凄更闻私语。露湿铜铺，苔侵石井，都是曾听伊处。哀音似诉。正思妇无眠，起寻机杼。曲曲屏山，夜凉独自甚情绪？

西窗又吹暗雨。为谁频断续，相和砧杵？候馆迎秋，离宫吊月，别有伤心无数。幽诗漫与。笑篱落呼灯，世间儿女。写入琴丝，一声声更苦。

宋·姜夔

数声琴泣似牵绊，更凄月圆犹半。梦里年华，秋愁醉里，还有烟花空看。星稀走慢。正与月相呈，倾听心唤。大雁南飞，远行切莫影成单。

江亭夕阳落散。别离秋已晚，知否谁伴？落叶铺黄，秋高气爽，还有明春再盼。时光太短。风雨已飘无，儿情长恋。皎洁月光，已收藏满满。

（2016.6.6）

范例二

绿槐千树西窗悄，厌厌昼眠惊起。饮露身轻，吟风翅薄，半剪冰笺谁寄？凄凉倦耳。漫重拂琴丝，怕寻冠珥。短梦深宫，向人犹自诉憔悴。

残虹收尽过雨。晚来频断续，都是秋意。病叶难留，纤柯易老，空忆斜阳身世！窗明月碎。甚已绝余香，尚遗枯蜕？鬓影参差，断魂青镜里。

宋·王沂孙

钟山风雨金陵府，缈烟翻过无数。古柳新芽，春秋聚别，方是莫愁如故。秦淮想诉。水流盼流年，绿同红舞。可惜今宵，夜色难觅那年古。

残虹掠过碎雨。晚来谁滴泣？桃叶无渡。病腐留身，虚除易老，更有伤心无数。灯光无助。笑谈五千年，又谁撞鼓？夜色茫茫，一声声更苦。

（2018.8.11）

雨霖铃（定格）

———｜（韵）。｜——｜（句），｜｜—｜（韵）。—
—｜｜—｜（句），—｜｜（句），———｜（韵）。｜｜——｜｜（句），
｜—｜—｜（韵）。｜｜｜（豆）、—｜——（句），｜｜——｜—｜（韵）。

——｜｜——｜（韵），｜——（豆）、｜｜——｜（韵）。—
—｜｜—｜（句），—｜｜（豆）、｜——｜（韵）。｜｜——（句），
—｜（豆）、———｜｜—｜（韵）。｜｜｜（豆）、—｜——（句），
｜｜——｜（韵）。

范例

　　寒蝉凄切。对长亭晚，骤雨初歇。都门帐饮无绪，留恋处，兰舟催发。执手相看泪眼，竟无语凝噎。念去去、千里烟波，暮霭沉沉楚天阔。

　　多情自古伤离别，更那堪、冷落清秋节。今宵酒醒何处，杨柳岸、晓风残月。此去经年，应是、良辰好景虚设。便纵有、千种风情，更与何人说。

宋·柳永

　　霜浓秋半。树高风凉，月暗星散。相望哽咽无语，伤心去，难忘相伴。怎奈人间炎凉，与谁说心愿？怨世淡、漂泊徘徊，梦托魂牵实难断。

　　谁知醉酒悲心乱，更难禁、直言分离怨。今年告别乡土，奔四方、恋心痴返。遥问春归，风日、寒深日短冬慢。莫莫莫、漂泊谁人？梦托南飞雁。

（2000.7.28）

迎年过晚。雨朦天暗，告别回返。池塘嫩叶杨柳，摇摆晃，离情难断。不忍回头再看，恨相见时短。罢罢罢、春又吹来，那里春花已灿烂。

多情自古长江岸，只从前、幻想似呼唤。流连忘返追处，天地间、事天人半。薄雾缠绕，更觉、艰辛在外心乱。岂在乎、谁点春秋？日月长相伴。

（2015.2.25）

我风凉晚。温馨旧校，夜色书伴。书香突被无奈，流席卷，无知无怨。余问苍天何在？可知去试岸？各有走、南北西东，临走珍留一声唤。

常常梦里思绪处，九间回、拉住朋友叙。醒来月坠窗外，真是想、再私支住。就在今年，想家、希望早日友诉。畅想谈、何再相逢？别管风和雨。

（2018.4.19）

悲秋黄叶。落湖旁路，满地浓烈。金黄铺到山脚，心动处，无言声咽。一去经年再聚，唯秋暮难揭。只道是、多少风云，一抹秋愁水中月。

多情自古伤离别，去难还、拂晓星光灭。南飞大雁捎却，来日续、故乡情结。一数天长，嘘曰、寒冬腊月飘雪。在等待、梅俏花开，鞭炮迎春节。

（2018.10.22）

灯光萧寂。巷空疏影，冠疫声急。全都避舍无出，情似火，怨天声咽。号角临危冲上，不惜抛热血。震撼处、舍我何求？转地昏天救人切。

忠心仍在人先别，憾悲天、地动西风烈。今宵故里望你，三月雪、白花纯洁。洒在河川，如数、瘟情是否都绝。只梦里、人在相思，泪满黄鹤月。

（2020.2.18）

眉妩（定格）

｜－－－｜（句），｜｜－－（句），－｜｜－｜（韵）。｜｜－
－｜（句），－－｜（句），－－－｜－（韵）。｜－｜｜（韵）。
｜｜－（豆）、－｜－（韵）。｜－（豆）、｜｜－－｜（句），

｜—｜—｜（韵）。

　—｜———｜（韵）。｜｜—＋｜（句），—｜—｜（韵）。
＋｜——｜（句），——｜（豆）、———｜—｜（韵）。｜—｜｜（韵），
｜｜—（豆）、—｜—｜（韵）。｜—｜——（句），—｜｜（句）、
—｜｜（韵）。

范例

　　渐新痕悬柳，淡彩穿花，依约破初暝。便有团圆意，深深拜，相逢谁
在香径？画眉未稳。料素娥、犹带离恨。最堪爱、一曲银钩小，宝帘挂秋冷。

　　千古盈亏休问。叹慢磨玉斧，难补金镜。太液池犹在，凄凉处、何
人重赋清景？故山夜永，试待他、窥户端正。看云外山河，还老尽、桂
花影。

宋·王沂孙

　　暗光轻云薄，绿草河边，新月挂杨柳。旧景依稀在，条垂坠、丝丝摇
摆似走。宛如水袖。散落开、从左向右。那还有、淡淡星光里，月弯水中瘦。

　　今约长空叙旧。只恨时太快，双手空漏。一去难回处，清清水、同
时同在相守。未忘朋友，等那天、相见时候。已斜落黄昏，同握住、亲
人手。

（2016.6.29）

　　看湖清幽静，燕过无踪，啼鸟破甘暝。绿水环山岭，朝前进，何求
失入迷径。曲行且等。念远人、风雨留恨。画眉妩、镜里愁成病，望天
月孤冷。

　　辛苦寒酸谁问。叹手贪不净，难照青镜。纵有愁千缕，无人应，何
时如这情景。故乡梦境，办事明、实事公正。喜来舞东风，休解酪、窗
花影。

（2022.8.2）

永遇乐（定格）

　　＋｜－－（句），＋－－｜（句），－｜－｜（韵）。｜｜－－（句），－－｜｜（句），｜｜－－｜（韵）。＋－＋｜（句），－－｜｜（句），＋｜｜－－｜（韵）。｜－－（豆）、－－＋｜（句），｜－＋＋｜（韵）。

　　－－｜｜（句），－－－｜（句），＋｜＋－＋｜（韵）。｜｜－－（句），＋－－｜（句），－｜－－｜（韵）。｜－－｜（句），＋－＋｜（句），＋｜＋－＋｜（韵）。＋｜－（豆）、－－｜｜（句），｜－｜｜（韵）。

范例

　　落日熔金，暮云合璧，人在何处。染柳烟浓，吹梅笛怨，春意知几许。元宵佳节，融和天气，次第岂无风雨。来相召、香车宝马，谢他酒朋诗侣。

　　中州盛日，闺门多暇，记得偏重三五。铺翠冠儿，捻金雪柳，簇带争济楚。如今憔悴，风鬟霜鬓，怕见夜间出去。不如向、帘儿底下，听人笑语。

宋·李清照

　　雨打池塘，碎花无数，珠滴花满。杨柳丝飘，姿轻起舞，不禁微风伴。怨春来迟，责冬不去，又是烂冬春晚。可谁知？时光不等，布谷快把春唤。

　　争时在早，与时共进，无悔天时无怨。地利藏中，切莫失机，动奋圆心愿。以和为最，齐心协力，造福大家莫慢。春回处、阳光灿烂，天地喜满。

（2012.3.6）

　　日月同辉，千年如故，人在何处。缥缈天无，滋生万物，思随人千里。细丝难辨，时光错去，黑白是非难数。笑无言、何需问堵，各人自有天路。

　　当年旧地，流连清夜，蓝月映过旧絮。竹影摇光，柳丝垂地，如影随风舞。而今何在，高楼耸立，灯火车流无度。从前慢、小桥流水，一人荡橹。

（2018.12.11）

二郎神（格一）

——｜（韵），｜｜｜（豆）、———｜（韵）。｜｜｜——
—｜｜（句），——｜（豆）、｜——｜（韵）。—｜———｜｜（句），
｜｜｜（豆）、——｜｜（韵）。｜｜｜（豆）、——｜｜（句），
｜｜｜———｜（韵）。

—｜（韵）。——｜｜（句），｜——（韵）。｜｜｜———｜｜（句），
—｜｜（豆）、———｜（韵）。｜｜———｜｜（句），｜—｜（豆）、
——｜｜（韵）。｜—｜——（句），｜｜——（句），———｜（韵）。

范例

炎光谢，过暮雨、芳尘轻洒。乍露冷风清庭户爽，天如水、玉钩遥挂。
应是星娥嗟久阻，叙旧约、飙轮欲驾。极目处、微云暗度，耿耿银河高泻。

闲雅。须知此景，古今无价。运巧思穿针楼上女，抬粉面、云鬟相亚。
钿合金钗私语处，算谁在、回廊影下？愿天上人间，占得欢娱，年年今夜。

宋·柳永

春光越，雨散舞、轻珠击叶。怨冷暖无常柔绿碎，鹃红落、夕阳如血。
斜落江边舟映影，景色透、孤零伴别。六月夜、江中映出，暗色投江弯月。

清澈。溪流石壁，质如冰洁。叹自在山中兰独幽，雅而静、天生香绝。
迹在高山低谷处，觅寻难、天空路缺。愿天上人间，海角天涯，同为心悦。

（2016.6.8）

二郎神（格二）

｜——｜（句），｜｜｜（句），｜——｜（韵）。—｜｜——
（句），———｜（句），—｜——｜｜（韵）。｜｜｜———｜（句），

｜｜｜（句），———｜（韵）。—｜｜——（句），｜——｜（句），
｜——｜（韵）。

　　—｜（韵）。｜—｜｜（句），———｜（韵）。｜—｜｜｜（句），
｜——｜（韵），—｜——｜｜（韵）。｜｜｜—（句），｜——｜（句），
—｜｜——｜（韵）。—｜｜（句），｜｜——｜｜（句），｜——｜（韵）。

范例

　　闷来弹雀，又搅破，一帘花影。谩试著春衫，还思纤手，熏彻金猊烬冷。动是愁多如何向，但怪得，新来多病。想旧日沈腰，如今潘鬓，不堪临镜。

　　重省。别时泪滴，罗衣犹凝。料为我厌厌，日高慵起，长托春醒未醒。雁翼不来，马蹄轻驻，门闭一庭芳景。空伫立，尽日阑干倚遍，昼长人静。

宋·徐伸

　　步屧梅岭，翠绿遮，夕阳移景。看碧草浮云，山花流水，何奈春归易冷。岁华春时能有几，更有那，多愁成病。辜负话何听，巧妆干净，何对清镜。

　　如省。起初遮掩，心虚玄凝。往来越大胆，自高难下，非得圆成醉醒。莫怨忘归，莫愁人老，真是满园风景。祈世上，各个平平正正，碧空纯静。

（2022.9.7）

拜星月慢（定格）

　　｜｜——(句)，———｜(句)，｜｜——｜｜(韵)。｜｜——(句)，
｜———｜(韵)。｜—｜(句)，｜｜(豆)、———｜｜—(句)，
｜｜———｜(韵)。｜｜——(句)，｜———｜(韵)。

　　｜——(豆)、｜｜——｜(韵)。——｜(豆)、｜｜——｜
(韵)，｜｜｜｜——(句)，｜———｜(韵)。｜——(豆)、
｜｜——｜(韵)，——｜(豆)、｜｜——｜(韵)。｜｜｜(豆)、

｜｜——（句），｜——｜｜（韵）。

范例

夜色催更，清尘收露，小曲幽坊月暗。竹槛灯窗，识秋娘庭院。笑相遇，似觉、琼枝玉树相倚，暖日明霞光烂。水盼兰情，总平生稀见。

画图中、旧识春风面。谁知道、自到瑶台畔，眷恋雨润云温，苦惊风吹散。念荒寒、寄宿无人馆，重门闭、败壁秋虫叹。怎奈向、一缕相思，隔溪山不断。

宋·周邦彦

落下斜阳，红墙青瓦，映照清秋装扮。登上楼台，见飘黄红半。旧时有，未变、难留轮廓如此，纠结心头深浅。屋后池塘，影中无人伴。

水流过、只怨时光短。知留下、那日长江岸，一滴雨水似珠，奈风吹零散。去窗前、月已化成幻，闭双眼、又是心中乱。好在是、黑夜星稀，月光幽处暗。

（2016.5.30）

夜色迷茫，孤灯阴暗，曲巷幽幽月慢。控雨纵云，自许阴阳转。几多说，似觉、人非上下权显，月色晨曦相伴。日月同辉，只何时重见。

算天音、不遂人间愿。言初誓、共立西湖畔，念旧老酒醇香，渐时过香散。影横斜、醉倒河边馆，黄粱梦、对夜凄凉叹。怎奈是、一缕相思，隔钟山不断。

（2019.8.8）

缺月思归，疏星迷淡，石象霞湖慢步。路暗微光，夜长多愁绪。念前梦，只剩、青春似火燃放，落满全身尘土。岁月如梭，已移年催暮。

记当年、血汗流前路。谁曾想、岁去良心负，不是旧谱都忘，忍凄凉难数。锁真言、泪向谁人诉，梨花白、坠落春时树。怎奈他、一缕相思，夕阳斜照处。

（2020.3.7）

西河（定格）

— | |（韵），— — | | — |（韵）。— — | | | — —（句），
| — | |（韵）。| — | | | — —（句），— — — | — |（韵）。

| — |（句），— | |（韵），| — | | — |（韵）。— — | | | —（句），| — | |（韵）。| — | | | — —（句），— — — | — |（韵）。

| — | | | | |（韵）。| — —（豆）、— | — |（韵）。
| | | — — |（韵）。| — —（豆）、| | — —（句），— | + | — —（句），— — |（韵）。

范例

佳丽地，南朝盛事谁记？山围故国绕清江，髻鬟对起。怒涛寂寞打孤城，风樯遥度天际。

断崖树，犹倒倚，莫愁艇子曾系。空余旧迹郁苍苍，雾沉半垒。夜深月过女墙来，伤心东望淮水。

酒旗戏鼓甚处市。想依稀、王谢邻里。燕子不知何世。入寻常、巷陌人家，相对如说兴亡，斜阳里。

宋·周邦彦

风夹雨，缠绵不断难去。云移黑沉罩乌江，恨江不渡。滚翻聚散群龙凶，乌云卷带天怒。

石头寨，黄果树，水珠撒下飞雾。如烟腾越彩虹飞，是天作路。尺千瀑布自天流，珠帘卷展如诉。

疾风暴雨遮挡处。可谁知、风雨无阻。翻越群山人疏。别离山、寨石林前留步，知否来年，谁人数？

（2016.6.3）

今古事，金陵盛衰谁记。山清水秀卧蛟龙，六朝更替。石头怪脸隐城墙，

犹连遥远天际。

阅江址，留碑指，一腔怒火冲起。腥风搅起乱山云，火烧恨积。一江奔腾竞东西，嗟叹遗恨流水。

大街巷里变闹市。彩旗迷、翻旧楼起。好友不知何事。转河西、耸立高楼，莫说欢喜悲伤，星光里。

（2019.6.24）

西吴曲（定格）

| — — | | | — |（韵），| ——
| | | | — |（韵）。| — — | |（句），
— — — | — |（韵）。| | — —（句），
— | | — — — |（韵）。| | | | — | —
—（句），| | | | | — — |（韵）

　　| — —（句），— | | — —（句），
— — | — | |（韵）。| | | |（韵）。
| — — | — —（句），— — — | —（句），
| | — — | |（韵）。— — — | —（句），
| | | | — —（句），— | | | — —（句），— | | — |（韵）。

范例

说襄阳旧事重省，记铜驼巷陌醉还醒。笑莺花别后，刘郎憔悴萍梗。倦客天涯，还买个西风轻艇。便欲访骑马山翁，问岘首那时风景。

楚王城里，知几度经过，摩挲故官柳瘿。漫吊景。冷烟衰草凄迷，伤心兴废，赖有阳春古郢。乾坤谁望，六百里路中原，空老尽英雄，肠断剑锋冷。

宋·刘过

在襄阳旧地重别，已轻烟薄雾雨飘叶。旧时原模样，青山环水心切。怨已来迟，忙去旧时江边歇。还是汉江水东流，岁月难了心中结。

周家冲里，留下昨青春，当年一腔热血。比火烈。可叹今日还留，时光如旧，旧房如翻旧页。风吹凉透，不舍那里江湾，情系只皆空，圆月又牙缺。

（2016.6.5）

望远行（定格）

——｜｜（句），——｜（豆）、｜｜———｜（韵）。｜—｜（句），｜｜——（句），｜｜｜——｜（韵）。｜｜——（句），—｜｜——｜（句），—｜｜——｜（韵）。｜——（豆）、—｜——｜｜（韵）。

—｜（韵）。—｜｜—｜｜（句），｜｜｜（豆）、｜——｜（韵）。｜｜｜—（句），｜—｜｜（句），—｜｜——｜（韵）。—｜——｜（句），———｜（句），｜｜———｜（韵）。｜｜——｜（句），———｜（韵）。

范例

长空降瑞，寒风剪、淅淅瑶花初下。乱飘僧舍，密洒歌楼，迤逦渐迷鸳瓦。好是渔人，披得一蓑归去，江上晚来堪画。满长安、高却旗亭酒价。

幽雅。乘兴最宜访戴，泛小棹、越溪潇洒。皓鹤夺鲜，白鹇失素，千里广铺寒野。须信幽兰歌断，彤云收尽，别有瑶台琼树。放一轮明月，交光清夜。

宋·柳永

花枝绽放，清香人、几朵梅花开慢。几枝红点，点缀山沟，叠峦绿红山间。暮色黄昏，正是夕阳西下，风落一池花瓣。只还留、暗色迷茫各半。

江岸。杨柳细条尽柔，挡不住、雨狂风转。舞起万千，雨珠散落，飞绿绕丝更乱。多少风中残叶，匆匆飘去，又见风停声缓。作月光轻弹，所琴春晚。

（2016.4.22）

台风疾威，云卷黑、瞬霎暗天狂泻。乱红抛绿，一地洪流，吞没石桥乡舍。石滚山崖，纵逞一时凶势，难撑几时天霸。雨过后、晨鸟叽叽树下。

如画。秋色小舟绿畔，几朵朵、碧荷兰雅。淡淡溢香，一塘月色，千里广铺寒野。收尽千姿风韵，霞云依傍，别有人间潇洒。放一轮明月，清心清夜。

（2019.8.11）

疏影（定格）

姜夔自度"仙吕宫"曲。张炎以咏荷叶，改名《绿意》。兹以姜词为准。一百十字，前片五仄韵，后片四仄韵，例用入声部韵。

——｜｜（韵）。｜｜—｜｜（句），—｜—｜（韵）。｜｜——（句），—｜——（句），——｜｜—｜（韵）。——｜｜——（句），｜｜｜（豆）、———｜（韵）。｜｜—（豆）、｜｜——（句），｜｜｜—｜（韵）。

—｜——｜｜（句），｜—｜｜｜（句），—｜—｜（韵）。｜｜——（句），｜｜——（句），｜｜———｜（韵）。—｜｜——（句），｜｜｜（豆）、｜——｜（韵）。｜｜（豆）、—｜——（句），｜｜｜——｜（韵）。

范例

苔枝缀玉。有翠禽小小，枝上同宿。客里相逢，篱角黄昏，无言自倚修竹。昭君不惯胡沙远，但暗忆、江南江北。想佩环、月夜归来，化作此花幽独。

犹记深宫旧事，那人正睡里，飞近蛾绿。莫似春风，不管盈盈，早与安排金屋。还教一片随波去，又却怨、玉龙哀曲。等恁时、重觅幽香，已入小窗横幅。

宋·姜夔

绿意

碧圆自洁。向浅洲远渚，亭亭清绝。犹有遗簪，不展秋心，能卷几多炎热。鸳鸯密语同倾盖，且莫与、浣纱人说。恐怨歌、忽断花风，碎却翠云千叠。

回首当年汉舞，怕飞去，漫皱留仙裙褶。恋恋青衫，犹染枯香，还叹鬓丝飘雪。盘心清露如铅水，又一夜、西风吹折。喜静看、匹练秋光，倒泻半湖明月。

宋·张炎

莲花绿托。显绿径挺立，秋色皆数。不炫红黄，为伴秋深，风吹不散浪舞。天生丽质雅心洁，只能是、湖中仙作。远处看、湖之魂魄，近处绿红娇弱。

年复年来未变，不追艳，岁月留下寂寞。不恋春光，只等深秋，笑言春秋忘错。清心如水正平静，月色美、水中楼阁。遮月云、舟灯微光，拉下太湖垂幕。

（2016.6.1）

摸鱼儿（定格）

｜－－（句）、｜－－｜（韵）。＋－－｜－｜（韵）。
＋｜＋｜－－｜（句），＋｜｜－－｜（韵）。－｜｜｜（韵）。＋｜｜
（豆）、－－＋｜－－｜（韵）。－－｜｜（韵）。｜＋｜－－（句），
＋｜－＋｜（句），＋｜｜－｜（韵）。

　　－－｜（句），＋｜－－｜｜（韵）。＋｜－－｜－｜（韵）。－
－＋｜－－｜（句），＋｜｜－－｜（韵）。－｜｜｜（韵），－｜｜（豆）、
－－＋｜－－｜（韵）。－－｜｜（韵）。｜＋｜－－（句），＋－
＋｜（句），＋｜｜－｜（韵）。

范例

　　更能消、几番风雨。匆匆春又归去。惜春长怕花开早，何况落红无数。
春且住！见说道、天涯芳草无归路。怨春不语。算只有殷勤，画檐蛛网，
尽日惹飞絮。

　　长门事，准拟佳期又误。蛾眉曾有人妒。千金纵买相如赋，脉脉此
情谁诉。君莫舞！君不见、玉环飞燕皆尘土。闲愁最苦。休去倚危楼，
斜阳正在，烟柳断肠处。

宋·辛弃疾

　　雨潇潇、石头江岸。梧桐枯叶枝断。冷飕摆晃摇无力，杨柳条长丝乱。
春雨盼！莫要等、寒回飞雪时光慢。杜鹃呼唤。唯只有梅开，迎风傲雪，
香远把春赞。

　　离情苦，南北东西聚散。几天相会时短。匆匆而去黄昏暗，此恨久
长难断。君莫叹！人二地、天方各一情相伴。花好月满。月光洒春江，一
江春水，夜色更灿烂。

（2012.2.28）

树飘黄、碎风细雨。金黄涂地秋晚。欲是秋色共成景，无奈草黄青半。留下叹。只见到、山坡草歪枯枝乱。金秋已散。满地皆青黄，两三枯杈，悬挂树缝间。

长江水，带走多少怨恨。天长无奈秋短。春花秋月人空在，只存心中呼唤。天在看，人在转、红黄蓝绿连成串。爱心为上。渴望在何方？望穿秋水，秋水尽思念。

（2013.12.24）

贺新郎（定格）

＋｜－－｜（韵）。｜－－（豆）、＋｜－＋｜（句），｜－－｜（韵）。＋｜＋｜－－＋｜（句），＋｜－－＋｜（韵）。＋｜｜（豆）、－－＋｜（韵）。＋｜＋｜－－＋｜（句），｜＋－＋｜－－｜（韵）。＋｜｜（句），｜－｜（韵）。

＋－＋｜－－｜（韵）。｜－－（豆）、＋｜－＋｜（句），｜－－｜（韵）。＋｜＋｜－－＋｜（句），＋｜－－＋｜（韵）。＋｜｜（豆）、－－＋｜（韵）。＋｜＋｜－－＋｜（句），｜＋－＋｜－－｜（韵）。＋｜｜（句），｜－｜（韵）。

范例

绿树听鹈鴂。更那堪、鹧鸪声住，杜鹃声切。啼到春归无寻处，苦恨芳菲都歇。算未抵、人间离别。马上琵琶关塞黑，更长门翠辇辞金阙。看燕燕，送归妾。

将军百战身名烈。向河梁、回头万里，故人长绝。易水萧萧西风冷，满座衣冠似雪。正壮士、悲歌未彻。啼鸟还知如许恨，料不啼清泪长啼血。谁共我，醉明月？

宋·辛弃疾

散落秋黄叶。怨寒秋、降霜白雾，一层如雪。霜气横秋纵凛然，更恨风中冷冽。只剩那、清晨灯灭。天若有情天亦老，更伤情景色声音咽。直到晚，对明月。

人生只须真如铁。面向天、真心无悔，残阳如血。策马长嘶向前奔，一腔雄风飞越。没遗恨、归来心悦。回首才知今日醉，是茶香来自泉清澈。千古调，语声绝。

（2016.6.16）

兰陵王（格一）

｜—｜（韵），—｜——｜｜（韵）。——｜（句），—｜｜—（句），｜｜——｜—（韵）。——｜｜｜（韵）。—｜（韵），——｜｜（韵）。——｜（句），—｜｜—（句），—｜——｜—｜（韵）。

——｜—｜（韵）。｜｜｜——（句），—｜—｜（韵）。——｜——｜（韵）。—｜｜—｜（句），｜——｜（句），——｜｜｜｜（韵），｜—｜—（韵）。

—｜（韵），｜—｜（韵）。｜｜｜——（句），—｜—｜（韵）。——｜｜——｜（韵）。｜｜｜——（句），｜——｜（韵）。——｜（句），｜｜｜（句），｜｜｜（韵）。

范例

柳阴直，烟里丝丝弄碧。隋堤上，曾见几番，拂水飘绵送行色？登临望故国。谁识，京华倦客？长亭路，年去岁来，应折柔条过千尺。

闲寻旧踪迹。又酒趁哀弦，灯照离席。梨花榆火催寒食。愁一箭风快，半篙波暖，回头迢递便数驿，望人在天北。

凄恻，恨堆积。渐别浦萦回，津堠岑寂。斜阳冉冉春无极。念月榭携手，露桥闻笛。沉思前事，似梦里，泪暗滴。

宋·周邦彦

夕阳落，弯月斜光树角。江边岸，双影紧向，夜色多情白停泊。江河证承诺。相约，一生相托。春天慢，花好月圆，光影江中伴音乐。

狂风掀浪恶，不在轮回多，风沉云薄。残云光暗人寂寞。行走几千里，觅寻清处，高山流水也在搏。散星几人漠。

湖药，又今昨。熬者渡离分，今昔心烙。南飞大雁今飞各。只有旧情在，周家山岳。从前忘了，想去掉，又梦着。

（2016.6.17）

兰陵王（格二）

　　｜—｜（韵）。—｜———｜（韵）。——｜（句），—｜——（句），—｜——｜—｜（韵）。——｜｜｜（韵）。｜｜｜——｜（韵）。｜—｜（句），｜｜——（句），｜｜——｜—｜（韵）。

　　—｜（韵），｜—｜（韵）。｜｜｜——（句），—｜—｜（韵）。｜——｜——｜（韵）。｜｜｜—｜（句），｜——｜（韵）。—｜｜｜—｜（韵）。—｜｜—｜（韵）。

　　—｜（韵），｜—｜（韵）。｜｜｜—｜（句），｜｜——（韵）。——｜｜——｜（韵）。——｜｜（句），—｜—｜（韵）。——｜（句），｜｜｜（句），｜｜｜（韵）。

范例

　　送春去。春去人间无路。秋千外，芳草连天，谁遣风沙暗南浦？依依甚意绪？漫忆海门飞絮。乱鸦过，斗转城荒，不见来时试灯处。

　　春去，最谁苦？但箭雁沈边，梁燕无主。杜鹃声里长门暮。想玉树凋土，泪盘如露。咸阳送客屡回顾。斜日未能渡。

春去，尚来否？正江令恨别，庾信愁赋。苏堤尽日风和雨。叹神游故国，花记前度。人生流落，顾孺子，共夜语。

宋·刘辰翁

去何处？春变朦胧披雾。依稀似，如絮如丝，难见青天疑无路。青青草捧露，唯只有仙人渡。几回转，物是人非，昔日黄花落无数。

春去，泪如雨。且敲竹空听，言又谁语。玉门千度知何许。沉沉靠江树，坠云天暮。春归往昔剩回顾。呼唤未留住。

楼腐，贪虫蛀。正先上后下，刻竹难恕。时光一去千千误。叹二泉映月，谁记前度。今宵难眠，想故里，夜寒苦。

（2019.6.17）

一声叹。春梦人间须断。声声慢，风卷云残，长夜难眠月光伴。清帘浊酒碗，只道夜深愁满。默祈盼，几许乡还，疑见疏星过江汉。

难算，理真乱。见一片西楼，花坠飞雁。小河流水空空院。地不转天转，物情移换。春秋万事自留恋。山水又重现。

人散，两边岸。只轻打板点，泣绪零乱。琵琶一曲春江怨。唯星光闪烁，前路遥远。回眸难忘，月落院，影弄晚。

（2023.11.14）

归国谣（定格）

　—｜｜（韵），｜｜｜—一｜｜（韵）。—｜｜—一｜（韵），—一一｜｜（韵）。

　—｜｜—一｜（韵），｜一一｜｜（韵）。｜｜｜—一｜（韵），｜一一｜｜（韵）。

范例

春欲暮，满地落花红带雨。惆怅玉笼鹦鹉，单栖无伴侣。

南望去程何许，问花花不语。早晚得同归去，恨无双翠羽。

唐·韦庄

春去路，一地雨花停不住。空罩夜光晨雾，春去春又负。

迷醉只闻歌舞，不知何去处。早晚得同归去，夕阳斜落树。

（2019.4.24）

秋夜月，一觉未醒残梦灭。窗外黑沉音绝，时听星哽咽。

无语几多纠结，奈何情远别。一地碎红如血，一帘黄落叶。

（2020.5.13）

小桃红（定格）

||——|（韵），||——|（韵）。||——（句），|—||（句），|——|（韵）。|——||||——（句），|——||（韵）。

—|——|（韵），—|——|（韵）。—|——（句），——||（句），|—||（韵）。|———||——（句），||——|（韵）。

范例

不恨残花妥，不恨残春破。只恨流光，一年一度，又催新火。纵青天白日系长绳，也留春得么。

花院重教锁，春事从教过。烧笋园林，尝梅台榭，有何不可。已安排珍簟小胡床，待日长闲坐。

宋·程垓

不怨时光错，不怨春情薄。只怨流光，没留一律，昨今无约。见春来一晃即离分，只模糊轮廓。

今昔非比昨，春去无知觉。流了年华，醒来梦里，几多踌躇。叹长箫横笛伴轻音，别日长寂寞。

（2019.8.13）

渺渺孤舟窄，悄悄西湖侧。萼绿青波，晚红映影，月残星寂。念天涯道远各飘零，记初曾共识。

无情泪空滴，窗外寒风逼。真少虚多，星移斗转，共心莫得。看潮生潮落太多愁，慢等新消息。

（2021.5.18）

梅花引（定格）

－｜｜（韵），－－｜（韵），－－－－｜－｜（韵）。｜－－（韵），
｜－－（韵），｜｜｜－（句），－｜－－－（韵）。

－｜｜－－－｜（韵），｜｜｜－－｜－｜（韵）。－－－（韵），
｜－－（韵），－｜－－（句），｜｜｜－－（韵）。

范例

城下路，凄风露，今人犁田古人墓。岸头沙，带蒹葭，漫漫昔时，流水今人家。

黄埃赤日长安道，倦客无浆马无草。开函关，闭函关，千古如何，不见一人闲。

宋·贺铸

山下路，冰凉露，今人耕田昔人墓。石头坡，草披蓑，漫漫夕阳，多

少风云过。

旌角依旧飞尘路，帐后莺声点花数。开为何，闭为何，无奈千年，不解怎平和。

（2019.8.17）

望江怨（定格）

——｜（韵），｜｜｜——｜—｜（韵），———｜｜（韵）。｜—｜——｜（韵），｜—｜（韵）。｜｜｜｜——（句），———｜｜（韵）。

范例

东风急，惜别花时手频执，罗帏愁独入。马嘶残雨春芜湿，倚门立。寄语薄情郎，粉香和泪泣。

唐·牛峤

雷声劈，骤雨风霆号偏激，乡村悬石壁。石流山滑狂潮急，倚边立。默语祈天公，来人何处觅。

（2019.8.22）

三杯酒，不见青山不回首，人天同携手。迈开疾步朝前走，永相守。热势卷激情，秋收冰剔透。

（2019.12.6）

寒冬月，一笠江钩一身雪，清宁流水洁。渺茫飘逸千千结，没心灭。又有一竿提，何须眉急切。

（2020.11.26）

怨春风（定格）

｜｜－－｜（韵），－－－｜｜（韵）。－－｜｜｜－－（句），
｜｜｜（叠）。｜｜－－（句），｜－－｜（句），｜－－｜（韵）。
｜｜｜｜｜（韵），－－－｜｜（韵）。｜－｜｜｜－－（句），
｜｜｜（叠）。－｜－－（句），｜－｜｜（句），｜－－｜（韵）。

范例

宝鉴菱花莹，孤鸾慵照影。鱼书蝶梦两浮沈，恨恨恨。结尽丁香，瘦如杨柳，雨疏云冷。

宿醉厌厌病，罗巾空泪粉。欲将远意托湘弦，闷闷闷。香絮悠悠，画帘悄悄，日长春困。

宋·赵鼎

绿野蓝天碧，鸿鹄南辞迹。春残落叶两浮沉，觅觅觅。不怨风霜，怨春风急，伏衰之泣。

夜暗火把熄，连营烧赤壁。欲将远意托天边，寂寂寂。杯酒向天，叩天抛洒，愿燃春色。

（2019.8.29）

柳色湖光暖，孤鸿云水间。南飞一去几时还，盼盼盼。未了情怀，一声呼唤，暮碧天晚。

酒醉恨梦短，凄凉愁苦满。一滩浑浊说清涟，骗骗骗。长日昏昏，夜长渺渺，月离星散。

（2020.8.28）

垂杨（定格）

——||（句），—|—||（句），|——|（韵）。||——
（句），|——|——|（韵）。———|——|（句），|—|（句），
|——|（韵）。|——（句），—|——（句），||——|（韵）。
——|——||（句），|—||—（句），|——|（韵）。
||——（句），———|——|（韵）。——|||——|（句），
|||（句），———|（韵）。———（句），||——|（句），
—||（韵）。

范例

银屏梦觉，渐浅黄嫩绿，一声莺小。细雨轻尘，建章初闭东风悄。
依然千树长安道，翠云锁，玉窗深窈。断桥人，空倚斜阳，带旧愁多少。

还是清明过了，任烟缕露条，碧纤青袅。恨隔天涯，几回惆怅苏堤晓。
飞花满地谁为扫，甚薄幸，随波缥缈。纵啼鹃，不唤春归，人自老。

宋·陈允平

亭台傍水，娇绿垂柳岸，一江青翠。世外桃源，一花香蕊丛花起。
花开花谢重门里，碧云锁，凭阑犹记。隔墙人，斜倚南墙，忆旧人心碎。

尤是春花丽紫，碧荷翠绿萍，百花芳菲。恨隔天涯，红黄青绿篱下寄。
残花铺地风强势，那堪是，休明盛世。叹啼鹃，不唤春归，心已坠。

（2019.8.31）

城头月（定格）

——||——|（韵），||——|（韵）。—|——（句），
——||（句），||——|（韵）。

——｜｜——｜（韵），｜｜——｜（韵）。｜｜——（句），——｜｜（韵），｜｜——｜（韵）。

范例

工夫作用中宵昼，点化无中有。真气长存，童颜不改，底用呵磨皱。一身二五之精媾。积得婴儿就。试问霞翁，三田熟未，还解飞冲否。

宋·李公昂

城头月色河边柳，月影随人走。河岸灯柔，舟摇绿黝，老屋依如旧。天涯远近长相守，渥执亲人手。月满中秋，嫦娥舞袖，共饮团圆酒。

（2019.9.9）

小梅花（定格）

｜｜｜（句），——｜（换仄韵），—｜———｜｜（韵）。———（韵），｜——（韵），｜———｜｜——（韵）。——｜｜—｜（韵），—｜｜——｜｜（韵）。—｜—（韵），｜｜—（韵），—｜｜——｜｜——（韵）。

范例

六国扰，三秦扫，初谓商山遗四老。驰单车，致缄书，裂荷焚芰接武曳长裾。高流端得酒中趣，深入醉乡安稳处。生忘形，死忘名，谁论二豪初不数刘伶。

宋·贺铸

城外路，香樟树，今人高楼古人墓。石坡斜，绿山茶，昔日崖缝溪水今人家。山乡只唤人留住，混浊空幽似迷雾。朝思家，夜思家，为啥难回不见竹篱笆。

（2019.9.16）

　　六朝古，江南府，经历帝王更变处。修天书，谋臣扶，改颜朱门举旗众人呼。天长难有一同语，同否又成全是误。先忘初，后莫须，难解昨今何不笑糊涂。

（2019.9.22）

　　夏透汗，秋时扇，炎树凉荷轮换转。时光穿，莫情缠，月楼登高远望那怀山。悲欢离合痛肠断，今宵不眠江北岸。行路难，故里还，何奈夕阳西下乱云翻。

（2021.9.3）

梦芙蓉（定格）

　　———｜｜（韵），｜——｜｜（句），｜—｜｜（韵）。｜——｜（句），—｜｜—｜（韵）。｜——｜｜（韵），———｜—｜（韵）。｜｜——（句），———｜｜（句），—｜｜—｜（韵）。

　　｜｜——｜｜（韵），—｜——（句），｜｜——｜（韵）。｜——｜（句），—｜｜—｜（韵）。｜——｜｜（韵），——｜｜—｜（韵）。｜｜——（句），———｜｜（句），—｜｜—｜（韵）。

范例

　　西风摇步绮，记长堤骤过，紫骝十里。断桥南岸，人在晚霞外。锦温花共醉，当时曾共秋被。自别霓裳，应红销翠冷，霜枕正慵起。

　　惨澹西湖柳底，摇荡秋魂，夜月归环佩。画图重展，惊认旧梳洗。去来双翡翠，难传眼恨眉意。梦断琼娘，仙云深路杳，城影蘸流水。

宋·吴文英

　　黄昏云散紫，小桥斜印影，暮迟迭绮。曲径仙道，人在晚霞外。景同思故地，珍藏多少牵记。几次回眸，梨花青叶翠，亮闪似垂泪。

十里秦淮水起，摇荡秋魂，月夜羞花闭。几番波腾，摇晃使人醉。似前朝后退，难收眼恨悲意。梦断星云，烟火空散去，舟影入流水。

（2019.9.27）

孤鸾（定格）

－－－｜（韵）。｜－｜－－（句），｜－－｜（韵）。｜｜－－｜（句），｜｜－－｜（韵）。

－－｜－｜｜（句），｜－－（句），｜－－｜（韵）。－｜－－｜（句），｜｜－－｜（韵）。

　　｜－－（句），－｜－－（韵）。｜｜｜－－（句），｜－－｜（韵）。｜｜－－｜（句），｜－－｜（韵）。－－｜｜－｜（句），｜－－（句），｜－－｜（韵）。｜｜－－｜｜（句），｜－－－｜（韵）。

范例

江南春早。问江上寒梅，占春多少。自照疏星冷，祗许春风到。幽香不知甚处，但迢迢，满汀烟草。回首谁家竹外，有一枝斜好。

记当年，曾共花前笑。念玉雪襟期，有谁知道。唤起罗浮梦，正参横月小。凄凉更吹塞管，漫相思，鬓华惊老。待觅西湖半曲，对霜天清晓。

宋·赵以夫

林间春晓。杜鹃登枝梢，叫声催早。占一山姿色，只许春来到。晨曦尽穿树隙，见偷青，玉池春早。斜傍枝头嫩绿，一朵红花俏。

数流年，曾掖星光悄。记铁帽山前，汉江环抱。共洒辛勤水，一同欢乐笑。初醒不记春梦，影朦胧，扰愁心恼。苦觅天公正道，待来年春好。

（2019.9.30）

中秋圆月。问多少悲欢，几多亲切。隔水千山远，咫尺烛光接。窗前水边月下，怎何堪，柳风愁绝。直任云烟带雨，更似云中雪。

月光明，清镜如冰洁。镜里有期希，一生心血。唤起梨花梦，唯青衣饮咽。移行玉阶深处，只无辞，一缘相别。莫把灯光乱晃，正秋风残烈。

（2020.10.1）

关河令（定格）

－－－｜－｜｜（韵），｜｜－－｜（韵）。｜－－－（句），－－－｜｜（韵）。

－－－｜｜｜（韵），｜｜｜（句），－－－｜（韵）。｜｜－｜（句），－－－｜｜（韵）。

范例

秋阴时晴渐向暝，变一庭凄冷。伫听寒声，云深无雁影。

更深人去寂静，但照壁，孤灯相映。酒已都醒，如何消夜永。

宋·周邦彦

江舟秋荡辞汉楚，渐浸天垂暮。雁孤无从，云间追其与。

昏幽江岸触绪，更满且目，疏稀烟雾。此意何树，凭谁图画取。

（2019.10.4）

关河随令秋鬓白，涉水摸沙石。变移难言，深深深夜黑。

清秋相别漫忆，忘不掉，鸿飞寒碧。醉月堪惜，今宵是何夕。

（2021.8.31）

长亭怨（定格）

｜—｜（豆）、——｜｜（句），｜｜｜—｜（句），｜——｜（韵）。
—｜——（句），｜——｜｜—（韵）。｜——｜（句），——｜（句），
——｜（韵）。｜｜｜———（句），｜｜｜｜———｜（韵）。

　　｜｜（韵），｜——｜｜（句），｜｜｜——｜（韵）。——｜｜
（句），｜｜｜（句），｜——｜（韵）。｜｜｜（韵），｜｜——｜（句），
｜—｜（句），———｜（韵）。｜｜｜——｜（句），—｜———｜（韵）。

范例

　　泛孤艇、东皋过遍，尚记当日，绿阴门掩。屐齿莓阶，酒痕罗袖事何限。
欲寻前迹，空惆怅，成秋苑。自约赏花人，别后总风流云散。

　　水远，怎知流水外，却是乱山尤远。天涯梦短，想忘了，绮疏雕槛。
望不尽，冉冉斜阳，抚乔木，年华将晚。但数点红英，犹记西园凄婉。

宋·王沂孙

　　短亭竹、青离别柳，雁过无迹，暮阳斜后。浪迹天涯，百般辛苦梦回首。
觅寻天路，春如水，黄花瘦。别一江东流，水上浮云难长久。

　　是否，怎知先占取，却是后来承受。天涯梦苦，忘不了，苦难相守。
九月九，岁又重阳，夜醒了，凉风穿透。且盼望天亮，寒露冰凉依旧。

（2019.10.6）

　　怨春去、梨花似泪，未踏春陌，已春归暮。林苑随波，客尘重返旧时路。
雨今云古，空惆怅，缘何绪。盼念如云空，叹转眼岁华如许。

　　凝伫，怎知天上事，却是乱云飞舞。天涯梦短，更那堪，妄行横竖。
忍默怨，独棹扁舟，放歌向，清风深处。把数点相思，都寄清音相吐。

（2020.3.17）

探春慢（格一）

　　—｜｜——（句），｜｜｜｜—（句），———｜（韵）。｜｜——（句），
｜｜——｜｜（韵）。——｜（句），—｜｜（句），｜——（句），
—｜｜（韵）。｜——（句），——｜｜（句），｜——｜（韵）。

　　—｜——｜｜（韵）。｜｜｜｜—（句），———｜（韵）。
｜｜——（句），｜｜——｜｜（韵）。———｜｜（句），｜—（句），
—｜｜（韵）。｜——（句），——｜（句），｜——｜（韵）。

范例

　　苔径曲深深，不见故人，轻敲幽户。细草春回，目送流光一羽。重云冷，
哀雁断，翠微空，愁蝶舞。逞鸣鞭，游蓬小梦，枕残惊寤。

　　还识西湖醉路。向柳下并鞍，银袍吹絮。事影难追，那负灯床闻雨。
冰溪凭谁照影，有明月，乘兴去。暗相思，梅孤瘦，共江亭暮。

宋·吴文英

　　林道曲幽深，悬挂月弯，秋高天短。夜色沉沉，偶见流光一显。林孤寂，
声已断，路茫然，添灾难。见微光，游离梦幻，醉如迷岸。

　　尤记归来路远。唯百念只听，心声呼唤。往事难追，那堪亭台说传。
清溪凭谁照影，有明月，杯酒伴。一声叹，星光散，候火温暖。

（2019.10.8）

探春慢（格二）

　　—｜——（句），｜—｜｜（句），———｜—｜（韵）。
｜｜——（句），———｜（句），—｜——｜｜（韵）。—｜
—｜（句），——｜（句），———｜（韵）。｜——｜——（句），

｜——｜—｜（韵）。

　　—｜——｜｜（句），—｜｜｜｜—（句），—｜—｜（韵）。
｜｜——（句），———｜（句），｜｜｜——｜（韵）。—｜
—｜（句），｜｜｜｜（句），———｜（韵）。｜｜——（句），—
———｜—｜（韵）。

范例

　　衰草愁烟，乱鸦送日，风沙回旋平野。拂雪金鞭，欺寒茸帽，还记章台走马。谁念漂零久，漫赢得，幽怀难写。故人清沔相逢，小窗闲共情话。

　　长恨离多会少，重访问竹西，珠泪盈把。雁碛波平，渔汀人散，老去不堪游冶。无奈苔溪月，又照我，扁舟东下。甚日归来，梅花零乱春夜。

宋·姜夔

　　杨柳飘寒，雁鸿杳渺，斜阳霞映桥栈。碧水生烟，败花凌乱，游步凄凉影满。春去难留住，情难了，愁烟难散。一江春水东流，旧愁新恨难断。

　　休问红墙绿柳，笔瘦画图寻，怕教人见。白玉青丝，邀春同醉，岂是不胜清怨。心事谁知会，但梦绕，中山湖畔。甚日归来，梅花山里深院。

（2021.11.13）

杏花天影（定格）

　　｜——｜——｜（韵），｜—｜——｜｜（韵）。｜——｜｜—
—（句），｜｜（韵），｜——（句），｜｜｜（韵）。

　　——｜（韵），——｜｜（韵）。｜—｜——｜｜（韵）。｜
—｜｜——（句），｜｜（韵），———（句），—｜｜（韵）。

范例

绿丝低拂鸳鸯浦,想桃叶当时唤渡。又将愁眼与春风,待去,倚兰桡,更少驻。

金陵路,莺吟燕舞。算潮水知人最苦。满汀芳草不成归,日暮,更移舟,向甚处。

宋·姜夔

紫霞湖畔玉兰树,凳长绿阴停漫步。欲得天影付深秋,影舞,又移孤,不识路。

梅花坞,飘零柳絮。小桥哭颜惊宿鹭。怨初熄灭未成回,最苦,情难消,何处诉。

(2019.10.9)

水中灯闪龙舟戏,岸边起花羞月闭。欲将期盼送秋风,去处怪东西,这咋指。

秦淮水,长堤十里。不清四方难论比。建新拆旧又如何,愧悔,民风失,深味几。

(2019.11.30)

月照梨花（定格）

｜｜（韵），—｜（韵），———｜（韵）。｜｜——（句），——｜—（韵）。—｜—｜——（韵），｜——（韵）。

——｜｜——｜（韵），｜—｜｜（韵），｜｜——｜（韵）。｜——｜—｜（句），—｜——（韵），｜——（韵）。

范例

昼景,方永,重帘花影。好梦犹酣,莺声唤醒。门外风絮交飞,送春归。

修蛾画了无人问，几多别恨，泪洗残妆粉。不知郎马何处嘶，烟草萋迷，鹧鸪啼。

宋·黄升

月照，梨小，期时迟到。夜黑依稀，鸡鸣鸟啼。梳理前镜乌丝，画低眉。春愁别解谁人晓，又添烦恼，泪眼强装笑。等闲休记天道，晨雾迷离，盼春回。

（2019.10.10）

师师令（定格）

——｜｜（句），｜———｜（韵）。｜——｜｜——（句），｜｜｜———｜（韵）。｜｜——｜—｜（句），—｜——｜（韵）。

———｜——｜（句），｜———｜（韵）。｜——｜｜——（句），—｜｜｜——｜（韵）。｜｜———｜｜（句），｜｜———｜（韵）。

范例

香钿宝珥，拂菱花如水。学妆皆道称时宜，粉色有天然春意。蜀彩衣长胜未起，纵乱云垂地。

都城池苑夸桃李，问东风何似。不须回扇障清歌，唇一点小于珠子。

正是残英和月坠，寄此情千里。

宋·张先

灰蒙暗淡，柳丝垂空静。落花流水失风光，一地叶黄亦成景。乱象千般似火热，唯有风冰冷。

春花时水清如镜，镜中花同病。奈何身在此山中，难越暮景人难醒。正值残花和月坠，寄此情千顷。

（2019.10.11）

玉京秋（定格）

—｜｜（句），——｜—｜（句），｜——｜（韵）。｜—｜｜（句），———｜（韵）。—｜——｜｜（句），｜——（句），—｜—｜（韵）。｜—｜（句），｜——｜（句），｜——｜（韵）。

｜————｜（句），｜——（句），——｜｜（韵）。｜｜——（句），———｜（句），———｜（韵）。｜｜——（句），｜｜｜（句），—｜———｜（韵）。｜—｜（句），—｜——｜｜（韵）。

范例

烟水阔，高林弄残照，晚蜩凄切。碧砧度韵，银床飘叶。衣湿桐阴露冷，采凉花，时赋秋雪。叹轻别，一襟幽事，砌蛩能说。

客思吟商还怯，怨歌长，琼壶暗缺。翠扇恩疏，红衣香褪，翻成消歇。玉骨西风，恨最恨，闲却新凉时节。楚箫咽，谁倚西楼淡月。

宋·周密

秋寂晚，飘黄映山谷，碧波游鹳。染霞坠景，星光悠慢。凉叶凄零别散，落黄叶，心去难返。叹时短，一帘秋梦，喜忧参半。

客思今明还乱，怨歌长，杯中酒满。暮色稀疏，推寻常唤，江河迷岸。

玉骨西风，恨的是，残月高香期盼。两难断，秋怀情深啸叹。

（2019.10.13）

江楼令（定格）

－－｜｜－－｜（韵），－｜｜（句），－－｜｜（韵）。｜－
－－｜－｜（韵），｜－－｜｜（韵）。

－－｜｜－－｜（韵），｜－（句），｜－－｜（韵）。－｜－
－｜－｜（韵），｜｜－－｜（韵）。

范例

凭栏试觅红楼句，听考考，城头暮鼓。数骑翩翩度孤戍，尽雕弓白羽。
平生正被儒冠误，待闲看，将军射虎。朱槛潇潇过微雨，送斜阳西去。

宋·吴则礼

当初不晓终归处，黑影里，层层积雾。只随迷茫石当路，问天空日暮。
真言正被虚恭误，待闲看，树空虫蛀。明月多情照寒树，且等春风度。

（2019.10.15）

清游一览江楼景，江水碧，舟随雁影。大江东流各相竞，只波光不定。
天涯触目伤心等，莫回首，盼期更冷。无奈风寒梦中醒，夜色深深静。

（2020.6.22）

十二时（定格）

－－－｜（句），－－｜｜｜（句），－－－｜（韵）。－
－｜－｜（句），｜－－－｜（韵）。

｜｜－－－｜｜（韵）。－－｜｜－｜（韵）。－－｜－｜（句），

｜———｜（韵）。

范例

连云衰草，连天晚照，连山红叶。西风正摇落，更前溪呜咽。

燕去鸿归音信绝。问黄花又共谁折。征人最愁处，送寒衣时节。

宋·朱敦儒

寒天空迹，寒江独钓，寒山寺壁。多情那时月，却教人寻觅。

雁去南飞留记忆。北风催去正叹息。飘来一声笛，鹤寒风声急。

（2019.10.18）

撼庭竹（定格）

｜｜——｜—｜（韵），—｜｜—｜（韵）。——｜｜——｜（韵），

｜——｜｜—｜（句），—｜｜——（句），—｜｜—｜（韵）。

｜｜———｜｜（韵），——｜—｜（韵）。｜—｜｜——｜（句），

——｜｜｜—｜（韵）。—｜｜——（句），—｜——｜（韵）。

范例

绰略青梅弄春色，真艳态堪惜。经年费尽东君力，有情先到探春客，

无语泣寒香，时暗度瑶席。

月下风前空怅望，思携未同摘。画栏倚遍无消息，佳辰乐事再难得。

还是夕阳天，空暮云凝碧。

宋·王诜

几簇青纯点秋色，风息竹声寂。寒秋绝塞谁相忆，别情更惜别时失，

无处说东西，初意失踪迹。

夜幕迷茫何处笛？悲丝似天泣。黑沉寂静灯光熄，星星点点亮难觅。

还盼艳阳天，方等升红日。

（2019.10.22）

莫思归（定格）

—｜——｜｜—（韵），｜——｜｜——（韵）。｜——｜｜—｜（句），
—｜｜——｜—（韵）。｜｜——｜（句），—｜——｜｜—（韵）。

范例

风胃蔫红雨易晴，病花中酒过清明。绮窗幽梦乱于柳，罗袖泪痕凝似伤。冷地思量着，春色三停早二停。

宋·李从周

新月何曾照旧浪，雁鸣疏木正霜降。一帘幽梦欲肠断，花好月圆期不长。辗转翻云去，秋百消亡忆故乡。

（2019.10.24）

倾杯近（定格）

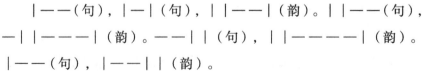

｜｜——｜｜（句），—｜——｜（韵）。｜｜——｜｜（句），
｜——｜｜（韵）。——｜｜（句），—｜———｜｜（韵）。｜——（句），
｜——｜｜—（韵）。

　　｜——（句），｜—｜（句），｜｜——｜（韵）。｜｜——（句），
—｜———｜（韵）。——｜｜（句），｜｜———｜（韵）。
｜——（句），｜——｜｜（韵）。

范例

遽馆金铺半掩，帘幕参差影。睡起槐阴转午，鸟啼人寂静。残妆褪粉，松鬟敧云慵不整。尽无言，手接裙带绕花径。

酒醒时，梦回处，旧事何堪省。共载寻春，并坐调筝何时更。心情尽日，一似杨花飞无定。未黄昏，又先愁夜永。

宋·袁去华

黑幕微微暗起，黄叶斜花底。曲巷悠悠路漫，泣秋尘影外。残光缺月，相遇同难谁共记。视深秋，月弯星点写心字。

不夜天，梦醒地，怎奈重门闭。未及寻春，窗外降霜寒花碎。难言不尽，那堪迷失长如醉。坠穹空，夜深思故里。

（2019.10.28）

碧水青山色动，流景春光送。小鸟叽喳逗闹，小花争俏宠。祥和大地，随他东西豪放纵。惜时光，一缘山水有谁懂。

不堪醒，再回首，旧事揪心痛。奋力寻春，多少苦难心相共。流花岁月，一地黄花悲情恸。月光萧，夜阑痴醉梦。

（2020.8.22）

青门引（定格）

｜｜－－｜（句），－｜｜－－｜（韵）。－－｜｜｜－－（句），－－｜｜（句），｜｜｜－｜（韵）。

－－｜｜－－－（句），｜｜－－｜（韵）。｜－｜｜－｜（句），｜－｜｜－－｜（韵）。

范例

乍暖还轻冷，风雨晚来方定。庭轩寂寞近清明，残花中酒，又是去年病。
楼头画角风吹醒，入夜重门静。那堪更被明月，隔墙送过秋千影。

宋·张先

晚暮千层叠，风急落索黄叶。西边日落盼东方，希望倍切，烦事又重叠。
昏昏酒醉人惊醒，梦里从头越。哪堪雾霾寒冽，尽头不见思明月。

（2019.10.29）

暮色河边走，霞落近花移柳。青亭街道接中山，轻风佚荡，绿踪景依旧。
风华醉月江中流，落日更难守。别离再举杯酒，戏台起舞谁人袖？

（2019.10.29）

幕府三台洞，情景累连叠中。江天一览世皆空，青天碧水，一地任横纵。
山河似画深情浓，怎奈风云动。举头不见明月，酒香又与谁人共？

（2020.7.3）

一斛珠（定格）

——｜｜（韵），｜—｜｜——｜（韵）。———｜——｜（韵）。
＋｜——（句），｜｜——｜（韵）。

——｜｜——｜（韵），｜——｜——｜（韵）。｜—｜｜—
—｜（韵），—｜——（句），｜｜——｜（韵）。

范例

梅花似雪，雪花却似梅清绝。小窗低映梅梢月。常记良宵，吹酒共攀折。
如今客里都休说，潇潇洒洒情怀别。夜阑火冷孤灯灭。雪意梅情，
分付漆园蝶。

宋·侯寘

栖霞晚歇,登山锦簇红枫叶。西阳斜照波潮迭。掀起红浪,一股心头热。

人间百态情如雪,问寒尊老参差别。夜深苦熬摇光灭。枫意秋情,共邀秦淮月。

（2019.11.1）

泛清波摘遍（定格）

——｜｜（韵），｜｜——（句），—｜｜——｜｜（韵）。｜——｜（句），｜｜——｜—（韵）。——｜（韵），——｜｜｜（句），｜｜——（句），—｜｜——｜｜（韵）。｜｜——（句），｜｜—｜—｜（韵）。

｜—｜（韵）。——｜—｜—（句），｜｜｜——｜（韵）。—｜——｜—（句），｜——｜（韵）。——｜（韵）。—｜｜｜—（句），——————｜（韵）。｜｜——｜｜（句），｜——｜（韵）。

范例

催花雨小,著柳风柔,都似去年时候好。露红烟绿,尽有狂情斗春早。长安道,秋千影里,丝管声中,谁放艳阳轻过了。倦客登临,暗惜光阴恨多少。

楚天渺。归思正如乱云,短梦未成芳草。空把吴霜鬓华,自悲清晓。帝城杳。双凤旧约渐虚,孤鸿后期难到。且趁朝花夜月,翠尊频倒。

宋·晏几道

枫红淡绿,栈道风柔,应是去时留恋处。薄云烟渺,正是秋凉雁南去。长长路,寒霜铺地,半月偷光,窗外起风花影舞。夜半时分,怨失春秋怨谁误。

数风雨。秋长诸花凋零,梦短已成花絮。空把光阴弄丢,自悲虚度。帝王府。原旧贪俗默移,清新天朝难注。只自朝花夜月,与天吟吐。

（2019.11.21）

乌云乱搅，暴雨咆哮，电闪雷鸣天地罩。碎红残绿，一地创伤肆横扫。情难了，风和日暖，一片祥和，无奈夕阳春去早。几度春秋，莫谈星星度人老。

月光悄。寸心善诚至高，做梦已登仙道。人世平平淡然，古来多少。云缥缈。弯月影坠柳梢，今昔同心难找。别说时还未到，酒醒人倒。

（2020.8.12）

沙塞子（定格）

—｜｜—一｜（韵），｜｜｜（豆）、
——｜｜（韵）。｜——（句），｜｜——
（句），—｜—｜（韵）。

——｜｜—｜｜（韵），｜—｜（豆）、
——｜｜（韵）。｜——（句），｜——｜（句），
———｜（韵）。

范例

春水绿波南浦，渐离棹、行人欲去。黯消魂，柳际轻烟，花梢微雨。长亭放盏无计住，但芳草、迷人去路。忍回头，断去残日，长安何处。

宋·赵彦端

秋水碧云天共，岗里绿、波红叶动。敞心扉，锦里烟尘，漂泊谁懂。西风一夜狂放纵，百花落、零星感痛。夜空空，月朦迷际，星帘幽梦。

（2019.11.23）

弯月淡云春散，夜半怨、情谁在唤。道东西，雁去烟空，犹在期盼。人生最好皆小满，一心做、人长别短。论盈亏，苦甜酸辣，今生难断。

（2020.5.20）

梅子黄时雨（定格）

　　—｜——（句），｜—｜｜—（句），—｜—｜（韵）。｜｜｜——（句），｜——｜（韵）。—｜—｜—｜（句），｜—｜｜——｜（句），｜—｜（韵）。｜｜｜—（句），—｜—｜（韵）。

　　—｜（韵）。———｜（句），｜——｜｜（句），—｜—｜（韵）。｜｜｜——（句），———｜（韵）。—｜———｜｜（句），｜——｜（句），——｜（句），｜—｜——｜（韵）。

范例

　　流水孤村，爱尘事顿消，来访深隐。向醉里谁扶，满身花影。鸥鹭相看如瘦，近来不是伤春病，嗟流景。竹外野桥，犹系烟艇。

　　谁引。斜川归兴，便啼鹃纵少，无奈时听。待棹击空明，鱼波千顷。弹到琵琶留不住，最愁人是黄昏近。江风紧，一行柳阴吹暝。

　　　　　　　　　　　　　　　　　　　　　　　　宋·张炎

　　梅子黄时，雨多厌不停，频断方步。奈借酒余醒，影移花舞。思念寻他千度，近来却是愁丝缕，绿茶煮。竹外淡烟，残梦连渚。

　　应误。重帘玄幕，唯微光不透，难见深度。信水里轻漂，而今成否。飞越时空留不住，乃今无有仙人渡。沉吟处，一人点星星数。

　　　　　　　　　　　　　　　　　　　　　　（2019.11.26）

　　留宿江楼，爱江水碧波，花月星疏。奈往事如云，水中悲楚。归里寻它千度，哪知只有仙人渡，嗟流景。夜黑更深，灯映江树。

　　心苦。非花非雾，似京城旧路，深暮独步。梦里那春鸿，今来然否。犹是黄昏留不住，却教人把青春误。低吟处，一风又伤迟暮。

　　　　　　　　　　　　　　　　　　　　　　（2020.8.26）

惜琼花（定格）

—｜｜（句），—｜｜（韵）。｜——｜｜（句），—｜—｜（韵）。
｜——｜——｜（韵），—｜——（句），—｜—｜（韵）。
　———（句），—｜｜（韵），—｜—｜｜（句），—｜—｜（韵）。
｜——｜——｜（韵），—｜——（句），—｜—｜（韵）。

范例

　　汀蘋白，苕水碧。每逢花驻乐，随处欢席。别时携手看春色，萤火而今，飞破秋夕。

　　汴河流，如带窄，任身轻似叶，何计归得。断云孤鹜青山极，楼上徘徊，无尽相忆。

宋·张先

　　鱼肚白，湖水碧。览峰云雾里，忽现踪迹。浪涛云海迷宫觅，悬瀑云间，飞泻千尺。

　　山河云，如水画，人非仙各得，心愿归一。乱云飞白藏灰黑，冲浪淘沙，多少过客。

（2019.11.29）

被花恼（定格）

——｜｜｜——（句），—｜｜——｜（韵）。｜｜——｜—｜（韵）。
——｜｜（句），——｜｜（句），｜｜——｜（韵）。—｜｜（句），
｜——（句），｜——｜——｜（韵）。

　　—｜｜——（句），—｜——｜—｜（韵）。———｜（句），
｜｜——（句），｜｜——｜（韵）。｜——｜｜——（句），

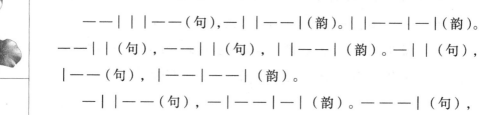

｜—｜（豆）、——｜—（韵）。｜｜｜（句），｜｜————｜｜（韵）。

范例

疏疏宿雨酿寒轻，帘幕静垂清晓。宝鸭微温瑞烟少。檐声不动，春禽对语，梦怯频惊觉。骹珀枕，倚银床，半窗花影明东照。

惆怅夜来风，生怕娇香混瑶草。披衣便起，小径回廊，处处多行到。正千红万紫竞芳妍，又还似、年时被花恼。蓦忽地，省得而今双鬓老。

宋·杨缵

西风夜里戏帘窗，晨露白飘寒晓。小鸟叽喳叫声早。兰花正放，针松翠绿，屋里嫌花少。贪懒觉，半苏醒，一帘春梦霞光照。

原上杜鹃花，生怕春迟被花恼。丛娇争丽，万物生机，正等春来到。待青山绿水满人间，只风火、年华少多少。蓦忽地，不觉而今人已老。

（2019.12.2）

江亭怨（定格）

　　—｜｜—｜｜（韵），—｜｜——｜（韵）。｜｜｜——（句），—｜——｜｜（韵）。

　　｜｜｜——｜（韵），｜｜———｜（韵）。—｜｜——（句），｜｜———｜（韵）。

范例

帘卷曲栏独倚，江展暮天无际。泪眼不曾晴，家在吴头楚尾。

数点雪花乱委，扑漉沙鸥惊起。诗句欲成时，没入苍烟丛里。

宋·吴城小龙女

晨登阅江雾阁，江渺迹痕凄薄。怨怅不曾晴，三二叽声雀跃。

欲把事心相托，却觅遥天黄鹤。犹只梦中寻，梦也何曾来约。

（2019.12.8）

茶瓶儿（定格）

　　｜————｜｜（韵）。｜—｜（句），———｜（韵），

—｜——｜（韵）。｜——｜（句），｜｜——｜（韵）。

　　—｜———｜｜（韵）。—｜｜———｜（韵）。—｜——｜（韵），

｜——｜（韵）。—｜——｜（韵）。

范例

　　去年相逢深院宇。海棠下，曾歌金缕，歌罢花如雨。翠罗衫上，点点红无数。

　　今岁重寻携手处。空物是人非春暮。回首青云路，乱英飞絮。相逐东风去。

宋·李元膺

　　雨花台前含热泪。菊花撒，当年燃起，星火燎原势。血痕衫上，印染丹青志。

　　今日重寻先辈史。空物念思非春记。眸凝人间事，几多追悔。随任东风弃。

（2019.12.5）

　　那年相逢堤下柳。月光下，同难寒九，相共和月走。没分贫富，月下长相守。

今日离亭还对酒。人是物非寒凉透。情断休回首，几曾同有。空有心依旧。

（2021.4.20）

忆黄梅（定格）

—||—||（韵），|||——|（韵）。—||——（句），|||（韵）。||——（句），|——||（句），——|（韵）。—|—|||（韵）。

|—（韵）。|——（句），—|||（韵）。|—||——|（韵），——||（韵）。|——（句），—|——（句），|———|（韵）。—||（句），—|——||（韵）。

范例

枝上叶儿未展，已有坠红千片。春意怎生防，怎不怨。被我安排，矮牙床斗帐，和娇艳。移在花丛里面。

请君看。惹清香，偎媚暖。爱香爱暖金杯满，问春怎管。大家拼，便做东风，总吹交零乱。犹肯自，输我鸳鸯一半。

宋·王观

梅雨淅沥不断，上滴下湿漆乱。窗外雨成行，水四溅。欲静无题，动移原地转，方寸半。愁在寸步里面。

把天盼。雨消停，云驱散。地天一片阳光满，天长夜短。看山河，今古无先，绿中千红伴。花一朵，春到声声引赞。

（2019.12.6）

窗外晓寒正透，梦断影残如旧。前事尽空愁，跟月走。恨与宵长，月光情尽漏，如三九。长夜谁能忍受。

月和酒。对三人，亭下柳。那年许愿长相守，天长地久。那堪知，随水东流，落花无旧友。心已负，常见红肥绿瘦。

（2021.7.13）

归去难（定格）

　｜　一｜一（句），｜｜一一｜（韵）。｜｜一一｜（句），一一一｜（韵）。
一一｜｜（句），｜｜｜一｜（韵）。｜一一｜｜（韵）。｜｜｜一（句），
一一｜｜一｜（韵）。

　｜｜一一（句），｜｜一一｜（韵）。｜｜｜一｜（句），一一一｜（韵）。
一一｜｜（句），｜｜一一｜（韵）。一｜一｜｜（韵）。｜｜一一（句），
一｜｜一｜（韵）。

范例

佳约人未知，背地伊先变。恶会称停事，看深浅。如今信我，委的论长远。好来无可怨。泪合教伊，因些事后分散。

密意都休，待说先肠断。此恨除非是，天相念。坚心更守，未死终相见。多少闲磨难。到得其时，知他做甚头眼。

宋·周邦彦

流水归去难，逆道多磨难。甚否人间事，谁来判。何为是正，论说更迷乱。意随思景变。重在信诚，师生未忘初愿。

世事浮休，欲说愁肠断。黑白论长短，天都转。良心自守，默洒辛酸泪。风雪烟雨路。待到清时，窥看他人舞。

（2020.3.21）

越江吟（定格）

－－－－－－｜（韵）。｜｜（韵）。｜－－｜－－｜（韵）。
－－－｜－－｜（韵）。

－－－（句），－｜－｜（韵）。｜－｜（韵）。－－｜｜｜（韵）。
－－｜（韵）。－－｜｜（韵）。－－｜（韵）。

范例

非烟非雾瑶池宴。片片。碧桃零乱黄金殿。虾须半卷天香散。
春云和，孤竹清婉。入霄汉。红颜醉态烂漫。金兴转。霓旌影乱。箫声远。

宋·苏易简

前湖烟波悠垂柳。绿瘦。两边红紫丰妍茂。鲜花丛里香浓厚。
春光留，天地相守。且休走。山花烂漫醉酒。春拉手。醒而梦复。还依旧。

（2020.3.28）

应天长（格一）

｜－｜｜－－｜（韵），｜－－－－｜｜（韵）。－－｜（句），
｜－｜（韵）。｜｜｜－－｜｜（韵）。

｜－－（句），－｜｜（韵）。－－｜－－｜（韵）。｜｜｜
－｜（韵），｜｜－－｜（韵）。

范例

别来半岁音书绝，一寸离肠千万结。难相见，易相别。又是玉楼花似雪。
暗相思，无处说。惆怅夜来烟月。想得此时情切，泪沾红袖黦。

唐·韦庄

醉醒那堪心离走，亦羞当年同举手。非难正，是难负。愧对雨花台下柳。谈谁求，何众有。茫茫月光相守。想到此情伤透，望月心依旧。

（2020.3.31）

应天长（格二）

　　｜－－｜－－｜（韵），－｜－－－｜｜（韵）。－－｜（句），
－－｜（韵），－｜｜－－｜｜（韵）。

　　｜－－｜｜（韵），｜｜｜－－｜（韵）。｜｜－－｜｜（韵），
－－｜｜｜（韵）。

范例

　　一钩初月临妆镜，蝉鬓凤钗慵不整。重帘静，层楼迥，惆怅落花风不定。柳堤芳草径，梦断辘轳金井。昨夜更阑酒醒，春愁过却病。

五代·李璟

　　旧时心事何方接？难解愁肠千万结。都相有，唯相别，疑似北风天满雪。夜深星闪曳，梦断翌晨烟月。辗转情思怨切，春愁意未绝。

（2019.9.28）

　　石城春冷连绵雨，三二晶灵花点树。梅花坞，江南府，留客绿丛寻故路。怅离斜日暮，梦断岁华如许。昨夜琴弹旧谱，愁飘雨独舞。

（2020.4.3）

滴滴金（定格）

　　｜－｜｜｜－（韵），－－｜（句），｜－｜（韵）。－－
－｜｜－－（句），－－｜－｜（韵）。

—|｜——｜｜（韵），——｜（句），｜—｜（韵）。｜——
—｜｜——（句），｜｜——｜（韵）。

范例

帝城五夜宴游歇，残灯外，看残月。都人犹在醉乡中，听更漏初彻。
行乐已成闲话说，如春梦，觉时节。大家同约探春行，问甚花先发。

宋·李遵勖

旧游故地路途陌，山岩紫，水青碧。都寻犹在醉情中，东风唤遥忆。
沙里埋载烧赤壁，红连黑，黑连白。一尘痴梦断铜台，过客论仲佰。

（2020.4.7）

探芳新（格一）

｜—｜（句），｜｜｜———（句），——｜｜（韵）。｜｜——｜（句），
——｜—｜（韵）。——｜｜——｜（句），｜｜——｜（韵）。
｜——（句），｜｜｜—（句），｜——｜（韵）。

　　—｜｜—｜（韵）。｜—｜——（句），｜——｜（韵）。
—｜——（句），—｜｜｜（韵）。｜—｜———｜（句），
｜｜——｜（韵）。｜——（句），｜｜——｜｜（韵）。

范例

　　坐清昼，正冶思萦花，余醒倦酒。甚采芳人老，芳心尚如旧。消魂
忍说铜驼事，不是因春瘦。向西园，竹扫颓垣，蔓萝荒薮。

　　风雨夜来骤。叹歌冷莺帘，恨凝蛾岫。愁到今年，多似去年否。旧
情懒听山阳笛，目极空搔首。我何堪，老却江潭汉柳。

宋·张炎

转芳径，见绿黄青橙，红蓝赤紫。甚探春光起，为何似疑止。桃源数处孤零散，不是时华事。望星空，点点坠星，月前花闭。

风雨此时诡。叹经载如期，怨凝眉指。愁在今年，将酒月知几。欲将远眸先强已，目极谁相比。慎疏言，笑与天亮倚醉。

（2020.4.10）

探芳新（格二）

｜一一（句），｜｜一｜一（句），｜一一｜（韵）。｜一｜一（句），一｜一一一｜（韵）。一一｜一｜｜（句），｜一一（句），一｜｜（韵）。｜一一（句），一一｜（句），｜｜一一一｜（韵）。

一｜一一｜｜（韵），一｜｜｜一（句），一一｜｜（韵）。｜｜一一（句），一｜一一一｜（韵）。一一一｜｜一（句），｜一一（句），一｜｜（韵）。｜一一（句），一一｜（句），｜一一｜（韵）。

范例

九街头，正软尘润酥，雪销残溜。禊赏祇园，花艳云阴笼昼。层梯峭空麝散，拥凌波，萦翠袖。叹年端，连环转，烂漫游人如绣。

肠断回廊伫久，便写意溅波，传愁蹙岫。渐没飘鸿，空惹闲情春瘦。椒杯香乾醉醒，怕西窗，人散后。暮寒深，迟回处，自攀庭柳。

宋·吴文英

夜深幽，暗影弦月浮，薄帘光漏。点斑若留，多少凄凉难受。余寒半侵暖袖，玉钩移，将进酒。酒添愁，伤熬泪，梦断初醒凉透。

无奈跟着月走，烟雾锁鼓楼，高楼乐奏。燕子双飞，空有河边垂柳。琼思遥想且休，水空流，山峦旧。泪难收，悲何有，破愁何久。

（2022.4.13）

甘草子（定格）

—｜（韵），｜｜——（句），｜｜——｜（韵）。｜｜｜——（句），
｜｜——｜（韵）。

—｜｜———｜（韵），｜｜｜（句），———｜（韵）。
—｜——｜—（句），｜｜——｜（韵）。

范例

秋暮，永夜西楼，冷月明窗户。梦破橹声中，忆在松江路。

欹枕试寻曾游处，记历历，风光堪数。谁与浮家五湖去，尽醉眠秋雨。

宋·杨无咎

秋月，透彻清寒，寂静凉冰洁。伴夜宛如约，满缺从头越。

江边小舟西风别，别往事，为何难绝。霞踪飘游万千结，落日红枫叶。

（2019.10.3）

梅俏，瘦腰如袅，幽静寒烟悄。碎影斜映照，桃李梨花小。

题壁醉江月空好，尽缥缈，无声一笑。枯柳塘前无双倒，且等春来早。

（2022.2.10）

春暮，雨过清明，散落花无数。梦断冷风中，洒在伤心处。

思忆那堪风和雨，算惟有，无声心堵。春水花流奈何去，苦向何方诉。

（2020.4.14）

注：春分早春、仲春、晚春。

1.早春：春的第一个月，又名初春、孟春。两个节气：立春2月3～5日，春分，3月20～22日。

2.仲春：阴历二月，两个节气：惊蛰3月5～7日，春分3月20～22日。

3.晚春：又名暮春、残春、余春，两个节气：清明4月4～6日，谷雨4月19～21日。

七娘子（定格）

——｜｜——｜（韵），——｜｜——｜（韵）。｜———（句），

———｜（韵）。——｜｜——｜（韵）。

——｜｜——｜（韵），———｜——｜（韵）。｜｜——（句），

｜——｜（韵）。——｜｜——｜（韵）。

范例

天涯触目伤离绪，登临况值秋光暮。手捻黄花，凭谁分付。雍雍雁落兼葭浦。

凭高目断桃溪路，屏山楼外青无数。绿水红桥，锁窗朱户。如今总是销魂处。

宋·蔡伸

湖中倒影伤离绪，残春远去愁无语。夜阴将来，风灯催去。斜阳落在同行处。

凭阑望尽山间路，乡情湿眼思无数。梦断溪桥，菊篱香树。深深绿柳谁人住。

（2020.4.16）

金蕉叶（定格）

——｜｜（韵）。——｜（句），｜—｜｜（韵）。—｜—（句），

—｜｜（韵）。｜—｜｜｜（韵）。

｜｜——｜｜（韵）。——｜（句），｜—｜｜（韵）。｜｜——

—｜｜（韵）。｜｜｜｜｜（韵）。

范例

行思坐忆。知他是，怎生过日。烦恼无，千万亿。诮将做饭吃。

旧日轻怜痛惜。却如今，怨深恨极。不觉长吁叹息。便直恁下得。

宋·袁去华

晨光露白。霞丝染，紫云水碧。山水间，飞鸟迹。断崖瀑布急。

坠落三千漫忆。至如今，水深恨极。几漫金山静寂。景失怨痛惜。

（2020.4.29）

醉蓬莱（定格）

｜－－｜｜（句），｜｜－－（句），｜－－｜（韵）。－｜－－（句），｜｜－－｜（韵）。｜｜－－（句），－－｜｜（句），－｜－－｜（韵）。｜｜－－（句），｜－－｜（句），｜－－｜（韵）。

｜｜－－（句），－－｜｜（句），｜｜－－（句），｜－－｜（韵）。－｜－－（句），｜－－－｜（韵）。｜｜－－（句），－－｜｜（句），｜｜－－｜（韵）。｜｜－－（句），－－－｜（句），｜－－｜（韵）。

范例

望晴峰染黛，暮霭澄空，碧天银汉。圆镜高飞，又一年秋半。皓色谁同，归心暗折，听唳云孤雁。问月停杯，锦袍何处，一尊无伴。

好在南邻，诗盟酒社，刻烛争成，引觞愁缓。今夕楼中，继阿连清玩。

饮剧狂歌，歌终起舞，醉冷光凌乱。乐事难穷，疏星易晓，又成浩叹。

宋·谢薖

记风狂雨骤，蹙变阴阳，月光难守。平静祥和，数日多长有。皓月谁同，丝丝似洁，难复当年柳。问月为何，阴晴圆缺，梦中凉透。

梦境遥遥，迷途渺渺，暮色春残，不堪回首。杨柳无情，也为春愁瘦。柳树沟头，一同携手，柳忘人思旧。水月琴台，三人同醉，泪将和酒。

（2020.5.7）

月下笛（定格）

　　｜｜－－（句），－－｜｜（句），｜－－｜（韵）。－－｜｜（句），－｜－－｜－｜（韵）。－－｜｜－－｜（句），｜｜｜｜（句），－－｜｜（韵）。｜－－－｜（句），－－｜｜（句），｜－－｜（韵）。

　　－｜（韵），－－｜（韵）。｜｜｜（句），－－｜－－｜（韵）。－－｜｜（句），｜－－｜－｜（韵）。｜－－｜－－｜（句），｜｜｜（韵）。｜｜｜（句），｜－－（句），－｜－－｜｜（韵）。

范例

　　万里孤云，清游渐远，故人何处。寒窗梦里，犹记经行旧时路。连昌约略无多柳，第一是，难听夜雨。漫惊回凄悄，相看烛影，拥衾谁语。

　　张绪，归何暮。半零落，依依断桥鸥鹭。天涯倦旅，此时心事良苦。只愁重洒西州泪，问杜曲人家在否。恐翠袖，正天寒，犹倚梅花那树。

宋·张炎

　　冷月孤楼，春花谢了，忆人何处。残光夜里，犹记曾行那时路。山乡种下忘情树，月下笛，愁来自叙。影踪和星数，独醒月色，又同谁语。

　　清苦，桑榆暮。伴冷落，寒风似刀飞舞。天涯倦客，几多心事难诉。

乱阶都是伤心地，怎禁薄衣遮骤雨。晃影壁，醉空幽，同梦随风远渡。

（2020.5.17）

眉峰碧（定格）

｜｜－－｜（韵），－｜－－｜（韵）。｜｜－－｜｜－（句），
｜－｜（句），－－｜（韵）。

｜｜－－｜（韵），－｜－－｜（韵）。－｜－－－｜－（句），
－－｜｜－－｜（韵）。

范例

> 蹙破眉峰碧，纤手还重执。镇日相看未足时，忍便使，鸳鸯只。
> 薄暮投村驿。风雨愁通夕。窗外芭蕉窗里人，分明叶上心头滴。

宋·无名氏

> 蹙破眉峰碧，双眼窥寻迹。一石生花怪事其，水珠滴，成千亿。
> 醉里箫声泣，弯月残光息。寒夜相思寒夜昏，醒来半夜心凄寂。

（2020.5.18）

金凤钩（定格）

－｜｜｜－｜（韵）。｜｜｜（句），｜－－｜（韵）。｜－－｜（句），
｜－－｜（句），－｜｜｜－｜｜（韵）。

－－－｜－－｜（韵）。｜｜｜（句），｜－－｜（韵）。｜－
－｜（句），｜－－｜（句），－｜｜－－｜（韵）。

范例

　　春辞我向何处。怪草草，夜来风雨。一簪华发，少欢饶恨，无计殢春且住。

　　春回常恨寻无路。试向我，小园徐步。一栏红药，倚风含露，春自未曾归去。

宋·晁补之

　　江水白众峰碧。绿柳岸，夕阳残色。几多风雨，怨春离惜，天黑四处更寞寂。

　　高楼人舞衬红壁。影乱晃，月弯灯息。断云星失，渺茫难觅，皆是路过行客。

（2020.5.23）

侍香金童（定格）

　　｜｜－－（句），｜｜｜－－｜（韵）。｜｜｜｜（句），－－－｜｜｜（韵）。－｜｜－－｜｜（韵），｜｜－－（句），－－｜｜（韵）。

　　｜－－（句），｜｜｜－－｜｜（韵）。｜｜｜｜（句），－－｜｜（韵）。｜｜－－－｜｜（句），｜｜－－（句），｜－－｜（韵）。

范例

　　宝马行春，缓辔随油壁。念一瞬，韶光堪重惜。还是去年同醉日。客里情怀，倍添凄恻。

　　记南城，锦迳名园曾遍历。更柳下，人家似织。此际凭阑愁脉脉，满目江山，暮云空碧。

宋·蔡伸

　　晓梦飘摇，树鸟叽喳闹。欲破晓，争鸣何奈早。心苦不言时未到，半等黎明，将无好觉。

夜深沉，酒醒风寒迷雾绕。且不念，青丝已老。未登泰山心尚小，万里江山，中华天骄。

（2020.5.25）

一种春光，梦断江南笛。忘不了，当年狂雨急。今日又当那时日，几势招来，旧曾相识。

夜凭阑，酒醒寒透霜染壁。切莫要，倍添悲激。自在冰清星火熄，万壑争流，一溪寒寂。

（2021.5.26）

厌金杯（定格）

—｜——（句），—｜｜｜（韵）。｜——（句），｜——｜（韵）。
｜——｜（句），｜｜｜——（句），—｜｜｜（韵），｜｜——｜｜（韵）。
｜——｜（韵），｜｜——（句），—｜｜（句），｜——｜（韵）。
｜—｜｜（句），｜｜｜——（句），—｜｜｜（韵），—｜——｜｜（韵）。

范例

风软香迟，花深漏短。可怜宵，画堂春半。碧纱窗影，卷帐蜡灯红，鸳枕畔，密写乌丝一段。

采蘋溪晚，拾翠沙空，尽愁倚，梦云飞观。木兰艇子，几日渡江来，心目断，桃叶青山隔岸。

宋·贺铸

春梦难回，云坠逝水。可怜今，落花匝地。远方云里，露出月悄悄，无奈是，黑夜星星散碎。

几回乡里，几数相思，酒和泪，未喝人醉。幕天席地，幻想景朦胧，堪那比，春里花羞月闭。

（2020.5.27）

后庭宴（定格）

—｜——（句），｜—
—｜（韵），｜——｜
—｜（韵）。｜｜—｜｜｜
（句），———｜——｜（韵）。
——｜｜——（句），
—｜｜——｜（韵）。｜—
—｜（句），｜｜——｜
（韵）。｜｜｜——（句），
｜——｜｜（韵）。

范例

　　千里故乡，十年华屋，乱魂飞过屏山簌。眼重眉褪不胜春，菱花知我销香玉。

　　双双燕子归来，应解笑人幽独。断歌零舞，遗恨清江曲。万树绿低迷，一庭红扑蕨。

唐·无名氏

　　万里长江，奔腾浪激，乱云飞过应声急。冲破千壁万重山，大江东去情无极。

　　凭阑极目眺望，难觅古今魂魄。一江春水，一去无留迹。细语怕天知，断肠星语息。

（2020.5.28）

贺圣朝 (定格)

｜｜－－－｜｜（韵），－｜｜｜（句），－｜－｜（韵）。｜－
－｜（句），｜－－－｜｜－｜（句），－｜－｜（韵）。

｜－－｜－－｜（韵），－｜｜｜－（句），－｜－｜｜（韵）。
｜－－－｜（句），－｜｜－（句），－｜－｜（韵）。

范例

忆昔花间初识面，红袖半遮，妆脸轻转。石榴裙带，故将纤纤玉指偷捻，双凤金线。

碧梧桐锁深深院，谁料得两情，何日教缱绻。羡春来双燕，飞到玉楼，朝暮相见。

五代·欧阳炯

断目难收昏暮雨，横竖乱打，春去难诉。一声流泪，却扎伤心旧景深处，无语先数。

景山一望堪愁路，颜褪旧历黄，风雨民众苦。梦长宵难度，何奈世间，明月无助。

（2020.5.31）

西地锦 (定格)

－｜｜－－｜（韵），｜｜｜－｜（韵）。－－｜｜｜（句），
｜－｜｜（句），｜－－－｜（韵）。

｜｜－－－｜（韵），－｜－－｜（韵）。－－｜｜｜（句），－
－｜｜（句），｜－－－｜（韵）。

范例

回望玉楼金阙，正水遮山隔。风儿又起，雨儿又急，好愁人天色。

两岸荻花枫叶，争舞红吹白。中秋过也，重阳近也，作天涯孤客。

宋·石孝友

霞晚雁飞天碧，柳暗睡莲白。桥边踏月，阵风浪起，绿波连天色。

旧地重游寻迹，心事难相忆。山间路漫，蓝桥未了，落黄花孤寂。

（2020.6.4）

古阳关（定格）

　　—｜——｜（句），｜｜——｜（韵）。——｜｜（句），——｜（句），

——｜（韵）。｜——｜｜（句），｜｜——｜（韵）。—｜｜（句），

——｜｜｜—｜（韵）。

　　—｜——｜（句），—｜｜（句），｜——｜（韵）。｜—｜（句），

｜—｜（韵）。｜｜——｜（句），｜｜——｜（韵）。｜｜—（句），

——｜｜｜—｜（韵）。

范例

　　暮草蛩吟噎，暗柳萤飞灭。空庭雨过，西风紧，飘黄叶。卷书帷寂静，对此伤离别。重感叹，中秋数日又圆月。

　　沙觜樯竿上，淮水阔，有飞凫客。词珠玉，气冰雪。且莫教皓月，照影惊华发。问几时，清尊夜景共佳节。

宋·晁补之

　　西出阳关远，一去难相见。敦煌旧地，伤心处，黄沙漫。昔年流淌去，去客难回转。一声叹，情长意短恨难断。

　　愁上心头乱，堪那是，壁残流散。气吞半，怨风唤。岁月无情短，

唯有星光满。不了情，平和盛事共期盼。

（2020.6.7）

安公子（定格）

｜｜－－｜（韵），｜－｜｜－－｜（韵）。｜｜－－－｜｜（句），
｜－－－｜（韵）。｜｜｜（句），－－｜｜－－｜（韵）。－｜－（句），
｜｜－－｜（韵）。｜｜－－｜（句），－｜－－－｜（韵）。

｜｜－－｜（韵），｜－｜｜－－｜（韵）。｜｜－－－｜｜
（句），｜－－－｜（韵）。｜｜｜（句），－－｜｜－－｜（韵）。
－｜－（句），｜｜－－｜（韵）。｜｜－－｜（句），－｜－－
－｜（韵）。

范例

　　远岸收残雨，雨残稍觉江天暮。拾翠汀洲人寂静，立双双鸥鹭。望几点，渔灯隐映蒹葭浦。停画桡，两两舟人语。道去程今夜，遥指前村烟树。

　　游宦成羁旅，短樯吟倚闲凝伫。万水千山迷远近，想乡关何处。自别后，风亭月榭孤欢聚。刚断肠，惹得离情苦。听杜宇声声，劝人不如归去。

宋·柳永

　　梦觉春离岸，一江逝水残花散。唯有星光常作伴，却眼穿肠断。怎奈是，星愁月恨情何叹。闻鸟鸣，未晓悲啼怨。弄月阵风慢，掀起床前帘乱。

　　恐惑相知晚，那堪共苦相抛远。别恨功成心上结，月圆伤情满。说不了，陈年旧事如何算。情未了，一望重相见。独倚阑干盼，遥望南飞鸿雁。

（2020.6.11）

四犯令（定格）

｜｜－－－｜｜（韵）。｜｜－－｜（韵），｜｜－－－｜｜（韵）。
｜－－，－－｜（韵）。

｜｜－－－｜｜（韵）。｜｜－－｜（韵），｜｜－－－｜｜（韵）。
｜－－，－－｜（韵）。

范例

月破轻云天淡注。夜悄花无语，莫听阳关牵离绪。拼酩酊，花深处。

明日江郊芳草路，春逐行人去，不似酴醾开独步。能着意，留春住。

宋·侯寘

地罩乌云梅雨闷。石破惊天讯，不语无言情不尽。论阴晴，皆难分。

莫向新风寻旧恨。诸事随分寸，拨雾云开天不吝。到头来，谁不信。

（2020.6.12）

雨中花令（定格）

｜｜－－－｜｜（韵）。｜－｜（句），｜－｜｜（韵）。
｜－｜－－（句），－－－｜（句），｜｜｜－｜（韵）。

｜｜－｜｜｜（韵）。｜｜｜（句），－－｜｜（韵）。
｜｜｜－－（句），－－｜｜（句），｜｜－－｜（韵）。

范例

百尺清泉声陆续。映潇洒，碧梧翠竹。面千步回廊，重重帘幕，小
枕敧寒玉。

试展鲛绡看画轴。见一片，潇湘凝绿。待玉漏穿花，银河垂地，月上阑干曲。

宋·王观

雨大横灾何得了。怎堪那，水狂浪暴。任随水东流，千山穷尽，万里水缥缈。

四外风声静悄悄。只不晓，醒来要早。待到泪双流，银河一地，只有天知晓。

（2020.6.19）

迎春乐（定格）

－－｜｜－－｜（韵）。－－｜（句），｜－｜（韵）。｜－－（句），｜｜－－｜（韵）。－｜｜（句），－－｜（韵）。

　　｜｜－－－｜｜（韵）。｜－｜（句），－－－｜（韵）。－｜｜－－（句），－｜｜（句），－－｜（韵）。

范例

红深绿暗春无迹。芳心荡，冶游客。记摇鞭，跋马铜驼陌。凝睇认，珠帘侧。

絮满愁城风卷白。递多少，相思消息。何处约欢期，芳草外，高楼北。

宋·方千里

陈年往事难寻迹。红尘里，尽浮客。忆当时，水薄山梁陌。风虐烈，任敲侧。

岁月如梭鬓早白。那堪念，先前消息。何若似归还，南渡口，长江北。

（2020.6.27）

庆春泽（定格）

—｜———｜（句），—｜｜——（句），｜——｜（韵）。
—｜｜——（句），———｜（韵）。｜｜——（句），——｜—｜（韵）。
——｜｜—｜（句），——｜——（句），———｜（韵）。
—｜｜——（句），———｜（韵）。｜｜——（句），｜—｜—｜（韵）。

范例

飞阁危桥相倚，人独立东风，满衣轻絮。还记忆江南，如今天气。
正白蘋花，绕堤涨流水。

寒梅落尽谁寄，方春意无穷，青空千里。愁草树依依，关城初闭。
对月黄昏，角声傍烟起。

宋·张先

疾雨阵风难断，堤岸水横流，浪花犹起。周遍一茫茫，前方谁记。
正值伤心，何时祸才退。

风云落尽心意，无言欲还休，悲欢心底。愁苦乱如麻，难明人理。
对月贪杯，水中三人醉。

（2020.6.29）

阳关引（定格）

｜｜——｜（句），｜｜——｜（韵）。——｜｜（句），——｜（句），
——｜（韵）。｜———｜（句），｜｜——｜（韵）。｜—｜（句），

　—｜｜｜｜—｜（韵）。

　　｜｜｜—｜（句），—｜｜（韵）。｜——（句），｜——｜—｜｜（韵）。｜｜——｜（句），—｜——｜（韵）。｜｜—（句），—｜｜｜｜—｜（韵）。

范例

　　塞草烟光阔，渭水波声咽。春朝雨霁，轻尘歇，征鞍发。指青青杨柳，又是轻攀折。动黯然，知有后会甚时节。

　　更尽一杯酒，歌一阕。叹人生，最难欢聚易离别。且莫辞沉醉，听取阳关彻。念故人，千里自此共明月。

宋·寇准

　　雨急风声紧，大水悄逼近。江河梦断，翻山下，洪流滚。淹花红青柳，直指阳关引。默悲愤，思至不理白双鬓。

　　泪洒月中景，心不忍。只人生，不相知易谁可信。莫向星空问，堪有天公论。一声叹，知了后果恨无尽。

（2020.7.1）

东坡引（定格）

　　｜——｜｜（韵），——｜—｜（韵）。——｜｜——｜（韵），———｜｜（韵）。

　　——｜｜（句），——｜｜（韵）。｜——（句），—｜—｜（韵）。——｜｜——｜（句），———｜｜（韵）。

范例

　　陇头梅半吐，江南岁将暮。闲窗尽日将愁度，黄昏愁更苦。

归期望断，双鱼尺素。念嘶骑，今到何处。残灯背壁三更鼓，斜风吹细雨。

宋·袁去华

乱云狂泻雨，洪流直冲树。移山毁路纵无数，愁人何处住。

心中有苦，谁方语助。唯期许，难厄同渡。三更未眠添心堵，星光迷似雾。

（2020.7.7）

一叶落（定格）

│ │ │ │（韵），── │（韵）。│ ─ │ │ │ │ ─ │（韵）。│ ─ │ │ ─（句），

── │ ─ │（韵）。│ ─ │（句），│ │ ─ ─ │（韵）。

范例

一叶落，褰珠箔。此时景物正萧索。画楼月影寒，西风吹罗幕。吹罗幕，往事思量著。

五代·李存勖

一叶落，离情薄。万千弃别几无着。倚楼咫尺无，天涯远寻索。远寻索，远近全都陌。

（2020.7.7）

一叶落，离情托。不胜世事地天各。梦回故里亲，晨曦乱中错。疑思索，哪是今明昨。

（2020.9.26）

一枝春（定格）

│ │ │ ── │（句），│ ── │（句），│ ── ── │（韵）。── │ │（句），

│ │ │ ── │（韵）。── │ │（句），│ ─ │（句），│ ── │（韵）。

—||（句），—|——（句），|||——|（韵）。

　——|—||（句），|——（句），|||———|（韵）。—

—||（句），—|||——|（韵）。——||（句），|—|（句），

|——|（韵）。—|—（句），|||——（句），|—||（韵）。

范例

　　竹爆惊春，竞喧阗，夜起千门箫鼓。流苏帐暖，翠鼎缓腾香雾。停杯未举，奈刚要，送年新句。应自有，歌字清园，莫夸上林莺语。

　　从他岁穷日暮，纵闲愁，怎减刘郎风度。屠苏办了，迤逦柳欺梅妒。宫壶未晓，早骄马，绣车盈路。还又把，月夜花朝，自今细数。

宋·杨缵

　　碧淡青溪，雪梅芳，一枝春浓香吐。花先竞放，唤起惜春心绪。红黄露白，傲霜雪，竹梅今古。独自看，飞絮天昏，一地雪花无路。

　　从横岁穷日暮，苦空愁，怎奈哀求无助。东西丢了，南北可知天渡。情心未了，去何处，擂击烽鼓。深院悄，月夜灯熄，笑人醉语。

（2020.7.18）

一落索（定格）

　　—|———|（韵），||——|（韵）。|——||——（句），

|||（句），———|（韵）。

　　||||——|（韵），|——|（韵）。|—||||——（句），

|||（句），———|（韵）。

范例

　　清晓莺啼红树，又一双飞去。日高花气扑人来，独自个，伤春无绪。

别后暗宽金缕，倩谁传语。一春不忍上高楼，为怕见，分携处。

宋·严仁

杯尽临行离酒，不舍松双手。莫将清泪落心头，正道是，真情难有。

近水远山相守，恋依长久。落阳日日倚楼愁，望不尽，秦淮柳。

（2020.7.19）

芭蕉雨（定格）

｜｜－－｜｜（韵），｜－－｜｜（句），｜－｜（韵）。｜｜｜－－｜（句），－｜｜｜－－（句），－－｜｜（韵）。

｜－－｜｜｜（韵），－｜｜－｜（韵）。－｜｜｜－（句），－－｜（韵），｜｜｜（句），｜－－（句），－｜｜｜－－（句），－－｜｜（韵）。

范例

雨过凉生藕叶，晚庭消尽暑，浑无热。枕簟不胜香滑，怎奈宝帐情生，金樽意惬。

玉人何处梦蝶，思一见冰雪。须写个帖儿，丁宁说，试问道，肯来么，今夜小院无人，重楼有月。

宋·程垓

不定云涛乱搅，晚间风雨暴，没完了。漆黑似疑昏醉，无奈半倚床头，微光悄悄。

一头烟雾困扰，知否有多少。何处能点醒，无间道，昨夜戏，忘今宵，明日又是重来，虚无幻渺。

（2020.7.25）

鱼游春水（定格）

——一—｜（韵），｜｜｜一一一｜｜（韵）。一一一｜（句），
一｜｜一—｜（韵）。｜｜一一｜｜一（句），｜｜一一一一｜（韵）。
｜一一｜（句），一一一｜（韵）。

一｜一一一｜（韵），｜｜｜｜一一一｜（韵）。一一一｜一一（句），
一一｜｜（韵）。｜一一｜一一｜（句），｜｜一一一一｜（韵）。
一一｜一（句），｜一一｜（韵）。

范例

秦楼东风里，燕子还来寻旧垒。余寒犹峭，红日薄侵罗绮。嫩草方
抽碧玉茵，媚柳轻窣黄金缕。莺哢上林，鱼游春水。

几曲阑干遍倚，又是一番新桃李。佳人应怪归迟，梅妆泪洗。凤箫
声绝沉孤雁，望断清波无双鲤。云山万重，寸心千里。

宋·无名氏

秦淮风光美，十里长堤波浪起。花红山翠，清水绿衬霞绮。丽色江
南皎月光，过去情怀月下波。一江春色，水中花碎。

杯酒吟情独醉，旧曲一声催人泪。新音难解心愁，人生苦累。梦中
天碧南飞雁，血色黄昏余光里。何时送客，更临春水。

（2020.7.27）

风中柳（定格）

｜｜——（句），｜｜｜——｜（韵）。｜——（句），——｜｜（韵）。
｜——｜（句），———｜（韵）。｜——（句），｜——｜（韵）。
——｜｜（句），｜｜｜——｜（韵）。———（句），——｜｜（韵）。
———｜（句），———｜（韵）。｜——（句），｜——｜（韵）。

范例

　　我本渔樵，不是白驹空谷。对西山，悠然自足。北窗疏竹，南窗丛菊。
爱村居，数间茅屋。

　　风烟草屦，满意一川平绿。问前溪，今朝酒熟。幽禽歌曲，清泉琴筑。
欲归来，故人留宿。

元·刘因

　　碧淡阴移，过了绿肥红瘦。对西风，清波绿皱。后塘莲藕，前门杨柳。
树阴柔，一杯闲酒。

　　风和月走，又是立秋时候。催人愁，桃叶渡口。春圃种立，秋收难就。
水东流，盼乡还有。

（2020.7.28）

华胥引（定格）

———｜（句），｜｜——（句），｜—｜｜（韵）。｜｜——（句），
——｜｜（句），—｜—｜（韵）。｜｜｜——（句），｜———｜（韵）。
—｜——（句），｜——｜—（韵）。

　　—｜——（句），｜——（句），｜——｜（韵）。———｜（句），
————｜｜（句），｜｜———｜（句），｜｜——｜（韵）。

｜｜——（句），｜——｜—｜（韵）。

范例

　　澄空无际，一幅轻绡，素秋弄色。翦翦天风，飞飞万里，吹净遥碧。想玉杵芒寒，听珮环无迹。圆缺何心，有心偏向歌席。

　　多少情怀，甚年年，共怜今夕。蕊宫珠殿，还吟飘香秀笔。隐约霓裳声度，认紫霞楼笛。独鹤归来，更无清梦成觅。

宋·奚㳬

　　黄昏波碧，翠暮轻岚，点红绿叶。木栈长廊，梧桐顶遮，余味依接。一别忆还山，客愁飞千叠。收步听风，逸情犹似穿越。

　　多少相思，望星星，去和谁说。初期如故，那堪重翻再阅。夜半心寒依旧，怎奈冰凉月。对月贪杯，一缘清梦难绝。

（2020.7.30）

锦帐春（定格）

　　｜｜——（句），｜——｜（韵），｜—｜｜—｜｜（韵）。｜———｜（句），｜——｜（韵），｜——｜（韵）。

　　｜｜——（句），｜——｜（韵），｜｜｜——｜｜（韵）。｜——｜｜（句），｜——｜（韵），——｜｜（韵）。

范例

　　翠竹如屏，浅山如画，小池面危桥一跨。著椶亭临水，宛然郊野，竹篱茅舍。

　　好是天寒，倍添幽雅，正雪意垂垂欲下。更朦胧月影，弄明初夜，梅花动也。

宋·丘崈

浊水横流，水冲河满，渺茫一生残剩半。可怜烟波里，旧愁新怨，几时才断。

几盼相安，几多心愿，一地雾迷何太远。更朦胧丽影，一声高赞，天花四散。

（2020.7.31）

岭上梅红，紫湖青翠，古亭曲径留遗寺。绿拥盘山路，羡春花蕊，竞相争媚。

几许风光，几般娇丽，怎禁得风狂雨坠。那堪时变幻，叶摇花泪，花心已碎。

（2021.2.15）

万里春（定格）

——｜｜（韵）。｜｜——一｜（韵）。｜——（句），｜｜——（句），
｜——｜｜（韵）。

—｜——｜（韵）。——｜（句），｜——｜（韵）。｜—（句），
｜｜——（句），｜———｜（韵）。

范例

千红万翠。簇定清明天气。为怜他，种种清香，好难为不醉。
我爱深如你。我心在，个人心里。便相看，老却春风，莫无些欢意。

宋·周邦彦

春风万里。遍野青催红紫。碧云天，绿染清江，群山千叠翠。
风景催人醉。还曾有，那时知己。竟回首，梦里依稀，叹人生如戏。

（2020.8.4）

东风第一枝（定格）

　　｜｜－－（句），－－｜｜（句），－－｜｜｜－（韵）。｜－
－｜－－（句），｜｜｜｜－｜｜（韵）。－－｜｜（句），｜｜｜｜（句），
－－－｜（韵）。｜｜｜｜（句），｜｜－－（句），｜｜｜－－｜（韵）。

　　－｜｜（句），｜－｜｜（韵），－｜｜（句），｜－－｜（韵）。
｜－－｜－－（句），｜｜｜－｜｜（韵）。－－－｜（句），
｜｜｜（句），－－－｜（韵）。｜｜｜（句），｜｜－－（句），
｜｜｜－－｜（韵）。

范例

　　草脚愁苏，花心梦醒，鞭香拂散牛土。旧歌空忆珠帘，彩笔倦题绣户。黏鸡贴燕，想立断，东风来处。暗惹起，一搦相思，乱若翠盘红缕。

　　今夜觅，梦池秀句，明日动，探花芳绪。寄声沽酒人家，预约俊游伴侣。怜它梅柳，乍忍俊，天街酥雨。待过了，一月灯期，日日醉扶归去。

宋·史达祖

　　一景飘然，非花似雾，东风第一枝处。胜如梅岭花开，更比小桥漫步。迷茫坠入，莫不是，春风来否。却不料，一搦相思，惹来客愁千缕。

　　青未了，柳苞未吐，红欲俏，点红惊慕。一桥迎面东风，十里水楼月暮。青萍如故，丢不下，声情无数。跟月走，一月江波，夜夜梦随星去。

（2020.8.8）

惜秋华（定格）

　　｜｜－－（句），｜－－（句），｜｜－－－｜（韵）。
｜｜｜－（句），－－｜－－（韵）。－－｜｜－－（句），

｜｜｜（句），－－－｜（韵）。－－（句），｜－－（句），｜｜－－－｜（韵）。

　　－｜｜－｜（句），｜－－｜｜（句），－－－（韵）。｜｜｜（句），－｜｜（句），｜－－｜（韵）。－－｜｜－－（句），｜｜－（句），｜－－｜（韵）。－｜（句），－－－（句），｜－－（韵）。

范例

　　细响残蛩，傍灯前，似说深秋怀抱。怕上翠微，伤心乱烟残照。西湖镜掩尘沙，翳晓影，秦鬟云扰。新鸿，唤凄凉，渐入红萸乌帽。

　　江上故人老，视东篱秀色，依然娟好。晚梦趁，邻杵断，乍将愁到。秋娘泪湿黄昏，又满城，雨轻风小。闲了，看芙蓉，画船多少。

宋·吴文英

　　淡色秋怀，雁南飞，只觉天边应远。半倚碧阑，江歌那堪钟晚。无端寄托江帆，去去去，来春风传。飘飘，越江波，暮色江烟轻浅。

　　愁苦惹人怨，恨云难斩断，人间心散。晚梦在，犹月半，北江南岸。天涯满目云裳，只月光，夜长相伴。凄泪，期明朝，了如心愿。

（2020.8.15）

花心动（定格）

　　－｜－－(句)，－｜｜(句)，－｜－－｜(韵)。－｜－－(句)，－｜－－(句)，－｜｜－－(韵)。－－｜｜－－(句)，－｜｜(句)，｜－－｜(韵)。－｜｜(句)，－－－｜(句)，｜－－｜(韵)。

　　｜｜－－｜｜(句)，｜｜｜－－(句)，｜－－｜(韵)。｜｜－－(句)，｜｜｜－(句)，｜｜｜－－｜(韵)。－－｜｜－－(句)，－－｜(句)，－－－｜(韵)。｜｜｜(句)，

｜｜－－－｜（韵）。

范例

　　风里杨花，轻薄性，银烛高烧心热。香饵悬钩，鱼不轻吞，辜负钓儿虚设。桑蚕到老丝长绊，针刺眼，泪流成血。思量起，拈枝花朵，果儿难结。

　　海样情深忍撇，似梦里相逢，不胜欢悦。出水双莲，摘取一枝，可惜并头分折。猛期月满会姮娥，谁知是，初生新月。折翼鸟，甚是于飞时节。

宋·谢逸

　　如火骄阳，炎热里，三伏蝉鸣声咽。河柳垂丝，流水轻舟，何奈庚愁千结。江南一曲莫愁绝，悠曲荡，意深情洁。天在看，尘烟明月，一江山色。

　　目断天涯裂别，恨逝水流长，苦愁千叠。梦里依稀，一片暗昏，不见七星灯灭。而今徒有怨无穷，谁知道，人心空切。望远处，那里残阳如血。

（2020.8.19）

胡捣练令（定格）

　　｜－－－｜－－（句），｜｜－－－｜（韵）。｜｜｜－－｜（韵），－｜－－｜（韵）。

　　｜－－－｜－－（句），｜｜－－－｜（韵）。｜｜｜－－｜（韵），－｜－－｜（韵）。

范例

　　夜来风横雨飞狂，满地闲花衰草。燕子渐归春悄，帘幕垂清晓。
　　天将佳景与闲人，美酒宁嫌华皓。留取旧时欢笑，莫共秋光老。

宋·韩维

　　雨狂风横满江湖，惹发洪水翻滚。卷起旧愁新恨，抛出深悲愤。

浅情闻知盼无期，醉后还朝风问。可有雁归捎信，何日春光近。

（2020.9.6）

柳梢青（定格）

－－－｜（韵），－－｜－（句），｜－－｜（韵）。｜｜－－（句），
－－｜｜（句），－｜－｜（韵）。

　｜－－｜－－（句），－｜｜（句），－－｜｜（韵）。－｜－
－（句），－－－｜（句），－－－｜（韵）。

范例

　香肩轻拍，尊前忍听，一声将息。
昨夜浓欢，今朝别酒，明日行客。

　后回来则须来，便去也，如何去得。
无限离情，无穷江水，无边山色。

宋·谢逸

　春秋难忆，颠波浪卷，淡泊心迹。
往岁无知，今痴梦醉，明日过客。

　至今无计寻春，何处泣，轻声竹笛。
勾起昔情，今宵明月，寒江山色。

（2020.9.11）

拥鼻吟（定格）

　｜｜－－（句），｜－－｜－－｜（韵）。－｜｜｜－－（句），
－－｜｜（韵）。｜｜－－（句），｜－－｜（句），｜｜－－（句），

—｜｜｜（韵）。

　｜—｜（韵），—｜｜（韵）。——｜（句），｜｜——｜（韵）。———｜（句），｜——｜｜—（韵）。｜｜——（句），｜——｜（韵）。｜｜——（句），—｜｜｜（韵）。

范例

　别酒初销，怃然弭棹兼葭浦。回首不见高城，青楼更何许。大舶轲峨，越商巴贾，万恨龙钟，篷下对语。

　指征路，山缺处。孤烟起，历历闻津鼓。江豚吹浪，晚来风转夜深雨。拥鼻微吟，断肠新句。粉碧罗笺，封泪寄与。

宋·贺铸

　又聚秋黄，别离相拥何为客。难见昔日同窗，乡情更珍惜。几次欢声，几多成集，绿水秦淮，留下影迹。

　夜深寂，何处笛。星光里，月下声声泣。秋风凉意，郁孤陪伴夜幽黑。寂寞孤鸿，路途迷失。月色依稀，随泪漫忆。

（2020.9.15）

玉团儿 <small>(定格)</small>

　——｜｜——｜（韵）。——｜，——｜｜（韵）。｜｜——（句），———｜（句），｜｜—｜（韵）。

　——｜｜——｜（韵）。｜｜｜，—｜｜｜（韵）。｜｜——（句），———｜（句），———｜（韵）。

范例

　吴江渺渺疑天接。独著我，扁舟一叶。步袜凌波，芙蓉仙子，绿盖红颊。

登临正要诗弹压。叹老去，都忘句法。剧饮狂歌，清风明月，相应相答。

宋·袁去华

江南景色情痴尽。蓝桥处，山遥水近。彩蝶双飞，红疏绿紧，又报芳讯。

莫愁一曲阳光引。憕憕起，何处可信。盼望诚心，春花秋月，祥云天运。

（2020.9.20）

采莲令（定格）

｜——（句），—｜——｜（韵）。——｜（句），｜——｜（韵）。
｜—｜｜｜——（句），｜｜——｜（韵）。——｜（句），——｜｜（句），
——｜｜（句），｜——｜—（韵）。

　｜｜——（句），——｜———｜（韵）。——｜（句），——
—｜（韵）。｜——｜（句），｜｜｜｜（句），｜｜——｜（韵）。
｜——（句），——｜｜（句），———｜（句），｜｜｜——｜（韵）。

范例

月华收，云淡霜天曙。西征客，
此时情苦。翠娥执手送临歧，轧轧开
朱户。千娇面，盈盈伫立，无言有泪，
断肠争忍回顾。

一叶兰舟，便恁急桨凌波去。贪
行色，岂知离绪。万般方寸，但饮恨，
脉脉同谁语。更回首，重城不见，寒
江天外，隐隐两三烟树。

宋·柳永

水涟漪，莲叶荷花碧。亭亭立，

集清香溢。出泥不染自清芳，绿衬红黄白。花如画，千般意愿，东流逝水，淡云浅抹横月。

影照荷波，轻舟欲游江南迹。何方笛，犹如歌泣。几多思绪，黑湫湫，默默陪星熄。且今愁，难言往昔，江天星外，点点挂江崖壁。

（2020.10.3）

惜黄花（定格）

ーーー｜（韵），｜ーー｜（韵）。｜ーー（句），｜ーー（句），｜ーー｜（韵）。ー｜｜ーー（句），｜｜｜ーー｜（韵）。｜｜｜（句），｜ーー｜（韵）。

ーーー｜（韵），｜ー｜｜（韵）。｜ーー（句），｜ーー（句），｜ーー｜（韵）。｜｜｜ーー（句），ー｜ーー｜（韵）。｜｜｜（句），｜ーー｜（韵）。

范例

涵秋寒渚，染霜丹树。尚依稀，是来时，梦中行路。时节正思家，远道仍怀古。更对著，满城风雨。

黄花无数，碧云欲暮。美人兮，美人兮，未知何处。独自卷帘栊，谁为开尊俎。恨不得，御风归去。

宋·史达祖

寒烟秋远，暮途时短。惜黄花，水东流，别绪愁满。风雨闯青春，雾里才知难。只觉得，恨相知晚。

青天难断，理还更乱。叶枯残，坠红黄，落花心散。半照倍依稀，多少失相伴。梦泣泣，楚山江畔。

（2020.10.7）

碧牡丹（定格）

｜｜—— ｜（韵）。— ｜—— ｜（韵）。｜｜——（句），｜｜—— ｜（韵）。｜｜——（句），— ｜—— ｜（韵）。｜—— ｜—｜（韵）。

｜—｜（句）。｜｜— ｜｜（韵）。—— ｜—— ｜（韵）。｜｜——（句），｜｜｜—— ｜（韵）。｜｜——（句），｜｜—— ｜（韵），——— ｜— ｜（韵）。

范例

翠袖疏纨扇。凉叶催归燕。一夜西风，几处伤高怀远。细菊枝头，开嫩香还遍。月痕依旧庭院。

事何限。怅望秋意晚。离人鬓华将换。静忆天涯，路比此情犹短。试约鸾笺，传素期良愿，南云应有新雁。

宋·晏几道

晓月轻云坠。霜叶寒珠碎。一夜西风，寂寞寒侵衣被。冷暖谁知，偏有花欣慰。菊丝黄绿横翠。

锁回忆。一想湿笺纸。沧桑又都谁记。走遍东西，远想未期难弃。望断天边，一去还千里，一生情一生醉。

（2020.10.8）

鹤冲天（定格）

——— ｜（句），｜｜—— ｜（韵）。— ｜｜——（句），—— ｜（韵）。｜｜—— ｜（句），——｜（句），——｜（句），｜｜—— ｜（韵）。— ｜——（句），｜—— ｜— ｜（韵）。

｜—｜｜（句），｜｜—— ｜（韵）。— ｜｜——（句），——╋（韵）。

｜｜－－｜（句），－－｜（句），－｜｜（句），－｜－－｜（韵）。｜－－－（句），｜－－－－｜（韵）。

范例

清明天气，永日愁如醉。台榭绿阴浓，薰风细。燕子巢方就，盆池小，新荷蔽，恰是逍遥际。单夹衣裳，半栊软玉肌体。

石榴美艳，一撮红绡比。窗外数修篁，寒相倚。有个关心处，难相见，空凝睇，行坐深闺里。懒更妆梳，自知新来憔悴。

宋·杜安世

寒霜初秀，翠叶珠还漏。河岸绿阴浓，风吹柳。竹涧亭方就，青青草，楼前后，只是黄花瘦。前去前湖，碧波山水相扣。

别离很久，一步三回首。秋水似东流，真凉透。约誓应还在，心今负，何苦纠，跟着月亮走。夜深萧萧，月光依然如旧。

（2020.10.10）

下水船（定格）

－｜－－｜（韵），－｜－－－｜（韵）。－｜－－（句），－－｜－－｜（韵）。－｜｜（句），－｜－－｜｜（句），－｜－－｜（韵）。

－－｜（句），｜｜－－｜（韵），－｜－－｜｜（韵）。－｜－（句），－－｜－－｜（韵）。｜｜｜（句），｜｜－－－｜（句），－｜｜－－｜（韵）。

范例

芳草青门路，还拂京尘东去。回想当年，离声送君南浦。愁几许，尊酒流连薄暮，帘卷津楼风雨。

凭阑语，草草蘅皋赋，分首惊鸿不驻。灯火虹桥，难寻弄波微步。漫凝仁，莫怨无情流水，明月扁舟何处。

宋·贺铸

千古江南路，多少流离生苦。江水东流，寒中向谁倾诉。情未了，悽淡移船影去，今夕人知何处。

堪无语，况在伤春暮，分别留芳不住。残月悄然，回思更添心堵。静色里，不夜茫茫迷雾，犹有几重风雨。

（2020.10.18）

黄鹂绕碧树（定格）

—｜——｜（句），——｜｜（句），｜——｜（韵）。｜｜——（句），｜——｜｜（句），｜——｜（韵）。—｜｜｜（句），｜—｜（句），———｜（韵）。—｜｜（句），｜｜｜——｜｜（句），———｜（韵）。

｜｜——｜｜（韵）。｜——（句），｜——｜（韵）。｜—｜（句），｜——｜｜（句），｜｜—｜（韵）。｜｜｜—｜｜（句），｜｜｜——｜（韵）。——｜｜——（句），｜——｜（韵）。

范例

双阙笼嘉气，寒威日晚，岁华将暮。小院闲庭，对寒梅照雪，淡烟凝素。忍当迅景，动无限，伤春情绪。犹赖是，上苑风光渐好，芳容将煦。

草莱兰芽渐吐。且寻芳，更休思虑。这浮世，甚驱驰利禄，奔竞尘土。纵有魏珠照乘，未买得流年住。争如盛饮流霞，醉偎琼树。

宋·周邦彦

飘叶黄辞树，孤鸿北去，夕阳秋暮。碧水连波，送清风默念，远方知否。玉笺纵有，暗飘尽，年华风雨。都付与，水里流星转月，云中花吐。

且又西风乱舞。万皆空，正经偏误。世间事，窃财贪共利，直至尘土。总把去来细数，算只有情如故。闲愁又温相思，北江南渡。

（2020.10.22）

凤凰阁（定格）

－－－｜（句），｜｜｜－－｜（韵）。－－｜｜－－｜（韵）。
｜｜｜－－｜（句），｜－－｜（韵）。－－｜（句），－－｜｜（韵）。

－－｜｜（句），｜｜－－－｜（韵）。｜－｜（句），｜－
－｜（韵）。－｜｜－｜｜（句），｜－－｜（韵）。－｜｜（句），
－－｜｜（韵）。

范例

元规端委，得似幼舆丘壑。人言此辈宜高阁。几载种天随菊，采庞公药。龙尾道，难安汗脚。

浮荣菌蕣，选甚庶官从橐。对床句，子真佳作。安用羡伊结驷，叹侬罗雀。呼便了，沽来共酌。

宋·刘克庄

匆匆相见，总统府前楼阁。分离更有惊时乐。未改谈容轻笑，不停行脚。难留下，风光影错。

相倾恨短，日落西山灯弱。忆前路，苦忧天作。安得万千大厦，诸人谁落。难尽了，黄昏又恶。

（2020.10.24）

荔枝香近（定格）

—｜——（句），｜｜｜—｜（韵）。｜｜—｜——（句），
—｜——｜（韵）。——｜｜——（句），｜｜——｜（韵）。—｜（句），
｜｜——｜—｜（韵）。

—｜｜（句），｜｜｜（句），——｜（韵）。｜｜——（句），
｜｜｜——｜（韵）。｜｜——（句），｜｜——｜—｜（韵）。
｜｜———｜（韵）。

范例

睡轻时闻，晚鹊噪庭树。又说今夕天津，西畔重欢遇。蛛丝暗锁红楼，
燕子穿帘处。天上，未比人间更情苦。

秋鬓改，妒月姊，长眉妩。过雨西风，数叶井梧愁舞。梦入蓝桥，
几点疏星映朱户。泪湿沙边凝伫。

宋·吴文英

蓠菊花黄，鸢尾映山紫。又至双九重阳，遍插茱萸记。相思不管年华，
一去牵情水。难断，那又亲情更难弃。

秋水去，暮节送，人千里。隔水横山，雨舞酒香人醉。梦里秦淮，
翠竹前湖映桃李。一地开花花美。

（2020.10.25）

湘江静（定格）

｜｜———｜｜（句）。｜——｜——｜（韵）。——｜｜（句），
——｜｜（句），｜———｜（韵）。｜｜｜——（句），｜—｜（句），
———｜（韵）。——｜｜（句），—｜｜—（句），——｜（句），

|—|（韵）。

　　||—（句），—||（韵）。
|——（句），|——|（韵）。
——||（句），——||（句），
|———|（韵）。—||—
—（句），——|（句），
|——|（韵）。——||（句），
——||（句），——||（韵）。

范例

　　暮草堆青云浸浦。记匆匆倦篙曾驻。渔榔四起，沙鸥未落，怕愁沾诗句。碧袖一声歌，石城怨，西风随去。沧波荡晚，菰蒲弄秋，还重到，断魂处。

　　酒易醒，思正苦。想空山，桂香悬树。三年梦冷，孤吟意短，屡烟钟津鼓。屐齿厌登临，移橙后，几番凉雨。潘郎渐老，风流顿减，《闲居》未赋。

宋·史达祖

　　瑟瑟秋风今又转。恨光阴事长时短。飘黄近晚，梧凋菊瘦，静梅花南栈。暮色雨凄凉，一声叹，流光难返。波光漫漫，云水柳堤，还重到，这江岸。

　　酒易醒，人更难。望星空，月残星散。多年失盼，孤愁度夜，冷风敲窗幔。虚影作相思，茫茫路，不知多远。青丝渐白，移兰种菊，吟诗酒半。

（2020.10.28）

大有（定格）

　　||——（句），|——|（句），||—（句），—|—|（韵）。|——（句），——||—（韵）。——|||——（句），|||（句），———|（韵）。||||——（句），|—||（韵）。

——｜（句），—｜｜（韵）。—｜｜——（句），｜——｜（韵）。
—｜——（句），｜｜｜——｜（韵）。—｜｜——｜（句），——｜（句），
——｜｜（韵）。——｜（句），｜｜——（句），——｜｜（韵）。

范例

戏马台前，采花篱下，问岁华，还是重九。恰归来，南山翠色依旧。
帘栊昨夜听风雨，都不似，登临时候。一片宋玉情怀，十分卫郎清瘦。

红萸佩，空对酒。砧杵动微寒，暗欺罗袖。秋已无多，早是败荷衰柳。
强整帽檐敧侧，曾经向，天涯搔首。几回忆，故国莼鲈，霜前雁后。

宋·潘希白

竹菊篱边，短亭湖畔，绿映黄，移动花秀。又归来，城头暮色游走。
山坡桂满黄花瘦，沉浸在，安宁时候。一片赤子情怀，十分破冰成就。

难收手，空对酒。无着默思量，月光依旧。秋已飘残，满眼败荷衰柳。
强忍那时相守，当时共，天长地久。情难了，故地芳茵，花前树后。

（2020.11.11）

傲立寒流，小花相守，近注眸，梅绽三九。色鲜柔，清心悦目依旧。
湖清映月思红豆，跟月走，思乡时候。梦里月照床头，起来雪残香瘦。

湖中月，相诉酒。尘世苦无休，泪湿衣袖。人又何求，更是种花移柳。
多少薄情能久，初心负，犹然仰首。前方又，逝水难收，狼前虎后。

（2022.8.9）

侧犯（定格）

｜—｜｜（句），｜—｜｜——｜（韵）。—｜（韵），｜｜｜—
—｜—｜（韵）。——｜｜｜（句），｜｜——｜（韵）。—｜（韵）。
—｜｜——（句），｜—｜（韵）。

——｜｜（句），—｜——｜（韵）。—｜—（句），｜—｜（句），—｜｜—｜（韵）。｜｜——（句），｜——｜（韵）。｜｜——（句），｜——｜（韵）。

范例

恨春易去，甚春却向扬州住。微雨，正茧栗梢头弄诗句。红桥二十四，总是行云处。无语。渐半脱宫衣，笑相顾。

金壶细叶，千朵围歌舞。谁念我，鬓成丝，来此共尊俎。后日西园，绿阴无数。寂寞刘郎，自修花谱。

宋·姜夔

竹青翠岭，小莲出水红黄靓。波定，见白鹭双凫动明镜。清游慢览景，栈木通幽径。风静。烟薄上蓝桥，映人影。

流年往事，还记泉清莹。谁念思，白添鬓，犹是醉时醒。又忆当年，月光空静。絮乱难眠，梦生仙境。

（2020.11.13）

萼梅绿紫，小桥曲阁红青靓。波定，看慢悠天鹅动平镜。杉林水映影，翠碧隐梅径。风静。亭榭倚阑干，醉风景。

风中未醒，流寄尘心莹。谁念情，月光冷，憔悴愧无剩。梦忆当初，举杯同并。只自无求，夜空天净。

（2022.3.11）

<h1 align="center">倒犯（定格）</h1>

｜｜（句），｜——｜—（句），｜——｜（句），——｜｜（韵）。——｜（句），———｜（韵）。——｜｜（句），—｜———｜（韵）。｜———（句），｜｜——｜（韵）。｜——（句），｜—｜（韵）。

－｜｜－（句），｜｜－－（句），－－－｜｜（韵）。｜｜｜－｜（句），｜－｜（句），－－｜（韵）。｜｜｜（句），－－｜（韵）。｜－－（句），－－－｜｜（韵）。｜｜｜－－（句），｜｜－－｜（韵）。｜－－｜｜（韵）。

范例

霁景，对霜蟾乍升，素烟如扫，千林夜缟。徘徊处，渐移深窈。何人正弄，孤影蹁跹西窗悄。冒露冷貂裘，玉斝邀云表。共寒光，饮清醥。

淮左旧游，记送行人，归来山路弯。驻马望素魄，印遥碧，金枢小。爱秀色，初娟好。念漂浮，绵绵思远道。料异日宵征，必定还相照。奈何人自老。

宋·周邦彦

静悄，又星陪碧霄，月光斜照，窗帘薄罩。思情了，无心说好。防风怕雨，知否能容愁多少。漫天似霜飘，一地枯芳草。恨难消，尽烦恼。

吹奏玉箫，念在天遥，归来歧路绕。起步已更调，那年小，如今老。百里挑，难扔掉。为何要，茫茫行乱道。这乐鼓轻敲，跑调应知道。奈何齐等春到。

（2022.7.7）

琐窗寒（定格）

｜｜－－（句），－－｜｜（句），｜－－｜（韵）。－－｜｜（句），｜｜｜－－｜（韵）。｜－－（句），｜－｜－（句），｜－｜｜－｜（韵）。｜－－（句），｜｜－｜（句），｜｜｜｜－－｜（韵）。

－｜（韵）。－－｜（句），｜｜｜－－（句），｜－｜｜（韵）。－－｜｜（句），｜｜－－－｜（韵）。｜－－（句），－｜｜－（句），

｜—｜｜—｜｜（韵）。｜——（句），｜｜——（句），｜｜——｜（韵）。

范例

细雨收尘，轻寒弄日，柳丝掠道。桃边杏处，犹记玉骢曾到。对东风，回首旧游，香销艳歇无音耗。怅佳人，有约难来，绿遍满庭芳草。

愁抱。沈吟久，问翠珥金钿，为何人好。回文细字，尘暗当年纤缟。倚阑干，斜阳又西，欢期易失春易老。待何时，再觅珍丛，共把清尊倒。

宋·萧允之

燕子矶头，长江滚滚，过江舟渡。秋愁十里，浪里勾尽风雨。别东风，又来旧游，隔江不尽言无语。最堪怜，有约难问，梦里哪知心苦。

迟暮。伤情处，叹散聚悲欢，月常十五。东门唤酒，共与同窗倾诉。忆当年，桃李正青，少年壮志今在否。已黄昏，莫谈今时，举酒杯相数。

（2020.11.16）

陌上花（定格）

——｜｜——（句），—｜｜｜——｜（韵）。｜｜——（句），—｜｜——｜（韵）。｜—｜｜——（句），｜—｜——｜（韵）。｜——（句），｜｜｜｜——｜（句），｜——｜（韵）。

｜——（句），｜｜｜——｜（句），｜｜｜——｜（韵）。｜｜——（句），｜｜｜｜——｜（韵）。—｜｜——｜（韵）。｜——（句），—｜｜——｜（句），｜—｜｜（韵）。

范例

关山梦里归来，还又岁华催晚。马影鸡声，谙尽倦邮荒馆。绿笺密记多情事，一看一回肠断。待殷勤，寄与旧游莺燕，水流云散。

满罗衫，是酒香痕凝处，唾碧啼红相半。只恐梅花，瘦倚夜寒谁暖。不成便没相逢日，重整钗鸾筝雁。但何郎，纵有春风词笔，病怀浑懒。

　　　　　　　　元·张翥

城楼五更催发，关外夕阳归晚。陌上花开，香引一山花灿。尽情一览头回转，一波一脉难断。那堪还，寄与远飞鸿雁，水长山远。

几回回，梦里重回凝处，旧迹新痕参半。几度风雨，熬困夜寒谁暖。渺茫难见当年树，情了摧花无助。唤春风，纵有横江波恶，难了天怒。

（2020.11.18）

霜叶飞（定格）

　　—　—　—　丨（句），—　—　丨（句），—　—　—　丨　—　丨（韵）。丨　—　—　丨　丨　—　—（句），丨　丨　—　—　丨（韵）。丨　丨　丨（句），—　—　丨　丨（句），丨　—　—　丨　—　丨（韵）。丨　丨　丨　—　—（句），丨　丨　丨（句），—　—　丨　丨（句），丨　丨　—　丨（韵）。

　　—　丨　丨　丨　—　—（句），—　—　—　丨（句），丨　丨　—　丨　—　丨（韵）。丨　—　—　丨　—　—（句），丨　丨　—　—　丨（韵）。丨　丨　丨　—　—　丨（句），—　—　丨　丨　—　丨（韵）。丨　丨　—（句），—　—　丨（句），—　丨　—　—（句），丨　—　—　丨（韵）。

范例

　　露迷衰草，疏星挂，凉蟾低下林表。素娥青女斗婵娟，正倍添凄悄。渐飒飒，丹枫撼晓，横天云浪鱼鳞小。似故人相看，又透入，清辉半晌，特地留照。

　　迢递望极关山，波穿千里，度日如岁难到。风楼今夜听秋风，奈五更愁抱。想玉匣哀弦闭了，无心重理相思调。见皓月，牵离恨，屏掩孤鼙，泪流多少。

宋·周邦彦

　　萧萧秋草，残黄露，离鸿飞渡江表。隐将愁字寄长空，且暮烟笼罩。恨脉脉，离情怨晓，江湖狂浪扁舟小。叹过客凄凉，忘不了，当年志气，水镜羞照。

　　人世万事皆空，犹情还在，壮志如约难到。少年心事转头空，奈老来孤抱。起落走停谁记好，如今还是烂墙倒。不了情，离伤恨，血色黄昏，泪流多少。

（2020.11.21）

　　梅花开了，惊春梦，千红穿破初晓。隐将晨露染红黄，格外花枝俏。满眼里，春光袅绕，不知横扫愁多少。记醉踏梅山，远处眺、轻飞欲展，梦里缥缈。

　　同是客旅他乡，相逢何巧，酒满相对闷掉。不提年少转头空，已暮烟衰草。面对沧海一声笑，何来翻旧出新套。不了情，牵离恨，犹抱琵琶，重弹老调。

（2021.7.11）

步月（定格）

　　｜｜－－（句），｜－－｜（句），｜－｜｜－｜（韵）。｜－｜｜（句），｜－－－｜（韵）。｜－（句），｜｜｜－（句），－－｜（句），｜－－｜（韵）。－－｜（句），－｜｜－｜（句），｜－－｜（韵）。

－－－｜｜（韵）。－｜｜｜－－（句），｜－－｜（韵）。
｜－｜｜（句），｜－－－｜（韵）。｜－｜（句），－｜－－（句），
｜－｜（句），｜｜－｜（韵）。－－｜（句），－｜｜－－｜（韵）。

范例

　　玉宇薰风，宝阶明月，翠丛万点晴雪。炼霜不就，散广寒霏屑。采珠蓓，
绿萼露滋，喷银艳，小莲冰洁。花痕在，纤指嫩痕，素英重结。

　　枝头香未绝。还是过中秋，丹桂时节。醉乡冷境，怕翻成消歇。玩芳味，
春焙旋熏，贮秾韵，水沈频爇。堪怜处，输与夜凉睡蝶。

宋·施岳

　　一夜寒风，一崖黄叶，一轮皎洁明月。雁鸣影渺，掉头西风烈。乱中看，
一地碎花，情思了，尽成悲咽。应难了，多少往回，几番凉热。

　　春风声未绝。期望早归来，正逢佳节。为谁抛洒，满杯山愁绝。几多苦，
先话不中，几重恨，一再分别。堪怜处，输与覆天寒雪。

（2020.11.25）

山亭宴（定格）

　　｜－｜｜－－｜（句），｜－－（句），｜－－｜（韵）。
｜－｜－－（句），｜－｜（句），－－｜｜（韵）。｜－－｜
－－（句），｜－｜（句），－－－｜（韵）。－｜｜－－（句），
｜｜｜（句），－－｜（韵）。

　　｜－｜｜｜－｜（句），｜－｜（句），｜－｜｜（韵）。
－｜｜－－（句），｜｜｜（句），－－｜｜（韵）。－－－｜｜－
－（句），｜｜｜（句），｜－－｜（韵）。｜－｜－－（句），
｜｜－（句），－－｜（韵）。

范例

宴亭永昼喧箫鼓，倚青空，画阑红柱。玉莹紫微人，蔼和气，春融日煦。故宫池馆更楼台，约风月，今宵何处。湖水动鲜衣，竞拾翠，湖边路。

落花荡漾愁空树，晓山静，数声杜宇。天意送芳菲，正黯淡，疏烟逗雨。新欢宁似旧欢长，此会散，几时还聚。试为挹云飞，问解寄，相思否。

宋·张先

石城骤降寒阴雨，冷风吹，落花离树。暗昏渺茫茫，柳烟晃，丝丝起舞。断桥残壁江湖边，有谁记，风狂江怒。相对别依依，忘不了，无头绪。

碧波落日暮烟聚，没留住，夕阳晚渡。依旧月钩弯，正黯淡，星光几许。西风吹去许多愁，总莫似，到时才悟。几多怨难平，只泪解，相思苦。

（2020.11.28）

柳风悄动随波去，醉花间，向阳和煦。蜡梅竞争先，扑香气，迷人绮树。古亭斜映琵琶湖，锁山翠，云浮霞疏。湖面跃鱼漂，戏水处，凫鸥鹭。

一山一水亦如故，竹空静，沐兰沾露。花绽正芬芳，那禁得，霜风雾雨。春花秋月几时长，总莫似，怨离别绪。水中月儿圆，又对酒，愁无语。

（2021.2.6）

贺明朝（定格）

| | — — — | | （韵），| — — | （韵），| — — | （韵）。— — | | （句），| — — | （句），| — — | （韵），— | — | （韵）。

| — — | | — （韵），| | | — — （句），— | | — | （韵）。| | — — | （句），— | | — （句），| — — | （韵）。

范例

忆昔花间相见后，只凭纤手，暗抛红豆。人前不解，巧传心事，别来依旧，孤负春昼。

　　碧罗衣上蹙金绣，睹对对鸳鸯，空裛泪痕透。想韶颜非久，终是为伊，只恁偷瘦。

五代·欧阳炯

　　鼠尾年头牛仰首，寺钟鸣奏，闪星相佑。梅花绽放，四方香漏，一情长久，不负春昼。

　　碧波春意荡河柳，隔岸挂灯笼，人约黄昏后。默默长相守，人在故乡，跟随心走。

（2021.2.10）

西子妆（定格）

　　－｜｜－（句），｜－｜｜（句），｜｜－－－｜（韵）。｜－－｜｜－（句），｜－－（句），｜－－｜（韵）。
－－｜｜（句），｜｜｜（句），－－｜｜（韵）。｜－－（句），｜｜－｜（句），－－－｜（韵）。

　　－－｜（韵），｜－－｜（句），｜｜－－｜（韵）。｜－－｜｜－（句），｜｜－（句），｜－－（韵）。－－｜｜（句），｜－｜（句），－－｜｜（韵）。｜－－（句），｜｜－－｜｜（韵）。

范例

　　流水曲尘，艳阳醅酒，画舸游情如雾。笑拈芳草不知名，乍凌波，断桥西垅。垂杨漫舞，总不解，将春系住。燕归来，问彩绳纤手，如今何许。

欢盟误，一箭流光，又趁寒食去。不堪衰鬓著飞花，傍绿阴，冷烟深树。玄都秀句，记前度，刘郎曾赋。最伤心，一片孤山细雨。

宋·吴文英

江水暮天，竹山谷地，一片山周清意。落花飘叶是秋冬，北风吹，雨花含泪。垂杨醉舞，只不晓，梅花骨气。自沉吟，甚岁华流失，光亮如此。

东流水，一川千里，隔越千帆起。不堪沦落似尘烟，想远方，路通清世。危桥易坠，千年事，都杯一醉。奈情何，又是孤山月闭。

（2020.12.6）

石湖仙（定格）

———｜（句），｜—｜——（句），—｜—｜（韵）。—｜｜——（句），｜——（句），——｜｜（韵）。———｜（句），｜｜｜（句），｜——｜（韵）。—｜（句），—｜—（句），｜｜—｜（韵）。

——｜—｜｜（句），｜——（句），——｜｜（韵）。｜｜——（句），｜｜———｜（韵）。｜｜——（句），｜——｜（句），｜——｜（韵）。｜｜｜（句），——｜｜—｜（韵）。

范例

松江烟浦，是千古三高，游衍佳处。须信石湖仙，似鸱夷，翩然引去。浮云安在，我自爱，绿香红舞。容与，看世间，几度今古。

卢沟旧曾驻马，为黄花，闲吟秀句。见说胡儿，也学纶巾敧雨。玉友金蕉，玉人金缕，缓移筝柱。闻好语，明年定在槐府。

宋·姜夔

莫愁湖畔，一同揽春光，兴赏情满。红紫绿丛中，海棠花，花间影慢。

浮云安在，已远去，啭声轻唤。伤别，惊痛心，洒下思念。

当年夕阳坠下，沿河边，消闲忘返。几经风雨，却后才知期愿。少语情长，难得知己，奈何时短。暮色里，茶凉已近寒晚。

（2020.12.9）

无闷（定格）

—｜——（句），—｜｜—（句），—｜———｜｜（韵）。

｜｜｜——（句），｜——｜（韵）。｜｜——｜｜（句），｜｜｜｜（句），

｜｜——｜（韵）。——｜｜（句），——｜｜（句），｜——｜（韵）。

—｜（韵）。｜—｜（韵）。｜｜｜——（句），｜——｜（韵）。

｜—｜——（句），｜——｜｜（韵）。—｜｜｜｜（句），｜｜｜｜（句），

————｜（韵）。｜｜｜（句），—｜—｜（句），—｜｜——｜（韵）。

范例

阴积龙荒，寒度雁门，西北高楼独倚。怅短景无多，乱山如此。欲唤飞琼起舞，怕搅碎，纷纷银河水。冻云一片，藏花护玉，未教轻坠。

清致。悄无似。有照水一枝，已搀春意。误几度凭栏，莫愁凝睇。应是梨花梦好，未肯放，东风来人世。待翠管，吹破苍茫，看取玉壶天地。

宋·王沂孙

风急还收，云聚又开，天景云烟不分。甚乱象盈多，恼人方寸。已是西风滚滚，怎奈又，一路成危困。凉云一片，飞流直下，令人头晕。

难信。尽忧恨。只是水中花，那能插鬓。度辛苦茫茫，一无难忍。应是春花好梦，更觉得，愁多无人问。待玉笛，吹破云幌，看那雁飞鸿运。

（2020.12.12）

尉迟杯（定格）

｜—｜（句），｜——（句），———｜｜（韵）。——｜｜｜—（句），——｜——｜（韵）。———｜（句），——｜（句），｜｜——｜（韵）。｜——｜｜——（句），｜——｜—｜（韵）。

——｜｜——（句），——｜（句），——｜｜—｜（韵）。｜｜——（句），——｜｜（句），—｜｜——｜（韵）。——｜（句），———｜（句），｜—｜（句），————｜（韵）。｜——｜｜—（句），｜————｜（韵）。

范例

岁云暮，叹光阴，苒苒能几许。江梅尚怯余寒，长安信音犹阻。春风无据，凭阑久，欲去还凝伫。忆溪边月下徘徊，暗香疏影庭户。

朝来冻解霜消，南枝上，香英数点微露。把酒看花，无言有泪，还是那时情绪。花依旧，晨妆何处，谩赢得，花前愁千缕。尽高楼画角频吹，任教纷纷飞絮。

宋·无名氏

板仓路，小桥边，曾留游子步。江南又吐相思，流连伴人迟暮。寒风烟雨，常添堵，又再狂风舞。几多风雨荡寒洲，不知春去何处。

长宵熬断愁肠，心中苦，帘栊不卷晨雾。雾里看花，珠珠滴泪，思盼早开黎曙。心依旧，如今才悟，奈何是，寒侵黄昏雨。尽红楼绿管横吹，落花残零无数。

（2020.12.15）

尉迟杯慢（定格）

｜—｜（韵）。｜｜｜｜｜｜｜（韵）。——｜｜——（句），

——丨丨—丨（韵）。丨丨丨—丨（韵）。丨—（句），—丨—丨丨（韵）。———丨丨—丨（句），丨丨——丨丨（韵）。

　——丨—一丨（韵）。丨—丨——（句），丨—丨丨（韵）。丨丨——（句），——丨丨（句），丨丨丨丨——丨（韵）。——丨—丨丨（韵）。丨—丨（句），丨丨——丨（韵）。丨——（句），丨丨——（句），丨—丨丨—（韵）。

范例

碎云薄。向碧玉枝缀万萼。如将乘粉匀开，疑使柏麝薰却。雪魄未应若。况天赋，标艳仍绰约。当暄风暖日佳处，戏蝶游蜂看着。

重重绣帘珠箔。障秾艳霏霏，异香漠漠。见说徐妃，当年嫁了，信任玉钿零落。无言自啼露萧索。夜深待，月上阑干角。广寒宫，要与姮娥，素妆一夜相学。

宋·万俟咏

露华薄。岁月失去晚秀萼。微光逐渐消失，风把幻境抛却。往昔又何若。仰天叹，前后光悔约。春花秋月梦中度，悄悄遥遥等着。

风吹影移垂箔。夜长更衣凉，月光黯漠。默忆当年，拼搏僻壤，末了自花飘落。难休未谙探求索。未情了，月恨留眉角。夜茫茫，酒醉方醒，恍如大梦初觉。

（2022.10.8）

解蹀躞（定格）

　丨—丨——丨（句），丨丨——丨（韵）。——丨——（句），丨—丨（韵）。—丨丨——（句），——丨丨——（句），丨——丨（韵）。

｜｜｜（韵）。—｜———｜（句），——｜—｜（韵）。

｜—｜｜——（句），｜—｜（韵）。｜｜｜———（句），｜——

—｜——（句），｜——｜（韵）。

范例

　　醉云又兼醒雨，楚梦时来往。倦蜂刚著梨花，惹游荡。还作一段相思，冷波叶舞愁红，送人双桨。

　　暗凝想。情共天涯秋黯，朱桥锁深巷。会稀投得轻分，顿惆怅。此去幽曲谁来，可怜残照西风，半妆楼上。

　　　　　　　　　　　　　　　　　　　　　　　　宋·吴文英

　　静深夜风寒透，碎影披清昼。北风腾踏初冬，荡垂柳。吹断梦里春花，凌波乱舞残红，泪湿襟袖。

　　莫聚首。常道消愁须酒，杯多怕醒后。酒狂不吐真言，更难受。只念千种乡情，月光残照凄凉，夜长时候。

　　　　　　　　　　　　　　　　　　　　　　　　（2020.12.18）

　　季花又爬绿树，半吊随风舞。薄荷层绿红黄，团花吐。春意溢满亭台，一波浪迹天涯，恋情乡土。

　　见风雨。浮思徘徊愁步，寻思去何处。晚来昏暮如烟，遮江路。此去南北东西，夕阳残照江舟，逐风随去。

　　　　　　　　　　　　　　　　　　　　　　　　（2021.5.4）

真珠帘（定格）

——｜｜——｜（韵），｜——（句），｜｜———｜（韵）。

｜｜——（句），—｜｜——｜（韵），｜｜———｜｜（句），

｜｜—（句），——｜｜（韵）。—｜（韵），｜———｜（句），—

—｜｜（韵）。

　　｜｜（韵），———｜（韵）。｜——（句），｜｜———｜（韵）。｜｜｜——（句），—｜——｜（韵）。—｜———｜｜（句），｜｜｜（豆）、———｜（韵）。—｜（韵），｜———｜（句），｜——｜（韵）。

范例

　　山村水馆参差路，感羁游，正似残春风絮。掠地穿帘，知是竟归何处，镜里新霜空自悯，问几时，鸾台鳌署。迟暮，谩凭高怀远，书空独语。

　　自古，儒冠多误。悔当年，早不扁舟归去。醉下白蘋洲，看夕阳鸥鹭。菰菜鲈鱼都弃了，只换得、青衫尘土。休顾，早收身江上，一蓑烟雨。

宋·陆游

　　深林曲径参天树，紫霞湖，碧水清波凫鹭。野郊深藏，天外踏游胜处。绿谷深湖闻鸟语，酷泳地，天池漫步。天助，唯凭阑思绪，天边夕暮。

　　旧簿，难描新谱。改初期，就已江河舟误。只见万星寒，犹冷云垂雨。甘苦千般都弃了，仅剩得、星光尘土。休诉，那堪情难了，一线烟曙。

（2020.12.21）

凄凉犯（定格）

　　｜—｜｜（句），——｜（句），——｜｜—｜（韵）。｜—｜｜（句），——｜｜（句），｜——｜（韵）。——｜｜（句），｜—｜——｜（韵）。｜——（句），——｜｜（句），—｜｜—｜（韵）。

　　｜｜——｜（句），｜｜——（句），｜——｜（韵）。｜—｜｜（句），｜——（句），｜——｜（韵）。｜｜——（句），｜—｜——｜（韵）。｜——（句），｜｜｜｜（句），｜｜｜（韵）。

范例

　　绿杨巷陌，秋风起，边城一片离索。马嘶渐远，人归甚处，戍楼吹角。情怀正恶，更衰草寒烟淡薄。似当时，将军部曲，逦迤度沙漠。

　　追念西湖上，小舫携歌，晚花行乐。旧游在否，想如今，翠凋红落。漫写羊裙，等新雁来时系著。怕匆匆，不肯寄与，误后约。

宋·姜夔

　　冷风悄悄，剪花碎，垂杨晃荡空寂。渚烟断壁，飞鸿影渺，一江流碧。纵浮望极，只觉得风声正急。那堪怜，枯黄落叶，横地满愁色。

　　万象终归一，暮去曙来，在何朝夕。不堪梦影，闯前方，尽成行客。再望乡愁，泪光里重现足迹。夜茫茫，默默自语，不能忆。

（2020.12.23）

撷芳词（定格）

——｜（韵），｜——（句），
｜——｜——｜（韵）。——｜（韵），
——｜（韵），｜｜——（句），
｜——｜（韵）。

——｜（韵），——｜（韵），
｜——｜——｜（韵）。——｜（韵），
｜—｜（句），｜——｜（句），
｜——｜（韵）。

范例

　　风摇动，雨蒙茸，翠条柔弱花头重。春衫窄，香肌湿，记得年时，共伊曾摘。

都如梦，何曾共，可怜孤似钗头凤。关山隔，晚云碧，燕儿来也，又无消息。

唐·无名氏

春风送，雪花融，一梅初放千花动。情飞溢，齐心力，记得当时，几多亲密。

都如梦，何曾共，可知梦醒人心痛。星光寂，路灯熄，月羞眼闭，不堪重忆。

（2020.12.24）

留客住（定格）

```
｜—｜（韵）。｜｜—（句），——｜｜（句），——｜｜（句），
｜｜———｜（韵）。———｜—｜（句），｜｜—｜——（句），
—｜｜（韵）。——｜｜（句），｜———｜（句），｜——｜（韵）。
　　—｜｜（韵），｜｜——（句），｜—｜｜（韵）。｜｜——（句），
｜｜———｜（韵）。｜｜｜｜——｜（句），—｜——（句），｜—
—｜｜（韵）。｜——｜（句），｜——｜｜，———｜（韵）。
```

范例

瘴云苦。遍五溪，沙明水碧，声声不断，只劝行人休去。行人今古如织，正复何事关卿，频寄语。空祠废驿，便征衫湿尽，马蹄难驻。

风更雨，一发中原，杳无望处。万里炎荒，遮莫摧残毛羽。记否越王春殿，宫女如花，只今惟剩汝。子规声续，想江深月黑，低头臣甫。

清·曹贞吉

雪冰苦。遍九洲，凌飞大雪，遮天盖地，乱舞昏暗无路。饥寒何处倾诉，不了才悟糊涂，谁目睹。茫茫大地，雪花狂飞舞，泪零无助。

无处去，远信遥遥，念思暮暮。对景伤怀，旧忆穷山江渡。热泪不知年少，春去无情，只今伤苦数。黯然无语，一思千万绪，迷茫深处。

（2020.12.29）

步蟾宫（定格）

|　|－||－－－（句）。|||（豆）、|－－|（韵）。－－|||－－（句），|－|－－||（韵）。

　　－－－|－－|（句）。|－－（豆）、|－－|（韵）。－－|||－－（句），||||－||（韵）。

范例

玉京此去春犹浅。正雪絮、马头零乱。姮娥剪就绿云裳，待来步蟾宫与换。

明年二月桃花岸。棹双桨、浪平烟暖。扬州十里小红楼，尽卷上珠帘一半。

宋·汪存

朔风劲舞摧花残。黑白绿、紫红黄乱。南边点炮北燃烟，不知转回宫影换。

犹逢佳节门庭满。温馨暖、喜人春晚。天涯海角终归还，万缕千丝剪不断。

（2021.1.8）

阿那曲（定格）

　　－||－－||（韵），－||||－－|（韵）。－－||||－

一（句），｜｜一一一｜｜（韵）。

范例

罗袖动香香不已，红蕖袅袅秋烟里。轻云岭上乍摇风，嫩柳池边初拂水。

唐·杨玉环

残漏月光将近黑，昏睡梦断曙光白。人间本在苦难间，涉水攀山善果觅。

（2021.1.16）

阳台路（定格）

｜一｜（句），｜｜一｜｜（句），一一一｜（韵）。｜一一（句），
｜｜一一（句），一｜｜一一（韵）。一｜｜一一（句），｜一｜一（句），
｜一一｜（韵）。｜一｜（句），｜｜一（句），一一一｜一（韵）。

｜｜一一一｜（句），｜一｜（句），一一｜｜（韵）。｜一一｜（句），
｜｜｜（句），｜｜一｜（韵）。一一｜一一｜｜（句），｜｜一一
一｜（韵），一一｜（句），｜｜｜（句），一一一｜（韵）。

范例

　楚天晚，坠冷枫败叶，疏红零乱。冒征尘，匹马驱驱，愁见水遥山远。追念少年时，正恁凤帏，倚香偎暖。嬉游惯，又岂知，前欢云雨分散。

　此际空劳回首，望帝里，难收泪眼。暮烟衰草，算暗锁，路歧无限。今宵又依前寄宿，甚处苇村山馆，寒灯畔，夜厌厌，凭何消遣。

宋·柳永

　下乡路，骤冷风打叶，残红飞舞。雨蒙蒙，浪落离乡，山远水长谁诉。苦熬尽芳华，问得夕阳，是谁轻负。看春远，几欲归，何时才能安否。

　再望钟山风雨，叹悲寂，空来往去。乱云风影，解不了，内在愁苦。

今宵那堪圆月遮，只把思埋深处，灯笼晃，雨沥沥，天空无助。

（2021.2.26）

曲游春（定格）

－｜－－｜（句），｜－－－｜（句），－｜－｜（韵）。｜｜－－（句），｜－－｜｜（句），－－－｜（韵）。｜｜－－｜（句），－｜｜（句），｜－－｜（韵）。｜－｜－－（句），－－｜｜－｜（韵）。

｜｜－－－（韵）。｜｜｜－－（句），－｜－｜（韵）。｜｜－－（句），｜－－｜｜（句），－－－｜（韵）。｜｜－｜（句），｜－｜（句），－－｜｜（韵）。－｜－｜－－（句），－－｜｜（韵）。

范例

千树玲珑罩，正蒲风微过，梅雨新霁。客里幽窗，算无春可到，和愁都闭。万种人生计，应不似，午天闲睡。起来踏碎松阴，萧萧欲动疑水。

借问归舟归未。望柳色烟光，何处明媚。抖擞人间，除离情别恨，乾坤余几。一笑晴岛起，酒醒后，阑干独倚。时见双燕飞来，斜阳满地。

元·赵功可

城外梅花坞，柳阴添花影，梅意如织。碧水清波，见天鹅戏水，双双甜蜜。转角梅山隔，花尽染，入林香溢。涌楼台，眼前万紫千红，登高一览春色。

翠竹依亭凝碧。映柳色波光，勾起思忆。似见当年，正芳华欲放，纯真无敌。一笑春秋过，甚都没，为何再觅。知否乡梦难醒，空留足迹。

（2021.3.2）

传言玉女（定格）

｜｜－－（句），－｜｜－－｜（韵）。｜－－｜（句），
｜｜－｜｜（韵）。－｜｜｜（句），｜｜－－｜（韵）。－－－｜（句），
｜－－｜（韵）。

　　｜｜－－（句），｜－－（句），｜｜｜（韵）。｜－－｜（句），
｜－－｜｜（韵）。－－｜－（句），｜｜｜－－｜（韵）。－－
－｜（句），｜－－｜（韵）。

范例

　　一夜东风，不见柳梢残雪。御楼烟暖，
对鳌山彩对。箫鼓向晚，凤辇初回宫阙。
千门灯火，九衢风月。

　　绣阁人人，乍嬉游，困又歇。艳妆
初试，把珠帘半揭。娇羞向人，手捻玉
梅低说。相逢长是，上元时节。

宋·晁冲之

　　岁月如歌，吹散鼓声哀角。月圆花好，唯欲尘漠漠。浮丽荡尽，剩
有光阴如昨。阴晴圆缺，起潮潮落。

　　梦断楼台，甚情怀，酒浑浊。此时堪叹，怨长空寂寞。扶杯泪流，
目断阅江楼阁。相思长是，六神无着。

（2021.3.12）

惜红衣（定格）

　　｜｜－｜（句），－｜｜｜（韵）。｜－－（句），－｜－－（句），

——|——|（韵）。——||（句），||||（句），———|（韵）。—|（韵）。—||—（句），|———|（韵）。

　　——||（句），—|——（句），——|—|（韵）。——|||（韵）。|—|（韵）。|||——（句），—||—（句），|———|（句），—|||——|（韵）。

范例

　　笛送西泠，帆过杜曲。昼阴芳绿，门巷清风，还寻故人书屋。苍华发冷，笑瘦影，相看如竹。幽谷。烟树晓莺，诉经年愁独。

　　残阳古木，书画归船，匆匆又南北。蘋洲鸥鹭素熟。旧盟续。甚日浩歌招隐，听雨弁阳同宿，料重来时候，香荡几湾红玉。

宋·李莱老

　　昨夜横笛，吹断破壁。一杯回忆，掀起波浪，南边传来消息。丹江水碧，已只见，清长愁极。清寂。沉睡不醒，梦幽浑如昔。

　　花山水侧，山隐波光，青莲沁柔色。当年先醉丽迹。闯南北。一数那时心月，清梦冷云如醒，这重来时候，山秀水清情溢。

（2021.3.24）

梧桐影（定格）

　　||—（句），——|（韵）。—||———|—（句），|—||——|（韵）。

范例

　　明月斜，秋风冷。今夜故人来不来，教人立尽梧桐影。

唐·吕岩

柳絮风，清明雨。黄菊白花弹泪珠，诉心又向谁人语。

（2021.3.27）

日夜撑，心冰冷。谁懂夜阑愁泪零，寒风月下凄凉影。

（2022.9.18）

隔帘花（定格）

| | — —（句），— | — —（句），| — — | — |（韵）。
| | | — —（句），— — — | |（韵）。| — —（句），— | |（句），
| | — — — |（韵）。| | |（句），— — — |（句），— — | — |（韵）。
| | — — | |（句），| — — —（句），| — — |（韵）。
| | | — —（句），| — — | |（韵）。| — —（句），— | |（句），
| | — — — |（韵）。| | |（句），— — — | — | |（韵）。

范例

宿雨初晴，花艳迎阳，槛前如绣如绮。向晓峭寒轻，窣真珠十二。正朝曦，桃杏暖，透影帘栊烘春霁。似暂隔，祥烟香雾，朝仙侣庭际。

更值迟迟丽日，且休约寻芳，与开瑶席。未拟上金钩，尽围红遮翠。命佳名，坤殿喜，为写新声传新意。待向晚，迎香临月须卷起。

宋·曹勋

水碧江横，云淡天高，夕阳斜照山镇。遍野映山红，山坡青草嫩。荡春风，桃李兴，水影波光芳香近。一地美，花开人醉，飞鸿传佳讯。

梦里韶华漏尽，又虚度光阴，了无音信。懊恼几时休，别余君莫问。雁南飞，情未了，放下多愁添新恨。怎奈他，醒来还道一口闷。

（2021.3.30）

剔银灯（定格）

丨丨－－－丨（韵），－丨丨－－丨（韵）。丨丨－－（句），
－－丨丨（句），－丨丨－－丨（韵）。丨－丨－（句），－－丨（句），
－－－丨（韵）。

－丨－－丨丨（韵）。丨丨丨（豆）、－－－丨（韵）。丨丨－－（句），
－－丨丨（句），丨－丨－丨（韵）。丨－－丨（韵）。－－丨（句），
丨－－丨（韵）。

范例

一夜隋河风劲，霜湿水天如镜。古柳堤长，寒烟不起，波上月无流影。
那堪频听，疏星外，离鸿相应。

须信情多是病。酒未到、愁肠还醒。数叠兰衾，余香未减，甚时枕
鸳重并。教伊须更。将兰约，见时言定。

宋·沈邈

十里长堤风景，舟荡浪花移影。绿柳红楼，亭台傍水，三步二桥闲径。
老街旧游，情难了，街边桃杏。

犹恐真情起病。酒醉里、糊涂还醒。忘了时迁，余心未灭，浊清水
天如镜。此情难舍。相思累，月光宁静。

（2021.4.2）

玉烛新（定格）

－－－丨丨（韵）。丨丨丨－－（句），－－－丨（韵）。
丨－丨丨－－丨（句），丨丨－－丨丨（韵）。－－丨丨（句），
丨丨丨（句），－－－丨（韵）。－丨丨（句），－丨－－（句），－

—｜｜—｜（韵）。

　　——｜｜——（句），｜｜｜——（句），｜——｜（韵）。

｜—｜｜（句），—｜｜（句），｜｜｜——（韵）。——｜｜（句），

｜｜｜（句），——｜｜（韵）。｜｜｜，—｜——（句），———｜（韵）。

范例

　　溪源新腊后。见数朵江梅，剪裁初就。晕酥砌玉芳英嫩，故把春心轻漏。前村昨夜，想弄月，黄昏时候。孤岸峭，疏影横斜，浓香暗沾襟袖。

　　尊前赋与多材，问岭外风光，故人知否。寿阳谩斗，终不似，照水一枝清瘦。风娇雨秀，好乱插，繁花盈首。须信道，羌管无情，看看又奏。

宋·周邦彦

　　清明初雨后。见路堵池边，黄花垂柳。菊花点缀相思字，泣泪轻拈襟袖。先前别后，放不下，思情依旧。吹鬓影，昏莫凭阑，正是心酸时候。

　　愁凝幕府江楼，惜燕子来时，可人知否。冷风半透，情未了，又怕雨疏风骤。飞鸿远去，带走了，依前所有。远处笛，弯月邀留，知音稀有。

（2021.4.4）

倦寻芳（定格）

　　｜—｜｜（句），｜｜——（句），———｜（韵）。｜｜——（句），

｜｜———｜（韵）。｜｜———｜｜（句），———｜——（韵）。

｜ー一（句），｜一一｜｜（句），｜一一｜（韵）。

一｜｜（句），一一一｜（句），一｜一一（句），一｜一｜（韵）。

｜｜一一（句），一｜一一一｜（韵）。一｜一一一｜｜（句），

一一一｜一一｜（韵）。｜一一（句），｜一一（句），｜一一｜（韵）。

范例

暮帆挂雨，冰岸飞梅，春思零乱。送客将归，偏是故宫离苑。醉酒曾同凉月舞，寻芳还隔红尘面。去难留，怅芙蓉路窄，绿杨天远。

便系马，莺边清晓，烟草晴花，沙润香软。烂锦年华，谁念故人游倦。寒食相思堤上路，行云应在孤山畔。寄新吟，莫空回，五湖春雁。

宋·吴文英

赤枫绿半，布谷迷晴，风云零乱。雾里看花，已是浮云幽散。冉冉飘红春似梦，潇潇揉绿愁如茧。夜难熬，叹相邻咫尺，弃离情远。

忘不了，年年如旧，高挂灯笼，相聚楼馆。暮柳垂桥，还是清江春晚。熏酒曾同明月舞，寻词还觅情深浅。莫凭阑，正风凉，此情难断。

（2021.4.13）

扫花游（定格）

｜一｜｜（句），｜｜｜一一（句），｜一一｜（韵）。｜一｜｜（句），

｜一一一（句），｜一一｜（韵）。｜｜一一（句），｜｜一一｜｜（韵）。

｜一｜（句），｜｜｜｜一（句），一一一｜（韵）。

一｜｜｜｜（韵）。｜｜｜一一（句），｜一一｜（韵）。

｜一｜｜（句），｜一一一｜（句），｜一一｜（韵）。｜｜一一（句），

｜｜一一｜｜（韵）。｜一｜（韵），｜一一（句），｜一｜｜（韵）。

范例

水园沁碧，骤夜雨飘红，竟空林岛。艳春过了，有尘香坠钿，尚遗芳草。步绕新阴，渐觉交枝径小。醉深窈，爱绿叶翠圆，胜看花好。

芳架雪未扫。怪翠被佳人，困迷清晓。柳丝系棹，问阊门自古，送春多少。倦蝶慵飞，故扑簪花破帽。醉残照，掩重城，暮钟不到。

宋·吴文英

酒亭夕幕，已一别秦淮，景风酸楚。古今厚薄，唯红墙印痕，饱经风雨。怎奈无言，暗觉凭阑闷苦。逐波去，暮色点二三，春愁无数。

离别恨几许。客地望遥乡，盼思归路。乱云积雾，又重山路堵，泪水无助。一片茫茫，浪起重洋远渡。早知误，迟醒木，朝钟暮鼓。

（2021.4.18）

六么令（定格）

｜－－｜（句），－｜－－｜（韵）。－－｜－－｜（句），｜｜－－｜（韵）。－｜－－｜｜（句），｜｜－－｜（韵）。－－｜（韵）。－－｜｜（句），－｜－－｜－｜（韵）。

－－－｜｜｜（句），｜｜－－｜（韵）。－｜｜｜－－（句），｜｜－－｜（韵）。－｜－－｜｜（句），－｜－－｜（韵）。－－｜（韵）。－－－｜（句），｜｜－－｜－｜（韵）。

范例

快风收雨，亭馆清残燠。池光静横秋影，岸柳如新沐。闻道宜城酒美，昨日新醅熟。轻镳相逐。冲泥策马，来折东篱半开菊。

华堂花艳对列，一一惊郎目。歌韵巧共泉声，间杂琮琤玉。惆怅周郎已老，莫唱当时曲。幽欢难卜。明年谁健，更把茱萸再三嘱。

宋·周邦彦

大江千里，烟渺波澜阔。红袖舞舟唱悦，寺观钟疏发。六朝兴亡若梦，楚楚惊时月。骄横烟灭。豪华耗尽，空有冰轮自圆缺。

潮生潮落不歇，暮月朝阳接。谁记老了归来，忘了先心结。纵使千般辩说，情在应难绝。高墙谁设。凭阑凝望，落雁南飞孤凄噎。

（2021.4.23）

秋蕊香令（定格）

—｜｜——｜（韵），—｜｜—｜｜（韵）。｜——｜—｜｜（句），｜｜———｜（韵）。

———｜——｜（韵），｜—｜（韵）。——｜｜——｜（韵），—｜——｜｜（韵）。

范例

花外数声风定，烟际一痕月净。水晶屏小欹醉枕，院静鸣蛩相应。香销斜掩青铜镜，背灯影。寒砧夜半和雁阵，秋在刘郎绿鬓。

宋·黄铸

悠荡碧荷花下，香引阵风送夏。满塘娇色星播洒，脉脉秋波如画。香飘空谷生清雅，漫山野。围墙小屋青鸳瓦，秋聊天亮夜话。

（2019.9.11）

秋蕊香 (定格)

　　｜｜－－｜｜（韵），－｜｜－－｜（韵）。｜－｜｜｜｜－（韵），
｜｜－－｜｜（韵）。

　　｜－｜｜－－｜（韵），｜－｜（韵）。｜－｜｜｜｜－（韵），
－｜－－｜｜（韵）。

范例

　　乳鸭池塘水暖，风紧柳花迎面。午妆粉指印窗眼，曲里长眉翠浅。

　　问知社日停针线，探新燕。宝钗落枕春梦远，帘影参差满院。

宋·周邦彦

　　碧淡春红点翠，桃李秀韵优恣。远山近水竹风起，悄把乡愁远寄。

　　老来酒去牵情醉，断肠水。故知一别已心碎，望断归帆泪里。

（2021.4.26）

　　帘外雨汹难止，一地碎红绿坠。满街横竖都是泪，目断人生如戏。

　　风云横变情如水，遭抛弃。今朝有酒今朝醉，长夜无人入睡。

（2021.7.22）

丁香结 (定格)

　　－｜－－（句），｜－－｜（句），－｜｜－－｜（韵）。｜｜－
－｜（韵）。｜｜｜｜（句），｜｜－－－｜（韵）。｜－－｜｜（句），
－－｜（句），－－｜｜｜（韵）。－－－－｜（句），｜｜｜｜－－
－｜（韵）。

　　－｜（韵）。｜｜｜－－（句），｜｜－｜｜（韵）。｜｜－－（句），
－－｜｜（句），｜－－｜（韵）。－｜－｜｜｜（句），－｜－－

（韵）。——｜｜（句），—｜——｜｜（韵）。

范例

　　香枭红霏，影高银烛，曾纵夜游浓醉。正锦温琼腻。被燕踏，暖雪惊翻庭砌。马嘶人散后，秋风换，故园梦里。吴霜融晓，陡觉暗动偷春花意。

　　还似。海雾冷仙山，唤觉环儿半睡。浅薄朱唇，娇羞艳色，自伤时背。帘外寒挂澹月，向日秋千地。怀春情不断，犹带相思旧子。

宋·吴文英

　　朝接曦阳，暮留明月，遥送翠消红陨。疾雨凄风迅。惜丽景，尚有余花清润。乱山烟雨外，寒风透，强扶暗忍。登山临水，一览众小孤愁难尽。

　　相近。记柳下相逢，映月春寒阵阵。倒海翻江，黎明见日，渐生红晕。思念时过往事，凄断柔肠寸。寻春情不断，空为尘昏蠹损。

（2021.4.28）

　　明晃高楼，暗灯低巷，风雨绿凋红陨。逝水东流迅。见暮色，尚有枫林余润。旧游今又在，情难了，弃情不忍。高山流水，未解此恨千愁难尽。

　　谁问。记醉乱年时，暴雨狂风阵阵。毁了书香，无言面壁，夜寒灯晕。谁念魂梦故里，恨断愁肠寸。惟思春作伴，空为相思暗损。

（2021.11.29）

　　峤道盘山，谷溪流水，风卷绿凋红陨。甚雨凄风迅。暮色近，默感林间余润。半山风亭处，思新路，还回暗忍。翻山涉水，曲折险难都齐行尽。

　　寻引。记旧事留痕，冷月同看雁阵。奋走天南，拼搏地北，夜寒灯晕。谁念春已过尽，愁断柔肠寸。思他寻要本，空替春思瘦损。

（2022.5.25）

夺锦标（定格）

—|——（句），——||（句），||———|（韵）。||———||（句），—|——（句），|——|（韵）。|——||（句），|—|（句），———|（韵）。|——（句），||——（句），||———|（韵）。

—|——||（韵）。||——（句），|||——|（韵）。||———|（句），—|——（句），|——|（韵）。——|（句），——|（句），———|（韵）。———（句），||||（句），||———|（韵）。

范例

凉月横舟，银潢浸练，万里秋容如拭。冉冉鸾骖鹤驭，桥倚高寒，鹊飞空碧。问欢情几许，早收拾，新愁重织。恨人间，会少离多，万古千秋今夕。

谁念文园病客。夜色沉沉，独抱一天岑寂。忍记穿针亭榭，金鸭香寒，玉徽尘积。凭新凉半枕，又依稀，行云消息。听窗前，泪雨潇潇，梦里檐声犹滴。

元·张野

孤月追凉，星辰送晚，雨后风烟如昔。弄影南宫石壁，鸡鸣寺香，六朝陈迹。石人空望月，亦都去，残留清寂。淡悠悠，共少愁多，问甚江南江北。

惆怅人间过客。浪迹天涯，历尽旅途红黑。梦里才知相忆，流水无情，落花无息。恨青衫尚在，忘情怀，何方寻觅。长相思，酒里醉里，泪下杯中愁滴。

（2021.5.7）

青门饮（定格）

—|——（句），|——|（句），——||（句），|——|（韵）。

丨丨——（句），丨——丨（句），—丨丨——丨（韵）。—丨——丨（句），
丨—丨（句），———丨（韵）。丨——丨（句），——丨丨（句），
———丨（韵）。

丨丨丨——丨（句），丨—丨丨（句），———丨（韵）。丨丨——（句），
丨——丨（句），—丨———丨（韵）。丨丨——丨（句），丨——（句），
丨——丨（韵）。丨—丨丨——（句），丨丨丨——丨（韵）。

范例

胡马嘶风，汉旗翻雪，彤云又吐，一竿残照。古木连空，乱山无数，行尽暮沙衰草。星斗横幽馆，夜无眠，灯花空老。雾浓香鸭，冰凝泪烛，霜天难晓。

长记小妆才了，一杯未尽，离怀多少。醉里秋波，梦中朝雨，都是醒时烦恼。料有牵情处，忍思量，耳边曾道。甚时跃马归来，认得迎门轻笑。

宋·时彦

风起云归，涨潮潮落，西风北去，雁鸿南渡。野色沉沉，乱山残暮，遥指故乡钟鼓。山外人犹在，倚阑望，情思乡土。泪盈双眼，难醒幻觉，身心何处。

诸事落空心苦，去春梦断，寻思难阻。乱打琵琶，更添烦恼，无奈横来愁绪。一句相思树，咽声情，难迈寸步。醉还又登高楼，目断望穿归路。

（2021.5.15）

春夏两相期（定格）

丨——（句），丨——丨（韵）。——丨丨—丨（韵）。丨丨——（句），
—丨丨——丨（韵）。———丨丨—（句），丨丨—一—丨（韵）。
丨丨——（句），——丨丨（句），丨——丨（韵）。

——｜｜—｜（韵）。｜｜———｜（句），｜——｜（韵）。｜｜———（句），—｜｜——｜（韵）。——｜｜——｜（句），｜｜————｜（韵）。｜｜——（句），｜｜——（句），｜——｜（韵）。

范例

　　听深深，谢家庭馆。东风对语双燕。似说朝来，天上婺星光现。金裁花诰紫泥香，绣裹藤舆红茵软。散蜡宫辉，行鳞厨品，至今人羡。

　　西湖万柳如线。料月仙当此，小停飙辇。付与长年，教见海心波浅。紫云佩五侯门，洗雪华桐三春苑。慢拍调莺，急鼓催鸾，翠阴生院。

宋·蒋捷

　　晚云收，杜鹃啼哳。西湖雅蕊开遍。柳荡青波，南岸瑞熙重现。人生如梦自应求，雁荡烟波空留恋。落照云横，孤舟远渺，断桥霞晚。

　　长堤坠柳如线。送别千顷远，月时难见。一片茫茫，江海岂知深浅。劫余酒醉还醒，却道风凉思春暖。慢走穷沟，急舞红绸，万家灯炫。

（2021.5.24）

聒龙谣（定格）

　　—｜——（句），｜—｜｜（句），｜｜｜——｜（韵）。—｜——（句），｜———｜（韵）。｜—｜（句），—｜——（句），｜｜｜（句），｜——｜（韵）。｜——（句），｜｜——（句），｜—｜（句），｜—｜（韵）。

　　——｜（句），｜｜—（句），｜｜｜—｜（句），———｜（韵）。——｜｜（句），｜———｜（韵）。｜——（句），————（句），｜｜｜（句），｜—｜｜（韵）。｜—｜（句），｜｜——（句），

|一一|（韵）。

范例

肩拍洪崖，子携子晋，梦里暂辞尘宇。高步层霄，俯人间如许。算蜗战，多少功名，问蚁聚，几回今古。度银潢，展尽参旗，桂华澹，月飞去。

天风紧，玉楼斜，舞万女霓袖，光摇金缕。明廷宴阕，倚青冥回顾。过瑶池，重惜双成，就楚岫，更邀巫女。转云车，指点虚无，引蓬莱路。

宋·朱敦儒

新月连星，一空梦境，就里不知何处。红黑难分，半途如初悟。看今古，情断红墙，见一地，几多愁苦。悔真诚，信了多言，未情了，恨无数。

旗杆竖，夕影斜，水转冷风舞，东奔西渡。乡愁未解，古楼敲钟鼓。望前方，茫然迷途，对月邀，再来酒煮。醉时步，实失虚无，断肠乡土。

（2021.5.29）

忆帝京（定格）

　　|一||一一|（韵），|||一一|（韵）。|||一一（句），||一一|（韵）。|||一一（句），||一一|（韵）。

　　|||（句），|一一|（句），|一|（句），|一一|（韵）。||一一（句），一一一|（句），|一||||（韵）。|||一（句），||一一|（韵）。

范例

薄衾小枕凉天气，乍觉别离滋味。展转数寒更，起了还重睡。毕竟不成眠，一夜长如岁。

也拟待，却回征辔，又争奈，已成行计。万种思量，多方开解，只恁寂寞厌厌地。系我一生心，负你千行泪。

宋·柳永

少年木讷听教，挫锐附和为调。想要窥天穹，不料随风夭。世事亦无知，不懂才为小。

莫要问，哪朵花好，莫言笑，且知谁晓。万种情由，红黄蓝绿，一湖碧水映影俏。未了情难抛，酒醉知多少。

（2020.8.28）

雁鸿北上天暮，目断更无寻处。陌上已寒凉，柳外空伤楚。本就是劳尘，奈守流光渡。

走老路，却难横步，月娥舞，散花无助。万种思量，多边方悟，只凭默默引退路。系我梦中得，负你一生苦。

（2021.6.3）

明月逐人来（定格）

　　－－－｜（韵），－－－｜（韵）。－－｜（句），｜－－｜（韵）。｜－－｜（句），｜－－｜｜（韵）。｜｜－－｜｜（韵）。

　　－｜｜－（句），－｜｜－－｜（韵）。－－｜（句），－－｜｜（韵）。｜｜｜－（句），－｜｜－｜（韵）。｜｜－－｜｜（韵）。

范例

　　星河明淡，春来深浅。红莲正，满城开遍。禁街行乐，暗尘香拂面。

皓月随人近远。

天半鳌山，光动凤楼两观。东风静，珠帘不卷。玉辇待归，云外闻弦管。认得宫花影转。

宋·李持正

西湖凝碧，东山飞赤。莲花满，淡香横溢。翠深红隙，断桥愁正幂。那听江舟夜笛。

熬了渺茫，多少岁华难忆。风波静，幽流不息。小立夕阳，情短尽堪惜。明月逐人寂寂。

（2021.6.5）

曲玉管（定格）

||——（句），——||（句），——||——|（韵）。
||————|（句），—|——（句），|——（韵）。

||——（句），———|（句），|—||——|（韵）。
||——（句），———|——（句），———（韵）。

||——（句），|—|（句），———|（韵）。——||—
—（句），——||——（句）。|——（韵）。|———|（句），
||——|（韵）。|——（句），||——（句），||——（韵）。

范例

陇首云飞，江边日晚，烟波满目凭阑久。一望关河萧索，千里清秋，忍凝眸。杳杳神京，盈盈仙子，别来锦字终难偶。断雁无凭，冉冉飞下汀洲，思悠悠。暗想当初，有多少，幽欢佳会。岂知聚散难期，翻成雨恨云愁。阻追游。每登山临水，惹起平生事。一场消黯，永日无言，却下层楼。

宋·柳永

鸟啭林间，风夹阵雨，明朝端午龙舟渡。渺渺清波烟水，多少思怀，一言无。翠陌吹衣，高楼横笛，叠云漏尽天边雨。一片苍茫，多年如梦初醒，边阑扶。记得当初，月光下，同心为伍。谁知聚散难凭，翻来倒去无情。负誓书。落花随流水，一去穿今古。莫愁朝夕，一壶清酒，一地糊涂。

（2021.6.13）

垂丝钓（定格）

｜—｜｜（句），———｜—｜（韵）。｜｜｜—（句），
—｜—｜（句），—｜｜（韵）。｜｜—｜｜（韵）。——｜（韵），
｜——｜｜（韵）。

——｜｜（句），———｜—｜（韵）。｜—｜｜（句），
—｜—｜（韵）。—｜——｜（韵）。——｜｜（句），
｜｜—｜｜（韵）。

范例

镂金翠羽，妆成才见眉妩。倦倚绣帘，看舞风絮，愁几许。寄凤丝雁柱。春将暮，向层城苑路。

钿车似水，时时花径相遇。旧游伴侣，还到曾来处。门掩风和雨。梁间燕语，问那人在否。

宋·周邦彦

夕阳箫鼓，钟山风雨谁数。雾隐石城，风起云舞，谁与度。惟有江岸柳。空朝暮，问津桃叶渡。

江舟夜袭，同船人在何处。举杯洒地，离恨无人诉。思念心中苦。良辰夜笛，一曲催泪雨。

（2021.6.21）

隔浦莲近（定格）

ーーー｜｜｜（韵），｜｜ーー｜（韵）。｜｜ーー｜（句），
ーー｜（句），ーー｜（韵）。ー｜ー｜｜（韵），ーー｜（韵），
｜｜ーー｜（韵）。

｜ー｜（韵），ーー｜｜｜（句），ーー｜｜ー｜（韵）。ーー｜｜
（句），｜｜｜ーー｜（韵）。ー｜ーー｜｜｜（句），ー｜（韵），
ーーー｜ー｜（韵）。

范例

愁红飞眩醉眼，日淡芭蕉卷。帐掩屏香润，杨花扑，春云暖。啼鸟惊梦远，芳心乱，照影收奁晚。

画眉懒，微醒带困，离情中酒相半。裙腰粉瘦，怕按六么歌板。帘卷层楼探旧燕，肠断，花枝和闷重捻。

宋·赵闻礼

西风吹断梦境，醉了人还醒。笑对西湖看，荷花挺，幽风冷。波荡千万顷，亮晶莹，水面飞金镜。

水中影，千般变幻，云舒雾卷难定。临湖舞处，一字雁鸿清影。星晚横斜夜漏永，人静，轻舟飘过梅岭。

（2021.6.23）

探春令（定格）

ーーー｜（句），｜ーー｜（句），ーーー｜（韵）。
｜ー｜｜ーー｜（句），｜ー｜（句），ーー｜（韵）。

ーー｜｜ーー｜（韵），｜ーーー｜（韵）。｜｜ー（句），

｜｜－－（句），－｜｜｜－－｜（韵）。

范例

帘旌微动，峭寒天气，龙池冰泮。杏花笑吐香犹浅，又还是，春将半。

清歌妙舞从头按，等芳时开宴。记去年，对著东风，曾许不负莺花愿。

宋·赵佶

梅盘山路，柳桥溪水，冰凉风雨。夕阳落照仙人渡，是依旧，相思处。

高楼客涌欢歌舞，夜寒忙人苦。悔最初，对着东风，曾许不负江东父。

（2021.7.3）

瑞龙吟（定格）

｜－｜（韵），－｜｜｜－－（句），｜－－｜（韵）。－－
－｜－－（句），｜－｜｜（句），－－｜｜（韵）。

｜－｜（韵），－｜｜－－｜（句），｜－－｜（韵）。－
－｜｜－－（句），－－｜｜（句），－－｜｜（韵）。

－｜－－－｜（句），｜－－｜（句），－－－｜（韵）。
－｜｜｜－－（句），－｜－｜（韵）。－－｜｜（句），｜｜－－｜
（韵）。－－｜－－｜｜（句），－－｜｜（韵）。｜｜－－｜（句），
｜－｜｜（句），－－｜｜（韵）。｜｜－－（句），－－｜（句），
－－－－－｜（韵）。｜－｜｜（句），｜－－（韵）。

范例

鳌溪路，潇洒翠壁丹崖，古藤高树。林间猿鸟欣然，故人隐在，溪山胜处。

久延伫，浑似种桃源里，白云窗户。灯前素瑟清尊，开怀正好，连

床夜语。

应是山灵留客，雪飞风起，长松掀舞。谁是倦途相逢，倾盖如故。阳春一曲，总是关心句。何妨共矶头把钓，梅边徐步。只恐匆匆去，故园梦里，长牵别绪。寂寞闲针缕，还念我，飘零江湖烟雨。断肠岁晚，客衣谁絮。

元·张蕎

燕江路，潇洒峻壁江崖，古亭松树。林间啼鸟叽咕，景观隐在，阅江胜处。

久凝伫，疑似老街风景，云窗月户。黄昏树下清茶，三人对坐，闲棋散语。

前度楼房重建，拆南推北，尘飞沙舞。唯有石碑松亭，依旧如故。凭阑远眺，远见江堤路。当年晚归风雨阻，江堤缓步。事与孤鸿去，故乡梦里，牵情别绪。梦断愁千缕，情何了，茫茫长江烟雨。断肠岁晚，泪流心苦。

（2021.7.15）

品令（定格）

ーーー｜（韵），｜｜｜（句），ーー｜（韵）。｜｜ー｜（句），
｜ーー（句），｜ーー（韵）。ー｜ーーー｜（句），ーー｜｜（韵）。

ーーー｜（韵），｜｜｜（句），ーー｜（韵）。｜｜ー｜（句），
｜ーー（句），｜ーー（韵）。ー｜ーーー｜（句），ーー｜｜（韵）。

范例

霜蓬零乱，笑绿鬓，光阴晚。紫萸时节，小楼长醉，一川平远。休说龙山佳会，此情不浅。

　　黄花香满，记白苎，吴歌软。如今却向，乱山丛里，一枝重看。对着西风搔首，为谁肠断。

宋·周紫芝

　　平湖风起，绿柳荡，轻拂水。黑鹅戏耍，竹枝相望，残阳影里。休道红尘情趣，全在这里。

　　人间难事，少不是，多屈指。走过无悔，别随人负，只当人醉。难对西风凄泪，愁肠欲碎。

（2021.6.16）

　　山重风起，倒海势，翻江水。一泄横地，损红摧绿，幼苗全毁。花也悲伤流泪，羞惭月闭。

　　江南千里，过去事，谁还记。一望难止，几番来去，酒醒还醉。都在杯中思味，肝胆欲碎。

（2021.7.16）

　　山重云起，薄雾罩，清江水。竹稳风定，浪平波静，斜阳影里。秋色流连情意，烟红露紫。

相思难理，暮色至，谁人寄。昨夜长酒，欲归无计，梦中如戏。楼外春江花月，为谁喝醉。

解语花（定格）

－－｜｜（句），｜｜｜－－（句），－－｜－｜（韵）。｜－－｜（句），－－｜（句），｜｜｜－－｜（韵）。－－｜｜（句），－－｜（句），－－｜｜｜（韵）。－｜｜｜（句），－｜｜－－（句），－｜－－｜（韵）。

｜｜－－｜｜（句），－－－｜｜（句），｜｜－｜（韵）。｜－－｜（句），－－｜（句），｜｜｜－－｜（韵）。－－｜｜（句），－－｜（句），－－－｜（韵）。｜｜－（句），｜｜－－｜｜｜（韵）。

范例

云容沍雪，暮色添寒，楼台共临眺。翠丛深窅，无人处，数蕊弄春犹小。幽姿谩好，遥相望，含情一笑。花解语，因甚无言，心事应难表。

莫待墙阴暗老，称琴边月夜，笛里霜晓。护香须早，东风度，咫尺画阑琼沼。归来梦绕，歌云坠，依然惊觉。想恁时，小几银屏冷未了。

宋·施岳

红荷映月，绿影停云，池边慢悠步。嫩凉微抚，蓝桥渡，对月倚阑羞注。心凝美好，遥相望，光阴难度。花解语，无莫轻言，难倒佳期误。

只等梅花又吐，来年花日夜，水上同舞。梦中期待，乡愁路，莫再隔江山堵。东风半面，料谁似，何郎新娶。解语花，幕落深深锁怨苦。

阳春曲（定格）

｜－－（句），－－｜（句），－｜｜－－｜（韵）。－｜｜－
－（句），－－｜（句）、｜｜－｜｜－｜（句）。｜－－｜（韵）。
－｜｜（句）、｜－－｜（韵）。－｜｜｜－－（句），｜－－（句）、
｜－－｜（韵）。

｜－｜－－（句），－－－－－（句）。－｜｜（句）、－－｜｜
（韵）。－－－－｜｜（句），｜－－（句）、｜｜－｜（韵）。－
－｜｜｜｜（句）。｜｜｜（句）、－－－｜（韵）。｜－｜（句）、
｜｜－－（句），｜－－｜｜（韵）。

范例

杏花烟，梨花月，谁与晕开春色。坊巷晓愔愔，东风断、旧火销处近寒食。少年踪迹。愁暗隔、水南山北。还是宝络雕鞍，被莺声、唤来香陌。

记飞盖西园，寒犹凝结。惊醉耳、谁家夜笛。灯前重帘不挂，殢华裾、粉泪曾拭。如今故里信息。赖海燕、年时相识。奈芳草、正锁江南，梦春衫怨碧。

宋·史达祖

醉花香，梨花泪，桃李碧芳红翠。风雨起苍茫，人间事、转瞬生死两茫茫。断肠肝碎。何止理、事心难寄。情恨万缕千丝，泪湿衣，恁人留意。

倚窗夜深沉，长长相思。明月半、凄凉世味。当年相逢月下，信同心、立誓无悔。如今再到故里。倒弄几、人生如戏。奈寸草、正幻春天，夜长空梦美。

（2021.7.27）

浣溪沙慢（定格）

｜｜｜｜｜（句），—｜——｜（韵）。｜—｜｜（句），—｜｜—｜（韵）。—｜｜｜（句），｜｜——｜（句），—｜—｜｜（韵）。—｜｜——（句），｜——（句），——｜｜（韵）。

｜—｜（韵）。｜｜｜——（句），｜——｜｜（句），—｜｜—（句），｜｜——｜（韵）。｜｜｜—（句），—｜｜—｜（韵）。｜｜——｜（韵）。—｜｜——（句），｜——（句），——｜｜（韵）。

范例

水竹旧院落，樱笋新蔬果。嫩英翠幄，红杏交榴火。心事暗卜，叶底寻双朵，深夜归青琐。灯尽酒醒时，晓窗明，钗横鬓𩬊。

怎生那。被间阻时多，奈愁肠数叠，幽恨万端，好梦还惊破。可怪近来，传语也无个。莫是瞋人呵。真个若瞋人，却因何，逢人问我。

宋·周邦彦

月影映山石，江水浮青碧。石城翠绿，红叶舞今昔。风雨啸啸，虎踞龙盘迹，回首今过客。千载是和非，诉衷情，民心不一。

夜闭塞。幕落月光残，晓来寒意逼，离恨怨深，不尽孤灯熄。往事如烟，情绝愁至极。意短何珍惜。邀月对三人，举深杯，良宵夜寂。

（2021.7.29）

夜行船（定格）

｜｜｜———｜｜（韵），｜——（句），｜——｜（韵）。｜｜——（句），——｜｜（句），｜｜｜｜——｜（韵）。

｜｜｜———｜（韵），｜——（句），｜——｜（韵）。

｜｜－－（句），－－－｜（句），－｜｜－－｜（韵）。

范例

不剪春衫愁意态，过收灯，有些寒在。小雨空帘，无人深巷，已早杏花先卖。

白发潘郎宽沈带，怕看山，忆他眉黛。草色拖裙，烟光惹鬓，常记故园挑菜。

宋·史达祖

一地残红凋绿疏，路难行，竹亭春暮。水月移花，连云夜草，醉望断肠江渡。

未了情思人还去，水深深，奋争生处。把酒相凝，相怜依别，长记那年山路。

（2021.7.31）

望云涯引（定格）

－－－｜（句），｜－｜（句），－－｜（韵）。｜｜－－（句），｜｜－｜－｜（韵）。－－－｜（句），｜｜－－｜（句），｜｜｜（韵）。｜｜－－（句），｜－｜｜（韵）。

｜－－｜（句），｜－｜（句）。－－｜（韵）。｜｜－－（句），－｜｜－－｜（韵）。－｜－－｜（句），｜｜｜（韵）。｜｜－－（句），｜｜－－－｜（韵）。

范例

秋容江上，岸花老，蘋洲白。露湿兼葭，浦屿渐增寒色。闲渔唱晚，鹜雁惊飞处，映远碛。数点轻帆，送天际归客。

凤台人散，漫回首，沈消息。素鲤无凭，楼上暮云凝碧。时向西风下，认远笛。宋玉悲怀，未信金樽消得。

宋·李甲

天涯云远，碧波上，红蓝靛。映紫霞湖，翠绿流照桥栈。花香飘散，步醉荷花畔，叠浪漫。暮色流连，晚风溢情满。

乱云飞舞，瞬间变，难相见。暴雨涟涟，洪水不知深浅。桥上流成线，恨不断。大水无情，闻救灾时心暖。

（2021.8.3）

饮马歌（定格）

－－－｜｜（韵），｜｜－－｜（韵）。｜－－－｜（韵），
｜－－－｜（韵）。

｜－－（韵），｜－－（韵）。｜｜－－｜（韵），｜－｜（韵）。

范例

边城春未到，雪满交河道。暮沙明残照，塞烽云间小。

断鸿悲，陇月低。泪湿征衣悄，岁华老。

宋·曹勋

新街横马路，旧巷摇舟渡。映蓝谁家女，上桥袖花舞。

竹篱笆，绿生花。世外桃源处，惹人慕。

（2021.8.5）

西溪子（定格）

｜｜－－－（韵），－｜｜－－（韵）。｜－－（句），－｜｜（韵），－｜｜（韵）。－｜－－｜｜（句），｜－－（韵），｜－－（韵）。

范例

捍拨双盘金凤，蝉鬓玉钗摇动。画堂前，人不语，弦解语。弹到昭君怨处，翠蛾愁，不抬头。

五代·牛峤

隔见人时如梦，帘外雨蒙相送。惜东风，从不懂，难再共。谁晓人间伯仲，雾重重，皆空空。

（2021.8.7）

秋霁（定格）

－｜－－（句），｜｜｜－－（句），－｜－｜（韵）。－｜－－（句），｜－－｜（句），｜－－｜｜（韵）。｜－｜－（句），｜－－｜｜－｜（韵）。｜｜－（句），－｜｜－（句），－｜｜－｜（韵）。－－｜｜（句），｜｜－－（句），－－－｜（句），－｜－｜（韵）。｜－－（句），－－｜｜（韵）。－－｜｜｜（韵），－｜｜－｜｜（韵）。｜｜－－（句），－－｜｜－－（句），｜－－（句），｜－－｜（韵）。

范例

千顷玻璃，远送目斜阳，渐下林阗。题叶人归，采菱舟散，望中水天一色。碾空桂魄，玉绳低转云无迹。有素鸥，闲伴夜深，呼棹过环碧。

相思万里，顿隔婵媛，几回琼台，同驻鸾翼。对西风，凭谁问取。人间那得有今夕。应笑广寒宫殿窄。露冷烟淡，还看数点残星，两行新雁，倚楼横笛。

宋·陈允平

湖水茫茫，望卷柳舒荷，风卷秋日。芳草闲庭，雁鸿飞过，碧云天水一色。夜深梦回，桃花源里世心隔。未了情，才上月钩，怎又下愁容。

相思那段，夜色迷糊，长堤垂柳，摇动岑寂。烽火台，连烧旧迹。寸心未断路灯熄，悲恨又重翻旧忆。泪洒琴台，登高远眺斜阳，乱山烟逼，晚来风急。

（2021.8.9）

玉漏迟 （定格）

|—一||（韵），——||（句），———|（韵）。||——（句），||||—一|（韵）。||——||（句），||—（句），———|（韵）。——|（句），|——|（句），———|（韵）。

||||——（句），||||——（句），|——|（韵）。||——（句），||||——|（韵）。一|——||（句），|||（句），———|（韵）。一||（句），——|——|（韵）。

范例

絮花寒食路，晴丝罥日，绿阴吹雾。客帽欹风，愁满画船烟浦。彩柱秋千散后，怅尘锁、燕帘莺户。从间阻，梦云无准，鬓霜如许。

夜永绣阁藏娇，记掩扇传歌，剪灯留语。月约星期，细把花须频数。弹指一襟幽恨，谩空倩、啼鹃声诉。深院宇，黄昏杏花微雨。

宋·赵闻礼

　　黑云压欲倒，雷奔雨急，风声呼啸。浪迹天涯，几许雾屏云缈。一梦糊涂半路，碎影孤，西风知晓。深沉夜，不甘霜露，风寒犹峭。

　　早是路各多时，尽是水中花，一声都好。醉倒无归，老去月斜云杳。愁见霞红染草，忘不掉，家鸽红枣。情未了，乡愁泪零多少。

（2021.8.11）

玲珑四犯（定格）

　　｜—｜—（句），———｜（句），———｜—｜（韵）。｜——｜｜（句），｜———｜（韵）。—｜｜—｜｜（韵）。｜——（句），｜——｜（韵）。｜｜—（句），｜——｜（句），—｜｜—｜（韵）。

　　——｜（句），——｜｜（句），—｜—｜（韵）。｜｜—｜｜（句），｜｜——｜（韵）。——｜｜——｜（句），—｜（句），——｜｜（韵）。｜｜｜（句），——｜（豆）、｜—｜｜（韵）。

范例

　　叠鼓夜寒，垂灯春浅，匆匆时事如许。倦游欢意少，俯仰悲今古。江淹又吟恨赋。记当时，送君南浦。万里乾坤，百年身世，唯有此情苦。

　　扬州柳，垂官路。有轻盈换马，端正窥户。酒醒明月下，梦逐潮声去。文章信美知何用，漫赢得，天涯羁旅。教说与，春来要、寻花伴侣。

宋·姜夔

　　栈桥绿阴，湖边堤柳，回廊谁料重抚。慢行情意少，俯仰悲今古。江水又翻怆楚。莫回头，乱云飞舞。未了情衷，岁时来去，惟有此情苦。

　　尘间路，怜微步。柳波空碧暮，舟在何处。对酒明月下，梦逐乡愁数。何来只怨先知晚，黄昏雨，来时几许。别是否，朝来雾、可重见煦。

（2021.8.22）

乳燕飞（定格）

｜｜－－｜（句），｜－－｜－｜｜（句），｜－－｜（韵），
－｜－｜－－｜（句），｜｜－－｜｜（韵）。｜｜｜（句），｜－－｜（韵）。
｜｜－－－－｜（韵）。｜－－（句），｜｜－－｜（句），｜｜｜（句），
｜｜｜（韵）。

　　－－｜｜－－｜（韵），｜－－（句），｜－｜｜（句），－－｜｜（韵）。
｜｜｜－－｜｜（句），｜｜－－－｜（韵）。｜－｜（句），－
－｜｜（韵）。－｜｜－－｜（句），｜－－（句），｜｜－－｜（韵）。
－｜｜（句），｜－｜（韵）。

范例

　　击碎珊瑚树，为留春怕春欲去，驶如风雨，春不留兮君休问，付与流莺自语。但莫赋，绿波南浦。世上功名花梢露。政何如，一笑翻金缕，系白日，莫教暮。

　　苍头引马城西路，趁池亭，荻芽尚短，梅心未苦。小雨欲晴晴不定，漠漠云飞轻絮。算行乐，春来几度。鞭影不摇鞍小据，过横塘，试把前山数。双白鹭，忽飞去。

宋·黄机

　　别去桃花渡，欲留春住春不住，渺茫如雾，江水流尽愁人泪，一树斜阳落暮。切莫负，绿波南浦。看破红尘功名簿。一时花，待等开成树，落一地，半为土。

来帆去棹还知否，记金陵，六朝古都，江南巡府。冷落故丘三二处，漠漠柳摇飞絮。慢闲步，春来几度。风雨不停寒处苦，正路途，再把翻山数。烟雾漫，雁鸿去。

（2021.8.26）

击梧桐（定格）

－｜－－｜（句），－｜｜｜（句），－｜－－－｜（韵）。｜｜－－｜（句），｜－｜（句），｜｜－－｜｜（韵）。－－｜｜（句），－－｜｜（句），－｜－｜｜｜（韵）。｜－－－｜（句），｜｜｜｜｜（句），－－－｜（韵）。

－－－－（句），－－｜｜（句），｜｜－－－｜（韵）。｜｜－－｜（句），｜｜｜（句），｜｜－－｜｜（韵）。－｜－－｜（句），－－－｜（句），｜｜－｜｜（韵）。｜－－（句），－－－｜（句），－｜－｜（韵）。

范例

枫叶浓于染，秋正老，江上征衫寒浅。又是秦鸿过，雾烟外，写出离愁几点。年来岁去，朝生暮落，人似吴潮展转。怕听阳关曲，奈短笛唤起，天涯情远。

双屐行春，扁舟啸晚，忆昔鸥湖莺苑。鹤帐梅花屋，霜月后，记把山扉牢掩。惆怅明朝何处，故人相望，但碧云半敛。定苏堤，重来时候，芳草如翦。

宋·李珏

烟雨江南岸，春渐逝，零落黄花相伴。又是飞鸿去，对窗外，道出离愁痛怨。朝阳暮日，山高水转，随浪颠簸聚半。忆思乡愁累，旧雨尽是泪，天涯情远。

风穿帘花，灯摇影舞，梦里才知温暖。默然祈心愿，那日后、尽醉凭阑一见。酣饮花前轻曲，低唱期待，夜幕风雨散。望星空，横斜疏影，星夜心盼。

（2021.4.11）

寒落梧桐雨，飘乱叶，江上乌云飞舞。雁过层林染，绿黄带，点出离愁楚楚。秋来夏去，朝生暮落，人在程途付与。一心凝情久，奈黑夜渐变，伤时心苦。

遥山寒烟，迷离玉树，不见乡愁归路。内苦宵难度，与月诉，午夜寒侵梦寐。回首天涯相恨，难言都是，路转来又去。莫凭阑，深山深处，山水无数。

（2021.8.29）

市桥柳（定格）

｜｜｜（句），｜一｜｜（韵）。｜｜｜一一｜（韵）。一一｜｜一一（句），｜一一（句），｜一｜一（韵）。

｜｜｜一一｜｜（韵）。｜一一（句），一｜｜一一｜（韵）。｜｜｜（句），一一｜（句），｜一｜（句），｜一｜｜（韵）。

范例

欲寄意，浑无所有。折尽市桥官柳。看君著上征衫，又将相，放船楚江口。

后会不知何日又。是男儿，休要镇长相守。苟富贵，无相忘，若相忘，有如此酒。

宋·蜀中妓

御道柳，御桥护守。日落月升依旧。东流逝水难留，过红墙，落梅过虎口。

　　昨日王孙今子侯。在高楼，今古那堪回首。渐觉得，良心负，一声吼，再来碗酒。

　　注：落梅，落梅花，古笛曲；虎，伴君如伴虎。

（2021.9.5）

梁州令叠韵（定格）

　　—｜——｜（句），｜｜——｜｜（韵）。——｜｜｜—｜（句），
——｜｜（句），｜｜——｜（韵）。——｜｜——｜（句），
｜｜——｜（韵）。｜｜（句），——｜｜——（韵）。

　　｜｜——｜（句），｜｜——｜｜（韵）。｜｜—｜｜——（句），
｜——｜（句），—｜——（韵）。——｜｜——｜（句），—｜
—｜（韵）。——｜｜—｜（句），——｜｜——｜（韵）。

范例

　　田野闲来惯，睡起初惊晓燕。樵青走挂小帘钩，南园昨夜，细雨红芳遍。平芜一带烟光浅，过尽南归雁。俱远，凭阑送目空肠断。

　　好景难常占。过眼韶华如箭。莫教鹊鸨送韶华，多情杨柳，为把长条绊。清尊满酌谁为伴，花下提壶劝。何妨醉卧花底，愁容不上春风面。

宋·晁补之

　　原野风帘静，暮月湖光若显。青殷改色坠沟底，斑鸠潜迹，夜色幽深浅。中山栈道梧桐幔，过尽南归雁。堪远，凭阑望断霞湖畔。

　　盼望情难断，覆去翻来更乱。莫让霞彩染长河，水中捞月，波荡花亦散。无心贪念为何唤，一曲声声慢。何需撰作天意，春风近在桃花扇。

（2019.9.5）

千古都门路，踏碎离歌痛楚。三分暮色二分苦，残阳坠幕，漆黑宵难度。
凄凉满目谁无睹？泪落无人处。难数，深深又落潇潇雨。

梦里无寻处，几度春秋霜露。莫把愁怨醉韶华，海誓山盟，犹记当初否。
艰辛岁月凝寒暑，提起心中堵。离情别去情薄，连连误断何人悟。

（2021.9.15）

梁州令（定格）

｜｜——｜（韵），｜｜———｜（韵）。——｜｜｜——（句），
——｜｜——｜（韵）。

———｜——｜（韵），｜｜——｜（韵）。——｜｜—｜（句），
——｜｜——｜（韵）。

范例

莫唱阳关曲，泪湿当年金缕。离歌自古最消魂，闻歌更在魂消处。
南桥杨柳多情绪，不系行人住。人情却似飞絮，悠扬便逐春风去。

宋·晏几道

几字梁州令，点尽人间虚影。风花醉月在高楼，底层疾苦谁人应。
人非人是如明镜，走过如风景。如今别去追悔，秋凉正好催人醒。

（2021.9.13）

杏梁燕（定格）

｜——｜（韵）。｜——｜｜（句），｜——｜（韵）。｜｜｜（句），
｜｜——（句），｜—｜｜—（句），｜——｜（韵）。｜｜——（句），
｜｜｜（句），——｜｜（韵）。｜——｜｜（句），——｜｜（句），

｜——｜（韵）。

——｜—｜｜（句），｜——｜｜（句），｜——｜（韵）。｜｜｜（句），

—｜——（句），｜—｜——（句），｜——｜（韵）。｜｜——（句），

｜｜｜（句），｜——｜（韵）。｜——（句），—｜——（句），

｜—｜｜（韵）。

范例

楚江空晚。怅离群万里，恍然惊散。自顾影，却下寒塘，正沙净草枯，水平天远。写不成书，只寄得，相思一点。料因循误了，残毡拥雪，故人心眼。

谁怜旅愁荏苒，谩长门夜悄，锦筝弹怨。想伴侣，犹宿芦花，也曾念春前，去程应转。暮雨相呼，怕蓦地，玉关重见。未羞他，双燕归来，画帘半卷。

宋·张炎

莫言凉薄。昔情情断绝，怨怀无托。谩记得，柳岸山盟，月波映瘦舟，几停兰楫。弄影摇晴，怎禁得，春归寂寞。奈年华又晚，新伤旧痕，笑言休却。

谁怜苦零旅泊。奈云深雾壑，水遥山邈。念故里，茉莉花开，也曾喜相迎，五湖游乐。梦绕江楼，对皓月，许多离索。静心凝，含泪双眸，为何泪落。

（2021.9.9）

干荷叶（定格）

——|（句），|——（韵），||——|（韵）。||——（韵），|——（韵）。——||||——（韵），||||——|（韵）。

范例

干荷叶，色苍苍，老柄风摇荡。减了清香，越添黄。都因昨夜一场霜，寂寞在秋江上。

元·刘秉忠

秋荷泪，雨纷飞，绿叶珠流碎。掩了芳菲，散香微。青荷只呈立柔姿，雨里绿红人醉。

（2021.9.16）

月上海棠（定格）

|——|——|（韵）。|——（句），—||—|（韵），—||——（句），|||（句），|——|（韵）。——|（句），||——||（韵）。

|——|——|（韵）。|—|（句），——|—|（韵）。——|——（句），|——（豆），|——|（韵）。——|（句），||——||（韵）。

范例

傲霜枝袅团珠蕾。冷香霏，烟雨晚秋意，萧散绕东篱，尚仿佛，见山清气。西风外，梦到斜川栗里。

断霞鱼尾明秋水。带三两，飞鸿点烟际。疏林飒秋声。似知人，倦游无味。家何处，落日西山紫翠。

金·党怀英

月圆情满谁人懂。月牵情，南北两心重，横影水中同，望皓月，暗潮浮动。朦胧里，不与当初同梦。

夜沉深静阵阵痛。忆前后，双眸泪花涌。叹来去匆匆，荡红枫，抚琴悲恸。吟今曲，莫作梅花三弄。

（2021.9.19）

绿凋红褪春归晚。冷姣清，风雨立南面，枯叶逐随风，傲骨在，盼切春转。凝愁处，旧故新觉悬断。

曲趣瓶中空留恋。唯梅绽，风来暗香满。红尘梦黄粱，尽悲欢，理来还乱。空惆怅，只道蓬莱路远。

（2022.1.22）

月上海棠慢（定格）

———｜（句），—｜—｜（句），｜—｜—｜（韵）。｜｜｜—｜（句），｜——｜（韵）。｜—｜｜——（句），———（句），｜——｜（韵）。——｜（句），———｜（句），｜——｜（韵）。

—｜（韵）。——｜｜（句），———｜（句），—｜—｜（韵）。｜——｜｜（句），｜——｜（韵）。｜————（句），——（豆），｜——｜（韵）。—｜｜（句），————｜｜（韵）。

范例

东风飐暖，渐是春半，海棠丽烟径。似蜀锦晴展，翠红交映。嫩梢万点胭脂，移西溪，浣花真景。蒙蒙雨，黄鹂飞上，数声宜听。

风定。朱栏夜悄，蟾华如水，初照清影。喜浓芳满地，暗香难并。

悄如彩云光中，留翔鸾，静临芳镜。携酒去，何妨花边露冷。

宋·曹勋

荷塘清靓，梅坞花竞，桂花绕山径。见碧水波静，绿红澄映。水云印柳丝轻，蓝盈盈，碧云移景。如仙境，回声谁应，侧耳倾听。

凝定。风吹夜尽，更深人静，斜月虚影。落花流水去，怨思交并。二泉凄凉孤零，多生病，妨寻青镜。难自净，天边山寒水冷。

（2022.9.30）

醉妆词（定格）

｜—｜（韵），｜—｜（叠二字），｜｜——｜（韵）。｜—｜（韵），｜—｜（叠二字），｜｜——｜（韵）.

范例

这边走，那边走，只是寻花柳。那边走，这边走，莫厌金杯酒。

唐·王衍

上时算，下时算，怎晓迎流转。左杯满，右杯满，正道人更难。

（2021.9.25）

殢人娇（定格）

｜｜｜—（句），—｜｜｜（韵）。—｜—（豆）、——｜｜（韵）。——｜｜（句），｜——｜（韵）。—｜｜（豆），｜—｜｜（韵）

—｜——（句），｜—｜｜（韵）。——｜（豆）、｜——｜（韵）。———｜（句），——｜｜（韵）。｜｜｜（豆），——｜——｜（韵）。

范例

白似雪花，柔于柳絮。胡蝶儿、镇长一处。春风骀荡，蓦然吹去。得游丝，游丝半空惹住。

波上精神，掌中态度。分明是、彩云团做。当年飞燕，从今不数。只恐是，高唐梦中神女。

宋·向子諲

八月桂花，香满小树。明月中、荷花玉举。山闲水静，夜长朝晚。清昼永，风光欲留不住。

曾记年时，把酒别绪。谁知道、去无寻处。年华风雨，都空付与。只梦语，飞鸿望穿归路。

（2021.9.29）

红楼慢（定格）

—｜｜—（句），｜｜——（句），｜——｜—｜（韵）。——｜｜——｜（句），｜｜———｜（韵）。｜———｜｜（句），—｜———｜（句），｜——（豆）、—｜——（句），———｜（韵）。

——（句），—｜——｜（韵）。｜｜｜——（句），———｜（韵）。———｜—｜｜（句），｜｜———｜（韵）。｜｜——｜｜（句），—｜｜——｜（韵）。———（句），｜｜——｜—｜（韵）。

范例

声慴燕然，势压横山，镇西名重榆塞。干霄百雉朱阑下，极目长河如带。玉垒凉生过雨，帘卷晴岚凝黛，有城头、钟鼓连云，殷春雷天外。

长啸，畴昔驰边骑。听陇底鸣笳，风搴双旆。霜髯飞将曾百战，欲

掳名王朝帝。锦带吴钩未解，谁识凭
栏深意。空沙场，牧马萧萧晚无际。

宋·吴则礼

江绕帝城，卧虎藏龙，六朝古都
胜地。尘间梦雨台阶下，几数流星光
坠。默思新桥老路，难舍情怀幽意，
石城灯红柳连波，舟行红楼慢。

相思，清梦行千里。醉里几时醒，
随他无计。南飞鸿雁知几许，不寄忧
伤一纸。目断归帆浪里，谁识倚阑深
意。空空空，抑按秦弦似流水。

（2021.11.1）

一寸金（定格）

　　—｜——（句），｜｜——｜—｜（韵）。｜｜——｜（句），—
—｜｜（句），——｜｜（句），—｜—｜（韵）。｜｜——｜（韵）。
——｜（句），｜—｜｜（韵）。——｜（句），—｜——（句），
｜｜——｜｜｜（韵）。

　　｜｜——（句），———｜（句），——｜—｜（韵）。｜｜—
—（句），｜—｜｜（句），—｜—｜（句），———｜（韵）。
—｜——｜（韵）。——｜（句），｜—｜｜（韵）。｜——（句），
｜｜——（句），｜——｜｜（韵）。

范例

秋入中山，臂隼牵卢纵长猎。见骇毛飞雪，章台献颖，臞腰束缟，汤沐疏邑。筐管刊琼牒。苍梧恨，帝娥暗泣。陶郎老，憔悴玄香，禁苑犹催夜俱入。

自叹江湖，雕龙心尽，相携蠹鱼箧。念醉魂悠扬，折钗锦字，黯鬓掀舞，流觞春帖。还倚荆溪楫。金刀氏，尚传旧业。劳君为，脱帽篷窗，寓情题水叶。

宋·吴文英

紫金峰巅，一览依江石城郭。十里秦淮水，花红两岸，重山涌翠，舟荡城脚。绿满荷风作。溪桥外，夕阳正落。前湖里，三二凫鹅，暮色青芜自寥廓。

自叹劳生，经年辛苦，求何去漂泊。念水塘篱笆，睡迟起早，空转幽梦，终辜前约。情景伤心错。无心处，弃情最薄。遂何时，物本还真，一欢天地乐。

（2021.11.5）

露华（定格）

　｜－｜｜（句），｜｜｜－－（句），｜｜－｜（韵）。｜｜｜－（句），－｜－－｜（韵）。｜－｜｜－－（句），｜｜｜－－｜（韵）。－－｜（句），－－｜－（句），｜｜－｜（韵）。

　－－｜｜－｜（韵）。｜｜｜－－（句），－｜－｜（韵）。｜｜｜－－－（句），｜｜－｜（韵）。｜－｜－｜（句），｜｜｜－－｜（韵）。－｜｜（句），－－｜－｜｜（韵）。

范例

绀葩乍坼，笑烂漫娇红，不是春色。换了素妆，重把青螺轻拂。旧歌共渡烟江，却占玉奴标格。风霜峭，瑶台种时，付与仙骨。

闲门昼掩凄恻。似淡月梨花，重化清魄。尚带唾痕香凝，怎忍攀摘。嫩绿渐满溪阴，蕲蕲粉云飞出。芳艳冷，刘郎未应认得。

宋·王沂孙

傲寒骨立，笑犷烈西风，正吹春笛。破雪露苞，红点早邀春色。一花唤起千红，染遍江南江北。青山碧，青草夕阳，慰视相忆。

依依似若相识。恍悟又当年，情见陈迹。几许雾朦云迷，咫尺相隔。只叹明月清风，夜夜幽梦如昔。情未了，风摇画帘寂寂。

（2021.11.8）

探春慢（定格）

—｜——（句），｜—｜｜（句），———｜—｜（韵）。｜｜—
—（句），———｜（句），—｜——｜｜（韵）。｜——｜（句），
——｜（句），———｜（韵）。｜——｜——（句），｜——｜
｜（韵）。

—｜——｜｜（句），—｜｜｜—（句），—｜—｜（韵）。
｜｜——（句），———｜（句），｜｜｜——（韵）。—｜——｜（句），
｜｜｜（句），———｜（韵）。｜｜——（句），———｜—｜（韵）。

范例

衰草愁烟，乱鸦送日，风沙回旋平野。拂雪金鞭，欺寒茸帽，还记章台走马。谁念漂零久，漫赢得，幽怀难写。故人清沔相逢，小窗闲共情话。

长恨离多会少，重访问竹西，珠泪盈把。雁碛波平，渔汀人散，老去不堪游冶。无奈苕溪月，又照我，扁舟东下。甚日归来，梅花零乱春夜。

宋·姜夔

杨柳飘寒，雁鸿杳渺，斜阳霞映桥栈。碧水生烟，黄花凌乱，游步

凄凉影满。春去难留住，情难了，愁烟难散。一江春水东流，旧愁新恨难断。

休问红墙绿柳，连笔画图寻，闻教人见。白玉青丝，邀春同醉，岂是不胜清怨。心事谁知会，但梦绕，中山湖畔。甚日归来，梅花山里深院。

（2021.11.13）

金盏倒垂莲（定格）

　　｜｜－－（句），｜｜－｜｜（句），｜－－｜（韵）。｜－－｜（句），｜－－－｜（韵）。｜－｜－｜｜（句），｜｜｜（句），－－－｜（韵）。｜｜｜｜（句），－－｜－－｜（韵）。

　　－－｜－｜｜（韵）。｜｜｜（句），｜｜－－－｜（韵）。｜－－｜（句），｜－－－｜（韵）。｜－｜－｜｜（句），｜｜｜（句），－－－｜（韵）。－－｜｜（句），｜｜－－｜｜（韵）。

范例

谷雨初晴，对晓霞乍敛，暖风凝露。翠云低映，捧花王留住。满阑嫩红贵紫，道尽得，韶光分付。禁籞浩荡，天香巧随天步。

群仙倚春似语。遮丽日，更著轻罗深护。半开微吐，隐非烟非雾。正宜夜阑秉烛，况更有，姚黄娇妒。徘徊纵赏，任放蒙蒙柳絮。

宋·曹勋

雨打垂莲，见叶枯半溺，绿留残迹。乱飞风雨，恋留难寻觅。满江雾朦雨滴，尽洒在，江南江北。不语一叹，当年似曾相识。

多情那堪再忆。又负了，柳月江堤情义。旧游空在，夜舟灯光熄。一江玉波悄寂，远处笛，凄其声息。思情欲寄，怎奈三江水隔。

（2021.11.26）

迷神引（定格）

｜｜－－－｜｜（韵），｜｜｜－－｜（韵）。－－｜｜
（句），－｜－－｜（韵）。｜｜｜－（句），－－｜（句），
｜－｜（韵）。｜｜－－｜（句），－｜｜｜（韵）。｜｜｜｜－－（句），
｜－｜（韵）。

　　｜｜－－（句），｜｜－－｜（韵）。｜｜－－（句），－－｜
（韵）。｜－－｜（句），｜－｜（句），－－｜（韵）。｜｜－－
（句），－－｜（句），｜－｜（韵）。－｜｜－－（句），－｜｜（句），
｜｜｜－－（句），｜－｜（韵）。

范例

　　黯黯青山红日暮，浩浩大江东注。
余霞散绮，回向烟波路。使人愁，长
安远，在何处。几点渔灯小，迷近坞。
一片客帆低，傍前浦。

　　暗想平生，自悔儒冠误。觉阮途穷，
归心阻。断魂素月，一千里，伤平楚。
怪竹枝歌，声声怨，为谁苦。猿鸟一
时啼，惊岛屿，烛暗不成眠，听津鼓。

宋·晁补之

　　烈烈西风吹日暮，渺渺绿波凝注。江楼倒影，风上回头路。故里愁，
千迭怨，恨难诉。寄予谁相与，无去处。倦梦不知醒，入迷雾。

　　血色黄昏，尽染梅林树。一抹相思，千千絮。断肠牵目，石头鼓，江南府。
未了姑苏，情无数，却心堵。时去恨犹在，留脚步，旧去不还回，看今古。

（2021.12.1）

感皇恩（定格）

｜｜｜－－（句），｜－－｜（句），｜｜－－｜－｜（韵）。
｜－－｜（句），－｜｜－－（韵）。｜－－｜｜（句），－－｜（韵）。

－｜｜－（句），｜－－｜（句），｜｜－－｜－｜（韵）。－
－｜｜（句），｜｜｜－－｜（韵）。｜－－｜｜（句），－－｜（韵）。

范例

　　小阁倚秋空，下临江渚，漠漠孤云未成雨。数声新雁，回首杜陵何处。
壮心空万里，人谁许。

　　黄阁紫枢，筑坛开府，莫怕功名欠人做。如今熟计，只有故乡归路。
石帆山脚下，菱三亩。

宋·陆游

　　暮色罩层林，夕阳如血，怎奈相行又离别。忍思愁绝，穷目乱山重叠。
一时悲泣咽，情凄切。

　　千变百难，梦中幽折，敢向青天问明月。何心似铁，不尽故乡千结。
夜空清皎澈，空明洁。

（2021.12.3）

金盏子（定格）

｜｜－－（句），｜｜－（句），－－｜｜－｜（韵）。－－｜－
－（句），－－｜（句），－－｜－－（韵）。｜｜｜｜－－（句），
｜－－｜｜（韵）。－－｜（句），｜｜｜－－（句），｜－－｜（韵）。

－｜｜－｜（句），－｜｜－（句），－－｜｜｜（韵）。－－｜（句），
－｜｜（句），－－｜（句），－－｜｜－（韵）。｜－｜｜－－（句），

｜－－－｜（韵）。－－｜（句），｜｜｜－－－（句），｜｜－｜（韵）。

范例

练月萦窗，梦乍醒，黄花翠竹庭馆。心字夜香消，人孤另，双鹣被
池羞看。拟待告诉天公，减秋声一半。无情雁，正用恁时飞来，叫云寻伴。

犹记杏桄暖，银烛下，纤影卸佩款。春涡晕，红豆小，莺衣嫩，珠痕
淡印芳汗。自从信误青骊，想笼莺停唤。风刀快，翦尽画檐梧桐，怎翦愁断。

宋·蒋捷

梦断魂凝，望故乡，天涯咫尺千里。秦楼最多情，秦淮水，垂杨映红烟翠。
不尽苦水似东流，莫提追悔泪。无情事，冷落共谁时几，怎留存记。

临酒论深理，移影碎，红花任乱伪。翻思绪，新旧味，应多梦，千山
万水曾寄。可怜瘦月凄凉，看兴亡悲悽。如今只，唯与岁华相思，月伴人醉。

（2021.12.7）

阳春曲（定格）

｜－－（句），－－｜（句），－｜－－－｜（韵）。－｜｜－－（句），
－－｜（句），｜｜－｜｜－｜（韵）。｜－－｜（韵）。－｜｜（句），
｜－－｜（韵）。－｜｜｜－－（句），｜－－（句），｜－－｜（韵）。

｜－｜－－（句），－－｜｜－｜｜（句），－－｜｜（韵）。－
－－｜｜（句），－－｜（句），｜｜－｜（韵）。－－｜｜｜
（韵）。｜｜｜（句），－－－｜（韵）。｜－｜（句），｜｜－－（句），
｜－－｜｜（韵）。

范例

杏花烟，梨花月，谁与晕开春色。坊巷晓惛惛，东风断，旧火销处

近寒食。少年踪迹。愁暗隔，水南山北。还是宝络雕鞍，被莺声，唤来香陌。

记飞盖西园，寒犹凝结惊醉耳，谁家夜笛。灯前重帘不挂，殢华裾，粉泪曾拭。如今故里信息。赖海燕，年时相识。奈芳草，正锁江南，梦春衫怨碧。

宋·史达祖

水中花，秦楼月，烟里曾多相觅。亭阁数残花，西风烈，大树摇晃路灯熄。怨愁如织。沉默默，却勾回忆。凝望一去芳华，各西东，水南山北。

乱山过浮云，飞帘一梦如往昔，冰心黯寂。依依何曾共识，还如今，只剩陈迹。无言面对过客。远处笛，吹来春色。惹寒袭，一片白茫，蜡梅红朵立。

（2021.12.9）

大酺（定格）

｜｜——（句），——｜（句），———｜—（韵）。——｜—｜（句），｜———｜（句），｜——｜（韵）。｜｜——（句），——｜｜（句），—｜———｜（韵）。——｜—（句），｜｜——｜｜（句），｜—｜（韵）。｜—｜—｜（句），———｜（句），｜——｜（韵）。

｜———｜（句），｜—｜（句），—｜——｜（韵）。｜｜｜（句），——｜｜（句），｜｜——（句），｜｜—（句），—｜｜｜（韵）。——｜—｜（句），—｜｜｜（句），｜——｜（韵）。｜—｜（句），——｜（句），｜——｜（句），｜｜———｜（韵）。｜—｜—｜｜（韵）。

范例

任琐窗深，重帘闭，春寒知有人处。常年笑花信，问东风情性，是娇是妒。冰柳成须，吹桃欲削，知更海棠堪否。相将燕归又，看香泥半雪，欲归还误。温低回芳草，依稀寒食，朱门封絮。

少年惯羁旅，乱山断，欹树唤船渡。正暗想，鸡声落月，梅影孤屏，更梦衾，千重似雾。相如倦游去，掩四壁，凄其春暮。休回首，都门路，几番行晓，个个阿娇深贮。而今断烟细雨。

宋·刘辰翁

日落西山，荒烟起，谁知寒里深处。相随明月去，莫追心中念，是真非妒。月在高楼，落花流水，如见今时难否。知音难觅，更是多情半散，世间多误。记垂柳低语，同心齐力，梦归泥絮。

觅春如孤旅，慢追步，凝远前无渡。水里晃，枫桥落月，雁过寒林，恨梦中，飞絮似雾。思如水泉淌，寻故土，夕阳迟暮。月光路，人心苦，几多回转，次次担忧深贮。晚归又随过雨。

（2021.12.15）

浪淘沙慢（定格）

　　　｜—｜（句），——｜｜（句），｜｜—｜（韵）。—｜———｜｜（句），——｜｜｜｜（句）。｜｜｜、——｜｜（韵）。｜—｜（句），｜｜—｜（韵）。｜｜｜（句），——｜—｜（句），——｜｜（韵）。

　　　—｜（韵）。｜—｜｜—｜（韵）。｜｜｜——（句），——｜（句），｜｜—｜｜（韵）。｜｜｜——（句），—｜—｜（韵）。｜—｜｜（句），—｜—（句），—｜———｜（韵）。—｜———｜｜（韵），——｜（句），｜——｜（韵）。｜—｜（豆），———｜｜（韵）。｜—｜（豆），｜｜——（句），｜｜｜｜（韵），——｜｜—｜（韵）。

范例

晓阴重，霜凋岸草，雾隐城堞。南陌脂车待发。东门帐饮乍阕。正拂面、垂杨缆结。掩红泪、玉手亲折。念汉浦、离鸿去何许，经时信音绝。

情切。望中地远天阔。向露冷风清，无人处、耿耿寒漏咽。嗟万事难忘，唯是轻别。翠尊未竭。凭断云，留取西楼残月。罗带光销纹衾叠。连环解、旧香顿歇。怨歌永、琼壶敲尽缺。恨春去、不与人期，弄夜色，空馀满地梨花雪。

宋·周邦彦

楚江岸，浪淘沙慢，去水难断。屏壁狼烟暗熄，多情只怨旧忆，望夜静、空浮梦散。月光伴，慢步桥栈。影移碎，秋花落残片，层林染一线。

心唤。幕帘紧闭愁满。怅信解清风，何须送、咫尺天地远。叹血色黄昏，红黑都半。去情未了，飞乱云，留下南屏钟晚。西水东山连环转，高山看，绿深红浅。忘情水，寻他千万遍。恨春短、莫苦悲伤，夜色显，星光闪泪梅花苑。

（2021.12.21）

双头莲（定格）

　　—｜——（句），｜｜｜｜——（句），｜——｜（韵）。——｜｜（句），｜｜｜（豆）、—｜——｜｜（韵）。｜｜｜｜——（句），｜——｜（韵）。—｜｜（句），｜｜——（句），——｜——｜（韵）。

　　｜｜｜｜——（句），｜——｜｜（句），———｜（韵）。——｜｜（句），｜｜｜（豆）、｜｜｜（句），———｜（韵）。—｜｜———（句），————｜（韵）。—｜｜（句），｜｜——（句），——｜｜（韵）。

范例

华鬓星星，惊壮志成虚，此身如寄。萧条病骥。向暗里、消尽当年豪气。梦断故国山川，隔重重烟水。身万里，旧社凋零，青门俊游谁记。

尽道锦里繁华，叹官闲昼永，柴荆添睡。清愁自醉。念此际、付与，何人心事。纵有楚柁吴樯，知何时东逝？空怅望，鲙美菰香，秋风又起。

宋·陆游

长忆相逢，共聚阅江楼，月光如水。凭阑对酒，喜在此，都有当年正气。逐浪江上风帆，月随人千里。飘在外，想回故乡，胜游万红千翠。

一枝牧笛谁横，见痴迷富贵，清良谁记。悲欢梦里，是则是、信意，云来风起。凄苦最愁黄昏，知迟留无计。何为事，日落西山无声落泪。

（2021.12.23）

卓牌儿（定格）

——｜——（句），—｜｜（句），——｜｜（韵）。｜｜｜｜（句），——｜｜（句），———｜（句），｜——｜（韵）。——｜——（句），—｜｜（句），——｜｜（韵）。——｜｜——（句），｜—｜（句），—｜——（句），｜——｜（韵）。

｜—｜｜（句）。｜——（句），———｜（韵）。｜——｜（句），—｜｜｜（韵）。—｜———｜（句），｜｜——｜｜（韵）。—｜（韵）。｜｜——｜（韵）。

范例

东风绿杨天，如画出，清明院宇。玉艳淡泊，梨花带月，胭脂零落，海棠经雨。单衣怯黄昏，人正在，珠帘笑语。相并戏蹴秋千，共携手，同倚阑干，暗香时度。

翠窗绣户。路缭绕，潜通幽处。断魂凝伫，嗟不似飞絮。闲闷闲愁难消遣，此日年年意绪。无据。奈酒醒春去。

宋·万俟咏

千年是和非，斜暮里，莺鸣燕语。碧月淡泊，西窗风漏，自怜无助，寒风凄泣。天涯满风云，难是否，忧心别诉。应当镜里如花，只如梦，烛泪烟飞，绕香一缕。

且休忆故。再相逢，传心何处。暗中关顾，回首看今古。多少悲欢谁人苦，怅望星空泪注。无度。把酒愁独语。

（2021.12.27）

玉女摇仙佩（定格）

——｜｜（句），｜｜——（句），｜｜————｜（韵）。
｜｜———（句），———｜（句），｜｜｜——｜（韵）。｜｜——｜（句），｜——｜｜（句），———｜（韵）。｜—｜（句），———｜｜（句），｜｜——｜｜—（韵）。——｜——（句），｜｜——（句），——｜｜（韵）。

—｜｜—｜｜（句），｜｜——（句），｜｜————｜（韵）。｜｜｜—（句），———｜（句），｜｜———｜（韵）。｜｜——｜（韵）。｜—｜（句），———｜（韵）。｜｜｜（句），——｜｜（句），｜——（句），｜——｜（韵）。——｜（韵），——｜｜｜｜（韵）。

范例

飞琼伴侣，偶别珠宫，未返神仙行缀。取次梳妆，寻常言语，有得几多姝丽。拟把名花比，恐旁人笑我，谈何容易。细思算，奇葩艳卉，惟是深红浅白而已。争如这多情，占得人间，千娇百媚。

须信画堂绣阁，皓月清风，忍把光阴轻弃。自古及今，佳人才子，少得当年双美。且恁相偎倚。未消得，怜我多才多艺。愿你你，兰心蕙性，枕前言下。表余深意。为盟誓，从今断不孤鸳被。

宋·柳永

移云遮月，寂寞帘窗，冷冽寒风穿户。顿觉飕凉，重回乡忆，未及展华荒度。不说青春路，谈何双鬓雾，情思无数。未情了，从前旧事，以为无情不晓辜负。今多病多难，又听山钟，悲情苦诉。

伤远更惜薄幕，碧水清风，不乞流阴相护。晚翠月楼，高杯歌舞，怎晓街巷声苦。一往深深许。散无故，窥破良心无助。点点步，千愁百怨，唯星相伴。孰谁说与。黄昏雨，山清水秀知何处？

（2021.12.28）

归田乐（定格）

｜｜——｜（韵），—｜｜（豆）、｜——｜（韵）。｜—｜｜｜（句），｜｜——｜（句），—｜—｜（韵）。｜｜——｜—｜（韵）。

———｜｜（韵）。｜｜｜（句），————｜｜（韵）。｜——｜（韵），｜｜——｜（韵）。｜—｜｜｜（句），｜——｜（句），—｜——｜—｜（韵）。

范例

试把花期数，便早有、感春情绪。看即梅花吐。愿花更不谢，春且长住。

只恐花飞又春去。

花开还不语。问此意，年年春还会否。绛唇青鬓，渐少花前语。对花又记得，旧曾游处，门外垂杨未飘絮。

宋·晏几道

衰落秋风泣，枯泪落、悄无声息。倍加寒霜逼。黑白随流去，天际失色。贪水桥边立青鹢。

春来春去急。似过客，难留春江丽魄。记春光语，雁去留踪迹。哪知忘却了，昨今难比，今古难回只相忆。

（2019.10.25）

去岁来年秀，情忐忑、出新伊旧。只想跟心走。愿情能更久，同握双手。共在朝夕共相守。

风穿帘隙透。否是否，如今兰亭对酒。月娥长袖，一舞空长奏。几曾问浦柳，一天独厚，弥漫山河笑何有？

（2021.12.31）

早梅芳（定格）

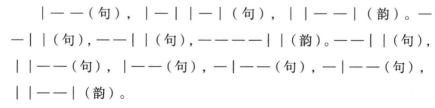

　　｜－－（句），－－｜（韵）。｜－－｜－－｜（韵）。－－｜｜（句），｜－｜｜（句），－｜－－｜（韵）。｜－｜｜（句），－｜－－（句），｜－－｜（句），－－－｜（句），－－｜｜（句），｜｜－｜（韵）。

　　｜－－（句），｜－｜｜－｜（句），｜｜－－｜（韵）。－－｜｜（句），－－｜｜（句），－－－－｜｜（韵）。－－｜｜（句），｜｜－－（句），｜－－（句），－｜－－（句），－｜－－（句），｜｜－｜（韵）。

范例

海霞红,山烟翠。故都风景繁华地。谯门画戟,下临万井,金碧楼台相倚。芰荷浦溆,杨柳汀洲,映虹桥倒影,兰舟飞棹,游人聚散,一片湖光里。

汉元侯,自从破虏征蛮,峻陟枢庭贵。筹帷厌久,盛年昼锦,归来吾乡我里。黔斋少讼,宴馆多欢,未周星,便恐皇家,图任勋贤,又作登庸计。

宋·柳永

早梅芳,冰清润。一枝独秀羞红韵。寒冰未化,露花未放,犹自先飘香粉。曲径水畔,凫水天鹅,点妆桥倒影,轻荫余映,闪亮点点,已显春透信。

此情深,柳风不解春意,一点萦方寸。山亭水馆,梅林小路,难言闲愁不尽。春寒阵阵,晚暮黄昏,看红尘,辜负山乡,虚假非真,改错何时认?

(2022.1.5)

三姝媚（定格）

｜——｜｜（韵），｜—｜——（句），｜——｜（韵）。｜｜—｜（句），
｜｜——｜（句），｜——｜（韵）。｜｜——（句），—｜｜—（句），
｜——｜（韵）。—｜——（句），｜｜——（句），｜——｜（韵）。

　　｜｜———｜（韵），｜｜｜——（句），｜——｜（韵）。
｜｜——（句），｜｜——｜（句），｜——｜（韵）。｜｜——（句），
｜｜｜（句），———｜（韵）。｜｜——（句），—｜｜—（韵）。

范例

浅寒梅未绽,正潮过西陵,短亭逢雁。秉烛相看,陵俊游零落,满襟依黯。露草霜花,愁正在,废宫芜苑。明月河桥,笛外尊前,旧情消减。

莫诉离肠深浅。恨聚散匆匆,梦随帆远。玉镜尘昏,怕赋情人老,

后逢凄惋。一样归心，又唤起，故园愁眼。立尽斜阳无语，空江岁晚。

宋·周密

望梅花半绽，几枝露红冠，秀花红展。莫怪春远，一去风云乱，返来时慢。送旧迎新，知否是，暗中偷换。春色难留，暮境难还，那堪春晚。

美梦红尘须断，恨忘了并肩，负心情短。柳下黄昏，碎影催人老，秦琴凄惋。缤纷舞台，幕未落，鼓声先变。欲去东西桥断，斜阳泪满。

（2021.1.11）

满宫花（定格）

—｜—（句），—｜｜（韵），｜｜｜—— ｜（韵）。｜——｜｜——（句），—｜｜——｜（韵）。

—｜———｜｜（韵），｜｜——｜（韵）。———｜｜——（句），—｜———｜（韵）。

范例

花正芳，楼似绮，寂寞上阳宫里。钿笼金锁睡鸳鸯，帘冷露华珠翠。娇艳轻盈香发腻，细雨黄莺双起。东风惆怅欲清明，公子桥边沈醉。

五代·张泌

思远人，情似结，莫是故情离绝。先年何那负初情，情更冷于冰雪。今向青天问明月，冰轮为谁圆缺。何堪虚度大江春，梦醒和谁分说。

（2021.1.12）

剪牡丹（定格）

｜｜——（句），———｜（句），｜｜—｜—（韵）。—｜—

—（句），｜—｜—｜（韵）。——｜｜——（句），——｜｜（句），｜—｜｜—｜（韵）。—｜——（句），｜———｜（韵）。

｜｜—｜—｜（句），｜｜—（句），——｜（韵）。—｜｜——（句），—｜—｜———｜（韵）。｜—｜｜｜—（句），｜｜—｜（句），—｜｜—｜（韵）。——（句），｜｜—｜｜（句），——｜｜（韵）。

范例

野绿连空，天青垂水，素色溶漾都净。柔柳摇摇，坠轻絮无影。汀洲日落人归，修巾薄袂，撷香拾翠相竞。如解凌波，泊烟渚春暝。

彩绦朱索新整，宿绣屏，画船风定。金风响双槽，弹出今古幽思谁省。玉盘大小乱珠迸，酒上妆面，花艳媚相并。重听，尽汉妃一曲，江空月静。

宋·张先

海阔天高，临湖山远，洞澈溪水澄净。枝举花红，夕阳映斜影。红枫尽染层林，轻风舞处，赤红翠绿相竞。无限情惊，景光如仙境。

闭目何解民病，望海亭，晚来风定。其奈尽无情，难叙前后辛酸谁省。泪珠滴落酒杯并，不解心结，无语月如镜。初醒，夜黑深漠漠，情长月冷。

（2022.1.15）

瑶华（定格）

—｜｜—（句），—｜——（句），｜———｜（韵）。——｜—｜｜（句），｜————｜（韵）。———｜（句），｜—｜（句），———｜（韵）。———｜（句），｜｜｜——｜（韵）。

———｜——（句），—｜———（句），—｜—｜（韵）。—｜｜（句），—｜｜（句），—｜———｜（韵）。｜—｜｜（句），

｜｜｜（句），——－｜（韵）。｜｜－｜｜——（句），｜｜｜－
－｜（韵）。

范例

　　风雪漫天。天上飞琼，比人间春别。江南江北曾未见，漫拟梨云梅雪。淮山春晚，问谁识，芳心高洁。消几番花落花开，老了玉关豪杰。

　　金壶剪送琼枝，看一骑红尘，香度瑶阙。韶华正好，应自喜，初识长安蜂蝶。杜郎老矣，想旧事，花须能说。记少年一梦扬州，二十四桥明月。

宋·周密

　　风雪漫天，寒浸霜丝，双眼凝春雪。梅开梅落随四节，念思春归心切。何人怜阅，有谁理，冰心孤洁。红尘同翻几重山，苦海到头离别。

　　蓝桥分别依依，难见君初心，清泪轻咽。朦胧梦里，星暗灭，留下丝丝千结。客归故里，忆旧事，和谁能说。数九寒月照床前，情更薄于寒月。

（2022.1.19）

梦行云（定格）

　　｜－｜－｜（韵）。——｜（韵）。－｜｜（韵）。——｜｜（句），｜｜－－｜（韵）。｜－－｜－－｜（句），——｜｜｜（韵）。

　　｜－｜｜（句），－｜－｜（句），——｜（句），－｜｜（韵）。——－｜（句），｜｜－｜（韵）。｜－－｜｜－｜（句），｜－－｜｜（韵）。

范例

　　簟波皱纤縠。朝炊熟。眠未足。青奴细腻，未拌真珠斛。素莲幽怨风前影，搔头斜坠玉。

画阑枕水，垂杨梳雨，青丝乱，如乍沐。娇笙微韵，晚蝉理秋曲。翠阴明月胜花夜，那愁春去速。

宋·吴文英

碧空雁鸿没。迎春节。天满雪。茫茫大地，铺白飘高洁。绿琴三叹冰弦绝，情深意更切。

故园换叶，乡客将去，寒窗外，山水越。愁怀千结，陌然又离别。那堪重走旧时辙，夜独陪半月。

（2022.1.21）

迎新春（定格）

｜｜｜一｜（句），｜｜一一一｜（韵）。一｜一一｜（韵）。｜一｜（句），一一｜（韵）。｜一一（豆）、一一｜｜（韵）。｜｜｜一一（句），一一一｜（韵）。｜｜一｜｜（韵），｜一一（句），一一一｜（韵）。

｜一一｜（句），｜｜一｜（韵）。一｜｜（句），｜一｜｜一（韵）。一一｜｜一一｜（句），｜一一（点）、｜｜一｜（韵）。｜｜｜（豆）、一一一一一（句），一一｜（豆）、一一一｜（韵）。一｜｜｜（句），一｜｜一一｜（韵）。

范例

嶰管变青律，帝里阳和新布。晴景回轻煦。庆嘉节，当三五。列华灯、千门万户。遍九陌罗绮，香风微度。十里然绛树，鳌山耸，喧天箫鼓。

渐天如水，素月当午。香径里，绝缨掷果无数。更阑烛影花阴下，少年人、往往奇遇。太平时、朝野多欢，民康阜、随分良聚。堪对此景，争忍独醒归去。

宋·柳永

树下月光皎，水上红黄相缭。飘彩年来悄。等春晚，梅开早。满街灯笼红照。夫子庙前摇，花香苗窈。馆院寒夜俏，数妖娆，欣然含笑。

一屋同好，莫要嫌吵。忘年交，上山下海同老。相思梦境银屏小，满园春、色画知晓。幻觉逐随风飘摇，元宵望、月同祈祷。真对上下，杯酒共迎春到。

（2022.1.25）

别仙子（定格）

　　｜－－｜（句），｜－｜（句），－－｜（韵）。－｜｜（句），－－｜（句），－－｜（韵）。－－｜（句），－｜｜（句），｜｜｜－－｜（韵）。｜｜｜－－｜（句），｜－－｜（韵）。

　　｜－－｜（句），｜－｜（句），－－｜（韵）。－－｜（句），－－｜（句），－｜｜（韵）。－－｜（句），－｜｜（句），｜｜｜－－｜（韵）。－－｜（句），｜｜｜－－｜（韵）。

范例

　　此时模样，算来是，秋天月。无一事，堪惆怅，须圆阙。穿窗牖，人寂静，满面蟾光如雪。照泪痕何似，两眉双结。

　　晓楼钟动，执纤手，看看别。移银烛，偎身泣，声哽噎。家私事，频付嘱，上马临行说。长思忆，莫负少年时节。

敦煌曲子词

夜风吹漏，缝隙入，寒凉透。春到晚，空张望，余清昼。频回首，都莫问，为啥有情难受。不想长相守，哪来长久？

百花争秀，过时也，黄花瘦。令人恨，还依旧，真少有。双眉皱，跟月走，醉梦三杯酒。望北斗，莫负那时战友。

（2022.2.6）

归朝歌（定格）

｜｜｜－－｜｜（韵），｜｜｜－－｜｜（韵）。－－｜｜｜－（句），－｜－－｜｜｜（韵）。－－－｜｜（韵）。－｜｜｜－｜｜（韵）。－｜｜（句），｜－｜｜（句），｜｜｜－｜（韵）。

｜｜｜－－｜｜（韵）。｜｜｜－－｜｜（韵）。｜－｜｜｜－（句），－｜－－｜｜｜（韵）。｜－－｜｜（韵）。｜｜｜｜｜－｜（韵）。｜－｜（句），－－｜｜（句），｜｜｜－｜（韵）。

范例

最是一人称好处，昨日小春留得住。梅花信信望东风，须待公归香满路。年时今已度。长是巴山深夜雨。宜又召，凯还簇簇，要见寿觞举。

扫尽窝蜂闲绣斧。叠鼓春声欢岁暮。燕台剑履趣锋车，银信低低传好语。紫貂裘脱与。肘印累累映三组。但重省，西来斗水，忘却爱卿取。

宋·刘辰翁

望断碧云嗟日暮，万事荡悠付寒暑。闲庭信步数归途，知否东风没有数。东西南北堵。人不负青春已负。堪那是，冷云夜黑，暗淡水中路。

雁过斜阳红落幕，却似朝云无觅处。劝君莫做梦醒人，明月多情有几许。岁华谁与度。别去有甚好情绪。看今古，蓝桥赤壁，识破世尘苦。

（2022.2.8）

苏武令（定格）

丨丨——（句），———丨（韵）。—丨丨——丨（韵）。丨丨——（句），———丨（句），丨丨———（韵）。丨丨—（句），—丨——（句），——丨（句），丨——丨（韵）。

—丨丨（句），丨丨——（句），———丨（句），丨丨丨——（韵）。—丨——（句），——丨丨（句），丨—丨—丨（韵）。———丨丨（句），———丨（句），丨——丨（韵）。

范例

塞上风高，渔阳秋早。惆怅翠华音杳。驿使空驰，征鸿归尽，不寄双龙消耗。念白衣，金殿除恩，归黄阁，未成图报。

谁信我，致主丹衷，伤时多故，未作救民方召。调鼎为霖，登坛作将，燕然即须平扫。拥精兵十万，横行沙漠，奉迎天表。

宋·李纲

大雪纷飞，白花枝满。晶蕾雪叠轻暖。渺渺迷空，长鸿飞尽，且等千红春转。未了情，同渡难关，情难忘，莫嫌春慢。

愁不断，梦里千般，胡来还乱，积旧压新难返。春色难留，飞鸿望断，那堪计长情短。途中何事绊，如今尘念，暗中偷换。

（2022.2.9）

望梅（定格）

丨—丨（句），丨——丨丨（句），丨——（韵）。丨——（句），—丨——（句），丨丨丨（句），——（句），丨——丨（韵）。丨丨——（句），丨丨丨（句），———丨（韵）。丨——丨（句），

｜｜｜—（句），｜——｜（韵）。

　　——｜—｜｜（句），｜——｜｜（句），—｜—｜（韵）。｜——（句），—｜——（句），｜—｜——（句），｜——｜（韵）。—｜——（句），｜｜｜｜（句），———｜（韵）。｜——（句），｜—｜｜（句），｜——｜（韵）。

范例

　　画阑人寂，喜轻盈照水，犯寒先拆。袅芳枝，云缕鲛绡，露浅浅，涂黄，汉宫娇额。翦玉裁冰，已占断，江南春色。恨风前素艳，雪里暗香，偶成抛掷。

　　如今眼穿故国，待拈花嗅蕊，时话思忆。想陇头，依约飘零，甚千里芳心，杳无消息。粉怯珠愁，又只恐，吹残羌笛。正斜飞，半窗晓月，梦回陇驿。

宋·王沂孙

　　绿池凝碧，喜枫红火赤，雪盖寒壁。露出头，枝上红娇，望远处，清江，冷山南北。说与相思，北斗觅，春来消息。叹良宵静寂，雪里暗香，总成相忆。

　　如今夜长叹昔，不眠难度日，愁怨深极。只牵情，怀故山乡，甚重返初衷，已成陈迹。回首芳华，丢不掉，何年何夕。泪盈盈，苦怜相惜，镜中珠滴。

（2022.2.13）

盐角儿（定格）

　　——｜｜（韵），｜—｜｜（韵），———｜（韵）。——｜｜（句），——｜｜（句），｜——｜（韵）。

　　｜——（句），——｜（韵），——｜（句），———｜（韵）。｜——（句），——｜｜（句），—｜｜—（韵）。

范例

开时似雪，谢时似雪，花中奇绝。香非在蕊，香非在萼，骨中香彻。

占溪风，留溪月，堪羞损，山桃如血。直饶更，疏疏淡淡，终有一般情。

宋·晁补之

明时似白，暗时似黑，难分景色。高枝向上，低枝却下，各执风格。

此风艺，非今昔，高低景，难言深识。茫其然，昏昏树下，烟影绕回忆。

（2022.2.14）

尝松菊（定格）

ー ー ー ｜ ー ー ｜（句），
｜ ｜ ｜ ー ー ｜（韵）。｜ ー ー ｜ ｜
（句），｜ ー ー ー ｜（韵）。｜ ｜ ｜
ー ｜ ｜ ｜（句），｜ ー ー（句），
ー ｜ ｜ ｜（韵）。｜ ー ー（句），ー
ー ｜（句），｜ ｜ ｜ ｜ ー ー ｜（韵）。

　 ｜ ｜ ー ー ｜ ｜（韵）。｜ ー
ー（句），｜ ー ｜ ー ｜（韵）。
｜ ｜ ｜ ー ｜（句），｜ ー ー ー ｜（韵）。
｜ ｜ ー ー ｜ ｜（句），｜ ー ｜（句），
ー ー ｜ ｜（韵）。｜ ー ー（句），｜ ー ー（句），ー ｜ ｜ ｜（韵）。

范例

凉飙应律惊潮韵，晓对彩蟾如水。庆霄占梦月，已祥开天地。圣主中兴大业，二南化，恭勤辅翊。抚宫闱，看仪型，海宇尽成和气。

禁被西瑶宴席。泛天风，响钧韶空外。贵是至尊母，极人间崇贵。

缓引长生丽曲，翠林正，香传瑞桂。向灵华，奉光尧，同万万岁。

宋·曹勋

黄山云海奇松翠，觅遍众山独美。半山云变幻，另一天和地。石道阶梯险峭，鲤鱼背，狭窄欲坠。倚栏看，群山小，玉宇已陈尘世。

夜半期明早起。见朝霞，映衬半山紫。世外皆空有，善良人间贵。莫道尘途杂乱，认真正，行德莫悔。问先时，愧无声，常伴月醉。

（2022.2.17）

辊绣球（定格）

－｜｜－－(句)，－｜｜(句)，－－－｜(韵)。｜－－｜(句)，－－－｜(句)，｜－－｜(句)，｜－｜｜(句)，｜－－｜(韵)。

｜｜｜－－｜(韵)。－｜｜(句)，｜－－｜(韵)。｜－－(句)，－－｜｜(句)，－－｜｜(句)，－－｜｜｜－－｜(韵)。

范例

流水奏鸣琴，风月净，天无星斗。翠岚堆里，苍岩深处，满林霜腻，暗香冻了，那禁频嗅。

马上再三回首。因记省，去年时候。十分全似，那人风韵，柔腰弄影，冰腮退粉做成清瘦。

宋·赵长卿

风雨下扬州，波荡舟，西湖添瘦。水随山转，白塔清立，四桥烟雨，晃悠堤柳，小金山秀。

未了旧情踱走。犹记着，那时知友。小桥流水，柳丝依旧，斜阳晃影，当年梦幻已成心疚。

（2022.2.18）

踏青游（定格）

｜｜－－（句），｜｜｜－－｜（韵）。｜｜｜（句），｜｜－｜（韵）。｜－－（句），－－｜（韵）。－－｜（句），｜－｜（韵）。－｜｜－｜｜（句），｜｜｜－－｜（韵）。

｜｜｜｜－(句)，－－｜－－｜（韵）。｜｜｜｜（句），－－－｜（韵）。｜－｜－－（句），｜｜－－｜（韵）。｜｜｜（句），｜－｜－－｜（句），｜｜｜－－｜（韵）。

范例

识个人人，恰正二年欢会。似赌赛，六只浑四。向巫山，重重去。如鱼水，两情美。同倚画楼十二，倚了又还重倚。

两日不来，时时在人心里。拟问卜，常占归计。拼三八清齐，望永同鸳被。到梦里，蓦然被人惊觉，梦也有头无尾。

宋·无名氏

岭上梅红，水畔柳丝闲袅。郊野外，草绿春早。踏青游，看梅俏。拾花道，听鸣鸟。山顶阁楼远眺，至望万山梅俏。

往事未如，真真让人心恼。忆往昔，同难同好。月光照梅梢，弹指时光了。等不得，寄愁又知多少，只盼喊春春到。

（2022.2.19）

婆罗门令（定格）

｜－｜（句），｜－－｜（韵）。－－｜（句），｜｜｜－－｜（韵）。｜｜｜－－（句），－－｜（句），－－｜（韵）。－｜｜｜（句），－｜－－｜（韵）。

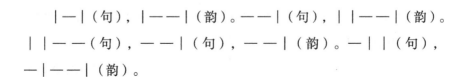

——｜（句），—｜｜（韵）。｜——（句），｜｜——｜（韵）。——｜｜——｜（句），—｜｜（句），｜—｜—｜（韵）。｜—｜｜（句），｜｜—｜（韵）。｜｜——（句），｜｜—｜—｜（句），｜｜——｜（韵）。

范例

昨宵里，恁和衣睡。今宵里，又恁和衣睡。小饮归来，初更过，醺醺醉。中夜后，何事还惊起。

霜天冷，风细细。触疏窗，闪闪灯摇曳。空床展转重追想，云雨梦，任攲枕难继。寸心万绪，咫尺千里。好景良天，彼此空有相怜意。未有相怜计。

宋·柳永

夜深沉，莫嫌春浅。稀疏影，荡荡星云散。旧事尘烦，山灯远，乡愁恋。曾别处，明月空相盼。

春回暖，情意传。百花开，万紫千红灿。风来遍地飘香满，人醉了，不醒有谁唤。欲飞万里，好梦难断。浪迹天涯，陌上杨柳常离别，淡月常常半。

（2022.2.27）

古香慢（定格）

｜—｜｜（句），—｜——（句），—｜—｜（韵）。—｜——（句），｜｜｜—｜｜（韵）。｜｜——（句），｜｜—｜（句），——｜｜（韵）。｜——（豆）、｜｜｜｜（句），｜—｜｜（韵）。

｜｜｜（豆）、———｜（句），—｜——（句），—｜—｜（韵）。｜——（句），｜｜｜——｜（韵）。｜｜｜——｜（句），｜—｜（句），——｜｜（韵）。｜——（句），｜—｜（句），｜——｜（韵）。

范例

　　怨娥坠柳，离佩摇薳，霜讯南圃。漫忆桥扉，倚竹袖寒日暮。还问月中游，梦飞过，金风翠羽。把残云、胜水万顷，暗熏冷麝凄苦。

　　渐浩渺、凌山高处，秋澹无光，残照谁主。露粟侵肌，夜约羽林轻误。翦碎惜秋心，更肠断，珠尘蘚路。怕重阳，又催近，满城细雨。

宋·吴文英

　　静山落日，云卷寒凉，垂柳深处。溪水潺潺，草色危亭老树。初愿改年华，记得否，当年共赴。世间尘、掸了不去，醉歌句句声苦。

　　万里渺、胸怀今古，劳苦心酸，空付寒暑。变化千般，不见莫愁归路。浪里几沉浮，内情乱，风波不断。盼春归，夕阳暮，暗轮谁度。

（2022.3.6）

清波引（定格）

　　｜——｜（句），｜—｜（句），｜—｜｜（韵）。｜——｜（句），｜—｜—｜（韵）。—｜｜—｜（句），｜｜———｜（韵）。｜——｜——（句），｜——（句），｜—｜（韵）。

　　——｜｜（句），｜—｜（句），—｜｜｜（韵）。｜——｜（句），｜—｜—｜（韵）。——｜—｜（句），｜｜——｜｜（韵）。｜｜—｜——（句），｜——｜（韵）。

范例

　　冷云迷浦，倩谁唤，玉妃起舞。岁华如许，野梅弄眉妩。屐齿印苍蘚，渐为寻花来去。自随秋雁南来，望江国，渺何处。

　　新诗漫与，好风景，长是暗度。故人知否，抱幽恨难语。何时共渔艇，莫负沧浪烟雨。况有清夜啼猿，怨人良苦。

宋·姜夔

　　乱迹迷雾，更一夜，冷风飞舞。断音无信，地图那堪数。云碧映江树，已见鲜花流去。只将愁绪空浮，望千里，黑烟阻。

　　离亭别叙，去何处，难在暗度。此中清楚，寄情语难吐。难过断桥路，莫负沧桑故土。淡淡月光如初，二泉声苦。

（2022.3.9）

梦横塘（定格）

　　｜－－｜（句），｜｜－－（句），｜－－｜｜（韵）。｜｜－－（句），｜｜｜（句），－－－｜（韵）。－｜－－（句），｜－－｜（句），｜－－｜（韵）。－－－｜｜（句），｜－－｜（句），－－｜－－｜（韵）。

　　－－｜｜－－（句），－－－｜｜（句），｜｜－｜（韵）。｜｜－－（句），－｜｜（韵）。｜－－｜（句），｜－｜（句），－－｜｜（句），｜｜－－｜－｜（韵）。｜｜－－（句），｜－－｜（句），｜－－－｜（韵）。

范例

　　浪痕经雨，鬓影吹寒，晓来无限萧瑟。野色分桥，翦不断，溪山风物。船系朱藤，路迷烟寺，远鸥浮没。听疏钟断鼓，似近远遥，惊心事伤羁客。

　　新醅旋压鹅黄，拼清愁在眼，酒病萦骨。绣阁娇慵，争解说。短封传忆，念谁伴，涂妆绾结。嚼蕊吹花弄秋色。恨对南云，此时凄断，有何人知得。

宋·刘一止

淡浓春色，絮绕花香，石城街巷如画。玉浪层叠，逸雅俏，樱花如织。前寺鸡鸣，后沿湖道，慢悠甜蜜。看钟山峭壁，几经风雨，风光正留游客。

阴晴骤变风狂，刮残花坠落，一路空寂。满地芳花，堪惋惜。触及封忆，目凝默，山乡夜笛，勾起凄凉忆陈迹。怎奈相思，总无消息，相望无南北。

（2022.3.17）

苏武慢（定格）

||——（句），—|—|（句），||——一|（韵）。——||（句），||——（句），—|———|（韵）。—|——（句），||—|—（句），———|（韵）。||——|（句），———|（句），|—||（韵）。

||—（句），|——（句），|——|（句），|||—一|（韵）。——||（句），||——（句），—|||——|（韵）。||——（句），|——|（句），————||（韵）。||—（句），—|——（句），——||（韵）。

范例

雁落平沙，烟笼寒水，古垒鸣笳声断。青山隐隐，败叶萧萧，天际暝鸦零乱。楼上黄昏，片帆千里归程，年华将晚。望碧云空暮，佳人何处，梦魂俱远。

忆旧游，邃馆朱扉，小园香径，尚想桃花人面。书盈锦轴，恨满金徽，难写寸心幽怨。两地离愁，一尊芳酒，凄凉危阑倚遍。尽迟留，凭仗西风，吹干泪眼。

宋·蔡伸

浊酒一壶，难叙尘事，世变财情移换。浮生困苦，忍奈随尘，利色功名牵绊。何主沉浮，雾里谁看清楚，虚云空暮。未理凡人怨，何来盆满，奈何梦幻。

未了情，碧纱零乱，梦乡难断，唯有断歌风舞。蘋花弄晚，寂寞江湾，如梦这时幽叹。莫问相思，更多心碎，今年梅花又晚。地作铺，遥望星空，宵长日短。

（2022.3.29）

远朝归（定格）

　—｜——（句），｜｜———（句），——｜｜（韵）。——｜｜（句），—｜｜——｜（韵）。——｜｜（韵），｜｜｜｜——｜（韵）。——｜（句），｜——｜｜（句），—｜—｜（韵）。

　—｜—｜——（句），｜｜｜——（句），｜——｜（韵）。——｜｜（句），—｜｜——｜（韵）。——｜｜（句），｜—｜（句），———｜（韵）。——｜（句），｜—｜（句），｜—｜｜（韵）。

范例

金谷先春，见乍开江梅，晶明玉腻。珠帘院落，人静雨疏烟细。横斜带月，又别是一般风味。金尊里，任遗英乱点，残粉低坠。

惆怅杜陇当年，念水远天长，故人难寄。山城倦眼，无绪更看桃李。当时醉魄，算依旧，妆回花底。斜阳外，谩回首，画楼十二。

宋·赵耆孙

明月空山，映水梅花开，梧桐锁院。楼高夜永，愁奈碎光相间。星移斗转，暗里乱作如真幻。途遥远，奈天昏地暗，衣舞歌扇。

三月三倚阑观，叹梦远幽长，误途难返。红凋绿碎，危榭那堪风卷。孤独月伴，酒杯半，风吹愁满。当初愿，负心散，一刀两断。

（2022.4.3）

鞓红（定格）

|——|（句），——||（韵）。||—（句），——||（韵）。——||（句），|——|（韵）。|||（句），——||（韵）。||——（句），———|（韵）。—|||——||（韵）。|—||（句），|——|（韵）。|||（句），——||（韵）。

范例

粉香犹嫩，衾寒可惯。怎奈向，春心已转。玉容别是，一般闲婉。悄不管，桃红杏浅。

月影帘栊，金堤波面。渐细细香风满院。一枝折寄，故人虽远。莫辄使，江南信断。

五代·毛文锡

鞓红开早，娇莺破晓。柳岸边，春风袅袅。梅花雅俏，牡丹霞照。绿水荡，垂杨碧绕。

月上枝梢，难留今宵。花月一春知多少。此花虽好，峭寒犹悄。怎禁得，尘思未了。

（2022.3.5）

月中桂（定格）

｜－－－（句），｜－－｜－（句），｜｜－｜（韵）。－－｜｜｜（句），｜－－｜（句），－－－｜（韵）。｜－－｜｜（句），－｜｜｜（句），｜－｜｜（韵）。－｜－－｜（句），－－｜｜（句），－－｜－｜（韵）。

　－｜｜－－｜（句），｜－－｜｜（句），｜｜－｜（韵）。－－｜｜｜（句），｜｜－－｜（句），－－－｜（韵）。－－｜｜｜（句），｜｜｜（句），－－－｜（韵）。｜｜－－｜（句），－－｜－｜－（韵）。

范例

　　露醑无情，送长歌未终，已醉离别。何如暮雨，酿一襟凉润，来留佳客。好山侵座碧，胜昨夜，疏星淡月。君欲翩然去，人间底许，员峤问帆席。

　　诗情病非畴昔，赖亲朋对影，且慰良夕。风流雨散，定几回肠断，能禁头白。为君烦素手，荐碧藕，轻丝细雪。去去江南路，犹应水云秋共色。

宋·赵彦端

　　再游东湖，记年青遇时，聚照湖石。朝阳透水碧，映衬活力，春风如画。亦难留往昔，空夜寂，梦回岁历。长夜星光息，消息闭塞，轻声问归客。

　　微隐似曾相识，染霜双鬓白，影对良夕。当时壮志，别后思寻觅，东西南北。登高望博弈，半轮月，都成残迹。未了青春忆，东方未白灯先灭。

（2022.4.9）

金明池（定格）

－｜－－（句），－－｜｜（句），｜｜－－｜｜（韵）。－｜｜（句），－－｜｜（句），｜－（豆）、｜｜｜｜（韵）。｜－－（句），｜｜－－（句），｜｜｜｜（句），－｜－－－｜（韵）。｜｜｜－－（句），

—｜—｜（句），｜｜———｜（韵）。

　　｜｜—————｜（句），｜｜｜——（句），｜——｜（韵）。

——｜（句），——｜｜（句），—｜｜（句），｜——｜（韵）。

｜——（句），｜｜——（句），｜｜｜——（句），———｜（韵）。

｜｜｜——（句），——｜｜（句），｜｜———｜（韵）。

范例

　　琼苑金池，青门紫陌，似雪杨花满路。云日淡，天低昼永，过三点、两点细雨。好花枝，半出墙头，似怅望，芳草王孙何处。更水绕人家，桥当门巷，燕燕莺莺飞舞。

　　怎得东君长为主，把绿鬓朱颜，一时留住。佳人唱，金衣莫惜，才子倒，玉山休诉。况春来，倍觉伤心，念故国情多，新年愁苦。纵宝马嘶风，红尘拂面，也则寻芳归去。

宋·秦观

　　空有朝云，无情夕照，几许朝朝暮暮。归梦断，心凉意乱，垫高望断走老路。忆当初，不畏辛劳，至此也，难守良田乡土。感一种凄凉，河上桥下，逆水横行无度。

　　不尽尘间颠簸苦，浪迹遍江湖，淡烟愁雨。桃源路，过江无橹，桃叶渡，莫谈今古。只梨花，洒落如初，念去去皆无，悠悠寒暑。待约个虚如，一壶老酒，与月深怜低语。

（2022.4.27）

笛家弄（定格）

　　—｜——（句），｜——｜（句），———｜（句），｜——

—｜——｜（韵）。｜｜—｜（句），｜｜——（句），——｜｜（句），

——一｜（韵）。｜｜一—（句），
｜——｜（句），｜｜一—｜（韵）。
｜——（句），｜一｜（句），
｜｜一—（句），｜一｜｜（韵）。
　　｜｜（韵）。｜一一｜（句），
——｜｜（句），｜｜一—（句），
｜｜一—（句），｜一一｜（韵），
｜｜（句），｜｜一————（句），
｜｜｜一—｜（韵）。｜一
一（句），｜一一｜（句），
一｜一一｜（韵）。一一｜（句），｜一—（句），｜｜一—（句），
｜一一｜（韵）。

范例

花发西园，草薰南陌，韶光明媚，乍晴轻暖清明后。水嬉舟动，禊饮筵开，银塘似染，金堤如绣。是处王孙，几多游妓，往往携纤手。遣离人，对嘉景，触目伤怀，尽成感旧。

别久。帝城当日，兰堂夜烛，百万呼卢，画阁春风，十千沽酒，未省，宴处能忘管弦，醉里不寻花柳。岂知秦楼，玉箫声断，前事难重偶。空遗恨，望仙乡，一饷消凝，泪沾襟袖。

宋·柳永

南对钟山，北邻湖畔，园中轩秀，笑声谐语黄昏后。操场人散，漫步湖光，黄丝似染，青荷如绣。此处学门，几多痴看，柳下翻书手。触情扉，别离远，默默衷情，已成话旧。

立久。文庙凝暮，龙舟淡月，两岸灯笼，水岸秦淮，互交樽酒。不忘，劲急琵琶弹拨，恰似急风吹柳。岂知秦楼，过河人走，回首楼空有。空追忆，故乡愁，欲醉还休，泪湿衣袖。

（2022.4.15）

穆护砂（定格）

｜｜ーー｜（仄韵），｜ーー｜｜ー｜（韵）。｜ーー｜｜（句），
｜ーー｜（韵）。｜ーーーー｜（句）。｜｜｜（句），｜ーー｜｜
（韵）。｜｜｜（句），ーーー｜（韵）。｜｜｜（句），ーー｜｜（句），
｜｜｜（句），ーーー｜（韵）。ー｜ーー（句），｜ーー｜（韵），
ーーー｜｜ーー（平韵）。｜｜ー｜（句），ーー｜｜（句），
ー｜｜ーー（韵）。

｜｜｜ーー（句），｜ーー（句），｜ー｜｜（仄韵）。｜｜ー
ー｜（句），ーー｜｜（句），ーー｜ー｜｜（韵）。｜｜｜（句），
ーーー｜｜（韵）。ー｜｜（句），｜ーー｜（韵）。ーー｜（句），
｜ーー｜（句）；ー｜｜（句），｜｜ーー（平韵）。｜｜ーー（句），
｜ーー｜（句），｜ー｜｜ーー（韵）。ー｜（句），ー｜ーー（句），
ーーー｜｜（韵）。

范例

底事兰心苦，便凄然泣下如雨。倚金台独立，揾香无主。断肠封家相炉，乱扑簌，骊珠愁有许。向卜夜，铜盘倾注。便不似，红冰缀颊，也湿透，仙人烟树。罗绮筵前，海棠花下，淫淫尝怕凤脂枯。比雒阳年少，江州司马，多少定谁如。

照破别离心绪，学人生，有情酸楚。想洞房佳会，而今寥落，谁能暗收玉箸。算只有，金钗曾巧补。轻湿尽，粉痕如故。愁思减，舞腰纤细；清血尽，媚脸肤腴。又恐娇羞，绛纱笼却，绿窗伴我检诗书。更休教，

邻壁偷窥，幽兰啼晓露。

元·宋裘

寸步皆心苦，绿凋红萎雨凄楚。远途桥上堵，过江无渡。惆怅才来何去，不忍睹，向谁愁诉许。黑夜见，月光如注。便不似，星辰北斗，也渗透，人间烟树。先后无常，得来失去，铭章英名万骨枯。莫笑知人少，天方夜谭，真相怕人知。

别数古今王府，看金陵，六朝古都。木栈梅花谷，依然石象，钟山踏游胜处。找到否，当年宫隐树。思往昔，仍依如故。如今也，只留轻叹；回首悟，改朔迷离。淡月鲜花，水流花舞，冷风阵阵解悬思。已情了，行迹天涯，乡愁陪月旅。

（2022.4.19）

宝鼎现（定格）

————（句），｜｜｜（句），———｜（韵）。｜｜｜（句），———｜（句），｜｜———｜｜（韵）。——｜（句），｜｜——｜（句），｜｜——｜｜（韵）。｜｜｜（句），——｜｜（句），—｜｜——｜（韵）。

—｜—｜——｜（韵），——（句），—｜—｜（韵）。—｜｜（句），———｜（句），｜｜———｜｜（韵）。—｜｜（句），｜——｜（句），｜｜｜—｜｜（韵）。—｜—（句），———｜（句），｜｜——｜｜（韵）。

—｜｜｜——（句），—｜｜（句），——｜｜（韵）。｜———｜——（句），｜——｜｜（韵）。｜｜｜———｜｜（句），｜｜——｜（韵）。——｜（句），｜｜——（句），—｜——｜｜（韵）。

范例

　　红妆春骑，踏月影，竿旗穿市。望不尽，楼台歌舞，习习香尘莲步底。箫声断，约彩鸾归去，未怕金吾呵醉。甚辇路，喧阗且止，听得念奴歌起。

　　父老犹记宣和事。抱铜仙，清泪如水。还转盼，沙河多丽，滉漾明光连邸第。帘影冻，散红光成绮，月浸葡萄十里。看往来，神仙才子，肯把菱花扑碎。

　　肠断竹马儿童，空见说，三千乐指。等多时春不归来，到春时欲睡。又说向灯前拥髻，暗滴鲛珠坠。便当日，亲见霓裳，天上人间梦里。

宋·刘辰翁

　　春花如初，碎月影，相思心苦。念未了，杏花桃树，醉烂花间醒不数。春离去，逐影斜横竖，只见山中雾吐。奈困阻，迷烟弄雾，欺昧月天孤注。

　　江上山下天涯路，北风吹，凄苦难谱。牵梦碎，重重帘幕，一叶江舟独自渡。知几许，晓察尘间腐，旧事更难叙诉。夜深沉，思寻千絮，一片凉云吹雨。

　　须信乐极悲来，天地转，空空忆度。怨无情残日东风，酒歌摧醉舞。梦里寻他千百度，去向难分付。追终处，玉镜无言，天上人间梦语。

（2022.4.22）

清风满桂楼 (定格)

　　——｜｜（韵）。｜｜——（句），——｜——｜（韵）。——｜｜——（句），—｜｜｜（句），——｜——｜（韵）。——｜｜｜（句），｜—｜（句），———｜（韵）。———（句），——｜｜（句），｜——｜（韵）。

　　——｜—｜（韵）。｜｜——（句），——｜——｜（韵）。

—｜｜——（句），—｜｜（句），——｜——｜（韵）。——
—｜｜（句），｜—｜（句），——｜｜（韵）。——｜（句），
—————｜｜（韵）。

范例

　　凉飙霁雨。万叶吟秋，团团翠深红聚。芳桂月中来，应是染，仙禽顶砂匀注。晴光助绛色，更都润，丹霄风露。连朝看，枝间粟粟，巧裁霞缕。

　　烟姿照琼宇。上苑移时，根连海山佳处。回看碧岩边，薇露过，残黄韵低尘污。诗人谩自许，道曾向，蟾宫折取。斜枝戴，惟称瑶池伴侣。

宋·曹勋

　　红朝翠暮。柳荡前湖，山青紫金如故。亭阁嵌湖边，鹅对凫，清闲戏波谐趣。山间染秀色，柳丝妒，花中珠露。波连波，东风尚浅，绿娇红妩。

　　清风满楼鼓。可惜无声，清音不知何阻。时常弄糊涂，时已去，无言暗中愁苦。何堪佳信误，与谁诉，黄昏小路。仙人渡，思寻春情久驻。

（2022.4.25）

绿盖舞风轻（定格）

　　｜｜｜——（韵）。｜｜——（句），——｜——（韵）。
—｜——（句），———｜｜（句），｜｜—｜（韵）。｜｜——（句），
｜—（句），———｜（句），｜——（韵）。｜｜——（句），
—｜—｜（韵）。

　　　—｜（句），｜｜——（韵）。｜｜｜——（句），｜｜—｜
（韵）。｜｜——（句），｜——（句），｜｜｜——｜（韵）。
｜｜——（句），｜—｜（句），———｜（韵）。｜——（句），
—｜｜——｜（韵）。

范例

玉立照新妆。翠盖亭亭，凌波步秋绮。真色生香，明珰摇淡月，舞袖斜倚。耿耿芳心，奈千缕，晴丝萦系，恨开迟，不嫁东风，鞻怨娇蕊。

花底，谩卜幽期。素手采珠房，粉艳初洗。雨湿铅腮，碧云深，暗聚软绡清泪。访藕寻莲，楚江远，相思谁寄。棹歌回，衣露满身花气。

宋·周密

绿盖舞风微。玉立花红，舟摇荡涟漪。香漫荷塘，清波推半月，水月相倚。默默花心，吐香溢，千丝情系，夜风吹，搅乱相思，秋梦幽蕊。

篷底，荡过花期。秀女摘莲蓬，碧绿珠洗。月映风摇，水中花，暗忆别离含泪。远在劳山，大江远，乡愁难寄。夜归舟，遥望满天星气。

（2022.4.26）

踏歌词（定格）

－－｜－｜（句），｜｜｜－－（韵）。｜｜－－｜（句），
－｜－｜－（韵）。

－｜－－｜（句），－－｜｜－（韵）。｜｜－－｜（句），｜－
－－－（韵）。

范例

逶迤度香阁，顾步出兰闺。欲绕鸳鸯殿，先过桃李蹊。
风带舒还卷，簪花举复低。欲问今宵乐，但听歌声齐。

唐·谢偃

梨花泪冰冷，一地梦惊醒。乱絮飞春病，风雨吹满城。
山上梅花静，街头醉汉横。一笑春情尽，半迷著天明。

（2022.4.27）

扑蝴蝶（定格）

　　—｜—｜（韵），—｜———｜（韵）。——｜｜｜（句），——
—｜｜｜（韵）。————｜——（句），｜｜——｜｜（韵）。—
—｜—｜（韵）。

　　｜—｜（句），———｜（句），｜｜——｜—｜（韵）。—
—｜（句），———｜｜（韵）。｜｜—｜——（句），｜｜｜
—｜（句），—｜｜———｜（韵）。

范例

　　鸣鸠乳燕，春在梨花院。重门镇掩，沈沈帘不卷。纱窗红日三竿，
睡鸭余香一线，佳眠悄无人唤。

　　漫消遣，行云无定，楚雨难凭梦魂断。清明渐近，天涯人正远。尽
教闲了秋千，觑著海棠开遍，难禁旧愁新怨。

宋·丘崇

　　斜影昏晚，烟绕溪桥畔。梅花落半，东风何吹散。天鹅双戏清波，
渺渺南飞大雁，凄然触情伤感。

　　叹长短，何多尘事，暗把功名物偷换。谁豪占，春秋如梦幻。忘了
良善承传，咫尺路遥人远，今古是非谁断。

（2022.4.29）

向湖边（定格）

　　｜｜——（句），———｜（句），｜｜｜——｜（韵）。｜｜—
—（句），｜———｜（韵）。｜｜—（句），—｜｜—（句），｜—
—｜（句），｜｜——｜（韵）。｜｜——（句），｜——｜｜（韵）。

｜｜－－（句），－｜－｜－｜（韵）。－｜｜｜｜（句），－－
－｜｜（韵）。｜｜－－（句），｜－－－（句），｜－－－
｜（韵）。－｜｜（句），－｜｜－－｜｜（韵）。｜｜－－（句），
｜－－－｜（韵）。

范例

退处相关，幽栖林薮，舍宇第须茅
盖。翠巘清泉，启轩窗遥对。遇等闲，
邻里过从，亲朋临顾，草草便成幽会。
策杖携壶，向湖边柳外。

旋买溪鱼，便斫银丝鲙。谁复欲痛
饮，如长鲸吞海。共惜醺酣，恐欢娱难再。
矧清风明月非钱买。休追念，金马玉堂心胆碎。且斗尊前，有阿谁身在。

宋·江纬

十里秦淮，城中楼巷，倚水柳阴如盖。彩挂灯笼，向舟红娇对。水上游，
穿巷过桥，岸花明媚，似若当年朋会。漫步秦楼，夕阳河柳外。

月闭羞颜，虚语真难怪。同寄岸下柳，浮生如苦海。去情难留，返
青春难再。唯仁德诚信非钱买。青玉碎，新怨旧愁思念载。梦里相思，
有情谁犹在。

（2022.4.30）

折红梅（定格）

｜｜－－｜（句），－－－｜（句），－－－｜（韵）。－－｜（句），
｜－｜｜（句），－－｜－｜（韵）。｜｜－｜（句），｜｜｜－－
｜（韵）。｜－｜｜（句），｜｜－－（句），｜－｜－－（句），

｜－－｜（韵）。

－－－｜（句），｜－｜－－（句），｜－－｜（韵）。｜－｜－
－｜｜（句），｜｜｜－－｜（韵）。－－｜｜（句），－｜｜（句），
－－－｜（韵）。｜－－｜（句），－｜－－（句）；－｜－－｜（句），
｜－－｜（韵）。

范例

　　喜冰澌初泮，微和渐入，郊原时节。春消息，夜来陡觉，红梅数枝争发。
玉溪仙馆，不似个寻常标格。化工别与，一种风情，似匀点胭脂，染成香雪。

　　重吟细阅，比繁杏夭桃，品流终别。只愁共彩云易散，冷落谢池风月。
凭谁向说，三弄处，龙吟休咽。大家留取，时倚阑干，闻有花堪折，劝君须折。

宋·杜安世

　　落红飞残叶，狂风凛冽，寒冬时节。梅枝滑，挂冰破雪，苞争绽开花叠。
坞里湖畔，一片水红融风骨。一方视野，别样风情，似香传芬芳，朵含冰洁。

　　残阳如血，恰如水东流，暗中磨折。绿杨影下多送别，未了解情千结。
窗纱梦歇，情更绝，无言悲切。岁华休阅，违负初春，情远离千里，唯
同明月。

（2022.5.2）

喜迁莺（定格）

　　－－－｜（句），｜－｜（句），｜｜－－－｜（韵）。－｜－－（句），
－－｜｜（句），｜｜｜－－｜（韵）。－｜｜－－｜（句），－｜－
－｜（韵）。｜｜｜（句），｜｜－｜｜（句），－－－｜（韵）。

　　－｜（韵）。－｜｜（句），｜－－｜（句），｜｜－－｜（韵）。
－｜－｜（句），－－－｜（句），｜｜｜｜－－｜（韵）。｜－｜
－

—｜（句），｜｜————｜（韵）。—｜｜（句），｜——（句），

—｜———｜｜（韵）。

范例

　　长江千里，限南北，雪浪云涛无际。天险难逾，人谋克庄，索房岂
能吞噬。阿坚百万南牧，倏忽长驱吾地。破强敌，在谢公处画，从容颐指。

　　奇伟。淝水上，八千戈甲，结阵当蛇豕。鞭弭周旋，旌旗麾动，坐却
北军风靡。夜闻数声鸣鹤，尽道王师将至。延晋祚，庇烝民，周雅何曾专美。

宋·李纲

　　春归何处，没留住，陌客摇残斜暮。山水依依，朝云暮雨，柳下倚
风凝露。悲默落红凋绿，芳草天涯无路。痛楚楚，望夜昔岁去，残花无数。

　　谁误。忘情水，有谁真悟，举臂糊涂舞。云散风悄，青春情了，一梦
转头今古。不言风雨无助，不乞阴晴相护。休目睹，作糊涂，空望星星数数。

（2022.5.6）

悄寒轻（定格）

　　｜———｜（句），｜｜———（句），｜——｜（韵）。
—｜｜——（句），｜｜——｜（句），—｜———（韵）。｜——｜｜（句），
——｜（句），｜｜——｜（韵）。｜｜——（句），｜—｜（句），—
—｜——（韵）。

　　—｜（韵）。———｜（韵）。｜———｜（句），｜｜——（韵）。
—｜｜——（句），｜｜—｜—（句），｜｜——｜（韵）。｜——｜｜
（句），———（句），｜｜—｜（韵）。｜｜——（句），｜｜—｜（句），
｜｜—｜（韵）。

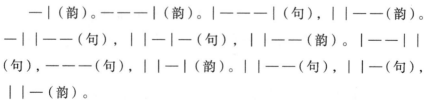

范例

　　照溪流清浅，正万梅都开，峭寒天气。才过了元宵，渐昼长禁宇，迤逦佳时。断肠枝上雪，残英已，片影初飞。苒苒随风，送春到，便烂漫香迟。

　　凝睇。迎芳菲至。觉欣欣桃李，嫩色依微。应是有新酸，向嫩梢定须，一点藏枝。乍晴还又冷，从尊前，自落轻细。寄诸高楼，夜笛声，且缓吹。

宋·曹勋

　　月光飞窗外，院里梅花开，绿红青紫。光动月光寒，曳影形垂地，青色依依。待青山绿水，春来到，百艳多姿。送暖芳菲，尽心美，相倾更相思。

　　新意。流光飞逝。叹繁华如此，物换财移。今古照凄凉，故里乡土肥，一并无归。夜长人更醉，床前光，疑似霜至。一梦都非，杜宇啼，月落西。

（2022.5.8）

探春（定格）

　　｜｜——（句），——｜｜（句），———｜—｜（韵）。｜｜——（句），——｜｜（句），—｜———｜（韵）。——｜—｜（句），｜—｜（句），｜——｜（韵）。｜——｜—｜（句），｜｜｜——｜（韵）。

　　｜｜——｜｜（韵）。—｜｜——（句），———｜（韵）。｜｜——（句），——｜｜（句），｜｜｜——｜（韵）。—｜｜——（句），—｜｜（句），｜——｜（韵）。——｜（句），——｜—｜（韵）。

范例

　　上苑乌啼，中洲鹭起，疏钟才度云窈。篆冷香篝，灯微尘幌，残梦犹吟芳草。搔首卷帘看，认何处，六桥烟柳。翠榷才舣西泠，趁取过湖人少。

掠水风花缭绕。还暗忆年时，旗亭歌酒。隐约春声，钿车宝勒，次第凤城开了。惟有踏青心，纵早起，不嫌寒峭。画阑闲立，东风旧红谁扫。

宋·陈允平

寂静清宵，红霞报晓，黄莺啼破春悄。碧水遥山，烟江雾袅，风动红花绿草。清波掠双鸟，景真好，蓦然间笑。一春花月多少，望极曙光同照。

远目风云梦绕。犹记睹惊涛，文抛书烧。放下心焦，登高远眺，几限旧情烦恼。思念夜时箫，情已了，尽都休要。梦云缥缈，檐花影帘颠倒。

（2022.5.13）

丹凤吟（定格）

｜｜——一｜（句），｜｜——（句），｜——｜（韵）。——｜｜（句），—｜｜——｜（韵）。——｜｜（句），｜—｜｜（句），｜｜——（句），——｜｜（韵）。｜｜——｜｜（句），｜｜————｜（句），—｜—｜（韵）。

｜｜——｜｜（句），｜—｜｜—｜（韵）。｜｜——｜（句），｜———｜（句），｜——｜（韵）。——｜｜（句），｜｜——｜（韵）。—｜｜——｜｜（句），｜———｜（韵）。——｜｜（句），—｜—｜｜（韵）。

范例

丽锦长安人海，避影繁华，结庐深寂。灯窗雪户，光映夜寒东壁。

心凋鬓改，镂冰刻水，缥简离离，风签索索。怕遣花虫蠹粉，自采秋芸熏架，香泛纤碧。

更上新梯窈窕，暮山淡著城外色。旧雨江湖远，问梧阴门巷，燕曾相识。吟壶天小，不觉翠莲云隔。桂斧月宫三万手，计元和通籍。软红满路，谁聘幽素客。

宋·吴文英

日日春光虚度，不倚阑干，慢登高阁。相思远处，人在密封帘幕。春时数月，奈何浪度，不言轻重，谈何厚薄。昼永惟愁破曙，苦月床前廖寞。难可摸捉。

怅望难将梦若，莫说水上波浪恶。旧雨江湖作，似刀横行虐，信音难托。愁声悲却，处处旧游如昨。相顾语无清泪落，问何时寻索。回乡曲陌，归日须问著。

（2022.5.15）

情久长（定格）

——｜｜（句），——｜｜—｜（韵）。｜｜｜（句），｜——｜（句），—｜—｜（韵）。｜——｜｜（句），｜｜｜｜（句），—｜———｜｜（韵）。｜—｜（句），——｜｜（句），｜｜——（句），—｜｜｜（句），——｜（韵）。

—｜—｜（句），｜｜——｜（韵）。｜｜｜（句），｜——｜（句），———｜（韵）。｜—｜｜（句），｜｜｜｜（句），—｜——｜｜（韵）。｜—｜（韵），———｜（句），｜｜——（句），—｜｜（句），——｜（韵）。

范例

冰梁跨水，沈沈雾色遮千里。怎向我，小舟孤楫，天外飘逐。夜寒侵短发，睡不稳，窗外寒风渐起。岁华暮，蟾光射雪，碧瓦飘霜，尘不动，寒无际。

鸡咽荒郊，梦也无归计。拥绣枕，断魂残魄，清吟无味。想伊睡起，又念远，楼阁横枝对倚。待归去，西窗剪烛，小阁凝香，深翠幕，饶春睡。

宋·吕渭老

寒来景异，阵阵雁去无留意。鼓角起，野烟无忌，帘落城闭。苦随他至此，诮不语，清酒思忧故里。酒无醉，丹心玉碎，梦里魂飞，思恨悔，长流泪。

尘界一世，几几相争已。不照自，皆无相比，独唱无味。朔风浪起，是不是，谁恋梅桃杏李。半山寺，微风轻散，枫桥星夜，看不尽，人间戏。

（2022.5.17）

长命女（定格）

一｜｜（韵），｜｜｜一一｜｜（韵）。｜｜一一｜（韵）；

｜｜一一一｜（句），｜｜｜一一｜（韵），一｜一一一｜｜（韵），

｜｜一一｜（韵）。

范例

春日宴，绿酒一杯歌一遍。再拜陈三愿；一愿郎君千岁，二愿妾身常健，三愿如同梁上燕，岁岁长相见。

五代·冯延巳

桃叶渡，柳岸隔江飘薄雾。冉冉斜阳暮；滚滚长江风舞，不见莫愁归路，春去春来无觅处，月影宵难度。

（2022.5.20）

玉女迎春慢（定格）

—｜——（句），——｜（句），｜｜｜——｜（韵）。｜｜——｜｜（句），｜｜———｜（韵）。———｜（句），—｜｜（句），｜——｜（韵）。———｜（句），—｜｜—（句），—｜—｜（韵）。

｜—｜｜——（句），——｜｜（句），｜——｜（韵）。—｜——｜｜（句），｜｜———｜｜（韵）。｜——｜（句），｜｜｜（句），｜——｜（韵）。｜｜——（句），｜｜｜——｜（韵）。

范例

才入新年，逢人日，拂拂淡烟无雨。叶底妖禽自语，小啄幽香还吐。东风辛苦，便怕有，踏青人误。清明寒食，消得渡江，黄翠千缕。

看临小帖宜春，填轻晕湿，碧花生雾。为说钗头袅袅，系著轻盈不住。问郎留否，似昨夜，教成鹦鹉。走马章台，忆得画眉归去。

宋·彭元逊

楼月初升，听风叙，淡静雅台怀顾。小立低声自语，树上兰花香吐。星光微度，休信步，故疏耽误。同乡游旅，重返燕居，杨柳花絮。

月光映衬芳兰，满园春色，小桥花树。楼上轻音袅绕，柳下柔刚起舞。影摇庭户，禁不住，月光梅坞。夜色悠悠，漫步玉林小路。

（2022.5.22）

柳腰轻（定格）

－－｜｜－－｜（韵）。－－｜（句），－－｜（韵）。｜－－｜（句），
｜－－｜（句），｜｜－－｜（韵）。｜－｜（句），－｜－－（句），
｜－－（句），｜－－｜（韵）。

｜｜－－｜｜（韵）。｜－－（句），｜－－｜（韵）。｜－－｜（句），
｜－－｜（句），｜｜－－｜（韵）。｜－｜（句），－｜－－（句），
｜－－（句），｜－－｜（韵）。

范例

英英妙舞腰肢软。章台柳，昭阳燕。锦衣冠盖，绮堂筵会，是处千
金争选。顾香砌，丝管初调，倚轻风，佩环微颤。

乍入霓裳促遍。逞盈盈，渐催檀板。慢垂霞袖，急趋莲步，进退奇
容千变。算何止，倾国倾城，暂回眸，万人肠断。

宋·柳永

荷花出水红妆靓。河边柳，楼前杏。满园春色，坞梅香近，曲道梅
开晶莹。绿红映，湖水楼亭，漫山行，有如仙境。

莫道江湖浪静。柳腰轻，劲松刚挺。暴风鸣雨，劲松巍立，乱惑无
着吹打。几多次，风卷翻江，再回头，一波风景。

（2022.5.31）

望湘人（定格）

｜－－｜｜（句），－｜｜－（句），｜－－｜－｜（韵）。
｜｜－－（句），｜－－｜（句），｜｜－－－｜（韵）。｜｜－－（句），
｜－－｜（句），－－－｜（韵）。｜｜－（句），－｜－－（句），

｜｜－－－｜（韵）。

　－｜－－｜｜（韵）。｜－－｜｜（句），｜－－｜（韵）。

｜－｜－－（句），｜｜｜｜－－（韵）。－－｜－（句），｜－－｜（句），

｜｜－－－｜（韵）。｜｜｜（豆）、｜｜－－（句），｜｜｜－－－｜（韵）。

范例

　　厌莺声到枕，花气动帘，醉魂愁梦相半。被惜余薰，带惊剩眼，几许伤春晚。泪竹痕鲜，佩兰香老，湘天浓暖。记小江，风月佳时，屡约非烟游伴。

　　须信鸾弦易断。奈云和再鼓，曲终人远。认罗袜无踪，旧处弄波清浅。青翰棹舰，白苹洲畔，尽目临皋飞观。不解寄、一字相思，幸有归来双燕。

宋·贺铸

　　望湘人送晚，山叠水宽，远方迷幻参半。暮雨朝云，柳堤依旧，不晓何时春返。怎奈相思，玉兰香漫，花开春暖。记那时，风月良宵，共在蓝桥游伴。

　　长夜幽幽梦断。奈茫茫起步，路途遥远。更弯道艰难，下水难摸深浅。来回汗颜，梳清更乱，逐随众人心愿。不解一、字共心同，日出亲人召唤。

（2022.6.7）

斗百花（定格）

　　｜｜－－－｜（句），－｜－－－｜（韵）。－－｜｜－－（句），－｜－－｜｜（韵）。－－｜｜（句），－｜｜｜－｜（韵）。｜｜｜－－｜（句），－｜｜－｜（韵）。

　　｜｜－－（句），｜｜－－－｜（韵）。－｜｜｜（句），－－｜－－｜（韵）。－｜－－（句），－－｜｜－－（句），－｜｜－－｜（韵）。

范例

　　煦色韶光明媚，轻霭低笼芳树。池塘浅蘸烟芜，帘幕闲垂风絮。春困厌厌，抛掷斗草工夫。冷落踏青心绪，终日扃朱户。

　　远恨绵绵，淑景迟迟难度。年少傅粉，依前醉眠何处。深院无人，黄昏乍拆秋千，空锁满庭花雨。

宋·柳永

　　点点晶晶珠翠，盘立花红杆细。池塘映月羞花，桥下荷情系意。轻风荡漾，花散淡淡香气。月色映蓝春水，斜转几姿媚。

　　远处凝思，寂寞能无长醉。别有见地，时时自酌杯坠。深夜沉沉，登山涉水将归，空锁一庭情味。

（2022.6.8）

夹竹桃花（定格）

　　｜｜——（句），——｜｜｜（句），｜｜————｜（韵）。——｜｜（句），—｜——｜｜（韵）。——｜｜——（句），｜—｜｜———｜（韵）。｜｜——｜（句），——｜｜｜（句），—｜——｜（韵）。

　　｜｜｜（句），—｜——｜（韵）。｜｜｜——｜｜（韵）。｜｜｜——｜（句），｜｜｜——｜（韵）。｜—｜｜（句），—｜——｜（韵）。—｜—（句），—｜——（句），｜—｜—｜（韵）。

范例

　　绛彩娇春，苍筠静锁，掩映夭姿凝露。花腮藏翠，高节穿花遮护。重重蕊叶相怜，似青帔艳妆神仙侣。正武陵溪暗，淇园晓色，宜望中烟雨。

　　向暖景，谁见斜枝处。喜上苑韶华渐布。又似瑞霞低拥，却恐随风飞去。

要留最妍丽，须且闲凭佳句。更秀容，分付徐熙，素屏画图取。

宋·曹勋

艳丽花葩，全年绽放，叶绿花红林苑。盈盈曲面，红白花枝顶绽。河湾路道桥边，等春去又回长相伴。怎奈花毒浅，离人尺半，风景离亭看。

夜漫漫，弦月梅花院。寂静莫须风诉怨。半宿梦醒方断，欲罢相思真乱。世间万千变，多少真心留恋。心不安，思在天边，月光挂心悬。

（2022.6.9）

绮罗香（定格）

｜｜－－（句），－－｜｜（句），－｜｜｜－－｜（韵）。－｜－－（句），｜｜｜－－｜（韵）。｜－（句），－｜－－（句），｜－｜（句），｜－－｜（韵）。｜－－（句），｜｜－－（句），｜－｜｜｜－｜（韵）。

－－－｜｜｜（韵）。－｜－－｜｜（句），－－－｜（韵）。｜｜－－（句），｜｜｜－－｜（韵）。｜｜－（句），｜｜－－（句），｜｜｜（句），｜－－｜（韵）。｜｜｜（句），｜｜－－（句），｜－－｜｜（韵）。

范例

万里飞霜，千林落木，寒艳不招春妒。枫冷吴江，独客又吟愁句。正船舣，流水孤村，似花绕，斜阳归路。甚荒沟，一片凄凉，载情不去载愁去。

长安谁问倦旅。羞见衰颜借酒，飘零如许。谩倚新妆，不入洛阳花谱。为回风，起舞尊前，尽化作，断霞千缕。记阴阴，绿遍江南，夜窗听暗雨。

宋·张炎

木栈蓝桥，梅花正舞，生怕夕阳春暮。霞鹜清波，旧梦了无寻处。正当午，移转鸿桐，影摇曳，暖吹花树。奈如今，物是人非，抑情不写断肠苦。

知音千里难遇。倾吐乡愁煮酒，凭阑星数。步晃歪扶，长怨目晕迷雾。踏月孤，一地枯浦，疑老路，断桥无渡。不醒悟，只好糊涂，醉听深夜雨。

（2022.6.10）

澡兰香（定格）

－－｜｜｜（句），｜｜－－（句），｜｜｜－｜｜（韵）。－－｜｜｜（句），｜｜－－（句），｜｜｜－－｜（韵）。｜－－（句），－｜－－（句），－－－－｜｜（韵）。｜｜－－（句）｜｜，－－－｜（韵）。

｜｜－－｜｜（韵），｜｜－－（句），｜－－｜（韵）。－－｜｜（句），｜｜－－（句），｜｜｜－－｜（韵）。｜－－（句），｜｜－－（句），－｜－－｜｜（韵）。｜｜｜（句），｜｜－－（句），－－－｜（韵）。

范例

盘丝系腕，巧篆垂簪，玉隐绀纱睡觉。银瓶露井，彩箑云窗，往事少年依约。为当时，曾写榴裙，伤心红绡褪萼。黍梦光阴渐老，汀洲烟箬。

莫唱江南古调，怨抑难招，楚江沈魄。薰风燕乳，暗雨梅黄，午镜澡兰帘幕。念秦楼，也拟人归，应剪菖蒲自酌。但怅望，一缕新蟾，随人天角。

宋·吴文英

龙舟待发，鼓未敲击，两岸浪声起落。门插艾草，畔上旗飘，健勇浪中拼搏。少年时，曾为来迟，伤心无休跺脚。醉梦芳华一去，遥遥天各。

莫辩尘间厚薄。大地飞魂，楚江沉魄。青青角粽，滴滴雄黄，煮水澡兰帘幕。望嫦娥，桂树冰宫，应有吴刚酒托。奈地上，唯有相思，追寻天角。

（2022.6.11）

西湖月（定格）

－－｜｜－－（句），｜｜｜｜－－（句），｜－－｜（韵）。

｜－｜｜（句），－－｜｜（句），｜－－｜（韵）。－－－｜｜（句），

｜｜｜｜－－｜｜（韵）。｜｜｜｜｜－－（句），｜｜｜－－－｜（韵）。

　｜－｜｜－－（句），－｜｜－－（句），－｜－｜（韵）。｜－

－｜（句）。－－｜｜（句），｜－－｜（韵）。－－－｜｜（句），

｜｜｜－－－｜｜（韵）。－｜－｜－－（句），－｜－｜（韵）。

范例

湖光冷浸玻璃，荡一饷薰风，小舟如叶。藕花十丈，云梳雾洗，翠娇红怯。壶觞围坐处，正酒酽吹波红映颊。尚记得玉臂生凉，不放汗香轻浃。

殢人小摘墙榴，为碎掐猩红，细认裙褶。旧游如梦。新愁似织，泪珠盈睫。秋娘风味在，怎得对银釭生笑靥。消瘦沈约诗腰，彷佛堪捻。

宋·黄子行

初弦又上林梢，洒一地莹光，满山香溢。杏梅吐蕊，梨花落白，花香似蜜。幽姿添夜色，又旧地重游难再忆。半暗半透断桥边，似梦魂飞南北。

醉醒夜半寒浓，忆上下山乡，吹弄横笛。昔心难去。今愁至极，泪盈珠滴。穿堂风不息，奈梦里思归归不得。合愿曙色飞来，寒夜孤寂。

（2022.6.13）

狮儿词（定格）

— — ｜ ｜（句），｜ — ｜（句），— ｜ — —（句），— — — ｜（韵）。｜ ｜ — — ｜ ｜（句），— — — ｜（句），— — ｜ ｜（韵）。｜ ｜ ｜（句），｜ — — ｜（韵）。｜ ｜ ｜（句），— — ｜ ｜（句），— — — ｜（韵）。

｜ — — — ｜ ｜（韵）。｜ — —（句），｜ ｜ ｜ — — ｜（韵）。— ｜ — —（句），｜ ｜ ｜ — — ｜（韵）。｜ — — ｜（句），— ｜ ｜（句），— — — ｜（韵）。— — ｜（句），｜ — — — ｜ ｜（韵）。

范例

含香弄粉，便勾引，游骑寻芳，城南城北。别有西村断港，冰澌微绿，孤山路熟。伴老鹤，晚先寻宿。怕冻损，三花两蕊，寒泉幽谷。

几番花阴濯足。记归来，醉卧雪深平屋。春梦无凭，鬓底闹蛾争扑。不如图画，相对展，官奴风竹。烧黄独，自听瓶笙调曲。

元·张雨

风停雨歇，忆人别，天飘地遥，谁知凉热。坞里红凋绿落，残阳如血，凝眸凄切。只觉得，寸肠千结。几至去，如何解脱，风从头越。

世尘情深意笃，看阴晴，玉轮为谁圆缺。花好良宵，望月远山情叠。已成悲咽，如弃约，情丝割绝。西风烈，宝灯长生不灭。

（2022.6.14）

月边娇（定格）

— | — —（句），| | | — —（句），— — — |（韵）。| — | |（句），
— — | |（韵）。| | | — — |（韵）。— — | | |（句），| | | |（句），
— | — |（韵）。— — — |（句），| | |（句），— — — |（韵）。

| — | | — —（句），| — — |（句），| — — |（韵）。— — |（句），
— — | |（句），| | | | — |（韵）。— — | |（韵）。| | |（句），
— — — |（韵）。— — | |（句），| | — — |（韵）。

范例

酥雨烘晴，早柳盼鬈娇，兰芽愁醒。九街月淡，千门夜暖。十里宝光花影。尘凝步袜，送艳笑，争夸轻俊。笙箫迎晓，翠幕卷，天香宫粉。

少年紫曲疏狂，絮花踪迹，夜蛾心性。戏丛围锦，灯帘转玉，拚却舞勾歌引。前欢谩省。又辇路，东风吹鬓。醺醺倚醉，任夜深春冷。

宋·周密

看月边娇，傲立雪中梅。花迎春早。百花纵放，丛中慰笑。默默吐香兰佼。清风舞动，伴月皎，空谷香袅。花和轻调，静悄悄，微风香绕。

菊黄雁落南郊，院篱花草，菊开寒晓。酒黄多少，重阳粽小，露湿菊满人老。竹冠挺傲。立景道，低腰宁折。梅兰竹菊，各领风光好。

（2022.6.14）

霜花腴（定格）

| — | |（句），| | —（句），| — — | — —（韵）。— | — —（句），
| — — |（句），— — | | — —（句），| — — —（韵）。| | —（句），
— | — —（句）；| — — |（句），| | — — |（句），| — — | | — —（韵）。

—｜——｜（句），｜——｜｜（句），｜｜——（韵）。
—｜——（句），————｜（句），————｜——（句），——
｜—（韵）。｜｜—（句），｜｜——（韵）。｜——（句），
｜｜——（句），｜——｜—（韵）。

范例

　　翠微路窄，醉晚风，凭谁为整敧冠。霜饱花腴，烛销人瘦，秋风做也都难。病怀强宽。恨雁声、偏落歌前。记年时、旧宿凄凉，暮烟秋雨野桥寒。

　　妆靥鬓英争艳，度清商一曲，暗坠金蝉。芳节多阴，兰情稀会，晴晖称拂吟笺。更移画船。引佩环、邀下婵娟。算明朝、未了重阳，紫萸应耐看。

宋·吴文英

　　月弯雁远，莫倚阑，西风吹掉卓冠。霜润花腴，少肥多瘦，如今不比先前，虽穷心宽。几许翻，都是灾难；只无言，内却辛酸，漫天迷雾月中寒。

　　清曲一唱弦断，试音难调转，嗫若寒蝉。流水环山，知音难觅，痴花春梦香残，空图酒船。对月弦，再邀婵娟。月圆还，老少同欢，乐悠真好看。

（2022.6.20）

曲玉管（定格）

　　｜｜——（句），——｜｜（句），——｜｜—｜（韵）。
｜｜—｜—｜（句），—｜——（韵）。｜——（韵）。｜｜——
（句），———｜（句），｜—｜｜——（韵）。｜｜——（句），
———｜——（句），———（韵）。

　　｜｜——（句），｜—｜（豆），———｜（韵）。——｜｜——（句），
——｜｜——（韵）。｜——（韵）。｜——｜—（句），｜｜
——｜（韵）。｜——｜（句），｜｜——（句），｜｜——（韵）。

范例

陇首云飞，江边日晚，烟波满目凭阑久。立望关河萧索，千里清秋，忍凝眸？杳杳神京，盈盈仙子，别来锦字终难偶。断雁无凭，冉冉飞下汀洲，思悠悠。

暗想当初，有多少、幽欢佳会，岂知聚散难期，翻成雨恨云愁！阻追游。悔登山临水，惹起平生心事，一场消黯，永日无言，却下层楼。

宋·柳永

孔雀之南，鸿飞塞北，依然逐影江湖畔。远处风光无限，啼鸟花鲜。水连天。坞里环山，江湾春晚，雨来夜里相思满。海上人间，悠悠圆月难还，凭阑看。

梦醒天边，恨时短，相思难断。都知不了从前，倾杯地转云翻。月光残。用时长相伴，为利一拍散。酒杯余半，唯有心宽，一声长叹。

（2022.6.22）

玉耳坠金环（定格）

｜｜——（句），｜——｜——｜（韵）。｜—｜｜——（句），—｜——｜（韵）。—｜——｜｜（句），｜——（句），——｜｜（韵）。｜——｜（句），—｜—｜（句），｜——｜（韵）。

—｜——（句），｜——｜——｜（韵）。——｜｜——（句），｜｜——｜（韵）。—｜—｜｜（句），｜——（句），——｜｜（韵）。———｜（句），—｜——（句），———｜（韵）。

范例

　　乳燕交飞，晓莺轻啭花深处。画堂帘幕卷东风，晴雪飘香絮。犹记当时院宇，悄寒轻，梨花暮雨。绣衾同梦，鸳枕双敧，绿窗低语。

　　春已阑珊，落红飘满西园路。强拈针线解春愁，只是无情绪。无奈年华暗度。黛眉颦，柔肠万缕。章台人远，芳草和烟，萋萋南浦。

元·赵雍

　　夜雨蒙蒙，古塔回首空云雾。落花流水尽都无，无据相分付。曾记艰辛岁月，误当初，同甘共苦。苦难无数，风雨无阻，此心如故。

　　城角临湖，半宵余暖空留住。情思幽意悟迷途，渐觉伤春暮。堪那春花秋月，莫姑辜，先前誓语。流光如注，重到西湖，寻之何处。

（2022.6.23）

楚宫春（定格）

　　——||（句），——|——（句），|——|（韵）。|||—（句），—|———|（韵）。————||（句），||||（句），——||（韵）。||——（句），|||（句），—|——（句），|——|—|（韵）。

　　—||——|（句），—|||（句），—|—|—（韵）。|—|—（句），—|———|（韵）。—|——||（句），|||（句），——||（韵）。||——（句），||—（句），—|——（句），||———|（韵）。

范例

　　香迎晓白，看烟佩霞绡，弄妆金谷。倦倚画阑，无语情深娇足。云拥瑶房翠暖，绣帐卷，东风倾国。半捻愁红，念旧游，凝伫兰翘，瑞鸾低舞庭绿。

犹想沈香亭北，人醉里，芳笔曾题新曲。自剪露痕，移取春归华屋。丝障银屏静掩，悄未许，莺窥蝶宿。绛蜡良宵，酒半阑，重绕鸯机，醉餍争妍红玉。

宋·周密

风停雨歇，池塘渐生凉，碧荷珠结。浪荡绿波，花溢清清香澈。浓浓乡情怡悦，远处是，山高水阔。漫漫波云，似梦里，横越前方，梦魂飞度山叠。

知道尽成悲咽，明里整，管你阴晴圆缺。苦心度愁，期盼春来时节。堪那重翻再决，熬数许，枫桥怨别。血色黄昏，莫倚阑，遥远鸿飞，别是一家风月。

（2022.6.27）

塞垣春（定格）

｜｜－－｜（韵），－｜｜（句），－－｜（韵）。－－｜｜（句），｜－－｜（句），－｜－｜（韵）。｜｜－｜｜－－｜（句），｜｜｜｜（句），－－｜（韵）。－－－（句），－－｜（句），｜－－｜－｜（韵）。

－｜－－－（句），－－｜（句），－｜－｜（韵）。｜｜｜－－（句），｜－｜－｜（韵）。｜－－（句），｜－－｜（句），｜－｜（句），｜－－－｜（韵）。｜｜｜－｜（句），｜－－｜｜（韵）。

范例

四远天垂野，向晚景，雕鞍卸。吴蓝滴草，塞绵藏柳，风物堪画。对雨收雾霁初晴也。正陌上，烟光洒。听黄鹂，啼红树，短长音调如写。

怀抱几多愁，年时趁，欢会幽雅。尽日足相思，奈春昼难夜。念征尘，堆满襟袖，那堪更，独游花阴下。一别鬓毛减，镜中霜满把。

宋·方千里

草绿遮荒野，星夜把，行装卸。凄凉月半，树枯沙积，堪比摹画。

渐一声鸟叫惊飞也，又漏雨，空抛洒。行天涯，明真假，反思疑亦都写。

深谷藏兰花，凝矫洁，香淡清雅。百卉影疏斜，玉蝉唱凉夜。唯相思，巷南城北，更堪那，乍醒西窗下。欲把苦来讲，怕言留话把。

（2022.6.29）

花发沁园春（定格）

｜｜——（句），｜—｜｜（句），｜—｜—｜（韵）。——｜｜（句），
｜｜——（句），｜｜｜—一｜（韵）。———｜（句），—｜｜（句），
———｜（韵）。｜｜｜—｜——（句），｜——｜—｜（韵）。

｜｜——｜｜（韵），｜————｜（句），｜｜—｜（韵）。—
—｜｜（句），｜｜——（句），—｜｜—｜（韵）。——｜｜（句），
—｜｜（句），———｜（韵）。｜｜｜（句），｜｜——（句），
｜——｜—｜（韵）。

范例

换谱伊凉，选歌燕赵，一番乐事重起。花新笑靥，柳软纤腰，济楚众芳围里。年年佳会，长是傍，清明天气。正魏紫衣染天香，蜀红妆破春睡。

一簇猩罗风翠，遍东园西城，点检芳字。铃斋吏散，昼馆人稀，几阕管弦清脆。人生适意，流转共，风光游戏。到遇景，取次成欢，怎教良夜休醉。

宋·刘子寰

日落星归，末及改址，故园几事风起。莲湖水满，大雨淹堤，破溃浪奔千里。何来何去，难定数，真伤民气。左晃右摇半天明，鸟鸣曙影刚睡。

水镜花红柳翠，去楼台湖亭，匦对前事。参齐史散，往事难提，犹

有小梅清丽。轻风半月，虚度日，人生如戏。月下酒，不忆先前，水中同月昏醉。

（2022.7.5）

玉山枕（定格）

｜｜—｜（韵），｜——（句），——｜（韵）。｜—｜｜（句），——｜｜（句），—｜——（句），｜｜—｜（韵）。｜————｜—（句），｜｜｜（句），｜——｜（韵）。—｜—（句），—｜——（句）；｜——（句），｜———｜（韵）。

｜——｜——｜（韵），｜—｜（句），——｜（韵）。｜—｜｜（句），——｜｜（句），｜｜——（句），｜｜—｜（韵）。———｜｜—（句），｜—｜（句），｜——｜（韵）。｜｜—（句），—｜——（句）；｜——（句），｜———｜（韵）。

范例

骤雨新霁，荡原野，清如洗。断霞散彩，残阳倒影，天外云峰，数朵相倚。露荷烟芰满池塘，见次第，几番红翠。当是时，河朔飞觞；避炎蒸，想风流堪继。

晚来高树清风起，动帘幕，生秋气。画楼昼寂，兰堂夜静，舞艳歌姝，渐任罗绮。讼闲时泰足风情，便争奈，雅歌都废。省教成，几阕清歌；尽新声，好尊前重理。

宋·柳永

坞里花美，吐芳菲，宜人醉。草青铺绿，飘红染紫，枝上蜂飞，窃绕花蕊。满园风光耀红黄，仔细看，艳花仙卉。痴上眉，花浪情迷；叹天长，月明人千里。

忆思遥共伤前事，雨声碎，琵琶泪。坐思几许，知音信断，且隐深言，片语谁寄。孤鸿空见日斜时，奈风起，彩云如坠。不解之，风雨迷泥；忘情水，系人生如戏。

（2022.7.6）

春草碧（格一）

｜－－｜－（韵），｜－｜－－（句），－－－｜（韵）。－－｜（句），－｜｜－｜（句），｜－－｜（韵）。－－｜｜（句），｜｜｜｜（句），－－｜｜（韵）。－｜｜｜（句），－－｜（句），｜｜｜－（韵）｜（句）。｜－－｜（句），｜｜－｜｜（句），｜｜｜（韵）。－－｜（句），｜｜｜｜（句），｜－－｜（韵）。－－｜｜（句），｜－（句），－－｜｜（韵）。｜｜｜－（句），－－－（句），｜－｜（韵）。

范例

又随芳绪生，看翠霭连空，愁遍征路。东风里，谁望断西塞，恨迷南浦。天涯地角，意不尽，消沉万古。曾是送别，长亭下，细绿暗烟雨。

何处。乱红铺绣茵，有醉眠荡子，拾翠游女。王孙远，柳外共残照，断云无语。池塘梦生，谢公后，还能继否。独上画楼，春山暝，雁飞去。

宋·万俟咏

夜沉云渚烟，远眸点星孤，回思遥路。浮年误，都数旧年腐，染污青浦。南飘北闯，话不可，谈今论古。回首暗别，城墙下，孔洞躲风雨。

归处。夕阳斜映湖，水畔杨柳树，采绿莲女。尘间苦，上下乱云舞，怕听真语。千丝万絮，更难解，依然是否。别念暮途，相思情，梦来去。

（2022.7.16）

春草碧（格二）

｜——｜——｜（韵），｜｜｜——（句），——｜（韵）。
｜｜—｜——（句），—｜——｜—｜（韵）。—｜｜——（句），—
—｜（韵）。

—｜｜｜——（句），——｜—｜（韵）。｜—｜——（句），——｜（韵）。
—｜—｜——（句），——｜｜——｜（韵）。｜｜｜——（句），
—｜｜（韵）。

范例

紫箫吹破黄州月，簌簌小梅花，飘香雪。寂寞花底风鬟，颜色如花
命如叶。千里涴兵尘，凌波袜。

心事鉴影鸾孤，筝弦雁绝。旧时雪堂人，今华发。断肠金缕新声，
杯深不觉琉璃滑。醉梦绕南云，花上蝶。　　　　　　　　金·李献能

夜春惊破梨花月，坞里散清香，花如雪。满地花瓣铺撒，心里孤凉
上眉叶。风起雨淋淋，湿双袜。

堪那往事重提，愁肠寸绝。旧约换新腔，今人发。天黑思盼天明，
真心哪有虚情滑。梦绕叹情深，听化蝶。

（2022.7.17）

白苎（定格）

｜－－（句），｜－｜（句），－－｜｜（韵）。－－｜｜（句），
｜｜－－｜｜（韵）。｜－－（句），｜－－｜｜－｜（韵）。－｜（韵）。
｜－－（句），｜｜｜｜（句），－－－｜（韵）。－－－｜（句），
－｜－－｜｜（韵）。－｜－（句），｜－－｜－－｜（韵）。

｜｜（韵）。｜｜－－（句），｜－－｜（句），－｜－－｜｜（韵）。
｜｜｜－－（句），－－｜｜（韵）。－－｜｜（句），｜－－｜｜（句），
｜－－｜（韵）。｜｜－－（句），｜－－｜（句），－｜－（韵）。
｜｜－－（句），｜｜－－｜（韵）。

范例

正春晴，又春冷，云低欲落。琼苞未剖，早是东风作恶。旋安排，一双银蒜镇罗幕。幽壑。水生漪，皱嫩绿，潜鳞初跃。憎憎门巷，桃树红才约略。知甚时，雾华烘破青青苇。

忆昨。引蝶花边，近来重见，身学垂杨瘦削。问小翠眉山，为谁攒却。斜阳院宇，任蛛丝罥遍，玉筝弦索。户外惟闻，放剪刀声，深在妆阁。料想裁缝，白苎春衫薄。

宋·蒋捷

荡微波，水纹弱，斜阳坠落。亭台望角，远处山穷水恶。看红尘，几番风雨落垂幕。烟壑。雾中花，水里影，何来重跃。朦胧清浊，难见长安史略。侍几时，绽苞穿破青青苇。

梦昨。上下山乡，似犹重见，更加番番梭削。这覆去翻来，谁谁贪却。曙光未晓，唯乡愁泪泣，透干思索。古道西风，草枯荒漠，风透凉阁。冷似严冬，窸索寒衣薄。

（2022.7.20）

索酒（定格）

｜｜｜—— ｜（句），｜— ｜ —（句），｜ —— ｜（韵）。｜——— ｜｜（句），｜——｜（句），— ｜ — ｜（韵）。— ｜ ｜ —（句），｜——— ｜｜ — ｜（韵）。｜——— ｜｜ ｜（句），｜｜ ———— ｜（韵）。

—— ｜｜ ——（句），｜｜｜ ——（句），｜——｜（韵）。｜｜ —— ｜（句），｜｜｜（句），— ｜——— ｜（韵）。｜｜ ——（句），｜——（句），——｜ — ｜（韵）。——｜｜ ——（句），｜— ｜｜（韵）。

范例

乍喜惠风初到，上林翠红，竞开时候。四吹花香扑鼻，露裁烟染，天地如绣。渐觉南薰，总冰绡纱扇避烦昼。共游凉亭消暑，细酌轻讴须酒。

江枫装锦雁横秋，正皓月莹空，翠阑侵斗。况素商霜晓，对径菊，金玉芙蓉争秀。万里彤云，散飞霙，炉中焰红兽。便须点水傍边，最宜著酉。

宋·曹勋

满地落花春走，绿沉散红，痛心时候。更堪萧凉复又，被风吹动，花碎铺绣。遥望星空，见城头明月照如昼。夜深寒侵冷袖，对月无言添酒。

风吹绿柳送清秋，又伴月如钩，远眸星斗。眼里何心疚，仍守旧，惟念天然清秀。岁月悠悠，在心头，休休点香兽。何消早晚东西，参辰卯酉。

注：参、辰二星名。卯时早上5～7点，酉时下午5～7点。参星酉时出于西方，辰星卯时出于东方，参与辰，卯与酉相对立，故喻互不相干或势不两立。或喻是非曲直。

（2022.7.23）

徵招（定格）

－－－｜－－｜（句），－－｜－－｜（韵）。｜｜｜－－（句），
｜｜｜－－｜（韵）。－－－｜｜（句），｜｜－（句），－－－｜（韵）。
｜｜－－（句），｜－－｜（句），｜－－｜（韵）。

－｜｜－－（句），－－｜（句），｜｜｜｜－－｜（韵）。
｜｜｜－－（句），｜－－－｜（韵）。－－－｜｜（句），｜－｜（句），
｜－－｜（韵）。｜－｜（句），｜｜－－（句），｜｜｜－－｜（韵）。

范例

江蓠摇落江枫冷，霜空雁程初到。万景正悲秋，奈曲终人杳。登临
嗟老矣，问今古，清愁多少。一梦东园，十年心事，恍然惊觉。

肠断紫霞深，知音远，寂寂怨琴凄调。短发已无多，怕西风吹帽。
黄花空自好，问谁识，对花怀抱。楚山远，九辩难招，更晚烟残照。

宋·周密

梅花红染冰天俏，凌风喜迎春到。玉景正飘摇，又梦醒空杳。登城
方显老，只自横，还如年少。粉绿装红，满园花事，遇风知觉。

深夜忆操劳，当年闹，埋下苦辛基调。北斗觅知音，怕人抛高帽。
空山明月悄，月光皎，影移愁抱。早都好，又怎微招，且等曙光照。

（2022.7.25）

尾犯（定格）

｜｜｜－－（句），－｜｜－（句），－－－｜（韵）。－｜－－（句），
｜－－－｜（韵）。－｜｜（句），－－｜｜（句），｜－－（句），
－－｜｜（韵）。－－－｜（句），｜｜－－（句），｜｜－－｜（韵）。

———‖（句），‖‖‖（句），‖‖—‖（韵）。‖‖——（句），‖———‖（韵）。‖—‖（句）。———‖（句），‖——‖（句），——‖‖（韵）。‖——‖（句），‖—‖（句），———‖（韵）。

范例

夜倚读书床，敲碎唾壶，灯晕明灭。多事西风，把斋铃频掣。人共语，温温芋火，雁孤飞，萧萧稷雪。遍阑干外，万顷鱼天，未了予愁绝。

鸡边长剑舞，念不到，此样豪杰。瘦骨棱棱，但凄其衾铁。是非梦。无痕堪记，似双瞳，缤纷翠缬。浩然心在，我逢著，梅花便说。

宋·蒋捷

辗转夜难眠，星坠月移，微光熄灭。坷坎多难，唯乡愁牵掣。情未了，相思梦断，斗无休，难言诉雪。茫茫昏夜，恨满凄风，变弃情割绝。

长安寻义烈，怎算个，世上英杰。交迫饥寒，向前心如铁。莫悲咽。从头攀越，似昏花。多般醉缬。暂圆还缺，看今古，何人评说。

（2022.7.27）

花犯（定格）

‖——（句），——‖‖（句），——‖—‖（韵）。‖‖—‖（句），—‖‖——（句），—‖—‖（韵）。‖—————‖（句），———‖‖（韵）。‖‖‖（句），‖——（句），—‖—‖‖（韵）。——‖—‖——（句），——‖‖‖（句），———‖（韵）。

—||（句），——|（句），——||（韵）。——|（句），
|—||（句），—||（句），———||（韵）。|||（句），
|——|（句），———||（韵）。

范例

　　粉墙低，梅花照眼，依然旧风味。露痕轻缀，疑净洗铅华，无限佳丽。
去年胜赏曾孤倚，冰盘同燕喜。更可惜，雪中高树，香篝熏素被。

　　今年对花最匆匆，相逢似有恨，依依愁悴。吟望久，青苔上，旋看飞坠。
相将见，脆圆荐酒，人正在，空江烟浪里。但梦想，一枝潇洒，黄昏斜照水。

宋·周邦彦

　　荡柳丝，荷花正美，香吹涌情味。绿托红蕊，轻浪起涟漪，清立柔丽。
靓姿丛芳相依倚，红黄各自喜。只夜是，月圆星散，山水天共被。

　　寻春旧友负初心，伤悲至几许，思凝憔悴。心欲碎，人沉醉，风云乱坠。
空流泪，苦辛太累，愁只到，惊醒人梦里。奈恨绕，世尘如戏，繁华如逝水。

（2022.7.31）

薄幸（定格）

||——（句），|||（句），—|||（韵）。—||（句），
———|（句），|||——（韵）。||—（句），—|——
（句），——||——（韵）。|||——（句），——||（句），
—|——||（韵）。

　　|||——（句），—|||（句），|—||（韵）。|———|
（句），———|（句），|—|——（韵）。|——|（句），
|——||（句），——||——（韵）。|||||（句），—|—
—||（韵）。

范例

淡妆多态，更的的，频回眄睐。便认得，琴心先许，欲缩合欢双带。记画堂，风月逢迎，轻颦浅笑娇无奈。向睡鸭炉边，翔鸳屏里，羞把香罗暗解。

自过了烧灯，都不见，踏青挑菜。几回凭双燕，丁宁深意，往来却恨重帘碍。约何时再，正春浓酒困，人闲昼永无聊赖。厌厌睡起，犹有花梢日在。

宋·贺铸

茉莉花开，香四溢，清味眷睐。人见爱，洁白如雪，似若梦河飘带。梦里人，多少牵情，风云唤雨堪何奈。记旧里相逢，同甘共苦，魂断山河不解。

且不楚都猜，谁在改，上桌换菜。回回挥潇洒，溜冰难怪，腐贪却恨难遮碍。逝时难再，更多犹欠债，天边未道无依赖。记取相思，愁绝西窗月在。

（2022.8.5）

大椿（定格）

一｜一一（句），一一｜｜（句），一｜一一一｜（韵）。
一｜｜一｜（句），｜一一一｜（韵）。一一一一｜｜（句），｜｜｜｜（句），
一｜一｜（韵）。一一｜｜｜｜（句），｜｜一｜一（韵）。

一一｜｜｜｜一（句），｜｜｜一（句），一｜一｜（韵）。
｜｜一一（句），｜一一｜｜（韵）。一一一一一一（句），
｜一一（句），一一一｜（韵）。｜｜一一（句），一一一一（句），
｜一一｜（韵）。

范例

梅拥繁枝，香飘翠帘，钧奏严陈华宴。诚孝感南极，老人星垂眷。东朝功崇庆远，享五福，长乐金殿。兹时寿协七旬，庆古今来稀见。

慈颜绿发看更新，玉色粹温，体力加健。导引冲和气，觉春生酒面。龙章亲献龟台祝，与中宫，同诚欢忭。亿万斯年，当蓬莱，海波清浅。

宋·曹勋

霞染红林，风吹绿浪，舟绕风光欢宴。怀旧默凝恋，远情思乡眷。山高水长路远，忘不了，离绪寒殿。遥观北斗月伴，醉里如梦空见。

流年似水晚莫凭阑，水恶浪翻，逆流清健。坎坷千重怨，冷冰初识面。凄凉清苦情全断，度难关，何来欢忭。忆思当年，摸石头，另图深浅。

（2022.8.7）

万年欢（定格）

　　—｜—｜（句），｜——｜—（句），—｜—｜（韵）。｜｜｜—（句），—｜｜——（韵）。—｜——｜｜（句），｜｜｜｜（句），——｜｜（韵）。——｜（句），｜｜——（句），｜——｜—｜（韵）。

　　｜—｜—｜｜（句），｜——｜｜（句），—｜—｜（韵）。｜｜——（句），—｜｜——（韵）。｜｜——｜｜（句），｜｜｜（句），———｜（韵）。—｜｜（句），｜｜——｜（句），｜—｜｜—（韵）。

范例

天气严凝，乍寒梅数枝，岭上开拆。傅粉凝脂，疑是素娥妆饰。先报阳和信息，更雪月，交光一色。因追念，往日欢游，共君携手同摘。

别来又经岁隔，奈高楼梦断，无计寻觅。冷艳寒容，啼雨恨烟愁湿。

似向人前泪滴，怎不使，伊家思忆。惟只恐，寂寞空枝，又随昨夜羌笛。

宋·无名氏

溪水桥栈，紫薇飘暗香，山野锦拆。欲览景观，盘道远途尝试。山叠湖光映蔚，荡绿碧，黄昏秀色。风光美，绿水青山，万年欢乐牵摘。

岁华落芳往昔，主人成异客，求是难觅。辗转江南，江北恨风寒湿。又是灯昏夜黑，月静寂，钩来遥忆。何处泣，隐隐凄声，二泉映月悲笛。

（2022.8.12）

百宜娇（定格）

｜｜－－（句），｜－－｜（句），－｜｜－－｜（韵）。｜｜－－（句），｜－－｜（句），｜｜－－－｜（韵）。－－｜｜（句），｜｜｜（句），－－－｜（韵）。｜－－（句），－－｜－（句），｜－－｜－｜（韵）。

－｜｜（句），－－｜｜（韵）。－｜｜－－（句），｜－－｜（韵）。｜｜－－（句），｜｜－｜（句），－｜－－－｜（韵）。－－｜｜（句），｜｜｜（句），－－－｜（韵）。｜－－｜（句），｜｜－－（句），｜－－｜（韵）。

范例

隙月垂箪，乱蛩催织，秋晚嫩凉房户。燕拂帘旌，鼠窥窗网，寂寂飞萤来去。金铺镇掩，谩记得，花时南浦。约重阳，萸糁菊英，小楼遥夜歌舞。

银烛暗，佳期细数。帘幕渐西风，午窗秋雨。叶底翻红，水面皱碧，灯火裁缝砧杵。登高望极，正雾锁，官槐归路。定须相将，宝马钿车，访吹箫侣。

宋·吕渭老

月闭花羞，一枝独秀，星点映衬空户。志在东西，各奔南北，到了终将离去。桃源断渡，浪滚滚，难回湾浦。忆当年，江边草坪，友朋歌伴欢舞。

时漫漫，忧伤默数。窗友装糊涂，久经风雨。莫去翻书，苦味难吐，游道先摇铃杵。城头目睹，路已堵，何因迷路。向前须悟，不负真初，共情尘侣。

（2022.8.15）

十二郎（定格）

｜—｜｜（句），—｜｜｜（句），｜—｜｜（韵）。｜｜｜——（句），
———｜（句），—｜—｜｜（韵）。｜｜————｜（句），
｜｜｜（句），———｜（韵）。—｜｜｜—（句），———｜（句），
｜——｜（韵）。

—｜（韵）。——｜｜（句），｜—｜｜（韵）。｜｜｜——（句），
———｜（句），—｜—｜｜（韵）。｜｜——（句），｜——｜（句），
—｜｜——｜（韵）。｜｜｜（句），｜｜——（句），—｜｜—｜（韵）。

范例

素天际水，浪拍碎，冻云不凝。记晓叶题霜，秋灯吟雨，曾系长桥过艇。又是宾鸿重来后，猛赋得，归期才定。嗟绣鸭解言，香鲈堪钓，尚庐人境。

幽兴。争如共载，越娥妆镜。念倦客依前，貂裘茸帽，重向淞江照影。酹酒苍茫，倚歌平远，亭上玉虹腰冷。迎醉面，暮雪飞花，几点黛愁山暝。

宋·吴文英

断桥曲路，春去也，月娥静凝。忆旧地轻行，湖亭荷畔，曾在游湖驾艇。戏水鸳鸯桃堤近，浪万顷，舟难锚定。湖面碧水清，荷花晶莹，宛如仙境。

清兴。仙姿玉立，晃悠水镜，出水碧荷飘，香红妆靓，追月池游倩影。

绿度飞莹，暗游花径，孤月夜寒花冷。杳寂静，影乱如看，风景古愁难瞑。

（2022.8.18）

八犯玉交枝（定格）

　　—｜——（句），｜——｜（句），｜｜｜——｜（韵）。—
———｜｜（句），｜｜———｜（韵）。｜——｜（句），
｜｜—｜——（句），———｜——｜（韵）。—｜｜——｜（句），
———｜（韵）。

　　—｜｜｜——（句），——｜｜（韵）。｜——｜—（韵）。
｜—｜（豆）、———｜（韵）。｜—｜（豆）、—｜—｜（韵）。
｜—｜（豆）、———｜（韵）。｜——｜——（韵）。｜｜｜——（句），
——｜｜——｜（韵）。

范例

　　沧岛云连，绿瀛秋入，暮景欲沈洲屿。无浪无风天地白，听得潮生人语。擎空孤柱。翠倚高阁凭虚，中流苍碧迷烟雾。惟见广寒门外，青无重数。

　　遥想贝阙珠宫，琼林玉树。不知还是何处。倩谁问、凌波轻步。谩凝睇、乘鸾秦女。想庭曲，霓裳正舞。莫须长笛吹愁去。怕唤起鱼龙，三更喷作前山雨。

宋·仇远

　　何去何图，向前何路，暮色笼罩江屿。无堪思寻桃叶渡，断橹停舟无语。固执一柱，水宽山远鸾孤，尘间风险如迷雾。遥看中外今古，输赢何数。

　　烟漫水上湖亭，红花柳树。月光轻照花圃。踏寒露，星光独步。隐约有，护园秋女。似遥见，嫦娥起舞。夜间无限愁难去，远目故乡还，辛酸且作皆风雨。

（2022.8.20）

八音谐（定格）

　—｜｜——（句），—｜——｜（句），

—｜—｜（韵）。｜｜｜｜—（句），

｜———｜（韵）。—｜｜｜——（句），

｜｜｜（句），———｜｜（韵）。

｜｜｜（句），｜——｜｜（句），——

—｜（韵）。

　　｜｜——｜｜—（句），｜｜｜—｜

（句），｜——｜（韵）。—｜｜——（句），

｜——｜（韵）。———｜｜—｜

（句），｜｜｜（句），｜——｜（韵）。

｜｜｜——（句），｜｜｜（句），——｜（韵）。

范例

　　芳景到横塘，官柳阴低覆，新过疏雨。望处藕花密，映烟汀沙渚。波静翠展琉璃，似伫立，飘飘川上女。弄晓色，正鲜妆照影，幽香潜度。

　　水阁薰风对万姝，共泛泛红绿，闹花深处。移棹采初开，嗅金缨留取。趁时凝赏池边，预后约，淡云低护。未饮且凭阑，更待满，荷珠露。

宋·曹勋

　　篱下菊花疏，玫满山周树，晨雾蒙雨。缈缈隐南浦，远眺鼋头渚。风荡绿浪凝眸，水映俏，江南舟上女。窈窕影，橹摇湖浪助，清新欢度。

　　碧浪千顷醉太湖，近水倚垂柳，绿红佳处。荷立玉亭亭，景风何须取。清风追忆相思，忘不了，上山乡护。走过莫姑辜，别尽是，寒霜露。

（2022.8.22）

八归（定格）

词律今韵

651首词格律

词

－－｜｜（句），－－｜｜（句），－－｜｜｜｜（韵）。－
－｜｜－－｜（句），－｜｜－－｜（句），－－｜｜（韵）。｜｜－
－－｜｜（句），｜｜｜｜－－｜（韵）。｜｜｜（句），｜｜－－（句），
｜｜－－｜（韵）。

｜｜｜－｜｜（句），－－－｜（句），｜｜－－｜（韵）。
｜－－｜（句），｜－－｜（句），｜｜－－｜（韵）。｜－－｜｜（句），
｜｜－－｜－｜（韵）。－－｜（句），｜｜－｜（句），｜｜－－（句），
－－－｜｜（韵）。

范例

芳莲坠粉，疏桐吹绿，庭院暗雨乍歇。无端抱影销魂处，还见筱墙萤暗，
藓阶蛩切。送客重寻西去路，问水面琵琶谁拨。最可惜，一片江山，总
付与啼鴂。

长恨相从未款，而今何事，又对西风离别。渚寒烟淡，棹移人远，
缥缈行舟如叶。想文君望久，倚竹愁生步罗袜。归来后，翠尊双饮，下
了珠帘，玲珑闲看月。

宋·姜夔

风吹绿野，花香引蝶，山林暮色晚歇。西山曲水重重叠，隔水相望怡悦，
悠闲倍切。叶笛吹愁空旷阔，柳暗花明谁弹拨。未想到，绿水青山，只
交于啼鴂。

逆道恍如路绝，星光熄灭，冷透心扉诀别。世间何事，让人心碎，
怨恨愁上眉叶。路迷情未了，涉水摸石脱鞋袜。都空了，为甚虚设，水
上风亭，三人同醉月。

（2022.8.26）

六花飞（定格）

—｜｜｜（句），｜——｜（句），｜｜｜—｜（韵）。｜｜——（句），｜———｜（韵）。｜——（句），——｜｜（句），｜｜｜（韵）。｜｜——（句），｜——｜（句），—｜｜—（句），—｜｜—｜（韵）。

————｜（句），｜———｜（句），｜｜——｜（韵）。｜｜—｜（句），｜｜——｜（韵）。｜｜｜—｜｜｜（句），｜｜｜（句）。｜｜——｜—｜（韵）。—｜｜——｜｜（韵）。

范例

寅杓乍正，瑞云开晓，罩紫府宫殿。圣孝虔恭，率宸庭冠剑。上徽称，天明地察，奉玉检。璇耀金辉，仰吾君，亲被衮龙，当槛俯疏冕。

中兴明天子，舜心温清，示未尝闲燕。礼无前比，出渊衷深念。赞木父金母至乐，万亿载。日月荣光俱欢忭。罗绮管弦开寿宴。

宋·曹勋

桐树木栈，对排石象，故道绕寒殿。苦月愁煎，更风刀霜剑。去难还，江河两岸，落地检。困苦连连，过难关，山道水漫，飞报谢绅冕。

蓝桥春风慢，芳草天涯，负了双飞燕。远逐牵绊，在外传乡念。半雨半烟树影乱，幻不断。只等春归展欣忭。湖上戏台看盛宴。

（2022.8.28）

六丑（定格）

｜——｜｜（句），｜｜｜（句），———｜（韵）。｜———（句），———｜｜（句），｜｜—｜（韵）。｜｜——｜（句），

丨—一丨（句），丨丨—一丨（韵）。——丨丨—一丨（句），丨丨—一（句），——丨丨（韵）。——丨—一丨（句），丨—一丨丨（句），—丨—丨（韵）。

　—一—丨（句），丨—一丨丨（韵）。丨丨—一丨（句），—丨丨（韵）。——丨丨—丨（句），丨—一丨丨（句），丨—一丨（韵）。—一丨（句），丨—一丨（韵），——丨（句），丨丨—一丨（句），丨—一丨（韵）。——丨（句），丨丨—丨（韵）。丨丨—（句），丨丨—一丨（句），——丨丨（韵）。

范例

正单衣试酒，恨客里，光阴虚掷。愿春暂留，春归如过翼，一去无迹。为问花何在，夜来风雨，葬楚宫倾国。钗钿堕处遗香泽。乱点桃蹊，轻翻柳陌。多情为谁追惜，但蜂媒蝶使，时叩窗隔。

东园岑寂，渐蒙笼暗碧。静绕珍丛底，成叹息。长条故惹行客，似牵衣待话，别情无极。残英小，强簪巾帻。终不似，一朵钗头颤袅，向人欹侧。漂流处，莫趁潮汐。恐断红，尚有相思字，何由见得。

宋·周邦彦

渐秋凉映柳，跟月走，芳华飞掷。水流难收，难寻相守久，只见遥迹。旧地黄花瘦，几经风雨，梦里思乡国。红深绿暗山争秀，岭上桃红，河边柳陌。云遮满天星斗，夜深灯已熄，凉入帘格。

微光幽寂，钓樟摇碎碧。落下残黄叶，独嘅息。何堪旧梦重又，乱来翻去急，不知终极。都熏透，有何清绩。难独有，水载船行渗漏，只倾一侧。汪洋上，不逆潮汐。莫泪流，岁月何须酒，抬头懂得。

（2022.9.2）

双瑞莲（定格）

———｜｜（句），｜｜｜——（句），｜——｜（韵）。——
—｜｜（句），｜｜｜——｜（韵）。｜｜———｜（句），｜——（句），
———｜（韵）。—｜｜（句），｜—｜｜（句），———｜（韵）。

　｜｜｜——｜（句），｜—｜——（句），———｜（韵）。—
—｜｜（句），—｜———｜（韵）。｜｜———｜（句），｜—｜｜（句），
｜——｜（韵）。—｜｜（句），｜｜｜——｜（韵）。

范例

　　千机云锦里，看并蒂新房，骈头芳蕊。清标艳态，两两翠裳霞袂。
似是商量心事，倚绿盖，无言相对。天蘸水，彩舟过处，鸳鸯惊起。

　　缥缈漾影摇香，想刘阮风流，双仙姝丽。闲情不断，犹恋人间欢会。
莫待西风吹老，荐玉醴，碧筒拌醉。清露底，明月一襟归思。

宋·赵以夫

　　人生如梦里，几几度秋凉，落飘花蕊。轻风戏翠，月上玉娥挥袂。
又到中秋时节，共弧光，杯中醋对。朝北望，淡如止水，烟烧风起。

　　岁晚故乡谁寄，只知为名利，虚情姣丽。翻新弃信，难忘当初相会。
过尽飞鸿知几，羞月闭，水中同醉，知谜底，未了月圆相思。

（2022.9.9）

双鸂鶒（定格）

　｜｜———｜（句），｜｜———｜（韵）。—｜｜——｜（句），
｜｜———｜（韵）。

　　｜｜———｜（句），—｜｜——｜（韵）。｜｜———｜（句），

———｜—｜（韵）。

范例

拂破秋江烟碧，一对双飞鸂鶒。应是远来无力，稍下相偎沙碛。

小艇谁吹横笛，惊起不知消息。悔不当时描得，如今何处寻觅。

宋·朱敦儒

金轮为谁圆缺，道尽更成悲咽。堪那重翻再阅，恨上眉头千叠。

又到中秋佳节，欢聚团圆心切。幔室弧亭谁设，而今千里望月。

（2022.9.10）

二色莲（定格）

｜｜｜｜（句），—｜—｜（句），—｜—｜（韵）。｜—｜｜（句），—｜———｜（韵）。｜｜——｜｜（句），｜｜｜｜（句），———｜（韵）。—｜｜——｜（句），——｜—｜｜（韵）。

——｜—｜（句），｜｜——｜（韵）。—｜—｜｜（韵）。｜—｜—（句），——｜—｜（韵）。｜｜——｜｜（句），｜｜｜（句），———｜（韵）。—｜｜（句），——｜（句），——｜｜（韵）。

范例

凤沼湛碧，莲影明洁，清泛波面。素肌鉴玉，烟脸晕红深浅。占得薰风弄色，照醉眼，梅妆相间。堤上柳垂轻帐，飞尘尽教遮断。

重重翠荷净，列向横塘暖。争映芳草岸。画船未桨，清晓最宜遥看。

似约鸳鸯并侣，又更与，春锄为伴。频宴赏，香成阵，瑶池任晚。

宋·曹勋

　　翠绿映影，红立茎上，云落湖面。见风秀色，波荡红深青浅。远处天鹅对立，意未了，情思追问。何处净如仙境，尘间早都望断。

　　红莲出泥净，绿叶红花暖。相印湖两岸。水清镜明，斜阳晚情痴看。一去芳华不返，只静守，荷情相伴。遥对月，三杯酒，三人醉晚。

（2022.9.12）

双双燕（定格）

　　｜—｜｜（句），｜—｜——（句），｜——｜（韵）。——｜｜（句），｜｜｜——｜（韵）。—｜——｜｜（句），｜｜｜（句），——｜（韵）。——｜｜——（句），｜｜——｜（韵）。

　　—｜（韵），——｜｜（韵）。｜｜｜——（句），｜——｜（韵）。———｜（句），｜｜｜——｜（句），—｜——｜｜（韵）。｜｜｜（句），——｜（韵）。—｜｜｜——（句），｜｜｜——｜（韵）。

范例

　　过春社了，度帘幕中间，去年尘冷。差池欲住，试入旧巢相并。还相雕梁藻井，又软语，商量不定。飘然快拂花梢，翠尾分开红影。

　　芳径，芹泥雨润。爱贴地争飞，竞夸轻俊。红楼归晚，看足柳昏花暝，应自栖香正稳。便忘了，天涯芳信。愁损翠黛双蛾，日日画阑独凭。

宋·史达祖

　　雨晴夜晚，又双燕将归，影疏秋冷。浮云柳絮，总是参差难并。犹见南乡北里，尽未了，东西天定。遥遥万水千山，远目难分风影。

　　迷径。风烟沁润。为了梦中星，乱飞孤俊。桃花流水，又是一番风景，风荡孤舟不稳。更丢了，风声无信。深夜漠漠谁醒，日日乱飞无凭。

（2022.9.15）

氐州第一（定格）

—｜——（句），—｜｜｜（句），———｜—｜（韵）。｜｜——（句），———｜（句），—｜——｜｜（韵）。—｜——（句），｜｜｜（句），———｜（韵）。｜｜——（句），——｜｜（句），｜—｜｜（韵）。

｜｜———｜｜（韵），｜—｜（句），｜——｜（韵）。｜｜——（句），｜—｜｜（句），｜｜——｜（韵）。｜——（句），—｜｜（句），——｜（句），｜——｜（韵）。｜｜——（句），｜——（句），——｜｜（韵）

范例

江国初寒，云外雁过，怀人烟浪千顷。短策行吟，荒台延伫，斜日依然照影。鸥鸟桥边，几负了，扁舟清兴。旧约蹉跎，新诗冷落，怎堪提省。

故里年来欢事迥。算何似，向时风景。倚马朱扉，调筝翠袖，一向新盟冷。但沈思，游宴处，红楼外，柳条相映。不见君来，待重寻，山阴夜艇。

元·邵亨贞

秋爽池凉，云碧水静，荷花摇摆时顷。旧地徐行，悠悠仙境，飘过莲姑倩影。寒寺孤清，又没了，秋游秋兴。不忆当年，风风雨雨，那堪念省。

一去光阴如梦迥。未情了，奈何移景。道破东窗，一屋寂静，晓雾更冰冷。等曙光，冲破幕，江湖里，绿波澄映。再约朋友，走当时，波荡烟艇。

（2022.9.17）

大圣乐（定格）

｜｜——（句），｜——｜（句），｜——｜（韵）。｜｜—（句），
—｜——（句），｜｜｜｜—（句），—｜｜——｜（韵）。—｜｜——
—｜（句），｜—｜（句），———｜｜（韵）。——｜（句），—
—｜｜｜（句），—｜—｜（韵）。

——｜—｜｜（韵），｜—｜———｜｜（韵）。｜｜｜——｜
（句），——｜｜｜（句），———｜（韵）。｜｜｜｜——｜（句），
———（句），———｜｜（韵）。——｜（句），｜—｜（句），
———｜（韵）。

范例

娇绿迷云，倦红颦晓，嫩晴芳树。渐午阴，帘影移香，燕语梦回，千点碧桃吹雨。冷落锦宫人归后，记前度，兰桡停翠浦。凭阑久，漫凝想凤翘，慵听金缕。

留春问谁最苦，奈花自无言莺自语。对画楼残照，东风吹远，天涯何许。怕折露条愁轻别，更烟暝，长亭啼杜宇。垂杨晚，但罗袖，暗沾飞絮。

宋·周密

绿染湖波，翠莲红处，桂香飘树。正小亭，杨柳摇丝，水荡影移，风卷落花如雨。惊觉万般情绪，仿佛又，当年游柳浦。相思怨，光阴去不返，青鬓霜缕。

人间有何共苦，见蹚过难关成笑语。逝水皆无渡，瞒天苦雾，谁犹能许。一杯渺渺怀今古，糊涂听，啼明传院宇。艰辛路，众人苦，思忧如絮。

（2022.9.20）

夜半乐（定格）

｜—｜｜—｜（句），——｜｜｜（句），—｜——｜（韵）。｜｜｜——（句），｜——｜（韵）。｜—｜｜（句），——｜｜（句），｜——｜——（句），｜——｜（韵）。｜｜｜（句），——｜—｜（韵）。

｜—｜｜｜｜（句），｜｜——（句），｜——｜（韵）。——｜（句），————一｜（韵）。｜——｜（句），——｜｜（句），｜—｜——（句），｜——｜（韵）。｜｜｜（句），——｜—｜（韵）。

｜｜—｜（句），｜｜——（句），｜——｜（韵）。｜｜｜（句），——｜—｜（韵）。｜——（句），—｜｜｜——｜（韵）。—｜｜｜（句），｜｜——｜（韵）。｜——｜——｜（韵）。

范例

冻云黯淡天气，扁舟一叶，乘兴离江渚。渡万壑千岩，越溪深处。怒涛渐息，樵风乍起。更闻商旅相呼，片帆高举。泛画鹢，翩翩过南浦。

望中酒旆闪闪，一簇烟村，数行霜树。残日下，渔人鸣榔归去。败荷零落，衰杨掩映，岸边两两三三，浣纱游女。避行客，含羞笑相语。

到此因念，绣阁轻抛，浪萍难驻。叹后约，丁宁竟何据。惨离怀，空恨岁晚归期阻。凝泪眼，杳杳神京路，断鸿声远长天暮。

宋·柳永

冷烟溧雨园圃，花桥月院，约见游青渚。不料起风云，走无宁处。检行未歇，多番更接，几多翻搅来回，旅旗飘举。意未了，秋清入青浦。

见闻欲寄一吐，一夜狂风，横扫芳树。飘花泪，青青芳华失去。欲求无助，残息最苦，几多日夜忙工，月波秋女。太难了，无穷累无语。

一地辜负，忘了初衷，走心难驻。夜半叹，良心已无据。又寻思，春梦不醒何因阻。星暗淡。渺渺天涯路，雁击烟波空日暮。

（2022.9.22）

西平乐（定格）

｜｜－－｜｜（句），｜｜－－｜（韵）。－｜－－｜｜（句），
－｜－－｜｜（句），－｜－－｜｜（韵）。－－｜｜（句），
｜｜－－｜｜（句），｜－｜（韵）。

－｜｜（句），－｜｜（韵）。｜｜－－｜｜（句），－｜－－｜｜（句），
｜－－－｜（韵）。｜｜－－｜｜（韵）。－－｜｜（句），
｜－－｜（句），－｜｜（句），｜－｜（句），｜｜－－｜｜（韵）。
－｜｜｜－｜（句），－－｜｜（韵）。

范例

尽日凭高寓目，脉脉春情绪。嘉景清明渐近，时节轻寒乍暖，天气才晴又雨。烟光澹荡，装点平芜远树，黯凝伫。

台榭好，莺燕语。正是和风丽日，几许繁红嫩绿，雅称嬉游去。奈阻隔寻芳伴侣。秦楼凤吹，楚馆云约，空怅望，在何处，寂寞韶光暗度。可堪向晚村落，声声杜宇。

宋·柳永

碎月悄悄过去，泣别春情绪。凝望他乡几许，风月残花败草，疑似昔时旧渡。飞鸿影渺，景色迷茫远处，夕阳暮。

深眷念，拦不住。忘义贪利远去，惟有流星对语，不言心中苦。众

里寻他千百度。清风如梦，相逢未睹，空怅望，恨难诉，寂寞时光熬度。风雨结伴同路，随风横竖。

（2021.11.18）

月色荷塘夜晚，柳下思秋绪。凝望红花绿叶，无奈红尘易别，多少翻云覆雨。清莹念恋，只怕随波荡散，暗倾仁。

留不住，期寄语。水绕山围路远，孤艇今宵靠岸，且休前方去。迷路半途寻逸侣。西风吹雾，雨昏声乱，都在看，去何处，万里曙光远度。如梦醉倒花树，琼楼玉宇。

（2022.9.25）

三部乐（定格）

—|——（句），||||——（句），|——|（韵）。|——|（句），||————|（韵）。|—|（句），—|——（句），||—|||（句），||—|（韵）。|—||（句），||————|（韵）。

——|—||（句），|——|||（句），|——|（韵）。|—|○||（句），———|（韵）。|——（句），|—|||（句）。—||（句），——||（韵）。||—|（句），—|||（句），—|—|（韵）。

范例

浮玉飞琼，向邃馆静轩，倍增清绝。夜窗垂练，何用交光明月。近闻道，官阁多梅，趁暗香未远，冻蕊初发。倩谁摘取，寄赠情人桃叶。

回文近传锦字，道为君瘦损，是人都说。妖知染红著手，胶梳黏发。转思量，镇长堕睫。都只为，情深意切。欲报消息，无一句，堪愈愁结。

宋·周邦彦

红绿丛中，闻布谷啼明，漫声惊绝。暮云收尽，落下谁家风月。客知否，斜影消失，可去程未揭，百待何发。断魂大漠，逆水孤舟如叶。

山尊那堪自设，见蓝桥梦断，让人评说。一声钟晚冷冽，情由心发。恋家乡，路穷坠睫。情未了，相思梦切。与旧诀别，还路远，难了终结。

（2022.9.26）

保寿乐（定格）

－｜｜－－｜（句），｜｜－－－｜｜（韵）。｜｜｜－－（句），－－－－（句），｜－－｜（韵）。｜｜｜－－（句），｜－－｜｜（句），－－｜－｜｜（韵）。｜｜｜－｜（句），｜｜｜－｜（韵）。

｜－｜－－（韵）。｜｜｜（句），－－｜｜（韵）。－－｜－｜（句），－｜｜（句），｜－｜（韵）。－｜｜－｜（句），－｜｜－－（韵）。｜｜｜－－（韵），－－｜｜（韵）。

范例

和气暖回元日，四海充庭琛贡至。仗卫俨东朝，郁郁葱葱，响传环佩。凤历无穷，庆慈闱上寿，皇情与天俱喜。念永锡难老，在昔难比。

六宫嫔嫱罗绮。奉圣德，坤宁俱备。箫韶动钧奏，花似锦，广筵启。同祝宴赏处，从教月明风细。亿载享温清，长生久视。

宋·曹勋

秋月桂花香醉，柳外乡愁思涌至。远望柳千丝，池塘荷花，绿盘红佩。忆记当年，水穷山尽处，奔波满山亦喜。不忘苦甜里，内外何比。

晚云散霞成倚，染暮色，红蓝甚备。众花竞争美，羞月闭，夜光启。光动万星妒，风晃柳腰纤细。夜色落心飞，山眉默视。

（2022.9.27）

雁侵云慢（定格）

｜——（句），｜—｜｜—（句），—｜—｜（韵）。｜—｜｜（句），
｜———｜（韵）。——｜（句），｜｜｜（句），｜｜｜（句），—
——｜（韵）。｜｜———（句），｜｜—（句），—｜——｜（韵）。

　—｜｜｜｜—（句），｜——｜｜（句），—｜—｜（韵）。
｜—｜｜（句），｜———｜（韵）。———｜｜（句），｜｜｜（句），
———｜（韵）。｜｜｜——｜（句），｜——｜｜（韵）。

范例

晓云低，是残暑渐消，凉意初至。翠帘燕去，觉商飙天气。凝华吹，
动绣额，乍殿阁，金茎风细。夜雨笼微阴，满绮窗，疏影响清吹。

轻飔嫩细透衣，想宵长漏迟，香动罗袂。戏曾计日，忆宾鸿来期。
杯盘排备宴适，乍好景，心情先喜。待
淡月疏烟里，试寻岩桂蕊。

宋·曹勋

晚云收，淡天似琉璃，秋末将至。
雁鸿北去，幕帘生凉气。长亭外，涧下水，
月影里，杨丝垂细。暮色催人归，月伴陪，
风览听箫吹。

风起乱雨卷衣，奈关窗未及，风舞
长袂。念思是梦，待相希之期。人生如
戏好累，至酒醉，何方心喜。度日夜深
心碎，盼来春绽蕊。

（2022.9.29）

杏花天慢（定格）

－－－｜（句），－｜－｜（句），－｜｜－－｜（韵）。

｜｜－｜｜（句），｜－｜（句），－｜－－－｜（韵）。－－－｜

（韵）。｜｜｜（句），－－－｜（韵）。｜｜｜（韵）。－｜－－（句），

｜｜｜－｜（韵）。

－－－｜｜－（句），｜－｜－－（句），｜－－｜（韵）。

｜｜－｜｜（句），｜｜－（句），－｜－－－｜（韵）。－｜｜｜（韵）。

｜｜｜（句），－－－｜（韵）。｜｜｜（韵）。－｜－－（句），

｜－｜｜（韵）。

范例

桃蕊初谢，双燕来后，枝上嫩苞时节。绛萼滋浩露，照晓景，裁剪冰绡标格。烟传靓质。似澹拂，妆成香颊。看暖日。催吐繁英，占断上林风月。

坛边曾见数枝，算应是真仙，故留春色。顿觉偏造化，且任他，桃李成蹊谁说。晴霁易雪。待对饮，清赏无歇。更爱惜，留引鹓禽，未须再折。

宋·曹勋

飘吹黄叶，烟絮云结，重九登高时节。苦淡云水阔，万山叠，难解风云清格。何方真质。任意喝，形成丹颊。信意绝，多少愁眉，冷更过于寒月。

春朝秋夜盼思，荡波映青山，水天一色。患难同进退，看世间，尊重人人空说。冰冷似雪。梦破灭，真情全歇。已诀别，何负初心，那堪覆折。

（2022.10.6）

天门谣（定格）

　　—｜——｜（韵）。｜—（句），｜——｜（韵）。—｜｜｜（韵）。
｜———｜（韵）。

　　｜｜｜—，——｜｜（韵）。｜｜———｜｜（韵）。—｜｜（句），
｜｜｜（句），———｜（韵）。

范例

　　牛渚天门险。限南北，七雄豪占。清雾敛。与闲人登览。

　　待月上潮，平波滟滟。塞管轻吹新阿滥。风满槛，历历数，西州更点。

宋·贺铸

　　白帝瞿峡险。岸如削，犀牛雄占。风浪敛。景随游人览。

　　望月下微，波光激滟。恰似尘词浮泛滥。明镜槛，变不变，东西难点。

（2022.10.10）

西楼月（定格）

　　——｜｜——｜（韵）。｜——（句），—｜｜（韵）。｜—
—｜｜——（句），｜｜———｜｜（韵）。

范例

　　瑶轩倚槛春风度。柳垂烟，花带露。半闲鸳被怯馀寒，燕子时来窥绣户。

宋·张元干

　　西楼月半愁难度。夜披星，晨踏露。几经风雨负当初，只盼梅开香入户。

（2022.10.11）

上林春慢（定格）

｜｜——（句），—｜｜—（句），｜｜｜——（韵）。｜｜｜—（句），——｜｜（句），——｜——｜（韵）。｜——（句），｜—｜（句），｜——｜（韵）。｜——（句），｜｜—｜—（句），｜｜—｜（韵）。

｜——（句），｜—｜｜（韵）。——｜（句），｜｜——｜｜（韵）。｜—｜—（句），——｜｜（句），——｜——｜（韵）。｜—｜｜（句），｜—｜（豆）、｜——｜（韵）。｜——（句），｜—｜（句），｜——｜（韵）。

范例

　　帽落宫花，衣惹御香，凤辇晚来初过。鹤降诏飞，龙擎烛戏，端门万枝灯火。满城车马，对明月，有谁闲坐。任狂游，更许傍禁街，不扃金锁。

　　玉楼人，暗中掷果。珍珠帘下，笑著春衫袅娜。素蛾绕钗，轻蝉扑鬓，垂垂柳丝梅朵。夜阑饮散，但赢得翠翘双弹。醉归来，又重向，晓窗梳裹。

宋·晁冲之

　　破夜初曙，一阵冽风，乱渐入帘穿过。醉里梦还，惊涛骇浪，扑灭几多渔火。一川山水，有多少，假言真做。过江湖，怪事何许多，雾罩云锁。

　　醉高歌，暗藏苦果。红墙里，月舞飘花婉娜。眼波传情，香吹雾堕，千枝绿丝红朵。岁华又误，世间客、可难抛弹。要深思，实安妥，畅明无裹。

（2022.10.12）

撼庭秋（定格）

　　｜——｜—｜（韵），｜｜——｜（韵）。｜——｜（句），——｜｜（句），｜——｜（韵）。

　　——｜｜（句），———｜（句），｜——｜（韵）。｜———｜（句），

——｜｜（句），｜——｜（韵）。

范例

　　别来音信千里，恨此情难寄。碧纱秋月，梧桐夜雨，几回无寐。

　　楼高目断，天遥云黯，只堪憔悴。念兰堂红烛，心长焰短，向人垂泪。

宋·晏殊

　　雁鸿飞入云里，欲语愁难寄。撼庭秋冷，帘花影碎，苦怀难寐。

　　人间作戏，无由风起，肆訾悲悴。那堪人都醉，何来共济，黯然无泪。

（2022.10.13）

江城子慢（定格）

　　——｜—｜（韵）。—｜｜（句），｜｜｜—｜（韵）。｜—（句），—｜｜（句），｜｜｜——｜（韵）。｜—（句），｜｜｜———｜｜（句），——｜（句），———｜｜（韵）。｜｜｜———（句），——｜｜—｜（韵）。

　　——｜—｜｜（句），｜———（句），—｜—｜（韵）。｜—（句），——｜（句），｜｜———｜（韵）。｜｜｜（句），—｜———｜（句），——｜（句），———｜｜（韵）。｜｜｜———｜—｜（韵）。

范例

　　新枝媚斜日，花径霁，晚碧泛红滴。近寒食，蜂蝶乱，点检一城春色。倦游客，门外昏鸦啼梦破，春心似，游丝飞远碧。燕子又语斜檐，行云自没消息。

　　当时乌丝夜语，约桃花时候，同醉瑶瑟。甚端的，看看是，榆角杨花飞掷。怎忘得，斜倚红楼回泪眼，天如水，沈沈连翠壁。想伊不整啼妆影帘侧。

宋·吕渭老

残花别寒日，流水送，血色染云滴。瀑千尺，山两侧，目断半湖烟色。古桥迹，绿萼轻波林叠密，犹如画，青山云水碧。倦客尽情难行，同游早没消息。

归来已成陌客，恼心情犹在，凉意风瑟。忘情水，全丢失，得到先来虚掷。现弄得，难忘长江东逝水，伤心极，如悬崖绝壁。进退两可方能立危侧。

（2022.10.14）

轮台子（定格）

丨丨——丨丨（句），丨丨丨（句），——丨丨（韵）。——丨丨——（句），丨丨丨——丨（韵）。———丨——（句），丨——（句），丨丨——丨（韵）。丨——丨丨（句），丨丨————丨（韵）。

——丨丨——（句），丨—丨（句），丨—丨丨（韵）。丨丨—（句），丨——丨丨（句），———丨（韵）。丨丨丨——（句），丨—丨丨（韵）。丨丨丨——（句），丨————丨（韵）。丨——（句），——丨丨（韵）。丨丨丨（句），丨丨——（句），—丨——丨（韵）。

范例

一枕清宵好梦，可惜被，邻鸡唤觉。匆匆策马登途，满目淡烟衰草。前驱风触鸣珂，过霜林，渐觉惊栖鸟。冒征尘远况，自古凄凉长安道。

行行又历孤村，楚天阔，望中未晓。念劳生，惜芳年壮岁，离多欢少。叹断梗难停，暮云渐杳。但黯黯销魂，寸肠凭谁表。恁驱驱，何时是了。又争似，却返瑶京，重买千金笑。

宋·柳永

落夜流星坠梦，淡雾罩，晨曦不觉。秋黄一路零凋，满目落花衰草。狂风吹坏蓝桥，路难行，举目望飞鸟。远方寒意悄，石象孤零凄凉道。

千思万绪难熬，未情了，望莺破晓。怨任劳，百般辛苦挑，忧愁多少。奈路远迢迢，断音信杳。却暗打明敲，苦衷难言表。又都跑，没完未了。躲不掉，待到来年，犹见春花笑。　　　　　（2022.10.19）

误佳期（定格）

—｜——｜｜（韵）。｜｜——｜｜（韵）。｜——｜｜——（句），｜｜——｜（韵）。

范例

深院斜阳欲坠。满地平芜剪翠。此时相遇悄无人，故闪银屏背。

明·沈谦

山月层林尽染。影悄花遮柳暗。坞前林道两无声，只怨时光闪。

（2022.10.22）

忆闷令（定格）

｜｜———｜｜（韵）。｜———｜（韵）。——｜｜——（句），—｜——｜（韵）。

｜｜———｜｜（韵）。｜———｜（韵）。｜—｜（句），｜｜——（句），—｜——（韵）。

范例

取次临鸾匀画浅。酒醒迟来晚。多情爱惹闲愁，长黛眉低敛。

月底相逢花下见。有深深良愿。愿期信，似月如花，须更教长远。

宋·晏几道

一缕深情流泪掩。奈何千山远。时今过了方知，凝恨醒来晚。

万转千回情已断。苦河声声慢。梦云散，一地凄残，理了心更乱。

（2022.10.25）

夜归（定格）

——｜｜—（句），｜｜——｜（韵）。—｜｜——（句），｜｜——｜（韵）。

范例

疏钟渡水来，素月依林上。烟火认茅庐，故倚船篷望。

宋·陆游

三更醉酒香，月落眉梢上。湖浪荡波光，倚柳长相望。

（2022.10.31）

镜中人（定格）

｜——（句），—｜｜（韵），—｜———｜（韵）。—｜———｜｜（韵），｜｜——｜（韵）。

｜｜——｜｜（韵），—｜｜——｜（韵）。｜｜———｜｜（韵），｜｜——｜（韵）。

范例

水悠悠，云走走，桥短村深山岫。夹岸竹林三两柳，隐隐农家酒。

把盏看花初雨后，红粉雪肌相透。巧似沙鸥团锦绣，此梦何时又。

宋·无名氏

月微羞，花铺绣，云暗长堤垂柳。风荡轻波和月走，一路长相守。野路太危清醒后，无法洞穿惊透。莫问桃源何处有，对月三杯酒。

（2022.11.3）

明月斜（定格）

｜——（句），—｜｜（韵）。｜｜——｜｜—（句），——｜｜——｜（韵）。

范例

漏三更，香一缕。妾梦长随岭上云，郎停锦缆何州雨。

明·梁清标

水中花，云吐雾。梦里迷糊醉酒壶，初醒不晓来何处。

（2022.11.4）

节节高（定格）

—｜—｜（句），｜——｜（韵）。——｜｜（句），——｜｜（韵）。｜｜—（句），——｜（句），｜｜｜（句），｜———｜｜（韵）。

范例

雨晴云散，满江明月。风微浪息，扁舟一叶。半夜心，三生梦，万里别，闷倚篷窗睡些。

元·卢挚

愁绪云结，蹙眉风冽。红桥断别，星光暗灭。一览无，千般苦，万虑咽。一帘幽梦望月。

（2022.11.9）

珍珠令（定格）

——｜｜—— ｜（韵）。——｜（韵）。｜｜｜——— ｜（韵）。

—｜｜——（句），｜——｜｜（韵）。

｜｜———｜｜（韵）。｜—｜（句），｜——｜（韵）。

—｜｜｜｜——（句），———｜（韵）。

范例

桃花扇底歌声杳。愁多少。便觉道花阴闲了。因甚不归来，甚归来不早。

满院飞花休要扫。待留与，薄情知道。知道怕一似飞花，和春都老。

宋·张炎

痴风醉雨春光了。音尘杳。闭月锁窗愁多少。追月上枝梢，盼梅先报晓。

恨满江南都府道。一声告。冤情谁造。明月夜梦更难熬，离情愁绕。

（2023.11.10）

叨叨令（定格）

——｜｜——｜（韵），———｜——｜。——｜｜｜——｜

（韵），——｜｜——｜（韵）。｜｜｜—｜｜｜——（句），

—｜｜｜——（句），｜————｜——｜（韵）。

范例

溪边小径舟横渡，门前流水清如玉。青山隔断红尘路，白云满地无

寻处。说与你寻不得也么哥，寻不得也么哥，却原来侬家鹦鹉洲边住。

元·无名氏

前湖碧水无舟渡，梅花山里花千树。风亭隐显当年路，何堪只有春

知处。理了乱无解只剩糊涂，无解只剩糊涂，可如今尘间还有仙人渡。

（2022.11.11）

柳摇金（定格）

———｜｜—｜（韵）。｜｜｜｜（句），——｜｜（韵）。｜｜—
——｜｜（韵）。｜——（句），｜—｜｜（韵）。
———｜｜——（句），｜｜—（句），——｜｜（韵）。
｜｜———｜｜（韵）。｜——（句），｜——｜（韵）。

范例

相将初下蕊珠殿。似醉粉，生香未遍。爱惜娇心春不管。被东风，
赚开一半。

中黄宫里赐仙衣，斗浅深，妆成笑面。放出妖娆难系管。笑东君，
自家肠断。

宋·沈会宗

红尘春梦切须断。月作伴，帘花正乱。纵有多情流水远。去无还，
一声怨叹。

犹堪人醉倒花前，世道难，难于善变。夜里风寒愁暗满。望青天，
几如心愿。

（2022.11.15）

菊花新（定格）

｜｜———｜｜（句），—｜｜——｜｜（韵）。—｜｜——（句），
—｜｜（句），｜——｜（韵）。

｜——｜——｜（韵），｜——（句），｜——｜（韵）。
—｜｜——（句），——｜（句），｜——｜（韵）。

范例

堕髻慵妆来日暮，家在柳桥堤下住。衣缓绛绡垂，琼树袅，一枝红雾。
院深池静花相妒，粉墙低，乐声时度。长恐舞筵空，轻化作，彩云飞去。

宋·张先

四野封尘全落幕，人堵东流拦不住。回看又糊涂，都不语，一头迷雾。
北来南去相猜妒，走江湖，可知深度。全是悔当初，经风雨，故乡归去。

（2022.2.17）

赤日余晖摇晚暮，流泪念思刹不住。花落水流东，化作梦，也成云雾。
百花园里全相妒，菊花新，夜长难度。回首一皆空，仙人渡，又来无去。

（2022.10.18）

一梦醒来无觅处，江水似知孤雁苦。烟荡几多愁，随影去，满天迷雾。
坠星移月天涯路，转头空，向谁言语。千载是和非，都如旧，别提今古。

（2022.12.6）

望春回（定格）

｜—｜｜（句），｜｜—｜—（句），—｜—｜（韵）。—｜｜——（句），
｜｜｜—｜（韵）。

————｜｜（句），｜—｜（句），｜｜——｜（韵）。
｜——｜（句），｜—｜—（句），｜——｜（韵）。

范例

霁霞散晓，射水村渐明，渔火方绝。滩露夜潮痕，注冻濑凄咽。

征鸿来时应负书，见疏柳，更忆伊同折。异乡憔悴，那堪更逢，岁穷时节。

宋·李甲

故园落叶，地上铺红黄，怨眉愁睫。风里望春回，道远盼心切。

一枝红梅春带雪，破封锁，不尽愁千结。字吟成血，影残负情，那家风月。

（2022.12.12）

真珠帘（定格）

－－｜｜－－｜（韵）。｜－－（句），｜｜－－－｜（韵）。｜｜－－（句），－｜｜－－｜（韵）。｜｜－－－｜｜（句），｜｜－（句），－－｜｜（韵）。－｜（韵）。｜－－－｜（句），－－－｜（韵）。

｜｜（韵）。｜－－｜（韵）。｜－－（句），｜｜－－－｜（韵）。｜｜｜－－（句），｜｜－｜｜（韵）。－｜｜－－｜｜（句），｜｜｜（句），－－－｜（韵）。－｜（韵）。｜－－－｜（句），－－－｜（韵）。

范例

山村水馆参差路。感鹈游、正似残春风絮。掠地穿帘，知是竟归何处。镜里新霜空自悯，问几时、鸾台鳌署。迟暮。谩凭高怀远，书空独语。

自古。儒冠多误。悔当年、早不扁舟归去。醉下白苹洲，看夕阳鸥鹭。菰菜鲈鱼都弃了，只换得、青衫尘土。休顾。早收身江上，一蓑烟雨。

宋·陆游

金陵几几无风雨。卷珠帘，望断天边春暮。血色黄昏，长怨不明迷雾。欲把相思向谁诉，酒未醒、凌波仙步。休语。乱云随风去，无情凄楚。

眷仁。莫怀今古。记当初、野岭荒山无路。踏破楚山川，涉险江水渡。情似梦间应有数，忘不了、面朝黄土。醒悟。早知从前误，回头何苦。

（2022.12.16）

隔帘听（定格）

||||——|（句），||——|（韵）。
——||——|（韵）。||||——（句），
|—||（韵）。||||（韵）。|——（句），
|——|（韵）。

　　——|（韵）。————|（韵）。
||——|（韵）。——||——|（韵）。
|——（句），—||——|（韵）。—
—|（韵）。——|——|（韵）。

范例

　　咫尺凤衾鸳帐，欲去无因到。虾须窣地重门悄。认绣履频移，洞房杳杳。强语笑。逞如簧，再三轻巧。

　　梳妆早。琵琶闲抱。爱品相思调。声声似把芳心告。隔帘听，赢得断肠多少。怎烦恼。除非共伊知道。

宋·柳永

　　石象列排神道，静候游人到。春秋影去烟波渺。岁月赛如刀，夕阳晚照。忘不掉。怨相思，断桥人老。

　　当年少。如春多好。不晓愁多少。天涯往事成烦恼。路遥遥，无路有谁知晓。何时笑。城乡万家都好。

（2022.12.19）

山坡羊（定格）

－－－｜（韵）。－－－｜（韵）。－－｜｜－－｜（韵）。
｜－－（句），｜－｜（韵）。

－－－｜－－｜（韵）。－｜｜－－｜｜｜（韵）。－（句），
｜｜｜（韵）；－（句），｜｜｜（韵）。

范例

峰峦如聚，波涛如怒，山河表里潼关路。望西都，意踌躇。

伤心秦汉经行处，宫阙万间都做了土。兴，百姓苦；亡，百姓苦。

元·张养浩

山河风雨，红宫朝暮，长城望断伤心路。忆当初，恨心堵。

前朝皇道皆成古，陵墓繁枝百禽栖处。兴，百姓苦；亡，百姓苦。

（2022.12.22）

人南渡（定格）

－｜｜－－（句），－－－｜（韵）。－｜－－｜（韵）。－｜（韵）。
｜－－（句），｜｜｜－－｜（韵）。｜－－｜｜（韵）。－－（韵）。

－｜｜－（句），－－－｜（韵）。－｜－－｜（韵）。
｜－－（句），｜｜｜－－｜（韵）。｜－－｜｜（韵）。－－（韵）。

范例

兰芷满芳洲，游丝横路。罗袜尘生步。迎顾。整鬟颦黛，脉脉多情难语。

细风吹柳絮，人南渡。

回首旧游，山无重数。花底深朱户，何处。半黄梅子，向晚一帘疏雨。

断魂分付与。春将去。

宋·贺铸

寒日落残红,梅山微步。垂柳轻风舞。如故。触伤离绪,去似暮云飞絮。弄波烟雨路,无寻处。

回望一空,无天何数。谁晓艰辛苦。难诉。恨之醉倒,痛怨迷离烟雾。一春弹指去。人难渡。

(2022.12.21)

转应曲(换韵)

| | (韵)。| | (韵)。— | — — | | (韵)。— — | | — —(换平)。

— | — | | —(换平)。— | (换仄)。— | (叠)。| | — — — | (韵)。

范例

杜宇。杜宇。不似莺歌燕语。离人梦掩舟中。惊起遥看树红。红树。红树。泪湿家山何处。

明·徐簋

月伴。月伴。孤影楼台梦断。今萧夜色朦胧。遥看飞远雁鸿。鸿雁。鸿雁。带去乡愁思念。

(2022.12.28)

三、平仄韵转换

南乡子（格一）

｜｜－－（平韵），＋－＋｜｜－－（叶平）。｜｜－－－｜｜（转仄韵），－｜（叶仄），｜｜－－－｜｜（叶仄）。

范例

画舸停桡，槿花篱外竹横桥。水上游人沙上女，回顾，笑指芭蕉林里住。

五代·欧阳炯

老宅人家，门前柳树后庭花。保护无方庭院破，墙断，待翻新装重旧做。

（2015.4.10）

南乡子（格二）

－｜｜（句），｜－－（平韵），＋－＋｜｜－－（叶平）。＋｜＋－－｜｜（换仄韵），＋－｜（叶仄），＋｜＋－－｜｜（叶仄）。

范例

渔市散，渡船稀，越南云树望中微。行客待潮天欲暮，送春浦，愁听猩猩啼瘴雨。

五代·李珣

春未了，在高淳，慢城绿水映乡村。村姑采茶双手舞，正中午，知否杯中茶味苦。

（2014.4.13）

南乡子（格三）（平韵）

十｜｜－－（韵），十｜－－｜｜－（韵）。十｜十－－｜｜（句），
－－（韵），十｜－－十｜－（韵）。

十｜｜－－（韵），十｜－－｜｜－（韵）。十｜十－－｜｜（句），
－－（韵），十｜－－十｜－（韵）。

范例

何处望神州？满眼风光北固楼。千古兴亡多少事，悠悠。不尽长江滚
滚流。

年少万兜鍪，坐断东南战未休。天下英雄谁敌手？曹刘。生子当如
孙仲谋。

宋·辛弃疾

谁在写春秋？历史长河谁名留？成者为王败者寇，攸攸，日月时光
像水流。

多少众民生，代代年年抱盼头。拼搏人生追梦想，悠悠，明月时常在顶楼。

（2015.5.22）

蕃女怨（定格）

｜－－｜－｜｜（仄韵），｜｜－｜（叶仄）。｜－－（句），

－｜｜（叶仄），｜－－（叶仄）。｜－－｜｜－（换平韵），

｜－－（叶平）。

范例

万枝香雪开已遍，细雨双燕。钿蝉筝，金雀扇，画梁相见。雁门消
息不归来，又飞回。

唐·温庭筠

杜鹃声叫春到早，万物争娇。尽春花，燕窈窕，鸳鸯双俏。绿青蓝紫喜红花，是谁家？

（2012.3.18）

调笑令（定格）

—｜（韵），—｜（叠），｜｜——｜｜（叶仄）。——｜｜——（转平韵），｜｜———｜—（叶平）。—｜（再转仄韵），—｜（叠），—｜——｜｜（叶仄）。

范例

河汉，河汉，晓挂秋城漫漫。愁人起望相思，塞北江南别离。离别，离别，河汉虽同路绝。

唐·韦应物

红豆，红豆，再别相思好友。秋凉不觉身凉，清水情意久长。长久，长久，知己情深如旧。

（1985.8.8）

心动，心动，旭日轻云帮送。风追月传佳音，嫦娥奔月梦园。园梦，园梦，天地何情最重？

（2000.6.14）

圆月，圆月，八月中秋怨缺。云朦雨舞途迷，东西太远别离。离别，离别，清冷良宵是节。

（2005.9.15）

天路，天路，悬挂思念大树。人生路途天涯，清香醇厚苦茶。茶苦，茶苦，知否人生难处。

（2013.5.15）

　　天怒，天怒，暴雨凶狂水注。鱼塘破堰江湖，乡人相对语无。无语，无语，谁在向天倾诉？

（2013.7.5）

　　难断，难断，下乡回城又晚。穷山恶水人亲，珍留一段恋情。情恋，情恋，明暗乡村月半。

（2013.9.13）

　　长假，长假，七日黄金国庆。秋游野外炊烟，香飘味到己知。知己，知己，无言相逢已解。

（2013.9.30）

　　忘我，忘我，大海冲天奇朵。天边一道长虹，声浪掀起火红。红火，红火，似胜龙追虎缚。

（2014.8.15）

　　天黑，天黑，瞬间狂风雨急。茫茫水淹封街，乡亲远道客来，来客，来客，声咽乡音难觅。

（2018.5.19）

　　元旦，元旦，岁酒杯交醉暖。灯笼彩带追欢。风玲拨鼓转旋。旋转，旋转，来日春光更满。

（2019.12.31）

<h2 align="center">昭君怨（定格）</h2>

　　十｜十－十｜（仄韵），十｜十－十｜（叶仄）。十｜｜－－（转平韵），｜－－（叶平）。

　　十｜十－十｜（仄韵），十｜十－十｜（叶仄）。十｜｜－－（转平韵），｜－－（叶平）。

范例

午梦扁舟花底，香满西湖烟水。
急雨打篷声，梦初惊。

却是池荷跳雨，散了真珠还聚。
聚作水银窝，泻清波。

宋·杨万里

细雪洒飘悄悄，喜鹊登枝喳叫。
杨柳绿芽新，在迎春。

旧房出新新貌，标志大楼光耀。
七彩映黄昏，是缤纷。

（2012.2.16）

七月太阳火烤，知了叫声烦躁。气浪熏人凶，热无风。

清晨赶工起早，公交挤门晃叫。酸甜苦其中，有谁同？

（2013.7.18）

闻雪融化小路，草绿花香蝶舞。追逐满山沟，伴春游。

几曾春留不住，不晓来春去处。月又上高楼，是新愁。

（2013.8.29）

菩萨蛮（定格）

十一十｜一一｜（仄韵），十一十｜一一｜（叶仄）。十｜｜一
一（换平韵），十一一｜一（叶平）。

十一一｜｜（再换仄韵），十｜一一｜（叶仄）。十｜｜一一（再
换平韵），十一一｜一（叶平）。

范例

平林漠漠烟如织，寒山一带伤心碧。暝色入高楼，有人楼上愁。

玉阶空伫立，宿鸟归飞急。何处是归程？长亭更短亭。

唐·李白

夜深屋静窗前柳，解愁浇酒三更后。如梦忆当年，钟情红杜鹃。

而今人数旧，如水山泉透。恍惚是飞烟，巫山还是山。

（2000.8.14）

世间莫测千条路，似风似雨还似雾。一笑数春秋，空对今日愁。

幽兰空谷绝，梦断秦淮月。东起彩云纷，眼前无限春。

（2018.11.19）

阅江楼上风难断。树随风晃枝更乱。半月照篱笆，影间镶碎花。

绿红终尽弃，夜坠星光碎。三更点香人，留春春不闻。

（2019.3.3）

古今难说人间事，是非如戏何如意。明月在高楼，哪知天下愁。

夕阳留不住，残月随风舞。夜寂寞无休，晨曦闭月羞。

（2019.12.15）

水中倒影秦淮月，月光楼阁轻离别。影随水漂流，难推心上秋。

思念留不住，知否何归处？夜色抚青琴，和音人自吟。

（2017.3.18）

更漏子（定格）

｜－－（句），－｜｜（仄韵），＋｜＋－＋｜（叶仄）。＋｜｜（句），｜－－（换平韵），＋－＋｜－（叶平）。

－＋｜（再换仄韵），＋｜－（叶仄），＋｜＋－＋｜（叶仄）。＋＋｜（句），｜－－（再换平韵），＋－＋｜－（叶平）。

范例

玉炉香，红蜡泪，偏照画堂秋思。眉翠薄，鬓云残，夜长衾枕寒。

梧桐树，三更雨，不道离情正苦。一叶叶，一声声，空阶滴到明。

唐·温庭筠

夜风狂，连夜雨，屋内水流如渡。屋外大，里如池，东西往上移。

明咋去，去何处，只盼来年好住。滴滴雨，滴声低，天明再搬离。

（2012.3.25）

柳丝垂，弯曲岸，斜照光线时晚。墙半截，半依亭，眼前留旧情。

人在盼，鸟飞断，难熬时光太慢。别时乱，满天星，再来别冷清。

（2015.3.26）

柳丝踉，梅里醉。点点春愁滋味。暮色坠，夜深幽。清明雨三更。

衣上泪，谁堪寄。一片初心千里。一桩桩，一程程，梦中万里行。

（2019.3.18）

雨清明，青柳泪，一地黄花心碎。香袅绕，蹙低眉，愿随时倒飞。

思难数，念难渡，怎晓思念最苦。尘世累，亦皆空，可知在梦中。

（2020.4.4）

喜迁莺（定格）

十｜｜（句），｜——（平韵），—｜｜——（叶平）。｜——｜｜——（叶平），—｜｜——（叶平）。

—十｜（换仄韵），—十｜（叶仄），｜｜｜——｜（叶仄）。十——｜｜——（再换平韵），—｜｜——（叶平）。

范例

晓月坠，宿云微，无语枕频欹。梦回芳草思依依，天远雁声稀。

啼莺散，余花乱，寂寞画堂深院。片红休埽尽从伊，留待舞人归。

五代·李煜

水荡月，阵风微，亭外柳丝垂。水中人倒影低眉，心上乱云飞。

千里远，行程返，寂惆缠绵难断。去来来去几来回，追问梦中谁？

（2012.3.29）

深沉夜。霓虹光，青绿紫红黄。他乡天黑夜茫茫，思念老归乡。

今生梦，多少恨，对错是非谁论？抬头望月照前窗，无语又天凉。

（2013.7.16）

夏伏暑，树枝垂，天炎热风微。浊清天地尘纷飞，辛苦有谁知？

人已累，同梦醉，黑白不分如戏。本来难说是非之，知否日归西？

（2015.7.31）

清平乐（定格）

十一十｜（仄韵），十｜一一｜（叶仄）。十｜十一一｜｜（叶仄），十｜十一十｜（叶仄）。

十一十｜一一（换平韵），十一十｜一一（叶平）。十｜十一十｜（句），十一十｜一一（叶平）。

范例

春归何处，寂寞无行路。若有人知春去处。唤取归来同住。

春无踪迹谁知？除非问取黄鹂。百啭无人能解，因风飞过蔷薇。

宋·黄庭坚

杜鹃春早，唤出青青草。遮面含羞争窈窕，笑同谁人说好。

思君愁绪难消，此情只有天晓。何处拨云见日，叶同并蒂香飘。

（2000.7.11）

人生如梦，转眼春秋困，就像画圆圆不顺，殊不知多少恨。

平平淡淡忙忙，真真实实长长，岁月难圆梦境，次谐流向长江。

（2013.4.27）

六年难断，汗洒时光慢。千转百回心又乱，耸立高楼人散。

有人又上高楼，恋情难舍难留。日送飘飘落叶，黄昏又近初秋。

（2014.7.29）

相逢是缘，透澈如清泉。再聚秦淮依旧阑，不见当年炊烟。

几多狂雨风急，几多苦乐经历。一笑酒干无语，月亮洒下回忆。

（2018.5.4）

诉衷情（格一）

十一十｜｜——（韵），十｜｜——（韵）。十一十｜一｜（句），十｜｜——（韵）。

—｜｜（句），｜——（韵），｜——（韵）。十一——｜（句），十｜——（句），十｜——（韵）。

范例

一鞭清晓喜还家，宿醉困流霞。夜来小雨新霁，双燕舞风斜。

山不尽，水无涯，望中赊。送春滋味，念远情怀，分付杨花。

宋·万俟咏

乌云遮日觉天低，快步上亭西。横风斜雨凶猛，浪恶拍江堤。

云拨日，蝶双飞，又忘回。变化千万，不变心中？是否谁知？

（2011.7.11）

东西南北微信留，朋友抽空收。传闻照片争论，发白各心头。

时事评，点春秋，替人忧。不平之事，错在成堆，可有谁羞？

（2013.6.22）

当年风暴卷洪流，一路荡寒洲。追寻路断何处，和恨付东流。

思往事，眼前休，泪难收。黄昏依旧，双鬓先秋，梦在床头。

（2019.12.23）

诉衷情（别格）

—｜（仄韵），—｜（叶仄），—｜｜（叶仄），｜——（换平韵）。
—｜｜（换仄韵），—｜（叶仄），｜——（叶平）。｜｜｜——（叶平），
——（叶平），———｜—（叶平），｜——（叶平）。

范例

莺语，花舞，春昼午，雨霏微。金带枕，宫锦，凤凰帷。柳弱燕交飞，
依依。辽阳音信稀，梦中归。

唐·温庭筠

晨早，春到，绒绿草，醉花中。情未了，多少，是迎春。绿叶显从容，
花红。清新香味浓，诉情衷。

（2000.8.30）

多久，依旧，时想走，饭茶凉。望月瘦，难受，是沧桑。夜起坐前窗，
茫茫。思情催梦乡，菜花香。

（2000.9.30）

龙去，蛇舞，丝细雨，又新年。烟火炬，难数，隔河看。转眼皆飞烟，

天边。人生如梦牵，是前缘。

（2013.2.6）

春动，人涌，三台洞，半空中。香火俸，飘纵，随来风。世间事天封，朦胧。人生追问同，皆空空。

（2015.3.11）

垂柳，花瘦，和月走。慢西行，风月又，依旧，到凉亭。遥数满天星，风平，无声胜有声，诉衷情。

（2017.3.15）

红豆，依旧，灯数后，不思收。弯月疫，云走，映河流。夜半晃江舟，悠悠。金陵春梦幽，醒时愁。

（2018.3.20）

春早，梅俏，兰窈窕，柳含娇。叽小鸟，轻跳，登枝梢。水里印乡桥，摇摇。人间仙境挑，梦中飘。

（2019.12.24）

忆余杭（定格）

—｜——（句），＋｜———｜｜（句），——｜｜｜——（平韵），＋｜｜——（叶平）。

｜——｜——｜（仄韵），｜｜｜—｜—｜（叶仄）。｜——｜｜——（换平韵），｜｜｜——（叶平）。

范例

长忆西湖，尽日凭阑楼上望，三三两两钓鱼舟，岛屿正清秋。

笛声依约芦花里，白鸟成行忽惊起。别来闲整钓鱼竿，思入水云寒。

宋·潘阆

东去黄昏，落日余霞红洒满，平湖落雁形单孤，引颈叫声鸣。

晚空无影何方路？水鸟起飞也无助。奈何空酒再来壶，醒醉都糊涂。

（2016.3.4）

长忆东方，一片红霞推日出，清风掀起夜容纱，温暖送人家。

鸟声依旧时光里，岁月醉来忆中起。晃摆光彩几多层，疑是又如春。

（2018.8.31）

河渎神（格一）

—｜｜——（平韵），—｜——｜—（叶平）。｜—｜｜｜——（叶平），｜——｜——（叶平）。

｜｜———｜｜（换仄韵），—｜———｜（叶仄）。｜｜｜——｜（叶仄），｜——｜—｜（叶仄）。

范例

江上草芊芊，春晚湘妃庙前。一方柳色楚南天，数行征雁联翩。

独倚朱阑情不极，魂断终朝相忆。两桨不知消息，远汀时起鸂鶒。

五代·孙光宪

山后近人家，窗格牵牛卷花。草坡挂满大南瓜，院前屋后批把。

募居深山情不少，空气清新鱼钓。远客此来游好，话多声大人吵。

（2013.3.4）

河渎神（格二）

—｜｜——（韵），｜——｜——（韵）。｜——｜———（韵），—｜——｜—（韵）。

　—｜｜——｜｜（韵），｜——｜—｜（韵）。—｜｜——｜（韵），
｜——｜—｜（韵）。

范例

　　河上望丛祠，庙前春雨来时。楚山无限鸟飞迟，兰棹空伤别离。
何处杜鹃啼不歇，艳红开尽如血。蝉鬓美人愁绝，百花芳草佳节。

唐·温庭筠

　　何处望乡愁，月圆佳节登楼。别离魂梦水东流，闯荡山河月羞。
都是沼泽浮绿地，远看红紫青翠。川唤水霸收泪，盼望都在心里。

（2021.1.18）

河传（格一）

　—｜（仄韵），—｜（叶仄），｜——（叶仄）。—｜——（换平韵），
｜——｜（夹叶仄），—｜｜｜——（叶平）。｜——｜—（十平）。

　　——｜｜——｜（换仄韵），—｜｜（叶仄）。｜｜——｜（叶仄），
｜——｜（句），—｜｜｜——（再换平韵），｜——（叶平）。

范例

　　去去，何处？迢迢巴楚，山水相连。朝云暮雨，依旧十二峰前。猿
声到客船。

　　愁肠岂异丁香结，因离别。故国音书绝。想住人花下，对明月春风，
恨应同。

五代·李珣

　　雷断，云乱，彩虹天半。船近江滩，又惊飞雁，江色未尽还叹。景
过何处船。

江花岂恨时为短，多灿烂。烦恼心中散。但愿人长久，一笑天地宽，凭栏看。

（2012.3.27）

煦煦，初曙，林间鸟语，溪水蓝天。山峰小路，高处远眺云烟，春光一手牵。

春情岂异寒流结。情更咽，冰冷温情缺。只江河流去，对明月春风，怨皆空。

（2019.3.12）

疏影，冰冷，水中幽静，冬已来临。路边银杏，依旧翠绿深沉，客来清水浔。

回望故地金黄叶，声已咽。往事千斤结，一松空了。明月照三潭，显深蓝。

（2018.11.8）

河传（格二）

——|（仄韵），—|（叶仄）。——||（叶仄），|——|（叶仄）。
|——||——（换平韵）。|—（叶平），|——|—（叶平）。

|—||——|（再换仄韵）。|—|（叶仄），||——|（叶仄），
|——（叶仄）。||（叶平），|—（叶平），|——|—（叶平）。

范例

春水，千里。孤舟浪起，梦携西子。觉来村巷夕阳斜。几家？短墙红杏花。

晚云做造些儿雨。折花去，岸上谁家女？太狂颠！笑那边，柳绵，被风吹上天。

宋·辛弃疾

如梦,休问。南声越韵,纯真为本。曲和吴越吐轻声。抒情,昆腔牡丹亭。

不由落泪情生恨。戏深沉,敲点听声润,忽心同。手碰轻,梦醒,一杯茶水青。

(2016.3.26)

虞美人(格一)

十一十|——|(仄韵),十|——|(叶仄)。十一十||——(换平韵),十|十——||——(叶平)。

十一十|——|(换仄韵),十|——|(叶仄)。十一十||——(再换平韵),十|十——||——(叶平)。

范例

春花秋月何时了?往事知多少!小楼昨夜又东风,故国不堪回首月明中!

雕栏玉砌应犹在,只是朱颜改。问君能有几多愁?恰似一江春水向东流。

五代·李煜

牛郎织女天河会,圆月吴刚醉。人间分别最忧愁,谁晓相思无奈说还休。

多情自是风流债,月下夫妻拜。愿君莫做负心人,石烂海枯秦晋不离分。

(2000.8.11)

时光飞逝空流去,再见难思绪。思君不见景前松,难觅从前情景叹长空。

人生难解分离恨,别把真情问。高山流水有源头,怎比抒情深沉把心留。

(2011.11.9)

声声鞭炮迎春到,恭喜新年好。兔追龙跃闹新年,欢聚一堂同贺翻新篇。

人逢喜事精神爽，喜悦心中藏。祝君龙年有多金，恰似一寸光阴一寸金。

（2012.1.18）

昨今非比心寒透，没跟春心走。春花秋月水东流，只是积重难返又难收。

冬来绿野弃荒尽，留下愁和恨。水中明月晃星空，还有念思难觅一阵风。

（2018.5.28）

天涯尝尽人间苦，别比欺今古。同根本是两应同，最堪割分愁恨月明中。

人生若只如初见，何有心魔变？夜深星闪送秋凉，唯有一江明月忆前窗。

（2018.8.21）

是非曲直何时了？往事催人老。何来二袖舞清风，只是一厢情愿笑郎中。

晓来百念皆灰尽，不醉谁人信。春花秋月又空忙，别再秋风悲惨断愁肠。

（2018.10.27）

愁痕满地无人问，雾罩悲凉隐。穷途未尽醉何寻，就怕酒醒重别恨伤心。

屈情多是无情弃，步步揉肠碎。孤灯陌路曲径深，仍是旧时黄历思难禁。

（2020.1.3）

虞美人（格二）

｜—｜｜——｜（仄韵），｜｜——｜（叶仄）。｜——｜｜——（换平韵），｜——｜｜——（叶平），｜——（十平）。

｜—｜｜——｜（换仄韵），｜｜——｜（叶仄）。｜——｜｜——（再换平韵），｜——｜｜——（叶平），｜——（叶平）。

范例

帐前草草军情变，月下旌旗乱。褪衣推枕惜离情，远风吹下楚歌声。正三更。

抚鞍欲上重相顾，艳态花无主。手中莲萼凛秋霜，九泉归路是仙乡。恨茫茫。

宋·顾下

措梅绽放追春梦，只等新芽嫩。雪飞难掩近春风，已成珠水薄冰融，已花红。

伴风雨舞黄昏暮，又把春来数。几多风雨几多伤，绿黄残叶落池塘，断愁肠。

（2016.4.8）

西江月（定格）

＋｜＋——｜（句），＋—＋｜——（平韵）。＋—＋｜｜——（叶平），＋｜——＋｜（叶仄）。

＋｜＋——｜（句），＋—＋｜——（平韵）。＋—＋｜｜——（叶平），＋｜——＋｜（叶仄）。

范例

风额绣帘高卷，兽环朱户频摇。两竿红日上花梢，春睡厌厌难觉。

好梦狂随飞絮，闲愁浓胜香醪。不成雨暮与云朝，又是韶光过了。

宋·柳永

霞落散飘嬉叶，绿红摇晃青红。夕阳西下溢微风，如火春江正绝。

默读水中江色，影愁浪里匆匆。水中似景映空空，留下残阳如血。

（2016.4.12）

忽见彩虹天挂，疑是人老眼花。海市蜃楼接天涯，真是难量真假。

记得那年情景，小桥流水人家。二三树下一杯茶，伴随斜阳西下。

（2017.7.20）

醉翁操（定格）

——（平韵），——（叶平），——（叶平）。｜——（叶平），
——（叶平），——｜———（叶平）。｜——｜——（叶平），
—｜—（叶平）。｜｜｜——（叶平），｜｜—｜—（叶平）。

　　｜—｜｜（句），—｜—（叶平）。｜—｜｜（句），—｜—
—｜｜（叶仄）。—｜———（叶平），｜｜———（叶平），
———｜—（叶平）。————（叶平），｜｜｜——（叶平），
｜——｜｜——（叶平）。

范例

　　琅然，清圆，谁弹？响空山，无言，惟翁醉中知其天。月明风露娟娟，
人未眠。荷蒉过山前，日有心也哉此贤！

　　醉翁啸咏，声和流泉。醉翁去后，空有朝吟夜怨。山有时而童颠，

水有时而回川，思翁无岁年。翁今为飞仙，此意在人间，试听徽外三两弦。

宋·苏轼

晨光，倾窗，匆忙。梦家乡，梳妆，梅花坠枝窗前香。草青垂柳池塘，思断肠。薄雾起风凉，挪挪身动才起床。

世人路坎，似翻山岗。笑看醉酒，谁是明天称大？醒后方知疯狂，就像高青秦腔，回声亦撞墙。霞云边似浪，影落掉长江，逐波流去也飞翔。

（2016.3.25）

风穿，绒环，轻弹。伞空旋，漫漫，飞天散花疑线牵。越过溪水山峦，天地宽，七色五彩编，大地天外还有天。

当年此景，相对无言。孩时幻想，天上人间相望。春能明年春还，酒尽方知先前，今朝来去难。似花非花般，谈笑悦云烟，静听天外籁音弦。

（2018.5.13）

江滩，停船，天寒。起幽烟，延绵，昏翁醉经难知天。月弯星散花残。休依阑。有恨付无言，醉后方晓多少牵。

醉翁叹也，骄自极权，恨之忍奈，空有朝吟夜怨。花在开时红颜，草在枯时燔燃，都缘因果连。狂吹无成仙，善道满人间，静期天外拨和弦。

（2020.2.22）

渡江云（定格）

又名《三犯渡江云》。《清真集》入"小石调"。一百字，前后片各四平韵，后片第四句为上一、下四之句法，必须押一同部仄韵。

十一一｜｜（句），｜一｜｜（句），十｜｜一一（平韵）。｜一一｜｜（句），｜｜一一（句），｜｜｜一一（叶平）。一一｜｜（句），｜十十（豆）、十｜一一（叶平）。一｜十（豆）、十一一｜（句），十｜｜一一（叶平）。

——（叶平），——十｜（句），｜｜｜——（句），｜——十｜（叶仄）。
—｜十（豆）、——十｜（句），十｜——（叶平）。——｜｜——｜（句），
｜｜十（豆）、—｜——（叶平）。—｜｜（句），——｜｜——（叶平）。

范例

　　山空天入海，倚楼望极，风急暮潮初。一帘鸠外雨，几处闲田，隔水动春锄头。新烟禁柳，想如今、绿到西湖。犹记得、当年深隐，门掩两三株。

　　愁余，荒洲古淑，断梗疏萍，更漂流何处？空自觉、围羞带减，影怯灯孤。常疑即见桃花面，甚近来、翻笑无书。书纵远，如何梦也都无。

宋·张炎

　　灯孤星夜累，翻书几页，寂静已三更。雾朦船泊备，只渡江云，雾霾闷江城。声声汽笛，不停叫、催的心惊。留不住、雨天难走，远去语声轻。

　　聆听，江城风雨，几日消停，奈梨花白影。今欲坠、池塘印出，一片青萍。清泉自在更深处，不意间，涓悄无声。清水旁，山坡小草青青。

（2016.4.27）

渡江云（定格）

———｜｜（句），｜—｜｜
（句），—｜｜——（韵）。｜—
—｜｜（句），｜｜——（句），
｜｜｜——（韵）。——｜｜（句），
｜——（句），｜｜——（韵）。
—｜｜（句），———｜（句），
—｜｜——（韵）。

——（韵）。——｜｜（句），｜｜——（句），｜————｜（韵，同部去声仄韵）。—｜｜（句），——｜｜（句），｜｜——（韵）。——｜｜——（句），｜｜｜—（句），—｜——｜（韵）。—｜｜（句），—｜｜———（韵）。

范例

　　山空天入海，倚楼望极，风急暮潮初。一帘鸠外雨，几处闲田，隔水动春锄。新烟禁柳，想如今，绿到西湖。犹记得，当年深隐，门掩两三株。

　　愁余。荒洲古淑，断梗疏萍，更漂流何处。空自觉，围羞带减，影怯灯孤。常疑即见桃花面，甚近来，翻笑无书。书纵远，如何梦也都无。

宋·张炎

　　晴空山水碧，几回梦里，吹散小花绒。骤惊春已去，夜黑星稀，幻影总蒙蒙。寒宵极变，那堪闻，肆虐凶风。更有那，抛红撕绿，横地碎连纵。

　　悲中。凄凉望月，再满三盅，醉人才痴梦。星莫问，当初望月，盼接归鸿。飞鸿一去归还不，诸事难，难有初终。前后看，才知一切都空。

（2021.2.1）

荷叶杯（格一）

　　十｜十——｜（仄韵），—｜（叶仄），｜——（平韵）。｜———｜｜—｜（换仄韵），—｜（叶仄），｜——（叶平）。

范例

　　一点露珠凝冷，波影，满池塘。绿茎红艳两相乱，肠断，水风凉。

唐·温庭筠

落叶枝枯河岸，秋晚，阵西风。抬头难见旧时伴，心乱，又来冬。

（2000.12.25）

阴雨涟绵天暗，片断，旧时光。又重回到别离岸，心乱，实难忘。

（2014.8.27）

荷叶杯（格二）

十｜｜一一｜（仄韵），一｜（叶仄），一｜｜一一（平韵）。十
一一｜｜一一（叶平），一｜｜一一（叶平）。

十｜｜一一｜（转仄韵），一｜（叶仄），一｜｜一一（转平韵）。
十一一｜｜一一（叶平），一｜｜一一（叶平）。

范例

记得那时花下，深夜，初识谢娘时。水堂西面画帘垂，携手暗相期。
惆怅晓莺残月，相别，从此隔音尘。如今俱是异乡人，相见更无因。

唐·韦庄

暴雨骤停珠落，楼间，相识雨声中。几曾来去太匆匆，留下影朦胧。
七色彩虹相托，承诺，穷富亦从容。有无全是万皆空，清水比茶浓。

（2014.8.27）

旧地去过难信，心沉，离别景如存。老房红砖外廊门，叹已白头人。
不解又向谁问？如梦，风抚老伤痕。夕阳西下已黄昏，情景欲留君。

（2015.9.22）

玉盘托花盛夏，清雅，文静自生来。出泥不染是情怀，红白随莲开。
波里绿云新月，清澈，花韵水中柔。荷花难解他乡愁，凉夜月如钩。
注，此照片是著名摄影家已发表的作品。拨动心弦受感染而作。

（2018.1.15）

定西番（定格）

　　＋｜＋－＋｜（仄韵），－｜｜（句），｜－－（平韵），｜－
－（叶平）。

　　＋｜＋－－｜（叶仄），＋－＋｜－（叶平）。＋｜＋－＋｜（叶
仄），｜－－（叶平）。

范例

　　汉使昔年离别，攀弱柳，折寒梅，上高台。

　　千里玉关春雪，雁来人不来。羌笛一声愁绝，月徘徊。

唐·温庭筠

　　紫塞月明千里，金甲冷；戍楼寒，梦长安。

　　乡思望中天阔，漏残星亦残。画角数声呜咽，雪漫漫。

唐·牛峤

　　翠绿形红伤别，春已去，不言寒，等春还。

　　数月梅花香澈，雪过山海关。啼莺踏春三月，凭阑看。

（2013.4.11）

　　爆竹一声春笑，到元旦；闹新年，报平安。

　　梅花破冰春早，百花争丽先。鸟叫妙香人俏，在花间。

（2021.1.1）

相见欢（格一）

　　＋－＋｜－－（韵），｜－－（韵）。＋｜＋－－｜（句），
｜－－（韵）。

　　＋＋｜（韵），＋＋｜（韵），｜－－（韵）。＋｜＋－－｜（句），

十——（韵）。

范例

无言独上西楼，月如钩，寂寞梧桐深院，锁清秋。

剪不断，理还乱，是离愁。别是一般滋味，在心头。

五代·李煜

去追栖霞红枫，登山峰。红翠通山漫野，染天空。

枫红叶，西风烈，傲长穹。人在画中真醉，与天同。

（2011.11.28）

一江春水东流，九州留。无奈顺流而下，已难收。

红尘间，岁月恨，扎心头。对月无言期待，曰还休。

（2018.5.15）

日斜天显红霞，簿轻纱。挂在谁家园外，竹篱笆。

留不住，随影去，坠黄花。有梦不知途远，走天涯。

（2018.6.30）

相见欢（格二）

十一十｜——（平韵），｜——（叶平），十｜十——｜｜——（叶平）。

十十｜（仄韵），十一｜（叶仄），｜——（叶平）。十｜十—

—｜｜——（叶平）。

范例

林花谢了春红，太匆匆，无奈朝来寒雨晚来风。

胭脂泪，相留醉，几时重？自是人生长恨水长东。

五代·李煜

秋风暮雨推窗，雾茫茫，无奈人生如梦情难忘。
梦常伴，离情断，夜真凉。如梦似醒心重忍悲伤。

（2000.8.8）

春江花月江亭，月光明，唯有一江舟载月同行。
人慢走，手拉手，诉真情。真是月藏人处语声轻。

（2005.6.28）

水清红绿秋荷，引天鹅，更绝彩云霞落水推波。
长相守，月亮走，是长河。美景人间仙境在心窝。

（2006.1.16）

大千世界缤纷，假成真，只叹诚信为虚别样新。
众人敬，中华兴，得民心。祝愿国强民富定乾坤。

（2013.5.23）

太阳落下山头，彩云留，总是匆忙催着事无休。
生活累，靠前辈，让人愁。怎样人生快乐度春秋。

（2015.3.5）

月弯倒挂前窗，伴思乡。寂寞抚琴声醉夜风凉。
枫红叶，从头越，拼时光。就把高山流水作琴房。

（2015.7.27）

岁月如梦难留，梦难收。别说千年风雨眼过愁。
酒未醒，水亦静，是晚秋。就随一江心醉向东流。

（2016.9.27）

当年朝气雄风，周家冲，无奈朔风寒雨不由衷。

再聚首，手拉手，泪眼朦。真是友情真挚在心头。

（2017.5.13）

上行杯（格一）

丨丨——丨（句），—丨丨（豆）、丨丨——（平韵）。—丨—
——丨丨（仄韵），——丨丨（叶仄）。

丨——（句），—丨丨丨（换仄韵），丨丨（叶二仄），—丨（叶仄），
—丨——（叶平）。

范例

草草离亭鞍马，从远道、此地分襟。燕宋秦吴千万里，无辞一醉。
野棠开，江草湿，伫立，沾泣，征骑骎骎。

五代·孙光宪

四月桃红梨白，多色彩、格外妖娆。山谷清溪流水悄，轻轻小草。
伴花开，珠儿掉，静寂，空了，还有云飘。

（2012.4.11.）

上行杯（格二）

—丨丨——丨（韵），丨——，—丨——丨（韵）。丨丨————丨丨（韵）。
—丨丨——丨（韵），—丨丨——丨丨（韵）。—丨（韵），
—丨丨，丨丨丨（韵）。

范例

芳草灞陵春岸，柳烟深，满楼弦管，一曲离声肠寸断。

今日送君千万，红镂玉盘金镂盏。须劝，珍重意，莫辞满。

唐·韦庄

黑夜月孤星乱，别深秋，意留犹半。只吟诗书情不断。

今日落花幽散，来日花开花千万。春满，心怒放，更灿烂。

（2019.10.17）

庭院竹摇风动，落花红，也无轻重。去往心情知不共。

多变更为心痛，千种意情皆顿空。如梦，情未了，弄不懂。

（2020.6.2）

感恩多（定格）

｜——｜｜（仄韵），—｜—一｜（叶仄）。｜——｜—（平韵），
｜——（叶平）。

｜｜——｜｜（叶仄），｜——（叶平）。｜——（叠），｜｜—
—（叶平），｜——｜—（叶平）。

范例

两条红粉泪，多少香闺意。强攀桃李枝，敛愁眉。

陌上莺啼蝶舞，柳花飞。柳花飞，愿得郎心，忆家还早归。

唐·牛峤

二三啼小鸟，声婉高音叫。跳高藏树梢，唱还娇。

绿叶红花小草，彩云飘。彩云飘，寄托相思，雁飞过拱桥。

（2012.4.4）

二条红黑袖，身旋难分手。不知前后言，笑云烟。

感恩多多挚友，一生缘。一生缘，水淡如泉，承情重似山。

（2018.4.21）

一枝梅俏俊，花魁清香尽。山水红绿新，喜迎春。

一曲春天雅韵，盼清纯。盼清纯，一路都听，一村还一村。

（2019.1.27）

夜深咽泣泪，苦难揪心碎。不言无所追，锁愁眉。

只盼春来这里，梦中归。梦中归，怕见梨花，白茫飘也悲。

（2021.11.27）

醉公子（定格）

｜｜——｜仄韵），十一十｜｜（叶仄）。—十｜十一（换平韵），十一十｜—（叶平）。

｜十一十｜（再换仄韵），十一——｜｜（叶仄）。十｜十一—（叶仄），十一十｜—（再换平韵）。

范例

岸柳垂金线，雨晴莺百啭。
家住绿杨边，往来多少年。

马嘶芳草远，高楼帘半掩。
敛袖翠蛾攒，相逢尔许难。

五代·顾夐

月上河边柳，二人会老友。
相逢未开聊，三杯酒已浇。

世事全看透，咱今莫提旧。迈步身似飘，扶人过小桥。

（2012.4.22）

酒泉子（定格）

｜｜｜—（平韵），—｜｜——｜（换仄韵）。｜——（再换平韵），
—｜｜（再换仄韵），｜——（再换平韵）。

｜——｜——（再换仄韵），—｜———｜（叶仄）。｜——（再
换平韵），—｜｜（再换仄韵），｜——（再换平韵）。

范例

楚女不归，楼枕小河春水。月孤明，风又起，杏花稀。

玉钗斜篸云鬓重，裙上缕金双凤。八行书，千里梦，雁南飞。

唐·温庭筠

几日雨飞，难得太阳探脑。彩霞移，布谷鸟，报春归。

月明云淡窥时早，窗里流妆人恼。镜中眉，低下了，在思谁？

（2012.3.18）

定风波（格一）

十｜——｜｜—（平韵），十｜—十｜｜——（叶平）。十｜十—
—｜｜（仄韵），—｜（叶仄），十—十｜｜——（叶平）。

十｜十——｜｜（换仄韵），—｜（叶仄），十—十｜｜——（叶
平）。十｜十——｜｜（再换仄韵），—｜（叶仄），十—十｜｜
—（叶平）。

范例

莫听穿林打叶声，何妨吟啸且徐行。竹杖芒鞋轻胜马，谁怕？一蓑
烟雨任平生。

料峭春风吹酒醒，微冷，山头斜照却相迎。回首向来萧瑟处，归去，
也无风雨也无晴。

宋·苏轼

几点床前半月光，带回千里走长江。离井背乡声欲绝，离别，难忘
圆月挂前窗。

冬去春来心又热，风月，驱寒心暖忆沧桑。还见希望从头越，清澈，
路长路短也无妨。

（2011.4.12）

三月杏花早到春，白中红晕碾红尘。一阵轻风飘白雪，纯洁，蜜蜂
嗡嗡在花身。

只见杏花神去矣，心醉，杏花香扑入人心，西下斜阳人不问，如梦，
梦中虚幻也成真？

（2017.3.11）

不是无心画个瓢，葫芦裂嘴当壶敲。画虎成猫真该怪，无奈，不由
垂首听牢骚。

指鹿为马千般恨，谁问，认真就怕撞天摇，天若有情天已老，和小，
彩虹雨后是天骄。

（2018.3.1）

风里浪尖苦熬过，酸甜苦辣一支歌。无奈春秋流淌去，如梦，多情
面对是山河。

最是凝眸无限意。天地，不为大地是为何，回首当时风雨路，无语，
二三杯酒月嫌多。

（2019.1.20）

落叶枯黄一地凉，暖阳斜照几枝黄。树间透过黄绿乱，旋转，抬头
原是一丝光。

秋去冬来时日短，莫怨，绿黄也有两茫茫。只等梅开花呼唤，何去，

千山万水换新装。

（2017.12.9）

定风波（格二）（仄韵长调）

｜－－（豆）、｜｜｜－－（句），－－｜｜｜｜（仄韵）。
｜｜－－（句），－－｜｜（句），－｜－－（叶仄）。｜－－（句），
｜－｜（叶仄），－｜－－｜｜（叶仄）。－｜（叶仄），｜｜－｜｜（句），
－－－｜（叶仄）。

｜－｜｜（叶仄），｜－－（豆）、｜｜｜－｜（叶仄）。｜－
－｜｜（句），－－｜｜（句），－｜－－（叶仄）。｜－－（句），
｜－｜（叶仄）。－｜－－｜（叶仄），－｜（叶仄），｜｜－｜（句），
－－－｜（叶仄）。

范例

　　自春来、惨绿愁红，芳心是事可可。日上花梢，莺穿柳带，犹压香衾卧。
暖酥消，腻云亸，终日厌厌倦梳裹。无那！恨薄情一去，音书无个！

　　早知恁么，悔当初、不把雕鞍锁。向鸡窗只与，蛮笺象管，拘束教吟课。
镇相随，莫抛躲，针线闲拈伴伊坐，和我，免使年少，光阴虚过。

宋·柳永

　　怨春归，雨打忧愁，花红绿叶又数。柳细条垂，丝丝近水，成排河边树。
柳絮飞，乱无绪，化作离人泪留处。心堵，叹有无居所，留春常住。

　　雨如水注，盼天晴、既媚阳光露。薄云轻揽月，星光闪烁，情又向谁诉。
忆君行，早晨雾。难舍分离也无助，无语，也去相伴，双人同舞。

（2010.4.12）

　　晚秋萧、碧绿伤黄，空随叠影跫磋。岁月无情，鬓须渗白，犹无心颠簸。

已黄昏，坠云朵，霞落天边彩云裹。红火！叹变化梦幻，天暗无和。

那年坎坷，只当时、不识春秋作。气冲楚天阔，心向大地，同喜同声贺。转经年，旧重播。相对无声你和我，斜坐。笑指弯月，光阴虚过。

（2018.10.19）

中兴乐（定格）

＋｜＋－－｜－（反韵），＋－｜｜－－（换平韵）。＋－｜（再换仄韵），＋｜（句），｜－－（再换平韵）。

＋－｜｜－－｜（再换仄韵），＋＋｜（叶仄），＋－＋｜（叶仄）。－｜（叶仄），｜｜－－（再换平韵）。

范例

豆蔻花繁烟艳深，丁香软结同心。翠鬟女，相与，共淘金。
红蕉叶里猩猩语。鸳鸯浦，镜中鸾舞。丝雨，隔荔枝阴。

五代·毛文锡

春到百花争打扮，橙黄紫绿兰红。花为伴，招商引龙凤。
高新项目人人盼，样样鲜，钵多锅满。心暖，暖在情浓。

（2011.4.2）

女冠子（定格）

＋－＋｜（仄韵），＋｜＋－＋｜（叶仄），｜－－（换平韵）。＋｜－－｜（再换仄韵），－－｜｜－（再换平韵）。

＋－－｜｜（再换仄韵），＋｜｜－－（再换平韵）。＋｜－－｜（再换仄苗），｜－－（再换平韵）。

范例

四月十七，正是去年今日，别君时。忍泪佯低面，含羞半敛眉。

不知魂已断，空有梦相随。除却天边月，没人知。

唐·韦庄

云追月走，羞涩纯真牵手，柳为媒。鸿雁高飞后，回望柳树低。

光阴难再守，他人做嫁衣。杨柳陪人瘦，一丝丝。

（2012.3.27）

恋情深（定格）

　十｜十一一｜｜（仄韵），十一一｜（叶仄）。十一十｜｜一一（换
平韵），｜一一（叶平）。

　十一一｜｜一一（叶平），十｜十一一（叶平）。｜｜十一十｜（换
仄韵），｜一一（再换平韵）。

范例

玉殿春浓花烂熳，簇神仙伴。罗裙窣地缕黄金，奏清音。

酒阑歌罢两沉沉，一笑动君心。永愿作鸳鸯伴，恋情深。

五代·毛文锡

苦雨恶风催蝉早，别来春扰。惜春难舍出门寻，恋情深。

思愁难去拨琴音，似泣如呻吟。醉酒自迎春到，到如今。

（2012.3.27）

雨漏云舒今古月，团圆离别。中秋更把亲人寻，恋情深。

一杯清酒送清音，好运随人心。绿野碧天双蝶，抚琴吟。

（2021.9.21）

柳含烟（定格）

　　＋＋｜（句），＋＋一（句），｜｜一一＋一（平韵）。＋一
＋｜｜一一（叶平）。＋＋一（叶平）。

　　＋｜＋一｜｜｜（换仄韵），＋｜＋一一＋｜（叶仄）。＋一
＋｜｜一一（换平韵），＋＋一（叶平）。

范例

　　御沟柳，占春多，半出宫墙婀娜。有时倒影蘸轻罗，麴尘波。
　　昨日金銮上苑，风亚舞腰纤软。栽培得地近皇宫，瑞烟浓。

五代·毛文锡

　　河边柳，垂情多，小草花丛小河。春来嫩绿醉清波，似情歌。
　　丝细随风起舞，洁白灵轻花絮。舞来大地绿连天，柳如烟。

（2012.3.29）

　　二月二，龙抬头。柳绿芽青春留。嫣红暗绿点山沟，踏青游。
　　时节不怕路远，旧历翻过无算。何日自强拔头筹，不等秋。

（2018.3.18）

　　再聚首，五十年，久别校门大楼。当年年少接潮流，走九州。
　　岁月不留恩怨，唯有友情难断。泪湿衣襟只低头，情难收。

（2018.4.7）

平湖乐（换韵）

　　｜一一｜｜一一（韵），一｜一一｜（韵）。｜｜一一｜一｜（韵），
｜一一（韵）。

　　｜一｜｜一一（韵）。一一｜｜（句），一一一｜（句）；｜一｜（句），

｜十一｜（韵）。

范例

采菱人语隔秋烟，波静如横练。入手风光莫流转，共留连。

画船一笑春风面。江山信美，终非吾土；问何日，是归年。

元·王恽

嫦娥舒袖荡轻舟，欢乐秋收后。一览风光莫流走，共相留。

别离苦味浓于酒。妆新复旧，终非长久；再回首，已深秋。

（2021.9.30）

怨王孙（定格）

｜十一｜（句），——十｜（句），十｜｜—（平韵）。十一｜｜（句），

—十｜｜——（叶平）。｜十一（叶平）。

十—十｜——｜（换仄韵），—十｜（叶仄），｜｜—十｜（叶仄）。

十一｜｜（句），—十｜｜——（再换平韵），｜十一（叶平）。

范例

帝里春晚，重门深院，草绿阶前。暮天雁断，楼上远信谁传。恨绵绵。

多情自是多沾惹，难拚舍，又是寒食也。秋千巷陌，人静皎月初斜，

浸梨花。

宋·李清照

上山乡下，知青踊跃，行李肩扛。多年汗水，农乡披上新装。实难忘。

返城又遇工难找，天不老，奇发才是道。春秋恍惚，青绿赤橙红黄，

恋情长。

（2013.4.2）

最高楼 （定格）

——｜（句），—｜｜——（平韵），十｜｜——（叶平）。十一十｜———｜（句），十一十｜｜——（叶平）。｜——（句），一｜｜（句），｜——（叶平）。

｜｜｜（豆）、｜——｜｜（仄韵），｜｜｜（豆）、｜——｜｜（叶仄）。—｜｜（句），｜——（叶平）。十一十｜———｜（句），十一十｜｜——（叶平）。｜——（句），一｜｜（句），｜——（叶平）。

范例

长安道，投老倦游归，七十古来稀。藕花雨湿前湖夜，桂枝风澹小山时。怎消除？须殢酒，更吟诗。

也莫向、竹边孤负雪，也莫向、柳边孤负月。闲过了，总成痴。种花事业无人同，惜花情绪只天知。笑山中，云出早，鸟归迟。

宋·辛弃疾

情难了，天若有情留，何恨付东流。时光逝去催人老，小亭分别怨江舟。难消除，心又乱，自难收。

莫道是、梁祝分离别，真是个、此情天下绝。生死薄，有何求？而今回首叙书处，惜人情怀最高楼。点江山，人间看，笑春秋。

（2014.4.12）

春正酣，无梦一身轻，有梦吓人惊。晨光光暗捎红白，鸟声声叫已天明。懒伸腰，待着起，赶前行。

没料到、一春吹又断，没料着、暮云飞亦散。来不晓，去无声。在天变了秋应老，恋初又显有愁情。岁寒心，平淡了，歇凉亭。

（2018.8.8）

中秋月，明月故乡柔，人盼团圆留。灯笼高挂秦淮岸，飞龙双舞水中游。

映星空，长十里，激情投。

月会变、一圆心已走，月会变、曲弯辜薄厚。圆满别，又添愁。时光逝去催人老，一江东去怨江舟。只嫦娥，长袖舞，最高楼。

（2018.9.22）

思越人（定格）

｜——（句），—｜｜（句），｜——｜——（韵）。｜———
—｜｜（句），｜——｜——（韵）。

——｜｜——｜（韵），｜——｜—｜（韵）。｜｜｜———｜（韵），
｜——｜—｜（韵）。

范例

燕双飞，莺百转，越波堤下长桥。斗钿花筐金匣恰，舞衣罗薄纤腰。
东风澹荡慵无力，黛眉愁聚春碧。满地落花无消息，月明肠断空忆。

唐·张泌

柳丝悠，风荡袖，越波西下桥楼。一江春光今又昨，去春难了秋愁。
梨花泪洒伤心透，树丫残月光漏。一地落红天无救，月明肠断如旧。

（2019.12.9）

采桑子慢（定格）

——｜—（句），—｜———｜（韵）。｜—｜———｜（句），
｜｜——（韵）。｜｜——（句），｜——｜——（韵）。｜——｜
（句），——｜｜（句），—｜——（韵）。

｜｜｜—（句），｜——｜（句），—｜——（韵）。｜—｜（句），

——— ｜（句），｜｜｜——（韵）。｜｜｜——（句），｜——｜｜——（韵）。
——— ｜（句），——— ｜（句），｜｜——（韵）。

范例

愁春未醒，还是清和天气。对浓绿阴中庭院，燕语莺啼。数点新荷，翠钿轻泛水平池。一帘风絮，才晴又雨，梅子黄时。

忍记那回，玉人娇困，初试单衣。共携手，红窗描绣，画扇题诗。怎有如今，半床明月两天涯。章台何处，应是为我，蹙损双眉。

宋·潘汾

寒春未醒，梅雪层迭清冷。朔风劲吹梅花坞，一片冰清。漫卷愁丝，暮收寒气月空明。怅怀难了，持杯对影，帘动风轻。

几度问春，几时归返，红绿融情。变化快，招来无影，一转无情。镜舞长空，苦辛劳累有谁应。倚窗人醉，东摇西摆，躺倒人醒。

（2021.12.25）

曲玉管（换韵）

　｜｜——（句），——｜｜（句），——｜｜｜——｜（韵）。｜｜｜———｜（句），—｜——（韵）。｜——（韵）。｜｜——（句），———｜（句），｜—｜｜——｜（韵）。｜｜｜——（句），———｜——（句），———（韵）。

　｜｜——（句），｜—（句），———｜（韵）。——｜｜——（句），——｜｜——（韵）。｜——（韵）。｜———｜（句），｜｜——（韵）。｜——｜（句），｜｜——（句），｜｜——（韵）。

范例

　　陇首云飞，江边日晚，烟波满目凭阑久。立望关河萧索，千里清秋。忍凝眸。杳杳神京，盈盈仙子，别来锦字终难偶。断雁无凭，冉冉飞下汀洲，思悠悠。

　　暗想当初，有多少，幽欢佳会。岂知聚散难期，翻成雨恨云愁。阻追游。每登山临水，惹起平生心事。一场消黯，永日无言，却下层楼。

宋·柳永

　　孔雀之南，鸿飞塞北，依然逐影江湖畔。远处风光无限，啼鸟花鲜。水连天。坞里环山，江湾春晚，雨来夜里相思满。海上人间，悠悠圆月难还，凭阑看。

　　梦醒天边，恨时短，相思难断。都知不了从前，倾杯地转云翻。月光残。用时长相伴，为利一拍散。酒杯余半，唯有心宽，一声长叹。

（2022.6.22）

新水令（换韵）

　　——｜｜｜——（平韵）。—｜—｜——｜（仄韵）。—｜｜（句）。｜——（韵）。—｜——（韵）。——｜｜—｜（仄韵）。

范例

　　离情不奈子规啼，更那堪困人天气。红玉软。绿云低。春昼迟迟。东风恨两眉系。

元·白贲

西风一夜碎芳菲。衰草鸿去无留意。梅落蕊。柳金丝。难尽相思。从前事恨流泪。

（2022.6.22）

望江楼（定格）

—— | —— | | | —（韵）。| | | —— —（句），| | | —（韵）。
| —— | （句），| —— | （句），| —— —（句），| —— —（韵）。
— | — | | | （句），— | — —— —（韵）。| | | —— | （句），
| | | — | ——（韵）。| | ——（句），| | | | ——（韵）。
| | | | （句），| | ——（句），| | ——（句），| — | — ——（韵）。
| — | ——（句），| | | （句），| | — | | ——（韵）。

—— | | | | —（韵）。| | —— | （句），| | — | （韵）。
—— | —（句），— —— | （韵）。— —— | （句），— —— | （韵）。—— — | | （句），— —— — | | （韵）。—— | ——
—（韵），— | | — | | | （句）。— | ——（句），— | | | | （韵）。
| | ——（句），| | — | （韵）。| | — | （句），| | | | ——（韵）。
| | | —— | （句），| | | （韵），| —— — | | —（韵）。

范例

几层楼独撑东面峰。统近水遥山，供张画谱。聚葱岭雪，散白河烟。烘丹景霞，染青衣雾，时而诗人吊古，时而猛士筹边。最可怜花蕊飘零，早埋了春闺宝镜。枇杷寂寞，空留着绿野香坟。对此茫茫，百感交集，笑憨蝴蝶，总贪迷醉梦乡中。试从绝顶高呼，问问问，这半江月谁家之物。

千年事屡换西川局。尽鸿篇巨制，装演英雄，跃岗上龙，殒坡前凤。卧关下虎，鸣井底蛙，忽然铁马金戈，忽然银笙玉笛。倒不若长歌短赋，

抛撒些闲恨闲愁。曲槛回廊，消受得好风雨。嗟予蹙蹙，四海无归。跳死猢狲，终落在乾坤套里。且向危楼俯首，看看看，那一块云是我的天。

（曲唱·洗凡）

长江险奔腾逐浪翻。吼乱云重山，踏浪急湍。撞中流柱，冲浪花溅，破江边岩，立江中滩。多少翻转复去，多少坑洼深渊。唯可怜花随波颠，已没了春景云烟。月弯当空，陪伴着数星缠绵。一片寂静，一点星光，只有虫鸣，似还在迷醉休闲。欲从变化求延，叹叹叹，这一江水不是先前。

千年事尽数大江岸。逐立碑书传，刻匾功满，浮锦上花，沉青黄半。闻人人乐，行声声慢。时而东西恨怨，时而歌声唱晚。一声叹新愁难断，丢下了还债更乱。山半亭台，多少好戏难散。暮色沉沉，故里难返。醉倒庙门，只觉得有人呼唤。且向夜空寻觅，盼盼盼．哪一颗星是我心愿。

（2019.4.29）

附：词韵

（一）本编依据清戈载著《词林正韵》一书删去僻字，故称"简编"。

（二）《词林正韵》原书韵目用《集韵》标目，分目繁多，标目有僻字，因此，本编改用比较通行的《词韵》标目，以便于检韵。至于分部，一如《词林正韵》原书。

一部

平声：一东二冬通用

【一东】东同童僮铜桐由同筒瞳中（中间）衷忠盅虫冲终忡崇嵩（崧）崧戎绒弓躬宫穹融雄熊穷冯风枫疯丰充隆癃空公功工攻蒙濛朦书笼胧枕咙登珑奢拢蓬篷洪素红虹鸿必翁嗡匆葱聪聪通棕烘崆空

【二冬】冬口冬彤农依宗淙锺钟龙茏春松凇冲容格蓉溶庸佣慵封胸凶匈汹雍邕痈浓脓重（重复）从（服从）逢缝峰锋丰蜂烽葑纵（纵横）踪茸蚣邛筇趋供（供给）蚣喁

仄声：上声一董二肿
去声一送二宋通用

【一董】董懂动孔总笼（东韵同）拢桶捅请蠓汞

【二肿】肿种（种子）腫宠垅（陇）拥冗重（轻重）冢捧勇甬踵涌俑蛹恐拱竦悚耸巩丛奉

【一送】送梦凤洞众瓮贡弄冻痛栋励仲中（击中）粽讽空（空缺）

控哄赣

【二宋】宋用颂诵统纵（放纵）讼种（种植）综俸供（供设，名词）从（仆从）缝（隙也）重（再也）共

二部

平声：三江七阳通用

【三江】江缸窗邦降（降伏）双沈庞撞豇扛杠腔梆桩幢蛩（冬韵同）

【七阳】阳扬杨洋羊祥佯芳妨方坊防肪房亡忘望（漾韵同）忙茫芒妆庄装奘香乡湘用箱镶芗相（相互）襄壤光昌堂唐糖棠塘章张王常长（长短）裳凉粮量（衡量）梁粱良霜藏（收藏）肠场尝偿床央莺秧殃郎廊狼榔踉浪（沧浪）浆将（持也送也）疆僵姜缰觞娘黄皇遑惶徨煌仓苍舱沧伤荡商帮汤创（创伤）疮强（刚强）墙精婚普康康（养韵同）囊狂糠冈刚钢纲匡筐荒慌行（行列）杭航桁翔祥痒桑彰璋漳獐猖倡凰邙臧赃昂丧（丧葬）阊羌枪锵抢（突也）蜣跄篁簧璜潢攘瓢亢吭（样养韵并同）旁傍（侧也）孀（马霜）当（应当）裆珰铛泱炀蝗隍快盲汪鞅滂螂枪（漾韵同）缃琅颃怅螗

仄声：上声三讲二十二养
去声三绛二十三漾通用

【三讲】讲港项棒蚌耩

【二十二养】养痒象像橡仰朗桨奖蒋敞氅厂枉往颡强（勉强）惘两曩丈杖仗（漾韵同）响掌党想鲞榜爽广享向飨幌莽纺长（长幼）网荡上（上升）壤赏仿冈谠倘魍魉谎蟒漭嗓嗌恍脏（肮脏）吭沆慷襁锒抢肮犷

【三绛】绛降（升降）巷撞（江韵同）戆

【二十三漾】漾上（上下）望（阳韵同）相（卿相）将（将帅）状帐唱让浪（波浪）酿旷壮放向忘仗（养韵同）畅量（数量）葬匠障瘴谤尚涨饷样藏（库藏）舫访觇嶂当（适当）抗桁妄怆宕怅创酱况亮傍（依傍）丧（丧失）恙谅胀鹗脏（内脏）吭砀伉圹纩桄挡旺炕亢（高亢）阆防

三部

平声：四文五微八齐十灰（半）通用

【四支】支枝肢移（竹移）为（施为）垂吹陂碑奇宜仪皮儿离施知驰池规危夷师姿迟龟眉悲之芝时诗棋旗辞词期祠基疑姬丝司葵医帷思滋持随痴维厄麾墀弥慈遗肌脂雌披嬉尸理炊湄篱兹差（参差）疲茨卑亏蕤骑（跨马）歧岐谁澌私窥熙欺疵赀羁彝髭颐资糜饥衰锥姨夔神祗涯（佳、麻韵同）伊追缁其箕治（治国）尼而推（灰韵同）匙陲鹚魑锤襦璃骊嬴陂罴靡脾芪畸牺羲欷漪猗崎崖萎筛狮鸥绥虽集瓷椎饴麢痍惟唯机耆逵岿丕毗枇貔楣霉辎蚩嗤娓飓埘莳鲥鹚笞漓怡贻禧醨噫其琪祺麒巍螭栀鹂累趵琵嵋

【五微】微薇晖辉徽挥韦围帏违闱霏菲（芳菲）妃飞非扉肥威祈畿机几（微也、如见几）讥玑稀希衣（衣服）依归饥（支韵同）矶欷诽绯晞葳巍沂圻颀

【八齐】齐黎犁梨妻（夫妻）妻凄堤低题提蹄啼鸡稽兮倪霓西栖犀嘶撕梯鼙赍迷泥溪蹊主闺携畦稽跻奚脐醯鹥蠡醍鹈奎批砒睽黄篦齑藜猊蜺鲵羝褫鑈？

【十灰（半）】灰恢魁隈回徊槐（佳韵同）梅枝玫媒煤雷颓崔催堆陪杯醅嵬推（支韵同）诙裁培盃偎煨瑰茴追月胚徘坏桅莓傀偎（贿韵同）

仄声：上声四纸五尾八荠十贿（半）
去声四置五未八霁九泰（半）十一队（半）通用

【四纸】纸只咫是靡彼毁委诡髓累技绮觜此泚蕊徙尔弭婢侈弛豕紫旨指视美否（否泰）痞兕几姊比水轨止徵市喜已纪跪妓蚁鄙晷子仔样矢雉死履垒癸趾址以已似秅祀史驶耳使（使令）里理李起杞圮跂士仕俟始齿矣耻麂枳峙鲤迤氏玺已（展已）、滓苡倚匕迤迤旖旎舣蚍秕芷拟你企诔捶扊棰豸祉持

【五尾】尾苇鬼岂卉几（几多）伟斐菲（菲薄）匪篚娓悱榧鲔炜觏玮虮

【八荠】荠礼体米启陛冼邸底抵弟抵祗涕悌济（水名）澧醴诋眯娣棨递晲睨蠡

【十贿（半）】贿悔罪馁每块汇（汇合）猥璀磊蕾傀儡腿

【四置】置置事地意志思（名词）泪史赐自字义利器位戏至次累（连累）伪寺瑞智记异致备肆翠骑（车骑，名词）使（使者）试类弃饵媚鼻易（容易）辔坠醉议翅避笥帜炽粹莳谊帅厕寄睡忌贰莘穗二臂嗣吹（鼓吹，名词）遂恣四骥季刺驷寐魅积（积蓄）被懿觊冀愧匮恚馈黄箕柜暨庇敧莉腻秘比（近也）鸷毖喑示嗜饲伺遗（馈遗）蕙祟值惴寱眦甯企渍譬跛挚燧隧悴屎稚雉苽悸肆泌识（记也）侍觎为（因为）

【五未】未味气贵费沸尉畏慰蔚魏纬胃汇（字汇）谓渭卉（尾韵同）讳毅既衣（着衣，动词）蜇溉（队韵同）翡诽

【八霁】霁制计势世丽岁济（渡也）第艺惠慧币弟滞际涕（荠韵同）厉契（契约）敝弊毙帝厉髻锐戾裔袂系祭卫隶闭逝缀翳替细桂税婿例誓筮蕙诣砺励瘱噬继脆睿毳曳蒂睇妻（以女妻人）递逮蓟蚋薛荔唳捩栃泥（拘泥）媲嬖彗睥睨剂嚏谛缔剃屉悌俪锲賫掣羿棣螮薙说（游说）赘憩鳜虠吒谜挤

【九泰（半）】会旆最贝沛霈绘脍荟狈侩桧蜕酹外兑

【十一队（半）】队内辈佩退碎背秽对废悔海晦昧配妹喙溃吠肺末块碓刈悖焙淬敦（盘敦）

四部

平声：六鱼七虞通用

【六鱼】鱼渔初书舒居裾现车（麻韵同）渠蕖余予（我也）誉（动词）与胥狙锄疏蔬梳虚嘘墟徐猪间庐驴韵储除滁蜍如畬淤好苴蒩沮徂鶋茹桐於祛蘧疽蛆醵纾樗躇（药韵同）欤据（拮据）

【七虞】虞愚娱隅无芜巫于衢癯瞿氍儒襦濡须需朱珠株诛硃铢蛛殊俞瑜榆愉逾渝窬谀腴区躯驱岖趋扶符凫芙雏敷麸夫肤纡输枢厨俱驹模谟摹蒲逋胡湖瑚乎壶狐弧孤辜姑觚菰徒途涂荼图屠奴吾梧吴租卢鲈炉芦颅垆蚨孥帑苏酥乌污（污秽）枯粗都茶侏姝禺拘嵎蹰桴俘臾萸吁漙瓠糊醐呼沽酤泸舻轳鸬弩匍葡铺（铺盖）莬诬呜迁盂竽跌毋孺酴鸪骷剞蛄晡蒲葫呱蝴觔殂猢郛孚

仄声：上声六语七麌
去声六御七遇通用

【六语】语（语言）圉圄吕侣旅杼伫与（给予）予（赐予）渚煮暑鼠汝茹（食也）黍杵处（居住、处理）贮女许拒炬距所楚础阻俎沮叙绪序山与墅巨去（除也）苣举讵淑湑钜醑咀诅苎抒楮

【七麌】麌两宇舞府鼓虎古股贾（商贾）估土吐圃庾户树（种植，动词）煦诩努辅组乳弩补鲁橹睹腐数（动词）簿竖普侮斧聚午伍釜缕部柱矩武五苦取抚浦主杜坞祖愈堵扈父甫禹羽怒（遇韵同）腑拊俯罟卤姥鹉拄莽（养

韵同）栩窭脯妩庀否（是否）麈褛篓偻酤牡谱怙肚踽虏挐诂瞽殴祜沪雇
仵缶母某亩蛊琥

【六御】御处（处所）去虑誉（名词）署据驭曙助絮著（显著）箸
豫恕与（参与）遽疏（书疏）庶预语（告也）踞倨蓣淤锯觑狙（鱼韵同）
鬻薯

【七遇】遇路辂赂露鹭树（树木）度（制度）波赋布步固素具务雾
鹜数（数量）怒（麌韵同）附兔故顾句墓慕暮募注住注驻炷柞裕误悟寤
戍库护屦诉妒惧趣娶铸绔傅付谕喻妪芋捕哺互孺寓赴冱吐（麌韵同）污（动
词）恶（憎恶）晤煦酤讣仆（偃仆）赙驸婺锢蛀飓怖铺（店铺）塑愫蠹
溯镀璐雇瓠连妇负阜副富（宥韵同）醋措

五部

平声：九佳（半）十灰（半）通用

【九佳（半）】佳街鞋牌柴钗差（差使）崖涯（支麻韵同）偕阶皆
谐骸排乖怀淮豺侪埋霾斋槐（灰韵同）睚崖楷秸揩捱俳

【十灰（半）】开哀埃台苔抬该才材财裁栽哉来莱灾猜孩徕骀胎唉
垓挨皑呆腮

仄声：上声九蟹十贿（半）
去声九泰（半）十卦（半）十一队（半）通用

【九蟹】蟹解洒楷（佳韵同）拐矮摆买骇
【十贿（半）】海改采彩在宰醢铠恺待殆怠乃载（岁也）凯闿倍蓓
迨亥

【九泰（半）】泰太带外盖大（个韵同）濑赖籁蔡害蔼艾丐奈素汰癞霭

【十卦（半）】懈廨邂隘卖派债怪坏诫戒界介芥械薤拜快迈败稗晒瀣湃寨疥届蒯篑蒉喟聩块惫

【十一队（半）】塞（边塞）爱代载（载运）态菜碍戴贷黛概岱溉慨耐在（所在）鼐玳再袋逮埭赉赛忾暖咳嗳

六部

平声：十一真十二文十三元（半）通用

【十一真】真因茵幸新薪晨辰臣人仁神亲申身宾滨槟缤邻鳞麟珍瞋尘陈春津秦频蘋颦濒银垠筠巾困民岷泯（轸韵同）珉贫莼淳醇纯唇伦轮沦抡匀旬巡驯钧均榛遵循甄宸纶椿鹑粼嶙辚磷呻伸绅寅姻荀询峋氤恂嫔彬皴娠闽纫湮肫逡菌臻豳

【十二文】文闻纹蚊云分（分离）氛纷芬焚坟群裙君军勤斤筋勋薰曛醺芸耘芹欣氲荤汶汾殷雯赟纭昕熏

【十三元（半）】魂浑温孙门尊（樽）存敦墩炖暾蹲豚村屯囤（囤积）盆奔论（动词）昏痕根恩吞荪扪昆鲲坤仑婚阍髡馄喷狲饨臀跟瘟飧

仄声：上声十一轸十二吻十三阮（半）去声十二震十三问十四愿（半）通用

【十一轸】轸敏允引尹尽忍准隼笋盾（阮韵同）闵悯菌（真韵同）蚓牝殒紧蠢陨哂诊疹赈肾蜃膑黾泯窘吮缜

【十二吻】吻粉蕴愤隐谨近忿抆刎揾槿瑾恽韫

【十三阮（半）】混棍阃悃捆衮滚鲧稳本畚笨损忖囷通很沌恳垦龈

【十二震】震信印进润阵镇刃顺慎鬓晋骏闰峻衅振俊舜赈吝焮讯仞迅汛趁衬仅觐蔺浚赈（轸韵同）龀认殡摈缙躏廑谆瞬韧浚殉馑

【十三问】问闻（名誉）运晕韵训粪忿（吻韵同）酝郡分（名分）紊愠近（动词）抆拚奋郓捃靳

【十四愿（半）】论（名词）恨寸困顿遁遁（阮韵同）钝闷逊嫩溷诨巽褪喷（元韵同）艮搵

七部

平声：十三元（半）十四寒十五删一先通用

【十三元（半）】元原源沅鼋园袁猿垣烦蕃樊喧萱暄鸳言轩藩嫒援辕番繁翻幡璠鸳鸲蜿湲爰掀燔圈谖

【十四寒】寒韩翰（翰韵同）丹单安鞍难（艰难）餐檀坛滩弹残干肝竿阑栏澜兰看（翰韵同）刊丸完桓纨端湍酸团攒官观（观看）鸾銮峦冠（衣冠）欢宽盘蟠漫（大水貌）叹（翰韵同）邯郸摊玕拦珊狻鼾杆珊姗殚箪瘅谰獾倌棺剜潘拼（问韵同）槃般蹒瘢磐瞒谩馒鳗钻拵邗汗（可汗）

【十五删】删潸关弯湾还环鬟寰班斑蛮颜奸攀顽山闲艰间（中间）悭患（谏韵同）孱潺擐菅般（寒韵同）颁鬟疝讪斓娴鹇鳏殷（赤黑色）纶（纶巾）

【一先】先前千阡笺天坚肩贤弦烟燕（地名）莲怜连田填巅鬈宣年颠牵妍研（研究）眠渊涓捐娟边编悬泉迁仙鲜（新鲜）钱煎然延筵毡旃蝉缠廛联篇偏绵全镌穿川缘鸢旋船涎鞭专圆员乾（乾坤）虔悛权拳椽传焉鹓鞯褰搴铅舷趼鹃荃痊诠悛先邅禅婵躔颠燃涟琏便（安也）翩骈癫阗

5
8
7

钿（霰韵同）沿蜓胭芊鳊胼滇佃畋咽湮狷蠲蔫骞膻扇棉拴荃籼砖挛偄璇卷（曲也）扁（扁舟）单（单于）溅（溅溅）犍

仄声：上声十三阮（半）十四旱十五潸十六铣
去声十四愿（半）十五翰十六谏十七霰通用

【十三阮（半）】阮远（远近）晚苑返反饭（动词）偃蹇琬沅宛婉晚菀踠绻巘挽堰

【十四旱】旱暖管琯满短馆（翰韵同）缓盥（翰韵同）碗懒伞伴卵散（散布）伴诞罕瀚（浣）断（断绝）侃算（动词）款但坦袒纂缎拌灙谰莞

【十五潸】潸眼简版板阪盏产限绾柬拣撰馔赧皖汕铲羼见栈

【十六铣】铣善（善恶）遣（遣送）浅典转（霰韵同）衍犬选冕辇免展茧辨篆勉剪卷显钱（霰韵同）践喘藓软蹇（阮韵同）演究件腆跣缅缱鲜（少也）殄扁匾勉蚬岘畎燹隽键变泫癣阐颤膳鳝舛娩辗遣先韵同裔辨捻

【十四愿（半）】愿怨万饭（名词）献健建宪劝蔓券远（动词）侃键贩畈曼挽＜挽联＞瑗媛圈（猪圈）

【十五翰】翰（寒韵同）瀚岸汉难（灾难）断（决断）乱叹（寒韵同）观（楼观）干＜树干，干练＞散（解散）旦算（名词）玩烂贯半案按炭汗赞漫（寒韵同。又副词，独用）冠（冠军）灌爨窜幔粲灿璨换焕唤涣悍弹（名词）惮段看（寒韵同）判叛绊鹳伴畔锻腕惋馆旰捍疸但罐盥婉缎缦侃蒜钻谰

【十六谏】谏雁患涧间（间隔）宦晏慢盼篆栈（潸韵同）惯串绽幻瓣苋办慢讪（删韵同）铲绾孪篡裥扮

【十七霰】霰殿面县变箭战扇煽膳传（传记）见砚院练链燕宴贱馔荐绢彦椽便（便利）眷倦羡奠遍恋啭眩钏倩卞汴片禅（封禅）遣溅饯善（动

词）转（以力转动）卷（书卷）甸电咽茜单念（念书）晛淀靛佃钿（先韵同）镟漩拣缮现狷炫绚绽线煎选旋颤擅缘（衣饰）撰喑谚媛忏弁援研（磨研）

八部

平声：二萧三肴四豪通用

【二萧】萧箫挑貂刁调雕迢条髫调（调和）蜩枭浇聊辽寥撩寮僚尧宵消霄绡销超朝潮嚣骄娇蕉焦椒饶硝烧（焚烧）遥徭摇谣瑶韶昭招镳瓢苗猫腰桥乔烧妖飘逍潇鸮骁桃鹩鹪缭嘹夭（夭夭）幺邀要（要求）姚樵谯憔标飚嫖漂（漂浮）剽佻龆苕岧噍哓跷侥了（明了）魈峣描钊轺桡铫鹞翘枵侨窑礁

【三肴】肴巢交郊茅嘲钞包胶苞梢姣庖匏坳敲脬抛蛟崤？鞘抄螯咆哮凹淆教（使也）跑艄捎爻咬铙莢炮（炮制）泡鲛刨抓

【四豪】豪劳毫操（操持）髦绦刀萄猱褒桃糟庨袍挠（巧韵同）蒿涛皋号（号呼）陶鳌曹遭羔糕高搔毛艘滔骚韬缫膏牢醪逃濠壕饕洮淘叨嗥篙熬遨翱嗷臊嗥尻鏖鳌葵敖牦漕嘈槽掏唠涝捞痨芼

仄声：上声十七筱十八巧十九皓
去声十八啸十九效二十号通用

【十七筱】筱小表鸟了（末了，了得）晓少（多少）扰绕绍杪沼眇矫皎杳窈窕袅挑（挑拨）掉（啸韵同）肇缥眇渺淼茑赵兆缴缭（萧韵同）夭（夭折）悄昭侥蓼娆硗剿晃藐秒殍了（了望）

【十八巧】巧饱卯狡爪鲍挠（豪韵同）搅绞拗咬炒吵佼姣（肴韵同）昂昂？獠（萧韵同）

【十九皓】皓宝藻早枣老好（好丑）道稻造（造作）脑恼岛倒（跌到）祷（号韵同）捣抱讨考燥扫（号韵同）嫂保鸨稿草昊浩镐杲缟槁堡皂瑙媪燠袄懊葆褓芼澡套涝蚤拷栲

【十八口啸】啸笑照庙窍妙诏召邵要（重要）曜耀调（音调）钓吊叫眺少（老少）诮料疗潦掉（筱韵同）峤徼跳嘹漂镽廖尿肖鞘悄（筱韵同）峭哨俏醮燎（筱韵同）鹞鹨轿骠票铫（萧韵同）

【十九效】效教（教训）貌校孝闹豹罩棹觉（寤也）较窖爆炮（枪炮）泡（肴韵同）刨（肴韵同）稍抄（肴韵同）拗敲（肴韵同）淖

【二十号】号（号令）帽报导操（操行）盗噪灶奥告（告诉）诰到蹈傲暴（强暴）好（爱好）劳（慰劳）躁造（造就）冒悼倒（颠倒）燥犒靠懊瑁燠（皓韵同）耄糙套（皓韵同）纛（沃韵同）潦耗

九部

平声：五歌（独用）

【五歌】歌多罗河戈阿和（和平）波科柯陀娥蛾鹅萝荷（荷花）何过（经过）磨（琢磨）螺禾珂蓑婆坡呵哥轲沱鼍拖驼跎佗（他）颇（偏颇）峨俄摩么婆莎迦痾苛蹉嵯驮箩逻锣哪挪锅诃窠蝌髁倭涡窝讹陂郡皤魔梭唆骡掇靴瘸搓哦瘥酡

仄声：上声二十哿
去声二十一个通用

【二十哿】哿火舸亸舵我拖娜荷（负荷）可左果裹朵锁琐堕惰妥坐（坐立）裸跛颇（稍也）夥颗祸椪婀逻卵那坷爹（麻韵同）簸叵垛哆硪么（歌

韵同）峨（歌韵同）

【二十一个】个贺佐大（泰韵同）饿过（歌韵同。又过失，独用）座和（唱和）挫课唾播破卧货簸轲（轋轲）驮髁（歌韵同）磋作做剁磨（磨磐）懦糯缚锉捼些（楚些）

十部

平声：九佳（半）六麻通用

【九佳（半）】佳涯（支麻韵同）娲蜗蛙姓哇

【六麻】麻花霞家茶华沙车（鱼韵同）牙蛇瓜斜邪芽嘉瑕纱鸦遮叉奢涯（支佳韵同）巴耶嗟退加笳赊槎差（差错）蟆骅虾葭袈裟砂衙呀琶耙芭杷笆疤爬葩些（少也）余鲨查楂渣爹挝咤拿椰珈跏枷迦痂茄桠丫哑划哗夸胯抓洼呱

仄声：上声二十一马
去声十卦（半）二十二祃通用

【二十一马】马下（上下）者野雅瓦寡社写泻夏（华夏）也把厦惹冶贾（姓贾）假（真假）且玛姐舍喏赭洒赦剐打耍那

【十卦（半）】卦挂画（图画）

【二十二祃】祃驾夜下（降也）谢榭罢夏（春夏）霸暇灞嫁赦藉（凭籍）假（休假）蔗化舍（庐舍）价射骂稼架诈亚麝怕借卸帕坝靶鹧贳炙嘎乍咤诧侘罅吓娅哑讶迓华（姓华）桦话胯（遇韵同）跨衩柘

十一部

平声：八庚九青十蒸通用

【八庚】庚更（更改）羹盲横（纵横）觥彭亨英烹平枰京惊荆明盟鸣荣莹兵兄卿生甥笙牲擎鲸迎行（行走）衡耕萌甍宏闳茎罂莺樱泓橙争筝清情晴精睛菁晶旌盈楹瀛嬴赢营婴缨罂贞成盛（盛受）城诚呈程酲声征正（正月）轻名令（使令）并（并州）倾萦琼峥嵘撑粳坑铿撄鹦黥蘅澎膨棚浜坪苹钲伧檠嘤轰铮狰宁狞瞪绷怦璎砰氓鲭侦柽蛏茔赪茕赓黉瞠

【九青】青经泾形陉亭庭廷霆蜓停丁仃馨星腥醒（醉醒）惺俜灵龄玲铃伶零听（径韵同）冥溟铭瓶屏萍荧萤荥扃坰蜻硎苓聆瓴翎娉婷宁暝瞑螟猩钉疔叮厅町泠棂囹羚蛉咛型邢

【十蒸】蒸烝承丞惩澄陵凌绫菱冰膺鹰应（应当）蝇绳升缯凭乘（驾乘，动词）胜（胜任）兴（兴起）仍兢矜征（征求）称（称赞）登灯僧憎增曾矰层能朋鹏肱薨腾藤恒罾崩滕誊崚嶒絙塍冯症簦瞢凝（径韵同）棱楞

仄声：上声二十三梗二十四迥
去声二十四敬二十五径通用

【二十三梗】梗影景井岭领境警请饼永骋逞颖颍顷整静省幸颈郢猛丙炳杏秉耿矿冷靖哽绠荇艋蜢皿儆悻婧阱狰（庚韵同）靓惺打瘿并 < 合并 > 犷眚憬鲠

【二十四迥】迥炯茗挺艇梃醒（青韵同）酩酊并 < 并行，并且 > 等鼎顶肯拯謦刭溟

【二十四敬】敬命正（正直）令（命令）证性政镜盛（茂盛）行（学行）

圣咏姓庆映病柄劲竞靓净竟孟诤更（更加）并＜梗韵同＞聘硬炳泳迸横（蛮横）摒阱檠迎郑獍

【二十五径】径定听胜（胜败）馨磬应（答应）赠乘（名词）佞邓证秤称（相称）莹（庚韵同）孕兴（兴趣）剩凭（蒸韵同）迳甄宁胫瞑（夜也）钉（动词）订钉锭謦泞瞪赠蹬亘（亘古）镫（鞍镫）滢凳磴泾

十二部

平声：十一尤（独用）

【十一尤】尤邮优犹流旒留骝榴刘由油游猷悠攸牛修羞秋周州洲舟酬雠柔俦畴筹稠丘邱抽瘳遒收鸠搜驺愁休囚求裘仇浮谋牟眸侔矛侯喉猴讴鸥楼陬偷头投钩沟幽纠啾楸蚯踌绸惆勾娄琉疣犹邹兜呦咻貅球蜉蝣辀帱阄瘤硫浏庥湫泅酋瓯周飕鍪篌抠篝訽骰偻沤（水泡，名词）蝼髅楼欧彪掊虬揉蹂杯不（与有韵"否"通）瓻缪（绸缪）

仄声：上声二十五有
去声二十六宥通用

【二十五有】有酒首口母（度韵同）妇（麌韵同）後柳友斗狗久负（麌韵同）厚手叟守否（麌韵同）右受牖偶走阜（麌韵同）九后咎薮吼帚垢舅纽藕朽臼肘韭亩（麌韵同）剖诱牡（麌韵同）缶酉苟丑糗扣叩某莠寿绶玖授蹂（尤韵同）揉（尤韵同）溲纣钮扭呕殴纠耦掊瓿拇姆擞绺抖陡蚪篓黝起取麌韵同）

【二十六宥】宥候就售（尤韵同）寿（有韵同）秀绣宿（星宿）奏兽漏富（遇韵同）陌狩昼寇茂旧胄宙袖岫柚覆复（又也）救厩臭佑右囿

豆饾窦瘦漱咒究疚谬皱逅嗅遘溜镂逗透骤又侑幼读（句读）堠仆副（过韵同）锈鹜绉眛灸篍酎诟蔻觎构扣购彀戊懋贸亵嗽凑鼬骛沤（动词）

十三部

平声：十二侵（独用）

【十二侵】侵寻浔临林霖针箴斟沈深心琴禽擒衾钦吟今襟（衿）金音阴岑簪（覃韵同）壬任（负荷）欿森禁（力所胜任）褛暗琛涔骎参（参差）忱淋妊掺参（人参）椹郴岑檎琳蝉惝暗黔嵚

仄声：上声二十六寝
去声二十七沁通用

【二十六寝】寝饮（饮食）锦品枕（枕衾）审甚（沁韵同）廪衽稔凛懔沈（姓氏）朕荏婶沈＜沈阳＞甚禀噤谂怎恁任覃

【二十七沁】沁饮（使饮）禁（禁令）任（信任）荫浸潜谶枕（动词）噤甚（寝韵同）鸩赁暗渗窨妊

十四部

平声：十三覃十四盐十五咸通用

【十三覃】覃潭参（参考）骖南楠男谙庵含涵函（包函）岚蚕探贪耽眈龛堪谈甘三酣柑惭蓝担簪（侵韵同）谭昙坛婪戡颔痰篮槛蚶憨泔聃郴蟫（侵韵同）

【十四盐】盐檐廉帘嫌严占（占卜）髯谦奁纤签瞻蟾炎添兼缣沾尖潜阎镰黏淹钳甜恬拈砭詹兼歼黔钤金觇崦渐鹣腌襜阉

【十五咸】咸函（书函）缄岩谗衔帆衫杉监（监察）凡馋芟搀喃嵌掺巉

仄声：上声二十七感二十八俭二十九赚
去声二十八勘二十九艳三十陷通用

【二十七感】感览揽胆澹（淡，勘韵同）啖坎惨敢颔（覃韵同）撼毯糁湛菡萏罱槧喊嵌（咸韵同）橄榄

【二十八俭】俭焰敛（艳韵同）险检脸染掩点簟贬冉苒陕谄俨闪剡忝（艳韵同）琰奄歉荏崭堑渐（盐韵同）罨掭弇崦玷

【二十九赚】赚槛范减舰犯湛巉（咸韵同）斩黯范

【二十八勘】勘暗滥啖担憾暂三（再三）绀憨澹（咸韵同）瞰淡缆

【二十九艳】艳剑念验堑赡店占（占据）敛（聚敛）厌焰（俭韵同）垫欠僭酽潋滟俺砭玷

【三十陷】陷鉴泛梵忏赚蘸嵌站馅

十五部

入声：一屋二沃通用

【一屋】屋木竹目服福禄谷熟肉族鹿漉腹菊陆轴逐苜蓿宿（住宿）牧伏凫读（读书）犊渎牍椟黩縠复（恢复）粥肃碌骕鬻育六缩哭幅斛戮仆畜蓄叔淑倏独卜馥沐速祝麓辘簌蹙筑穆睦秃縠覆辐瀑郁＜忧郁、郁郁葱葱＞舳掬跼蹴踘莰袱鹏鸽觸欆扑匐簇族煜复＜复杂＞蝠箙孰塾矗竺曝

鞠嗾谡麓国（职韵同）副

【二沃】沃俗玉足曲粟烛属录辱狱绿毒局欲束鹄蜀促触续浴酷躅褥旭欲笃督赎渌蓿碡北（职韵同）瞩嘱勖溽缛梏

十六部

入声：三觉十药通用

【三觉】觉（知觉）角桷榷岳乐（音乐）捉朔数（频数）卓啄琢剥驳雹璞朴壳确浊擢濯渥幅握学龌龊槊搦镯喔邈荦

【十药】药薄恶（善恶）作乐（哀乐）落阁鹤爵弱约脚雀幕洛壑索郭错跃若酌托削铎凿箔鹊诺萼度（测度）橐钥鸙瀹着著虐掠获〈收获〉泊搏藿嚼勺谑廓绰霍镬莫簿缚貉各略骆寞膜鄂博昨柝格拓轹铄烁灼疟蒻箬芍跞却嗉蹩擭醵踱魄酪络烙珞脯粕簿柞漠摸酢怍涸郝垩谔鳄噩锷颚缴扩椁陌（陌韵同）

十七部

入声：四质十一阳十二锡十三职十四缉通用

【四质】质日笔出室实疾术一乙壹吉秩率律逸佚失漆栗毕恤密蜜桔溢瑟膝匹述黜弼踬七叱卒（终也）虱悉成嫉帅（动词）蒺侄踬怵蟋笔策必泌荜柷栉唧帙溧谧呢轶聿诘蝥垤捽苗鬐鹬窒苾

【十一阳】陌石客白泽伯迹宅席策册碧籍（典籍）格役帛戟璧驿麦额柏魄积（积聚）脉夕液尺隙逆画（动词）百辟赤易（变易）革脊翮屐获〈措获〉适索厄隔益窄核舄掷责坼惜癖僻掖腋释译峄择摘弈奕迫疫昔

赫瘠谪亦硕貊跖鹒碛踖只炙（动词）踯斥疠鬲骼舶珀吓磔拆喀蚱胙剧檗擘栅喷帻簀扼划蝎辟幗蝈剌崿汐藉螫暮撖襞虢哑（笑声）绎射（青亦）

【十二锡】锡璧历枥击绩勣笛敌滴镝檄激寂觋溺觅狄获幂戚鹢涤的吃沥雳惕剔砾翟籴倜析晰浙劈甓嫡轹枥阒菂踢迪晢褐逖蜺阋汨（汨罗江）

【十三职】职国德食（饮食）蚀色力翼墨极殛息熄直值得北黑侧贼饰刻则塞（闭塞）式轼域蝛殖植敕亟棘惑忒默织匿愍亿忆臆薏特勒肋幅仄昃稷识（知识）逼克即唧（质韵同）弋拭陟恻测翊洫啬穑鲫抑或匐（屋韵同）

【十四缉】缉辑戢立集邑急入泣湿习给十拾袭及级涩楫（叶韵同）粒汁蛰执笠隰汲吸絷挹浥悒岌熠茸什苙廿揖煜（屋韵同）歙笈（叶韵同）圾褶翕

十八部

入声：五物六月七曷八黠九屑十六叶通用

【五物】物佛拂屈郁（馥郁，郁郁乎文哉）乞掘（月韵同）吃（口吃）讫绂弗勿迄不怫绋沸苇厥倔黜崛尉蔚契屹熨（未韵同）绂

【六月】月骨发阙越谒没伐罚卒（士卒）竭窟笏钺歇突忽袜曰阀筏鹘（黠韵同）厥（物韵同）蹶蕨殁橛掘（物韵同）核蝎勃渤悖（队韵同）孛揭（屑韵同）碣粤樾鳜脖饽鹁捽（质韵同）猝愗兀讷（呐）羯凸咄（曷韵同）矻

【七曷】曷达末阔钵脱夺褐割沫拔（挺拔）葛冈渴拨豁括抹遏挞跋撮泼秣掇（屑韵同）聒獭（黠韵同）刺喝磕蘖瘌袜活鸹斡怛钹捋

【八黠】黠拔（技擢）八察杀利轧戛瞎刮刷滑辖铩猾捌叭札扎帕苗

鹘捱萨捺

【九屑】屑节雪绝列烈结穴说血舌洁别缺裂热决铁灭折拙切悦辙决泄锲咽（呜咽）轶噎彻澈哲鳖设啮劣珙截窃孽浙孑桔颉撷揭褐（曷韵同）缬碣（月韵同）挈抉衮薛搜（曳）爇冽瞥迭跌阅饕鳌垤捏页阕觖谲鸠撇蹩蔑楔怢辍啜缀撤继杰桀涅霓蜺（齐、锡韵同）批（齐韵同）

【十六叶】叶中占贴牒接猎妾蝶叠箧慊涉躞捷颊楫（缉韵同）聂摄慑锯蹑协侠荚挟铗浃睫厌餍蹀躞燮摺辄婕谍堞霎唼喋碟鲽捻晔腊蹑笈（缉韵同）

十九部

入声：十五合十七洽通用

【十五合】合塔答纳榻閤杂腊匝阖蛤衲沓鸽踏拓拉盍塌呷盒卅搭褡飒磕榼遢蹋蜡溘邋跲

【十七洽】洽狭峡法甲业郏匣压鸭乏怯劫胁插锸押狎夹恰蛱硖掐劄袷眨胛呷歃闸霎（叶韵同）

诗

飘

枫叶红了。满山的翠绿已披上了金黄。一阵风吹来，几片黄绿的叶子不情愿地在空中飞舞。看着那旋转的叶子，仿佛看见了翻腾的思绪，它像叶子一样迎着阳光不停地翻舞，好像使足劲似的要迎着阳光飞向那太阳……飞啊，飞啊，它疲倦了，想要歇脚似的向下飘荡。生硬的岩石是否会把你碰伤，柔软的小草是否接纳飞来的客人。只有顺着那小溪的流水，默默地流淌，流淌，流向那归宿的港湾。

1985.4.10

朝着曙光，飞吧

迷茫中的灯塔，黑暗中的闪电，孩提时的梦幻。
美好的憧憬，生活的动力。

我多想变成一只飞翔的海燕，高傲地在蓝天追逐曙光，我充满着活力，信心，无忧无虑朝着希望飞翔。

晴朗的天空并非没有乌云，平静的大海蕴藏着恶浪，一刹那温和化成了凶残，黑暗遮住了曙光。

恶云压海，凶浪击天，仿佛世上只有他们的存在，

黑暗茫茫，海燕呀海燕，

你是在飞翔还是沉入海底深洋？

也许我的翅膀已被折断，

倒在潮湿的海滩，

太阳的温暖，大地的乳汁，

摸抚着我的创伤。

我执着地冲向碧空大声呼唤，

风啊来吧，

雨啊来吧，

闪电雷鸣一齐来吧，

我要迎着闪电雷鸣，

刺破恶云狂浪，

朝着希望的曙光奋力飞翔。   1987.8.3

落叶有感

霜拢零落叶，愁打孤舟人。

叶落嫩枝野，奋愤图新业。

1987.9.6

梦幻

在我孩童时候有着各种梦幻，

它像五颜六色的光环。

我想跃上天空和孙悟空斗玩，

又想钻进海底和海龙王笑谈。

大人的世界是那样的新奇，

我并不明白却在使劲地窥探，

大人的生活像不像天空，

没作业，没负担，

一定赛过我的天堂。

生活就是梦幻，

它充满着甜灵和爱的欢畅，

事业，理想，工作，情感，

去追逐大自然的风光。

寻找着爱的春兰，

树荫下的照会，与家庭的美满，

迪斯科的舞姿春意阑珊，

啊，生活多么美好，生活多么烂漫！

生活并不梦幻，

它也给人带来了琐碎和烦恼，

锅，碗，瓢，盘的交响乐让人兴叹，

繁多的家务比迪斯科舞步还乱，

一天的时间啊，

好像只够睡觉，上班，吃饭，

称心的知己好像变了后来的模样，

细语变成了粗声，

温和变成了凶蛮，

还有那三天两头不知为啥的心烦。

生活总是这样，

早知如此，当初不如和影子作伴，

我最喜欢的还是我童年的梦幻，

喜欢那五颜六色的光环。

1987.9.6

送友

你把微笑送给春风，
明天春风伴我离去，
当你所到轻轻的风声，
那是我对你深深的祝福。

你是山涧甘甜的山泉，
那样清澈透明，
涌出绿的波涛，
春的气息。

你是碧绿的青竹，
那样正直、挺拔，
散发着清新的气息，
刚勇的性格。

你是小小的火星，
我是小小的火星，
我们共同迸发出，
炽热的火焰，
烧毁那世俗殿堂的圣严。

你是七色缤纷的彩虹，
我是来去匆匆的一片云，
我带走你缤纷的梦幻，
留下的是多彩的真实。

1987.10.6

答友人

你问我为什么打开这抽屉，

我张口而吐不出怦跳的心房，

我想掩饰炽热的情感，

翻腾的思结已跃出深邃的眼眶。

你问我为什么打开这抽屉，

我不信神却希望找到圣母玛利亚的相照，

我默默地祈祷，

期望看到你心灵深处的诗意。

你问我为什么打开这抽屉，

我想推开你心扉窗前薄薄的纱幔，

我想听你轻轻的歌声，

看见你那清澈、透明、忧虑的目光。

你问我为什么打开这抽屉，

我想寻找你的勇气和胆量，

向往自己的追求使人振奋、激昂，

经过磨难的结晶才使人心醉、久长。

1987.10.11

肖像

刚握起笔

你的倩影已跃在纸上

微硬卷卷的乌发里

散发出春风般的温柔

男孩子的气息

克朗勃镜架的背后

聚集着欢乐、忧郁

清澈的明眸

凝视着现在、未来

含笑的嘴角

悦耳的声音

轻轻地讲述着

春笋出土

秋菊傲霜的故事

细纤的双手

编织着五彩的图案。

1990.12

你可曾知道

你可曾知道你的声音总徘徊在我的耳旁，

你可曾知道你的佳影总浮现在我的脑海，

我使劲地一遍又一遍地告诫自己——忘掉你，

可我却无法挣脱思念的魔网。

我深深地苦恼，

苦恼着不想你又无法实现的烦恼，

噢，思念啊，快停住脚步，

匆忙的步伐会使我掉进万丈深渊。

你可曾知道你的目光还留在我的眼中，

你可曾知道等待的希望已燃起忧郁和悲然，

幻想在折磨自己，这也许是最后的时机，

耗尽了的希望又冉冉升起，

我深深地忧郁，

忧郁这火苗像轻烟一样冉冉飘去，

噢，思念啊，快飞翔吧，

让我在温馨的爱的世界里翱翔。

1997.2.8

思她归

风儿风儿你慢点吹

莫吹落满园的红玫瑰

鸟儿鸟儿你慢点飞

别带走亭亭玉立的红草莓

焦急的人儿你在等谁

只有弯弯的月儿伴你徘徊

心上的人儿来相会

迟迟不见心爱的小阿妹

风儿风儿你快点吹

捎个信儿赶快把她追

鸟儿鸟儿请你快点飞

打个鸣儿赶快把她催

这里的山水思她归

地做绿衣天做帷

这里的人儿思她归

愿和山水伴朝晖

1997.6.16

我爱你大山大河

我不是大树却能支撑着你抗住十级台风的狂怒，

我不是高山却能用炽热的胸膛为你遮挡风寒，

我不是金山，却能得到心灵相约的欢笑、人生旅途的舒畅。

我不是火山，却耐心地等待，等待那火山爆发和那壮观的灿烂。

我曾多次不由自主地漂进那港湾，

可心声告诉我，那不是我停泊的地方，

向往着自我的追求，充满着坎坷和艰难，

为追求而奋搏，令人振奋和激昂。

无意的相遇，闪烁心灵碰撞的火花，

好像见到了久违的知己、儿时的伙伴，

显得那么亲切、和谐，我又找回了真正的我自己，

沉默的心胸掀起汹涌的巨浪，

沸腾的心仿佛要冲破我的胸膛，

我爱你大山大河。

1997.7.22

猫

可爱的小猫

老虎的威风

兔子的斯文

毛茸茸的静中含娇

谁都喜欢把你放在膝上

追玩、抚摸

即使不喜欢你的人

也会把你拍拍、抱抱

因为你是温柔的化身

可爱的小猫

悄悄地走来

慢慢地向前

刚要跃起

却又愣住了神

扑、跳是否斯文

现在最时髦、高贵、文雅、

妖娆

跳会使人嘲笑

扑会丢掉温柔的称号

还是装模作样

学着画上面的猫

1997.8.7

北斗星

当我孩童时常坐在树下数着天上的星光，

北斗星、牛郎织女星的传说至今记忆犹新。

迷茫时我常把你北斗星找寻，

夜深时，向你述说着过去的事、未来的情。

虽然我无法将你珍藏，

黑夜里我深情地一次又一次地将你仰望。

虽然你无法听到我的祈祷，

我的心默默地一遍又一遍地把你呼唤。

我多愿变成一颗流星，

飞向那遥远的银河陪伴群星流淌。

我多愿化作燃烧的火焰，

融化那冰冻的星，看见那大地的复苏。

我多愿化作一缕白云，

去追逐你北斗星，等待地平线上升起的曙光。

1997.8.8

你为什么不开口

你为什么不开口，

脚下的舞步不停地走，

山高水长终有头，

南飞的大雁也回首。

你为什么不开口，

躲躲藏藏总在人的身影后，

目传鸿书空中飘，

费解的心思猜不透。

你为什么不开口，

忧郁的目光，未伸出来的手，

有心摘花莫怕刺，

称心的花有，有，有。

你为什么不开口，

窗外的桃花门前的柳，

春风又送温馨暖，

让她天长地久。

1997.8.30

迷茫

是那黑夜中盼望的星光，

是那沙漠里寻找的清泉，

是那东方升起的曙光，

使人奋不顾身跃进那希望。

雾茫茫，迷茫茫，

分不出东西，辨不清方向，

只有高击的火炬闪烁着孤独的红光，

冷静的理智已被执着替代，

哪怕捂着流血的伤口也朝前迈。

迎面的狂风，倾盆的暴雨，

也无法将纯洁、真挚的火难扑灭，

在那荒原的深处，将永久留下，

那一颗未播下的种子。

1997.9.16

朋友，当你走进一九九八

朋友，当你走进一九九八，

你可看见美好的希望向你召唤，

你可听见心中的涌动向你呼喊，

迈出一步就是一马平川。

朋友，你也有过辉煌，

你也曾让梦想插上翅膀，

迎着那阳光飞向太阳。

朋友，你也曾受过创伤，

黑暗里你悄悄洗净流血的伤口，

夜深时你轻轻抚摸心灵的创伤。

朋友，你还追逐着梦幻，

相信一生净土怎会荒凉，

哪怕头撞南墙也要找寻，

心中的殿堂。

朋友，不安让寒风吹落心中的梦幻，

不安让挫折带走心中的希望，

一个梦幻，一生希望，请好好收藏，

请你迎来那鸟语花香。

一九九八年吉祥如意，

幸福吉祥。

1997.12.11

问

谁能告诉我，

是谁撒播了春的气息，

是那迎霜破雪傲红梅，

是那半遮半掩羞含笑，

还是百花争艳共迎春。

谁能告诉我，

为什么深埋的种子复苏，

是那唤醒万物的春光，

是那雨后阳光的明媚，

还是生命本来就蕴藏着活力。

谁能告诉我，

为什么春笋都破石，

是想探头寻觅邀新蝶，

是想和歌嬉追逐，

还是与春齐飞舞。

我喜欢充满生气之春，

更喜爱朴实、充实之秋，

满山遍野的枫叶，

似火似花红又红，

似醉似醒醇更醇。

1998.4.15

梅

轻纱渺绕鱼肚晓，携雪傲云迎春笑。

花枝梢尖二三雪，品正味雅清香飘。

花苞羞绽显窈窕，百花芬芳它最早。

遍地皆白红星娇，桃花源里梅最好。

1998.7.27

江南游

江南美，江南美，

最美江南的山水，

西湖绿映红，

莫愁洞箫吹，

太湖波万顷，

紫霞依晨辉，

二泉映月影，

平湖秋月追，

断桥九溪水，

外滩杨柳垂，

钱塘湖卷云，

秦淮石城围，

南屏晚钟响，

苏堤春晓回，

千岛湖奇异，

天下独绝美。

虎丘斜塔镇，

钟山风雨巍，

金山压白蛇，

燕子矶燕飞，

焦山狮子林，

惠山泥人堆，

凤凰岭龙井，

云雾润心肺.

夜半寒山寺，

东坡把松推，

溶洞多寂寞，

张公洞，西施陪，

古今江南行，

何人故乡归。

1998.9.2

情

无言的牵挂，
信任的寄托，
有形中的无形，
无形中的有形。

1998.11.9

杜鹃花

隐山隐水面朝天，微微清香淳朴先。
千花万景韵花仙，怎比迎春红杜鹃。

2000.6.14

昆山随感

薄雾缠腰亭林亭，
垂柳层楼碧水映，
石头拱桥老树桩，
街头信步胜院庭。

2004.2.1

雨

春雨纷飞雾蒙蒙，
亭古竹翠愁风浓。
垂柳泪滴满堂花，
恰似年少景重逢。

2004.2.28

神农川有感

盘山弯道竹林翠，
蝴蝶崖边瀑布飞。
山卷飞云云中山，
峰峰相拜仙人醉。

2004.3.22

坏小孩

你是一个坏小孩，装得像个呆呆呆。说话绕着让人猜，不是
祸来就是灾。

你是一个坏小孩，装得像个乖乖乖。说谎权当把心开，对你
只有唉哟喂。

2004.4.22

牵挂

天边闪烁颗明亮的星，她常听我默默地倾诉，

我在草地上向她问好，她眨眨眼给我送来远方的思念。

微风吹来青草的芳香，请把我的问候带到远方。

远方的人啊你可知道，在外的人时常把你挂牵。

弯弯的月亮明亮的星，抹不掉的相思忘不掉的情。

最温暖的话是家常话，有人牵挂的人幸福、温馨。

2004.5.6

桩

像兵马俑一样伫立在基坑之中，浑身泥土掩不住坚定的使命。

肩扛重责脚牢牢站稳，

华丽建筑赞美的颂歌，

没有半句提到你，

纹丝不动，默默无闻。

2004.6.3

回味

当静下来回味往事，仿佛昨天刚走出校门，

幻想着理想准备大干一场，眨眼瞬间时间流逝，

忙忙碌碌却已人到中年，幻想、理想中留下了现实。

当远离家人，从月年计划归期时，

却抱怨时间太慢太长，慢慢悠悠度日如年。

时间流逝未留下遗憾，度日如年未浪费时光，

心平如镜，无怨无悔。无怨无悔，心平如镜。

2004.6

梅雨

昨夜的雨，

驱散了笼罩在大地上的热浪，

凉凉的风夹着小雨，打在早出人的脸上、头上，

是那么惬意舒畅，

路边的小草挺直腰杆使劲地摇晃。

滴滴答答下了一夜雨，雾蒙蒙雨蒙蒙，

天仿佛塌下来伸手可摸，急促的脚步匆匆赶路，

嘴里嘟囔着千万别成只落汤鸡。

哗啦哗啦的雨又吵了一夜，

望着张不开笑脸的天锁紧了眉头，

黏黏的湿湿的让人心烦，

马路低洼处成了水塘，

被淹的小草伸出脑尖拼命地呼喊，

何时见到那可爱可恨的太阳。

2004.6.25

七月的工地

如火的天，如水的汗，甩一把汗水，浇不息嗓子冒烟。

衣湿双肩，汗湿双眼，挺一挺脊梁，硬把太阳背下山。　　2004.7.9

情人节

今天是你的节日，我的伴侣，是否你已经把自己精心打扮。

七彩云霞为你的娇艳感到惊喜，金色的阳光为你的静雅送来称赞。

我的骄傲，我的期盼，我在心底深情地把你呼唤，

我放开嗓门尽情地为你歌唱，啊！我的太阳多灿烂。

2004.8.23

一

天之大多一横，

人之小少一横，

一横好像登天门，

一步登天有几人。

2004.9.17

建筑

直线斜线弧线的连接，长方棱角圆体的堆积，

多维的空间简单复杂的结构，钢材的聚集水泥砂石的凝固。

丰富多彩的外衣，个性的展现，浑然一体，各具神韵，

令人陶醉难忘的景色。

2004.9.25

中秋

月半月瘦月十五，
他乡独酌觉酒苦。
今日漂泊夜姑苏，
不知明日身何处。

2004.9.22

印象

想起当年张丫头，
恰似玉立俏荷花。
红色背包肩上背，
哼的京腔哇呀呀。

2004.9.27

望

谁知世间万事空，
一切尽在不言中。
最怕似是人未醒，
醒来独陪西北风。

2004.9.28

花

花香花美花俏花嗲，

想花闻花看花戴花。

水花天花雾里看花，

好花花好花落谁家。

2004.9.28

贺鸡年

金猴取经去西天，金鸡一鸣万物喧，

梅香白雪皆是喜，鸿运撞钟在鸡年。

2005.1.9

知己

犹如长江之水天上来，斩不断的流水，挡不住的情怀。

朋友啊朋友，情淡如水，情深似海。

说不完的话语情还在，扯不断的牵挂几车载。

知己啊知己，相见恨晚，千杯还少。

2005.1.24

春

垂柳在寒风里摇晃着嫩绿的新芽，

蒙蒙细雨的嘀嗒声，倾诉着冬的依恋、春的相送，

路边的向阳花像满天的繁星，朦胧中闪烁着黄的鲜艳，

春笋出土的节奏伴着桃花的绽放，

春来了，春来了。

2005.3.21

平和

世间纷争何其多，

大事小事都难磨。

若想跳出俗事外，

淡泊清静心平和。

2005.3.21

游奉化溪口有感

万株桃竹红绿陪，千丈瀑布银珠追。

妙高台上旧人处，景在人去已轮回。

2005.4.16

为了你

今天的阳光为什么这么明媚，这么灿烂，

今天的鲜花为什么这么鲜艳，这么芳香，

今天的小鸟为什么唱得这么动听，这么悦耳，

今天的祝福为什么这么感人，这么美好，

这是因为为了你，为了你所有的祝福汇成一句话，

好人一生平安。

2005.6.4

分手

不要说再见就那么静悄悄地分手，不要叹息已经到了分手的时候，

默默无语就让美好留在记忆里，苦苦思索理不出头绪，路到了尽头。

不要问为什么说不清心中的感受，不知为什么自己的路很难自己走。

太多的困惑，太多的无奈，太多的等待，到头来还是一江春水向东流。

就这么离去别留下怨恨和内疚，昨天已过去，今天不必为明天担忧，

明天仍会升起一轮新的太阳，新的希望新的奋斗新的拥有。

2005.11.13

送你枝红玫瑰

送你枝红玫瑰，

话语未说低下眉，

有心陪你看彩霞，

又怕彩霞追月天边飞。

河边绿柳春又催，

鸳鸯戏水成双对，

水中倒影映彩霞，

美景无酒人已醉。

2006.2.12

还休

月怕十五年怕秋，少年未能功名就。

眨眼今日又啃秋，直说还休还未休。

2008.9.14

清明

柳絮彩蝶菜花黄，阳春踏青乡间忙。

山环树拥仙人处，菊花烟绕夕阳还。

2009.3.29

中秋月

薄云移月夜定茫，秋半空圆月傍窗。

水中灯火如花散，一点秋寒身上凉。

2015.9.26

江南水乡江

江南水乡江，春到水如蓝

十里长，秦淮岸，两岸飘花香

亭台园林今胜处，悠悠溪水绕白墙

桥成廊拱下穿船，船靠我的家乡

江南水乡浪，秋到如金黄

采菱忙，莲蓬旁，水荡乌篷船

兰花土布手工染，多采风光江南藏

月儿圆，人未还，思念我的家乡

2016.7.19

月儿弯

月儿弯月儿弯

弯弯月儿像小船

载满童年梦带着心呼唤

在那遥远的地方

月儿弯月儿弯

弯弯月儿水中单

莫让人凭栏只盼早日还

故乡绿水伴青山

2016.7.26

阵风

阵风秋雨上楼阁，点墨片句染本色。

一壶浊酒陪映月，相对无言情已绝。

2016.10.15

二月二日

二月二日龙抬头，盘龙山寨走耕牛。

一山招呼一山应，吆喝歌声荡山沟。

2017.2.27

春色（回文诗）

顺着读：

绿水傍山绕柳村，

红花点开梅喜春。

青叶嫩芽绿枝俏，

黄莺小声歌晓晨。

倒着读：

晨晓歌声小莺黄，

俏枝绿芽嫩叶青。

春喜梅开点花红，

村柳绕山傍水绿。

2017.3.3

淡

淡淡花香寻幽雅，轻淡留香余味醇。

淡淡泉水如清烟，平淡平色不留痕。

淡淡人生始于真，浓妆淡抹破红尘。

淡描缤纷水中花，淡月爬上竹篱笆。

2017.3.7

日落西（14字顶针诗）

每一句的最后4个字可作第二句的开头3个字或4个字。14个字的两句话，能演变28个字的四句话。

日落西山花依旧，

山花依旧游故乡。

旧游故乡愁思人，

乡愁思人日落西。

2017.3.9

回友人

长驰经年人初醒，

心系星空静无声。

纵有高楼秦淮月，

不及山窝当年情。

2017.5.25

一字诗

一字一行一首诗，一无佳句一片思。

一点一滴一汗珠，一梦如醒一人知。

2017.7.20

昨晚中秋月圆夜，好友发的图文有感而续诗

一

云朦胧中看明月，

光轻轻飘落秋叶。

天南海北各一方，

相逢空中中秋节。

二

海上生明月，天涯共此时。

人间伤离别，明月寄相思。

2017.10.5

春分

春分雨脚戏燕飞，柳岸斜风浪裙归。

花姿镜里谁更美，百花丛中藏芳菲。

2022.3.20

除夕

虎随岁末走，兔送桂花酒。

除夕明月又，念情依如旧。

2023.1.21

清明雨

昨夜风雨洗柳芽，今朝薄雾罩菊花。

世态炎凉薄似纱，过眼云烟散晚霞。

歪枝斜影瞎比划，一帘幽梦雨打瓦。

清明怀故抚瑟琶，半遮半掩泪流下。

2023.4.5

望龙年

兔隐嫦娥后，龙游秦淮柳。

水映湖亭舟，三人一杯酒。

2024.2.9

注：三人指月上一人、船上一人、水中映影一人，故成三人。